东方文化

与

古代戏曲

（修订本）

郑传寅 著

WUHAN UNIVERSITY PRESS
武汉大学出版社

图书在版编目(CIP)数据

古代戏曲与东方文化/郑传寅著 . —修订本.—武汉:武汉大学出版社,2022.5

ISBN 978-7-307-22228-1

Ⅰ.古… Ⅱ.郑… Ⅲ.古代戏曲—中国—关系—东方文化—研究 Ⅳ.①I207.37 ②K107.8

中国版本图书馆 CIP 数据核字(2021)第 198245 号

责任编辑:胡国民　　　责任校对:汪欣怡　　　版式设计:马　佳

出版发行:**武汉大学出版社**　　(430072　武昌　珞珈山)

(电子邮箱:cbs22@whu.edu.cn 网址:www.wdp.com.cn)

印刷:湖北金海印务有限公司

开本:720×1000　1/16　印张:27.5　字数:445 千字　插页:2

版次:2007 年 11 月第 1 版　　2022 年 5 月第 1 次修订

2022 年 5 月修订本第 1 次印刷

ISBN 978-7-307-22228-1　　　定价:96.00 元

目　录

绪　论

一

作为一个现代地理概念，"东方"一般是指地球的东半部以及位于东半球的国家。① 但自近代以来，由于政治、经济格局的变化，本来是指地理位置的"东方"一词，逐渐演变成为区分社会政治制度、经济模式和文化形态的政治、经济、文化概念。当代文化学者所说的"东方"，一般是指亚洲和非洲国家，而"西方"或"西方国家"则是指以欧美为中心的发达资本主义国家。其实，从地理位置来看，"西方"的相当一部分（如欧洲大部及大洋洲）是属于东半球的，非洲则有一小部分属于西半球。作为文化概念的"东方"与作为政治、经济概念的"东方"，所指相近但又不完全相同。例如，日本和韩国属于发达资本主义国家，其现代文化的"西化"色彩相当鲜明，如果着眼于现代政治制度和经济体制，视之为"西方国家"未为不可；但从其历史和传统文化来看，毫无疑问这两个国家是属于东方文化圈的——儒、佛、道对其传统文化的影响至深至巨，即使是在今天，我们仍然可以看到包括汉族语言文字在内的中国传统文化对这两个国家的深刻影响。因此，谈论东方文化的当代著作少有不包含日本和韩国的。可见，文化学意义上的"东方""西方"又是一个历史性范畴，是对基于历史文化传统的区域文化类型的区分，不完全是一个地理概念，与作为现代政治、经济、文化术语的"东方"一词的含义也不尽相同。

---

① 在现代地理观念形成之前，人们往往以自己所在的国家为中心来区分东方和西方。近代以来，学界通常以"本初子午线"——英国伦敦格林尼治天文台原址的零度经线为界，把地球区分为东、西两个半球。

因为文化形态的多样性、文化结构的复杂性以及文化学者的着眼点各不相同，不同国家的文化学者对于世界上区域文化类型的划分并不完全一致。英国学者汤因比曾把整个人类文明分为21个类别。我国学者季羡林、楼宇烈等则认为，世界历史上的文化可分为四至五个类别：① 其一，以古希腊、罗马文化和基督教文化为土壤的西方文化圈；其二，以伊斯兰教为标志的阿拉伯文化圈；其三，以佛教和印度教（婆罗门教）为核心的印度文化圈；其四，以儒学、道教和汉化佛教为根基的中国文化圈。有的学者则把古希腊、罗马文化和希伯来（基督教）文化分为两个不同的文化圈，也有学者把中国和印度以及深受中、印文化影响的东亚、东南亚诸国划归"汉、印文化圈"。

所谓"东方文化"是相对于"西方文化"而言的，是分类研究时对具有某些共同点和相似性的文化类型或文化圈的归并。从以上分类来看，与西方文化相比，东方文化明显具有形态的多样性和结构的复杂性，"四大文化圈"中只有以古希腊、罗马文化和基督教文化为土壤的文化圈是属于西方的。而且，作为西方文化土壤和重要构成之一的基督教也原本是东方人的创造。由此可见，把古老的东方称作"人类文明的发祥地"，并非虚美。

二

从上述可知，伊斯兰文化是东方文化的重要构成部分。但值得注意的是，在时贤论述东方文化的著作中，其"东方文化"通常是指以儒、佛、道为主体的"汉、印文化"，少有包含伊斯兰文化的。这当然不是因为这些学者不知道伊斯兰文化属于东方，而是由于伊斯兰文化与汉、印传统文化的特质不太相同。

---

① 季羡林先生提出，世界上有中国（含日本），印度，古希伯来、埃及、巴比伦、亚述以至阿拉伯伊斯兰闪族，古希腊、罗马以至近代欧美等"四大文化体系"，这四大文化体系可以归纳为东方文化体系和西方文化体系。其说见《畅谈东方智慧》，成都：四川人民出版社2004年版，第206~207页。楼宇烈《东方智慧的魅力》一文提出世界上有希腊（罗马）、希伯来（基督教）、汉（儒家）、印度（佛教）、伊斯兰（阿拉伯）"五大文化圈"。参见楼宇烈主编：《东方哲学概论·代序》，北京：北京大学出版社1997年版，第1页。

　　早在唐朝初年，伊斯兰教就传入我国，① 往来于中国和阿拉伯地区的众多商队成了促进古代中国和阿拉伯民族进行文化交流的使者。从唐代至清代，不断有外来民族来华定居。元代之时，这些人"几遍天下"，他们与国人互通婚姻，②有的还通过科举考试等方式进入社会上层，汉人信持此教者也日渐增多。在我国西北的某些地区，信仰伊斯兰教的人占其总人口的大多数，中原及南方也有不少伊斯兰教信徒。据《旧唐书》《元史》《明史》等典籍记载，伊斯兰文化——特别是其医药、历法等对华夏文化的发展有过积极贡献。明末清初人张中有伊斯兰经典译作《四篇要道》，清雍正朝文人刘智"尝取彼国经典七十种，译为《天方礼经》"。③ 这些伊斯兰著作对我国的文化发展发挥过积极作用。清真寺不只是耸立在漠北，我国南方边陲也早有清真寺的建造，中国伊斯兰教文化无疑也是中华民族传统文化的一个重要的组成部分。

　　伊斯兰文化对古代印度以及东南亚的影响比对中国的影响还要大。在阿拉伯帝国、奥斯曼帝国和波斯帝国时期，印度不断面临外族入侵。10世纪末，信奉伊斯兰教的入侵者开始借助武力传播伊斯兰教。印度——特别是其北部处于信奉伊斯兰教的外族封建主的统治之下长达300余年。11世纪初，伊斯兰教的神秘主义派别"苏非派"的思想在印度广为传播，印度文化染上了浓厚的伊斯兰色彩，维护种姓制度的印度教被迫进行改革，佛教则逐渐衰微。13世纪前后，佛教实际上已从印度消亡。莫卧儿帝国（1526—1857）时期，伊斯兰教在印度仍有较大势力。15世纪以来，伊斯兰教对东南亚的影响也是相当巨大的。

　　然而，本属于东方文化的伊斯兰文化却与作为东亚、南亚文化之根的"汉、印文化"有着较大差别，与西方文化则有不少相似之处。例如，基督教有很强的排他性，曾以护教的名义，多次发动宗教战争，基督教不同派别之间也有过长期

---

　　① 关于伊斯兰教何时传入我国，一直存有争议。有人认为，隋文帝开皇七年（587）有"天经"（即《古兰经》）30册由南海传入广东省，但陈垣《回回教入中国史略》（刊《东方杂志》二十五卷一号）考大食在唐高宗永徽二年（651）以前与中国往来不多，认为伊斯兰教于隋初入华说"诞妄不足信"。

　　② 伊斯兰教与主张独身的佛教不同，不但允许信徒结婚，对一夫多妻亦不加限制。

　　③ 王治心著：《中国宗教思想史大纲》，上海：上海三联书店1988年影印版，第134~145页。刘智有《天方典礼》和《天方性理》两部著作，都不是纯粹的伊斯兰教经典译作，而是以介绍伊斯兰教经典、教义为主的伊斯兰教论著。

的战争。基督教对于异教徒以及"异端分子"多采用"宁可错杀，不可误赦"的方针，进行毫不留情的剿灭。伊斯兰教把护卫"安拉之道"的"圣战"视为穆斯林应尽的义务，伊斯兰教史上有过十多次大的"圣战"记录，伊斯兰教内部也多次发生内战。11世纪末至13世纪末的"新月十字之战"——伊斯兰教徒与基督徒的拼杀，使世界为之震惊。这与慈悲为怀，反对杀生、反对暴力，倡导守雌不争、忍辱含垢、唾面自干的佛教、道教不太一样。伊斯兰教对异教有强烈的排斥倾向，《古兰经》上说："舍伊斯兰教而寻求别的宗教的人，他所寻求的宗教，绝不被接受，他在后世，也是亏折的。"① 这与"汉、印文化圈"中人所持的中庸、平和、包容态度有很大不同。例如，公元前273年至公元前232年在位的古印度国王阿育王立佛教为国教，他本人也是佛教信徒。当时印度还有婆罗门教、耆那教等多种宗教，针对这一情况，阿育王颁布诏书曰：

> 天爱喜见王以种种布施和礼遇对各派宗教团体的人表示敬意，无论他们是出家行者，还是居家俗人……不在失当的场合称扬自己的教派或贬低别人的教派……相反，每一个人倒是都应该在所有的场合，并以一切方式对别人的教派给予充分的尊重。
>
> 倘若一个人这样做了，他便不仅促进了自己教派的发展，而且也使别的教派得到了好处。但是，假如一个人不这么做，他便不仅败坏了自己的教派，而且也损害了别的教派。②

阿育王的诏书体现了东方"和而不同"的文化观念和异教兼融、和睦相处的博大情怀。正是因为有了这种观念和情怀，所以，在"汉、印文化圈"中，虽然有不同宗教之间争胜所引发的争斗，但极少发生大规模的宗教战争。主张宗教宽容，倡导不同宗教彼此尊重、和平共处是这一文化圈突出的特点，这一特点在"汉、印文化圈"的不同国家中均有所体现。

---

① 马坚译：《古兰经》（第三章"仪姆兰的家属"第85条），北京：中国社会科学出版社1981年版，第44页。

② ［印度］阿育王撰，葛维均译：《阿育王铭文》石刻诏书第12号，卞崇道、宫静、康绍邦、蔡德贵主编：《东方思想宝库》，长春：吉林人民出版社1994年版，第267页。

在日本，有非常笃信佛教的人，也有笃信神道教的人，而他们对传统上信仰其他宗教的人都很宽容。一个人同时信仰佛教、神道和儒教也是常有的。①

多种宗教并行不悖，一个人同时信仰多种宗教的情形，在中国、朝鲜半岛以及南亚诸国也是相当普遍的现象，这种现象在信仰基督教的西方则是比较少见的。例如，南朝著名道士陶弘景就是佛、道双修，"三教"并采的。陶弘景早年业儒，潜心经学，"七经大义备解"，著有《孝经、论语集注并自立意》等多部经学著作，但他又是"太上道君之臣"，在组建道团、完善道教斋仪、提升道教理论和道教修行实践等诸多方面均有重要贡献，他同时还是"释迦佛陀弟子"，在茅山建佛、道二堂，隔日分别朝拜，而且还曾舍身受戒，大造佛像，招收僧徒。②

在伊斯兰教之中，这种现象则是不可思议的。伊斯兰文化这种文化品格和特征的形成与其所生长的土壤和环境有关，也与其深受强调差异、肯定冲突的希腊文化的影响有关。阿拉伯半岛处在东、西方的连接处，这种独特的地理位置和生存环境对其文化东、西方特点兼融的独特品格的形成有着至关重要的影响。

诞生于东方却流播于西方并成为西方文化之根的基督教与大体上也属于东方的犹太教有渊源关系。尽管成熟的基督教是敌视犹太教的，但早期基督教却是在犹太教的一个支派的基础上形成，而且是以犹太教一个新阶段的面目出现的。犹太教的经典《圣经》被基督教所继承（基督教称《旧约全书》，以区别新创经典《新约全书》）。基督教所信奉的"救世主"耶稣基督即是犹太教所信奉的"复国救主"弥赛亚，而伊斯兰教则又是在犹太教和基督教的基础上形成的。因此，犹太教与作为西方文化重要构成的基督教有不少相似之处。伊斯兰教与犹太教、基督教在信仰和戒律方面就有不少相似之处。伊斯兰教所崇拜的真主安拉也就是犹太教的"唯一真神"耶和华（雅赫维）；伊斯兰教的"末日审判""天园""天使"等信仰与基督教一脉相承（基督教的"天堂""天国"与伊斯兰教的

---

① ［英］汤因比，［日］池田大作著：《展望二十一世纪——汤因比与池田大作对话录》，荀春生、朱继征、陈国梁译，北京：国际文化出版公司1985年版，第372页。

② 任继愈著：《中国道教史》（增订本）上卷，北京：中国社会科学出版社2001年版，第176~207页。

"天园"小别）；基督教经典中的亚当、摩西、耶稣、大卫、亚伯拉罕等人物也进入伊斯兰教经典《古兰经》，分别被称作阿丹、母撒、尔撒、达五德、易卜拉欣；《古兰经》中有大量的故事直接取自基督教的《圣经》。伊斯兰教的某些戒律——如以猪肉为"不洁"之物，忌食甚至不许接触，即是源于犹太教。伊斯兰教的修持方式和礼拜仪式等与犹太教也有一些相似之处——如封斋、开斋、祈祷等即是例证。阿拉伯伊斯兰哲学由于深受古希腊自然哲学和波斯二元论哲学的影响，与着重关注人伦道德而不太重视人神关系的中国、印度、日本、朝鲜的古代哲学异趣，它试图通过对数学、天文学、医学、化学和逻辑学的研究去探索自然的奥秘，人神关系也是其理论探究的一个着力点。正是因为"伊斯兰文化有其独特的某种介于东西方文化之间的特性……与上述汉、印文化相比，有着较明显的差别"。① 所以，谈论"东方文化"的学者往往把伊斯兰文化与"汉、印文化"区别开来，作为独立的文化现象进行研究，我国当代学人谈论"东方文化"时大多也是指"汉、印文化"，一般是不包含伊斯兰文化的。

从我国古代戏曲文学遗存来看，或许是我所见未广，伊斯兰文化对戏曲文学的影响似乎并不明显。伊斯兰教的人物、故事、习俗很少被搬上古代戏曲舞台，也未曾见有古典戏曲剧作以张扬伊斯兰教教义为主旨。古代阿拉伯的文学名著（如《一千零一夜》《卡里来和笛木乃》等）并未对古代戏曲文学发生明显的影响，即使是在少数民族的古代戏剧文学（如"八大藏戏"）中，或主要流传于伊斯兰教信徒相对集中地区的某些古代戏曲剧目遗存（如主要在陕西、甘肃、宁夏、青海、新疆等地流传的秦腔的剧目遗存）中，也难以发现伊斯兰文化的踪迹，这或许与伊斯兰教对戏剧比较隔膜的态度有关。许地山先生曾指出，中国的话本小说受伊斯兰短篇散文和小说的影响"比受印度底大"，但中国戏曲中则少有伊斯兰文化的影子，伊斯兰文化中也难以寻觅到古典戏曲的踪迹，这是因为演戏是伊斯兰教信徒"人所不喜欢的"。② "伊斯兰教的教义认为，无论是通过绘画、雕塑还是戏剧演出塑造人物形象都是犯罪行为。所以，尽管阿拉伯诸国都有其传统的类似戏剧表演的民间艺术，如诵诗、说书之类，但是他们并没有在此基

---

① 楼宇烈主编：《东方哲学概论》代序《东方智慧的魅力》，北京：北京大学出版社1997年版，第2页。

② 许地山著：《梵剧体例及其在汉剧上底点点滴滴》，北京：书目文献出版社1988年版，第1~2页。

础上发展出真正的戏剧艺术。"①

　　有鉴于此，故本书所论"东方文化"也主要是指以儒、道、佛为主体的"汉、印文化"，基本上不涉及对东方影响甚大的伊斯兰文化。

<h1 style="text-align:center">三</h1>

　　文化既有时代性差异，还有地域性差异，即使是在范围很小、很"纯粹"的同一文化圈内也是如此。例如，有学者把汉、印文化圈又细分为"汉字（汉儒）文化圈"和"梵文（梵佛）文化圈"。前者主要包括中国、朝鲜②、日本和越南等国家，后者主要包括印度、斯里兰卡、泰国、缅甸、尼泊尔、老挝、孟加拉国、柬埔寨、印度尼西亚等国家。在"汉字文化圈"内，以游牧为主的内蒙古和以捕捞、种植为主的海南岛，"一马平川"的黄河流域与云蒸霞蔚的长江流域，险峻的长江上游与壮阔的长江下游，其文化差异就相当明显。不要说被有些学者视为"同文同种"的日本、朝鲜和中国，其古代文化各具特色，③ 即使是同在列岛之上的日本民族，寒冷的北海道与温暖的九州岛，其风土人情也迥然不同。在大批大陆（指中国、朝鲜）移民到来之前，日本列岛上的居民大多以狩猎和捕捞为生，大陆移民到来之后，他们改由主要以种植水稻为生，日本文化从此为之一变。日本向中国大量派遣"遣唐使"之后，文化的"汉化"色彩越来越强烈。明治维新之后，深受中国传统文化影响的日本文化又明显"西化"。

　　中国的宋代与元代紧相连续，但文化的构成、内涵、风格颇有不同，唐代文化与清代文化更是面貌各异。在"佛教文化圈"内，佛教的不同派别之间差异很大。以尊崇小乘佛教为主的南传佛教和以尊崇大乘佛教为主的北传佛教就颇有差异。同是尊崇大乘的藏传佛教和中原佛教也存在不小的差别。例如，藏传佛教大

---

　　① 孙玫著：《"中国戏曲源于印度梵剧说"考辨》，王安葵、刘祯主编：《东方戏剧论文集》，成都：巴蜀书社1999年版，第56页。

　　② 本书所说的"朝鲜"指历史上的朝鲜王朝，即包括今朝鲜和韩国的整个朝鲜半岛。

　　③ ［日］滨下昌宏著：《东方美学的可能性》，载《文史哲》2001年第1期："有必要辨明日、中、韩各自有各自的文化独创性。这独创性概括地讲，可以说中国是政治的，韩国是伦理的，日本是美的。是历史和环境酿造了这样的特性。"

体上属于"密教"，① 重秘密传法，各式各样的咒语、密法和肉身成佛的信仰标志着其独特性。中原佛教则主要是"显教"，尚简易、重哲理、讲"顿悟"是其主要特点。10 世纪以前的印度与 10 世纪以后伊斯兰文化广为传播的印度，其文化的形态、内涵与品格判然有别。古代印度曾多次遭遇外来入侵，人种构成相当复杂，多数时间处于分裂状态，因此印度诗人泰戈尔甚至说过这样的话：印度从来就不是一个国家，而是一个地理概念。② 这或许是因为印度半岛上的文化差异性实在是大得惊人，对此，印度学者高善必（1907—1966）作过这样的描述：

> 印度没有全国统一的语言和字母；在一张面值 10 卢比的钞票上同时印着 12 种不同的语言文字。印度没有一个纯粹的印度人种。白皮肤、蓝眼睛的人和黑皮肤、黑眼睛的人一样，都毫无疑问地是印度人……印度人也没有什么典型的饮食……北印度人觉得南印度的食物难以下咽，而南印度人也不爱吃北印度的食物。有些人不吃鱼、肉和蛋类；很多人宁愿饿死也不肯吃牛肉，而另外一些人却没有这些禁忌……这个国家在气候方面千差万别：喜马拉雅山终年白雪皑皑，克什米尔却有着北欧的天气；拉贾斯坦有灼热的沙漠，而整个印度半岛却绵亘着玄武岩和花岗岩构成的群山；半岛南端有热带的酷热，在西部沿海地区的红壤上生长着茂密的森林。2000 英里长的海岸线，流经广阔富饶的冲积平原的巨大恒河水系……即使在同一个邦，甚至同一个县（区）或同一个城市里的印度人，他们之间的文化差异也是相当大的，就像全国各地的自然环境有明显差别一样。③

印度大地上既有婆罗门教（印度教）、佛教、耆那教和锡克教，还有与这些

---

① 藏传佛教有多个派别，其中多数派别以大乘为主，兼容小乘。于显、密二宗，多数派别亦兼容并包，但密宗尤为藏地佛教各派所重，从元代起传入汉地的藏传佛教带有浓重的密教色彩。

② 参见刘建、朱明忠、葛维君著：《印度文明》，北京：中国社会科学出版社 2004 年版，第 20 页。

③ ［印度］D. D 高善必著：《印度古代文化与文明史纲》，王树英、王维、练性乾、刘建、陈宗英译，王树英校，北京：商务印书馆 1998 年版，第 3~4 页。

宗教差异很大的伊斯兰教，它们对印度社会的影响都相当大。例如，穆斯林统治下的中世纪，印度就不再有梵剧的繁荣，而是以伊斯兰风格的建筑和绘画闻名于世。

那么，是否存在"统一的"东方文化？研究"东方文化"还有没有合理的前提和可靠的基础？回答应该是肯定的。

文化的差异性在任何时候、任何文化圈中都是存在的。我们既不能用文化的统一性去抹杀文化的多样性和差异性，也不能用文化的多样性和差异性去否定其统一性。"东方文化"既有多样性，也有统一性，如果将"东方文化"与西方文化作一对比，"东方文化"的统一性就更加明显。这种统一性是建立在大致相同或相似的地理环境、政治制度、经济土壤、社会结构的基础之上的，而且，它是与文化的差异性或多样性同时存在的。

四

东方古代文化所依托的经济土壤有多种成分，主要成分是游牧、捕捞和农耕。在这三种成分之中，农耕经济又起主导作用，这在古代中国、朝鲜、日本、越南、泰国是如此，在印度也是如此。因此，可以说，东方古代文化基本上是农耕文化，这并不意味着古代东方没有大都市和商品交换。

先秦时期，中国北方——如燕赵之地就已出现多个国际性的大都市，唐代的长安、北宋的汴梁、南宋的临安、元代的大都等都是举世闻名的大城市，商品贸易活动相当活跃。然而一直到晚清，华夏封建大厦的主要经济支柱仍然是分散的小农经济。

早在公元前三千年，印度河流域也有相当繁荣的大城市出现，在这些城市的遗址上不仅发现了金、银和宝石，而且"还有大宗贸易的佐证，有些贸易是跨洋过海的"。① 但印度当代著名历史学家高善必认为，这种城市文明最晚在公元前1750年之后不久就被野蛮的外来势力给毁灭了，印度古代文化的经济土壤主要是农耕。公元前4世纪之前，印度多数下层民众过着一种半游牧生活，亚

---

① ［印度］D.D高善必著：《印度古代文化与文明史纲》，王树英、王维、练性乾、刘建、陈宗英译，王树英校，北京：商务印书馆1998年版，第62页。

历山大的野蛮入侵和以农业为生的摩揭陀人的征战摧毁了这一经济基础，促使印度向农业社会推进，尤其是阿育王在这一经济"转型"中起到了关键作用。5世纪初，我国高僧法显赴印度寻求佛法，他用了十多年时间遍游印度各地，发现即使是比较富裕的印度中部，商业也并不繁荣，市场上使用的"货币"主要还是贝、齿，那里的居民大多从事农耕，过着自给自足的封闭而节俭的生活。① 进入现代以来，印度在某些方面有了较大发展，但一直到20世纪中叶它仍然是农业大国：

> 印度今天还是一个以农业为主的国家，农业有了很大发展，但它至今仍采用原始技术，经过两千多年的耕作，目前，大多数土地的耕种和放牧是超负荷的。由于耕作方法落后以及土地占有分散狭小而不利于经济的发展，所以每英亩的产量大都很低。②

以农耕经济为基础的"东方文化"与以工商业经济为基础的西方文化必然会有明显差异。"东方文化"的一些主要特点和传统观念——诸如天人合一、梵我一如、中庸和平、惩忿制欲、轻利重义、乐善好施、重视经验以及循环发展观念等都可以从中得到解释。

东方古代文化所依托的社会政治结构是以血缘为纽带的宗法等级制度，嫡长子继承制是东方——特别是中国政权嬗递的通例，尊卑有等、贵贱有别是东方社会政治结构的主要特点，长幼有序、男尊女卑的封建家长制是东方社会生活和家庭生活的基本制度。这一社会政治结构也深刻地影响了"东方文化"的形态和品质。

自公元前21世纪夏部落首领禹打破"禅让"制，把部落联盟首领的职位传给他的儿子启开始，中国政坛就开创了"家天下"的先例，家族世袭制从此成为王位继承的基本制度。商代前期和中期，王位继承在血亲家族内进行，或父子相继，或兄终弟及，但父传子未必都是传给嫡子，更不一定是嫡长子。据《史记·

---

① 参见（晋）释法显著：《佛国记》，上海：商务印书馆1937年版。
② ［印度］D. D 高善必著：《印度古代文化与文明史纲》，王树英、王维、练性乾、刘建、陈宗英译，王树英校，北京：商务印书馆1998年版，第16页。

殷本纪》记载，因商代王位继承没有明确而严格的规定，废嫡而更立诸弟之子的王位争夺之乱时有发生。有鉴于此，商代末期确立了嫡子继承制。周以降，嫡长子继承制成为封建宗法制的重要原则，血缘关系成为确立储君的先决条件。"立适以长不以贤，立子以贵不以长。"① 帝位只能传给适妻（正妻）所生之子，亦即后世所说的嫡子，而且一般应是长子，财产也通常由嫡长子继承。尽管每隔几百年中国古代就有一次"天崩地解"式的改朝换代，但"家天下"的政治社会格局始终得以维持。这一原则也对民众的家庭生活产生了深刻影响，庶民中的男子有的也可以娶多名妻子，但正妻只能有一人，余皆为妾。正妻之所出为嫡，嫡长子是唯一合法继承人。尊祖、敬宗、亲亲不仅是维护专制王权的政治思想，也是家庭生活的伦理准则，维护长幼有序、尊卑有等、贵贱有别、男女有分的等级制成为华夏文化创造的重要指向和原则。从先秦儒家开始，对女性的歧视就成为一种社会"公论"，后世奉行的"三从四德"更是天下极则，"夫礼也，严于妇人之守贞，而疏于男子之纵欲"，②"法"也是以维护封建家长制的统治秩序为最终目标的。古代印度的社会政治状况、伦理观念与古代中国有许多相似之处，这只要将《摩奴法典》与儒家的圣书作一对比即可见出。

由于长期处于分裂状态，印度古代政权嬗递难以一律按照父子相继的原则运作，但以血亲为基础的种姓制度长期而深刻地影响着印度社会，这是印度社会政治结构的一个突出特点。在公元前1000—公元前600年间的"后吠陀"时期，种姓制度已趋于定型。相传由印度的创造之神梵天创造、成书于公元前2世纪至公元2世纪之间的《摩奴法典》就是以维护种姓制度为核心内容的一部教律与法律相结合的"大法"，其中把婆罗门、刹帝利、吠舍和首陀罗四大种姓说成是至高无上的神分别从自己的口、臂、腿、足创造出来的社会集团，而且创造万物的神还同时规定了各有差等的种姓的不同职司："他命婆罗门学习和传授吠陀，执行祭祀，主持他人的献祭，并授以收受之权；他将保护人民，行布施，祭祀，诵读圣典，屏绝欲乐，规定为刹帝利的义务；照料家畜，布施，祭祀，学习经典，

① （汉）公羊寿传，（汉）何休解诂，（唐）徐彦疏：《春秋公羊传注疏·隐公元年》，李学勤主编：《十三经注疏》（标点本）八，北京：北京大学出版社1999年版，第13页。原注："适，谓适夫人之子，尊无与敌，故以齿。"
② （明）吕坤著：《呻吟语》卷五《治道》，杨振良校订，郭明进主编，台北：志一出版社1995年版，第285页。

经商，放贷，耕田，为给与吠舍的职司；但无上尊主对首陀罗只规定了一种本务，即服役于上述种姓而不忽视其功绩。"① 婆罗门、刹帝利和吠舍可以通过一定的宗教仪式获得"再生"，故有"再生族"之称，最低种姓首陀罗和不入种姓的"贱民"则没有这种资格。种姓主要靠血缘关系来获得和维持，血缘关系是种姓的基础。印度一直流行一夫多妻制，但"正妻"也只能有一个，这个"正妻"原则上应是与丈夫同一种姓的女子，而且应是处女；否则，其所生子女就成了失去种姓的"贱民"。这一婚姻制度旨在保证其所生子女种姓血统的纯正。

再生族，得教师同意，按照规定沐浴洁身后，可娶一个同种姓具有吉相的妻子……规定再生族初次结婚要娶同种姓女子；但如愿再娶，要依种姓的自然顺序优先择配。首陀罗只应该以首陀罗女子为妻，吠舍可在奴隶种姓或本种姓中娶妻；刹帝利可在上述两个种姓和本种姓中娶妻，婆罗门可在这三个种姓和僧侣种姓中娶妻……而与首陀罗妇女同床的婆罗门堕入地狱；如从她生一个儿子，即被剥夺其为婆罗门的资格。②

婚礼咒文专用于处女，而决不适用于此世丧失贞操者；因为这样的妇女，被排除在法定仪式之外。③

正是"出身"决定了一个人的社会地位和所拥有的财富，嫡长子继承制也是古印度种姓社会的基本制度：

世间所有一切，可以说全为婆罗门所有；由于他出生嫡长和出身卓越，他有权享有一切存在物。④

---

① ［印度］梵天著：《摩奴法典》，［法］迭朗善译，马香雪转译，北京：商务印书馆1982年版，第20~21页。引录时笔者删除了条目前的序码88、89、90、91。下引此著文字均删除条目前的序码。此著有的文字下方加有黑点，引录时也一律删除。下引同此，不再说明。

② ［印度］梵天著：《摩奴法典》，［法］迭朗善译，马香雪转译，北京：商务印书馆1982年版，第54~56页。

③ ［印度］梵天著：《摩奴法典》，［法］迭朗善译，马香雪转译，北京：商务印书馆1982年版，第191页。

④ ［印度］梵天著：《摩奴法典》，［法］迭朗善译，马香雪转译，北京：商务印书馆1982年版，第22页。

> 唯有男子的嫡出子才是父亲财产的主人……丈夫本人和以结婚净法结合的妻子所生的儿子是嫡出子，应视为地位最高。①

印度特有的种姓制度对印度社会、政治和文化的影响是持久而深刻的：

> 印度社会的主要特点，在农村中看得最为明显，就是种姓制度。这意味着一个社会分成许多集团，他们紧挨着，但是，看来他们往往过着互不交往的生活。不同种姓的人由于宗教原因而不能相互通婚……大多数农民不会从低级种姓人的手里接受做熟的食物或饮水，也就是说，种姓制度存在着一种粗陋的等级制度。实际上，这样的种姓有成千上万之多。②

印度长期存在"不可接触者"制度——低等种姓与高等种姓之间不得接触。例如，以"贱民"为"不洁"，不许他们与别人接触。所谓"贱民"是指那些从事收尸、放牧、理发、打猎、卖肉、清道、唱歌跳舞③等职业的底层劳动群众以及娶寡妇为妻、德行有亏的人，这些人不仅不能住在城市里，而且不能与种姓高于他们的人有任何形式的接触，他们上街必须敲击木头，以便让别人听到声音赶紧避开。"不可接触"当是传承历久的古俗——梵语"种姓"一词的本意就是"肤色的区别"和"隔离"，可见自种姓制度确立之初就已有"不可接触"之俗的流行。

歧视妇女也是印度古代社会的一个重要特点。公元前 1500 年至公元前 1000 年间的"前吠陀时期"，印度妇女的地位是比较高的，然而进入"后吠陀时期"以后，印度妇女的地位迅速下降，她们不再能参与祭祀活动，拥有和继承财产的权利也被剥夺，婚姻缔结和解除的权力完全控制在男子手里，一夫多妻（实际上是一妻多妾）的现象越来越普遍，但寡妇必须守节，在统治阶级当中开始出现夫

---

① ［印度］梵天著：《摩奴法典》，［法］迭朗善译，马香雪转译，北京：商务印书馆1982 年版，第 227 页。

② ［印度］D. D 高善必著：《印度古代文化与文明史纲》，王树英、王维、练性乾、刘建、陈宗英译，王树英校，北京：商务印书馆 1998 年版，第 17~18 页。

③ 《摩奴法典》把跳舞者和公开唱歌者视为和赌博者、诽谤圣典者、邪教徒、奸淫者、骗子、盗贼等一样的"低贱之人"，这里反映的或许不是梵剧兴盛期的情形。

死妇殉的恶例。《摩奴法典》中关于女性的"律条"与中国封建社会某些道学家的见解简直如出一辙：

　　　妇女少年时应该从父；青年从夫；夫死从子；无子从丈夫的近亲族，没有这些近亲族，从国王，妇女始终不应该随意自主……丈夫对妻子的支配权建筑在订婚时父亲以自己女儿赐予他这一点上……丈夫操行虽有可指摘，虽另有所欢和品质不好，但有德的妻子，应经常敬之如神……她要终生耐心，忍让，热心善业，贞操，淡泊如学生，遵守关于妇女从一而终的卓越规定……丈夫死后完全坚守贞节的有德妇女，虽无子，却和这些戒色的男子一样，径往天界……本法典中，任何地方都没有规定嫁二夫的权利。①

　　男子不仅可以有三妻四妾，而且还可以在外面寻花问柳，甚至可以把妻妾、婢女、女儿当作旧衣物一样"布施"给他人。歧视妇女的恶俗对梵剧有深刻影响——梵剧中的女性即使贵为皇后、公主，也和仆从等"贱人"一样，一般不得使用为高等人所专的梵语，绝大多数情况下只使用"俗语"，"俗语"也就是各地"贱民"所使用的方言。

　　古代日本、朝鲜、越南等东方国家也曾实行宗法血缘制统治，等级森严、贵贱有别、男尊女卑也是这些国家社会结构和社会风尚的重要特点。试以日本为例：

　　　神圣不可侵犯的天皇，名义上是日本的元首……将军因财富渐增，生活日益奢侈，甚至僭越了许多天皇的特权……大名（daimo）系臣属于将军的封建领主，他们效忠天皇，但拥有实权……大名之下又有旗本、御家人、陪臣、乡人、浪人等武士供其呼唤……及至封建时期，各阶级间的壁垒才稍见缓和，只剩下4个阶级，即武士、工人、农人及商人。其中以商人地位最不受注目。此外，尚有人口5%的奴隶，大都是一些罪犯、战俘及被贩卖拐骗的无辜儿童。在奴隶之下，尚有所谓秽多阶级，即从事于屠宰、制革、清道

---

　　① ［印度］梵天著：《摩奴法典》，［法］迭朗善译，马香雪转译，北京：商务印书馆1982年版，第130~131页。

等行业者……这些人被认为不洁，备受歧视。

农民在全人口中（吉宗时日本人口约 3000 万）占很高的比例……如同中国一样，早期日本妇女的地位，曾凌驾男人之上……及至封建社会的尚武精神抬头，以及社会松紧的自然交替与历史交替的关系，于是中国男尊女卑的理论，又在日本产生影响力，社会变成以男性为中心，妇女应遵守"三从"——在家从父，出嫁从夫，夫死从子。而女子无才便是德的观念，剥夺了她们接受教育的机会，仅能在家中学点礼仪。妇女应恪守贞节，假如丈夫发现妻子有不贞行为，可立刻将奸夫淫妇处死……相反地，如丈夫放荡、野蛮，则为人妻者更应温顺体贴。①

古代日本的社会政治和伦理道德观念与古代印度、古代中国相似度很高。

东方盛行的祖先崇拜、男性中心主义、伦理道德至上和珍视传统、重视继承等文化价值观均可在血缘宗法制的社会政治结构中得到解释。

五

何谓"东方文化"？正如卞崇道先生所指出的那样，"我们难以用定义的方式界说何谓东方思想文化，只能在同西方的比较中，去捕捉东方思想文化的总体倾向"。②

文化是人的创造，而人是"会思维的动物"，也就是说，文化是人类思维的产物。思维方式的差异决定了文化成果的差异。思维方式既有个体性差异，也有民族性差异。民族传统思维方式作为一种"集体无意识"，必然会对民族的每一个体产生制约作用，从而影响一个民族文化创造的指向和文化成果的基本面貌，这正是东、西方文化各自具有大致相同特征的根本原因。换言之，东西方文化的差异根源于东西方民族思维方式的差异，东西方思维方式的差异最能反映、说明各自思想文化的整体特征。

---

① ［美］威尔·杜兰著：《东方的遗产》，北京：东方出版社 2010 年版，第 609～618 页。
② 卞崇道著：《东方思想宝库·序》，卞崇道、宫静、康绍邦、蔡德贵主编：《东方思想宝库》，长春：吉林人民出版社 1994 年版，第 8 页。

人类的思维活动源于大脑，而人类大脑的生理结构是大体相同的。因此，人类的思维方式和思维能力存在明显的共同点，这为不同文化的传播与接受奠定了基础。但思维方式和思维能力不仅仅是由大脑一个要素所决定的，它又是社会实践的反映，受社会实践方式的制约。因受自然条件和社会文化环境的影响，不同民族、不同地域、不同时代的人们的社会实践方式存在很大差异。因此，不同民族、不同时代的思维方式和能力也必然会存在某些差异。与西方占主导地位的同中见异的分析思维相比较，东方占主导地位的传统思维方式可以称为异中求同的整体性或曰求同性思维，这在中国的"天人合一"、印度的"梵我一如""色心一如"的命题中得到了集中体现。

中国古人不是把宇宙视为外在于人的对象，而是把人和宇宙看成互相包容、和谐统一的整体。汉代的董仲舒以牵强附会的比附从人体结构之生成和宇宙运行节律之关系的角度证明天人相类，得出了"天人合一"的结论。"天以终岁之数，成人之身，故小节三百六十六，副日数也。大节十二分，副月数也。内有五藏，副五行数也。外有四肢，副四时数也。乍视乍暝，副昼夜也。乍刚乍柔，副冬夏也。乍哀乍乐，副阴阳也。"[①] 他得出结论："以类合之，天人一也。"[②] 宋代道学家发挥孟子的心性禀受于天、天性与人心一以贯之的思想，得出"天道"与"人道"合一的结论："道与性一也……性之本谓之命，性之自然谓之天，自性之有形者谓之心，自性之有动者谓之情。凡此数者皆一也。"[③] 又说："安有知人道而不知天道者乎？道一也，岂人道自是人道，天道自是天道？……天、地、人只一道也。"[④]

"天人合一"思想也传播到了朝鲜半岛和日本列岛，对朝鲜半岛、日本文化的建构发生了深刻影响。例如，朝鲜儒家学者李珥（1536—1584）就曾指出：

---

① （汉）董仲舒著：《春秋繁露》（下）卷十三"人副天数"，凌曙注，北京：中华书局1991年版，第442~443页。

② （汉）董仲舒著：《春秋繁露》（下）卷十二"阴阳义"，凌曙注，北京：中华书局1991年版，第418页。

③ （宋）程颢、程颐著：《二程遗书》卷二十五，上海：上海古籍出版社2000年版，第375页。

④ （宋）程颢、程颐著：《二程遗书》卷十八，上海：上海古籍出版社2000年版，第231页。

　　呜呼，天人一也，更无分别。惟其天地无私，而人有私。故人不得与天地同其大焉。圣人无私，故德合乎天地焉。君子去私，故行合乎圣人焉。学者当务克私，以恢其量、以企及乎君子圣人焉。治私之术，惟学而已。学进则量进，天资美恶非所论也。①

　　这里的"天人一也"主要着眼于人与天地"比德"，但显然也是把"人道"与"天道"、自然与人世视为一个整体的。

　　"整体性"和"求同性"也是印度传统思维方式的重要特征。公元前9世纪以前形成的《梨俱吠陀》第10卷第90曲——《原人歌》把"原人"视为万物之始基。"原人"不仅分别用嘴、臂、腿和足创造了婆罗门、刹帝利、吠舍、首陀罗四大种姓，而且由心意、双眼、呼吸、肚脐、头、足等分别创造了月亮、太阳、风、太空、天和地。这些神话昭示的是整体思维，它力图说明：人与自然同源、同构，人的本性与自然的本性"合一"，人世与自然——亦即"天"与"人"是一个不可分割的整体。

原人歌

原人之神，微妙现身，
千头千眼，又具千足；
包摄大地，上下四维；
巍然站立，十指以外。

唯此原人，是诸一切；
既属过去，亦为未来；
唯此原人，不死之主，
享受牺牲，升华物外。

---

　　①　［朝］李珥编：《圣学辑要》4《栗谷全书》1卷第488页，卞崇道、宫静、康绍邦、蔡德贵主编：《东方思想宝库》，吉林：吉林人民出版社1994年版，第65页。

如此神奇，乃彼威力；
尤为胜妙，原人自身：
一切众生，占其四一；
天上不死，占其四三。

原人升华，用其四三，
所余四一，留在世间。
是故原人，超越十方，
徧行二界，食与不食。

从彼诞生，大毗罗阇；
从毗罗阇，生补卢莎。
彼一出世，立即超越：
后造大地，及诸众生。

原人之身，若被支解，
试请考虑，共有几分？
何是彼口？何是彼臂？
何是彼腿？何是彼足？

原人之口，是婆罗门；
彼之双臂，是刹帝利；
彼之双腿，产生吠舍，
彼之双足，出首陀罗。

彼之胸脯，生成月亮；
彼之眼睛，显出太阳；
口中吐出，雷神火天；
气息呼出，伐尤风神。

　　脐生空界，头现天界，

　　足生地界，耳生方位，

　　如是构成，此一世界。①

　　这里显然也是把人世与自然视为一个整体——人与天地万物皆为"原人"所生，"原人"既是自然之"本"，同时也是人世之"根"。人与自然不仅同源，而且：同"性"——人的本性与自然的本性是一致的；同"构"——人体结构与自然也是一致的。"原人""梵"与我国道家所说的"道"也颇为相似。《老子》第二十五章曰："有物混成，先天地生。寂兮寥兮，独立而不改，周行而不殆，可以为天地母。吾不知其名，强字之曰'道'。"《老子》第四十二章曰："'道'生一，一生二，二生三，三生万物。"②

　　《原人歌》所昭示的整体性或曰求同性的思维方式贯穿于印度古代文化创造的全过程之中。公元前 5 世纪至公元 2 世纪之间产生了众多的奥义书，其中多数涉及梵我关系的讨论，如提出"梵我一如"或"梵我同一"的命题。"梵"是一切事物的本体、宇宙的最高实在、最高的善；"我"是个体的灵魂。所谓"梵我一如""梵我同一"，是指宇宙的本质与人的本性一致，它同源同体——"我"是宇宙的灵魂"梵"在人世间的具体显现。承载了宇宙灵魂的"我"本来也应该是自由、快乐的，但"梵"一旦进入人体，就会受到世俗欲望的束缚，变得不自由而且痛苦了，"至善"的"梵"有可能陷入罪恶之中，只有彻底摆脱了世俗欲望的束缚，人才能回到"梵我一如"的自由、至善、欢乐之境。《摩奴法典》就有类似的说法：

　　　婆罗门之生是法的永久体现；因为生以执法的婆罗门生来和梵天一体。③

---

　　① ［印度］《梨俱吠陀·原人歌》第 1、2、3、4、5、11、12、13、14 颂（诗节），巫白慧译，中国社会科学院哲学研究所东方哲学研究室编：《东方哲学与文化》（第一辑）之《〈梨俱吠陀〉梵文哲学诗选》，北京：社会科学文献出版社 1996 年版，第 20~22 页。
　　② 陈鼓应著：《老子译注及评介》，北京：中华书局 1984 年版，第 163、232 页。
　　③ ［印度］梵天著：《摩奴法典》，［法］迭朗善译，马香雪转译，北京：商务印书馆 1982 年版，第 21 页。

要独处僻静的地方，经常冥想他的灵魂未来的幸福；因为作此冥想，他可以抵达梵我一如的最后解脱……认识圣典的婆罗门，按照这些规定行事，解脱一切罪恶，取得永远神我一如的光荣。①

尽管"梵我一如""神我一如""色心一如"是宗教命题，但它们在人与自然的关系上、在所昭示的思维方式上是与"天人合一"的哲学命题相通的，季羡林先生就曾指出："中国讲'天人'，印度讲'梵我'，意思基本上是一样的。"②

"天人合一""梵我一如""色心一如"作为一种宇宙观，对于东方民族的思维方式、思维习惯的形成，具有决定性的意义。因此，这一命题被季羡林先生等东方文化学者誉为"东方思想的极致"：

韩国东国大学佛教大学院院长吴亨根教授给我写信，他也认为"天人合一"是东方思想的特点。他说："我个人想，'天人合一'的思想是否和《大乘起信论》中的色心一如思想相通呢，中国僧肇大师说：'天地与我同根，万物与我一体。'此思想全是东方思想的最极致。"③

"天人合一""梵我一如""色心一如"等命题之所以被视为"东方思想的极致"，主要是因为这些命题对意识把握对象的角度、方式、过程，提出了与西方不太相同的要求，集中反映了东方民族思维方式的主要特点。

古代西方人把握认识对象时长于深入对象的内部作细致的分析，以为就像单词是由多个字母所组成的那样，天下万物都是可以拆解的，这些可拆解的成分是各不相同的、能够独立存在的个体。例如，古希腊哲学家德谟克利特等不满足于用水、火、土、气等具体的物质来说明世界的生成和运动，把注意力集中在探究

---

① ［印度］梵天著：《摩奴法典》，［法］迭朗善译，马香雪转译，北京：商务印书馆1982年版，第113页。

② ［日］池田大作、季羡林、蒋忠新著：《畅谈东方智慧》，卞立强译，成都：四川人民出版社2004年版，第251页。

③ ［日］池田大作、季羡林、蒋忠新著：《畅谈东方智慧》，卞立强译，成都：四川人民出版社2004年版，第256页。

"事物内部不可再分的最终要素是什么"这一问题上，提出了"原子论"，认为就像由字母组成单词一样，世界上的事物都是由一种细小的不可再分的物质粒子——原子所组成的。① 柏拉图在其《理想国》等著作中把现象与本体、物质与精神、感性世界与理念世界、灵魂与肉体等严加区分，强调它们的对立与冲突。中世纪的英国哲学家威廉·奥康认为"物"是可以"无限分割"的。17世纪的英国哲学家培根和古希腊的德谟克利特一样，也认为自然界是由一些"物质微粒"构成的。生活在17—18世纪之交的德国哲学家莱布尼兹发现了原子论的缺陷，进而提出了"单子论"，但他的这一理论仍然是建立在同中见异的分析思维的基础之上的。西方现代科学技术也基本上是建立在这一思维方式的基础之上的。例如，西方现代解剖学就是建立在人体是由"诸多零件组装而成"这一认识的基础上的，它所昭示的思维方式仍然是同中见异的分析思维。

东方人的传统思维则长于异中求同，在把握认识对象时东方人往往习惯于作整体把握，而不习惯于作"肢解"式的局部分析。古代东方人通常把内心与外物、现象与本体、自然与人世视为互摄互渗的整体，在把握认知对象时长于作整体把握，这一思维模式不是以整体的切割、肢解为目标，而是以关注局部与整体的联系、关注对象的整体功能为旨归。譬如，东方古代文艺批评不像西方那样，将一部浑然一体的作品，"肢解"为主题、情节、人物、语言等"单一成分"，作局部的细致深入的理论分析；而是注重整部作品给人的总体感受，以"一言以蔽之"的论断方式，作"立片言以居要"的整体价值评判或风格认定。孔子以"诗无邪"论"诗三百"。我国古代文论以"文气""风骨""意境""滋味""神韵""豪放""婉约"论诗文，古代曲论以"风神""本色""动人""乐人""令人酸鼻""令人解颐"论戏曲，近代国学大师王国维受传统文艺批评的影响，以"意境""自然"论元杂剧。印度的戏剧学、美学著作《舞论》以"情""味"论戏剧和舞台艺术，"情""味"是作品的整体功能或者说是作品给欣赏主

①　古代印度正统哲学派别之一的"胜论派"也提出了"原子（极微）论"，认为世间万物都是由物体的最小单位——"极微"所构成。但与德谟克利特的"原子论"不同，"胜论派"的"原子"是指具有固定形体的最小存在——地、水、火、风，而这种用水、气、火等有固定形体的事物来说明世界之生成的做法恰恰是德谟克利特所反对的，他所说的"原子"是指一种不可再分的物质微粒。由此亦可看出，东、西方的"原子论"也昭示了不同的致思倾向。

体的总体感受，是建立在整体把握的基础之上的。日本的戏剧学、美学著作《风姿花传》以"幽玄"论能乐，"幽玄"是作品所营造的意境，或者说是作品给欣赏主体的总体感受。东方传统美学的范畴大多体现了一种整体把握的思维方式——着眼于主体从整部作品中所获得的审美感受，而不是对独立于欣赏主体之外的作品不同成分的深入分析。

从精神特质上看，西方文化虽然也力图使人向善，但观其大体，它主要是一种旨在求真的"智性文化"，东方文化虽然也求真，力图开启智慧之门，但论其主旨，它主要是一种导人向善的"德性文化"。这两种不太相同的价值取向深刻地影响了东西方的文化创造和文化形态。

东方哲学——特别是影响巨大的儒家哲学以人伦关系（夫妇、父子、君臣、兄弟、朋友等）和人伦道德（忠、孝、节、义、诚等）为主要的关注点，所以儒学又被称为"仁学"。儒学重"人道"，以尊卑有别、贵贱有等的"人道"为本位去拟构充满伦理精神的"天道"，又用虚拟的"物有差等"的"天道"来反证"不齐"的"人道"——三纲五常的等级制度和循礼守制的道德准则的天经地义。把人类社会特有的伦理道德现象强加给自然界，将人为的伦理道德原则看作是自然界的普遍规律，这正是中国古典哲学的突出特点。

中国传统文化以儒家文化为主体，而儒家文化又以伦理道德为本位。因此，道德化成为中国传统文化的鲜明特色。这一特色不仅反映在伦理道德内容在传统文化中所占的比重上，而且也反映在诸多意识形态部门与道德意识的关系上。中国古代的政治、法律、文学艺术无不染上浓厚的道德化色彩。"德性"成为人的本质属性，"德治"乃理想政治，道德的普遍性诉求是中国传统文化主要的价值目标。

中国传统文化的这一特点也深刻地影响了朝鲜半岛、日本和越南的古代文化——道德化也是这些国家传统文化的特色。古代印度文化也有鲜明的道德化色彩。这里以日本、印度为例，试加说明：

《教育敕语》是以命令"臣民"的形式，列举了应遵循的德目，说："孝父母，友兄弟，夫妇相和，朋友相信，恭俭持己，博爱及众，修学习业，以启发智慧，成就德器，进而广公益，开世务，常重国宪，遵国法……"还说："一旦如有缓急，则义勇奉公，以扶翼天壤无穷之皇运。"亦即命令国民：一旦遇有战争等非常事态，要为天皇制国家贡献一切。

这里包含的思想是基于儒教的封建的忠诚观念与扎根于日本人宗教传统的崇拜祖先观念的结合。忠实地遵守和实践这些德目，则"不仅为朕忠良之臣民，且足以显彰尔祖先之遗风"，特别强调了和祖先的联系。《教育敕语》中所谓的孝，乃是父权家长制家族道德的根本，通过以天皇为父亲、以国民为赤子的家族国家观的扩大，孝就具有了把所谓忠君爱国的国民道德完全包括在内的内涵。①

从《教育敕语》的相关内容即可看出，中国儒家的伦理文化——政治伦理、社会伦理和家庭伦理对日本古代社会有巨大而深刻的影响。儒家文化对印度的影响远不及印度大乘佛教对中国封建社会的影响，但与忠孝节义等相类似的伦理道德观念同样是印度封建社会的精神支柱：

难道没有一部梵文著作像塞万提斯的《堂·吉诃德》影响西班牙知识界那样体现出印度的特点吗？有一本在很大程度上属于这一类型的书，那就是《薄伽梵歌》……《薄伽梵歌》取得非凡成功的原因是其关于崇拜的一种新理论——坚定不移地忠诚于一位天神，纵使其的怪异行为也不容置疑。这种做法符合封建思想。报效尽忠的思想把农奴、奴仆和封建贵族，把封建贵族和国王紧紧地联系在一起。这就是封建社会的思想基础，它不管下属的忠诚的实际对象的品行是如何可憎和卑劣。这种忠诚正是封建主义的基础；它将许多原始习俗带进不能再称之为野蛮社会的封建社会。戒日王的父亲患了不治之症，朝廷命官们就当众割下自己身上的肉以飨恶鬼。南方甘格和巴勒瓦的贵族为了报答自己效忠的对象，在神或女神面前割下自己的头颅，这一点为8世纪之前的许多铭文及雕塑品所证实。许多奴仆宣称，他们在自己主人死后不愿多活一秒钟。他们也真的跳进焚烧自己主人尸体的火堆殉葬。对此马可·波罗曾有过记述。这种置生命于不顾的行为不能看成是从六世纪起在

---

① ［日］村上重良著：《国家神道》，聂长振译，北京：商务印书馆1990年版，第113~114页。

统治阶级中盛行的寡妇殉葬制度的扩展；寡妇殉葬制度的起源可以追溯到比希腊人的记载更早的史前时期……①

从文化结构来看，宗教在东方文化体系中所占的比重远远大于西方，"宗教是东方思想文化的中核"。② 世界上的主要宗教均产生于东方，除基督教之外，绝大多数宗教也主要流播于东方，但东方除了个别地方和个别时段之外，未曾出现像西方那样长时期的凌驾于世俗政权之上的教权。东方古代世俗政权虽然大多也有神权色彩，这主要是指统治者宣扬君权神授——如中国的"天子"、日本的"天皇"，而不是指由教会控制皇权。东方人缺乏西方人所拥有的那种宗教狂热和宗教虔诚，许多人用实用主义的态度对待宗教，把宗教当作祈福禳灾的工具，有的人同时"信仰"几种不同的宗教，信仰色彩淡薄。但东方宗教对东方文化中其他门类的影响比西方宗教对其他门类的影响要大得多，东方宗教对世俗生活的影响也比西方宗教对西方世俗生活的影响要大得多。这是因为，东方宗教大多与原始宗教和民间信仰关系密切，鬼神迷信、祖先崇拜与宗教混融，迷信盛行，淫祀泛滥，制度宗教与世俗迷信并行不悖，而且东方古代未曾出现像西方文艺复兴、启蒙主义那样深入批判宗教蒙昧主义的思想文化运动，掺杂着大量鬼神迷信，带有强烈神秘色彩的"混同之教"成为东方文化生长的沃土，长期影响着东方的社会生活和文化创造，使得"东方人文、社会科学乃至自然科学无不打上宗教的烙印"。③ 这种"混同之教"对中国古代戏曲的影响巨大而深刻。

在古印度，垄断祭祀权的婆罗门是居于首位的最高种姓。由此即可见出，宗教在印度社会的崇高地位。在中国、朝鲜（半岛）、日本、越南，虽然没有基于宗教的种姓制度，但祭祀盛行，迷信活动泛滥——宗教迷信长期支配着国民生活则是一致的，请看王治心先生对中国古代民众生活的论述：

---

① ［印度］D.D 高善必著：《印度古代文化与文明史纲》，王树英、王维、练性乾、刘建、陈宗荣译，王树英校，北京：商务印书馆 1998 年版，第 234~236 页。

② 卞崇道著：《略论东方文化》，中国社会科学院哲学研究所东方哲学研究室：《东方哲学与文化》，北京：社会科学文献出版社 1996 年版，第 215 页。

③ 卞崇道著：《略论东方文化》，中国社会科学院哲学研究所东方哲学研究室：《东方哲学与文化》，北京：社会科学文献出版社 1996 年版，第 214 页。

　　佛教输入中国，相传在汉明帝时，其最初输入的，大概是小乘教义；所以那些天堂地狱、轮回投胎等说素，与固有的阴阳谶纬，合成为疑神疑鬼的迷信。于是经典科教、寺观庙宇，渐渐地普遍起来，影响到民众的生活，非常之大。厥后又经过南北朝的推演，渐成为中国唯一的宗教。加以西来的僧众，译经著述，推行于上级社会；又有民间特造的宝卷佛曲，推行于下级社会；于是因果报应的思想，盘据在全国人心，历二千年而未拔。

　　同时又有道教的产生，借托老子之名，方士派神仙之说煽于前，符箓丹鼎派长生飞升之说惑于后，复窃取佛徒科教的方法，礼忏祈禳，亦成为民间的普遍信仰……而且这种迷信，影响到后来，更是非常有力。从阴阳五行混合而生的谶纬学说，产生出无数的星相卜筮，占验宿命……等等迷信；从佛道天堂地狱的来世思想，产生出经忏符箓，修仙学佛……等等迷信。这种迷信，支配了数千年来全国民众的生活。①

　　日本的神道教既承续了日本的原始宗教和民间信仰，也融合了北传佛教、道教的思想，以灵魂不灭、阴阳两界为基本信仰。日本从古至今都隆祭祀、重祝祷。在第二次世界大战以前，日本各地建有神社万余座，神社内供奉的神灵有：皇室祖先、各氏族祖先、对皇室或国家有功者、对学术文化事业有贡献者以及《日本书纪》中所记载的众多神祇等。神社成了日本民众的"精神中心"，祭神拜鬼与民众的日常生活关系相当密切，至今依然有很大影响。日本文化受到宗教文化的深刻影响，这在其古代戏剧——特别是"能乐"中得到了充分的反映。能乐表现的主要是亡灵，通常在宗教仪式上演出，如果把观赏能乐当作一项娱乐活动，当场鼓掌、嬉笑，会被斥为对能乐的亵渎。

六

　　东方文化深刻地影响了中国古代戏曲的艺术面貌，戏曲的一些主要特征需要放在东方文化的宏阔背景之下去加以分析。换言之，中国戏曲是东方文化的"活化石"，在它身上积淀着特色独具的东方智慧，通过分析这块"活化石"可以更

---

① 王治心著：《中国宗教思想史大纲》，上海：上海三联书店 1988 年版，第 69~70 页。

真切地"触摸"和深入地把握东方文化。

东方各国的古代戏剧具有相似性，比如，东方戏剧——特别是印度、中国、越南的古代戏剧大多迷恋大团圆结局，大多保持着载歌载舞高度综合化的形态，采用时空自由转换的开放式（线性）结构，具有人神杂出、迷离惝恍的"神性品格"和亦真亦幻的神秘色彩，舞台表演大多具有程式化的特征。对于这些相似之处，当然需要从戏剧交流的角度去寻求解释。因为对于戏剧来说，不同国家间戏剧的相互影响当然是最为直接的。中国古代戏曲对周边国家传统戏剧的形成与发展确有不同程度的影响。但是，只从这样一个角度出发去解释不同国家间戏剧艺术形态之生成又是远远不够的。差异性较大的两种戏剧之间历史上未必就没有关系。例如，日本的能乐、狂言与戏曲的审美形态就存在较大差异——多数戏曲剧目援悲、喜于一体，而日本这两种几乎同时诞生的戏剧却别悲、喜于二途——能乐抒悲，狂言造笑。但日本学界公认孕育期的中国戏曲——汉唐歌舞杂戏同样是日本戏剧的"母胎"，也就是说，戏曲与日本能乐、狂言的"母体"是大体相同的——戏曲也是在汉唐以来的歌舞杂戏以及宋金说唱艺术的基础上发展起来的。日本还有学者认为，能乐的创生可能受到了元杂剧的直接影响。又如，越南嗷剧是由被俘的元代戏曲艺人直接创造的，应该说，它不仅与戏曲关系密切，甚至可以说它是戏曲所衍生的。然而，越南嗷剧却分成属于宫廷的"嗷御剧"和属于民间的"嗷嗷剧"，这两种戏剧的形式特征与精神取向都有较大差别。非常相似的两种戏剧之间也不一定都存在"血缘关系"，例如，戏曲与印度梵剧的相似之处确实是比较多的——载歌载舞、高度综合化的形态，文本都采用韵散结合体，都迷恋始悲终欢、善恶有报的大团圆结局，都采用时空自由转换的线性结构模式……但很难说戏曲就是从印度"输入"的。因为，戏曲的表现形式大多有清晰可辨的"华夏血统"。例如"韵散结合"的文体形式未必就是对梵剧的模仿，而是直接源于宋元话本和金元诸宫调，大团圆结局也未必是由梵剧所"传授"，《诗经》的多数篇章采用的是首尾照应的"环形结构"，汉乐府诗《焦仲卿妻》虽以男女主人公双双殉情作结，但最后有抚慰性的"亮色"——男女主人公的合葬墓旁，松柏梧桐枝叶相连，鸳鸯和鸣。我国古代有相当一部分戏曲作品采用了这种结构模式。我国汉唐以来的小说（文言小说、话本）中就有不少是以"团圆"结局的。例如，唐人白行简的《李娃传》极尽悲欢离合之能事，最终以父子、夫妇团圆结局。唐代陈玄祐的《离魂记》亦以人魂合一、夫妻团圆作结。诸宫调的现存作品大多也以"团圆"结局，金代董解元的《西厢记诸宫调》就是突出例证。戏曲时空自由转换的线性结构模式则与叙述体的话本和诸宫调一脉相承。这是因为，某一文化样式的形态与特质的铸成不仅受文化传播的影响，可以从别人那里"袭得"，还受文化传统、生存环境、创造主体、时代条件等多种复杂因素的影响。由于生长的"土壤"和"气候"具有较大的相似性，不通往来的国家之间完全有可能创造出具有惊人相似性的文化成果。相反，因为各自需要的不同，两个关系密切的国家有些文化成果在对方那里可能遭遇"视而不见"的"冷遇"。如果没有内在的因素起作用，一个国家的戏剧是很难在另一个国家生根的，不同国家间的戏剧交流也未必是直接"输入"。一个国家的戏剧并不只是接受对方国家戏剧的影响，来自对方国家的宗教、哲学、政治、经济乃至文学对戏剧的影响有可能超过戏剧传播本身的影响。因此，两个国家间戏剧的相似性有的很难单从两国戏剧的相互关系去求得解释。例如，中国戏曲、朝鲜唱剧和日本能乐都有相当多的剧目把剧情建立在天人感应、灵魂不灭、因果业报、轮回转世、仙俗交通的宗教神学的基础之上，"神学品格"凸显。如果不从东方戏剧的"共同土壤"——东方宗教这一方位去加以考察，恐怕是很难说清楚的。又如，东方戏剧大多保持着高度综合化的面貌和悲喜中节的审美品格，如果单从戏剧之间的影响去寻求解释，显然也是很困难的。

由于戏剧交流的文献记载相对缺乏，对东方戏剧相互关系的研究若还要深入下去，一是寄希望于新材料的发现，二是转换研究方法，扩大视野。从文化研究入手，立足于文本比较，或许能有所发现，有所推进。

总而言之，探究中国古代戏曲和东方各国戏剧的关系，概括古代戏曲的特点，发掘中国古代戏曲的文化蕴涵，需要更宏阔的视野。中国戏曲即使不是外来的，而完全是"土生土长"的，东方文化——特别是印度的宗教和乐舞文化对它的影响显然也是巨大而深刻的，东方其他国家的戏剧亦然。

东方文化对于戏曲而言具有怎样的意义呢？这里不可能就此作全面回答，仅就几个方面的问题试作探讨。

东方哲学智慧对戏曲影响很大，戏曲的内容和形式都蕴涵着丰富的东方哲学思想，正是这种具有鲜明东方特色的智慧使戏曲得以成为东方戏剧——乃至东方艺术的杰出代表。

天人合一、和而不同、循环发展的哲学智慧铸成了戏曲高度综合、悲欢沓见、离合环生的形态。

西方戏剧的源头——古希腊戏剧因脱胎于载歌载舞的酒神祭祀仪式，因此一开始也是载歌载舞的，古希腊悲剧和喜剧都有歌队之设，可是从古罗马戏剧开始，西方戏剧的歌舞成分就逐渐减少，本来与剧情结合得就不是太紧的歌队逐渐退出了舞台。尽管中世纪的宗教剧仍然杂有歌舞成分，但文艺复兴时期以降的西方戏剧逐渐踏上了歌剧、舞剧、话剧（西方并无"话剧"一词，话剧一词是我国戏剧家洪深创造的，但西方是有纯用对话或以对话为主的戏剧样式的，我国的话剧是从西方和日本传入的）各立门户的道路。歌剧没有道白，舞剧（芭蕾）全凭肢体，话剧不杂歌舞，其艺术构成都崇尚"单纯"。① 西方古代戏剧走的是一条由综合到单纯的发展道路，现代戏剧——例如音乐剧的创生又改变了这种发展走向。此外，西方戏剧从一开始就把悲与喜两种美感成分分别置于不同的戏剧样式之中，古希腊的悲剧竞赛会与喜剧竞赛会是分开举行的，悲剧与喜剧在事件、人物、冲突、结构、美感等诸多方面存在明显差别。古希腊"悲剧诗人"一般只写悲剧，"喜剧诗人"通常只写喜剧，从而筑成了悲剧和喜剧两大森严的"壁垒"。尽管后来瓜里尼等文艺理论家曾指出这两种对立的样式都有"过火"之弊，呼吁创立"悲喜混杂剧"，莎士比亚等剧作家既创作悲剧，也编写喜剧，而且还创作了亦悲亦喜的"传奇剧"，高乃依的《熙德》、歌德的《浮士德》等也作了援喜于悲的探索，试图突破悲剧与喜剧的森严壁垒，但从总体上看，别悲、喜于二途仍然是西方剧坛的基本格局。

东方传统戏剧的发展道路和审美形态则迥然不同。印度、中国和日本的古代戏剧在孕育期就已出现两种不同的样式，一种是载歌载舞的歌舞戏，另一种是以道白为主或只有道白和表演提示的科白剧，不过这两种样式的界限并不很严格，有些以科白为主的剧目中其实也杂有歌舞——我国隋唐时代的参军戏就是如此。步入成熟期之后，东方传统戏剧中的科白剧虽然并未完全消亡，但其地位远不如高度综合化的戏剧样式，而且，科白剧中杂有歌舞的现象越来越普遍。日本的狂

---

① 这里只是就其整体状况而言，实际上，西方一直存在着杂有少量歌舞，但却以对话为主要表现手段的戏剧，歌唱芭蕾也偶有所见。

言就是如此，它不但有一半左右的剧目杂有歌舞，而且常常作为能乐演出的一种"调剂"，穿插在歌舞化的能乐曲目之间上演。在汉唐时代，孕育期的戏曲中是有科白剧的，宋金杂剧中科白剧仍然占有较大比例，但成熟形态的戏曲——宋元南戏和元杂剧却都走上了高度综合化的道路，在现存戏曲文本中未发现宋元南戏和元人杂剧中有纯粹的科白剧。宋元以降，戏曲一直沿着高度综合化的方向发展，清代后期兴起的花部诸腔虽然多数抛弃了曲牌联套体而采用了板式变化体，但仍然保持着高度综合化的面貌。

　　东方传统戏剧中有偏重于表现悲苦之情的剧作，中国古代就有一些剧作被当时的批评家视为"苦戏""怨谱"。据《舞论》记载，"悲悯味"是梵剧的"八味"之一（此外还有艳情、滑稽、暴戾、英勇、恐怖、厌恶、奇异七味），梵剧中也是有"感伤剧"的。朝鲜唱剧《沈清传》《春香传》都以团圆结局，算不上严格意义上的悲剧，但含有较多的悲苦成分，足以让人"酸鼻"。日本戏剧与西方戏剧悲、喜两分的格局有相似之处，能乐中的多数剧目蕴涵着忧伤和哀愁，有少数剧目的结构接近于西方悲剧"好人由顺境转向逆境"的"单一结构"——如《道成寺》《隅田川》等就是，狂言则是以笑乐为主的"喜剧"。但能乐演出往往是把"能"与"狂言"穿插在一起的，因此，从演出的角度看，日本古代戏剧的审美崇尚也是援悲、喜于一体的"中和之美"。东方戏剧中的"悲剧"常常含有滑稽成分。东方各国的古代戏剧中有"笑谑之戏"，但这些"喜剧"不但融进悲苦之美，而且有不少剧目并不重视"丑不安其位"的讽刺。东方传统戏剧——特别是印度、朝鲜、中国、越南、泰国戏剧，大多选择善恶有报的"双重结局"，"悲欢离合"的"环形结构"是其普遍采用的结构模式。因此，援悲、喜于一体，是东方传统戏剧主要的审美形态。

　　西方古代戏剧由综合走向单纯的发展道路和悲、喜分离的审美形态与其源头——古希腊城邦酒神祭祀祭坛上对酒神事迹的赞颂（由此演化为悲剧）和群众游行时的戏谑（由此演化为喜剧）有关，但与西方主要的思维方式——强调同中见异的分析思维以及重视颠覆与重建的文化价值取向更有深刻联系。西方的分析思维在把握一个对象时，往往把整体分解成若干个元素来加以分析，认为这些元素是具有独特个性的、各不相同的，强调它们之间的矛盾与冲突，乐于为它们的各自独立发展创造条件。因此，西方古代文化的发展走向不是诸多门类兼容并包，而是不同成分各立门户。这对戏剧的发展影响深远。西方古代戏剧理论家强调悲与喜的差异及冲突，主张将它们割裂成两大"壁垒"，使其各自"朝一个单一的方向进击"。在文艺复兴以来的西方某些文艺家看来，音乐、舞蹈、诗歌是互相矛盾的艺术元素，把它们强行"凑在一起"，只会互相抵消，不但影响它们各自的独立发展，而且放在同一部作品之中会降低其表现力和感染力。一直到20世纪，为陷入困境的西方戏剧寻找出路的西方戏剧家才发现综合化的东方传统戏剧有它不可替代的价值。

欧洲古代文化经历过断裂式的发展进程，怀疑与否定是欧洲多数学者的基本精神取向，反叛与挑战、颠覆与重建是欧洲文化发展的主要动力和方式，标新立异自然成为衡量艺术创造活动的一个重要尺度。欧洲戏剧的发展也是如此。英国戏剧理论家斯泰恩说："戏剧史是一部反叛与反动的历史。"① 这一判断大体符合欧洲戏剧史——特别是欧洲现代戏剧史的实际。"反叛"并"颠覆"，又在"反叛"与"颠覆"中重建是欧洲戏剧发展的主要动力和方式。载歌载舞高度综合化的古希腊戏剧注定是要被"颠覆"的，中世纪的宗教剧是对古希腊、古罗马戏剧的"反叛"，文艺复兴以来逐渐"重建"起来的诗、乐、舞各立门户的剧坛格局是对中世纪戏剧的"颠覆"。17世纪的古典主义戏剧是对文艺复兴戏剧的"反叛"，18世纪的启蒙主义戏剧又是对古典主义戏剧的"颠覆"。后来代之而起的浪漫主义戏剧、现实主义戏剧也已经被西方现代派戏剧所"颠覆"。西方现代戏剧从东方戏剧——特别是中国戏曲那里获得灵感，打破悲、喜割裂的森严壁垒，突破诗、乐、舞分离的"门户"，走向新的综合，又"重建"了全新的现代戏剧样式，音乐剧就是一个突出的例证，以喜剧的形式表达悲剧性体验的荒诞派戏剧也是一例。

中国戏曲由综合化程度不高到综合化程度越来越高的发展道路与东方主要的思维方式——强调异中求同的整体思维以及珍视传统、重视继承的文化价值取向有密切关系。东方的整体思维在把握一个对象时，往往反对"肢解"式的分析而强调作整体把握，认为事物的不同成分之间是互相联系的，离开了"整体"，"局部"（个体）也就失去了意义。这一占主导地位的思维方式决定了中国传统

① ［英］J. L. 斯泰恩著：《现代戏剧理论与实践》（1），刘国宾等译，北京：中国戏剧出版社2002年版，第1页。

文化发展的基本走向。中国传统文化的发展道路主要不是不同门类各自独立门户，"朝一个单一的方向进击"，而是诸多门类兼容并包，存在冲突的不同门类最终走向"合一"。例如，其思想主张存在冲突的儒、佛、道从隋唐时代开始就逐渐走向融合。这一文化发展指向对戏曲的发展影响深远。戏曲艺术家把悲与喜视为两种互补的美感成分，援悲、喜于一体。尽管戏曲中既有偏重于令人酸鼻的"悲剧"，也有偏重于令人解颐的"喜剧"，但完全拒绝滑稽的"纯粹的悲剧"很少，完全拒绝悲苦、主要着眼于讽刺的"纯粹的喜剧"也不多见。我国自先秦以来就有诗、乐、舞不分家的"声诗"传统，尽管诗、乐、舞也各自获得了独立的发展，但少有人将它们对立起来，认为集诗、乐、舞于一体会导致互相抵消，因而反对诗、乐、舞的综合运用。因此，戏曲得以集众美于一身而雄霸舞台数百年。

　　文化发展既需要继承，也需要创新，创新与继承是一种辩证统一的关系，古今中外的文化发展概莫能外。戏剧的发展当然也是如此，没有继承，创新就是无米之炊。没有创新，继承就是纯粹的守成。然而，这只是文化发展的一般规律，至于文化发展的道路、方式和步伐，对继承与创新之关系的具体把握，不同时代、不同民族之间实际上是千差万别的。由于文化传统、文化特质存在明显差异，东西方戏剧的发展道路、方式和步伐也存在明显差异。

　　与崇尚怀疑与反叛精神的西方不同，古代东方特别重视继承，取法前人、不变旧规被视为一种美德。东方文化有很强的继承性和绵延性，即使是以反对者的面貌出现的文化派别也是如此。例如，释迦牟尼所创立的佛教和筏驮摩那所创立的耆那教都是以反对婆罗门教的姿态同时出现的"异教"，但它们却都继承了婆罗门教业报、轮回、苦行、布施、非暴力等基本教义。印度教、日本神道教和中国道教都继承了各自国家的原始宗教信仰，无论是鬼神谱系还是核心信仰都具有很强的绵延性。我国古代哲人大多珍视传统，重视文化传统特征的保持，虽然并不反对变革，但强调变革只能是在前人的基础上"因革损益"，"率由旧章""无改于父之道"被提高到"孝"的崇高地位，"信而好古"是我国古代许多学者的基本精神取向，疑古、反古往往被目为异端，耽古守常自然成为衡量艺术创造活动的一个重要尺度。① 在这种精神氛围中生长的古典戏曲，其发展只能是绵延性

---

　　① 参见《论语》《孟子》等中国文化元典。

的，虽然其间一直伴随着变革创新（同是曲牌联套体的元杂剧、明清传奇、明清杂剧面貌各异，主要属于板式变化体的近代戏曲更是面貌各不相同），但古代戏曲的变革、创新是以传统特征的保持为前提的，其高度综合化的艺术面貌、程式化的创作方法、悲欢沓见的审美形态、时空自由转换的线性结构模式、韵散结合的文本体制等得以长期保持，这体现了东方文化的继承性和珍视传统的文化价值观。

西方戏剧源于宗教仪式。作为西方戏剧源头的古希腊戏剧脱胎于酒神祭祀，而且大部分剧目取材于神话，因而神性品格鲜明。历史进入中世纪，西方戏剧沦为宗教的奴婢，被教堂的唱诗班用来宣传基督教教义，旨在"布道"的宗教剧呈一时之繁荣。西方中世纪的宗教剧大体上是宗教的附庸——戏剧臣服于宗教，主要着眼于张扬教义的"剧作家"一般不以个人名义进行创作，故早期宗教剧绝大部分剧目是无主名的。基督教是一神教，因此，即使是在中世纪的宗教剧中，西方原始宗教意象也很少在戏剧舞台上出现，宗教剧的剧情和人物主要源于《圣经》。文艺复兴运动和启蒙运动中的西方戏剧深受科学、民主思潮的影响，成了批判宗教蒙昧主义和封建专制精神的急先锋，本来就数量有限的宗教意象这时基本上退出了戏剧舞台，只有在少数剧作中还能偶尔一见（例如，《哈姆莱特》《麦克白》等有鬼魂出现，但它们只是一个"细节"，并不是全剧的基础，去掉这一"细节"剧作仍然是可以成立的）。在文艺复兴运动以后的戏剧创作中，像歌德的《浮士德》那样融入了宗教智慧的剧作并不太多，以宣扬宗教为目的的宗教剧虽然并未完全绝迹，但数量很少。西方戏剧的"神性品格"逐渐丧失，写实主义则成为戏剧主潮，这种情形一直到现代戏剧——特别是表现主义与象征主义戏剧的出现才有所改变。

中国戏曲和宗教的关系与西方戏剧与宗教的关系是不太一样的。戏曲既没有完全沦为宗教之奴婢的"屈辱史"，也没有充当文化启蒙之大学教师、反宗教之急先锋的"光荣史"。中国古代戏曲的发生、发展始终是与宗教——而且是与包含民间宗教在内的多种宗教相伴随的，但古代戏曲始终没有被宗教所支配。中国古代宗教基本上是继承了原始宗教和民间信仰的多神教，与民众的日常生活关系紧密，世俗化色彩相当鲜明。因此，戏曲得以援引的宗教意象远比西方戏剧要多得多，这些与老百姓的生活密切相关的宗教意象所具有的艺术感召力也比西方宗教意象要大得多。然而戏曲中的宗教剧大多是不够"纯粹"的，其思想蕴涵较为驳杂，专门为宗教信徒所创作、只在宗教仪式上单纯演给宗教信徒看的纯布道之作很少。戏曲中的宗教剧虽然也张扬宗教教义，但它却不是宗教的附庸，而是一种独立的意识形态形式——剧作家以个人名义进行创作，即使是僧侣的创作也是如此，剧作的娱人色彩大多比较鲜明，与宗教文献有明显的分野，与非宗教剧在体制上也并无明显的差别。

　　戏曲中除了有一批张扬宗教教义的宗教剧之外，还有相当多的表现世俗生活、传达正常情感与合理欲望的"世俗剧"把情节建立在天人感应、轮回转世、因果业报、阴阳两界、灵魂不灭、仙俗交通的宗教神学的基础之上，大量的鬼神仙真和富有奇幻色彩的梦境被搬上舞台。例如，关汉卿的《感天动地窦娥冤》《关张双赴西蜀梦》《钱大尹智勘绯衣梦》《包待制三勘蝴蝶梦》、郑廷玉的《宋上皇御断金凤钗》《包龙图智勘后庭花》、马致远的《半夜雷轰荐福碑》、李文蔚的《谢玄泥水破苻坚》、李好古的《沙门岛张生煮海》、尚仲贤的《洞庭湖柳毅传书》、郑光祖的《迷青琐倩女离魂》、宫天挺的《死生交范张鸡黍》、乔吉的《玉箫女两世姻缘》、元无名氏的《玎玎珰珰盆儿鬼》《神奴儿大闹开封府》、元明间无名氏的《认金梳孤儿寻母》、明无名氏的《雷泽遇仙记》、徐渭的《狂鼓史渔阳三弄》、梅鼎祚的《昆仑奴》、王衡的《再生缘》、明无名氏的《青袍记》、汤显祖的《牡丹亭》、周朝俊的《红梅记》、冯梦龙的《风流梦》、孟称舜的《桃花人面》《娇红记》、汪柱的《妻梅子鹤》、陆世廉的《西台记》、吴伟业的《临春阁》、郑瑜的《滕王阁》、李渔的《蜃中楼》、洪昇的《长生殿》、孔尚任的《桃花扇》、方成培的《雷峰塔》、范鹤年的《桃花影》、方轮子的《柴桑乐》、楚客的《离骚影》、仲振奎的《怜春阁》……这些剧作虽然程度不同地蕴涵有宗教思想或杂有灵异现象，但主旨并不在于张扬宗教神学，剧作主要是把宗教当成一种艺术智慧和或者创作资源来加以利用，借助宗教智慧传达的是人的世俗欲望与合理感情。东方宗教智慧的融入使这些剧作的艺术张力陡增——例如，有了天人感应、灵魂不灭的剧情，窦娥的冤屈之深和反抗之烈得到了很好的体现；有了阴阳两界、死而复生的情节，杜丽娘的爱情超越生死的力量得以彰显。宗教智慧也赋予这些剧作出无入有、张皇幽缈的"神性品格"和亦真亦幻的神奇色彩。

　　中国戏曲与宗教的关系在东方传统戏剧中具有代表性，生长在"宗教的故乡"的东方传统戏剧正是以其永不磨灭的"神性魅力"而屹立于世界戏剧之林的。

上编
古典戏曲与东方戏剧

东方是戏剧的重要发祥地之一，"世界三大古老戏剧"之中有两种——印度梵剧和中国戏曲就诞生于东方。中国戏曲是世界上独树一帜的戏剧样式，其民族特色相当鲜明。"曲体文学"在中国古代文学中占有举足轻重的地位——它是元代文学的主体，也是明清文坛的"半壁江山"。同时，中国戏曲也是中国现当代文化的重要构成。东方各国的传统戏剧大多已成为"博物馆艺术"，基本上丧失了表现现代生活的能力，多数只是作为一种文化遗产被保护起来，"老戏老演，老演老戏"成为其"当代生存"的主要方式。但中国戏曲却一直在追随时代前进的步伐，以大量的新创剧目反映现代生活，力图实现由古典到现代的转换，表现出极其顽强的艺术生命力。尽管戏曲目前的处境也相当艰难，但它仍然以"一体而万殊"——众多地方剧种争奇斗艳的方式"活"在舞台上，其当下境遇在东方国家传统戏剧体系中算是比较好的，中国戏曲目前仍有300多个剧种存活，其中绝大多数仍在表演表现现代生活的现代戏。戏曲演出团体超过万数，其中，国办剧团有1500多个。应该说，作为世界上的古老戏剧之一的戏曲，其适应时代发展的能力和表现现代生活的能力在世界戏剧史上都是不多见的。

就东方古代戏剧文学而论，以中国和印度最为发达，其中，中国古代戏曲文学所取得的成就又是最为突出的。印度的梵语戏剧取得了很高的成就，但由于印度古代缺少史籍记载，梵剧的历史至今仍很朦胧，而且梵剧文本多已散佚，仅有迦梨陀娑的《沙恭达罗》等数十部作品在世界上享有盛誉。而中国古代戏曲作家关汉卿、王实甫、马致远、郑光祖、高明、汤显祖、李渔、洪昇、孔尚任等是享誉世界的文化名人，《感天动地窦娥冤》《赵盼儿风月救风尘》《望江亭中秋切脍》《崔莺莺待月西厢记》《吕蒙正风雪破窑记》《赵氏孤儿大报仇》《破幽梦孤雁汉宫秋》《唐明皇秋夜梧桐雨》《邯郸道省悟黄粱梦》《裴少俊墙头马上》《迷青琐倩女离魂》《看钱奴买冤家债主》《包待制智赚灰阑记》《散家财天赐老生儿》《沙门岛张生煮海》《洞庭湖柳毅传书》《李太白匹配金钱记》《郑孔目风雪酷寒亭》《荆钗记》《白兔记》《拜月亭记》《杀狗记》《琵琶记》《玉簪记》《浣纱记》《牡丹亭》《红梅记》《娇红记》《精忠旗》《绿牡丹》《画中人》《鸣凤记》《清忠谱》《十五贯》《长生殿》《桃花扇》《雷峰塔》《燕子笺》《李笠翁十种曲》等是广为人知的世界名著，其中有的被译成外文，有的被搬上外国舞台。梅兰芳等一大批京剧表演艺术家创造的《贵妃醉酒》《霸王别姬》《天女散花》《嫦娥奔月》《黛玉葬花》《御碑亭》《游园惊梦》《春香闹学》《武家坡》《霓虹关》《赤桑镇》《琴挑》《穆桂英挂帅》《武松打虎》《水帘洞》《红桃山》《三岔口》等在世界上也有较大影响。此外，还有大批地方戏院团走出国门献艺，《天仙配》《花为媒》《梁山伯与祝英台》《红楼梦》《花木兰》《火焰山》《镜花缘》《六国大封箱》《关公送嫂》《铡美案》《秋江》《柜中缘》《拾玉镯》《陈三五娘》等大批地方戏经典广为人知。就传世剧作的数量和在当下的生态而论，东方各国的传统戏剧均无法与中国戏曲相比。

中国戏曲不仅是东方戏剧的重要组成部分，而且是东方戏剧的杰出代表，在它身上集中体现了东方戏剧的主要特征，凝聚着东方民族的独特智慧。同时，戏曲也具有华夏民族的独特个性，是华夏文化的重要载体之一。

就成熟的时间先后而论，东方古代戏剧的历程可以作如下"排序"：印度梵剧、中国戏曲、越南嗖剧、日本能乐与狂言、泰国舞剧、日本歌舞伎、朝鲜唱剧等。不过，笔者没有就日本歌舞伎和泰国传统戏剧以及东南亚其他国家的传统戏剧展开专门讨论，这是基于以下考虑：

1552 年以来，曾全面向中国学习的日本禁止其人民与中国人交往，有些人甚至把中国文化视为日本社会发展的绊脚石。不过这只是当时日本政府的态度，中、日两国的民间文化交流并未因此而停止。中国文化——特别是儒家哲学和汉化佛教在日本仍有很大影响，中国戏曲对日本的影响仍然存在。17 世纪中后期，中国戏曲剧本和关于戏曲的著作如《元人杂剧百种》《盛明杂剧》《西厢记》《绣襦记》《昙花记》《红梨记》《琴心记》《千金记》《寻亲记》《双瑞记》《红拂记》《花筵赚》《明珠记》《牡丹亭》《玄雪谱》《八能奏锦》《雍熙乐府》《吴骚合编》《啸余谱》等传入日本。① 中国的古典小说如《三国演义》《水浒传》《西游记》等也对日本发生过很大影响。但毋庸讳言，尊皇攘夷、攻击中国的思潮也不时在日本列岛上涌动。诞生于 17 世纪初，大盛于 18—19 世纪的市民艺术——日本歌舞伎正是在这种文化背景下创生和发展的。中国戏曲对于歌舞伎的创生发展显然也是有积极影响的，京剧对于歌舞伎的角色装扮和舞台呈现就有较大影响，歌舞伎还曾改编过一些戏曲剧目——例如，李渔的《玉搔头》就曾被日本剧作家曲亭马琴（1767—1848）改编为歌舞伎剧本《曲亭传奇花钗儿》。② 但歌舞伎以舞为主要的表现手段，表演的技艺性比京剧还要突出一些，其文学性则不太强。日本学者也认为，歌舞伎的技术性、技艺性很强，文学性则较差。歌舞伎"剧本"大多是"一种工匠艺人的技术"，通常由几个"奴属于演员的作者"分头完成，因此，它更像是"导演备忘录"和"不应该公开发表的设计图"：

> 日本戏剧是以肉体的表现为其主流的。与以剧本史为主流的西洋戏剧史相比，可以说它的历史是一个技术史、技艺史。歌舞伎的本质当然也作为一部分被包含在这个日本戏剧本质之中。
> 在歌舞伎诞生之际，其剧本已然具备了完备的剧本形式。但是这并不意味着它同时也具备着文学和剧本的独立性。它只不过是所谓的导演备忘录，或者说它是由帮助演员背台词的文字形式发展而来的记录。③

> 歌舞伎剧本是一种不应该公开发表的设计图……是以不出本门，由作者保管为前提，以不允许他人窥探为原则而创作的。所以歌舞伎没有所谓剧本。④

---

① ［日］青木正儿著：《御文库目录中的中国戏曲书》，王勇、［日］上原昭一主编：《中日文化交流史大系·艺术卷》，杭州：浙江人民出版社 1996 年版，第 306 页。

② 王勇、［日］上原昭一主编：《中日文化交流史大系·艺术卷》，杭州：浙江人民出版社 1996 年版，第 304~308 页。

③ ［日］郡司正胜著：《歌舞伎入门》，李墨译注，北京：中国戏剧出版社 2004 年版，第 9 页。

④ ［日］郡司正胜著：《歌舞伎入门》，李墨译注，北京：中国戏剧出版社 2004 年版，第 181 页。

　　本书研究的主要对象是中国古代戏曲文学，尽管戏曲文学与歌舞伎并非无涉，但考虑到歌舞伎的文学性较差，我们难以通过剧本去了解歌舞伎，故对歌舞伎不作专门论述，只在论述能乐、狂言时偶有涉及。此外，日本传统戏剧还有人形净琉璃，它是与中国古代傀儡戏相似的戏剧样式，其贡献主要在表演艺术方面，故本书基本上不涉及。

　　早在汉代，中国就与泰国有了贸易往来，15—18世纪，大批中国移民定居泰国，但中国文学一直到18世纪才对泰国发生较大影响，而且被译介的主要是《三国演义》《水浒传》等历史演义小说。中国戏剧传入泰国的时间可能始于明朝末年，入清以后，戏曲在泰国的传播更加广泛、深入，广东潮剧戏班老双喜班、老正和班，福建高甲戏金福兴班，海南岛琼剧戏班琼顺班等曾到泰国演出。这些戏班带去了《白蛇传》《长坂坡》《孔明献空城》《荆轲刺秦王》等剧目。20世纪以来，我国戏曲团体——特别是广东的粤剧、潮剧、正字戏，闽西的汉剧，海南岛的琼剧等团体曾多次赴泰国演出。然而泰国戏剧——舞剧可能成熟于大城王朝（1350—1529）初期或中期，亦即中国戏曲传入泰国之前。泰国有学者认为，舞剧源于印度梵剧，其题材大多系佛教故事，《拉马坚》《金海螺》等名剧可资佐证。另有一些名剧则取材于爪哇的民间故事，如《伊瑙》等就是。① 无论是从文本上看，还是从舞台演出上看，泰国戏剧与中国戏曲都有较大差别。有鉴于此，对于泰国戏剧本书也不作专论。

　　中国与菲律宾的文化交流也源远流长，有学者指出，菲律宾的摩洛-摩洛剧与中国京剧有颇多的相似之处。

　　　如果把中国京剧和摩洛-摩洛剧加以比较，不难发现：两者之间有许多相似之处。如：在舞台上，两者的布景都是很简单的；但是演员的服装却是色彩鲜艳，刺绣动人，并且从服装上便可分辨出人物形象的身份和等级。在舞台上，两者都相当重视道具的作用。如：在表现战斗场面时，都是使用刀剑和弓箭，借助于象征性动作表现思想感情。两者在前台侧面或下边都有小型乐队进行伴奏，其乐器主要是打击乐器和管弦乐器。其伴奏密切配合演员的表演动作，音乐的旋律随剧情的变化而变化，因而产生了更加动人的演出

---

　　① 栾文华著：《泰国文学史》，北京：社会科学文献出版社1998年版，第32~85页。

效果。①

但摩洛-摩洛剧"原来是西班牙人引进菲律宾的民间戏剧，通常是以摩洛战争为题材的爱情故事，摩洛战争是指西班牙人（基督教徒）同菲律宾穆斯林之间的战争，总是以西班牙人的胜利为结局的"。② 也就是说，摩洛-摩洛剧虽然在舞台表演上与京剧有相似之处，而且这种相似性有可能与两国间的戏剧交流有关，但它是西班牙人引进的戏剧，而且其内容与中国戏曲相去甚远——中国古代戏曲舞台上没有对基督徒与穆斯林的战争的呈现。更主要的原因是，笔者所见未广，至今未找到菲律宾古代戏剧剧本，故菲律宾戏剧与中国戏曲之比较只好付诸阙如。

自从清政权的国门被列强的炮火轰毁之后，中西文化的比较研究就时不时成为学界的热点，中西戏剧比较研究的成果也相对丰硕。早在 20 世纪初，许地山先生就以中、印戏剧比较研究的专题论文揭开了东方戏剧比较研究的序幕。不久，郑振铎先生又把这一研究向前推进了一步。当代著名学者金克木、季羡林、黄宝生等又开创了中、印戏剧比较研究的新局面。在戏曲与印、日、朝、韩、越戏剧之关系研究上，时贤翁敏华、麻国钧、孟昭毅、廖奔、刘彦君、孙玫、何乃英、王向远、申非等均有重要成果出版。但较之于中西戏剧比较研究，戏曲与东方戏剧的比较研究仍然是相对沉寂的，可供"驰骋"的空间还比较大。我国对东方戏剧的译介还很少，尤其是越南、泰国、印度尼西亚、朝鲜等古代戏剧资料难以寻觅。国人对西方戏剧的了解远多于对东方戏剧的了解。从东方文化方位对东方戏剧文学做比较研究，涉足者还不是太多，有许多工作值得去做。东方各国戏剧的关系较为密切，也更具可比性，用东方其他国家的戏剧作为参照，能更准确、更深入地把握古代戏曲的特质，发掘古代戏曲的东方文化蕴涵及其意义。

正像要谈什么是"东方文化"就必须进行东西方文化比较，在比较中见出其各自的特点才能了解什么是"东方文化"一样，谈论东方古代戏剧也是如此。尽管东方各国的戏剧也存在差异，有的差异还不小，但与西方古代戏剧相比，东方

---

① 何乃英主编：《东方文学概论》，北京：中国人民大学出版社 1999 年版，第 142 页。
② 何乃英主编：《东方文学概论》，北京：中国人民大学出版社 1999 年版，第 141～142 页。

古代戏剧的共同点是有目共睹的。

例如，程式化成为东方戏剧普遍遵循的创作方法；东方戏剧的文本和舞台表演均长期保持不同程度的程式化特征，在东方极少有人抨击这种创作方法，而西方戏剧史上只有17世纪法国古典主义戏剧一度走上程式化的道路，18世纪启蒙主义戏剧的倡导者和19世纪浪漫主义戏剧的倡导者都对古典主义戏剧家奉为圭臬的程式——"三一律"进行了猛烈的抨击。

东方戏剧强调对前人经验的继承和传统特征的保持，戏剧形态的稳定性大于变异性；而西方戏剧却以颠覆与重建为己任，"反叛"与"反动"成为贯穿戏剧史——特别是现代戏剧史的艺术思潮，戏剧形态的变异性大于稳定性。

东方戏剧集诗、乐、舞于一身，文本为韵散结合体，舞台表演始终保持载歌载舞、高度综合化的面貌，而西方戏剧开始虽以载歌载舞、高度综合的面貌示人，但其歌舞通常是由歌队来完成的，剧中人物主要是靠对话手段来塑造的。中世纪的宗教剧有的虽然仍有歌唱，但歌队已退出舞台。文艺复兴以降，话剧、歌剧和舞剧逐渐独立门户。20世纪以来，西方戏剧又实现了新的综合，其标志是载歌载舞的音乐剧的大红大紫。

东方戏剧——特别是其中的印度梵剧、朝鲜和韩国的唱剧、越南嘥剧、泰国舞剧①，援悲、喜于一体，相当多的剧作以苦尽甘来的"大团圆"结局，即使是善良的主人公不得不死，最终无法"团圆"，剧作通常也要以"安慰性小喜"作结，悲欢沓见、离合环生的情节结构模式成为东方戏剧的普遍选择，善于造笑的丑角和令人捧腹的笑谑之戏在东方各国大受欢迎。但西方戏剧别悲、喜于二途，虽然西方悲剧具有形态的多样性，有些悲剧以"团圆"或"和解"落幕，有些也杂有滑稽成分，但多数悲剧剧作有意排斥滑稽成分和"大团圆"结局。喜剧多着眼于"丑不安其位"——讽刺、鞭挞丑陋，悲剧与喜剧构成两大森严的"壁垒"。以社会下层的小人物为主要表现对象的喜剧、笑剧被视为低等的艺术，以地位显赫、出身高贵的人为主要表现对象的悲剧则被视为"艺术之冠冕"。

东方戏剧结构的立足点是流动的时间，绝大多数剧作采用时空自由转换的线性结构，这就为歌舞化的虚拟表演留下了用武之地，剧情线索单纯，剧情的时间跨度与表演这一剧情所用的时间严重不相等，绝大部分剧作是不完全代言体，或

---

① 这里主要指孔剧，孔剧是舞剧的一个门类。

多或少留有叙述体的痕迹，剧中人不时"跳出"剧情直接向观众交代人物关系、事件背景、心理活动。而西方戏剧结构的立足点是固定的剧情空间，剧情的空间转换在多数情况下不是由演员的表演来完成，而是通过换幕的方式来实现的，一幕（场）也就是发生在同一地点的一个剧情段落。就每一幕而言，剧情的时间跨度与表演这一剧情所用的时间大体上是相等的，剧情时间的省略一般通过幕间（换幕）来完成，绝大多数剧作是完全的代言体——只有人物的语言而没有作者的语言。

东方戏剧大量摄取宗教意象，人神（鬼）杂出、仙佛错综，神性品格凸显。东方戏剧不太注重生活形态的逼真再现，而重视创作主体主观情志的抒发。东方戏剧长于从伦理道德方位观察生活和刻画人物，人物性格相当单纯，善恶分明，但个性化特点不太突出。东方戏剧中很少见到西方戏剧中常见的——很难单纯用好人、坏人的尺度去区分，个性凸显，性格复杂的人物……

艺术是民族精神的花朵，其特色的形成与其社会政治环境、历史文化传统、民族性格、风俗习惯等密切相关。东西方古代戏剧的差异反映出东西方民族精神和性格的差异。民族的心理素质和精神面貌制约着一个民族的审美创造，凝聚着民族智慧的审美创造物又反过来陶冶民族精神。黑格尔在其《美学》中说：

> 艺术和它的一定的创造方式是与某一民族的民族性密切相关的。
>
> 事实上一切民族都要求艺术中使他们喜悦的东西能够表现出他们自己，因为他们愿在艺术里感觉到一切都是亲近的，生动的，属于目前生活的。卡尔德隆就是以这种独立的民族精神写成他的《任诺比亚和赛米拉米斯》。莎士比亚能在各种各样的题材上都印上英国民族性格……就连希腊悲剧家们也是时常把他们自己所属的时代和民族悬在眼前。①

以民族精神为内核的民族性是相对稳固的，它一旦形成，就会长时期地制约着一个民族的生活方式和审美创造。但是，民族性又不是一成不变的，随着社会历史的变迁和不同民族间日益频繁、深入的交流，民族性也会不断地发展变化。

① ［德］黑格尔著：《美学》（第一卷），朱光潜译，北京：商务印书馆1979年版，第362、348~349页。

这种变化也会影响戏剧生态及其艺术形态。东方戏剧的特点昭示了东方民族的精神面貌和民族个性,戏曲艺术属于养育它的伟大民族——中华民族,也属于神奇的东方。

在东方,除印度梵剧先戏曲而诞生之外,其他东方国家的戏剧都在戏曲成熟之后问世。由于古代中国优越的历史地位和与东方各国比邻而居、和睦相处的亲密关系,由于中国古代戏曲富有鲜明的东方特色,包容丰富,表现力强,文学成就很高,作家作品众多,故对周边国家发生了强力辐射。中国戏曲文献在东方许多国家流传,有不少戏曲剧目被周边国家改编或移植,戏曲表演团体和艺人多次到周边国家献艺,周边国家也有不少人到中国观赏、学习戏曲,东方有些国家的古代戏剧就有"中国根",其创生源于对中国戏曲的"移植"或以"雏形的戏曲"——汉唐以来的歌舞杂戏为"母胎"。中国戏曲的精神取向、表现形式、审美特征等对东方各国古代戏剧的面貌有着不同程度的影响。

总之,东方戏剧是东方文化的重要果实,大致相同的文化环境和土壤使其具有大致相同的艺术形态和精神特质。但东方各国的戏剧又有其明显的差异性,这说明东方文化也具有多样性。中国戏曲作为东方戏剧的杰出代表,它不但集中体现了东方戏剧的神韵风采,也有着很强的辐射力,对东方戏剧——特别是日本、朝鲜、越南的古代戏剧发生了深刻影响。

第一章　印度梵剧与戏曲之比较

　　梵剧到底成熟于何时，一是因为缺乏可靠的文献记载，二是对何为"成熟"理解有异，故学界一直颇有争议。多数学者认为它成熟于公元前后，这时我国尚无成熟形态的戏曲。印度与中国毗邻，早在新石器时代，我国南方的北越民族就开始向东南亚移民，他们带去了中国文化。早在公元前 2 世纪中国与印度就已经有了贸易往来。① 但是，至今没有发现我国先秦时期的宫廷优戏和巫觋歌舞传播到印度，从而影响到梵剧创生的痕迹。梵剧的源头到底是什么，印度学界并未取得一致意见，但歧见纷纭的诸说之中，并无梵剧源于中国古乐舞之说。成熟形态的戏曲——宋元南戏和元杂剧更不可能影响梵剧的发展，因为公元 8 世纪以后，印度的俗语戏剧兴起，梵语戏剧渐趋衰落，到公元 11 世纪末，梵剧已基本上从舞台上消失。这时，我国戏曲还在"母腹"中"躁动"。汉唐时代的歌舞杂戏对周边国家——特别是日本、朝鲜、越南的戏剧产生过积极影响，尽管这一时期中、印两国交往频繁，但就像中、印文化交流的其他领域一样，这种交流似乎只是单向的，只见《舍利弗》等印度乐舞、笑剧"合生"等传入中国，② 似未见中国乐舞传入印度，孕育期的戏曲似乎并未对印度梵剧的创生和发展产生过明显影响。戏曲影响印度俗语戏剧的材料就更是难以寻觅了。

　　在东方戏剧中，印度梵剧和中国戏曲的历史最为悠久，成就也是最高的。但

---

　　① 参见 [法] 伯希和著：《交广印度两道考》，冯承钧译，北京：中华书局 1995 年版，第 15 页。隋代人费长房的《历代三宝记》卷二说，"张骞使大夏还，汉始知有身毒国"。"身毒"即是古印度。这一时期的中、印贸易往来即使存在，恐怕也是极为有限的。

　　② 参见黄宝生著：《印度古典诗学》，北京：北京大学出版社 1999 年版，第 15 页。"合生"戏类似梵语笑剧，而"合生"可能就是梵语 Prahasana（笑剧）一词的音译略称。此词可以音译为"波罗合生"。

中国戏曲的艺术生命力却是最强的，先戏曲而生的印度梵剧早已消亡，① 后戏曲而出的日本能乐、狂言，朝鲜半岛的唱剧等尽管得到其各自政府的保护，但基本上是"博物馆艺术"，失去了追随时代前进、表现现代生活的能力，它们虽然还"活"在舞台上，但大体上是"老戏老演，老演老戏"。② 越南的传统戏剧嘥剧和嘲剧并未成为"博物馆艺术"，但其活力和辐射力均无法与戏曲相比。中国戏曲还在追随时代的脚步艰难前行，不断创造新的剧目，力图实现从古典到现代的转换，呈现出相当顽强的艺术生命力，包括戏曲现代戏在内的中国戏曲在世界上产生了很大影响。20 世纪以来，陷入困境的西方戏剧特别重视向东方戏剧学习，中国戏曲对多位西方著名戏剧家产生过深刻影响。

早在 20 世纪初就有学者注意到中、印两国戏剧的相似性，而且认为这种相似性意味着后出的中国戏曲是从印度"输入"的，其实，这一判断并没有充足的根据。印度梵剧与中国古代戏曲确有相似之处，但也有较大的差异。中、印戏剧的相似性未必能证明它们有"血缘关系"，而两国戏剧的差异倒似乎可以说明"输入"说难以成立。

一、中、印传统戏剧的不同点

这里所说的中、印传统戏剧是指中国古典戏曲与古代印度的梵剧。印度梵剧和中国戏曲都生长在东方，而且中国和印度又是接壤的东方文明古国，文化交往的历史很长，关系相当密切，两国的古代戏剧存在某些相似性是不难理解的。中、印戏剧都是载歌载舞的，都迷恋"大团圆"结局，都采用时空自由转换的开放式线性结构，都有相当一部分剧目融进了宗教智慧，具有仙俗错综、人神杂出的"神性品格"。这些相同点多数已由前贤时俊拈出。但长期以来，道其同者不

---

① 20 世纪印度有些地方"恢复"了梵剧演出，但这种演出带有"猜想"性质，有人认为它是梵剧的变种。

② 现存能乐剧本基本上是 16 世纪以前的作品，现存狂言剧本则主要是江户时代之后到明治时代之前的作品。近代日本仍有人创作新的能乐、狂言剧本，不过，这些新创作不仅数量少，而且与我国表现现代生活的戏曲现代戏很不相同——一般说来，它们并非为了促使能乐、狂言由古典走向现代，而是一种"仿古"之作。日本传统戏剧的"改良"主要是在歌舞伎中进行的，但这种旨在使传统戏剧"洋化"的努力虽然至今并未停止，但招来不少非议。

但忽略中、印戏剧的差异，而且力图夸大其相同之处，对那些表面上相似而实则不同的特点则缺乏深入的体察。其实，梵剧与戏曲也是有不少不同点的。

（一）戏曲与梵剧的性质不同

这里所说的"性质"首先是指中、印戏剧在精神蕴涵上的属性。印度梵剧具有一种贵族气质，而古代戏曲则保持着平民精神。

1. 梵剧是贵族艺术

印度的古代典籍——如《摩奴法典》中多有视演员为贱类的文字，这些演员之中当然也可能有戏剧演员，跳舞、唱歌在《摩奴法典》中被视为和偷盗、强奸一样的罪行，[1] 因此有学者认为，梵剧有可能创生于民间。但从现存梵剧作品和相关作家的生平事迹来看，梵剧大体上属于贵族艺术。

梵剧作家大多是婆罗门中人，而且宫廷"供奉诗人"和王公贵族居多。

梵剧作者的生平事迹大多缺乏记载，难以查考。在生平事迹大致清楚的剧作家中，第一种姓——婆罗门中人占有绝大多数，而且这些人大多是宫廷中的御用文人或者贵族。例如，最著名的梵剧作家迦梨陀娑就是笈多王朝的宫廷诗人，名剧《指环印》的作者毗舍佉达多、名剧《茉莉与青春》的作者薄婆菩提以及《小罗摩衍那》的作者王顶等均出身于贵族世家，薄婆菩提、王顶也都是宫廷诗人。有的梵剧作家甚至还是国王。例如，著名的戒日王（590—647）有《妙容传》《璎珞传》《龙喜记》三部剧作传世。[2] 曲女城国王耶索沃尔曼作有 6 幕剧《罗摩成功记》。迦罗朱利国王摩特罗罗阇作有《崇高的罗摩》和《苦行犊子王》两部剧作。波勒沃国王摩亨德拉·维格罗摩沃尔曼作有笑剧《醉鬼传》。

梵剧描写的主要是古代印度最高种姓婆罗门的生活图景，而且，剧中的主人公大多是王公贵族和天神。

古代印度把人分成贵贱有等、不可逾越的四大社会集团，亦即"四大种姓"：第一种姓婆罗门（祭司），第二种姓刹帝利（武士），第三种姓吠舍（农民、工

---

① 参见［印度］梵天著，［法］迭朗善译，马香雪转译：《摩奴法典》第十一卷《苦行与赎罪》之第 65 条，北京：商务印书馆 1982 年版，第 267 页。

② 这三部剧作是否出自戒日王之手印度学界存有争议。

商业者），第四种姓首陀罗（无技术的劳动者，有人认为首陀罗属于奴隶），此外有不入流的"贱民"。种姓世袭，不同种姓之间原则上不得通婚（高等种姓者可纳低等种姓者为妾，低等种姓者不得娶高等种姓者为妻），种姓的等级越高，社会地位也就越高。梵剧中的人物大部分是第一种姓——婆罗门中人，多数梵剧作家对这一丑陋、野蛮的等级制度是维护的。①

婆罗多的《舞论》将梵剧分为十类——"十色"，并对不同类别的主要描写对象作出了规定，其中多数类别以"著名而高尚的人物"——国王、王后、王子、公主、将帅、大臣、天神、僧侣为主要描写对象。这些出身高贵的人物通常是剧作所热情赞颂的，崇高、威严、优雅、贤淑，只有"创造剧""感伤剧""笑剧"和"独白剧"四类不必以"著名而高尚的人物"为主角；但在这几个类别中真正以下层民众为主要描写对象的只有"笑剧"和"独白剧"，而"笑剧"和"独白剧"大体上是含有滑稽味的喜剧或笑剧，大多拿行为不端、动作不雅、外貌可笑、语言粗俗的妓女、食客、仆人、阉人、无赖寻开心，其审美取向、观察生活的视角和评价人物的尺度均具有鲜明的贵族性，引发笑声的心理机制显然是建立在贵族的优越感的基础之上的：

> 笑剧有两种类型：一种表现苦行僧和婆罗门之间的可笑争论，含有低等人物的可笑言词；另一种表现妓女、侍从、两性人（或阉人）、浪子、无赖和荡妇，衣着、打扮和动作粗鄙，与世俗行为和狡诈伪善有关，包含浪子和无赖之间的争论。②

梵剧中有不少作品是供达官贵人消遣的游戏之作，由于历史的淘洗，这些作品绝大部分已湮灭无闻，流传至今的作品中富有民主精神的优秀之作较多，纯洁的爱情和自由的婚姻成为梵剧主要的内容，但其中绝大多数描写的是宫廷——主要是帝王的爱情生活，有的以帝王的艳情为表现对象。例如，跋娑的《惊梦记》描写国王优填王与王后仙赐的爱情，《宰羊》描写王子与公主的爱情。迦梨陀娑

---

① 相传为印度婆罗多所撰的戏剧学论著《舞论》指出，梵剧中的丑角身材矮小、面貌丑陋、语言粗俗。但值得注意的是，他们大多也是婆罗门。在以婆罗门种姓为至尊的印度为何会出现这种情况，学界多有探讨，但至今尚无定论。

② 黄宝生著：《印度古典诗学》，北京：北京大学出版社 1999 年版，第 14 页。

的名剧《沙恭达罗》描写国王豆扇陀与净修林少女沙恭达罗的爱情,《优哩婆湿》描写国王补卢罗婆娑与"天国歌女"优哩婆湿的爱情。戒日王的《龙喜记》描写云乘太子和摩罗耶婆地公主的爱情以及云乘太子拯救龙宫的螺髻太子的壮观场面,《妙容传》描写优填王与落难公主妙容的爱情。薄婆菩提的《罗摩后传》描写国王罗摩与王后悉多的爱情。《茉莉与青春》描写宰相的女儿茉莉和大臣的儿子青春的爱情。迦梨陀娑的五幕剧《摩罗维迦和火友王》描写国王爱上了一位宫女,遭到大小王后的极力阻挠,幸得弄臣从中周旋。但剧作并非要借此颂扬国王突破贵贱等级观念追求自由爱情,而重在写帝王的风流韵事,剧作的最后,王后"发现"这位宫女是与亲人失散多年的公主,这才同意国王与其成婚。这一剧情后来成为宫廷风情喜剧的模式,不断被袭用。这类以"宫女"为女主人公的剧作同样存在对贵贱不逾的等级制度的认同与维护。

有的剧作虽然不是描写帝王的爱情,但主人公也是王公贵族。例如,也毗舍佉达多的《指环印》描写孔雀王朝建立之初,被推翻的难陀王朝的宰相罗刹对旧王朝仍忠心不改,他组织盟军,一心想要复辟。孔雀王朝的宰相坚决护卫新王朝,但又对不肯归顺的罗刹非常赏识,他利用罗刹的一个指环印,实施离间计,离散了罗刹的军队,终使罗刹归顺,从而维护了国家的统一。佛教哲学家月官的五幕剧《世喜记》,取材于佛本生故事,描写王子顶珠因遵循苦行、净修和布施之道终得天助的故事。

据目前所知,梵剧作家中只有首陀罗迦可能出身于第四种姓首陀罗(仅仅是一种可能,因为"首陀罗迦"原本是印度传说中的帝王,此剧的"作者"有可能是假托),这除了可从其名字"首陀罗"上看出一些端倪之外,他的代表作《小泥车》也可作为旁证。此剧不是像多数梵剧剧目那样,把目光投向宫廷,而是投向社会下层,着力描写一个婆罗门商人和妓女春军的纯洁爱情,剧作还揭露了企图霸占春军的"国舅"无耻、残暴的嘴脸。《小泥车》是梵剧中少见的不以王公贵族为主角的剧作。不过,妓女春军在经济地位上恐怕也不是"下层"人物,剧作特别强调,她住宅豪华,有自己的大象和众多的仆人,还养着一个清客。很显然,她生活在富贵丛中,与元杂剧中所描写的"行首"相似。

总之,梵剧基本上是宫廷戏剧,它描写的主要是上流社会——特别是王公贵族的爱情生活和风流韵事,剧中的男主角不是王子,就是国王、大臣、僧侣,女主角不是仙女，就是公主、皇后，描写市井生活、刻画平民形象的作品很少。因此，与中国古代戏曲相比，梵剧的题材要狭窄得多，其社会生活蕴涵也无法同中国古代戏曲相提并论。

当然，宫廷戏剧并非一无是处，梵剧的思想性也并非一无可取，有不少剧作歌颂了真挚纯洁的爱情，有的剧作虽然以王公贵族的爱情为主要表现对象，但对突破门第观念的自由结合却持赞许态度，表达了良好的愿望和合理的情感，如《沙恭达罗》等名剧就是如此。但毋庸讳言，梵剧主要取材于印度的两大史诗，对广大民众和社会现实问题缺少应有的关注，绝大多数剧作绕开现实生活中的主要矛盾，关注富贵丛中的生活，热衷于"奏雅"，对王公贵族的批评极少，即使有所指斥也仅限于其个人的道德方面，而且温柔敦厚。从总体上看，其社会生活蕴涵和思想意义不如中国戏曲丰富深刻，所反映的社会生活面相对狭窄。例如，《沙恭达罗》是有世界性声誉的名著，确实取得了很高的成就，思想性和艺术性都很高，但它仍然有宫廷戏剧的局限，剧作对豆扇陀见异思迁的"帝王之性"有所指斥，但也对这种恶行进行了一定程度的粉饰——豆扇陀抛弃沙恭达罗不是他德行有亏，而是由于沙恭达罗无意之中得罪了一位报复性很强的仙人所致，当因仙人作法而失去的"记忆"一旦恢复，薄情、变心的豆扇陀就又成了"志诚情种"，得到了沙恭达罗的谅解，豆扇陀与被他抛弃的妻子最终"破镜重圆"。

梵剧的表现形式也透露出一种贵族气质。

所谓"梵剧"也就是梵语戏剧。梵语是公元前二千纪中叶入侵印度的雅利安人使用的一种语言，主要流播于北印度，经历了吠陀梵语、史诗梵语、古典梵语等发展阶段，公元前321—前187年的孔雀王朝时期，它还不是官方的通用语言，公元320年至公元6世纪的笈多王朝才成为官方语言。

有人认为梵语只是念经、念咒和官府及其知识分子的书面写作语言，没有作为日常生活语言使用过。这一说法是否可信难以确证，印度学界有人持有此论。但有一点可以肯定，即梵语主要是婆罗门等上层人物及其知识分子使用的语言，以"古雅"为突出特点，没有受过教育的普通劳动者一般是听不懂的，而且早在公元前数百年——也就是梵剧成熟之前，作为口语的梵语已停止使用。

　　梵语原文 Samskrita，意为"整理好的"，引申而有"完美""文雅"之意，好像是人工组成的语言，仅作诵经、念咒或作书面创作之用。但也有人认为它曾经是活的语言，在日常生活中使用过。不过，无论如何，作为口头语言，它在公元前数百年就已停止使用，当是事实。然而，作为宗教语言和哲学、科学、文学等的创作语言，梵语却一直使用到上个世纪（指 20 世纪——引者注）。①

　　梵语是一种什么样的语言呢？到现在还没有定论。但是从种种方面来看，它大概从来不是一种口头使用的语言。印度学者查多帕底雅耶在他所著的《顺世外道》中说，梵语是游牧民族统治者的语言……使用梵语，就意味着脱离了一般的老百姓。城市平民、商人、手工业者恐怕是很难掌握这种语言的，乡下的农民就更不必说了。②

梵剧坚持用已经"死亡"了的贵族语言创作剧本，本身就是对贵族制度的维护，是对贵族精神的张扬，梵剧中的权贵——主要是其中的男性一般都使用"纯正"的梵语，而女性和下等人大多使用俗语，这种旨在凸显人物社会身份的艺术程式显然是封建等级制的文化积淀。

　　梵剧的观众主要是能听懂梵语的贵族——《沙恭达罗》序幕中舞台监督说："看官多半都是知书识理的。我们要在他们面前演出迦梨陀娑新著成的叫做《沙恭达罗》的剧本。所以演每一个角色的都要当心。"③ 在《优哩婆湿》序幕中，舞台监督也说，在座的观众是些"知书达理"的人，而且都看过以前那些作家的剧本。恐怕不会只是《沙恭达罗》《优哩婆湿》才主要面对"知书识理"的"看官"吧。

---

　　① 刘建、朱明忠、葛维钧著：《印度文明》，北京：中国社会科学出版社 2004 年版，第 225 页。

　　② 季羡林著：《〈五卷书〉再版后记》，《五卷书》，北京：人民文学出版社 1959 年版，第 406~407 页。

　　③ ［印度］迦梨陀娑著：《沙恭达罗》，季羡林译，北京：人民文学出版社 1980 年版，第 2 页。梵剧传本有多种，不同的传本体例有差异。本书中梵剧与戏曲体例之比较，梵剧体例以季羡林、黄宝生等人的汉语译本为据。

能听懂梵语的人在古代印度是极少数。种族众多和母语杂多是印度社会的一大突出特点。印度现有一百多个民族和 565 个列表部落，① 有 179 种语言和 544 种方言。1961 年印度人口普查，登记作为母语的语言竟有 1600 多种。② 操不同语言、不同种族的人交流起来是有困难的。这种情况早在梵剧诞生之前就应是如此——这些操不同语言的现有民族大多是古老的，早在公元前 6 世纪以前他们大多就生活在印度。

总之，梵语戏剧是面向贵族的"小众艺术"，印度的文化名流对它的评价和接受也是有所保留的，或者说是有限的：

> 从《梨俱吠陀》起，经过梵书、森林书、奥义书、经书，一直到《摩诃婆罗多》和《罗摩衍那》两部大史诗，以及后来的叙事诗和戏剧，这些典籍多半出自婆罗门之手，其中人物多半是上层人物，神仙、仙人、帝王、将相、公主、僧侣等等。后来的诗、剧和小说，题材多半是陈陈相因，互相抄袭，材料来源多半是两大史诗，几乎没有什么新东西，体裁是庄重典雅，诗歌散文，都是这样。据说印度近代大诗人泰戈尔，除了《沙恭达罗》以外，不喜欢其他梵语文学作品。这事虽然难免有点偏激，但是不能说是没有一点理由的。③

2. 戏曲是平民艺术

封疆大吏、硕学名儒、皇亲国戚亦有涉足戏曲创作者，最著之例，一是元代浙东宣慰副使、嘉议大夫、杭州路总管杨梓，二是明代礼部尚书邱濬，三是明代藩王朱有燉，四是清代国史馆纂修、御史蒋士铨，五是清代刑部尚书张照，六是清代皇亲国戚礼亲王永恩……这类达官贵人在戏曲作家中所占的比例不是太大，

---

① 参见刘建、朱明忠、葛维钧著：《印度文明》，北京：中国社会科学出版社 2004 年版，第 14~18 页。

② 参见何乃英著：《东方文学概论》，北京：中国人民大学出版社 1999 年版，第 180 页。

③ 季羡林著：《〈五卷书〉再版后记》，《五卷书》，北京：人民文学出版社 1959 年版，第 403 页。

虽然他们之中也有人留下了一些好作品，但从总体上看，以宣扬封建道德或为统治者歌功颂德的剧作居多。古代戏曲作家的主体是两种人，一种是像关汉卿、马致远、王实甫、宫天挺、高明、王九思、康海、杨慎、李开先、陈与郊、屠隆、叶宪祖、汤显祖、沈璟、袁于令、查慎行、岳端、吴震生等人那样，① 虽有功名或官职，但仕途受挫，"大不得意"，心灰意冷，于是借戏曲这只"酒杯"，浇自己心中的"垒块"。另一种人是"不屑仕进"或"困于场屋"的"才人"，如马致远、白朴、陈以仁、乔吉、柯丹丘、施惠、梁辰鱼、张凤翼、郑若庸、陆采、郑之珍、梅鼎祚、徐复祚、孟称舜、李玉、张大复、王翙、李渔、朱素臣、嵇永仁、裴𬱖、洪昇、郭宗林、周稚廉、黄之隽、夏纶、张坚、陆继辂、徐爔、汪柱、沈起凤、陈栋等。这两种人或是"门第卑微"，或是"职位不振"，总之，是不得志的一群，他们既受到主流文化的深刻影响，同时又因处境不顺而与主流文化有一定程度的疏离。

戏曲中有歌颂帝王将相的剧目，宣传封建伦理道德和迷信思想的作品也不少，杂有恐怖色情内容的剧目并非绝无仅有，但从其主导倾向看，把矛头对准权豪势要，揭露其丑恶嘴脸、指斥吏治腐败、控诉社会黑暗的剧作更多一些。家长里短、市井风情、自择佳偶、除暴安良、申冤雪枉等平民生活图景是戏曲中最常见的题材。在世界上的古老戏剧当中，戏曲的题材是最为广泛的，它所反映的社会生活的广度是古希腊戏剧和梵剧所无法相比的。在戏曲人物画廊中，有不少帝王将相、才子佳人，但被侮辱、被损害的平民百姓才是古代戏曲舞台的主角，多数剧作把他们刻画成善良、机智、可爱的人物，而加害他们的权豪势要、达官贵人反而大多是丑恶、卑鄙、愚蠢、面目可憎的人物。尽管古代戏曲的价值取向也是多元化的，封建社会的主流价值观对它同样有很大影响，绝大多数剧作未能完全摆脱封建思想的影响。但从总体上看，它与主流文化是存在某些冲突的，肯定戏曲的批评家也大多只是把它视为经史的附庸或补充，在敌视戏曲、小说的"衡文巨眼"那里，戏曲、小说只具有"反价值"——诲淫、诲盗，这正是戏曲长期被封建统治阶级和正统文人目为"异端"并遭到拒斥的主要原因。

① 这里有些作家的生平事迹颇有疑问，例如，关汉卿是否曾任太医院的官职，难以确证。又如，据《雍熙乐府》《北宫词纪》所收王实甫【商调·集贤宾】"退隐"，王氏有可能在大都做过高官，直到 60 来岁退隐。但有学者认为，做高官的王实甫并非《西厢记》的作者王实甫，而是另一个王实甫。

　　戏曲的表现形式也具有鲜明的民间性，通俗易懂、雅俗共赏是戏曲的重要品格，于"浅处见才"是较多戏曲作家追求的目标。多数古代戏曲剧作选择了"一人一事，一线到底"的情节结构模式，"文情专一，其为词也，如孤桐劲竹，直上无枝"，"话则本之街谈巷议，事则取其直说明言"，"即有时偶涉诗、书，亦系耳根听熟之语，舌端调惯之文，虽出诗、书，实与街谈巷议无别者"，故即使是"不读书之妇人小儿"观看，也能"了了于心，便便于口"。① 元杂剧、宋元南戏和清代后期兴起的花部诸腔在这方面表现得尤其突出一些，绝大多数剧作具有口语化特点。明清传奇和杂剧文人化色彩较浓，有些剧作追求文词的华美典雅，崇尚用典，有些唱词艰深晦涩，连饱读诗书的文人都很难一看就懂，但其多数还是用接近口语的白话写成的，即使是描写帝王将相、才子佳人的生活，一般还是通俗易懂的。

　　语言通俗是戏曲俗文化品格的重要表征。古代戏曲的唱词和宾白多数是用古代汉语中的白话文写成的，口语化是其鲜明特色。为了突出俗文化品格，招揽看客，不少剧作还热衷于使用方言俗语。元杂剧普遍使用方言俗语早已为戏曲学界所公认，这使得它具有浓郁的北方文化特色和鲜明的民间性，关汉卿等人的剧作表现得尤其突出。南戏其实也有大量的方言俗语，出于民间"书会才人"之手的《张协状元》等自不待言，即使是大文人的作品有时也注意采用方言俗语。清代后期兴起的地方戏更是以俗为美。力求雅俗共赏的戏曲舞台呈现尽管也曾出现过雅化的倾向（如昆曲和京剧表演都曾追求典雅，鲁迅先生曾对梅兰芳等京剧演员崇尚典雅的表演提出过尖锐批评），但观其大势，明快热烈、生动诙谐，充满世俗趣味、通俗易懂是戏曲舞台表演的主要特色。总之，从总体上看，戏曲与讲究含蓄典雅、清空淡远的诗词存在差别，与面向王公贵族的古印度梵剧颇有差异。

　　戏曲亦曾进入宫廷，皇亲国戚中不乏真正的戏迷，达官贵人豢养家庭戏班并非罕见，昆曲的主要支持者是文人士大夫，它还得到清朝政府的扶植和保护。京剧的成熟与晚清宫廷对戏曲的爱好亦有一定关系。但值得注意的是，从剧种的角度看，我国并无宫廷戏曲与民间戏曲之分蘖，戏曲自始至终都是雅俗共赏的大众

---

　　① 参见（清）李渔著：《闲情偶寄》，中国戏曲研究院编：《中国古典戏曲论著集成》（七），北京：中国戏剧出版社 1959 年版，第 14~28 页。

戏剧样式，而且被以经史为主体的主流文化所拒斥，与作为宫廷戏剧的梵剧区别明显。

（二）戏曲与梵剧的文体有别

"韵散结合体"确实是梵剧的文体特点。从现存梵剧文本来看，梵剧中的韵文和散文大体上各占一半。问题在于根据"韵散结合"这一点，能否说梵剧与戏曲的文体是相同的呢？笔者以为是不可以的，因为"韵散结合"这一判断揭示的是东方戏剧乃至东方讲唱文学在文体上的共性，并不能反映梵剧和戏曲文体的本质特征。印度的寓言故事集《五卷书》、戏剧理论著作《舞论》以及多数佛教经典是韵散结合体。我国的宋元话本、诸宫调和章回小说也可以说是韵散结合体。我国先秦时期的文化典籍中有的也可以说是韵散结合体。例如，《老子》中就有不少这样的篇章："孔'德'之容，惟'道'是从。'道'之为物，惟恍惟惚。惚兮恍兮，其中有象；恍兮惚兮，其中有物。窈兮冥兮，其中有精；其精甚真，其中有信。自今及古，其名不去，以阅众甫。吾何以知众甫之状哉！以此。"① 朝鲜说唱艺术"板苏利"的底本也是韵散结合体。东方各国的古代戏剧无不是韵散结合体，如日本的谣曲（能乐），越南的嘲剧、嗵剧，泰国的孔剧，朝鲜的唱剧，就都采用了韵散结合体。就连西方戏剧中也有大量韵散结合体的文本。例如，莎士比亚的剧作绝大部分采用了韵散结合体："他在剧本中所采用的诗体文，通常是十个或十一个音节的无韵长短格，有时杂有韵律，但更多时候则是交迭着散文。没有一个剧本是完全用散文写成的。"② 既然如此，就需要深入分析同是"韵散结合体"的梵剧和戏曲在文体上是否存在差异。

1. 梵剧中的韵文大多是道白

梵剧中的韵文是"诗"，但不同于戏曲中的"曲"。"曲"虽然也是诗，但"诗"并不都是"曲"。梵剧之"诗"与戏曲之"曲"的第一个区别在于：戏曲中的"曲"大多是登场人物演唱的"歌词"，而梵剧中的"诗"大多是角色吟诵

---

① 陈鼓应著：《老子注释及评介》，北京：中华书局1984年版，第148页。

② ［德］威廉·席勒格编：《莎士比亚研究》，张可译，［德］歌德等著：《莎剧解读》，张可、元化译，上海：上海教育出版社1998年版，第316页。

的"道白"。

梵剧与戏曲文体相同的结论是建立在梵剧文本中的韵文和戏曲文本中的"曲"一样都是角色的唱词这一判断的基础之上的。占梵剧剧本之半的韵文是供角色演唱的歌词还是供登场人物吟诵的道白呢？现存梵剧剧本对于人物台词并没有特别注明哪些是唱词，哪些是道白，故学者们对此似有不同看法。季羡林先生在翻译迦梨陀娑的《优哩婆湿》第四幕国王的一段诗体台词时，特别加脚注说："这首诗是国王唱的，因此它是用梵文写成的。"①这首诗和剧中其他的诗体台词一样也没有特别注明是角色的唱词，季先生所加的脚注提醒我们：梵剧剧本中的诗体台词虽然没有标明是唱词，但它有可能都是供角色演唱的"曲"，至少有一部分是角色的唱词。然而对此黄宝生先生的理解似乎又有所不同：

> 梵语戏剧中的音乐分成器乐和声乐……声乐统称为"达鲁瓦"（dhruvā），按照使用情况分为五种：
>
> 1. 上场歌——角色上场时唱的歌。
>
> 2. 下场歌——角色下场时唱的歌。
>
> 3. 变速歌——由中速或慢速变成快速，或相反。
>
> 4. 安抚歌——让观众适应发生变化的感情。
>
> 5. 填补歌——角色烦恼、丧失记忆、愤怒、睡眠、相会、精疲力竭或昏迷时唱的歌。
>
> ……歌词一般使用俗语……歌曲主要由女歌手演唱……按照婆罗多的描述，在戏剧演出前，要用歌曲赞颂天神。在戏剧演出过程中，各个关节（开头、展现、胎藏、停顿和结束）都有相应的、表达味和情的歌曲……但从现存梵语剧本看，剧中标明演唱的歌曲十分有限。例如，《沙恭达罗》序幕中有女演员演唱的一首歌曲，第五幕中有幕后演唱的一首歌曲……这说明文字剧本和舞台演出有所不同。同时，还应该说，剧情本身包含的歌曲与婆罗多所说的达鲁瓦歌曲也有所不同……季羡林先生的《优哩婆湿》汉译本……的第四幕译文中，约有二十六首俗语诗，其中多数在戏文中标明"幕后"，部

---

①　［印度］迦梨陀娑著：《优哩婆湿》，季羡林译，北京：人民文学出版社1962年版，第58页。

分由季先生在脚注中说明是"幕后唱词"……这些歌曲并非由角色演唱,而是由幕后歌手演唱……我们可以推测,梵语戏剧在演出时,剧团乐师可以选择剧本中某些诗歌作为达鲁瓦歌曲,也可以依据剧情另外创作达鲁瓦歌曲,以供歌手演唱。①

在黄先生看来,梵剧中剧情本身所包含的歌曲——也就是由角色所演唱的歌曲是十分有限的,有的剧本连一首这样的歌曲也没有。梵剧中的歌曲主要就是《舞论》中所说的"达鲁瓦",这是由女歌手以伴唱的方式演唱的一种俗语歌曲,其歌词主要不是出于剧作者之手,相当一部分是由剧团乐师另外创作的。换言之,现存梵剧剧本中的韵文,绝大多数不是由角色演唱的唱词,而是由角色吟诵的诗体"道白"。笔者以为这是比较符合梵剧的创作实际的。

现存梵剧剧本中的诗歌绝大部分是男性角色的台词,而且这些诗体台词绝大部分是梵语,即使是像仙赐、沙恭达罗、优哩婆湿那样的女主角,也很少有诗体台词——梵剧中的女性说俗语,而且使用的是散文体俗语。例如,迦梨陀娑的《优哩婆湿》写人间国王补卢罗婆娑礼拜太阳归来,有人向他报告,恶魔掳走美丽的天国歌伎优哩婆湿,恳求国王将其救出。国王驱车追赶,从恶魔手中救出能歌善舞的优哩婆湿,两人一见钟情。这一题材如果是在戏曲作家手里,一定会让女主角大展歌喉,可是,在现存的梵剧传本中,优哩婆湿竟然没有一首诗体台词,这里限于篇幅,仅节选其第一幕加以说明:

[天女们上。

| 天女们 | 先生们保护我们吧,保护我们吧,只要你们是神仙的伴侣,只要你们能上天来! |

[国王补卢罗婆娑同御者上,国王坐在车上,幕还没有拉起。

国王	不要再喊了!我是补卢罗婆娑,礼拜了太阳才回来;你们到我这里来,告诉我,你们为什么要求保护?
蓝婆	恶魔在捣乱。
国王	怎么,捣乱的恶魔竟欺负了你们吗?

---

① 黄宝生著:《印度古典诗学》,北京:北京大学出版社1999年版,第172~174页。

蓝婆	大王请听！当伟大因陀罗为某人的苦行所震惊的时候，我们亲爱的朋友优哩婆湿就是他的得心应手的武器；罗克湿迷和瞿哩都因为自己长得美丽而骄傲，她却使她们感到羞愧；她是天上的一件装饰品；她同质多罗离迦一块儿从俱毗罗的宫殿里回来的时候，在半路上，给一个恶魔捉走了。
国王	你知道那一个混蛋向哪一个方向逃走的吗？
天女们	向东北。
国王	那么，你们就不要着急吧！我想办法把你们的朋友抢回来。
天女们	你有这举动真不愧是月亮世系的后裔。
国王	你们在哪儿等我呢？
天女们	就在醯摩拘吒山顶上吧。
国王	御者！你赶着马赶快往东北跑！
御者	谨遵万岁爷的旨意！（按照命令动作起来）
国王	（感觉到车行的速度）好哇！好哇！车子走得这样快，连那先出发的金翅鸟我们都可以赶得上了，何况那一个神仙的敌人呢？ 车子前面滚动着一团团尘土形成的云彩； 轮辐的数目仿佛增加了一倍，车轮转动得快； 马头上的拂尘像在画上一样一动也不动； 在疾风吹拂中，旗子直挺挺地伸展开来。

［国王和御者乘车下。

娑呵阇尼耶	朋友呀！王仙已经走了。我们也到约定的那个地方去吧！
弥诺迦	朋友呀！我们就这样吧！（做攀登醯摩拘吒峰状。）
蓝婆	王仙能够把我们心头上的刺拔掉吗？
弥诺迦	朋友呀！你不必怀疑！
蓝婆	我想，恶魔是难以打败的。
弥诺迦	在打仗的时候，连伟大因陀罗都恭恭敬敬地把他从地上请了去，放在军队的最前面，好帮着神仙们打胜仗。
蓝婆	无论如何愿他胜利！
弥诺迦	朋友们呀！你们都放心吧，你们都放心吧！王仙的车子已经看到

了，上面插着一面画着鹿的旗子，在风中招展。我想，他从来不会失败回来的。

[天女们做瞭望状。

国王坐在车上和御者同上，优哩婆湿上，她由于害怕而闭了眼睛，质多罗离迦用右手扶着她。

质多罗离迦　朋友呀！你放心吧，你放心吧！

国王　　　　美人呀！你放心吧！

　　　　　　不要害怕！神仙的敌人已经逃走；

　　　　　　因为因陀罗的威力保卫着三界。

　　　　　　你就睁开眼吧，胆小的人呀！

　　　　　　正像是晨光来临莲花就要绽开。

质多罗离迦　她现在还活着，她还喘气哩，为什么她还不醒过来呢？

国王　　　　她受惊受得太厉害了。因为：

　　　　　　她的心还在跳动，

　　　　　　上面压着曼陀罗花环，

　　　　　　她不时喘上几口气，

　　　　　　两个乳房沉甸甸。

质多罗离迦　(满怀同情) 朋友优哩婆湿呀！你安心吧！你看起来不像是一个天女了。

国王　　　　她的心娇嫩又温柔，

　　　　　　她简直吓得胆战心惊；

　　　　　　她那两个乳房中间，

　　　　　　衣裳边也在索索抖动。

[优哩婆湿醒了过来。

国王　　　　(愉快地) 质多罗离迦呀！你真应该谢天谢地。你的亲爱的朋友苏醒过来了。你看哪：

　　　　　　月亮出来驱黑暗，

　　　　　　火焰升起没了烟，

　　　　　　泥沙沉底恒河清；

　　　　　　她神志清明复了原。

质多罗离迦	朋友优哩婆湿呀！你安静一下吧！三十三天那些神仙们的仇敌、那些混蛋恶魔，都给大王打跑了，他是被难人的救星。
优哩婆湿	（睁开眼睛）我是那位具有神通力的伟大因陀罗救出来的吗？
质多罗离迦	不是伟大因陀罗，而是王仙补卢罗婆婆，他的力量跟伟大因陀罗一样大。
优哩婆湿	（看着国王，独白）我给那个恶魔头子一抓，反而成全了一件好事。
国王	（看着优哩婆湿，独白）所有的那一些天女，不但没有能引诱仙人那罗延，当她们看到他腿里生出的这个女子的时候，都又羞又愧了。

我想，她也不会是一个苦行者的女儿。因为：

是生主创造了她？

是月亮光辉闪闪？

是欣赏美丽的爱神？

是繁花灿烂的春天？

念吠陀念得呆头呆脑，

一个年纪挺老的大仙，

他已经弃绝了爱欲，

怎能生出这样的婵娟？

优哩婆湿	朋友质多罗离迦呀！我们的朋友们都到哪里去了？
质多罗离迦	朋友呀！这一位解除了你的恐惧的大王知道。
国王	（看着优哩婆湿）你们的朋友难过极了。小姐请看一看吧！

美丽女郎呀！你站在路上，

有人碰巧瞅了你一瞅，

离开了你，他也会难过，

何况是你那些亲爱的朋友？

优哩婆湿	（独白）你的话真是像甘露一般。甘露来自月亮，那又有什么奇怪呢？（高声）我的心急切想看一下我的朋友们。
国王	（用手指）

美丽女郎呀！你的朋友们

都从醯摩拘吒山头看着你的脸；

好像是月亮从天狗的嘴里逃出，

全世界的人都仰起脸来看。

[优哩婆湿贪恋地看着国王。

质多罗离迦　朋友呀！你看的什么东西呀？

优哩婆湿　　我想用两只眼睛把那个同情别人的人喝下去。

质多罗离迦　（微笑着）那是谁呀？

优哩婆湿　　那一个可亲可爱的人。

蓝婆　　　　（愉快地瞭望着）朋友呀！那个王仙来了，带着我们亲爱的朋友优哩婆湿，还有质多罗离迦陪着她；他看上去就像是走近了毗释迦星座的月亮。

弥诺迦　　　（仔细看）朋友呀！我们是双喜临门，我们亲爱的朋友夺回来了，王仙的身体也没有受什么伤。

婆呵阇尼耶　朋友呀！你说得对，恶魔是很难战胜的。

国王　　　　御者呀！这就是山顶了，把车子降下去吧！

御者　　　　谨遵万岁爷的旨意！（作降车状）

[车一下降，优哩婆湿作震惊状，抓住国王。

国王　　　　（独白）车下降，对我是有好处的。

车子一降，大眼女郎害了怕，

她的身子直往我身上挨，

乐得我浑身上下汗毛竖，

就像是爱情长出了嫩芽来。

优哩婆湿　　朋友呀！你往前挪一挪吧！

质多罗离迦　不行。

蓝婆　　　　让我们去向那一位对我们有大恩情的王仙致敬吧！

[大家都走过来。

国王　　　　御者呀！把车子停住吧！

正像那美丽的春天，

同开着花的春藤会面；

这一位眉目如画的女郎，

也想同自己的朋友相见。

［御者刹住车子。

天女们　　　谢天谢地，大王胜利归来了。

国王　　　　你们见到了你们的朋友，也要谢天谢地。

优哩婆湿　　（让质多罗离迦用手扶着，从车子上下来）朋友们呀！你们来紧紧地拥抱

　　　　　　我吧！我实在没有想到，还能够看见朋友们。

［朋友们互相拥抱。

弥诺迦　　　（殷切地）无论如何，愿大王在千百劫中保护大地！

御者　　　　万岁爷呀！从东方传来了一阵很大的声音，好像有一辆车子飞驶而来。

　　　　　　有什么人戴着金手镯，

　　　　　　从天空里走到山上来；

　　　　　　好像是闪着电走的

　　　　　　那么一团乌黑的云彩。

天女们　　　（看望）哎呀，质多罗罗多来了。

［质多罗罗多上。

质多罗罗多　（看到国王，肃然起敬）谢天谢地！您用无比的神勇，给伟大因陀罗

　　　　　　做了一件事情。

国王　　　　哎呀！这不是乾达婆之王吗？（从车子上下来）欢迎你，亲爱的朋友！

　　　　　　［互相握手。

质多罗罗多　朋友呀！因陀罗从那罗陀嘴里听到优哩婆湿给计身抢走了，就命令

　　　　　　乾达婆的军队去把她救回来。以后，我们从天国歌手们那里听到您

　　　　　　那胜利的故事，我们就到这里来看您。您应该带着她去看尊者因

　　　　　　陀罗。您真是做了一件让尊者因陀罗十分高兴的事情。看哪：

　　　　　　以前，那罗延生了她，

　　　　　　把她交给了因陀罗；

　　　　　　现在，您是他的朋友，

　　　　　　又从恶魔手里把她抢夺。

国王　　　　朋友呀！不是这样子。

　　　　　　打败了他的敌人的，

　　　　　　是因陀罗的力量；

山洞里传出的狮子吼，

也能够杀死大象。

质多罗罗多　真是这样。谦虚是勇武的装饰品。

国王　　　　朋友呀！我现在没有空去看因陀罗，你就把她带到天主那里去吧！

质多罗罗多　就按照您说的办吧！这里来，这里来，姑娘们！

[天女们下。

优哩婆湿　　（偷偷地）朋友质多罗离迦呀！我不好意思跟我的恩人说话，你能替我说吗？

质多罗离迦　（走近国王）大王呀！优哩婆湿想告诉你，她要把大王的声名像自己的爱友一样带到天上去。

国王　　　　再见吧！

[所有的天女同乾达婆都作登天状。

优哩婆湿　　（作飞升时遇到阻碍状）哎呀！我的珍珠项链挂在蔓藤枝上了。（利用这个借口，看着国王）朋友质多罗离迦呀！你把它解下来吧！

质多罗离迦　（看着她笑）挂得很紧，简直没有办法解下来。

优哩婆湿　　不要开玩笑了，还是解吧！

质多罗离迦　虽然看起来很难解开，我仍然要去解。

优哩婆湿　　（微笑）亲爱的朋友呀！请你记住你自己这一句话吧。

国王　　　　（独白）

蔓藤呀！你替我做了一件好事儿，

你让她晚走了一会儿。

我看到她那慌张模样，

眼珠子转到了眼角上。

[质多罗离迦把项链解开，优哩婆湿看了国王一眼，叹息了一声，看着朋友们飞升上去。

御者　　　　万岁爷呀！

侮辱天帝的恶魔，

给你的箭赶进大海；

正像大蛇钻到洞里去，

你的箭又回到箭壶里来。

国王　　　　把车赶过来吧！我要上去了。

［御者这样做了，国王作上车状。

优哩婆湿　　（含情脉脉地看着国王）我还想再看到我的恩人。

［优哩婆湿跟乾达婆和朋友们同下。

国王　　　　（看着优哩婆湿车子的辙迹）哎呀！爱神总是让人追求难以得到的东西。

　　　　　　那一个天女正往上飞升，

　　　　　　升入祖先住的中天中；

　　　　　　她把我的心从腔子里挖走，

　　　　　　好像天鹅从藕里把丝抽空。

　　　　　　［同下。①

　　　这一幕共有 16 首诗，均为男性角色的台词。其中，国王补卢罗婆娑 13 首，国王的御者 2 首，"乾达婆之王"质多罗罗多 1 首。女主角优哩婆湿等女性角色均只有散文体台词。这种文本体制具有很强的代表性——韵散结合体的梵剧文本大体如此。例如，《惊梦记》中的女主角仙赐、《沙恭达罗》中的女主角沙恭达罗的台词基本上是散文体的，② 这些剧作中男主角国王的台词则多为诗体。《龙喜记》中的女主角——公主的台词也基本上是散文体的，而男主人公云乘太子的台词则多是诗歌体的。次要人物有的也有诗体台词，例如，《沙恭达罗》中沙恭达罗的义父干婆及其徒弟、国王豆扇陀的侍从；《龙喜记》中的门客花冠儿、宫门侍卫须难陀、隐士商狄罗耶、龙子螺髻、鸟王揭楼罗等有诗体台词，有的比主人公的诗体台词还要长些。值得注意的是，这些次要人物也都是男性，梵剧中的女性人物是极少有诗体台词的。

　　　如果梵剧剧本中的诗体台词都是或大多是角色的唱词，那岂不是证明梵剧是单由男性演唱的戏剧？这与《舞论》的论述显然不相吻合。《舞论》中说，男性

_____

　　　① ［印度］迦梨陀娑著：《优哩婆湿》（第一幕），季羡林译，北京：人民文学出版社1962 年版，第 5~16 页。

　　　② 个别剧作为了剧情需要有让女性主人公偶尔朗诵一首诗或唱一支歌的，如《沙恭达罗》第三幕中沙恭达罗在女友的催促下朗诵了自己写的一首短诗，这与以诗歌形式作为人物的台词是有区别的。

之长在于朗诵，歌唱属于声音甜美的女性："女性嗓音天生甜蜜，适合歌曲；男性嗓音天生高昂，适合朗诵。"① 梵剧之装扮虽然也允许"阴阳颠倒"——男扮女，女扮男，但男女演员各自扮演与自己性别相同、年龄相仿的"顺色"是更为常见的装扮方式。② 据此，现存梵剧文本中的"诗"除极少数特别注明者是唱词之外，绝大多数是供角色吟诵的"道白"而不是"唱词"，仅仅根据它也是韵文就把梵剧文本中的"诗"与戏曲文本中的"曲"等同起来显然是不对的。梵剧的舞台演出可能有不少歌曲，但这些歌曲大多与剧情关系不甚紧密——基本上不承担叙事任务的"插曲"，因为这些"插曲"大多不是角色的台词，所以现存梵剧文本少有保留。这就告诉我们，歌唱可能只是"正规梵剧"的一种辅助性表现手段。也许正是基于这一点，有学者认为："古典梵剧基本上是科白剧。"③ 把包含多个类别的梵剧都说成是科白剧④当然是不全面的，但如果只是就现存梵剧文本而论，这一判断又是大体准确的。

如果这一判断不误，梵剧与古代戏曲在"体制"上的差异应该说是相当大的。梵剧中的歌曲大多是"插曲"，不是剧本的主体，故即使失载也不会影响文本的完整性。戏曲文本中的韵文只有上场诗、下场诗和副末开场时所念的一两首词是"道白"，这类诗体道白所占比例极小，戏曲文本中的韵文基本上是角色演唱的歌词，歌唱是古典戏曲的主要表现手段，由角色演唱的歌词——"曲"是戏曲文本的主体。

梵剧之"诗"与戏曲之"曲"的第二个重要区别在于：梵剧之"诗"不受音乐体制的约束，而"曲"则是一种音乐文学，音乐体制决定文本体制（详后）。梵剧文本的韵文创作虽然也要遵守格律，也是程式化的，但不需要"倚声填词"，其文本体制与音乐无关，梵剧的"幕"并不是音乐结构，而只是以主人公一天之内的事件为据所划分的剧情段落。

梵剧文本中的梵语诗歌大多为"输洛迦"体。例如，跋娑的 13 部剧作就是例证。这是一种简易的"史诗诗体"，据说是一位生活在公元前 1500 多年名叫跋

---

① 黄宝生著：《印度古典诗学》，北京：北京大学出版社 1999 年版，第 173 页。
② 参见黄宝生著：《印度古典诗学》，北京：北京大学出版社 1999 年版，第 144 页。
③ 王向远著：《东方文学史通论》，上海：上海文艺出版社 1994 年版，第 129 页。
④ 梵剧中确有少数类别——如神魔剧等是不含歌舞的科白剧，但其主要类别——传说剧、创造剧等均载歌载舞。

尔密吉（Valmiki）的"隐圣"创造的。《罗摩衍那》之《童年篇》说："我的话都是诗，音节均等，可以配上笛子，曼声歌咏，因为它产生于我的输迦，就叫它输洛迦。"① 这一诗体除被两大史诗所取之外，还为印度许多古代典籍所习用，《摩奴法典》《舞论》等也采用了"输洛迦体"。"输洛迦体"与以"长短句"为特征的"曲体"并不相同，它以两个"音节均等"——大体整齐的诗句为一组，这种上、下句结构的诗歌格律源于史诗，与梵剧的音乐无涉。因此，梵剧文本的诗体台词均无曲牌之标示，而且，梵剧各幕之中诗歌与散文的分配并不均匀，有的一幕之中几乎全是散白——如《惊梦记》的第二、第三幕，有的又主要是诗歌——如《龙喜记》的第五幕。每一段诗体台词的句数也不一样，长的有近百句之多，短的只有两句。这与曲牌联套体的元杂剧、宋元南戏和明清传奇的体制都很不相同——曲牌联套体的戏曲以"曲"为中心，即使是楔子也是要有"曲"的。如果"终折无一曲"，就会被视为"怪物"。例如，明屠隆《昙花记》传奇之《祖师说法》《仙佛同途》《冥官迓圣》等 8 出仅以宾白演之，"终折无一曲"，在古代戏曲传本中实属特例，故被臧晋叔《元曲选·序》斥为"其谬甚矣"，② 青木正儿《中国近世戏曲史》更是斥其"可谓戏文中一怪物也"。③

　　从《舞论》的相关论述和现存梵剧文本可知，梵剧的"歌曲"主要是由女歌手演唱的，而且大多是幕后伴唱，这类歌曲使用的大多是俗语。也就是说，梵剧中的俗语歌曲不是登场人物的台词。在笔者所见到的梵剧文本中只有《优哩婆湿》保留了 20 多首俗语歌曲，季羡林先生翻译这些歌曲时一律标明它由"幕后"伴唱，绝大多数梵剧剧本是没有收录这类歌曲的，《沙恭达罗》就只有两首歌曲。梵剧文本中的俗语歌曲也是"诗"，同样不受曲牌和联套规则的约束，它也不同于戏曲中的"曲"。试举几例为证。

　　《沙恭达罗》第五幕有一首幕后伴唱的歌曲：

---

　　① ［印度］蚁垤著：《罗摩衍那》（一）《童年篇》，季羡林译，北京：人民文学出版社1980 年版，第 21 页。

　　② （明）臧晋叔撰：《元曲选·序》，（明）臧晋叔编，王学奇主编：《元曲选校注》（第一册·上卷），石家庄：河北教育出版社 1994 年版，第 1 页。

　　③ ［日］青木正儿著：《中国近世戏曲史》，王古鲁译，北京：作家出版社 1958 年版，第 209 页。

> 蜜蜂呀！你贪吃新蜜曾吻过芒果的花苞，
> 你愉快地呆在荷花心里，为什么把它忘掉？①

《优哩婆湿》第四幕有多首幕后伴唱歌曲，兹引两首：

幕　后　　　　　一只年幼的天鹅，
　　　　　　　　在湖里面游戏；
　　　　　　　　相思实在难忍，
　　　　　　　　它满怀愁绪。

幕　后　　　　　这一条大河在那里游戏，
　　　　　　　　它像云彩一般地跳舞，
　　　　　　　　东风吹着翻滚的波浪，
　　　　　　　　它的胳臂一起一伏。
　　　　　　　　天鹅和别的鸟落在岸上，
　　　　　　　　像是郁金和海螺一白一黄。
　　　　　　　　水里面住着水象和鳄鱼，
　　　　　　　　黑色的荷花形成了屏障。
　　　　　　　　汹涌的波浪撞击着岸边，
　　　　　　　　听上去像是击掌的声音。
　　　　　　　　大河像是新起的云彩那样黑，
　　　　　　　　把四面八方遮得阴阴沉沉。②

这些以俗语写成的歌曲也不受曲牌和联套规则的约束，而且与戏曲文本中只要是角色的台词一般应由角色本人唱出来或念出来不同，梵剧中角色的台词如果

---

① ［印度］迦梨陀娑著：《沙恭达罗》，季羡林译，北京：人民文学出版社 1959 年版，第 65 页。

② 参见［印度］迦梨陀娑著：《优哩婆湿》，季羡林译，北京：人民文学出版社 1962 年版，第 70、75 页。

是俗语诗歌，通常是由幕后的女性歌者通过伴唱来完成的，例如，《优哩婆湿》第四幕国王的一大段诗体台词：

国王　　……（满怀愁绪地思索）那一个腿长得像羊角蕉一样的女郎到哪儿去了呢？

她生了气，显神通藏在什么地方，

她生我的气，决不会很久很长。

难道说她已经又回到了天上去？

她的心对我还是温柔如常。

只要是她仍然留在我的眼前，

连神仙的敌人也没法把她抢。

我的双眼怎么样也看不见她，

这岂不是命运在那里兴风作浪！

（向四方瞭望，叹息）哎呀！对那些倒了霉的人来说，

祸是不单行的。为什么呢？

我同我的情人分了手，

立刻就觉得无法忍受；

新云升起把太阳遮住，

以后的日子可以不发愁。

云彩呀！我现在命令你：不要再发怒；

你很可爱，用暴雨把四方遮得模模糊糊；

如果我在大地上游荡能找到我的爱人，

那么你无论做什么，我都能忍受得住。

（笑）我心里的痛苦愈聚愈多，我真是白白忍受了。

圣人们说："国王是季节的制造者"；那么，我为什么不把雨季阻挡住呢？

劫波树用各种优美的姿态舞蹈摇动，

成群的蜜蜂嗡嗡地飞着陶醉在芳香中，

印度杜鹃也放开了音乐般的喉咙，

一丛丛的幼芽给风吹得摇摆不定。

我看，我还是不去阻挡吧，因为在目前只有这些雨季里的现象还能够表示出我这国王的尊严。

里面闪着电光，像金子一般，

云彩就是我的光荣的遮阳伞。

尼俱罗树的花朵为风所吹，

摆来摆去，就像是我的麈尾。

雨季来临，孔雀愉快地飞鸣，

就像是宫廷诗人，把我来歌颂。

云彩里面含着大量的水分，

它就是给我送财宝的商人。

算了吧！吹嘘这些装饰随从，还有什么用呢？我还是在这一座树林子里寻找我的爱人吧！①

季羡林先生在脚注中指出，从"云彩呀"句起，到"我都能忍受得住"；从"劫波树用各种优美的姿态舞蹈摇动"，到"一丛丛的幼芽"句止，是两首俗语诗，虽然口气是国王的，但它不会出自国王之口，诗前应补上"幕后"二字。②可见，梵剧中的歌曲并不一定是由角色演唱的，即便是以角色的口气写成的诗体台词也有可能是由幕后伴唱来完成的。这种情况在古代戏曲剧本中是很难见到的。

梵剧是分幕的，"幕"大多是以主人公一天的活动为依据所划分的剧情段落，有的一幕包含多天的活动，这与元杂剧的"折"和明清传奇的"出"不同，它不是一个音乐单元，不需要接受音乐体制（如宫调、曲牌、联套规则等）的约束。

从以上分析可以看出，同是"韵散结合体"的梵剧与戏曲，其文体实际上是存在着较大差异的。梵剧文本属于"诗体"，戏曲文本则是"曲体"，"曲体"与"诗体"的主要差别在于文词与音乐的关系不同。"曲体"受宫调、曲牌、联套

---

① ［印度］迦梨陀娑著：《优哩婆湿》，季羡林译，北京：人民文学出版社1962年版，第59~61页。

② ［印度］迦梨陀娑著：《优哩婆湿》，季羡林译，北京：人民文学出版社1962年版，第60页注①。

规则等音乐体制的制约，"诗体"虽然有句式大体整齐和大体押韵的要求，但并不受音乐体制的约束。

2. 戏曲中的韵文大多是唱词

戏曲文本也是由曲、科介、白所构成，曲是韵文，科介、白大部分是散文。元刊杂剧以曲为主，有的剧本——如关汉卿的《关张双赴西蜀梦》、郑廷玉的《楚昭公疏者下船》、纪君祥的《冤报冤赵氏孤儿》① 等只录曲文，没有科介、白，有些剧本则录有极简略的科介、白。元刊本的"曲"除因文字脱漏之外，都是比较完整的。这或许只是坊间取舍所致。宋元南戏传本和明刊杂剧基本上是曲、科介、白齐全的。② 从这些文本看，戏曲中的曲都是韵文，但宾白未必都是散文，上、下场诗以及相当数量的独白也是韵文——诗、词和骈文都有。不过，这与梵剧文体还只是小别，仍然可以说，梵剧和戏曲在文体上都是"韵散结合体"——散白在剧中所占的比例不同并不能改变其文体的性质。

戏曲中的"曲"是供人物演唱的歌曲。"曲"与"诗"的一个重要区别在于，"曲"之创作须"倚声填词"。古代戏曲文本中的"曲"要接受曲谱和韵谱的约束，每首曲子的宫调、句数、字数、韵脚、每个字的声调（平仄、阴阳、对仗），不同曲子的连缀都有"规矩"可依——"凛遵曲谱"，"总不出谱内刊成之定格"；"恪守词韵"，"一出用一韵到底，半字不容出入"。③这不但影响到每段唱词的创作，而且还会影响到戏曲文本的整体结构。元杂剧的一折就是同一宫调的一个套曲，同一套曲之内的多支曲子必须一韵到底，何曲在前，何曲续后，也有比较严格的规定，不能颠倒，特别是元杂剧套数中的头牌和尾声要求尤其严格。例如，【正宫】头牌例用【端正好】，接着用【滚绣球】，结尾用【朝天子】【煞尾】。【仙吕宫】头牌例用【点绛唇】，接着用【混江龙】，【混江龙】之后通常接【油葫芦】【天下乐】，结尾用【寄生草】【赚煞】。【南吕宫】头牌例用

---

① 《冤报冤赵氏孤儿》，一作《赵氏孤儿大报仇》。

② 元杂剧的表演提示通常叫"科"，南戏和明清传奇的表演提示通常叫"介"，也有叫"科"的，二者合称"科介"。"科介"含表演动作、表情和舞台效果提示。例如"做叹科""相见科""起风科""雁叫科""上马行介""拍手笑介"等。

③ （清）李渔著：《闲情偶寄·音律第三》，中国戏曲研究院编：《中国古典戏曲论著集成》（七），北京：中国戏剧出版社1959年版，第37~38页。

【一枝花】，续接【梁州第七】，结尾用【乌夜啼】【煞尾】。【中吕宫】头牌例用【粉蝶儿】，续接【醉春风】，结尾用【尾声】【大石随煞】……而且一部剧作原则上只能有 4 个套曲（有少数变格），这 4 个套曲的顺序也需要有"辈类"——第一折多用【仙吕宫】套曲，第二折多用【南吕宫】套曲，第三折多用【中吕宫】套曲，最后一折多用【双调】套曲。① 总之，戏曲的"折""出"——特别是元杂剧的"折"是一个音乐段落，一折就是同一宫调的一个套曲，也就是一个"乐章"，一部剧作由 4 个乐章加一个楔子（有少数剧作有两个楔子）组成。楔子也是一个音乐单元，只能用一到两支曲子，而且所用的宫调和曲牌也有规定，不可随意为之。南戏的音律不像元杂剧那样严格，但同样属于曲牌联套体，唱词写作同样要接受宫调、曲牌的约束，曲牌的连接也讲究"辈类"——次序上的规范，不可随意为之。

正因为"曲"是人物的台词，所以，戏曲文本中的"曲"居于中心地位，如果去掉"曲"，剧作也就不存在了，这与梵剧文本大多不录歌曲是很不一样的。

合乐演唱的"曲"决定了曲体文学在体制上的本质特征，这是属于"诗体文学"的梵剧所不具备的。由此可知，尽管古代戏曲文本和梵剧文本都是"韵散结合体"，但二者的体例其实是有本质差异的。试以元无名氏杂剧《张千替杀妻》的"楔子"和第一折为例再加以说明。

《张千替杀妻》仅存元刊本，原本不分折，更不像梵剧那样分幕。由此可以见出，元杂剧和宋元南戏一样，其文本体制与分幕的梵剧也是不同的。曲体文学的文本结构"屈从"于音乐结构。此剧的 4 折就是 4 个套曲，南戏、杂剧、传奇等古代戏曲文本结构的"底蕴"其实就是音乐。

张千替杀妻

楔 子

（外一折，云了）（正末扮张千上开）小人是屠家张千的便是。家贫亲老。不多近远有个员外，待要结义小人做兄弟。待不从呵，时常感他恩德多；待从来，怎奈家贫生受。（外上，云了）（正末云）哥哥既是不嫌贫呵！（唱）

---

① 每折所用宫调亦有少数变例，此就多数情况而言。

[**仙吕·赏花时**] 哥哥道不敬豪门只敬礼，不羡钱财只敬德。哥哥，您兄弟有句话对哥哥题：咱便似陈雷胶漆，你兄弟至死呵不相离。

（外云了）（请老母参拜了）（结义科）（外云往浙西索钱了）（送科）（下）

第一折

（旦等呵）（正末扮上坟，云）从哥哥往浙西去，早半年。今日同嫂嫂与母亲往祖坟去。（唱）

[**仙吕·点绛唇**] 杨柳晴轩，海棠深院，东风转，花柳争先，忙杀莺和燕。

[**混江龙**] 莎针柳线，凤城春色满娇园。红馥馥天桃喷火，绿茸茸芳草堆烟。红杏枝边斗蹴鞠，绿杨楼外打秋千。猛听的莺声恰恰，燕语喧喧，蝉声历历，蝶翅翩翩。不由人待把春留恋，绮罗交错，车马骈阗。

（云）嫂嫂，咱坟园到那未哩？（旦云了）（正末唱）

[**油葫芦**] 嫂嫂道坟在溪桥水那边，斟量来不甚远。恰来到杏花庄景可人怜。我则见垂杨拂岸黄金线，我则见桃花落处胭脂片。（带云）嫂嫂，这路儿更小呵。 不去他大路上行，则小路儿上穿。骑着匹驮骝难把莎茵践，正是芳草地，杏花天。

（旦云了）（正末唱）

[**天下乐**] 嫂嫂！ 这的是留与游人醉后眠。我想来今年，今年强似去年，若不是俺哥哥贵发有甚钱？人也似好觑付，亲兄弟厮顾盼。（带云）若不是俺哥哥，（唱）嫂嫂怎领着兄弟祖坟前来祭奠？

（到坟园下马，旦交参拜科）（正末唱）

[**村里迓鼓**] 青盛茂竹林松坞，早来到祖宗坟院。先挂着纸钱，躬身拜从头参见。忘不了哥哥重恩，小可张千，前生分缘，想着俺哥哥有管鲍情，关张义，聂政贤，不弃俺身微智浅。

[**元和令**] 到寒食不禁烟，正清明三月天。和风习习乍晴暄，罗衣初试穿。为甚么嫂嫂意留连，将言又不言？

（旦吩咐整办祭物了）（旦忘钥匙，吩咐母亲科）（旦云）待与小……（末云）唬的不唬杀人也！怎生嫂嫂今日说出这般言语？

[**上马娇**] 嫂嫂更道是癫，更做道贤，恰便似卖俏女婵娟。（旦云了）（正末唱）吃的来醉醺醺将咱来缠，眼溜涎，他道是休停误莫俄延。

[游四门]　呀！不睹事搂抱在祭台边，这婆娘色胆大如天，恰不怕柳外人瞧见。又不是颠，往日贤，都做了鬼胡延。

[胜葫芦]　嫂嫂，休！俺哥哥往浙西不到半年，想兄弟情无思念？你看路人又不离地远，你待为非作歹，瞒心昧己，终久是不牢坚。

（旦云了）（正末云）这妇人待要坏哥哥性命！（唱）

[幺篇]　嫂嫂道瓦罐终须不离井边，你莫醉后出狂言！唬的我手儿脚儿滴修都速难动转。（带云）嫂嫂和俺哥哥是几年夫妻？（旦云）二十年夫妻。（正末唱）又不想同衾结发，情深义重，夫乃妇之天。

[后庭花]　你休要犯王条成罪愆，则索辨人伦依正典。不听见九烈三真女，三从四德贤？今日个到坟园，祖宗如见，有灵魂在墓前，你狂言不怕天。胡寻思一点，留歹名百世传。

（旦云了）（正末唱）

[青哥儿]　嫂嫂，你是个良人、良人宅眷，不是小末、小末行院。俺哥哥离别未团圆，这些时有甚么准见。遇着春天，花柳芳妍，粉蝶翻翩，紫燕飞旋，箫管声传，情愫难言。因此上乔作为殢殢延延，亏张千难从愿。

（旦云了）（正末诈许）（回家科）（正末唱）

[赚煞]　我这一片铁石心，不比你趁浪风尘怨。（带云）我虽是无歹心胡做，（唱）若我这句话合该一千，须我不得将闲话儿展。嫂嫂你着马先行，我空说在骏马之前。嫂嫂将着紫藤鞭，催动缰辔。赚的到你家解了我冤。你倚仗着有金有钱，欺负俺哥哥无亲无眷，不曾见浪包娄养汉倒陪钱。①

这个剧本在元刊本中算是科白相对完整的。楔子用【仙吕】宫只曲，第一折用【仙吕宫】套曲，头牌用【点绛唇】，接着用【混江龙】【油葫芦】【天下乐】，以【赚煞】收尾，套中计 13 曲，叶先天韵，借叶旁韵之例三见，且有开闭不辨之失，但一韵到底。此为元曲联套常格，"初为杂剧之始"的关汉卿就已依此为"格套"，试再举关汉卿《感天动地窦娥冤》楔子和第一折的曲文为例。

---

① 　（元）无名氏著：《新编足本关目张千替杀妻》楔子、第一折，王季思主编：《全元戏曲》（第六卷），北京：人民文学出版社 1999 年版，第 51～55 页。笔者引用时改动了标点符号，正、衬之别为引者所为。

楔 子

冲末扮窦天章（唱）

【仙吕·赏花时】 我也只为无计营生四壁贫，因此上割舍得亲儿在两处分。从今日远践洛阳尘，又不知归期定准，则落的无语暗消魂。

第一折

正旦扮窦娥（唱）

【仙吕·点绛唇】 满腹闲愁，数年禁受，天知否？天若是知我情由，怕不待和天瘦。

【混江龙】 则问那黄昏白昼，两般儿忘餐废寝几时休？大都来昨宵梦里，和着这今日心头。催人泪的是锦烂熳花枝横绣闼，断人肠的是剔团圞月色挂妆楼。长则是急煎煎按不住意中焦，闷沉沉展不彻眉尖皱；越觉的情怀冗冗，心绪悠悠。

【油葫芦】 莫不是八字儿该载着一世忧？谁似我无尽头！须知道人心不似水长流。我从三岁母亲身亡后，到七岁与父分离久。嫁的个同住人，他可又拔着短筹；撇的俺婆妇每都把空房守，端的个有谁问、有谁瞅？

【天下乐】 莫不是前世里烧香不到头，今也波生招祸尤？劝今人早将来世修。我将这婆侍养，我将这服孝守，我言词须应口。

【一半儿】 为甚么泪漫漫不住点儿流？莫不是为索债与人家惹争斗？我这里连忙迎接慌问候，他那里要说缘由。则见他一半儿徘徊一半儿丑。

【后庭花】 遇时辰我替你忧，拜家堂我替你愁。梳着个霜雪般白８鬓３４ＤＢ３怎戴那销金锦盖头？怪不的"女大不中留"。你如今六旬左右，可不道到中年万事休。旧恩爱一笔勾，新夫妻两意投，枉教人笑破口！

【青哥儿】 你虽然是得他、得他营救，须不是笋条、笋条年幼，划的便巧画蛾眉成配偶？想当初你夫主遗留，替你图谋，置下田畴，早晚羹粥，寒暑衣裘。满望你鳏寡孤独，无捱无靠，母子每到白头。公公也，则落得干生受。

【寄生草】 你道他匆匆喜，我替你倒细细愁。愁则愁兴阑珊咽不下交欢酒，愁则愁眼昏腾扭不上同心扣，愁则愁意朦胧睡不稳芙蓉褥。你待要笙歌引至画堂前，我道这姻缘敢落在他人后。

　　【赚煞】　我想这妇人每休信那男儿口。婆婆也，怕没的贞心儿自守，到今日招着个村老子，领着个半死囚。则被你坑杀人燕侣莺俦。婆婆也，你岂不知羞！俺公公撞府冲州，挣扎的铜斗儿家缘百事有。想着俺公公置就，怎忍教张驴儿承受？兀的不是俺没丈夫的妇女下场头！①

　　与《张千替杀妻》一样，《感天动地窦娥冤》的楔子也用【仙吕·赏花时】。两剧第一折都使用【仙吕宫】套曲，《感天动地窦娥冤》第一折共9支曲子，叶尤侯韵，一韵到底。前4支曲子两剧所用曲牌完全相同，顺序均为【点绛唇】【混江龙】【油葫芦】【天下乐】；后4支曲子有【后庭花】【青哥儿】【赚煞】3支相同，唯《窦娥冤》在【青哥儿】之后用一支【寄生草】，这种用法更为常见。梵剧中的诗体台词则不需要受与歌唱有关的规则的约束——它袭用史诗的韵律规则，但并非"倚声填词"。

　　从上面征引的两个"标本"来看，元杂剧的文本体制与梵剧是很不相同的。"曲"是戏曲文本的主体，戏曲文本可以没有科、白，但是不能没有"曲"，而梵剧文本的诗体台词很完整，但大多不录歌曲。戏曲创作须"倚声填词"，必须戴着"镣铐"——而且是戴着别人的"镣铐""跳舞"，也正是由于这一点，戏曲义学的形式特征才在东方戏剧文学中显现出独特的个性。

二、中、印传统戏剧体例"逼肖"说质疑

　　古代戏曲文学的成熟在12世纪末至13世纪初，比印度梵剧晚一千多年。中、印两国的文化交流已有将近两千年的历史，两国的古代戏剧又确有一些相似之处，故自20世纪前期以来就一直有人以二者体例"逼肖"为据，猜测或断定戏曲体例系从印度"输入"。当然，也有人不以为然，不过，持有异议者大多是在承认中、

---

　　①　（元）关汉卿著：《感天动地窦娥冤》杂剧楔子和第一折（仅摘录剧中的曲文），王季思主编：《全元戏曲》（第一卷），北京：人民文学出版社1990年版，第183~189页。"冲末扮窦天章""正旦扮窦娥"为引者所加；正、衬亦为引者所加。

印戏剧体例"逼肖"的前提下提出不同看法的。这些论者以为，仅凭二者的相似性来论定不同国家某一艺术门类的"血缘关系"是缺乏说服力的，因为不同国家、不同民族的人也会有大致相同的审美需要，为了满足这些大致相同的需要，两个完全隔绝的国家和民族有可能创造出具有惊人相似性的审美文化成果。生长在东方不同国家的戏剧艺术具有某些相似之处，不一定就能证明其中的一种导源于另一种。

尽管这种说法能让人对戏曲体例"输入"说产生一定程度的怀疑，但它毕竟不能从根本上解决问题，因为真正"逼肖"的两种戏剧样式还是有可能存在"血缘关系"的。

戏剧文体只是戏剧体例的一个组成部分，梵剧早已消亡，我们很难从印度当代某些地方仍在上演的"梵剧的变种"中准确把握古代梵剧的演出体例，因为今天的梵剧演出在很大程度上是今人对早已消亡了的梵剧的"猜想"，其"保真程度"是大可怀疑的。"逼肖"说也主要是以中、印戏剧文体为立论基础的，故笔者这里也主要就中、印戏剧文体来开展讨论。

古代戏曲与梵剧的文体虽有某些相似之处，但有些相似性并非二者所独具，而且貌似"逼肖"而实则不同的地方甚多，"逼肖"论者的有些判断是建立在对梵剧文体和戏曲文体双重"误读"的基础之上的。

（一）中、印传统戏剧体例"逼肖"说的提出

"逼肖"说是将中、印两国古代戏剧进行比较之后得出的结论，首创者为许地山先生。

1. 许地山先生的"相同"说

20 世纪 20 年代，许先生著《梵剧体例及其在汉剧上底点点滴滴》① 一文，就梵剧与"汉剧"——中国古代戏曲的"本底文心"进行比较，认为"从文体上比较起来，两方面固然有许多相同之点"，"中国戏剧变迁底陈迹如果不是因为印度底影响，就可以看做赶巧两国的情形相符了"。② 作者所列举的例证既有元

---

① 此文的写作在 20 世纪 20 年代，但发表于 20 世纪 30 年代。
② 许地山著：《梵剧体例及其在汉剧上底点点滴滴》，北京：书目文献出版社 1988 年影印版，第 1~13 页。许文主要使用"文体"概念，也使用"体例"概念，两者所指应有一些差别。诸如"开演前击鼓"，显然不属于"文体"范围。下引此文文字均据此版本。

杂剧——如《杨氏女杀狗劝夫》《张天师断风花雪月》，也有南戏——如《王十朋荆钗记》《杨德贤妇杀狗劝夫》《蔡伯喈琵琶记》，还有明传奇——如《红梨记》等。此外，作者还涉及唐宋间的参军戏、歌舞戏和近代兴起的某些地方戏——如近代广东的地方戏演出等。许文所言梵剧与中国戏曲的"相同"之处概括起来主要有以下几点：

（1）文心之同：

奉行"团圆主义"，没有纯正的悲剧；

迷恋"特异情节"（题材的非写实性和传奇性）；

构思上的"五步发展"（愿望、努力、成功的可能、必然的成功、所收的效果）。

（2）文体之同：

韵文与散文结合。韵文为长短句式，"音多为单数，且以三个音为节"。宾白为散文，且"雅俗掺杂"，一般是上等人用雅语，下等人用俗语。

结构上的"五分关节"（开场、进行、发展、停顿、圆结；种子、点滴、陪衬、意外、团圆）。

开场由一人登台介绍剧情并报剧名。

实行角色分行制（梵剧角色：引领——男主人公、女主人公、丑、男女侍从）。

（3）舞台呈现之同：

载歌载舞；

开演前击鼓、奏乐。①

许先生是将梵剧与传统戏曲进行比较并提出中国戏曲体例外来说的第一人，拓宽了戏曲研究的新视野，对20世纪的戏曲研究产生了巨大影响，功不可没。但由于他在比较对象的选择和比较方法的运用上存在着某些不足，因此，他得出的结论也常常遭受质疑。

就成熟的戏曲文学而论，古代戏曲经历了宋元南戏、元杂剧、明清传奇、花部诸腔的变化。有学者指出，要探究其与印度梵剧是否存在渊源关系，当选择最早成熟的戏曲样式，像许先生这样把有800多年历史的戏曲"体例"视为

---

① 为节省篇幅，非原文引录。

一个一成不变、迥无差别的整体，并以此为对象考查印度梵剧对中国戏曲"体例"的影响，显然是不科学的。另外，时贤还指出了许先生在研究方法上的失误：

> 他把梵剧和戏曲中没有纯正悲剧的现象作为一个特点列出来，这实质上是把古希腊戏剧文化中悲剧、喜剧分开这一特殊现象，误作了古代戏剧中普遍性的规律。事实上，没有纯正悲剧，这是古代戏剧中普遍存在的现象，由此来论证梵剧和戏曲之间的相似性显然是没有意义的。
>
> 又如，剧情取材于传说也不是梵剧和戏曲所特有的现象。而普遍存在于其他国家的古典戏剧中……此外，用五步法来概括中国古典戏曲的情节结构，似乎有些牵强，而许先生列出的第五和第八点也不是梵剧和戏曲的特产。①

其实，"大团圆"也并非梵剧和古典戏曲所独有，古希腊悲剧中就有以"和解"或"团圆"结局的，欧里庇得斯的悲剧《阿尔刻提斯》就是一例，剧中的女主角——王后死而复生，与国王"团圆"。古希腊悲剧中还有一种"三联剧"形式的剧作，这些剧作有的（如《普罗米修斯三部曲》《俄瑞斯特斯三部曲》等）也有类似于大团圆的结尾。古希腊喜剧大多是以"团圆"（圆满）收尾的，如阿里斯托芬的《阿卡奈人》《鸟》、米南德的《古怪人》等是如此。西方后世戏剧之中，即使是悲剧也仍然有以"团圆""和解"或"安慰性小喜"结尾的剧目，例如，莎士比亚的《罗密欧与朱丽叶》、高乃依的《熙德》、歌德的《浮士德》等。

中国的早期南戏和元杂剧虽然很热衷于宣扬善恶有报的观念，大多有"安慰性小喜"或者"虚幻的亮色"，但未必都有"令生旦当场团圆"的结局。例如，《赵贞女蔡二郎》以蔡二郎被暴雷震死落幕，《王魁负桂英》以王魁白日见桂英鬼魂病且死作结。早期元杂剧也是如此，《感天动地窦娥冤》《赵氏孤儿大报仇》《破幽梦孤雁汉宫秋》《唐明皇秋夜梧桐雨》等虽然也有善恶有报的"安慰性小

---

① 孙玫著：《"中国戏曲源于印度梵剧说"考辨》，《艺术百家》1997 年第 2 期。

喜"或者"虚幻的亮色",但都没有真正意义上的"大团圆"结尾。①

这种情节结构模式在我国早期文言小说——如《搜神记》所载之《韩凭夫妇》、上古神话——如《精卫填海》等故事中都可以见到。现存宋元南戏、元杂剧中确有一些作品和梵剧一样,令男女主人公"当场团圆",如《张协状元》《宦门子弟错立身》《荆钗记》《白兔记》《拜月亭》《琵琶记》《崔莺莺待月西厢记》《临江驿潇湘秋夜雨》《迷青琐倩女离魂》《风雨像生货郎旦》《朱太守渔樵记》等都是。不过,我国古代文言小说、宋元话本、宋金诸宫调之中以男女主人公当场团圆结尾的作品并不少见。例如,《风俗通义》所载之《百里奚故妻》②,《搜神记》所载之《弦超与知琼》《李寄》,《太平广记》所载之《离魂记》《李娃传》等,都是如此。汉乐府诗《孔雀东南飞》(《焦仲卿妻【并序】》)在描述了男女主人公双双殉情之后,又给结尾抹上了些许"亮色":"两家求合葬,合葬华山傍。东西植松柏,左右种梧桐。枝枝相覆盖,叶叶相交通。中有双飞鸟,自名为鸳鸯,仰头相向鸣,夜夜达五更。行人驻足听,寡妇起彷徨。多谢后世人,戒之慎勿忘!"③ 这与后世戏曲的"抚慰式"结尾已非常相似。因此,我国古代戏曲中的"大团圆"结尾未必来源于对古印度梵剧情节结构模式的直接仿效。

"载歌载舞"也是世界古代戏剧的共同特点,古希腊戏剧就是如此。"开场由一人登台介绍剧情并报剧名"确实亦为我国南戏所有,但这一特点也并非中、印两国戏剧所独有,古罗马戏剧也有类似的程式。例如,普劳图斯的多数剧作一开场就由一个"朗诵者"上场介绍剧情和剧作者。试举《孪生兄弟》一剧的"开场"为证:

观众们,首先,首先我向大家及我本人竭诚致意。我给你们送来了普劳图斯,不过不是用手,而是用嘴,但愿你们能竖起耳朵善意地欢迎他。好,

---

① 元刊本《赵氏孤儿》只有四折,无"孤儿大报仇"的情节,明刊本有报仇情节。有学者认为,明刊本《赵氏孤儿大报仇》第五折的大报仇是明代人改写的结果。

② 今传本不存,见应劭著,吴树平校释:《风俗通义校释》天津:天津人民出版社1980年版,第427页。

③ (汉)无名氏著:《焦仲卿妻》,北京大学中国文学史教研室选注:《两汉文学史参考资料》,北京:中华书局1962年版,第557~558页。

现在请大家注意听，我给你们介绍剧情。我将尽可能做到语言简明……（剧情介绍完毕后，朗诵者下场，扮演剧中人物的演员登场——引者注)①

既然是戏剧，不同国家的戏剧自然会有某些相似性，用世界各国古代戏剧所共有的某些特点去证明其中某两个国家戏剧的渊源关系显然是不科学的。而且，我国戏曲成熟之前，歌舞表演中有"竹竿子"先登场"勾队"的程式，话本开篇和诸宫调开场也有介绍故事情节、人物或报"题目"的程式。例如，宋人话本《错斩崔宁》开头是一首点题的诗——"只因世路窄狭，人心叵测，大道既远，人情万端，熙熙攘攘，都为利来；蚩蚩蠢蠢，皆纳祸去"，接着介绍将要讲述的故事梗概："这回书单说一个官人，只因酒后一时戏笑之言，遂至杀身破家，陷了几条性命……"②《西厢记诸宫调》开篇唱道："曲儿甜，腔儿雅，裁剪就雪月风花，唱一本儿倚翠偷期话……也不是崔韬逢雌虎，也不是郑子遇妖狐，也不是井底引银瓶，也不是双女夺夫，也不是离魂倩女，也不是谒浆崔护，也不是双渐豫章城，也不是柳毅传书……这书生是西洛名儒，这佳丽是博陵幼女……"③这与南戏的副末开场更为相似。

梵剧的序幕首先是念"献诗"——献给天神的诗的程式，而且这是必不可少的，负责念"献诗"的舞台监督还必须是"通经者"，然后再由舞台监督叫出另一位演员或由幕后演唱一首动听的歌曲以取悦观众，报剧名和介绍剧情倒并不是必不可少的。这与南戏的副末开场不太一样，南戏的副末开场没有念"献诗"的程式，也没有先唱一支曲子以吸引观众的做法。至于角色装扮、韵散结合以及上等人用雅语，下等人用俗语等"相似性"亦为郑振铎先生所强调，至于这些"相似性"是否能证明二者之间存在"血缘关系"，留待下文来进行讨论。

2. 郑振铎先生的"逼肖"说

20 世纪 30 年代，郑振铎先生在其《插图本中国文学史》中提出，要探明戏

---

① ［古罗马］普劳图斯著：《孪生兄弟》，王焕生译，［古罗马］普劳图斯等：《古罗马戏剧选》，北京：人民文学出版社 1991 年版，第 172 页。

② （宋）无名氏著：《错斩崔宁》，（明）洪楩编，周甲禄点校、吴志达审订：《京本通俗小说·清平山堂话本·大宋宣和遗事》，长沙：岳麓书社 1993 年版，第 37 页。

③ （金）董解元著：《古本董解元西厢记》（卷一），上海：上海古籍出版社 1984 年版，第 1~2 页。

曲体例之来源，当以最早成熟的戏曲样式为观察对象，他认为最早成熟的戏曲样式不是元杂剧，而是南戏（郑先生称之为"戏文"或"传奇"），因此他以南戏为主要对象来探究戏曲体例的渊源所自：

> 当戏文或传奇已流行于世时，真正的杂剧似尚未产生。而传奇的体例与组织，却完全是由印度输入的。①

郑振铎先生此论的主要依据是南戏与印度梵剧有诸多"逼肖"之处：

文本构成：均由曲、白、科三者组成。

角色类型：梵剧中的 Nayaka（男主角）相当于南戏中的"生"，梵剧中的 Nayika（女主角）相当于南戏中的"旦"，梵剧中的 Vidusaka（多装扮国王的侍从或帮闲）相当于南戏中的"丑"或"净"。梵剧另有家僮和婢女等，一如戏曲中的梅香、宫女等。

剧本的开头：梵剧开场前有"前文"——由班主或主持人向观众介绍剧情和主角，一如戏文的"副末开场"。

剧本的结尾：梵剧结尾处由主角唱念"尾诗"，一如戏文的下场诗。

人物语言的选择：梵剧中的上等人用雅语，下等人用俗语，这与戏曲演出时净、丑用土白，"正当的角色"则"全用的是典雅的国语"相似。②

郑振铎先生最后归纳说：

> 在这五点上讲来，已很足证明中国戏曲自印度输来的话是可靠的了。像这样的二者逼肖的组织与性质，若谓其出于偶然的"貌合"或碰巧的相同，那是说不过去的。③

---

① 郑振铎著：《插图本中国文学史》（下册），上海：上海人民出版社 2005 年版，第 600 页。

② 郑振铎著：《插图本中国文学史》（下册），上海：上海人民出版社 2005 年版，第 601~605 页。为节省篇幅而摘其要点，非原文引录。

③ 郑振铎著：《插图本中国文学史》（下册），上海：上海人民出版社 2005 年版，第 605 页。

郑振铎先生在比较对象的选择和比较方法的运用上都比许地山先生要高出一筹，他主要从"形式因"的核心——文体特点着眼，这就抓住了问题的关键。但笔者以为郑振铎先生只是捕捉到了"貌同"，忽视了二者之间的本质性差异，某些表面上看来"逼肖"的地方，其实是存在着根本性差异的。这些差异或许可以提示我们，戏曲体例系从印度"输入"说未必可信。试道其详。

(二) 中、印传统戏剧文体貌同而实异

1. 文本构成貌同而实异

郑振铎先生说：

> 印度戏曲是以歌曲、说白及科段三个元素组织成功的。歌曲由演者歌之；说白则为口语的对白，并非出之以歌唱的；科段则为作者表示着演者应该如何举动的。这和我们的戏文或传奇之以科、白、曲三者组织成为一戏者完全无异。①

这里有些结论是建立在对梵剧传本"误读"的基础之上的。

首先，戏曲与梵剧虽然都是"韵散结合体"，但这只是"貌同"，梵剧中约占剧本篇幅之半的"诗"绝大多数是供朗诵的"说白"而不是供演唱的"歌曲"；诗体台词使用的大多是典雅的梵语，而不是口语（俗语）；诗体台词主要属于男性角色，女性角色大多只有散白。这些诗体台词虽然也有"诗律"（主要是音节的数目和组合方式的不同）的讲究，但并无宫调、曲牌的约束，不同段落的诗体台词之间更无联套规则的限制。这些诗体宾白并不是每一幕中都必不可少的成分，有的剧作有几幕根本就没有诗体台词，只有散白。这与以"曲"为主体的戏曲在文体上不是"完全无异"，而是很不相同。郑振铎先生很可能把梵剧文本中的诗体台词都当成由剧中人演唱的"曲"了。

---

① 郑振铎著：《插图本中国文学史》（下册），上海：上海人民出版社 2005 年版，第601~602 页。

　　当然，舞台演出与现存文本之间有可能存在一定距离，从《舞论》可以看出，梵剧的舞台演出中是有不少歌曲的，但它大多不是由演者歌之——亦即大多不是由登场人物演唱，而是由幕后女性歌者伴唱的"插曲"，使用的主要是口语（俗语），亦无曲牌和联套规则的约束。这些歌曲有可能不是出于剧作家之手。季羡林先生的译本《优哩婆湿》中的插曲均未标示曲牌，可见梵剧中的唱词也并不属于曲牌联套体。①

　　总之，从现存文本大多没有"歌曲"来看，梵剧剧情本身所包含的"歌曲"是不多的，"曲"不是梵剧文本的主体，"达鲁瓦"很可能只是一种伴唱性的"歌曲"，因此，仅保存了两首"插曲"的《沙恭达罗》的剧情仍然是相当完整的。

　　古代戏曲文本的程式化特征十分鲜明，这是古代戏曲文学体例的本质特征。从南戏、元杂剧到明清传奇、明清杂剧大体上可以说是"曲牌联套体"，其中的南戏相对于元杂剧和明清传奇、明清杂剧而论，虽未形成严格的联套规则，特别是早期南戏"即村坊小曲而为之，本无宫调，亦罕节奏，徒取其畸农、市女顺口可歌而已"，然而，它不但使用了曲牌，而且曲牌之组接"须用声相邻以为一套，其间亦自有辈类，不可乱也"。② 戏曲中的韵文绝大部分是供剧中人演唱的"曲"，因此，它是剧作的主体，是剧作家塑造人物的主要手段，更重要的是：即使是联套规则并不严格的南戏，其"曲"也都是受宫调、曲牌约束的。由此可知，梵剧中的"曲"与戏曲中的"曲"不仅在文本中所占有的位置很不相同，其文体特征也存在明显差异。

2. 文本结构貌同而实异

　　从情节结构上看，梵剧与戏曲确有相似之处：都采用按时间顺序建构剧情的

---

　　① 季羡林先生在为《中国大百科全书·戏剧》卷所写的条目中说，回鹘文《弥勒会见记》的"韵文前总标出一些专门术语，原来认为是诗律的名称，近来有人主张是唱词的曲调名称"（中国大百科全书出版社1989年版，第270页）。即使那些"专门术语"真的是"曲调名称"，也不能证明梵剧属于曲牌联套体，因为《弥勒会见记》并非梵文剧本，而是回鹘文"译本"。现存梵文剧本均未见曲牌之标示。

　　② （明）徐谓著：《南词叙录》，中国戏曲研究院编：《中国古典戏曲论著集成》（三），北京：中国戏剧出版社1959年版，第240~241页。

开放式结构，① 不少剧作以"大团圆"结局。但这一相同点并不能证明梵剧对戏曲体例的影响，因为这是世界上古代戏剧都具备的特点。古希腊、古罗马戏剧中就有以"大团圆"结局和采用开放式结构的剧作。西班牙戏剧也有采用"开场是黄口小儿，结束是白发老翁"的开放式结构的。例如，维加的剧作就大多如此。

我国古代的文言小说和长篇叙事诗无不采用"开放式"结构，其中也有不少是以"团圆"结局的，有些作品的主人公虽然死亡了，但结尾却涂抹上了抚慰性的"亮色"。可见情节结构模式既是"超国界"的，又是"超文体"的，仅仅据此不足以论定不同国家戏剧体例之渊源关系，要寻找两种戏剧样式的渊源关系，不能只看情节结构模式，而应重点考察其文本结构。

从文本结构上看，梵剧与戏曲也是貌同而实异。戏曲的文本结构"屈从"于音乐结构，而梵剧中的音乐对其文本结构并不发生影响，梵剧分"幕"的文本结构形式与古代戏曲分"折""出"的文本结构形式并不相同。

元杂剧的"折"实际上是音乐结构在文本上的反映，一折就是同一宫调的一组套曲，简言之，也就是一个"乐章"。一本之中每折的宫调也有大致的规矩可依，一折之内何曲牌在前、何曲牌在后，也有规定，特别是"头牌"和尾声尤为严格。早期南戏不分"出"，但剧中曲子的连缀也受音乐结构（声相邻）的约束。不分"出"的早期南戏与分"幕"的梵剧在文本结构上存在明显差异。例如，梵剧不但分"幕"，而且有的剧本在每"幕"的后面还注明幕数与旨在概括故事情节的名称，如《沙恭达罗》就是如此——"叫做'狩猎'的第一幕终"，"叫做'故事的隐藏'的第二幕终"。② 我国明清传奇分"出"，而且有"出目"，不过"出"数与"出目"通常都标在每"出"的前面。一"出"之中虽然未必都由一个套曲所构成，但分"出"的主要依据仍然是音乐结构——尽管一"出"之中有时可以包含几个笛色相同的"小套"，一个套曲之内也不一定都是同一宫

---

① "开放式"是与"闭锁式"相对的概念，指按故事发展的时间顺序所建构的情节结构形式。从故事发生的空间出发，将故事的"前情"闭锁在故事临近结尾的部分之中，以使剧情空间高度集中的情节结构形式即为"闭锁式"结构。例如，古希腊悲剧《俄狄浦斯王》、中国话剧《雷雨》的情节结构即是。

② ［印度］迦梨陀娑著：《沙恭达罗》，季羡林译，北京：人民文学出版社 1956 年版，第 19、30 页。

调的曲子，但"声相邻"仍然是明清传奇联套的基本原则，不可能把一个包含引子、过曲和尾声的套曲分开到两"出"之中去，传奇中的北曲则依然按同一宫调的曲子相联缀为原则。"曲"是"出"的核心，无"曲"也就无所谓"出"（第一"出"中的"曲"大多是词，一般是念或"干唱"）。也就是说，戏曲文本结构的本质特征是：由"曲"——音乐体制决定文本体制。

梵剧文本的结构体制是分"幕"，分"幕"的主要依据有二：

第一，根据剧作的题材、风格类型决定"幕"数的多少。

《舞论》把梵剧分为传说剧、创造剧、神魔剧、掠女剧、争斗剧、纷争剧、感伤剧、笑剧、独白剧和街道剧 10 个类别，这 10 个不同类别的剧作除了题材、情节、主要人物、表现手法应有所不同之外，其长度——该有多少"幕"也是有"定数"的。传说剧、创造剧至少 5 幕，最多 10 幕。争斗剧只能有 4 幕。神魔剧只能有 3 幕。纷争剧、独白剧和街道剧均为独幕剧。掠女剧、感伤剧和笑剧应有几幕，《舞论》没有明言。有人认为，它们都应是独幕剧，有人说，掠女剧应有 4 幕。[1] 元杂剧、宋元南戏的长度与其题材类型、风格显然是没有关系的，早期南戏几乎都是鸿篇巨制，元杂剧的长度就一本而论多是"整齐"的，这与梵剧按类别（题材或审美形态）来决定幕数之多少的体制迥然不同。

第二，以剧情时间为依据来分幕。

不同于西方戏剧以剧情空间的转换为依据来分"幕"、元杂剧以同一宫调的套曲为依据来分"折"，梵剧以剧情时间为依据来分"幕"。

梵剧中的"幕"既不是同一剧情空间的一个剧情段落，也不是同一宫调的一组曲子，而是对一天之内所发生事件的舞台呈现。

> 一幕表演发生在一天之内的事件……一天之内的所有活动不能在一幕中容纳，可以通过幕间的引入插曲提示。一月之内或一年之内发生的所有事件也可以通过幕间的引入插曲提示，但决不超过一年。如果剧中人物必须长途旅行，也应该如上所述，放在幕间。[2]

---

① 参见黄宝生著：《印度古典诗学》，北京：北京大学出版社 1999 年版，第 68~76 页。
② ［印度］婆罗多著，黄宝生译：《舞论》（节选）第二十章《论十色》，《戏剧艺术》2002 年第 5 期。

《舞论》的这一论述与现存梵剧传本的实际状况是大体相符的，绝大多数梵剧作品以主人公一天之内的活动为据来分"幕"，超过一天的用插曲提示，而不是根据音乐——剧中人物所演唱的歌曲的宫调来分"幕"。

3. 语言选择貌同而实异

郑振铎先生说：

> 印度戏曲在一剧中所用的语言文字，大别之为两种：一种典雅语，即 Sanscrit，一种土白语，即 Prakrits。大都上流人物、主角，则每用典雅语，下流人物，如侍从之类，则大都用土白。这也和我们传奇中的习惯正同。在今所传的传奇戏文中，最古用两种语调的剧本，今尚未见。然在嘉靖年间，陆采的《南西厢记》等，已间用苏白。而万历中沈璟所作的《四异记》，则丑、净已全用苏人乡语（见郁蓝生《曲品》）。今日剧场上的习惯更是如此。丑与净大都是用土白说话的，即原来戏文并不如此者，他们也要将它改作如此。如今日所演李日华的《南西厢记》，法聪诸人的话便全是苏白，全是伶人自改的。但主人翁，正当的脚色，则完全用的是典雅的国语，决不用土白。这个习惯，决不会是创始于陆采或沈璟的，必是剧场上很早地已有了这种习惯。不过写剧者大都为了流行他处之故，往往不欲仍用土语写入剧中。而依了剧场习惯，把土语方言写入剧本中者，则或当始于沈、陆二氏耳。这与印度戏曲之用歧异语以表示人物身份者，其用意正同。①

这一结论是建立在对戏曲和梵剧角色语言选择都不尽准确的判断之上的。

戏曲中的净、丑以插科打诨为职，其语言——特别是登场时的宾白多为方言俗语，而生、旦、末等行当通常不担负插科打诨的任务，故登场时大多操"典雅的国语"。郑振铎先生注意到了戏曲中使用方言土语的主要是净和丑，但却拿净和丑与梵剧的"下流人物"来类比，这就抹杀了二者的重要差别。

---

① 郑振铎著：《插图本中国文学史》（下册），上海：上海人民出版社 2005 年版，第 532~533 页。

　　尽管净、丑之所扮有的确实是社会地位卑微的"下流人物"，但把行当与人物的社会地位完全等同起来，显然是对戏曲角色装扮的误解。试以郑振铎先生作为主要比较对象的宋元南戏为例，其净、丑所扮演的人物就有不少是达官贵人，而"正当的角色"——生、旦等所扮演的倒有不少是"下流人物"。例如，《张协状元》中的高官枢密使王德用以丑扮，而地位卑微的王贫女却以"正当的脚色"旦行应工，剧中受贬斥的负心汉张协亦以"正当的脚色"生行扮演。《小孙屠》中的朱令史虽然不是剧中社会地位最高的（剧中包拯的政治地位最高），但他毕竟是可以"弄权"的官员，然而他却以净扮，剧中社会地位最为卑微的妓女李琼梅却以"正当的脚色"旦行应工，贱为屠夫的孙必贵也以"正当的脚色"末行应工。《荆钗记》中的高官万俟宰相、大富豪孙汝权均以净扮，而家境贫寒的书生王十朋却以生行应工。《白兔记》中的富人李员外之子李洪一夫妇以净、丑扮，流浪汉刘知远却以生行应工。《拜月亭》中的番王、酒保、驿丞、试官等以净扮，坊正、使臣、卢医、应试秀才、跛脚千户、千户夫人等以丑扮，落草为寇的陀满兴福却以外扮。《杀狗劝夫》中的"解元"柳隆卿、胡子传以净、丑扮，而孙华的仆人吴忠却以末扮。《琵琶记》中的蔡邕之母、里正的妻子、李社长等以净扮，与蔡邕同时及第的"坠马状元"、里正、县官等以丑扮，蔡邕之父以外扮，牛太师家的奴仆老院子以末扮，蔡邕的糟糠之妻赵五娘地位卑微，却以旦行应工。这些脚色的分派显然并非只考虑人物的社会地位。

　　明清传奇中的净、丑也未必都是扮演社会地位卑微的"下流人物"。例如，《浣纱记》中吴国太宰伯嚭以丑扮，吴王夫差以净扮。《桃花扇》中光禄卿阮大铖以副净扮，首辅马士英以净扮，东平伯刘泽清以丑扮。这些由净、丑所扮演的人物可都是地地道道的"上流人物"。

　　由此可见，戏曲舞台上台词雅俗之分的主要作用在于别行当，而不在于别贵贱。

　　前文已经言及梵剧人物台词的韵、散之别是可以由剧中人的性别来决定的，人物的性别也是梵剧人物语言雅俗之选择的重要出发点之一。

　　剧中的主要男角讲纯正的梵语，而女角及奴仆只讲俗语。这符合当时的生活实际。即使在今天，边远地区的有教养男人的语言大大区别于他们的文盲女眷及下层人使用的语言。①

印度当代著名学者高善必对梵剧语言选择的这一论断可以证明郑振铎先生上述观点的不尽准确。"纯正的梵语"和"俗语"固然有别贵贱的作用——使用梵语的一般应是上等人，但梵剧中语言雅俗之别的首要作用却在于别男女。皇后、公主、仙女显然属于"上流人物"，但在剧中她们和"下等"的男性角色一样大多也是使用"俗语"。我国古代同样有男尊女卑的观念，但戏曲中并没有以语言之雅俗、韵散来区别男女的例证。

由此可见，梵剧台词和古代戏曲虽然都有雅俗之别的讲究，但其出发点和艺术功能却存在一定差异，前者虽然有别贵贱的作用，但主要在于别男女，后者则主要在于别行当。

需要指出的是，梵语主要是婆罗门上层人物使用，没有受过教育的人是听不懂的，而且早在公元前数百年——也就是梵剧成熟之前就已停止使用（指作为口头语言），梵剧的剧本语言虽然有"纯正的梵语"和"俗语"之别，但其舞台演出有可能是另一番模样。② 我们无法想象，用已停止使用达数百年之久的语言来演戏，观众的反应会是怎样的。

4. 角色体制貌同而实异

郑振铎先生说：

在印度戏曲中，主要的角色为：（一）挈耶伽（Nayaka），即主要的男角，当于中国戏文中的生，这乃是戏曲中的主体人物；（二）与男主角相对

---

① ［印度］D. D. 高善必著：《印度古代文化与文明史纲》，王树英、王维、练性乾、刘建、陈宗英译，王树英校，北京：商务印书馆 1998 年版，第 225 页。高氏重在把握"大体"，据《舞论》第十八章介绍，男主角出于特殊需要偶尔使用俗语；因迷恋权位或陷于贫困而失常的上等人也使用俗语；王后、妓女和女艺人等在特殊情况下也偶尔使用梵语。

② 高善必说，"往往是根据史诗中的故事改编的戏剧颇能吸引观众。他们无须听懂贵族阶级用以为自己创作戏剧的梵语"。高氏所言或许是指梵剧多取材于观众烂熟于心的史诗中的故事，即使不懂其中的梵语，也能看懂？参见 D. D. 高善必著：《印度古代文化与文明史纲》，王树英、王维、练性乾、刘建、陈宗英译，王树英校，北京：商务印书馆 1998 年版，第 225页。

待者，更有女主角挈依伽（Nayika），她也是每剧所必有的，正当于中国戏文中的旦；（三）毗都娑伽（Vidusaka），大抵是装成婆罗门的样子，每为国王的帮闲或侍从，贪婪好吃，每喜说笑话或打诨插科，大似中国戏文中的丑或净的一角，为主人翁的清客、帮闲或竟为家僮；（四）男主角更有一个下等的侍从，常常服从他的命令，盖即为戏文中家僮或从人；（五）印度戏曲中更有一种女主角的侍从或女友，为她效力，或为她传递消息的；这种人也正等于戏文中的梅香或宫女。此外尚有种种的人物，也和我们戏文或传奇的脚色差不多。①

学者们开始对中、印戏剧做比较研究的时候，印度梵剧早已消亡，于是有些学者就从"梵剧遗存"之中去寻求例证。德国学者布海歌在谈到印度 Kerala 地方的梵剧演出时也说：

Kerala 梵剧的角色只有四、五种，即：

1. Satvika，一个扮演天神和王子们的高贵人物，相当于"生"。

2. Tamasik，妖怪和动物，相当于"净"。

3. Nati，贞洁的理想女性，相当于"旦"。

4. Vidushaka，弄臣和小丑，相当于"丑"。

5. Sutrdhara，舞台魔法师（Stage-managar），剧团首领（Troupe-Leader）和领唱者，他有一项功能与"末"相似，是五种角色之一。②

此外，金克木先生在谈到 20 世纪初发现于我国新疆的现存最早的三部印度梵剧残卷时说：

另有一部戏没有末页，因此不知剧名与作者；又残缺过甚，以致不能构

---

① 郑振铎著：《插图本中国文学史》（下册），上海：上海人民出版社 2005 年版，第602 页。

② ［德］布海歌著：《中国戏曲传统与印度 Kerala 地方的梵剧的比较》，中国艺术研究院戏曲研究所编：《戏曲研究》（第二十四辑），北京：文化艺术出版社 1987 年版，第 164~165页。

拟完整故事。人物出现只标明其角色而不用其名字，有"旦"（一个妓女），"生"（主角），"丑"，歹角（流氓）等。①

如果只看这一段话，我们会以为，印度梵剧文本中有的与我国古代戏曲文本一样，每一段台词前面不标人物姓名，只标示行当，而且行当名称也基本上一样。梵剧研究专家、翻译家黄宝生下面这段论述告诉我们，三部梵剧残卷中并没有直接标示行当的剧作：

> 印度现存最早的戏剧是佛教诗人马鸣（Asvaghosa，音译阿湿缚窭沙）的三部梵语戏剧残卷。它们是在我国新疆吐鲁番发现的……其中一部是九幕剧，残存最后两幕，剧本末尾标明"金眼之子马鸣造《舍利弗》剧"……马鸣的其他两部戏剧残卷只剩零星片断，剧情无法判断。其中一部的剧中人物都是抽象概念："菩提"（智慧）、"持"（坚定）和"称"（名誉），戏文中有赞颂佛陀的对话。另一部的剧中人物有主角、妓女、丑角、女仆、歹徒以及舍利弗和目犍连等，场面有旧花园、妓女宅第和山顶集会。②

黄先生的论述与梵剧现存文本的实际情况是一致的。

由此可知，金先生所说的剧本不用人物的名字而有"旦"（一个妓女）、"生"（主角），并不是说剧本直接标示了"旦""生"等行当，而是金先生自己认为剧中那个妓女相当于戏曲中的"旦"，剧中那个主角则相当于戏曲中的"生"。这种类比抹杀了戏曲行当的根本特征。

古代戏曲——无论是宋元南戏、明清传奇，还是元杂剧，文本的台词之前通常都是标示行当而不标示人物身份或姓名的，只有以"杂"行扮演的次要角色有时标示人物姓名。这说明无论是从文本创作还是从舞台呈现来看，戏曲的程式化程度都是很高的，行当是戏曲创作关注的中心和出发点。梵剧文本在人物的台词之前一般是标示人物身份（如"国王""皇后""公主""侍女""侍从"）或姓

---

① 金克木著：《概念化的人物——介绍古代印度的一种戏剧类型》，《外国戏剧》1980年第3期。

② 黄宝生著：《印度古典诗学》，北京：北京大学出版社1999年版，第3~4页。

名（如"仙赐""沙恭达罗""优哩婆湿""质多罗离迦""阿低离"）的，这一点与西方古代戏剧文本的体例大体相似，只有"丑"角大多（也有少数例外）不标示人物的名字而直接标示"丑"或"丑角"。这说明梵剧角色行当化的倾向并不明显，这从梵语戏剧学专著《舞论》的第三十四章"论角色"中亦可得到证实。这一章把角色分为男性和女性两大类，每一大类之中又分上、中、下三等，《舞论》的其他章节也是如此，作者大体上是按照人物的社会地位指出其所应有的品质、性格、情感、容貌和技能等，虽然涉及男、女主角的论述较多，但完全不涉及行当，主角与配角之分以及人物的身份之别（国王、皇后等）显然并非行当。

戏曲中的行当虽然也是一种人物类型，但主要不是对人物社会地位——社会等级的区分。例如，"净"行既可以扮高官，亦可以扮奴仆；既可以扮男，还可以扮女。"丑"行也是如此。"生""旦"既可以扮帝王与皇后，也可以扮市井小民。行当之别不仅体现在语言、性格上，还体现在人物的面部化妆和服装上，更重要的是要体现在形体表演和唱腔上。可是阅读《舞论》中关于化装、形体表演、语言和歌唱的章节，我们虽然可以感受到梵剧表演的类型化色彩——主要是类型化的"情"与"味"的传达，但却几乎找不到论行当的影子——《舞论》并不是按照行当之别来论述梵剧表演的。[①] 人物类型化是东方古代戏剧的共同特点，行当是人物类型的程式化，亦即人物类型化的一种独特形式，尽管行当也是人物类型，但人物类型并不一定都是行当。

把梵剧中的男主角说成"相当于"戏曲中的"生""末"之类的类比是不太准确的，因为戏曲中的行当不仅是人物类型的划分，而且包含着一整套各不相同的程式，这显然是梵剧所不具备的，而且"生""末"与"主角"也未必就是一回事。例如，元杂剧《赵氏孤儿大报仇》中的主角毫无疑问应是程婴，但他却是由"外"扮演的，该剧的"正末"分别扮演韩厥、公孙杵臼等。从现存剧本来看，梵剧的人物类型（如国王、皇后、公主、侍从、妓女等）主要是对人物社会地位的区分，不是对人物性格的区分，即使是与中国戏曲的净、丑两个行当比较接近（都以创造滑稽美为职）的"丑角"也是如此——梵剧的"丑角"主要扮演国王或太子的弄臣（宫廷小丑），也就是说，他的社会身份本来就是"丑"，

---

① ［印度］婆罗多著，黄宝生译：《舞论》，《戏剧艺术》2002 年第 5 期，第 4~30 页。

戏曲中的"丑"行则远非如此。另外，熟悉戏曲史的人都了解，净、丑自先秦时期的"优孟衣冠"即已见端倪，到隋唐时代的参军戏已初步形成以滑稽为特色的行当——参军、苍鹘。从戏曲净、丑两个行当诞生的历程亦可看出，它与梵剧的"丑角"虽然有相似之处，但戏曲中的"丑"并非直接源于梵剧，其"华夏血统"清晰可辨。

总之，这种抹杀根本差异的简单类比是不可取的，如果这样类比下去，我们似乎也可以说古希腊悲剧《美狄亚》中的男主角伊阿宋相当于"生"，女主角美狄亚相当于"旦"，配角克瑞翁相当于"净"，保姆相当于"梅香"……这样一来，岂不是全世界戏剧的体例都是"逼肖"的了吗？

东方戏剧文学在精神特质和形式特征两个方面确有一定的相似性，诸如不追求逼真地再现社会生活的外在形态，重视传达创作主体的主观感受，对生活作诗性表现，营造意境，悲喜中节，韵散结合，代言体与叙述体杂糅，采用开放式结构，迷恋大团圆结局等。我国古代戏曲文学也有类似特点。东方各国戏剧的这些特点并非都是东方戏剧所独有的，更非中、印戏剧所独有，用世界戏剧以及其他艺术样式都有的共同特点去证明两种戏剧样式的渊源关系，显然是缺乏说服力的。

中、印戏剧某些特点的形成不能说与其文化交流和相互影响完全没有关系，但这种影响不一定就是"体制"的直接"输入"。印度的乐舞很早就传入了我国，我国境内也有梵剧残卷的"出土"，印度梵剧曾经"传入"中国并非无稽之谈，包含印度梵剧在内的印度文化对戏曲的发生发展当然会有影响，但这种影响在目前看来仍然是潜在的。

前文已谈到，梵剧所使用的梵语即使是在印度也是多数人听不懂的书面语言，即使真有印度的梵剧戏班来中国演出，能够听懂它的人能有几个？梵剧剧本如果不翻译成汉语，即使传入中国，它对于戏曲作家而言也是"天书"，又能对戏曲创作产生什么实际影响？到目前为止并没有发现我国古人或古印度人用汉语翻译过梵剧剧本，那么，梵剧的"体例"如何能影响戏曲创作？

戏曲与梵剧在"体例"上不是完全没有共同点，但貌同而实异的地方不少，曲体文学的体例是在格律化的诗词和民间说唱（如诸宫调）艺术高度繁荣的基础上形成的，有自己清晰可辨的发生发展的轨迹，这些都能说明戏曲作为一种民族戏剧样式，并非直接从印度"输入"，而是华夏民族在广采博纳——吸收了包含印度文化在内的世界优秀文化成果之后的独特创造。要想正确地解释和更深刻地认识中国戏曲与印度梵剧的相似性，需要更宽广的视野和更科学的方法。

中、印戏剧乃至东方戏剧的相似性主要是由于东方文化的同一性所决定的，为东方所共同拥有的"东方思想"不仅决定了东方戏剧的相似性，同时也决定了其他文学艺术样式的相似性。正因为如此，完全没有交流关系的不同东方国家的戏剧也完全有可能具有惊人的相似性。

三、个案分析：《张协状元》与《沙恭达罗》

《张协状元》出自南宋后期温州九山书会才人之手，是现存南戏剧本中最古老的作品，也是我国现存最早的汉文剧本，现存传本虽然已不是明代宫廷所编类书《永乐大典》所收的版本，① 但从其俚俗的语言、不分出的文本结构、相对宽松的音律看来，现有传本仍然保持了早期南戏的体制和风貌。② 如果要探索印度梵剧对戏曲体例的影响，不能不以它为主要的考查对象。

《沙恭达罗》的作者迦梨陀娑是笈多王朝的宫廷诗人，出生于公元 350—472 年之间。③ 迦梨陀娑是古印度最杰出的梵剧作家，《沙恭达罗》既是他的代表作，同时也是印度梵剧中影响最大的作品。

《沙恭达罗》和《张协状元》一样，也是一部"婚变戏"，两部剧作的题材与情节结构均有相似的地方。例如，两个剧目都有女主人公进京寻夫遭拒的情节，都以"破镜重圆"落幕。选择《沙恭达罗》作为比较对象的一个更重要的原因是，曾在南戏的发祥地——也是《张协状元》的诞生地温州附近发现过梵文

---

① 钱南扬校注：《永乐大典戏文三种校注·前言》："这本《戏文三种》……是嘉靖重写本，不是永乐初写本。此书已流出国外，1920 年，叶玉甫先生恭绰游欧，从伦敦一小古玩肆中购回来的，一直放在天津某银行保险库中。抗战胜利之后，此书遂不知下落。现在流传的仅几种抄本，及根据抄本的翻印本，可惜见不到原书了。"

② 王季思主编：《全元戏曲》第九卷《张协状元》之"剧目说明"，北京：人民文学出版社 1999 年版，第 1~2 页。

③ 关于迦梨陀娑的活动年代颇有歧见，这里依据的是季羡林《沙恭达罗·序》的说法。[印度] 迦梨陀娑著：《沙恭达罗》，季羡林译，北京：人民文学出版社 1980 年版（2002 年重印本），第 7~8 页。

剧本《沙恭达罗》的抄本。力主中国戏曲体例由印度"输入"的郑振铎先生曾指出：

> 前几年胡先骕先生曾在天台山的国清寺见到了很古老的梵文的写本，摄照了一段去问通晓梵文的陈寅恪先生。原来这写本乃是印度著名的戏曲《梭康特娅》（Sukantala）的一段。这真要算是一个大可惊异的消息……梭康特娅之上京寻夫而被拒于其夫杜希扬太（Dushyanta），原来和《王魁》《赵贞女》乃至《张协》的故事是如此的相肖合的。①

这显然是20世纪早期的事情，天台山国清寺那部《沙恭达罗》梵文写本是否早在南戏成熟之前就已传入中国，无从知晓。郑振铎先生认为，梵剧最早通过海上丝绸之路传入我国南方，不只是剧本，梵剧演员也有可能被带上货船表演取悦神明以保航行平安。梵剧正是这样传入中国的，宋代温州一带出现的南戏体例与梵剧"逼肖"，可见戏曲是从印度"输入"的。②

这只能是一种猜测，前文已言及，即使梵剧戏班随货船来到中国，他们要面向中国观众演出也基本上是不可能的。现存最早的南戏剧作《张协状元》的体例是否受到了《沙恭达罗》的影响呢？南戏的体例是不是从印度"输入"的呢？要回答这一问题，可以通过对两部剧做比较来进行判断。

（一）《张协状元》与《沙恭达罗》之同

1. 题材：男子负心所导致的婚变

《张协状元》和《沙恭达罗》选择的都是"婚变"题材，从剧情看，婚变的主要原因都是男子负心——尽管《沙恭达罗》中豆扇陀遗弃妻子的原因是由于女方无意中得罪了一位仙人，那仙人"作法"，使豆扇陀失去了记忆，但它折射出的仍然是男子负心的社会现象，而且二者都有痴心女子进京寻夫被其夫所拒的关

---

① 郑振铎著：《插图本中国文学史》（下册），上海：上海人民出版社2005年版，第601~606页。

② 郑振铎著：《插图本中国文学史》（下册），上海：上海人民出版社2005年版，第600~606页。

键情节。

问题在于，大致相同的题材能否证明两部作品之间存在因袭关系呢？笔者以为是不可以的。

因男子负心而导致的婚变是世界上普遍存在的社会现象，古希腊悲剧中就有多部剧作描写过这一现象，其最为著名的剧作是《美狄亚》。《张协状元》的题材选择是否受到《沙恭达罗》的启发，难以遽断——天台山国清寺所发现的《沙恭达罗》抄本并不能证明这一点，但《张协状元》本身却可以证明，其题材源于当时我国的说唱艺术诸宫调。南宋皇室为了扩大和巩固自己的统治基础，通过科举网罗庶族地主，一大批"寒士"得以跻身官府。这些人"一阔脸就变"，发迹变泰的新贵抛弃糟糠之妻成为南宋一个突出的社会问题。这一现象自然会引起生活在社会下层的书会才人和底层民众的注意。因此，当时的通俗文艺——诸如话本、诸宫调、戏曲都热衷于以这一社会现象为描写对象。《张协状元》的基本情节并非来自《沙恭达罗》，而是源于《状元张协传诸宫调》，这一点在《张协状元》的开场中就已经交代得很清楚了。

> 《状元张协传》，前回曾演，汝辈搬成。这番书会，要夺魁名。占断东瓯盛事，诸宫调唱出来因……似恁唱说诸宫调，何如把此话文敷演。①

很显然，南戏《张协状元》的故事情节来源于《状元张协传诸宫调》。被遗弃的糟糠之妻进京寻夫，而发迹变泰的新贵不但拒不相认，而且为了彻底铲除后患，竟下毒手加害之。这是南宋诸宫调的热门题材和习见关目，除《状元张协传诸宫调》之外，《赵贞女诸宫调》也是一例。这类故事与《沙恭达罗》的剧情虽有相似之处，也有明显的不同——南戏中的"婚变"故事与科举制密切相关，而且大多有负情汉加害痴心女的情节，这是《沙恭达罗》所不具备的。王贫女最后与负情汉张协"重圆"的关键因素是女方升值——王贫女被高官王德用收为"义女"，这是中国古代叙事文学中常见的情节模式，折射出现实生活中"门当户对"观念的根深蒂固，富有鲜明的"中国特色"；而沙恭达罗与国王"重圆"

---

① （宋）无名氏著：《张协状元》，王季思主编：《全元戏曲》（第九卷），北京：人民文学出版社 1999 年版，第 5~8 页。下引此剧文字皆据此版本。

的关键因素是国王见到了信物——指环，大仙的诅咒失去力量，国王恢复了记忆。可见，国王拒认沙恭达罗完全是由于大仙作祟。这一情节模式折射出宗教神学在古代印度的巨大影响，富有鲜明的"宗教王国"的色彩。由此可见，二者虽同，但同中有异。

2. 情节结构：开放式与大团圆

从情节结构上看，两部剧作都采用了"开放式"结构，以男女主人公的恋爱和婚姻为主线，以故事发展的时间顺序建构剧情。剧情的时间跨度都比较大。《沙恭达罗》从国王豆扇陀追中箭的神鹿来到净修林、与林中少女沙恭达罗一见钟情写起，到豆扇陀与沙恭达罗重圆落幕，这中间经历了好几年的时间——"重圆"之时，豆扇陀与沙恭达罗所生的孩子婆罗多已经好几岁了。《张协状元》从张协路过五鸡山遭遇强人拦路抢劫后到山下的古庙投宿与栖身于此的孤女王姑娘相遇写起，到被高官王德用收为义女的王姑娘与张协"重圆"落幕，这中间有一年多时间——张协在五鸡山下的庙里就待了两个月，他于这年的春天离开五鸡山进京赶考，次年春才离开京城到梓州任签判。"破镜重圆"可以说是两部剧作情节结构之同。

两部剧作的时间与空间都是可以随着演员的表演而自由转换的。例如《沙恭达罗》的第四幕从净修林的仙人们刚送走豆扇陀那天写起，一首插曲之后，则是沙恭达罗的义父、女友等发现沙恭达罗已有身孕，许诺不久即要来接妻子的国王"隔了这样长的时间"却"连一句话也不派人来说"，沙恭达罗的义父决定派人送女儿进京城寻找豆扇陀。这一场的时间跨度显然有数月之久，时间的省略是通过引入插曲的形式来完成的。这一幕的空间也多次转换——剧作用"大家绕行"的表演来呈现净修林的仙人们为沙恭达罗送行的情景。他们从围着祭祀的火堆绕行开始，然后穿过净修林，来到湖边，最后一直目送沙恭达罗离去。舞台上不仅有表现乘车飞奔、追逐猎物、上下台阶，还有表现空中乘车飞行，然后又降落到地面的情形。又如，《张协状元》既不分幕，也不分出（钱南扬先生的校注本为了阅读和称引的方便，将其分为五十三出，笔者称引时亦依之），只是以人物的上下场为顺序铺排开来，时空转换由演员的表演来完成。例如，第五十出，张协被上司王德用拒之门外，非常着急，他派部下（末扮）去请与王德用交好的谭节使（净扮）来充当说客，谭节使随张协的部下步行，前往张府：

> （净白）你府金来请酒，酒不去不得。这后生必会长进。（末）甚年晓得
> 相法？（净）酒是斯杀汉，只步砌去。（末）也没人来抬轿。穿长街。（净）蓦
> 短巷。（末）过茶坊。（净）抹酒库。（末）兀底便是府厅。

剧中人在台上走了几个圆场，剧情空间就随之发生了多次转换——从谭节使的画堂出发，穿长街，过短巷，经茶坊、酒库，最后终于来到张协的官邸。

采用开放式结构、迷恋大团圆结局、时空自由转换是东方古代戏剧情节结构模式的共性，日本、朝鲜、泰国、越南等东方国家的绝大多数剧作具有这一特点。自古希腊以来的西方戏剧只有一部分选择了"闭锁式"结构，开放式结构亦为其所用。这一特点也是"超文体"的，东方的古代小说中也不乏这种结构模式，我国汉唐时期的文言小说以及宋金时期的话本、诸宫调中就能找到大量的例证。显然，用上述共同特点来证明印度梵剧对中国古代戏曲情节结构模式的影响是缺乏说服力的。

3. 语体：韵散结合

《沙恭达罗》和《张协状元》都属于"韵散结合体"。不过，《沙恭达罗》的韵文人约只占一半的篇幅，而《张协状元》中的韵文要占七成以上的篇幅。《沙恭达罗》有将近两百首诗，另有两首插曲，还有散文体道白和舞台表演提示。例如，第五幕，国王豆扇陀说，他实在想不起曾与沙恭达罗结过婚，剧本中有这样一段：

沙恭达罗　　（独白）呸！呸！他怎样连结婚都怀疑起来了？我的希望之藤
　　　　　　长得很高，现一下子给摧折了。
舍楞伽罗婆　希望不要这样子！
　　　　　　仙人把为你所引诱的女儿许给你，
　　　　　　难道他就甘心忍受你的侮辱？
　　　　　　把自己的被人玷污了的东西送给你，

95

他把你这个敌人看成可尊敬的人物。

舍罗堕陀 舍楞伽罗婆！你现在住嘴吧！沙恭达罗！我们要说的话都说了。那位先生这样说，你给他答复吧！

沙恭达罗 （独白）爱情已经变了，怎能再回忆起来呢？可是我自己一定要洗清的。我要努力一下。（高声）夫君呀！（说了一半，又停住）这样称呼是否妥当还有问题。补卢的子孙呀！以前在净修林里，你引诱我这个天真无邪的人，一切都讲好了，现在却用这些话来拒绝，这难道合理吗？

国王 （掩耳不听）住口！住口！
你处心积虑想尽方法来污蔑我的家声，毁坏我的名誉，
正如一条冲决堤岸的河流把清水弄浊，把岸上的树木冲去。

沙恭达罗 好吧！假如你真疑心我是别人的妻子的话，那么我就用一个表记来破除你的疑虑。

国王 好主意。

沙恭达罗 （摸戴指环的地方）哎呀！我的指头上没有指环了。（忧戚地看着乔答弥）

乔答弥 孩子呀！大概是当你在沙迦罗婆多罗舍质圣池边祭水的时候，指环从你的指头上滑落了。

国王 女人们真会急中生智。

沙恭达罗 一切都是命呀。我想告诉你另一件事情。

国王 听听究竟是什么事情。
……①

虽然是韵散结合，但散文体的道白占有较大篇幅，韵文体的诗只是少数角色的台词——剧中多数角色只有散白。

《张协状元》有曲330支（其中有一支唱词脱漏），宾白之中既有词，还有诗和骈文，真正的散文体宾白所占篇幅不大。例如第二出只有三支曲子，但

---

① ［印度］迦梨陀娑著：《沙恭达罗》，季羡林译，北京：人民文学出版社1956年版，第70~71页。

篇幅却较长，这是因为其中的宾白占有绝大篇幅，然而，这些宾白却有不少是韵文：

> （生上白）讹末。（众喏）（生）劳得谢相送道呵！（众）相烦那子弟！（生）后行子弟，饶个【烛影摇红】断送。（众动乐器）（生踏场数调）（生白）【望江南】多忔戏，本事实风骚。使拍超烘非乐事，蹴球打弹谩徒劳，设意品笙箫。谙译砌，酬酢仗歌谣。出入还须诗断送，中间惟有笑偏饶，教看众乐陶陶。
> 　适来听得一派乐声，不知谁家调弄？（众）【烛影摇红】。（生）暂借轧色。（众）有。（生）罢！学个张状元似像。（众）谢了！（小生）画堂悄最堪宴乐，绣帘垂隔断春风。波艳艳杯行泛绿，夜深深烛影摇红。

张协唱了一曲【烛影摇红】之后，又有宾白：

> （白）祖来张协居西川，数年书卷鸡窗前。有意皇朝辅明主，风云未际何恢恢。一寸笔头烂今古，时复壁上飞云烟。功名富贵人之欲，信知万事由苍天。张协夜来一梦不祥，试寻几个朋友叩它则个……

次要角色的宾白也大多是韵文。例如第十出由净扮演的山神唱了一曲【出队子】之后有如下念白：

> （白）吾住五鸡山下，远近俱闻身价。显圣八百余年，三度有些纸钱来烧化。专管虎豹豺狼，又掌豆麦禾稼。鸡气味知它如何？猪羊肉那曾系挂。祭吾时多是豆粽糍糕，阴空里一个乡霸。似泥神又似生神，唱得曲说得些话。张协运蹇被贼来惊咤……吾殿下善恶判官，显一员到吾部下。

《张协状元》中这种以韵文为主的韵散结合体显然也不是源于对《沙恭达罗》的模仿，而是受诸宫调的影响。

我国唐宋时期的话本采用的是韵散结合体，不过话本以散文为主，其中的诗、词只是起点缀作用。诸宫调与话本一样，也是韵散结合体，但它以韵文为主，而且这些韵文是"曲"——由表演者一人演唱，散白很少，与早期南戏和北杂剧的语体比较接近。试以《刘知远诸宫调》第三卷《知远充军三娘剪发生少主》中的一段为例：

【仙吕调】【六幺令】新人知远，已把定来收，满营军健，都皆喜悦笑无休。五百年前姻眷，相会朵无由。男如潘岳，女生越艳，媒人口一似蜜舌头。待害是营司家口，火巷里闹悠悠。王嫂李婆，说得两个太邹搜。岳氏娘子好女，花见自然羞。团练常便，不图豪贵，故招知远做班鸠。

【尾】求亲不肯拣高楼，怕倒了高楼一世休，司公，故交他女嫁敌头。

（白——引者注）选拣吉日良时，知远准备入门。司公作宴待亲，六营皆庆。至天晚，潜龙与皇后过礼。

（唱——引者注）【商调】【玉抱肚】六亲喜庆，夫妻过礼。渐荧煌绛蜡，沉煎宝鸭，烟袅金猊。屏山画出鱼戏水，描成鸳鸯共鸂鶒。连理枝，合欢带，此时系，双双对对。酒斟绿蚁共分饮，长春百载，名唤凤衔杯。　　娇羞可惯罗帏里，如描星眼情似痴。把仙裳欲褪，轻拈绣衾，笼罩香肌。腰轻最喜牙床稳，髻松偏称枕斜攲。鸾押着凤娇声，颤语声低，时时喘息。把天下美收拾聚，比不得知远，今夜做女婿。

（唱——引者注）【尾】福齐底是夫妻，一个是隐迹潜龙开基帝，一个明圣未显底贤德妃。

（白——引者注）是夜娇声穿绣幌，香汗湿绞绡。俄听架上鸡鸣，钟声报晓。知远夫妻再见司公参贺，门人报覆。

（唱——引者注）【高平调】【贺新郎】团练并节级共十将，贺喜营中，满酌觥觞。知远瞬目观厅上，恐为丈人问当。睹门吏走至阶傍，来报覆诺忽忙，道两个大汉多偃状，打扮得是庄乡。絮袄粗䌷做，染得深黄。裹肚是绯花，绣出麻糖。行缠白布牛皮鞾，光皂头巾带张。言语纣举动村桑。沙陀住李家庄，向手中提着条黄桑棒，寻知远叫咱刘郎。

（白——引者注）当初作赘，不望村里人瞧。今日成亲，怎想庄中早觉。休书一纸终须与，恩重三娘不再逢。知远出营门来觑，来者非是二舅，乃李四叔沙三。

（唱——引者注）【双调】【乔牌儿】知远心恐怖……①

这种韵散结合的文体与《张协状元》的文体相当接近，南戏作家似不大可能舍近求远，去模仿他们难以读懂的梵剧文体。

如果向前追溯，我们会发现，早在话本、诸宫调问世之前，我国就已有韵散结合体的文献，例如，先秦散文中有的不但是对话体，而且也是韵散结合体，《孟子》中就有不少这样的篇章，例如，《孟子·梁惠王章句上》：

> 孟子见梁惠王。王立于沼上，顾鸿雁麋鹿，曰："贤者亦乐此乎？"孟子对曰："贤者而后乐此，不贤者虽有此，不乐也。《诗》云：'经始灵台，经之营之，庶民攻之，不日成之。经始勿亟，庶民子来。王在灵囿，麀鹿攸伏，麀鹿濯濯，白鸟鹤鹤。王在灵沼，于牣鱼跃。'文王以民力为台为沼，而民欢乐之，谓其台曰灵台，谓其沼曰灵沼，乐其有麋鹿鱼鳖。古之人与民偕乐，故能乐也。《汤誓》曰：'时日害丧，予及女偕亡。'民欲与之偕亡，虽有台池鸟兽，岂能独乐哉？"②

既然我国很早就有这类既是对话体又是韵散结合体的文献，为什么戏曲作家只能通过印度梵剧去"输入"这种文体呢？我国先秦时期的韵散结合体恐怕不是源于印度吧。

（二）《张协状元》与《沙恭达罗》之异

1. 单线发展与双线交织

尽管《张协状元》和《沙恭达罗》采用的都是开放式的线性结构，而且都以男女主人公的当场团圆作结，但二者在情节结构上的差别也是显而易见的。《沙恭达罗》采用的是单线结构，戏剧冲突紧紧围绕沙恭达罗与豆扇陀的爱情、婚姻而展开，剧情线索只有一条——沙恭达罗与豆扇陀的冲突，沙恭达罗与"最

---

① 廖珣英校注：《刘知远诸宫调校注》，北京：中华书局1993年版，第107~108页。
② 杨伯峻译注：《孟子译注》（上），北京：中华书局1960年版，第3页。

容易生气的大仙人达罗婆娑"的冲突被剪除，这位仙人根本就没有登场，剧作只是提到他，把他作为强化主要冲突的一股"外力"。《沙恭达罗》这种单线发展的情节结构在印度梵剧中具有一定的代表性，《惊梦记》《优哩婆湿》《龙喜记》《罗摩后传》等采用了单线发展的情节结构模式。

《张协状元》采用的则是双线交织式的结构，除了张协与王贫女的冲突之外，剧作还描写了张协与王德用的冲突，这两条线索既各自独立发展，又互相纽结——与王德用素昧平生的王姑娘因为长相酷似王德用的女儿王胜花，被思女心切的王德用收为义女，最终与张协团圆。

"双线交织"反映了南戏和明清传奇情节结构的主要特征——这种结构体现了南戏和明清传奇追求剧情的丰富性和传奇性的特点。作为一种戏剧结构模式，它首创于宋元南戏，且为多数剧目所习用。例如，《小孙屠》有两条剧情线索：一是妓女李琼梅及其旧相好朱邦杰与孙必达的冲突，二是孙必贵与李琼梅、朱邦杰的冲突。这两条线索既相对独立，又紧紧缠绕——这两组矛盾都集中到了正直善良的主人公小孙屠身上。《琵琶记》也有两条剧情线索：一是蔡伯喈与父母以及发妻赵五娘的纠葛，二是蔡伯喈与牛府以及皇帝的纠葛。这两条线索通过蔡伯喈这一"焦点人物"实现了纽结。后世传奇如《浣纱记》《玉簪记》《红梅记》《娇红记》《长生殿》《桃花扇》《雷峰塔》等皆袭用了这种情节结构模式。

尽管梵剧中也有双线交织和多线条交织的结构形式，例如，《小泥车》《茉莉和青春》《指环印》等都不只一条剧情线索，但《张协状元》双线交织的情节结构不大可能是对梵剧情节结构的模仿，而是源于诸宫调，前文征引的《张协状元》第一出【满庭芳】词已经作了交代。钱南扬先生据此认为"《张协状元戏文》是改编诸宫调而成"，剧中第一出就是《状元张协传诸宫调》中的一段。"惟这一段诸宫调，和流传的《刘知远》《董西厢》等不同，它们都是有尾声的成套的北曲。而这一段却是无尾声不成套的散词……看其体制，当在《刘知远》等之前。"① "双线交织"不仅为《状元张协传诸宫调》所取，同时它也是宋金

---

① 钱南扬校注：《永乐大典戏文三种校注》，北京：中华书局 1979 年版，第 7 页"诸宫调"句注文。

诸宫调情节结构的流行模式。例如，金代无名氏《刘知远诸宫调》① 采用的就是"双线交织"的结构：刘知远与李三娘婚后，遭妻兄李洪义、李洪信陷害，被迫赴太原投军，因武艺高强得司公岳金赏识，岳以女妻之，知远不能拒，但仍心系三娘。知远升任九州安抚使，化装探望李三娘，后以一夫二妻与三娘团圆。南宋绍兴间由民间艺人张五牛据唐传奇改编的《双渐赶苏卿诸宫调》② 采用的也是"双线交织"的结构：书生双渐与庐州娟女苏小卿交好，双渐出外，久不还，小卿守志待之，不与他人狎。小卿鸨母将其卖与茶商冯魁。后双渐成名，诉诸官府，终得团圆。苏小卿与双渐的纠葛是一条线，苏小卿与鸨母以及茶商冯魁的冲突是另一条线。这两条线通过矛盾的"焦点人物"苏小卿交织在一起。现存《西厢记诸宫调》也有两条主要线索：一是张生与莺莺的爱情纠葛，二是张生、莺莺、红娘与老夫人的冲突。

2. 代言体与不完全代言体

情节结构模式可以是超文体的，譬如，开放式结构和大团圆结局既可以是戏剧的，也可以是话本和诸宫调的。文本的样式与体制则有所不同，它能更集中、更典型地反映一种文学艺术样式的特点。

《沙恭达罗》是完全的代言体，剧作中除了舞台表演提示和两首插曲之外，余皆为人物的台词，即使是独白，也可以从人物活动的环境与心理中找到合理的根据。《沙恭达罗》的这一特点在梵剧中具有代表性，现存梵剧剧作与《沙恭达罗》一样，也都是代言体的。《张协状元》则是不完全代言体，剧作的开场直接截取了《状元张协传诸宫调》中的一段，由副末一个人说唱，这是叙述体。开场之后，剧中的台词虽然都是通过剧中人物之口说出来的，但其中有一些却不是人物的语言——这些台词是剧作家"硬派"给某些人物的，在人物活动的环境及其心理中难以找到合理的根据，留有叙述体文本的明显痕迹。例如第八出开头一节：

---

① 有残本传世，见廖珣英校注：《刘知远诸宫调校注》，北京：中华书局1993年版。"它可能是采用'双线索'发展的叙事方式"，此说见龙建国著：《诸宫调研究》，南昌：江西人民出版社2003年版，第33页。

② 仅存佚曲，见《雍熙乐府》；其本事见明人梅鼎祚的《青泥莲花记》卷七。

（丑做强人出白）但自家不务农桑，不忻砍伐。嫌杀拽犁使把，懒能负重担轻。又要赌钱，专欣吃酒。别无运智，风高时放火烧山；欲逞难容，月黑夜偷牛过水。贩私盐，卖私茶，是我时常道业；剥人牛，杀人犬，是我日逐营生。一条扁担，敌得塞幕里官兵；一柄朴刀，敢杀当巡底弓手。假使官程担仗，结队伙劫了均分；纵饶挑贩客家，独自担来做己有。没道路放七五只猎犬，生擒底是麋鹿猱獐；有采时捉一两个大虫，且落得做袍袎脑。林浪里假装做猛兽，山径上潜等着客人。今日天寒，图个大账。懦弱底与它几下刀背，顽猾底与它一顿铁榾。十头罗刹不相饶，八臂哪吒浑不怕。教你会使天上无穷计，难免目前眼下忧。（丑下）

丑角装扮的是五鸡山拦路抢劫的强人，这一段独白显然是剧作家"硬派"给他的，叙述体的痕迹十分明显。《沙恭达罗》中并没有这类叙述体的台词。

3. 诗体与曲体

《沙恭达罗》有将近二百首诗，占全剧篇幅的一半。这些诗很可能是"道白"，供演员——而且主要是男性角色朗诵的台词，而不是合乐演唱的"声诗"。它讲究韵律，但不受音乐——宫调、曲牌及联套规则的约束。《沙恭达罗》中的歌曲主要是插曲，不是文本的主体，缺少这些插曲并不影响文本的完整性。《张协状元》的韵文占全剧篇幅的七成以上，其中，由剧中人演唱的"曲"是剧本的主体，剧中绝大多数登场角色会唱。如果没有这些"曲"，剧本也就不存在了。《张协状元》中占主导地位的"曲"无一例外地使用了曲牌（其中有不少曲牌不见于后世曲谱，它们有可能是当地流行的俗曲），但《张协状元》与后世传奇的"曲牌联套体"不太一样①——不成套的"散词"多，成套的曲子少，用韵很宽松，一曲一韵的并不少见，同一曲牌的多支曲子往往用韵也不相同，邻韵——甚至不相邻的韵部"通押"的现象随处可见。"曲"虽然也是诗，但它必须接受宫调、曲牌——音乐格律的约束，每首曲子的句数、字数、韵脚均有定格，不同曲子的连接虽不像后世的传奇联套那样严格，但也有一定的规矩，不得随意而为，

---

①　郭英德著：《明清传奇戏曲文体研究》（第二章"规范与创造——明清传奇戏曲的剧本体制"论述甚详），北京：商务印书馆 2004 年版，第 55~260 页。

南戏也是一种特殊的音乐文学样式。忽视这一点，也就抹杀了《张协状元》与《沙恭达罗》在文体上的本质区别。

4. 分幕与人物上下场

《沙恭达罗》除一个序幕之外，共分七幕。与西方戏剧主要按照人物活动的空间来分幕不同，《沙恭达罗》中的"幕"并不是一个独立的剧情空间，而是一个剧情段落——同一幕之中的剧情时间和空间是可以自由转换的。因此，从文本上看，与西方戏剧在每一幕的前面详细注明地点以及人物活动环境的陈设不同，《沙恭达罗》的每一幕均不标示地点，更不描写人物活动环境的景物和陈设，但每一幕的后面都缀有一个"名目"，这一"名目"有点像我国明清传奇的"出目"，旨在概括这一幕的剧情。每一幕的末尾所有的人物均下场，但台上人物全下场未必就是落幕的标志。其第三、第四、第六幕当中均有前场人物下场，后场人物尚未登台的"空场"，为了表示这里的"空场"不是幕与幕之间的界限，而是同一幕的短暂停顿，剧作在"空场"处安排了"插曲"。

正因为人物的上下场在梵剧的文本结构上并无太大作用，所以《沙恭达罗》中的人物下场一般都没有念"下场诗"的程式，即使是每一幕的末尾也未必都以念"尾诗"结束。例如，第二幕最后一句台词是丑角的一句散白——"是的"；第三幕的最后一段台词是国王的一段"散白"——"喂，喂！净修的人们呀！不要害怕！我就来了"；第八幕的最后一句台词是摩多梨的一句散白——"请陛下上车吧！"尽管《沙恭达罗》中有几幕是以诗结束的，但这些诗的内容和表现形式与剧中其他诗句并没有太大的差别——而戏曲中的下场诗从内容到表现形式与剧中的"曲"以及其他韵文都是很不一样的。因此，即使《沙恭达罗》中的某一幕是以念"尾诗"结束的，也不能说它"一如戏曲中的下场诗"。

《张协状元》既不分"出"，更不分"幕"，而是以所有登场人物"并下"为一个自然段落连缀成一体。人物退场——特别是场上人物"并下"是《张协状元》文本结构的关键部位，剧作以程式化的下场诗来作表记，试举几例。

第二出最后只有外（张协之父）与生（张协）在场上，其下场诗为：

（外）孩儿要去莫蹉跎。

（生）梦若奇哉喜更多。

（外）遇饮酒时须饮酒。

（合）得高歌处且高歌。（并下）

第三出最后只有旦（王贫女）一人在场上，其下场诗为：

古庙荒芜怕见归，

几番独自泪双垂。

黄河尚有澄清日，

岂可人无得运时。（下）

第四出最后只有丑（圆梦先生）、末（张协友人）和生（张协）在场上，其下场诗为：

（生）得访先生意始通。

（丑）今朝圆梦遇明公。

（末）世间多少迷途者。

（合）一指咸归大道中。（并下）

《张协状元》中的下场诗都是由人物念诵的“白”，且已形成固定的“套路”，大多是七言四句（个别地方可能是文字脱漏，有异格），也有只用两句七言诗的。若只有一人在场，就由其一人念诵全诗，若多个人物在场，则一人念一句，最后一句由所有在场者合念，少数地方（如第三十二出、四十四出）有一人连念两句、最后一句并不合念的变格。场上角色念完下场诗就一定要退场。退场者无论是何种角色通常都有下场诗，而且是每次退场都有，只有极个别的地方例外。场上所有人物“并下”时，一定得有退场诗。有人退场另有人仍留在场上时，留在场上的角色是不能念下场诗的。

《张协状元》中的下场诗显然不是对梵剧“尾诗”的模仿，而是对话本体制的继承。① 宋代话本往往于"篇尾"缀有一首七言四句的小诗,极少数作品的尾诗只有两句,也有个别的代之以词。例如,《京本通俗小说》所收录的话本《错斩崔宁》结尾处有诗曰:"善恶不分总丧躯,只因戏语酿灾危。劝君出语须诚实,口舌从来是祸根。"《清平山堂话本》所收录的《戒指儿记》结尾处有诗曰:"兔演巷中担病害,闲云庵里偿冤债。周全末路仗贞娘,一床锦被相遮盖。"② 前者对话本中的事件发表感慨,后者则概括全篇话本的内容,无论是内容还是表现形式,话本的尾诗都与《张协状元》中的下场诗具有相似性。

5. 凸显人物与凸显行当

《张协状元》的人物一律行当化——众多人物分别以生、旦、末、净、丑、外、贴 7 个行当扮演,文本台词一律归在各个行当名下。这种台词记录方式凸显的主要是角色类型而不是人物。而《沙恭达罗》中只有国王的弄臣摩陀弊耶以"丑"名,其余角色一律以身份(如国王、侍从、将军、国师)或姓名(如"沙恭达罗""干婆""阿奴苏耶")称之,文本台词一律归在各个人物名下。这种台词记录方式凸显的主要不是"角色类型"而是人物,《沙恭达罗》的这一体制与西方戏剧相似,与中国戏曲则不太相同。试引两段文字加以说明。

《张协状元》第二十一出中的一节:

> (末出白)职迁一品,名号黑王。身居八位之尊,班列群僚之上。画堂静悄,华屋森严。绣帘低垂隔春风,宝阶香远没人迹。公相升厅,着个祗候。
> (丑作相公出唱)
>
> 【斗黑麻】帝德广过尧,喜会太平。我是清朝,第一大臣。净所为,直是英俊。论梗直,最怕人。好底酸醋,吃得五瓶。
>
> (丑白)下官王德用,官至枢密使相,黑王名字,谁人不知? 别无儿男,只有一女,小字胜花。年方及笄,未曾嫁聘。今年是国家大比之年,意下欲

---

① 关于这一点,徐扶明《试论明清传奇长篇体制》一文已有论述,参见赵景深主编:《戏曲论丛》(第一辑),兰州:甘肃人民出版社 1986 年版,第 95 页。

② (明)洪楩编,周甲禄点校,吴志达审订:《清平山堂话本》,(明)洪楩编,周甲禄点校,吴志达审订:《京本通俗小说 清平山堂话本 大宋宣和遗事》,长沙:岳麓书社 1993年版,第 47、182~183 页。

招一个状元为东床，不知姻缘若何？待夫人出来，与他商议则个。左右，将坐物来！ （末）覆相公：画堂又远，书院又远，讨来不迭。 （丑唱）……

《沙恭达罗》第一幕中的一节：

国王　　（偷偷地说）她怎么要走呢？（站起来，似乎想捉住她，但是又把自己的愿望强压下去）啊！一个爱人心里的想法是和行动不一致的。因为我——

正想去追那个净修者的女儿，但是从礼法上说却又不敢。

虽然原地未动，但是我却似乎已经去过而且又已经回转。

毕哩阇婆陀　（走向沙恭达罗）生气的朋友呀，你不许走！

沙恭达罗　（走回来，皱起了眉头）为什么？

毕哩阇婆陀　你还欠我债，你要浇两次树。还清了债，你才能走哩。（把她强拉回来）

国王　　我想，这位小姐浇树已经浇累了。因而她的——

双臂下垂，前肘因为提水壶磨得发了红。

到现在还在那里喘，胸部跳得一上一下。

汗珠凝结在脸上，耳朵上的尸利沙花也无法摆动。

发纽掉了，她用一只手来整理蓬松的头发。

所以，我要替她还债。（拿出戒指来。两人接过来，念了念上面刻的字，彼此对看）

国王　　……①

从上面所引的文字来看，《张协状元》与《沙恭达罗》的文本体制存在着明显的差异，《张协状元》的体制与诸宫调有明显的继承关系。

综上所述，《张协状元》虽与《沙恭达罗》具有某些相似性，但从其文本体

---

① ［印度］迦梨陀娑著：《沙恭达罗》，季羡林译，北京：人民文学出版社1956年版，第16~17页。

制来看，二者的不同点更多。《张协状元》的文本是高度程式化的，而《沙恭达罗》的文本程式远不如《张协状元》严苛。《张协状元》与《沙恭达罗》的某些相似性并不能证明《张协状元》模仿了《沙恭达罗》，因为《张协状元》的表现形式主要源于宋代话本和宋金诸宫调。

第二章　日本能乐、狂言与戏曲之比较

古代日本的政治、经济、文化均深受中国影响，日本传统戏剧的创生、发展与中国的乐舞、戏曲也有着相当密切的关系，日本传统戏剧的形态、表现形式、审美特征与中国古代戏曲亦有着颇多相似之处。日本传统戏剧——特别是其能乐和戏曲一样也是具有浓重抒情色彩的诗剧，载歌载舞高度综合、程式化、悲喜混杂、时空自由转换等也是日本古代戏剧的基本特征，能乐和歌舞伎的综合化、程式化特征尤显突出。不过，与被视为"俗文化"和"平民戏剧""大众戏剧"的戏曲不同，日本传统戏剧中既有贵族戏剧样式，也有庶民戏剧样式。由于日本的能乐、狂言是在武士集团统治日本的社会条件下诞生、发展的，能乐的创始人观阿弥、世阿弥父子正是因为得到了足利幕府第三代将军足利义满的宠幸才得以创造为将军幕府服务的能乐，能乐一诞生就经常在将军幕府和大名①的各类仪式上上演，主要面向上流社会，而且长期为武士集团所专。因此，它基本上属于贵族艺术，或曰宫廷戏剧，而比能乐晚几百年诞生的歌舞伎则是庶民艺术或曰市民戏剧。这两种戏剧的差异不仅表现在剧目的思想内容和表现形式上，更主要的是表现在生存方式上。能乐与狂言是仪式戏剧，靠宫廷（幕府）、贵族扶植是其主要的生存方式。歌舞伎则基本上是商业戏剧，向市民大众出卖其技艺的商业演出是其主要的生存方式。

歌舞伎之前的主流"艺能"全部是在特权阶级的支持下成长起来的。所以在上演以及观赏之际只是在宫廷、寺院、宅院设立舞台就可以了。到了日本的中世，寺院、神社以化缘的名义举行"劝进"（化缘）演出。这期间开始进行大规模的"能乐""田乐"的上演。因为这些演出的主持者属于特权

---

① "大名"是江户时代对将军以外年俸一万石以上的武士的称呼，常用来泛指低等武士、地主、庄园主等贵族。

阶级，所以即使有资料证明庶民参加了观摩（按：主办者是特权阶级，而且举办的目的也不是出于商业营业的目的，所以一般庶民的参加不是其举办的目的。民众参加与否与其本质无关），我们也不能把它作为独立的演出企业来看待。在今天我们头脑中所想象的商业演出的概念，可以说也是由歌舞伎确立的。歌舞伎首先冲破了由特权阶级作后盾的那种原有的艺术的生存模式，以民众为对象进行了商业性的演出。所以，可以说歌舞伎作为一种诞生于民众社会中的商品，其价值是值得肯定的。①

　　"能乐"的观众是以幕府将军与随从的"大名"（藩主），另外再加上其"家人"（家臣）的武士而构成的……歌舞伎与"能乐"不同，它没有被特权阶级所独占，演员也没有像"能"演员那样为幕府、"大名"所扶养（按：江户时代的能演员在身份上属于武士阶级，所以作为武士，其生活生计不是建立在演出收入上的）。歌舞伎是由每天的看客的多少来决定其演出的动向的……在看戏时所有人都要以庶民的资格看戏。②

这种不同阶级拥有不同戏剧样式的状况是中国古代戏曲史上所没有出现过的。尽管中国古代也有主要为达官贵人服务的"家乐"和宫廷戏班，还有主要为皇室祈福祝祷或为帝王将相歌功颂德的剧目，其中有的剧目也可以说是"仪式剧"——如明清两代的戏剧中就有不少为皇室贺节、祝寿、贺喜的仪式剧，但戏曲始终没有成为被统治阶级所专的贵族艺术。与此同时，更常见的是民间班社在构栏③瓦肆、广场寺庙、田边地头面向"愚夫愚妇"卖艺作场，更大量的剧目着眼于民众娱情悦性、抒愤吐志、劝善惩恶。与能乐成熟于将军幕府并主要在达官贵人的仪式上上演不同，戏曲是民间艺人、才人创造的，它诞生并成长于民间，欣赏戏曲的达官贵人大多也只是把戏曲当作以博一笑的"玩物"。因此，追求雅俗共赏的戏曲不可能因某些权贵的青睐而分蘖为分属不同阶级的戏剧样式。

────────────

　　①　［日］郡司正胜著：《歌舞伎入门》，李墨译注，北京：中国戏剧出版社 2004 年版，第 116 页。"想象"，原文为"想像"。

　　②　［日］郡司正胜著：《歌舞伎入门》，李墨译注，北京：中国戏剧出版社 2004 年版，第 139~140 页。括号中的"按语"为原文所有。

　　③　构栏，又作勾阑、构阑、钩栏、勾栏。

一、中国戏曲是日本传统戏剧的"母胎"

能乐与狂言是在日本全面向中国学习的背景下孕育创生的，深受中国传统文化的影响。

能乐和狂言大量使用中国典故和征引中国古代诗人的诗句，有的表现中国故事，刻画中国历史、传说以及宗教中的人物。秦始皇、荆轲（《咸阳宫》）、张良、黄石公（《张良》）、项羽、虞姬（《项羽》）、东方朔（《东方朔》）、王昭君（《昭君》）、唐明皇、杨贵妃（《月宫殿》《皇帝》《杨贵妃》等）、白居易（《白乐天》）、西王母（《西王母》）、钟馗（《钟馗》）、慧远、陆修静、陶渊明（《三笑》）① 等中国观众所熟知的人物形象也出现在能乐舞台上。张扬中国精神是这些剧作的一个重要特点。例如，无名氏的仪式剧《鹤龟》以唐玄宗为主角，以唐玄宗的大臣为配角，剧作的内容是：唐玄宗游月宫，"千年丹顶鹤"和"万寿绿毛龟"载歌载舞，前来"长生殿前为君寿"，"舞乐频奏羽衣曲"。"龟鹤延年"的道教信仰是此剧的灵魂，② 其人物、故事和主要题旨蕴涵都源于中国。我国金院本存目中有《松竹鹤龟》一剧，③ 元杨显之有杂剧《唐明皇游月宫》，能乐《鹤龟》会不会是这类剧作之移植，未敢妄断，但其题材、人物大体相同是显而易见的。《邯郸》一剧据唐人传奇《枕中记》改编而成，故事的地点为"唐土邯郸"，蜀国书生卢生是剧作中的主角，剧情是：邯郸旅店的女老板将能引人入梦的"邯郸枕"给前来旅店投宿的卢生使用，卢生很快做了一个美梦。女老板见黄粱饭已熟，把卢生从"践登王位五十年、荣华富贵夸绝顶"的美梦中唤醒，一心向佛的卢生大彻大悟，抒发了自己的人生感悟："百年纵欢乐，一梦化灰尘。荣华五十载，瞬息终此身。富贵与寿考，王位极人伦。万般身外事，一梦指迷津。"④ 人生如梦、一切皆空的佛教哲学是此剧的题旨。世阿弥的《高砂》一剧以高砂神社的"连理松"为"戏眼"，以常青不凋的松树象征国家的长盛不衰，借"连理枝"祝福

---

① 括弧中的剧名均为日本能乐的剧目名称。

② 中国道教以龟鹤象征长寿，见《抱朴子·论仙》。

③ 参见（元）陶宗仪撰：《南村辍耕录》卷二五《院本名目》之"诸杂院爨"，北京：中华书局1959年版，第306~315页。

④ 申非译：《日本谣曲狂言选》，北京：人民文学出版社1985年版，第134页。

新婚夫妇百年好合，但剧作家却根据《史记》的记载，把这棵生长在日本兵库县南部高砂市神社旁的"不老松"与秦始皇在泰山所封的松树"五大夫"相比附："且说这不老松，不愧是万木豪俊……从往古，到如今，色不变，气象常新。秦始皇封它五大夫，爵高名显；在异国，在本朝，万民共赏一理同心。"① 透过这一比附我们能看到中国文化对能乐创作的巨大影响。以"连理枝"象征男女相悦、夫妇和顺，以常青不凋的松树象征国运长盛不衰、老人健康长寿，显然都是"中国手法"，连理枝、不老松显然都是中国意象。如果不事先说明这些剧作是日本的能乐剧目，我们很可能会把它当成中国艺术家的创造。上面所列举的这些例证足以说明，能乐的创生与发展受到了中国传统文化诸多层面的深刻影响。

中国戏曲与日本传统戏剧更是有很深的渊源关系，它们有着相似的源头，孕育期的戏曲——汉唐"百戏"是日本戏剧的"母胎"，成熟形态的戏曲——元杂剧、明清传奇、京剧都曾深刻地影响过日本传统戏剧的创生与发展。

（一）汉唐百戏与能乐、狂言的创生

孕育期的戏曲——汉唐以来的歌舞杂戏是日本能乐与狂言的"母胎"，这一点已得到日本部分学者的认同。河竹繁俊（1889—1967）先生在其《日本演剧史概论》中考查了能乐和狂言诞生之前流传于日本的著名曲目，其中有《兰陵王》《甘州乐》《青海波》《太平乐》《打毬乐》《拨头》《苏幕者》等，这些乐舞杂戏大多是从中国传入日本的，正是它们孕育了日本的传统戏剧。

> 散乐与伎乐、舞乐相继从大陆（主要指中国和朝鲜半岛——引者注）传来。舞乐属于贵族，散乐则是庶民艺能，很早就与我国固有的民俗演艺结合，成为孕育后代能乐、能狂言、木偶净琉璃、歌舞伎的母胎，因此在艺能史上具有重要意义。②

---

① 申非译：《日本谣曲狂言选》，北京：人民文学出版社1985年版，第8页。秦始皇在泰山遇暴风雨，避于树下，遂封此树为"五大夫"，事见《史记·本纪第六·秦始皇帝》。《汉官仪》以为秦始皇所封为松树，后世遂以"五大夫"为松树之别号。显然，世阿弥对这一典故是熟悉的。

② ［日］河竹繁俊著：《日本演剧史概论》，郭连友、左汉卿、李凡荣、李玲译，麻国钧校释，北京：文化艺术出版社2002年版，第47~48页。

河竹繁俊先生还指出，作为能乐、狂言直接"母体"的"猿乐"其实主要就是从中国传入日本的"散乐"，"猿乐"是"散乐"的改称。① "散乐"是我国汉唐时代流行于民间、包含多种表演技艺的"百戏"，它大约于 7 世纪末传入日本，与日本本土的表演技艺相融合而形成"猿乐"。活动在 14 世纪后期至 15 世纪前期的观阿弥（1333—1384）、世阿弥（1363—1443）父子正是在"猿乐"的基础上创造了能乐。郡司正胜先生的《歌舞伎入门》一书也持大致相同的看法。

能乐和中国戏曲一样都是载歌载舞的"乐舞戏剧"，这与其共同的"母胎"——"百戏"是有关系的，"百戏"的主体部分是俳优歌舞，它也是戏曲的"母胎"，其中有些节目（如《东海黄公》《踏谣娘》等）被戏曲史家视为"雏形的戏曲"。

歌舞化的能乐是假面戏剧，而日本的假面乐舞也源于中国。日本假面乐舞所用的面具"伎乐面"最早是从中国传入的。南朝陈文帝天嘉年间（560—566），中国人智聪把中国乐器和伎乐面（乐舞演员所戴的面具）带到日本，② 隋唐时传入日本的乐舞有的就是假面舞——如《兰陵王》等。

> 伎乐是古代日本对中国南方乐舞的统称，因为它由三国时期的吴国传入，故又叫作吴乐。当时，日本正值圣德太子摄政时期，他将伎乐定为佛教祭仪，遂使之逐渐盛行起来。天平胜宝四年（752 年），日本东大寺举行盛况空前的"大佛开光"仪式，各寺均派乐人参加，献上当时最盛行的乐舞，伎乐作为其中之一参加了表演。此次用过的伎乐面（假面具），至今仍珍藏在正仓院中。日本古代戏剧源于民间艺能且与寺院祭仪活动有着十分密切的关系。③

---

① 参见［日］河竹繁俊著：《日本演剧史概论》，郭连友、左汉卿、李凡荣、李玲译，麻国钧校释，北京：文化艺术出版社 2002 年版，第 54~55 页。

② 参见王勇、［日］上原昭一主编：《中日文化交流史大系·艺术卷》，杭州：浙江人民出版社 1996 年版，第 283 页。

③ 王勇、［日］上原昭一主编：《中日文化交流史大系·艺术卷》，杭州：浙江人民出版社 1996 年版，第 298 页。

与能乐的创生同样有关的日本"田乐"也是戴面具表演的歌舞技艺，早期"田乐"是祭祀田神的一种宗教仪式，它受到了从中国传入的戴面具的傩仪的影响。

"乐舞戏剧"的文本体制有的受制于音乐，"倚声填词"的中国古代戏曲和日本能乐都是如此。能乐的文本（谣曲）通常由序、破、急三个部分所组成，① 这一结构模式与中国古代音乐的结构有着明显的相似性，我国古代乐曲通常由艳、趋和乱或散序、中序和破三个部分组成。从现存的能乐文本来看，能乐使用了大量的"唐乐"，例如，世阿弥的《高砂》是一出祝福世人夫妇和顺、长生不老、国家长治久安的仪式剧，其中明确提到的"唐乐"就有《青海波》《还城乐》等。

住吉明神	（唱）	（众多舞姬立阶前，芝兰声气绝尘寰；松影波光相辉映，《青海波》舞果不凡。
伴唱	（神官）	（神官）（神明君道正，春色满都城。我这就动身进京去了。
住吉明神	（唱）	（那就舞一回《还城乐》吧。
伴唱		（高声呼万岁，
住吉明神	（唱）	（斋戒更礼服。
伴唱		（舒臂驱鬼魅，挽手揽寿福。《千秋乐》，祝民康乐；《万寿乐》，颂君寿长。
		（走到正台前方，卷起两袖）连理松，风声飒飒；送爽气，飘来瑞香；送爽气，飘来瑞香。（绕行至主角位，展开左袖，以足踏终止拍)②

从南宋大觉禅师的"杂剧诗"的描写中可以看出，宋杂剧曾由中、日两国僧

① "世阿弥……作品的特色在于把能乐幽玄化，设立序、破、急五段形式。"［日］河竹繁俊：《日本演剧史概论》，郭连友、左汉卿、李凡荣、李玲译，麻国钧校释，北京：文化艺术出版社2002年版，第101页。

② 申非译：《日本谣曲狂言选》，北京：人民文学出版社1985年版，第13页注①："《青海波》是舞曲，源于唐乐。舞者身穿染有青色波浪花纹的衣服。"注②："《还城乐》是舞曲名，源于唐乐。舞者戴红色面具。"本书所征引的能乐、狂言作品均源于申非译《日本谣曲狂言选》。申译本所据能乐、狂言传本出自近代，近代传本与古代"原本"在体例上有差异，主要是：近代传本在人物台词之外添加了一些说明性的文字。

人传入日本。① 从能乐文本的说唱相间、多有伴唱的结构形式来看，能乐之创生与隋唐歌舞戏、北宋间的鼓子词等艺术形式也有一些关系。隋唐歌舞戏和北宋鼓子词通常是说唱相间而且有"歌伴""和声"的，歌舞戏和能乐一样也以歌舞为主要表现手段。

日本狂言的表现形式、审美取向与追求"笑乐"效果的"雏形的戏曲"——参军戏、宋金杂剧颇多相似之处。日本学者中有人认为，狂言的创生与中国的参军戏有关。如七理重惠教授就曾指出："谣曲与元曲的时代相同，曾受有元曲的影响；而狂言与苏中郎参军戏也有其相似的风趣。"②

（二）元杂剧与能乐的创生

能乐之萌芽在 14 世纪初，其成熟则在 14 世纪后期，比元杂剧晚出百来年。关于能乐的成熟是否与元杂剧传入日本有关，初创的能乐是否是对元杂剧的模仿，这是一个至今仍未得到可靠材料证实的问题，对此，日本学界存在不同看法。江户时代（1600—1870）③ 前期的著名学者新井白石和荻生徂徕均坚持认为，元杂剧对能乐的创生有直接影响："能是模仿元杂剧而作的"，"元杂剧是入日元僧带来并传授的"。④ 日本当代学者田边尚雄也认为，能乐表现形式的形成受到过元杂剧的"暗示"。⑤ 不过，因元杂剧传入日本的具体情况缺乏文献记载，故日本学界也有人持不同意见，清水茂先生就指出："有人说'能乐'受元杂剧的影响而成立，可是这说法没有文献可征，只能备一说而已。"⑥

早期能乐剧目中有一部分与元杂剧剧目的题材相同，如前文已言及的能乐创

---

① 张杰著：《南宋大觉禅师的"杂剧诗"》，中国艺术研究院戏曲研究所编：《戏曲研究》（第八辑），北京：文化艺术出版社 1983 年版，第 245 页。

② 孟昭毅著：《东方文学交流史》，天津：天津人民出版社 2001 年版，第 160~161 页。笔者引录时删除了孟著的注释文字。

③ 江户时代的跨越年代一作 1603—1868 年。此类歧见不止是表现在对江户时代跨越年代的划分上。

④ 参见张杰著：《明清之际我国戏曲在日本》，中国艺术研究院戏曲研究所编：《戏曲研究》（第 12 辑），北京：文化艺术出版社 1984 年版，第 169~174 页。

⑤ 参见王勇、[日]上原昭一主编：《中日文化交流史大系·艺术卷》，杭州：浙江人民出版社 1996 年版，第 291 页。

⑥ [日]清水茂著：《中国文学在日本》，蔡毅编译：《中国传统文化在日本》，北京：中华书局 2002 年版，第 7 页。

始人之一的世阿弥有《邯郸》一剧传世，① 元杂剧现存剧作中就有马致远等的《邯郸道省悟黄粱梦》写书生吕岩邯郸梦黄粱的故事。世阿弥在《风姿花传》一书中列"唐物"一目，专论描写中国故事的能乐剧目的表演。这些现象说明能乐的创生有可能受到过元杂剧的直接影响。

就文体而言，在东方传统戏剧中只有能乐与元杂剧最为相似，能乐文本和元杂剧文本一样都属于韵散结合体。现存能乐文本的科（表演提示）、白（人物独白与对话）、"曲"（唱词）齐全，科、白基本上是散文，主要承担叙事任务，"曲"则是"韵文"，② 主要承担抒情任务。和元杂剧剧本一样，如果没有科、白，能乐的剧情也很难了解。谣曲中韵文所占的篇幅大于散文——"曲"也是多数谣曲的主体。能乐文本和元杂剧文本一样也大体上属于"曲体"文学——谣曲中的"韵文"基本上是供演唱的歌曲，而且这些歌曲的创作大体上也是"倚声填词"，必须遵守格律的，只是谣曲的格律没有曲牌联套体的元杂剧那么严格罢了。

能乐文本也和元杂剧一样具有不完全代言体的性质，人物登场先"自报家门"——"通名"，有的还有"上场诗"或"定场白"，"场间叙事人"则公开站出来向观众交代故事的背景，剧中人有的不时"跳出"剧情，直接向观众"交代"自己的心理活动，这与元杂剧的表现形式也是非常相似的。例如，能乐中的人物甫一登场即有"通名"的程式，这种通过散白直接向观众说明自己身份和介绍事件缘由的表现形式与元杂剧中"自报家门"（上开）的程式如出一辙。例如，能乐《熊野》中首先登场的人物平宗盛的"通名"：

> 我乃平宗盛是也。远江国池田驿有一歌女名唤熊野，我留她在京已非一日，近来她因老母在家卧病，曾多次请求放还；但日来春花似锦，且留她陪我同赴赏花之宴，再作计议。③

---

① 一说《邯郸》为无名氏作，此据申非先生译本。

② 这里所说的"韵文"是指区别于散文的诗歌，其实，日本能乐中的唱词多数是不押韵的，详后。

③ 申非译：《日本谣曲狂言选》，北京：人民文学出版社1985年版，第57~58页。

马致远杂剧《西华山陈抟高卧》（元刊本）开头正末扮陈抟"上开"的一段道白：

> 贫道陈抟先生的便是，能通阴阳妙理。五代间朝梁暮晋，尘世纷纷。这几日泰华山顶上，观见中原地分，王气非小，当有真命治世。贫道下山，去那长安市上，开个卦铺指迷咱。①

后世戏曲家把这种程式叫做"自报家门"。能乐中有的人物有"上场诗"，有的则没有。元杂剧也大体如此，所不同的是，能乐中的"上场诗"是供演唱的"曲"，而元杂剧中的上场诗则是供念诵的"白"。

能乐《隅田川》配角旅人的"上场诗"：

> （唱）此去东国访故交，旅途恁迢迢；此去东国访故交，旅途恁迢迢。日复一日去；路遥，好不心焦。

能乐《隅田川》主角梅母的"上场诗"：

> （唱）风啸长空传我意，娇儿可曾听见不？②

元刊岳伯川杂剧《吕洞宾度铁拐李岳》岳孔目浑家李氏的"上场诗"：

> （旦上，诗曰）待当家时不当家，及至当家乱如麻。早晨起来七件事，柴米油盐酱醋茶。③

总之，从这些特点和现象来看，能乐的创生受到过元杂剧的影响一说是大体

①　宁希元校点：《元刊杂剧三十种新校》（上册），兰州：兰州大学出版社1988年版，第117页。

②　申非译：《日本谣曲狂言选》，北京：人民文学出版社1985年版，第68~69页。

③　宁希元校点：《元刊杂剧三十种新校》（下册），兰州：兰州大学出版社1988年版，第49页。

可信的。能乐与元杂剧都是短剧，只不过能乐的篇幅更短一些，而且登场角色除"间狂言师"——"场间叙事人"之外，大多安排有唱，既有一人独唱、两人对唱、轮唱、齐唱，还有接唱和伴唱，这与多由一人主唱（就一折而论）的元杂剧颇不相同，但这种体制早在南戏中已普遍存在。能乐诞生之前南戏是否传入日本不得而知，但结合能乐的"主题"也与早期南戏的"题目"相似（详后）等因素来考虑，能乐体制的形成当与南戏在日本的传播也有关系。

当然，能乐与狂言的创生即使受到了南戏和元杂剧的直接影响，显然也不是对它们的简单模仿，能乐与狂言的文本体制、审美形态、艺术构成、表现形式与元杂剧、南戏确有一些相似之处，但也有着自己的民族个性。从戏剧在各自文化体系中所扮演的角色，戏剧的审美形态，表现形式，剧本的容量等层面来看，戏曲与能乐、狂言的差异也是有目共睹的。

能乐与狂言虽然都是短剧，而且经常被穿插在一起在贵族的各类仪式上演出，但它们却是两种颇有区别的戏剧样式。能乐求雅，狂言尚俗；能乐多"美"，狂言多"刺"；能乐近庄，狂言近谐；能乐神游古今与冥界，狂言瞩目现实与人生；能乐重歌舞，狂言主科白；能乐演员戴假面，[①] 狂言角色显真颜……这种"二元对立互补"的剧坛格局显然又是元杂剧乃至整个戏曲史所不具备的。

二、中、日传统戏剧所扮演的文化角色

中、日传统戏剧虽然有共同的"母腹"，但其生存环境和遭遇却相差殊远，因此，它们在各自国家传统文化体系中所占有的位置以及所扮演的角色都不太一样。

（一）戏曲：被主流文化拒斥的"异端"

中国古代戏曲是中国传统文化宝库中的重要财富，但在以经史文化为主体的

---

① 能乐主要演员"仕手"多戴面具，其他演员一般不戴面具。能乐中也有少数不戴面具的剧目——"直面物"。狂言表演一般不戴面具，但也有使用面具的特例，日本收藏有狂言面具，其中既有多种夸张怪诞的神怪面具，还有容貌姣好的女性"万媚面"。

传统文化体系中，戏曲在整体上是被主流文化拒斥的"异端"。当然，这并不是说戏曲史上完全没有承载主流文化、受封建统治者喜爱的剧目，更不是说主流文化对戏曲没有影响。从主要的服务对象和价值取向上看，戏曲是属于平民的俗文化样式。当然，这并不意味着戏曲中完全没有以雅示人的作品。

古代戏曲剧目中大多数剧目或多或少杂有对封建伦理道德的宣扬，即使是对封建统治者和黑暗现实进行愤怒控诉的剧目，也大多带有封建社会的"胎记"。但从总体上看，即使是文人化程度较高、雅化色彩较浓的明清传奇和杂剧，其价值取向也与主流文化并不完全一致。以儒家文化为主导的传统文化要求人们通过"制欲"来实现"圣化"——清心寡欲、安分守己，而古代戏曲中的相当一部分剧目则大胆地张扬人欲——特别是男女情欲，对"灭人欲"的"天理"进行猛烈抨击，对鱼肉人民、作威作福的权豪势要痛加鞭挞，对"覆盆不照太阳晖"的黑暗现实作深刻揭露，呈现出强烈的批判精神和叛逆倾向。尽管儒家的道德诉求也对戏曲创作发生了深刻影响，但张扬民众普遍性的欲求却是戏曲的主题，而且戏曲所张扬的道德与正统文人和封建统治者的"德治"理念也未必尽合。也正是这个缘故，主要出自文人之手的明清传奇、杂剧同样被封建统治阶级和正统文人目为"异端"。

我国古代从皇室到地方政府经常"禁戏"，从"禁戏"文告中我们也可以看出戏曲的精神取向与封建正统思想存在某些冲突。例如，清光绪二十九年山西阳曲令《上中丞示禁诞妄悖逆戏文禀》说：

> 坊间流传《西游》《封神》《水浒》等本，或为见道寓言之作，或为忧时抒愤之言，随意发挥，半皆文人游戏。等而下之，俚鄙之词，夹杂荒诞，编辑日出，不可殚指。乃有撮举情节，登诸俳优歌舞之场，尽相穷形，明目张胆，以干法败纪之事，逞煊耳耀目之奇；蚩蚩何知，群相观听，当其眉飞色舞，业已志荡神摇矣。今以经史所传，历代圣君贤相，通儒达士，执吾华四百兆之众而问之，其瞠目而不能答者，殆什之八九；又举稗记所编，叛逆不逞之徒，怪谬无稽之说，执吾华四百兆之众而问之，其能津津而道者，又什之八九。此什之八九之众，盖未尝身入学堂，故闇于所见。若彼未尝不身入戏场，故迷于所见又如此，不学失教，以假为真，举凡唤雨呼风，降神诵

咒，联盟拜会，结寨立巢，辄以往事有征，互相称述，左道惑人之术，诧为神奇，作乱犯上之流，指为好汉，以劫狱戕官为任侠，以抗兵踞地为顺天，懦者信而不疑，强者勃而欲试，彼邪匪迎机而煽之，盖不啻以磁引针，以艾投火，无怪乎日事剿匪，而匪党终不能清也。①

从封建官吏和正统文人这副有色眼镜中，我们可以看出，戏曲中许多剧目充满"非礼"的东西，在一定程度上，表现了下层劳动群众的思想感情和愿望，代表了底层社会的价值取向。因此，它深受民众喜爱，在广大民众中影响很大，但封建统治者认为它不仅不能"移风易俗"，而且会"伤风败俗"，成为"德政之累"，故要不遗余力地加以禁毁。

戏曲与封建统治者及其精神支柱——儒家伦理原则的冲突，还可从推崇戏曲者大多是为统治阶级所不容的"叛逆"这一点见出。封建社会，热心于戏曲创作和批评的人，大多是文人，但他们往往是在被主流社会冷落、抛弃之时才走近构栏瓦肆，有的甚至是统治阶级要加以诛杀的"叛逆"。譬如，元代戏曲家高明，明代戏曲家汤显祖、徐渭，清代戏曲家洪昇等都是在陷入困顿或遭受重创之后才以写戏遣兴，被目为"叛逆"的李贽也曾大力推崇戏曲。这些事实也充分说明，发生并成长于封建时代的古典戏曲，尽管有封建意识的浸润，有些剧目大力张扬封建伦理道德，有的肉麻地吹捧公认的昏君，但从总体上看，它的功能与儒家所要求的"迩之事父，远之事君"，② 是不完全吻合的。

从以俗为美的审美取向和基本上使用"白话"的文体特征来看，戏曲——包括雅化色彩较浓的明清传奇、杂剧在内，大体上属于俗文化的范围。戏曲以不识字的"愚夫愚妇"的审美趣味和欣赏水平为"起点"，同时兼顾文人雅士的欣赏趣味和欣赏水平，力图做到雅俗共赏、老少咸宜，其主要的服务对象是平民百姓。当然中国封建朝廷有时也演戏，有的还设立了管理戏曲演出的专门机构，如清代宫廷的南府与昇平署。戏曲传本中有相当一部分是由宫廷保存下来的"内府本"，明代宫廷主持编辑的大型类书《永乐大典》收录了一大批戏曲剧本。有些

---

① 光绪癸卯年二月《时事采录汇选》，见王利器辑录：《元明清三代禁毁小说戏曲史料》（增订本），上海：上海古籍出版社1981年版，第155页。

② （三国·魏）何晏注，（宋）邢昺疏：《论语注疏》（卷十七），李学勤主编：《十三经注疏》（十），北京：北京大学出版社1999年版，第237页。

达官贵人蓄养家庭戏班，节日喜庆延请戏班到家里唱堂会更是明清两代富贵之家日常生活的一种方式。但来自民间的戏曲在封建社会地位卑微，在传统文化体系中，戏曲常常被视为具有破坏力量和反价值的"邪宗"，如果没有广大民众的支持，戏曲难以创生，即使长出了幼苗，也可能早就枯萎了。能乐与狂言则不太相同。

（二）能乐：将军幕府和大名的"式乐"

能乐是对贵族——尤其是武士阶层生活的诗性表现，它大多没有激烈的矛盾冲突，故事性不是太强，有的甚至缺乏完整的故事，相当一部分剧目的人物形象也不太鲜明，不追求对生活形态的逼真再现，但却格外重视创作主体主观体验的传达和意境的营造。

重视故事性的戏曲也具有诗性品格，意境营造同样是戏曲的美学追求。但从总体上看，戏曲所营造的意境与能乐颇不相同。"能圣"世阿弥在《风姿花传》中把"幽玄"作为能乐最高的审美境界。所谓"幽玄"也就是幽深与玄妙，这是一种闲静、高雅、神秘、含蓄、超越世俗、庄严而又带着淡淡的哀伤或悲壮的艺术之境。它原本是日本古典诗学概念，被生活在 12 世纪的日本著名诗人藤原俊成等视为和歌的最高审美理想，因其集中体现了中世纪日本贵族及其文人的审美趣味，故也被日本贵族戏剧能乐奉为最高的审美境界。

> "能乐"的程式性是在极度地压制其表现的前提下，使其舞台构成一种精致细腻，一种蕴藏着内在力量的悲壮美。它以"幽玄"为其艺术理念，展现出了一种高度的美的境界。但是同时，因为它是在贵族社会的庇护下孕育形成的艺术，所以它具有一种不可靠近的威严感和仪式性。①

戏曲大体上是平民百姓和失意文人的"不平之鸣"，被主流社会冷落、拒斥的"才人"和艺人借其抒愤吐志。因此，"怨愤"成为多数戏曲剧目的情感特色，雅俗共赏、热烈明快、亦悲亦喜成为戏曲的审美追求。

---

① ［日］郡司正胜著：《歌舞伎入门》，李墨译注，北京：中国戏剧出版社 2004 年版，第 12 页。

　　曲之体无他，不过八字尽之，曰："少引圣籍，多发天然"而已。制曲
之诀无他，不过四字尽之，曰："雅俗共赏"而已。论曲之妙无他，不过三
字尽之，曰："能感人"而已。感人者，喜则欲歌、欲舞，悲则欲泣、欲诉，
怒则欲杀、欲割：生趣勃勃，生气凛凛之谓也。①

　　王国维在其《宋元戏曲史》中以"自然"来概括元杂剧的美感。这种自然、
奔放、热烈、明快、不避俚俗的取向与能乐含蓄、内敛、古雅、威严的追求是迥
然不同的。

　　能乐是在日本"幕府政治"的环境中诞生并成长起来的贵族艺术，满足武士
高层高雅、精致、含蓄的审美需求，是其获得生存和发展的关键所在。因此，能
乐出语古雅，多从日本的古典名著——如《古事记》《日本书纪》《万叶集》《伊
势物语》《源平盛衰记》《源氏物语》《今昔物语》《平家物语》《曾我物语》中
选材，描写的主要是上流社会的生活，主角大多是战死的将领和上流社会中的女
性（包含武士身边的歌女），即使是取材于中国的剧目，其主要人物也大多是像
秦始皇、张良、项羽、王昭君、唐玄宗、杨贵妃、白居易那样的上流社会中的人
物，现实生活题材——特别是下层民众的现实生活很少被搬上能乐舞台，这与热
衷于描写才子佳人和家长里短的戏曲判然有别。

　　能乐主要在将军幕府和大名的各种仪式上演出，② 这些仪式有相当一部分是
宗教活动，尽管能乐的职能也在于娱人，但它首先是令人敬畏的仪式。在第二次
世界大战以前观赏能乐是不能拍手、喝彩的，现代人观赏能乐如果不由自主地鼓

---

　　① （清）黄周星著：《制曲枝语》，中国戏曲研究院编：《中国古典戏曲论著集成》
（七），北京：中国戏剧出版社 1959 年版，第 120 页。
　　② 能乐从形成之日起就被武士幕府视为"式乐"，在武士幕府的重要活动中上演，但正
式定为武士幕府和大名的"式乐"到底在何时说法不一。河竹繁俊著，郭连友、左汉卿、李
凡荣、李玲译，麻国钧校释的《日本演剧史概论·武家对能乐的支持》指出："义满之后，能
乐对于武家就像重大场合必定上演的'式乐'。"又说，"从音阿弥的时代开始，能乐被正式定
为武家的'式乐'"。义满为足利第三代将军，生于 1358 年，音阿弥是世阿弥的侄儿，主要
活动在 15 世纪上半叶。然而，王勇、上原昭一主编的《中日文化交流史大系·艺术卷》第五
章却说："进入江户时代（1603—1868 年）后，能与狂言被确定为幕府和诸大名的式乐。"这
一说法也见于河竹繁俊著，郭连友、左汉卿、李凡荣、李玲译，麻国钧校释的《日本演剧史
概论·近世以后能乐的发展》："庆长八年（1603）德川家康被任命为征夷大将军时，为宣读
圣旨而举行了能乐表演。由此，以'观世流'为主，能乐正式被定为幕府的'式乐'。"

掌、喝彩，演出结束时还得向演员道歉。这是因为，能乐表演并不是一种可以俯视的单纯娱乐活动，能乐演员多拥有贵族身份。

> 观赏"能乐"的时候，不可能产生那种拍手喝彩，观众积极参与舞台艺术享受的平等关系。比如说，现代人观看"能"，有时会颇受感动，而不由自主地鼓掌喝彩，但在演出结束之后却不得不向"能"演员道歉表示他的失礼（按：由于能是式乐这层关系，现代的能演员仍然持有一种与一般戏剧不可一视同仁的优越感）。这样的例子不一而足。现在在"能乐堂"（按：现代通称能的剧场为能乐堂）四下可以听到掌声的这种现象始于二战以后。①

居高临下的贵族姿态和特定的演出场合对能乐的题材和趣味有很大的限制作用，与仪式的目的、气氛不合的生活现象无法搬上舞台，与贵族不合的思想、情感、趣味无法通过能乐来传达。能乐中严格意义上的悲剧虽然很少，但大多数剧目拒绝滑稽，笼罩着一层淡淡的哀愁与忧伤，有的剧目具有悲壮美，威严是多数剧目主要的审美取向。

总之，高高在上的能乐与平易近人的戏曲在精神取向上有较大差别，所反映的生活面也远不如戏曲宽广，即使与日本同时期的小说相比，能乐的题材也是相对狭窄的。

(三) 狂言：从属于能乐的"式乐"

狂言原是谣曲中旨在交代事件的来龙去脉、连接前后场的道白，称作"间狂言"，又简称"间"，由"间狂言师"（狂言方）表演。因"间狂言师"不歌不舞，只有"言说"，故名。后来，狂言逐渐发展成为一种独立的戏剧样式。这是一种以科白为主要表现手段（有的剧目完全没有歌舞，只用道白，有的则杂有歌舞）的"喜剧"，滑稽与幽默是其最主要的审美特征。狂言成为一种独立的戏剧样式——"本狂言"之后，也曾长期从属于能乐——与能乐剧目穿插在一起在将

---

① ［日］郡司正胜著：《歌舞伎入门》，李墨译，北京：中国戏剧出版社 2004 年版，第 139 页。引文中的"按"为原文所有。

军幕府和大名的各种仪式上上演。因此，这种"能狂言"虽然与能乐有一些区别，但因被编进"式乐"之中，其精神取向与能乐虽有所不同，但不存在根本性的冲突。

现存的狂言剧本大多是江户时代以后的产物，从这些剧本来看，主要取材于室町时代市井生活的狂言与主要取材于历史文献的能乐在思想、情感和审美取向上确有一些区别——它具有一定的民间性，这是能乐所不具备的。

下层武士、财主（大名）是狂言讽刺的主要对象，这使得同样受到武士集团庇护的这一艺术样式具有一定的平民色彩。例如，《武恶》中的"主人"（也是主要人物）是下层武士，仅仅因为觉得佣人武恶"怠惰偷懒"，他便胁迫管家去把武恶杀掉。管家不忍下手，叫武恶远走高飞，然后回来骗"主人"说，已将武恶杀了。"主人"听说武恶已除，要趁心情畅快的时候到郊外游玩，管家只好陪同，不料"主人"与出逃的武恶撞了个正着。机智的管家骗"主人"说：您看到的只不过是武恶的鬼魂而已。愚蠢而又迷信的"主人"信以为真，连忙向武恶打听亡父在阴间的情况。武恶把"主人"的长刀、短刀骗到手之后说：你父亲嘱咐我，要把你带回阴间去！愚蠢的"主人"吓得连叫饶命，慌忙逃走。这一剧作既揭露了武士的凶残、愚蠢，同时对被压迫者也寄予了一定程度的同情，剧中的管家善良、正直、聪明机智。《两个侯爷》中的侯爷（剧中的主要人物）也是下层武士，他邀另一位侯爷一同进京，因随从都已派出去办事，只好自己拿着标明武士身份的大刀上路，但又觉得这样有失身份，于是想请一位同路人扮做随从，帮他拿刀。同路人不乐意，侯爷竟以动刀相威胁，同路人被迫替他拿刀。一旦有了刀，气不顺的同路人就胁迫这两个蛮不讲理却死要面子的侯爷一会儿学斗鸡，一会儿学狗打架，让他们出尽了丑。剧作对于喜欢"摆谱"的武士是厌恶的，对于那位敢于抗争的路人则是赞赏的。《侯爷赏花》中的侯爷（剧中的主要人物）是个胸无点墨的粗人，他要去一个有名的园林游赏，大管家说，那里的园主要求每位游客吟诗，而且诗中还必须把园中最有名的枝子花①写进去。侯爷一听，吓得不敢去了。大管家只好把别人的诗拿来教给侯爷应急。可到了园主面前，蠢笨之极的侯爷竟一句也背不出来，洋相出尽，被园主给轰了出来。剧中的侯爷是愚蠢可笑、令人讨厌的。《棒缚》中的"主人"（剧中的主要人物）是地主，他担

---

① 原文如此，当不是栀子花。

心外出时家里的两个"伙计"去偷酒库里的酒喝，出门前便用计把他们都给捆了起来，其中一个"伙计"的双手被捆缚在一根棒子上，根本不能做任何"小动作"。"主人"自以为万无一失之后才放心地出门去了，不料这两个机灵无比的"伙计"在双手被捆缚的情况下，仍然到酒库里喝了个痛快。外出归来的地主看见喝得醉醺醺的两个"伙计"，气得吹胡子瞪眼。《附子》中的财主（剧中的主要人物）外出前交代两个管家小心看管遮盖、捆绑得严严实实的一口缸。财主说：缸里装的是剧毒的"附子"，人若闻到它的气味就会丧命，告诫他们：绝不可打开缸的盖子。"主人"走后，两个管家出于好奇，打开缸盖，发现里头装的竟是喷香的红糖，于是饱餐一顿。"主人"回来，两个管家得意地说，我们把一缸"毒药"吃了个溜光竟还没死，您看我们有多么健壮！自作聪明的财主大骂这两个"混账东西"。很显然，这些剧作对居于统治地位的"大人物"是蔑视的，他们既凶狠、小气，又很愚蠢，而被压迫的佣人则是善良正直、聪明机智、令人喜爱的。

　　能乐与狂言经常穿插在一起，被编织成一场完整的节目在将军幕府的仪式上演出，也就是说，即使是具有一定独立性的"本狂言"其实也是从属于能乐的。

　　　　所谓"本狂言"是指在两番能乐曲的表演间隙上演的独立戏。"间狂言"则是指在能乐曲目中，由能演员中专司狂言部分表演的演员"狂言方"表演的节目。①

　　正因为狂言是从属于能乐的，所以，日本有些学者以"能乐"一词指称两种戏剧样式：

　　　　"能乐"一词，是明治以后才开始惯用的，内容包括猿乐之能和狂言。②

　　这种从属地位使得取材于室町时代的现实生活而且使用当时普通民众生活语

　　① ［日］河竹繁俊著：《日本演剧史概论》，郭连友、左汉卿、李凡荣、李玲译，麻国钧校释，北京：文化艺术出版社2002年版，第107页。
　　② ［日］河竹繁俊著：《日本演剧史概论》，郭连友、左汉卿、李凡荣、李玲译，麻国钧校释，北京：文化艺术出版社2002年版，第93页。

言的狂言也和能乐一样，染上了贵族艺术的色彩。

能乐主要以武士过去的战争经历和爱情生活为表现对象，颂扬亡命沙场的武士的"功绩"是能乐的重要主题，绝大多数剧目脱离现实，缺少批判精神，更谈不上有什么反叛倾向。而狂言有对低级武士、地主的讽刺——如《武恶》《两个侯爷》《棒缚》等，这使得有些狂言剧目的精神取向与能乐有所不同。但需要指出的是，这类剧目数量并不是太多，而且即使是讽刺这些"贵人"，狂言一般也止于嘲弄其"蠢行"，基本上不触及社会政治制度。为了取悦于上流社会，更多的狂言剧目常常拿残疾人、小偷、无赖、赌徒、仆人、庸医、农夫、小僧侣、小商贩、好色的鬼魂等寻开心，剧作的主旨在于突出笑乐效果，大多缺乏强烈的社会批判精神。例如，《花子姑娘》写好色的丈夫用计策蒙骗妻子与情人幽会，但最终被妻子戳穿。《首席》写一个农夫从别人手里买了一头牛，却不知道牛的好坏，牵着牛到附近一个善于识别牛的好坏的牛伯劳那里去请他帮忙看一看。牛伯劳说这正是他前几天走失了的那头牛，农夫要他拿出证据来。牛伯劳说，这头牛名叫"首席"，只要叫它的名字它就会答应，牛伯劳果真叫得这头牛答应，农夫只得把牛交给了牛伯劳。《三个残疾人》写一财主招募残疾人看守酒库、绸缎库和武器库，三个输了钱的赌徒假装成瞎子、瘫子和哑子分别前来应聘，主人向他们交代了任务之后就外出了，这三个"残疾人"进酒库去一面尽情地喝酒，一面唱歌跳舞，正当他们得意忘形之时，主人回来了。《立春》写一个好色的鬼在立春这天夜里想和一个在家里看守门户的女人调情，女人假意奉迎，骗得鬼的所有宝物之后，撒豆子将鬼驱逐出去。《茶水》写一位沙弥在野外与汲水的阿婆调情。《雷公》写雷公从云层中失足掉到了地面上，恰巧碰上一个庸医，庸医拿又长又粗的针，用锤子往雷公的腰部猛钉，居然治好了雷公的伤，雷公以保佑庸医做太医院的长官作为酬劳，并许诺保佑世上800年风调雨顺。《盲人赏月》写八月十五月明之夜住在下京的一个盲人去旷野听鸣虫的"音响"以遣兴，碰到一个携酒赏月的人。住在上京的这个人很慷慨也很友善，主动邀请盲人喝酒吟诗并且跳起舞来，两个人玩得非常痛快。向盲人道别之后，准备回家的上京人突发奇想："索性再寻个乐儿，装个假嗓子和他吵一架。"上京人折回来故意撞了盲人一下，盲人不知此人就是刚才和他一起赏月的那个好人，便和他大吵起来，上京人将盲人摔倒后离去，不明就里的盲人哀叹："中秋之夜虫唧唧，盲人无端受凌欺，深更半夜旷野里，愁肠欲断独悲啼。"① 剧作结尾的滑稽味很浓。《爱哭的尼姑》写和尚应邀去一施主家诵经说法，和尚担心自己讲经的效果不理想，想带尼姑一起去。这尼姑是个不伤心处也能落泪的人，如果有她当听众自然能突出诵经说法的效果。和尚许诺把布施分给她一半，她欣然前往。可诵经一开始尼姑就睡着了，和尚故意打"啊嚏"，几次企图唤醒她，但尼姑硬是一直睡到诵经结束才醒。在回家的路上尼姑提出要分布施，遭和尚拒绝。尼姑拽住和尚的衣袖，和尚则推倒尼姑离去。《金刚》写两个输得精光的赌徒为了"解困"，一个化装成寺院的门神——金刚力士，另一个则四处鼓动人们来参拜，借机骗取香客的布施。不料，有香客发现"金刚"竟然会眨眼睛，怀疑有假，进而胳肢他，假"金刚"受不住笑出声来，只好狼狈逃走。《伯母酒》写卖酒的伯母十分吝啬，从来舍不得给侄儿一滴酒喝。侄儿想了一条妙计：先去向伯母通报说，最近这儿来了恶鬼，天黑时可要把门拴牢。傍晚，戴上恶鬼面具的侄儿假装顾客叫开了伯母的门，吓得晕头转向的伯母以为真的是恶鬼上门了，只得让他去酒库喝个痛快。好一阵子没有动静，伯母以为喝得称心如意的恶鬼走了，胆战心惊地进酒库去查看，却发现已卸下面具的侄儿醉倒在地上！《蚊子摔跤》写侯爷见各地纷纷举办摔跤大会，派管家去进京的大道上雇请一个人来参加京城的摔跤比赛。一只蚊子精幻化成摔跤手前来应聘，侯爷当面考核，摔跤手张开袖子做出要螫人的样子，侯爷发现他是蚊子精，命管家拿扇子搧风，终于击败并捉住了蚊子精。《鬼瓦》《发迹》《狐丘》《木料六驮》等剧目中虽然也有下层武士、地主出现，情景虽也令人捧腹，但和《蚊子摔跤》一样，未必是对武士、地主的讽刺。

现存狂言作品大多如此，虽有少数剧目对低级贵族进行了讽刺，但却显得"温柔敦厚"，一般不触及社会矛盾和政治制度，绝大多数剧目博人一笑的游戏品格十分突出。狂言的表现形式与我国宋金时代的杂剧有相似之处——都是以滑稽为美的短剧，都以科白为主要表现手段，但宋金杂剧那种斥奸骂佞、以戏干政的批判精神和叛逆品格在狂言中却难以寻觅，这与它被武士集团长期占有的状况直接相关，对此，日本学者也有论述：

　　诞生于庶民社会的"狂言"伴随着现实社会的变迁，一向具有一种写实

---

　　① 申非译：《日本谣曲狂言选》，北京：人民文学出版社 1985 年版，第 378~385 页。

主义的表现精神。它发挥了"猿乐"固有的讽刺主义精神，从而发展成了独一无二的日本喜剧。但是随着"能乐"被武士阶层所占有，它与"能"被编入到了所谓"式乐"之中，随后其戏剧丧失了现实主义精神，变成了一种余兴性质的轻松喜剧。①

总之，能乐的作者大多是武士幕府所供养的艺人，多数狂言剧目也由这些艺人作了不同程度的修改，有的则是由这些艺人创作的。能乐与狂言虽然也受到民众的欢迎，特别是狂言，更受到普通老百姓的喜爱，但在封建社会，其主要的服务对象还是武士集团。这两种戏剧样式之间虽有一些差异——与能乐相比，狂言具有庶民艺术的某些特征，但它们都以取悦贵族为主要目标，成为由武士集团所培植、保护、垄断的贵族艺术，多数剧目与主流文化的价值取向是不矛盾的，可以说它们大体上是主流文化的承担者，在日本传统文化体系中所处的位置与古代戏曲在中国传统文化体系中所处的位置是不一样的。

三、中、日传统戏剧形态之比较

中、日传统戏剧是有着共同"母胎"的东方戏剧，其形态有着惊人的相似性。中、日传统戏剧的生存环境和方式并不相同，这又使得它们的面貌各有差异。

(一) 艺术构成：高度综合化

在南戏和元杂剧诞生之前，中国戏曲也有两种形态，一是以科白为主要表现手段的"科白剧"，二是以歌舞为主要表现手段的"歌舞戏"。可是，成熟形态的戏曲——无论是宋元南戏还是元人杂剧，都是集诗、乐、舞、美术、杂技于一身，高度综合化的。此后，尽管戏曲多次发生"蜕变"——由曲牌联套体到板式变化体，由南戏到传奇，由北杂剧到南杂剧，由古典到现代……但它一直保持着高度综合化的面貌，而且综合化的程度越来越高。戏曲由综合化程度不高到综合

---

① ［日］郡司正胜著：《歌舞伎入门》，李墨译注，北京：中国戏剧出版社 2004 年版，第 35 页。

化程度越来越高的发展道路与西方古代戏剧由高度综合走向诗（话剧）、乐（歌剧）、舞（舞剧）各立门户的"单纯化"道路颇不相同。

从艺术构成上看，能乐与狂言的形态存在一些差别，但也都可以说是综合化的。能乐以舞为主，但集诗、乐、舞、美术于一身，没有一部能乐作品是没有歌曲的，能乐中的唱词大多是讲究格律的古典诗歌，美术成分也是能乐的重要构成，特别是其服饰，极尽奢华，追求绚烂，能乐的面具也是一种有独立欣赏价值的艺术品。狂言以科白为主，但就现存剧目来看，大约有一半的剧目是载歌载舞的。例如，《石神》中太郎妻既唱曲又跳"神乐舞"，太郎也跟着跳。《狐丘》中的轰鸟表演载歌载舞。《三个残疾人》中除主人之外其他三个人物均有歌舞。《盲人赏月》中两个人物均演唱了多首谣曲、和歌，而且都有舞蹈。《茶水》中沙弥和女人的歌舞占据了剧作的主要篇幅。《立春》中鬼与女人的歌舞是剧作的主要内容……除了剧中人的歌舞之外，狂言也有用伴唱的，例如，《八尾里》中的阎王、罪人一上场就和能乐中的角色一样都唱上场诗，然后又唱了好几首曲子，而且边唱边舞，临近结尾时伴唱人从耳门进入后廊伴唱，剧中人则在伴唱声中舞蹈。《雷公》一剧也是如此。狂言中的"曲"没有曲牌，多为不受格律约束的民间小调。总之，歌舞也是狂言的重要成分：

> 能狂言虽说是科白剧，却又拥有歌舞要素，在"本狂言"中还包含有"狂言谣""狂言小舞"等戏种。①

当然，狂言中有的剧目是纯粹的科白剧，但由于狂言经常是穿插在能乐作品之间演出的，因此，从整场演出看，日本戏剧和中国戏曲一样，也是诗、乐、舞集于一身，高度综合化的。后世的歌舞伎也一直保持着集诗、乐、舞、美术于一身，高度综合化的形态，歌舞伎演员的服饰也是色彩艳丽、极尽奢华的，在一场歌舞伎演出中，主要演员要更换许多套色彩艳丽的服装，演员手上的小道具——折扇、伞等也是很华丽的。

---

① ［日］河竹繁俊著：《日本演剧史概论》，郭连友、左汉卿、李凡荣、李玲译，麻国钧校释，北京：文化艺术出版社 2002 年版，第 107 页。

（二）表现形式：高度程式化

无论是从舞台表演看，还是从剧本创作看，中国古代戏曲都是高度程式化的。① 戏曲的角色装扮行当化，每个行当都有必须遵循的一套表演程式，人物的装扮也必须遵循严格的程式。戏曲文本以行当而不是以人物的姓名来记录人物的语言，也就是说，剧作家必须把笔下的每个人物都归于某一行当之下。尽管南戏、北杂剧以及明清传奇的文本程式不太相同，但它们都属于曲牌联套体（早期南戏尚未形成严格的联套规则），都须遵循一定的"谱式"，用李渔《闲情偶寄》中的话来说，戏曲创作必须"禀遵曲谱""恪守词韵"，不可随意而为。乾隆以降，逐渐主导剧坛的板腔体戏曲在文本程式上有所松动，但有些剧种表演程式日益苛繁。总之，遵循程式既是古代戏曲表演的前提，也是古代戏曲文本创作的前提。

日本能乐、狂言、歌舞伎的文本创作和舞台表演也都是高度程式化的。

1. 能乐演出程式

一场正式的能乐演出通常由五段组成，每段都须由相应类别的曲目所构成，不可乱其次序。按主角（仕手）的性质划分，一场完整的能乐演出须上演神、男、女、狂、鬼五个类别的曲目各一个，一般都得按这一顺序逐一上演，相邻的两个能乐剧目之间还要各插演一出狂言，基本程式如下：

第一段"神能物"是神社祭神的"神事能"，亦称"胁能"，因主角通常是神明，故名。例如，属于"神能物"的《高砂》一剧，前场主角是松树精所幻化的老翁，后场主角是日本神道教中航海和港口的守护神住吉明神。此剧缺乏故事性，借高砂（地名）的一株连理松写高砂神社与住吉明神的"二位一体"，以象征夫妇和顺、江山永固。全剧只是一个热闹、喜庆、庄严、神奇的祝颂仪式。从剧本创作来看，它与我国明清时代常见的只有一折的宫廷"庆赏剧"（仪式剧）十分相似。"翁舞"是"胁能"最神圣的部分，经常加演，形成了"式三番"的程式——第一"翁"舞，第二"千岁"（第二老翁）舞，第三"三番叟"

---

① 花部诸腔的舞台表演大多是程式化的，但其文本的程式化程度相对于明清传奇而言则不是很高。

（戴黑色面具的第三老翁）舞，内容均为祝祷国泰民安、五谷丰登、健康长寿、吉祥如意……具有鲜明的仪式特征，与我国旧时演出在正戏开演前加演"天官赐福""跳加官"的情形也比较相似。

第二段"男性能"也叫"修罗能"，"修罗"即佛教的"阿修罗"，原为古印度神话中好斗的恶神，后被佛教上座部之犊子部沿用为"六道"（其余"五道"是地狱、畜生、饿鬼、人、天）之一。据佛教典籍记载，人死后一旦堕入此道，便日日厮杀，备受战争之苦。①"修罗能"的剧情也是程式化的，通常以武士的亡魂为主角，主要情节就是他们向云游各地的行僧讲述战死的经过及在"阿修罗"道中所遭受的苦难。例如，以著名战役屋岛之战为题材的能乐《屋岛》属"修罗能"，其前场的内容是：平安时代武将源义经的亡灵所幻化的渔翁向来自京都的行僧讲述惨烈的屋岛之战。后场的内容是：行僧进入梦乡，见到地府中正在"修罗道"中受煎熬的源义经，源义经回忆了当年出生入死的岁月，又表演了象征在"阿修罗"道中英勇厮杀、永不得息的舞蹈。以赖政策动的"高仓宫政变"为题材的《赖政》亦属"修罗能"，主角是政变策动者赖政。此剧为复式能，分前、后两场。前场的剧情是：云游僧寻访形胜，由赖政的亡魂所幻化的老翁将云游僧引导到当年赖政策动政变事泄而自刃身死的平等院，向其讲述赖政败北，铺下纸扇自刃身亡的掌故，然后隐身退场。接着，由场间叙事人所扮的本地人向云游僧讲述当年宫战的情况以及扇草坪的由来。后场的剧情是：进入梦乡的云游僧见到老年武将赖政（后场主角），他诵经超度赖政亡灵，赖政则拔出腰刀，绘声绘色地向僧人讲述了为保卫高仓宫浴血奋战、兵败自杀的英雄事迹。"修罗能"的主人公绝大多数是男性，但也有个别剧目以女中豪杰为主人公。

第三段是"女性能"，以古代爱情故事为题材，主角通常是早已作古的美少女的亡魂。例如，《井筒》中以纪有常的女儿——皇孙在原业平的妻子井筒姑娘的亡魂为主角。行僧寻访当年在原业平与井筒姑娘成亲的旧址——在原寺时，遇一村女，她向行僧讲述了当年井筒与在原业平的爱情故事，这村女正是井筒亡魂所幻化。后场主角为纪有常之女，亦即井筒姑娘，她身着在原业平留作纪念的男装，在行僧的梦境中出现。井筒以歌舞抒发了对在原业平的海样深情。《松风》

---

① 小乘佛教和大乘佛教在将"阿修罗"归于"六道"中的"善道"还是"恶道"问题上意见相左，这里介绍的是大乘佛教的说法。

也属于"女性能"，其中的主角也是一对少女的亡魂。当然，女性能的主人公并非都是亡灵，如《熊野》中的歌女熊野即是一例。

能乐中的所有人物均是由男演员扮演的，男演员在装扮女性角色时须戴上女性面具，故老年男演员亦可扮演妙龄少女。

第四段是"杂能"，这一类别所拥有的剧目在现存剧目中是最多的。其主人公多为"狂乱物"——因失恋而疯狂的少女或是因失去爱子而疯狂的母亲等，故谓之"狂"。其实，它还有"现在物"和"执心物"两类，前者指以现实生活中真实存在的人物为主人公的剧目，后者指"写亡魂或妖魔鬼怪化身对世人怀有难以割舍的执着之情的能曲"。① 例如，《隅田川》以因儿子被拐骗而几近疯狂的母亲——梅若丸之母为主人公，她离开京城到隅田川去寻找被拐骗的儿子，在渡船上却听到了儿子的死讯，遭受重创的她在艄公的引导下来到儿子的坟墓前，一面念佛，一面呼唤儿子，眼前出现了幻觉：儿子从坟墓后面向她走来，她想拉住儿子的手，但儿子姿影迷离，终不可近。天将破晓，她终于看清，那幻影只不过是儿子坟头的一丛青草！

第五段"尾能"，多以鬼怪或龙等神物为主角。例如，《船弁庆》的后场主人公是平知盛的亡灵，他手举长刀，口吐狂飙，向落难出京的源义经扑来。源义经及其随从则祷告五方神灵，又挥动手中念珠，终于击退平知盛的亡魂。②

一场正式的能乐演出由 5 部能乐和 4 部狂言相穿插组成，这 9 部作品在剧情上并无任何关联性，而且，狂言曾长期没有固定脚本，即兴表演的色彩很浓，能乐演出就像是一场无所不包的"综艺晚会"，这与元杂剧文本虽然很"单纯"，但其舞台演出却很"驳杂"的情形颇为相似。

在明中叶以前，人们所看到的从元代流传下来的戏剧演出，并非纯粹上演一个故事，而是像宋金杂剧那样，在过场中间插演诸般伎艺。作为一台戏，情节完整的故事段落，与伎艺杂耍并列，轮番上演，当然很"杂"。③

① 参见［日］河竹繁俊著：《日本演剧史概论》，郭连友、左汉卿、李凡荣、李玲译，麻国钧校释，北京：文化艺术出版社 2002 年版，第 105~106 页。
② 关于能乐演出"一场五段"的论述参阅了河竹繁俊著，郭连友、左汉卿、李凡荣、李玲译，麻国钧校释的《日本演剧史概论》的相关内容。
③ 黄天骥著：《元杂剧的"杂"及其审美特征》，《文学遗产》1998 年第 3 期。

宋金杂剧以及元杂剧演出过程中"插演"的"诸般伎艺"既有"队舞""吹打""筋斗",还有滑稽调笑的"诨闹",能乐演出体制的形成,当与宋金杂剧以及元杂剧在日本的传播有关。

能乐舞台不设布景,但划分为若干区位:镜间、狂言位、主角位、配角位、伴唱位、检场人位、笛位、鼓位前、主角柱、标记柱、配角柱、幕口、桥台(桥台是通向正台的一条长廊,侧对观众席,为便于在此表演,以三棵松将其划分为三个小区域,故有一棵松、二棵松、三棵松之别)、舞台口、后廊、笛柱、耳门、台正中、正台前方、右廊等。不同角色出场后应在何处站立、说话、歌唱、落座、起舞,均有规定,而且作者要在文本上一一注明,这使得能乐的文本像是导演手记,这是与中国戏曲文本所不同的地方。元杂剧、宋元南戏、明清传奇和杂剧剧本都有散文体的表演提示,亦即"科""介",但一般都不注明演员须在舞台的什么位置上完成这些表演。

2. 能乐文本程式

能乐的演出程式对文本创作也产生了很大影响,剧作家必须按照这一程式创作相应的曲目,即分别创作"神物能""男性能"("修罗能")、"女性能""杂能""尾能"五类曲目,每个类别的曲目从人物、剧情到结构都是有规矩可依的——例如第二段"修罗能"的主人公不但应是男性,而且还应该是历史上阵亡武士的鬼魂,"故事梗概一般是武士的亡魂向云游僧讲述自己战斗、战死的经过和修罗道中的苦难,最后由僧人将其超度成佛"。[①] 总之,与戏曲创作一样,不了解这些程式是不能从事能乐创作的,即使创作出来了,因不符合要求根本就不可能搬上舞台。

剧作家除了要按照"五段"程式进行相应剧目的创作之外,在进行单个能乐剧本的编写时也要遵循程式化的原则。

能乐中歌曲的创作大体上也是袭用现成的曲调来填写新词,能乐常用曲调主要有:配角上场诗、高长调、散调、低短调、主角上场诗(能乐的"上场诗"

---

① [日] 河竹繁俊著:《日本演剧史概论》,郭连友、左汉卿、李凡荣、李玲译,麻国钧校释,北京:文化艺术出版社 2002 年版,第 105 页。

是唱词，而且主角与配角的"上场诗"格律不同，这与戏曲是不一样的)、问答对唱、愁叹调、序曲、短歌（和歌）、主题曲、压轴曲等十几种。这些曲调与中国古代戏曲的曲牌相似——它对文词创作也有一定的约束力。因此，和中国古代戏曲文本创作一样，能乐的韵文创作也大体上是"倚声填词"，有谱式可依的。

从音步（音节）来看，谣曲中的歌词创作与日本有严格规范的古典诗歌的创作相仿佛，其句式一般是"七五调"——前半句 7 个音节，后半句 5 个音节，但也有"五七调"和"五五调"的"变格"，还有突破这些"定格"的个别"拗句"。日本的古典诗歌——"和歌"是"五七调"，其句式基本上是"五七五七""五七七、五七七""五七五、七七"的音节交替。① 日语的实词大多有两个以上的音节，"七五调"的能乐唱词实际上与"五七调"的日本和歌一样是很短的诗句。

由于日本文字几乎都是无变化的母音字尾，诗人在韵律上难骋其才，因此，日本的古典诗歌大多是不押韵的，能乐中的"韵文"（歌词）也大多是"无韵诗"，只有少数歌词是韵文，例如，世阿弥《井筒》第二段"次第"（配角上场诗）：

村女（唱）：　　あかつきごとの（七个读音）　　閼伽の水、（五个读音）

　　　　　　　　あかつきごとの（七个读音）　　閼伽の水、（五个读音）

　　　　　　　　月も心や（七个读音）　　澄ますらむ。（五个读音）

译文：

村女（唱）：　　每日拂晓汲清水，清水佛前供。

　　　　　　　　每日拂晓汲清水，清水佛前供。

　　　　　　　　清水清澄月亦明，让我心亦澄。②

① 和歌有长歌、短歌、旋头歌等几种不同的样式，不同样式的和歌句式也小有差别。

② 译文由日本留学生长松纯子提供，长松纯子为本节之撰写提供了资料和帮助，特此鸣谢。

这首曲子就是韵文。

能乐唱词的句数有的是不能增减的——这主要是"小段"中的"谣事"部分，但多数是可以增减的，这与元杂剧曲牌中的"字句可增损者"有相似之处。例如，"次第"（配角上场诗）一曲共三句，音节分别是七五、七五、七五（四），第一句和第二句必须重复，其句数和每句的音节都不得随意增减。例如，《井筒》第二段的"次第"：

あかつきごとの（七个读音）　閼伽の水、（五个读音）

あかつきごとの（七个读音）　閼伽の水、（五个读音）

月も心や（七个读音）　澄ますらむ。（五个读音）

又如《八岛》第一段的"次第"：

月も南の（七个读音）　海原や、（五个读音）

月も南の（七个读音）　海原や、（五个读音）

八島の浦を（七个读音）　尋ねむ。（四个读音）

再如《高砂》第一段的"次第"：

今を始の（七个读音）　旅衣、（五个读音）

今を始の（七个读音）　旅衣、（五个读音）

日も行末ぞ（七个读音）　久しき。（四个读音）

不过像"次第"这样严格的曲子在能乐中并不多见，大量的曲子只是要求句式大体整齐，例如《井筒》第二段的"下歌"（低短调）有三句：

ただいつとなく（七个读音）　一筋に、（五个读音）

頼む仏の（七个读音）　御手の糸、（五个读音）
導き絡へ（七个读音）　法の声。（五个读音）

《八岛》第二段的“下歌”只有两句：

ここは八島の（七个读音）　浦傳い、（五个读音）
海人の家居も（七个读音）　数々に。（五个读音）

《高砂》第二段的“下歌”却有五句，而且并不都是“七五调”：

音づれは、（五个读音）
松に言問ふ（七个读音）　浦風の、（五个读音）
落葉衣の（七个读音）　袖添へて、（五个读音）
木陰の塵を（七个读音）　搔かふよ、（四个读音）
木陰の塵を（七个读音）　搔かふ。（四个读音）

能乐文本之编写亦有“格套”可依，其“谱式”大致如下：

配角在笛子独奏的“通名曲”（或“上场乐”）中上场→“通名”→唱“配角上场诗”→念“定场白”→唱“高长调”“散调”等曲子→主角在“主角上场乐”中登场→唱“主角上场诗”→接唱“散调”“高长调”“对唱”等曲子→场间叙事人以道白介绍故事背景；后场主角在“后场主角上场乐”中登场→后场主角唱“主角上场诗”“散调”“高长调”等曲子→主角与配角或场间叙事人“对唱问答”→主角应和伴唱（由伴唱队演唱，曲子有“主题曲”“高长调”“序曲”等）起舞、边唱边走圆场→主角或配角随伴唱（“压轴曲”等）起舞→主角在主角位以足踏“终止拍”结束全剧。

不过，越出这一“规范”的情形也并不少见。例如，有的角色先唱“上场诗”，然后再“通名”——如《高砂》中的配角神官及其随从、《曾我》中的主角十郎等。有的没有"上场诗"但有"通名"——《松风》中的行僧、《熊野》中的平宗盛、《道成寺》中的住持等。有的没有"通名"但有"上场诗"——《熊野》中的配角朝颜、《自然居士》中的主角自然居士等。有的配角没有"定场白"——《花筐》中的廷臣、《班女》中的吉田等。有的主角没有"上场诗"——《景清》中的景清、《船弁庆》中的前场主角阿静和后场主角平知盛亡灵等。有的"场间叙事人"最先上场——《鹤龟》中的侍臣、《班女》中的野上驿馆女主人、《邯郸》中的旅店女老板等。有的有两个场间叙事人——《安宅》即是一例。有的则没有"场间叙事人"——《熊野》《隅田川》《花筐》《景清》等。多数剧目（一般是有前后两场的"复式能"）前后场有不同的主角——《船弁庆》的前场主角是阿静，后场主角是平知盛的亡灵。《井筒》的前场主角是村女，后场主角是井筒。《道成寺》的前场主角是歌女，后场主角是蛇精。《砧》的前场主角是某妻，后场主角是某妻亡灵（有两个主角的剧目大多是前场主角是鬼魂所幻化的人物，后场主角是这一人物的鬼魂）。有的（一般是只有一场的"单式能"）只有一个主角——《鹤龟》《松风》《邯郸》《熊野》《自然居士》《曾我》等。多数剧目以主角足踏"终止拍"结局——《砧》《花筐》《熊野》《松风》等是如此。有的却以配角足踏"终止拍"结局——《道成寺》即是一例。

一部能乐作品通常由【配角上场诗】【主角上场诗】【散调】【高长调】【低短调】【对唱】【短歌】【序曲】（【序歌】）、【主题曲】【愁叹调】【压轴曲】等十几支曲子组成，其中，【散调】【低短调】【高长调】等几支曲子可以多次滚动使用，有的就像元杂剧中的【幺篇】一样——相同的曲子一前一后接连使用，但这些曲子的连接不像元杂剧中的曲子须遵守"头牌制"的联套规则——同一宫调的套曲之中，前后几支曲子，尤其是第一、第二支曲子是不能随意更换的，只有中间的几支曲子才可灵活处理，能乐文本中更不存在由4个不同宫调的套曲组成一本四折的联套形式，"曲牌"的组接显得较为散漫，也不需要讲究"一韵到底"。兹列举几例为证。

《高砂》：【配角上场诗】【高长调】【主角上场诗】【散调】【低短调】【高长调】【高长调】【序曲】【散调】【主题曲】【对唱】【高长调】【主角上场诗】【对唱】。

《屋岛》:【配角上场诗】【高长调】【主角上场诗】【散调】【低短调】【高长调】【高长调】【对唱】【高长调】【对唱】【高长调】【序曲】【散调】【主题曲】【对唱】。

《松风》:【主角上场诗】【散调】【低短调】【高长调】【散调】【高长调】【对唱】【愁叹调】【高长调】【主题曲】【对唱】【短歌】。

《雄野》:【配角上场诗】【散调】【高长调】【散调】【高长调】【高长调】【主角上场诗】【散调】【低短调】【高长调】【对唱】【序曲】【散调】【主题曲】。

《隅田川》:【配角上场诗】【高长调】【散调】【主角上场诗】【散调】【低短调】【高长调】【对唱】【高长调】【高长调】【对唱】。

《花筐》:【低短调】【高长调】【配角上场诗】【散调】【高长调】【对唱】【主角上场诗】【散调】【低短调】【高长调】【对唱】【高长调】【序歌】【散调】【主题曲】【压轴曲】。

《班女》:【低短调】【高长调】【配角上场诗】【散调】【低短调】【高长调】【序曲】【散调】【主题曲】【短歌】【低短调】【对唱】。

通过以上分析可以看出,能乐文本(谣曲)近似于"曲牌体"——歌词的创作在一定程度上受"曲牌"的约束,但还不是"曲牌联套体"——能乐曲子的连接并无固定的"秩序",而且,"曲牌"对于歌词用字的声调、音韵等并无人大的约束力。

3. 狂言文本程式

狂言与能乐的形成几乎是同时的,但狂言起先只是穿插在能乐前后场之间的道白,由只说不舞、不唱的"间狂言师"来表演,起介绍故事背景和连接前、后场的作用。有的"间狂言"有滑稽味,可以调节剧场气氛,吸引看客。后来,"间狂言"朝着独立表演故事、塑造人物的方向发展,但长期处于即兴表演状态,狂言师根据口耳相传的剧情梗概作临场发挥,与我国的"幕表戏"有相似之处。一直到17世纪初,"间狂言"才发展成具有一定独立性的"本狂言"并有了固定的脚本。

狂言的文本和舞台表演也有程式化倾向,只是没有能乐那么严格。狂言往往以一生活场景或生活片段为表现对象，有故事性，但情节很简单，登场人物通常是2~3人，少数剧目的登场人物为4人。主角一人，其余为配角。与能乐大多先由配角登场不同，狂言既有主角先登场的，也有配角先登场的，还有主角、配角同时登场的。主角中既有财主、侯爷、寺庙住持等身份地位较高的人物，也有不少佣人、农夫、小和尚、赌徒、残疾人等小人物。人物一上场就作自我介绍——但一般不说出姓名、籍贯，更不介绍自己的家庭情况，只是说"我是附近的人"，或者说"我是远近闻名的财主""我是赫赫有名的人"，接着说明自己登场的来由。狂言的核心部分往往是一场令人喷饭的误会或骗局，结局是误会最终解除或骗局终于被揭穿，一人一边大叫"饶了我吧"急速逃下，另一人则在后面大喊"别让他跑了"追下。试举例说明。

《附子》的开头：

主人	我是附近的人。今天有事要到山那边去，先叫两个管家出来，吩咐他们看家。喂，喂，两个管家在吗？（走向配角位）
两个管家	（起立）有。（走向主角位）
主人	都在吗？
大管家	两个人都……
两个管家	在此侍候。
主人	来得好快。唤你们前来不为别事，我因事要到山那边去，你们好生看家。

……

《附子》的结尾：

两个管家	啊呀，饶了吧，饶了吧，饶了吧。（退场）
主人	这些混帐东西，给我抓住！别让跑了，别让跑了，别让跑了！（在二人身后追下）

……

《木料六驮》的开头：

主人	我是住在附近的人。在山那边有我一位姑父，近日荣升官职，要大兴土木，叫我送些木料给他，今天想派大管家给他送去。喂，喂，大管家！在吗？(走向配角位)
大管家	(起立) 有。(走向主角位)
主人	在吗？
大管家	在这里。
主人	来得好快。唤你出来不为别事，近日我姑父荣升官职，要大兴土木，这不是喜庆的事吗！
大管家	您说得对，这是喜庆的事。
主人	因此叫我给他些木料，前几天已准备好三十根圆木，若用牛驮，需装几驮？

……

《木料六驮》的结尾：

大管家	啊，饶了我吧，饶了我吧！饶了我吧！(逃入幕后)
姑父	别让他跑了！别让他跑了！(追下)①

……

现存狂言剧本中约有一半杂有歌舞，有的剧作歌词占有较大篇幅。但因狂言歌曲多为民间小调，其歌词除受能乐影响的个别曲子——如"上场诗"等之外，绝大多数是不讲格律的。句子可长可短，句数多少不拘，曲子的连接更无"联套"的讲究。狂言的语言基本上采用室町时代（1400—1470）② 民众的口语，远比使用"古雅"书面语的能乐的语言通俗易懂。当然，对于今天的日本人而言，室町时代已经离他们很远了，狂言中的语言也未必很"通俗"。

和能乐剧本（谣曲）一样，狂言剧本的表演提示也极为详细，演员在舞台的

---

① 申非译：《日本谣曲狂言选》，北京：人民文学出版社1985年版，第272~296页。

② 室町时代所跨越的年代，一作1392—1573。

什么位置做何种动作、说什么话，都标示得清清楚楚，试举一部狂言剧作为例：

《八尾里》

主角　阎罗王

配角　罪人

［罪人肩上扛着竹竿，竿上挂着文书，在鼓乐伴奏声中上场。

罪　人　　（在主角位，面向左后方，唱上场诗）

> 落入地狱的罪人，
>
> 落入地狱的罪人，
>
> 谁能挡得住呢？

（面向正前方）我是河内地区八尾里的人。我不知不觉受了无常鬼的勾引，现在正往阴曹地府里去。这就慢慢地走吧。（迈步前行）本来我不知道要死，如果知道总该为来世做些打算，如今可是非常遗憾了。我带有八尾里地藏菩萨给阎罗王的书信，一定会让我去极乐世界吧。（在台上绕行，站在主角位）走不多时，来到了道路杂沓的所在，这就是人世间常说的到天堂和地狱的六叉路口，应该走哪一条呢，先在这里休息一下，观望观望再做道理。（走到配角位，坐下）

［阎罗王手持拐杖，在鼓乐伴奏声中上场。

阎罗王　　（在主角位，面向左后方，唱上场诗）

> 地狱之主阎罗王，
>
> 地狱之主阎罗王，
>
> 托钵化斋去也。

阎罗王　　（面向正前方）我乃地狱之王，阎罗大王是也。现在人都聪明起来了，佛家宗派分化为八宗九宗之多，人们都陆陆续续奔向极乐世界去，到地狱来的饿鬼特别地少，因此，我阎罗王须得亲自守在六叉路口，但盼有罪人从此路过，便把他催逼到地狱里去。

> （唱）离开那住惯了的地狱之乡，
>
> 离开那住惯了的地狱之乡，

> 信步行来，
>
> 信步行来，
>
> 来到了六叉路口。

阎罗王　（唱着小曲向前走二三步，再退回原位，面向正前方）急忙走来，已经来到六叉路口。（做闻气味状）嘶，嘶，嘶，好像罪人来了，有人的气味，不知是往哪里去的。（边找边向前移动）

罪　人　（站了起来，白）这条路不错，那么就走这条路吧。

[罪人走出几步，在正台前方与阎罗王相遇，阎罗王瞪视，罪人吓得在配角位俯首打颤。

阎罗王　（走向主角位）好的，罪人来了，赶快催逼他到地狱去。

阎罗王　（在鼓位前）喂，罪人！快走！（追逼）

[阎罗王用拐杖做种种威吓动作，最后喊道："快走，快走。"罪人把挂在竹竿上的文书递向阎罗王。阎罗王忿忿地往后退去。

阎罗王　（在主角位）嘿，嘿，在俺眼前晃来晃去的，那是什么？

罪　人　这是八尾里地藏菩萨给阎罗王的书信。

……①

八尾里地藏菩萨在信中说，此罪人"诚属豪横之极者也"，如不把他送往"九品净土"，"地狱中的釜甑恐将被其捣为齑粉"。罪人一掌将阎罗王推倒，欺软怕硬的阎罗王见罪人果真力大无比，只得挽着罪人的手送他去"九品净土"。

此剧载歌载舞，但滑稽是其美感的主要成分。从剧作的形态看，它与我国的参军戏和宋金杂剧比较相似。参军戏和宋金杂剧中含有歌舞的剧目并不少见。剧中的剧情时空是自由流转的，与戏曲的"一个圆场百十里，一句慢板五更天"有相似之处。角色甫一登场，一般要直接向观众介绍自己的身份以及来此的事由，与戏曲中的"自报家门"也比较接近。

（三）审美形态：悲喜中节

能乐剧目多数有哀婉之美，但严格意义上的悲剧却很少见，《道成寺》大概

---

① ［日］无名氏著：《八尾里》，申非译：《日本谣曲狂言选》，北京：人民文学出版社1985年版，第330~331页。下引此著文字皆据此版本。

可以算是一出比较"典型"的"悲剧剧目",但它与西方戏剧史上的"高悲剧"① 仍有一些差别。不过,大多数能乐剧目透露出一种淡淡的哀愁,能乐所追求的最高艺术境界"幽玄"中就包含着悲壮之美。② 能乐中虽然有少数营造喜庆吉祥气氛的仪式剧,但几乎看不到滑稽成分。

狂言是以滑稽为美的喜剧,讽刺与幽默是其重要的艺术职能和表现手段。如果把这两种戏剧样式区分开来,日本戏剧的审美形态与悲、喜分离的西方戏剧有相似之处——不是援悲、喜于一体,而是别悲、喜于二途。狂言虽然也可以独立演出,但穿插在长于"写哀"的能乐剧目之间演出是更常见的方式,如果着眼于将军幕府和大名这种援悲、喜于一体的"式乐",日本戏剧和中国戏曲的审美形态也有相似之处——悲喜沓见。不过,中国戏曲中常见的大团圆结局在日本能乐与狂言中倒并不多见。

四、中、日戏剧文本体制之比较

(一) 能乐与狂言:"具体而微"的小型戏剧

就文本而言,能乐、狂言的文学性或许要高于歌舞伎,歌舞伎的文本"只不过是所谓的导演备忘录",③ 能乐、狂言的文本虽然也有导演手记的色彩,但都是独立的文学作品,具有一定的可读性和较高的文学水平,特别是能乐中的歌曲,大多是古雅、庄严、含蓄、隽永的诗篇。不过,与中国的宋元南戏、元杂剧和明清传奇相比,能乐、狂言的文本内容单薄,篇幅短小,都属于"具体而微"的小型戏剧。一部能乐或一部狂言作品只能演半个钟头左右,有的只能演十几分钟。江户时代以来,能乐进一步贵族化,舞台节奏更趋缓慢,其剧目的演出较前

---

① "高悲剧"是西方戏剧理论家创造的一个术语,指描写好人由顺境走向逆境,不杂滑稽成分,以毁灭和死亡落幕的典范性的悲剧作品,以区别于杂有滑稽成分,未必以毁灭和死亡落幕的不太典型的悲剧作品。

② 参见 [日] 郡司正胜著:《歌舞伎入门》,李墨译注,北京:中国戏剧出版社 2004 年版,第 35 页。

③ [日] 郡司正胜著:《歌舞伎入门》,李墨译注,北京:中国戏剧出版社 2004 年版,第 9 页。

要更长的时间，有的剧目可以演一个小时左右。但就文本而论，这类剧目的篇幅仍比元杂剧要短许多，多数能乐剧本只相当于元杂剧的一折。

能乐文本尚简易——登场人物很少，故事情节非常简单，几乎没有什么冲突，但表演却高度繁难，演员若没有受过长期的专门训练，根本就不能登台，这与中国戏曲是相似的。能乐的歌舞因素很重，是偏重于以表演技艺胜人的戏剧样式，其文本在很大程度上只是为突出演员的演技而提供一个"平台"。能乐剧本大多是由能乐演员创作的，舞台表演提示占据了剧本很大的篇幅。"本狂言"的戏剧性稍强一些，但它类似于宋金杂剧以及我们今天所习见的"小品"——登场人物是 2~3 人，仅有一条剧情线索，而且非常简短，只相当于成熟形态的戏曲剧目中的一个小片断。它大多也是由演员创作的，而且大多是无主名的"世代累积型"成果，舞台表演提示也是狂言剧本的重要成分。可以说，能乐与狂言都是由艺人主导的、以舞台为中心的戏剧样式。

（二）戏曲："体大思精"的大型戏剧

宋元南戏和明清传奇是中国古代戏曲中的鸿篇巨制，早期南戏不分出，但其篇幅也不输 30~50 出的传奇。如果演出全本，有的需要几天时间，最短的也得十几个小时。南戏和明清传奇登场人物众多，少则十几人，多则几十人，故事情节多为双线交织式；有的有两条剧情主线和多条副线，枝蔓横生，而且起伏跌宕，净丑的插科打诨占有较大篇幅。北杂剧较之于南戏和明清传奇，篇幅相对短小，绝大多数为四折一楔子，但与能乐、狂言相比，其"体"亦大——相当于能乐与狂言的 4~5 倍，若搬上舞台，需要两三个小时方能毕其事。北杂剧的故事情节比南戏和明清传奇要简单一些，多数剧目"如孤桐劲竹"，只有一条剧情主线和一到两条副线，但这条主线远比能乐和狂言中的剧情线索要长，而且纠葛也要复杂得多，北杂剧的登场人物大多在 5~10 人，剧中的矛盾冲突集中而强烈，戏剧性比较强。

总之，日本的能乐、狂言近似于中国"雏形的戏曲"——隋唐之世的参军戏、歌舞戏和宋金杂剧，属于"具体而微"的小型戏剧；中国的宋元南戏、元杂剧、明清传奇则是"体大思精"的大型戏剧，其剧目大多有着丰富的社会生活含量和深刻的思想蕴涵，从总体上看，其文学成就远高于能乐和狂言。

(三) 能乐、狂言的角色体制：主角与配角

能乐与狂言经常穿插在一起演出，而能乐舞台是划分为若干不同区位的，不同角色的表演与舞台的空间划分密切相关，这一表演体制不仅制约着舞台表演，同时也影响着文本体制。

能乐和狂言都在剧本前面列有人物表，一般的人物都只注明其身份——如"皇帝""侯爷""行僧""村女""主人""大管家""鬼""丈夫""妻子""卖主""女婿""岳父""盲人""赌徒"，有的只标明其性别——如"男人""女人"，只有著名的历史人物才标示其姓名——如"赖政""源义经""松风""弁庆""井筒小姐"，但谁是主角、谁是配角却不能含糊。狂言一般只有一个主角和一个配角，少数剧目有两到三个配角。只有一场的"单式能"一般也只有一个主角，分为前后两场的"复式能"通常前后场各有一个主角，登场人物较多的能乐还设有副主角和副配角。"复式能"一般都有一个"场间叙事人"，极少数剧目有两个"场间叙事人"，这与戏曲体制有明显区别。

主角、配角、场间叙事人的角色划分指向的都不是人物的性别、年龄和性格特征，而是他们在剧中所占有的位置以及所承担的任务。主角、配角和场间叙事人在化装、演唱上并没有固定的程式，因此，它与指向人物的性别、年龄和性格特征并且在化装、表演上有固定程式的"戏曲行当"是不一样的。例如，世阿弥的能乐剧目《熊野》以年轻歌女熊野为主角，熊野的亲眷朝颜为副主角，以天皇的舅父、熊野的主人平宗盛为配角。世阿弥的能乐剧目《高砂》前场以高砂神社附近的老翁为主角，后场以住吉明神为主角，以在神社供职的神官、神官的随从、当地的老妪等为配角和副配角，以高砂的本地人为场间叙事人。无名氏的能乐剧目《鹤龟》以大唐皇帝唐玄宗为主角，以鹤、龟为副主角，以唐玄宗的大臣甲为配角，以大臣乙、丙为副配角，以唐玄宗的侍臣为场间叙事人。世阿弥的能乐剧目《班女》前场以歌女花子为主角，后场以疯了的花子为主角，以吉田少将为配角，以吉田的侍从为副配角，以故事发生地野上驿馆的女主人为场间叙事人。狂言《武恶》以财主（主人）家的雇工为主角，以财主为配角。狂言《附子》以大管家为主角，以主人和二管家为配角。狂言《偷孩贼》以"贼"为主角，以财主（主人）和财主家的乳母为配角。狂言《三个残疾人》以三个残疾

人中的哑子为主角，以瞎子、瘫子和雇佣他们的大财主为配角。狂言《立春》以鬼为主角，以女人为配角。狂言《雷公》以雷公为主角，以医师为配角。这些剧作中的主角、配角和场间叙事人，无论是年龄、性别、职业，还是性格特征、社会地位都是相差殊远的，他们是角色，但都还不是"行当"。高度程式化的能乐、狂言的角色装扮并未走上"行当化"的道路。由此可见，同样是具有程式化特点的戏剧，不同民族也会有不同的创造。

(四) 戏曲的角色体制：行当化

早在元杂剧问世之前，我国的参军戏就已有苍鹘和参军两个雏形的行当。宋金杂剧的行当进一步细化，有副末、副净、末泥、装旦、装孤、装外、捷讥、鸨、戏色等名称。这时的行当名称还不够规范、统一，说明尚在形成过程之中。宋元南戏已形成生、旦、净（副净）、丑、末（副末）、外、贴的行当体系，其文本的台词均归于行当之下而不是人物的姓名之后。这一体系对明清传奇的角色装扮和文本体制有很大影响。元杂剧的角色体制也是行当化的，其主要行当有正末、正旦、副末、贴旦、净、搽旦、卜儿、孛老、孤、徕儿等。与南戏一样，元杂剧文本的台词也是归于行当之下而不是人物姓名之后的。

行当是人物类型，其中既有对人物性别的划分——"旦"为女性，"末""生"为男性；也有对人物在剧中所处地位的区分——"正末""正旦"大多是剧中的主角（也有不少例外），"贴旦""副末""外"多为次要角色；还包含对人物性格类型的区分——"净""丑""搽旦"通常以滑稽示人，其他行当所扮演的人物则不具备这一特点。有些"行当"则是着眼于人物的身份或年龄——"孤""装孤"通常扮演官员，"鸨"通常扮演妓女的"母亲"，实际上就是妓院的老板，"卜儿"一般扮演老年妇女，"孛老"一般扮演老年男性，"徕儿"扮演少年儿童等，这些"行当"实际上是行当未定型时出现的。由此可见，戏曲中的行当是人物装扮程式化的表征，它是舞台表演和文本创作的前提，这一特点是日本的能乐与狂言所不具备的。值得注意的是，日本歌舞伎的角色装扮却走上了行当化的道路，其"立役""女方""敌役""道外方"都是行当名称，与中国京剧行当生、旦、净、丑有相似之处。

（五）能乐的文本体制

能乐文本有两种体制，一是只有一场的"单式能"，二是分为前、后场的"复式能"。"复式能"前、后场的区分在舞台表演上以后场主角在"后场开始曲"的音乐声中登场为标志，在文本上则是通过表演提示来完成的，例如，《高砂》一剧的后场（节选其开头部分）：

> ［后场主角住吉明神以年轻神明的形象在后场开始曲的乐声中上场，立在一棵松前唱上场诗，然后随伴奏乐曲声进入正台，和着一问一答的对唱翩翩起舞，跳完神舞，退至主角位。
>
> 　　［后场开始曲］
> 　　住吉明神　（唱）依我看，这"少女松"，生在住吉岸……①

以历史亡灵为表现对象的能乐剧目大多采用"回想式"的叙事方法，在结构上也就有了前、后场的"复式结构"——前场是现实中的某人来到某处寻访历史遗迹，后场是寻访人入睡后幽冥中的历史人物"显灵"向寻访人诉说往事，寻访人醒来发觉是一场梦。这种"复式能"在结构上有一个标志，就是"场间叙事人"的出现——他一般是在前场结束，后场主角登场前上场，由他把前、后两场区分开来，但也有在开头登场的变例——如《鹤龟》《班女》《自然居士》《邯郸》等，这些剧目的主角不是历史亡灵。

能乐的"场"是一个剧情段落，但不是在一个单一的剧情空间所发生的剧情段落。也就是说，能乐分场的依据不是人物活动空间的转换，而只是时间的切换。和中国戏曲一样，能乐的剧情空间是随着人物的活动而自由转换的，同一场之中可以多次转换剧情空间。试举一例以明之。

能乐《砧》前场的一个片断：

> 　　［笛子独奏通名曲］
> 　　某人　（通名）我是九州芦屋的某某，因涉讼进京。原想在京不会很久，不

---

① 申非译：《日本谣曲狂言选》，北京：人民文学出版社1985年版，第12页。

料至今已经三载。家中情况令人挂念，因想打发使女夕雾回去看望。

某人　　（立于台中央）我说夕雾，家中情况令我十分挂念，想让你回家看望，告诉夫人，说我今年年底一定回去。

夕雾　　（在主角位跪下）好的，那么我即刻动身吧。请您今年年底务必回来。

某人　　一定回来。（某人中途退场）

夕雾　　（【高长调】）这些天，赶路程，日复一日；天晓行，日暮宿，旅梦频频。晨昏转，星斗移，匆促间已经来到芦屋故里了。

夕雾　　（定场白）行色匆匆，已经来到芦屋故里了，待我前去搭话。

夕雾　　（在一棵松处，面向幕后）请问，谁在门上？请回禀一声，夕雾从京城回来了。（夕雾移至检场人位，落座）

　　　　［主角某妻在散乐伴奏下出场，立在三棵松处，唱散调。夕雾走至一棵松处呼唤。某妻念白后与夕雾一道进入正台。某妻坐于伴唱位前，夕雾坐于鼓位前，一问一答，伴唱继起。①

随着剧中人夕雾的一段唱，剧情空间就从京都某人下榻的馆舍转换到了筑前国（今福冈县）远贺郡芦屋町某人的家门前了。由于能乐舞台通常是空无一物的，所以"一个圆场百十里"的空间自由转换也就十分普遍，不少剧目有类似"走圆场"的表演提示，有些剧目还在舞台上正面表现乘船行进的情形，如《隅田川》就是一例。这种境随人迁的时空转换与中国戏曲非常相似。

无论是"单式能"还是"复式能"，其文本体制都由以下几个部分所构成：

1. 题目

题目也就是剧本的名称。与狂言题目重在概括剧情有所不同，因能乐多以武士的亡灵或其他著名人物为主角，因此，能乐中有一部分剧目是以人物名称为剧名的，诸如《赖政》《井筒》《松风》《景清》《曾我》《熊野》《田村》《经政》《张良》《杨贵妃》《东方朔》等，更多的题目则着眼于概括剧情，如《道成寺》

---

①　申非译：《日本谣曲狂言选》，北京：人民文学出版社1985年版，第96页。

《屋岛》《隅田川》《安宅》《杀生石》《三井寺》《花筐》《云雀山》《相生》（《高砂》）、《月宫殿》（《鹤龟》）等。尽管"乐"在能乐中占有重要地位，但似未见有能乐剧目像金院本中的部分剧目和宋官本杂剧中的部分"段数"那样，从"乐"这一方位来命名——如《月明法曲》《郓王法曲》《病郑逍遥乐》《闹夹棒六么》《王子高六么》《双旦降黄龙》《列女降黄龙》《打球大明乐》《三爷老大明乐》《郑生遇龙女薄媚》……能乐的剧名都很短——如《砧》《安宅》《道成寺》《自然居士》，在这一点上，能乐与我国的宋金杂剧相似，而与元杂剧由两句或四句诗组成的"题目正名"相差悬殊——如"题目：岳孔目借尸还魂，正名：吕洞宾度脱李岳"；① "题目：霸王垓下别虞姬，高皇亲挂元戎印；正名：飘母风雪叹王孙，萧何月下追韩信"。②

2. 作者

与狂言剧本基本上是无主名的无名氏作品不同，能乐剧本大多是有作者署名的，即使作者不详，一般也要在作者一栏中注明"不详"。能乐剧本基本上是演员所编写，现存能乐剧本中大约有一半是世阿弥的作品。③

3. 主题

能乐剧本列有"主题"一目，以简短文字介绍剧作的情节、人物和题旨，篇幅长短不一，长的有十来句，对剧情的介绍较为具体，短的只有一句话，对剧情作高度概括。如《松风》之"主题"："在原行平流放须磨时结识两位渔家女儿，一名松风，一名村雨。剧中描述二渔女对行平的真挚眷恋之情。"④《道成寺》之"主题"："某少女内心慕恋着一个男人，剖白私情后反为所弃。少女怨愤填膺，死后尤且不已，化为歌女伺机报复，卒以丹诚之念使男人隐匿其中的道成寺大钟

---

① （元）岳伯川著：《岳孔目借铁拐李还魂杂剧》，宁希元校点：《元刊杂剧三十种新校》（下册），兰州：兰州大学出版社1988年版，第55页。

② （元）金仁杰著：《萧何月下追韩信杂剧》，宁希元校点：《元刊杂剧三十种新校》（下册），兰州：兰州大学出版社1988年版，第177页。元刊杂剧中有些剧目并无"题目正名"，但完整剧本之末都有剧名，如《死生交范张鸡黍》杂剧。

③ 这一说法在日本学界存有争议，有人认为传为世阿弥所作的剧目，有的并不是他的作品。

④ 申非译：《日本谣曲狂言选》，北京：人民文学出版社1985年版，第48页。

轰然坠地；己身也化为蛇体，与寺僧的祷告相抗争。终究归于失败，纵身跃入日高川的深渊之中。"《鹤龟》之"主题"："借象征长寿的鹤与龟为世人祝福。"①《屋岛》之"主题"："以源义经为中心的战争故事。"

　　元杂剧文本没有"主题"一目，它对情节与题旨的概括是通过程式化的"题目正名"来完成的，而且"题目正名"一般置于剧本末尾。能乐中的"主题"与南戏文本的"题目"相似，早期南戏的"题目"也是写在剧本前面的。例如，现存最早的南戏剧本《张协状元》的"题目"："张秀才应举往长安，王贫女古庙受饥寒。呆小二村沙调风月，莽强人大闹五鸡山。"②

4. 人物表

　　"主题"之下是剧作的人物表，登场人物尽列其上，人物的排列大体上以出场先后为序。与西方戏剧剧本人物表不同的是，能乐剧本的人物表突出强调的是谁是主角、谁是配角、谁是场间叙事人。主角与配角之外，登场人物较多的剧目还有副主角与副配角之设。例如：

《砧》人物表

配角	芦屋某人
副主角	夕雾（使女）
主角	某妻
场间叙事人	男仆
后场配角	芦屋某人
副配角	侍从
后场主角	某妻亡灵③

---

　　①　申非译：《日本谣曲狂言选》，北京：人民文学出版社 1985 年版，第 14 页。
　　②　（宋）无名氏著：《张协状元》，王季思主编：《全元戏曲》（第九卷），北京：人民文学出版社 1999 年版，第 5 页。
　　③　申非译：《日本谣曲狂言选》，北京：人民文学出版社 1985 年版，第 95 页。

《屋岛》人物表

配角	行僧
副配角	从僧（二人）
副主角	渔夫
主角	渔翁
场间叙事人	煮盐作坊主人
后场主角	源义经①

中国古代戏曲剧本没有"人物表"。

5. 人物台词与表演提示

能乐文本的主体部分由人物台词（含散白、唱词）和表演提示所构成。表演提示详细注明演员应在舞台上的什么位置完成何种动作，特别重视舞台调度，这是因为能乐的作者大多是演员，其剧本也是他们的演出本。例如，观阿弥、世阿弥合作的能乐《松风》一剧的开头：

表演提示：

［检场人把一株松树道具置于正台前方。配角行僧在笛子独奏通名曲中出场；场间叙事人（须磨浦的本地人）同时上场。叙事人坐在狂言位，行僧立在主角位通名，然后作定场白，向叙事人问话。叙事人起立答话。一问一答完结后，叙事人退场。行僧走至台中央唱"巍巍一老松"，念白之后坐于配角位。］

［笛子独奏通名曲］

散白：

行　僧　　（通名）我是云游各地的行僧，因尚未去过西国，这次决心要去西国一行。

---

① 申非译：《日本谣曲狂言选》，北京：人民文学出版社1985年版，第17页。

行　僧　　　（定场白）匆匆行来，不觉已到摄津国的须磨浦了。向海边望去，见有一株很有气势的老松，（向松树望去）想这必有来历，找个本地人探询一下才好。

行　僧　　　（面向桥台一棵松处）有须磨本地的人吗？

叙事人　　　（站在一棵松处）有人询问须磨本地的人，不知是何缘故？

……

能乐中最长的散白通常是场间叙事人回答提问的一到两段道白。

唱词：

村雨、松风　（唱）【上场诗】　挽车汲水苦煞人，命薄多舛耐酸辛。

村雨　　　　（面向正面，唱）波翻浪卷须磨浦，

村雨、松风　（二人相向，唱）月影含愁泪满襟。（奏曲，二人步入正台）

松风　　　　（唱）【散调】　　秋风诉怨，惹动相思愁无限……①

能乐的唱词中间也可以夹说白，例如《赖政》：

老翁　　　　（白）我虽久住此地，却是鄙俗之人，对于名胜古迹，几乎一无所知。（在二棵松处面向正面）（唱）宇治川，舟桥俱在渡河不难；可叹我，涉世度日忒危艰。纵然是，有幸得居形胜地；怎奈我，全然不晓，何以对君言。（且唱且走）

行　僧　　　（白）老丈何出此言，俗语说："劝学院的鸟雀也会唱蒙求。"久居此地的人必定高雅，请先指教我：喜撰法师的庐庵现在何处。（此时老翁停在主角位）

老翁　　　　（白）这一问却正是最难回答。喜撰法师本人有歌云：（都城东南结我庵，恬静自如得安然；或问此僧今何在，（世人争道宇治山。

---

① 申非译：《日本谣曲狂言选》，北京：人民文学出版社 1985 年版，第 49~50 页。

(歌中虽云"人争道",老夫于此独茫然。①

能乐唱词之撰写大体上是"倚声填词",唱词的字数(音节)、句数等受"曲牌"的约束,须守格律,因此,能乐文本唱词之前多冠以"曲牌"之名——诸如【上场诗】【散调】【高长调】【低短调】等,同时还注明演唱形式——诸如伴唱、对唱,而且,登场人物除"场间叙事人"之外几乎都可以有唱。唱词是能乐文本的主体,但真正押韵的唱词很少,大多是句式大体整齐的无韵诗。

能乐以歌舞手段胜人,能乐文本还详细注明人物在何种乐器演奏的何种乐曲中做何种表演,有些剧本不只是注明人物"起舞""中速节拍的舞蹈",有时还特别注明跳何种舞蹈——诸如"翔舞""序舞""神舞"等,这在戏曲剧本中是很难见到的。

(六) 狂言的文本体制

狂言剧目都只截取一个生活片断作为表现对象,因此其文本均为"单式结构"——不分前、后场,其文本体制包含以下几个部分:

1. 题目

题目亦即剧名。与我国南戏、元杂剧、明清传奇的题目多着眼于概括剧情不完全相同,狂言题目的着眼点并不一致,有的突出剧中人物,如《武恶》《两个侯爷》《三个残疾人》《爱哭的尼姑》《雷公》《偷孩贼》等;更多的是概括剧情或点明中心事件,如《蚊子摔跤》《忘了布施》《伯母酒》《盲人赏月》《女婿索亲》《柿子和山僧》《附子》《折扇》《茶水》《木料六驮》《金刚》等;也有的只是点明故事的地点或一个细节,如《因幡堂》《八尾里》《首席》《狐丘》等。狂言的题目和能乐的题目一样,很短,而且一律写在文本的最前面。

---

① 申非译:《日本谣曲狂言选》,北京:人民文学出版社 1985 年版,第 31~32 页。

2. 人物表

狂言文本的题目之下即是登场人物表，除标明人物的身份——如主人、大管家、茶馆老板、女婿、岳父等之外，更重要的是标明该人物在剧中的地位——是主角还是配角。

《忘了布施》人物表

主角　　住持

配角　　施主①

《盲人赏月》人物表

主角　　盲人

配角　　上京人②

《茶水》人物表

主角　　沙弥

配角　　住持

配角　　女人③

《三个残疾人》人物表

主角　　哑子（赌徒甲）

配角　　瞎子（赌徒乙）

配角　　瘫子（赌徒丙）

---

① 申非译：《日本谣曲狂言选》，北京：人民文学出版社 1985 年版，第 356 页。

② 申非译：《日本谣曲狂言选》，北京：人民文学出版社 1985 年版，第 378 页。

③ 申非译：《日本谣曲狂言选》，北京：人民文学出版社 1985 年版，第 372 页。

配角　　主人（大财主）①

狂言中的人物有类型化、符号化的鲜明特征，这从其人物表亦可见出，有不少剧作的人物表只是标明该人物是男人还是女人，至多也只是标示其社会身份，一般不标示人物的姓名。剧作家最为关注的是该人物是主角还是配角，因为这与舞台表演关系密切，在能乐和狂言舞台上，主角与配角在舞台的什么位置做何种动作都是有规矩可依的。

3. 人物台词与表演提示

狂言剧本的人物表后面便是剧本的主体——人物台词和表演提示。

狂言的文本以人物散文体的道白（独白与对白都有）为主，有一半左右的剧目含有诗体唱词，其次是详细的舞台表演提示。与戏曲中的"科介"不同的是，狂言的表演提示除了相当详细之外，还一一注明演员在舞台上的什么区域完成所规定的表演动作，就像是导演手记，对于舞台调度给予了高度重视。

请看《蚊子摔跤》中的一个片断：

［侯爷、大管家相继上场。侯爷在正台前方做自我介绍。大管家坐在后廊。

侯　爷　我是这一带大名鼎鼎的侯爷。如今天下太平，诸事吉庆，近来各地纷纷举办摔跤大会，因此，我也想雇上几个摔跤的。且把大管家叫来，吩咐他几句。喂，喂，大管家，在吗？（走向笛位）

大管家　（起立）有。

侯　爷　在吗？在吗？（向前走到配角位）

大管家　有。（走向主角位）

侯　爷　（在配角位）来了吗？

大管家　（在主角位，跪下）在这里。

侯　爷　来得好快，站起来吧。

大管家　是。（起立）

---

① 申非译：《日本谣曲狂言选》，北京：人民文学出版社1985年版，第391页。

……①

狂言也是不完全代言体，剧中的台词虽然都是通过人物说出来或者唱出来的，但其中有不少是叙述体的"独白"。狂言和能乐一样，剧情空间和时间也是可以自由转换的，舞台上空无一物，空间的转换全靠演员的表演来实现。试节选《因幡堂》前半场的一个片段来加以说明。

男　人　（上场，在主角位）我是附近的人，娶有妻室在家，她嗜酒成性，不
　　　　理家务，动辄向我施威取闹，好不令人烦恼。幸好这几天她住娘家
　　　　去了，我就趁此机会写封休书与她。可是，我一个人日子也难过
　　　　得，势必另谋婚配。世人都说下京区因幡堂的药师如来有灵有圣，
　　　　我不妨前去祈祷，求他许配一房妻室。这就慢慢地去吧。（迈步前
　　　　行）欸欸，事情果真凑巧，平素总想休了她，休了她，这次就趁她
　　　　住娘家的机会写封休书，把她休了。看到休书，怕她不失魂落魄
　　　　吗。（绕舞台一周，停在主角位）行走之间，这就到了。（走到台中央）
　　　　啊啊，至尊至圣的药师如来在上，信士弟子前来叩拜。（坐下，打开
　　　　扇子放在座前）阿弥陀佛，药师如来，敬请许配我一房妻室，阿弥陀
　　　　佛。（合十，向正面礼拜）今晚就在这里过夜吧。（右手持扇，上身略向
　　　　右歪倒，做睡状）
女　人　（上场，在桥台一棵松处）哼，气死我也，气死我也。这个坏男人，
　　　　趁我住娘家的时候送来一封休书，而且还听说他到因幡堂向药师如
　　　　来求亲去了，越听越让人生气！是真是假，须得弄个明白，赶紧去
　　　　看看吧。（向台前边走边说）像他这样的男人，不过是庸碌之辈，可
　　　　一想到竟让他用欺骗手段把我休了，实在气死我也。（停在主角位）
　　　　说话之间已经来到因幡堂了，不知那个蠢货在哪里？（看见了男人）
　　　　气死我也，气死我也，他一个人在这里兀自发呆，我恨不得一口把
　　　　他咬死，恨不得一把撕得他粉碎。唉，怎生是好呢？（想）啊，有
　　　　了，有了。（藏在标记柱旁看着男人）喂喂，你这小子是来谋婚求妻的

---

①　申非译：《日本谣曲狂言选》，北京：人民文学出版社1985年版，第227页。

吗，那就点化给你一房妻室，站在西门台阶上的就是，快去认亲吧。(走向检场人位，背向观众坐下)

男　人　哦，哦。(坐正) 有幸，有幸。果真如来显灵，给我托梦了。(打开折扇，放在前边) 阿弥陀佛，药师如来！阿弥陀佛，药师如来！(行礼) 真是有灵有圣，如来托梦给我说，立在西门台阶上的女人就是我的妻室，这就赶紧到西门去吧。(起立，迈步前行) 适才梦中得到的信息是如来显灵，许配我的想必是个贤慧妻子吧。(绕台一周，停在台中央) 走不多时已经来到西门了。啊呀，这边看不到像是新娘的人，是让她站在哪儿啦？

……①

从这一片段可以看出，无论是直接向观众讲述的表达方式还是时空自由转换的处理方法，狂言与中国戏曲都十分相似。

(七) 戏曲的文本体制

就戏曲文本而论，古代戏曲文本体制有宋元南戏、元杂剧、明清传奇、明清杂剧之别，其差别显而易见。例如，元杂剧以一本四折为常 (现存元刊本原不分折，后人为称引方便，将其分折)，少数剧目突破四折，个别剧目为多本剧。明清杂剧既有一本四折的，也有 1~2 折的。早期南戏不分出，如现存最早的南戏剧本《张协状元》不分出，清代陆贻典《校钞新刊元本蔡伯喈琵琶记》被视为"元本"，这一创作于元末的南戏仍不分出。南戏以人物的上、下场为剧本结构的"单元"，而且人物下 (退) 场又重于上场——人物上场未必都有上场诗，而下场一般都有七言四句 (也有只用两句的) 的下场诗一首，场上人物均下时，下场诗由几人分念，末句则由场上所有人物合念，念毕均退场。

明清传奇分出，30~50 出不等，一部剧作通常分为上、下两卷。为求出数均衡，并且使上、下卷的出数都是整数，有的剧作以"闰"计之，如某剧上卷实为 21 出，其第 21 出即标为"闰二十出"。

---

① 申非译：《日本谣曲狂言选》，北京：人民文学出版社 1985 年版，第 317~318 页。"贤慧"当为"贤惠"。

与南戏登场角色都可以有唱不同，元杂剧的多数剧目每折多由一人主唱，全剧四折均由一人主唱的占现存传本的大半，故有"旦本""末本"之别。元杂剧的人物上场多有诗——通常是七言四句，也有八句或两句的，下（退）场有诗的则不多，而且不像南戏那样——场上人物均下时由多人分念，最后一句须众人合念，杂剧的下场诗多数是由一人念完或两个人各念两句。

戏曲剧本均由唱词——曲文，宾白——含散文体（有的杂有骈文）的独白和对白，韵文体的词、上场诗、下场诗以及"数板"式的韵语等，科介——表演提示以及穿关、音响效果说明等三部分构成，曲文是剧本的主体。曲是韵文，但不是一般的诗——它要受宫调、曲牌和联套规则的约束。从这个角度看，戏曲文本结构的"本质"是音乐。

综上所述，中、日戏剧——特别是日本的能乐与戏曲有不少相似之处。在艺术构成上，它们都是载歌载舞、高度综合化的戏剧样式。在情节结构上，都采用开放式的线性结构模式，剧情时空自由转换。在审美形态上，能乐笼罩着一种淡淡的忧伤，狂言则和以滑稽为美的宋金杂剧相似，是短小的喜剧或笑剧。这两种样式经常穿插在一起在贵族——特别武家的各类仪式上演出，体现的是悲欢沓见、悲喜中节的"中和"之美。能乐的文本亦以曲、白和表演提示所构成，人物上场也有"自报家门"（通名）和"上场诗"（不过，能乐的上场诗是合乐演唱的）；其歌曲接近"曲牌体"，须受曲牌格律的约束，不同曲子之组接虽不像戏曲的联套规则那样严格，但亦有辈类，比如，"上场诗"通常在前，而"压轴曲"则在最后。其文本结构的"本质"也可以说是音乐。

中、日传统戏剧的差异性也是显而易见的。中、日传统戏剧所扮演的文化角色并不相同，戏曲中虽然也有封建主流文化的渗透，有的剧目甚至可以称为封建道德的教科书，但观其大体，戏曲洋溢着强烈的批判精神，表现出鲜明的"异端"特色，属于与主流文化相对（未必完全是对立）的俗文化样式。能乐与狂言则是受武家幕府支持的"宫廷艺术"，缺少批判精神和叛逆性格，尽管狂言有庶民艺术的某些特征，但观其大体，他们与主流文化在精神上是基本一致的，扮演的也大体上是主流文化承担者的角色。戏曲善于从伦理视角观察生活和评判人物，大部分剧作中充满伦理道德精神，可以说是伦理道德剧。能乐与狂言经常在武家的祭祀仪式上演出，面对的是权贵。因此，很少着眼于教化，伦理道德精神淡薄,但宗教精神浓厚,特别是能乐,其中许多剧目可以说是祭祀亡魂的宗教剧,真可谓鬼气森森。戏曲是"体大思精"的大型戏剧,能乐与狂言则是"具体而微"的小型戏剧。戏曲援悲、喜于一体,日本传统戏剧则别悲、喜于二途。中国戏曲多迷恋大团圆结局,这在能乐和狂言中却难以寻觅。戏曲的人物装扮一律行当化,能乐与狂言的表演虽然也高度程式化,但其人物装扮则并未形成行当。戏曲文本以曲为主体,大多出自作家之手,对舞台的关注相对较少。能乐与狂言的文本大多出自艺人之手,故有导演手记的痕迹,特别关注舞台调度,用较大篇幅描述不同人物在舞台上的不同区域完成何种表演动作。

第三章　戏曲与越南戏剧之比较

相传，越南的"国祖"——"文郎国"开国君主"雄王"是炎帝的后裔，古代越南人也以龙为图腾，相信自己是"龙的传人"。公元前 2 世纪至公元 10 世纪 30 年代的千余年间，越南大部曾被纳入我国的交州、象郡、九真郡、交趾郡、日南郡、安南府的版图。摆脱"北属"地位，独立建国之后，"大越"（大瞿越国、大虞）仍与中国长期保持藩属关系，政治、经济、军事、文化等诸多领域仍沿"北属"之旧。例如，崇儒尊孔，开科取士，重农轻商，立佛教为"国教"，15 世纪以前一直以汉字为全国通用文字（13 世纪以后越南虽有"国字"——字喃，但因汉语和汉字影响很大，故仍有统治者宣布以汉字为通用文字）；风俗习惯也与中国大同小异，如除夕夜守岁，春节贴对联、放爆竹、拜年，清明扫墓祭祖，端午包粽子，中秋吃月饼……总之，古代越南文化的诸多层面均深受我国传统文化的影响。

越南古代不但长期使用汉语，而且，移居越南的华人人数众多，目前在越南的华人超过百万，其中不乏戏曲艺人。越南现有的 54 个民族中有些也是我国所拥有的，例如，京族（即占越南人口九成的越族）、傣族、瑶族，也是我国的少数民族。种族、语言、历史、地缘等诸多条件都为包括戏剧交流在内的中、越两国文化交流创造了极好的条件。中、越两国的戏剧交流源远流长，越南史书记录了元代戏曲艺人在越南宫廷传播戏曲艺术的情形（详后）。早在 14 世纪，越南就出现了以字喃改写的长篇叙事诗《王嫱传》（系据元杂剧《破幽梦孤雁汉宫秋》改写），这些事实说明元杂剧传入越南并影响了越南戏剧的创生。19 世纪上半叶，李文馥（1785—1849）又将元杂剧《崔莺莺待月西厢记》改写成字喃长篇叙事诗，18、19 世纪还有无名氏据明代高濂的传奇《玉簪记》改写的字喃长诗《潘陈》问世。越南传统戏剧——特别是嗦剧，剧目题材大多源于中国，其中有相当一部分与戏曲剧目的题材相同。越南传统戏剧的表现形式、审美取向与中国戏曲颇多相似之处，如载歌载舞，采用时空自由转换的线性结构模式，悲欢沓见、离合环生，迷恋大团圆结局，角色装扮行当化，有些行当也勾画脸谱，而且其脸谱与戏曲脸谱非常相似，主要伴奏乐器大体相同……总之，中国古代戏曲对越南戏剧的发生发展均有着深刻的影响。就笔者所接触到的亚洲各国戏剧而论，越南戏剧受中国戏曲的影响是最大的。

越南传统戏剧主要有嘲剧（一译"乔戏"）和嗖剧，19世纪后期，法国人占领越南，20世纪初，在西方文化的影响下，越南又有了新创戏剧样式"改良戏"。这里主要就其传统戏剧展开讨论。虽然越南的传统戏剧都是在越南脱离"北属"之后诞生的，但其发生发展仍然与中国古代戏曲有着密切的关联，且越南传统戏剧也不是对中国戏曲的简单模仿，与中国戏曲仍有明显区别。例如，嘲剧是属于平民——尤其是农民的轻喜剧，嗖剧则大体上是属于宫廷的贵族艺术。这种剧坛格局与日本古代戏剧相类似，与中国古代戏曲的状况则相去甚远。当然，对嘲剧与嗖剧的区别不能做绝对化的理解，这两种戏剧样式也曾互相渗透，故虽有区别，但你中有我，我中有你。例如拥有共同的剧目——嘲剧和嗖剧中就都有《金云翘传》，文本结构形式大致相同——嘲剧和嗖剧都分"回"或"幕"，表现手段相似——嘲剧和嗖剧都是载歌载舞的歌舞剧。不过，它们的体制与戏曲都有区别——都不是曲牌联套体，其音乐体制对文本体制的影响并不大，而文本体制"屈从"于音乐体制却是曲牌联套体的中国古代戏曲的重要特征。

一、戏曲与嘲剧之比较

嘲剧至今仍然"活"在舞台上，尤其是在越南乡村，嘲剧还拥有大批观众，但嘲剧是具有悠久历史的古典戏剧，与中国戏曲关系密切。

（一）戏曲与嘲剧之创生

因越南现存文献中没有关于嘲剧创生的任何记载，其早期流传情况也难以考索，故关于其形成的时间学界颇有歧见。

　　Cheo（指嘲剧——引者注）和越南民族一样古老……cheo 的起源可以从铜器时代的鼓和瓮上描绘的宗教及社会活动中发现……观众熟悉 cheo 剧的每一个细节，这些戏的规矩早在 1500 年前就已经确定。①

　　这种说法并无文献可征，可信度也大有可疑。越南现存的古代石刻中有生动的舞者形象，说明越南很早就有表演艺术存在；但没有证据证明，越南早在"铜器时代"就已有成熟的戏剧，现存嘲剧的"细节"不可能"早在 1500 年前就已经确定"，因为现存嘲剧剧目的唱词几乎都是"六八体"或"双七六八体"诗，而"六八体"和"双七六八体"诗是在越南的"国字"——"字喃"创生之后由越南诗人创造的一种格律诗。字喃创生于 13 世纪后期，"六八体"和"双七六八体"诗的创生，建立在韩诠仿唐代律诗的"国音诗"的基础之上，其流行在 17 世纪以后，嘲剧唱词采用此体，不可能在其流行之前。当然，嘲剧有可能诞生较早——因为固定脚本的出现与戏剧的诞生并不能画等号，但嘲剧的成熟无疑经历了相当长的时间，早期嘲剧没有固定脚本，即兴表演的成分很重，只能算是"雏形的戏剧"。

　　最初的嘲剧大体是一种以谐谑、调笑为主的雏形戏剧。据越南戏剧研究者推测，可能于李、陈朝（11—13 世纪）时期已在民间流行，陈朝（1225—1400，——引者注）后期传入宫中。②

　　李朝（1010—1225）握有政权百余年，如果嘲剧此时"已在民间流行"，其诞生当不会晚于 11 世纪前期或中期，那么，嘲剧也就是越南最古老的戏剧样式。因缺乏可靠的记载，此说也并不为越南学界所普遍认同。河内嘲剧团团长就认为，嘲剧形成于 13 世纪。③ 有的学者把嘲剧的形成时间向后推得更远一些：

　　嘲剧是 15 世纪越南北部平原民间自发产生的一种文艺形式……直到 18

---

　　①　新加坡 APA 出版有限公司编：《越南》，刘悦欣、吴秋丽译，北京：中国水利水电出版社 2004 年版，第 98~99 页。

　　②　孟昭毅著：《东方文学交流史》，天津：天津人民出版社 2001 年版，第 225 页。

　　③　廖奔著：《越南戏剧札记》，《中国戏剧》2001 年第 7 期。

世纪才发展成为一种固定的文艺形式。①

如果此说成立，嘲剧就并非越南最古老的戏剧，它的诞生期或曰成熟期远在嗦剧之后。

关于嘲剧的源头，因缺乏可靠的记载，越南学界至今未能取得一致意见，有人认为系从中国移植，有人认为系由越南民间所创造，其源头是越南民间的宗教仪式。嘲剧的创生是否与中国戏曲在越南的传播有关，因缺乏可靠的证据难以下结论，但嘲剧与中国戏曲的关系十分密切则是不容否认的事实。

嘲剧之名称源于汉语，②"嘲"有嘲讽、笑谑之意，这一源于汉语的名称不仅凸显了嘲剧以笑乐为美的审美取向，也暗示了嘲剧与中国古代戏剧的密切关系。我国汉唐以来长期流行以"嘲"为手段的笑乐之戏，隋唐参军戏、歌舞戏以及宋金杂剧多为谐谑之戏，汉代至南北朝时期的"百戏"中也有这类节目，它们有可能是越南嘲剧的"根"。

嘲剧的角色装扮与戏曲一样也实行"行当制"，而且主要行当也是生、旦、净、末、丑，其中，丑行的地位和作用最为突出——丑角是剧中最活跃的角色，他一出场观众的热情立即升至最高点。③ 这与中国戏曲演出的情形十分相似。虽然不能据此断定嘲剧之发生是由中国戏曲之移植，但可以肯定的是，嘲剧受到过中国戏曲的巨大影响，如果不是这样，其与中国戏曲几无差别的角色体制缘何而确立？

嘲剧所保留的传统剧目并不多，经常上演的不足10部，但其中就有《朱买臣》《花云演音歌》等源于中国戏曲、小说的好几部剧作，20世纪中后期，越南将中国电影《白毛女》《王贵与李香香》等改编成嘲剧上演，④ 嘲剧现代戏剧目

---

① 张加祥、俞培玲著：《越南文化》，北京：文化艺术出版社2001年版，第84页。

② 新加坡APA出版有限公司编：《越南》，刘悦欣、吴秋丽译，北京：中国水利水电出版社2004年版，第99页："cheo是Tieu的变形，也就是中国语笑的意思。"嘲剧之得名还可能与越南母教祭仪所使用的嘲歌、嘲文有关，参见刘玉珺著：《越南表演艺术典籍谫述》，载《云南艺术学院学报》2004年第2期。我国有些翻译家将"嘲剧"译为"乔戏""乔剧"。

③ 新加坡APA出版有限公司编：《越南》，刘悦欣、吴秋丽译，北京：中国水利水电出版社2004年版，第99页："合唱和小丑表示感情的最高点，画着黑色脸谱的小丑打断演员的表演，评论他们的谎言和把戏，取笑他们，同时赞美他们好的方面。"

④ 孟昭毅著：《东方文学交流史》，天津：天津人民出版社2001年版，第225页。

中中国题材也占有较大比重。这些都说明，嘲剧在发展过程中受到了包括戏曲在内的中国文化的巨大影响。

传统嘲剧剧本大多是民间艺人的创作，但近代以来，一些著名的文学家也参与嘲剧的创作，例如，越南著名记者、作家吴必素（1894—1954）1954 年著有嘲剧《武氏朴》。

（二）戏曲与嘲剧之异同

嘲剧主要的"领地"在越南北部，它的形成经历了漫长的岁月，与我国清代后期出现的某些地方戏相似，曾经是一种在田边地头和庙前空地上演的"摆滩戏""摆地戏"，常用的乐器主要是锣和鼓，而当代嘲剧则是与中国京剧有相似之处的成熟戏剧样式。嘲剧和中国戏曲中的多数剧种一样，虽然目前的处境也不够景气，但并未成为"博物馆艺术"，它既有传统剧目，也有新创作的表现现代生活的"现代戏"（新编古装戏更多一些）。自 20 世纪以来，它一直在进行改革，力图适应和满足当代观众的审美需求，嘲剧的"当代生存方式"与力图追随时代脚步前行的中国戏曲也是基本相同的。

1. 戏曲与嘲剧之同

嘲剧和中国戏曲一样，具有鲜明的民间性，这从其题材、精神取向以及统治阶级对待嘲剧的态度上都可以得到证明。

> 反对当权派的 hat cheo 剧教农民如何揭露当权阶级的不公正。在一些当权者统治下，cheo 剧被禁止演出，演员受到迫害。①

虽然这一论断并不十分准确——嘲剧传统剧目未必都是"反对当权派"的，但它确实能够揭示出嘲剧多数传统剧目的精神特质。嘲剧常常从民间立场出发表现劳动群众——特别是农民群众的现实生活，而且热衷于揭露和嘲讽统治人民的权贵，并习惯于把他们妖魔化；善恶对立是剧作矛盾冲突的基本格局，善恶有报

① 新加坡 APA 出版有限公司编：《越南》，刘悦欣、吴秋丽译，北京：中国水利水电出版社 2004 年版，第 99 页。

是剧作情节结构的常见模式，嘲剧也是民间的道德法庭和社会的良心。例如，20世纪60年代曾来我国演出过的嘲剧传统剧目《神水瓶》以民间传奇故事为题材，写农家夫妻三哥、三嫂以自己的勤劳和善良感动龙神，龙神以托梦的方式送给他们一只神水瓶。用瓶子里的水浇地，三哥、三嫂的庄稼获得大丰收。用瓶子里的水洗身，三嫂变得更加靓丽动人。三哥为漂亮的妻子画了一张肖像画，不料却被一只乌鸦抢走并衔进皇宫。皇帝见色起意，三嫂被抓进皇宫并被封为"皇后"。有贞有烈的三嫂不肯屈服，日夜思念丈夫，以不言不语的方式抗争到底。最后，三哥依靠人民的力量夺取了政权，下令处决了作恶多端的皇帝，被拆散的三哥三嫂终得团圆。剧作有鲜明的民间立场，剧中的权贵是冷酷、邪恶而愚蠢的，贫苦农民则是勤劳、善良而正直的。剧作就像是一面哈哈镜，皇帝、宰相、太监以及那只替皇帝效劳的乌鸦在它面前都成了面目可憎、可笑可鄙的妖魔鬼怪，剧作的结尾表现了封建社会劳苦大众的善良愿望。传统剧目《四茅上庙》也体现出鲜明的民间性，剧中的富家小姐被刻画成可笑可鄙的淫荡之辈，而被她诬陷的平民则是善良、正直、高洁和令人喜爱的。

正因为嘲剧是生长在农村的民间戏剧，所以与中国戏曲一样，它也经常遭到封建统治阶级的拒斥和摧残。陈朝后期嘲剧一度进入皇宫，但很快被逐出，而且越南皇室曾禁止民间演出嘲剧。

从表现形式上看，嘲剧和中国戏曲也有不少相似之处。嘲剧也是载歌载舞、高度综合化的，"以歌舞演故事"是其基本特征。嘲剧的结构也与戏曲相似，大多采用时空自由转换的开放式线性结构，剧情的时间跨度与表演这一剧情所花费的时间严重不相等，舞台上空无一物，空间转换和剧情时间的当场省略主要靠演员的表演来实现。大团圆结局也是多数嘲剧传统剧目的选择，其文本和舞台表演也都是程式化的。嘲剧的角色装扮实行"行当制"，而且，其主要行当生、旦、丑与戏曲——特别是南戏相似。嘲剧文本也是韵散结合体，由唱词、说白、舞台表演提示三部分所构成，唱词也讲究格律。嘲剧文本也分"回"或"幕"，"回"有"回目"，搬演时可以拆解成"折子戏"上演，这与明清传奇的体制相似。

2. 戏曲与嘲剧之异

嘲剧文本的篇幅大多较短，而且登场人物通常只有三五个人，超过10人的剧作很少见；剧情线索非常简单，大多只有一条剧情主线；舞台演出长期保持即兴表演的特色，与剧情无关的诨闹——画黑色脸谱的小丑打断演员表演的调笑大受欢迎；在演出过程中，演员不但可以直接向观众"说明"剧情和心理活动，还可以不时停下来回答观众的问题或向观众提问。

嘲剧中不但没有严格意义上的悲剧，就连戏曲中常见的"令人酸鼻"的"苦戏"也不是太多，其传统剧目大多是"令人解颐"的讽刺喜剧。这种"单一形态"与古印度梵剧中的笑剧、日本的狂言以及中国"雏形的戏剧"——宋金杂剧相似，而与成熟形态的戏曲不太相同。

嘲剧是歌舞剧，其音乐体制对文本创作有一定影响，但嘲剧的音乐大多为民间小调，形式生动活泼；嘲剧并没有将民间小调组织成"曲牌联套体"，唱词之格律远不如曲牌联套体的戏曲严格，因为"六八体""双七六八体"诗是在"韩律"（指韩诠的"国音诗"诗律）的基础上吸收民歌因素而创造的新诗体。"六八体"的格律是：两句一组，字数六、八相间，句句用韵。"双七六八体"的格律是：四句一组，字数为七、七、六、八（即在六、八字句前加两个七字句），句句用韵。诗句须平仄谐协，但篇幅长短不拘。

"六八体" 平仄谱

平平仄仄平平

平平仄仄平平仄平

"七六八体" 平仄谱

平仄仄平平仄仄

平平平仄仄平平

平平仄仄平平

平平仄仄平平仄平①

---

① 颜保著：《越南文学与中国文化》，卢蔚秋编：《东方比较文学论文集》，长沙：湖南人民出版社 1897 年版，第 269 页。句末黑体字为韵脚。

　　实际创作中常常偏离这一"谱式"，也就是说，对于嘲剧创作而言，句中的平仄并非绝对不可松动。嘲剧"曲牌"之连接也并无固定"格式"，这一格律比戏曲音律要宽松许多。李渔《闲情偶寄》以一卷之篇幅专论戏曲音律，其中有言：

　　　　作文之最乐者莫如填词（指"倚声填词"的戏曲文本创作——引者注）；其最苦者，亦莫如填词……至说其苦，亦有千态万状，拟之悲伤、疾痛、桎梏、幽囚诸逆境，殆有甚焉者。请详言之。他种文字，随人长短，听我张弛，总无限定之资格。今置散体弗论，而论其分股、限字与调声叶律者。分股，则帖括时文是已。先破后承，始开终结，内分八股，股股相对，绳墨不为不严矣。然其股法、句法，长短由人，未尝限之以数，虽严而不谓之严也。限字，则四六排偶之文是已。语有一定之字，字有一定之声，对必同心，意难合掌，矩度不为不肃矣。然止限以数，未定以位；止限以声，未拘以格。上四下六可，上六下四亦未尝不可。仄平平仄可，平仄仄平亦未尝不可。虽肃而实未尝肃也。调声叶律，又兼分股、限字之文，则诗中之近体是已。起句五言，则句句五言；起句七言，则句句七言；起句用某韵，则以下俱用某韵；起句第二字用平声，则下句第二字定用仄声，第三、第四又复颠倒用之；前人立法，亦云苟且密矣。然起句五言，句句五言；起句七言，句句七言：便有成法可守。想入五言一路，则七言之句不来矣；起句用某韵，以下俱用某韵；起句第二字用平声，下句第二字定用仄声：则拈得平声之韵，上、去、入三声之韵皆可置之不问矣。守定平仄、仄平二语，再无变更，自一首以至千百首，皆出一辙，保无朝更夕改之令阻人适从矣。是其苛犹未甚，密犹未至也。至于填词一道，则句之长短，字之多寡，声之平、上、去、入，韵之清浊、阴阳，皆有一定不移之格。长者短一线不能，少者增一字不得，又复忽长忽短，时少时多，令人把握不定。当平者平，用一仄字不得；当阴者阴，换一阳字不能。调得平仄成文，又虑阴阳反复；分得阴阳清楚，又与声韵乖张。令人搅断肺肠，烦苦欲绝……①

---

　　① （清）李渔著：《闲情偶寄》，中国戏曲研究院编：《中国古代戏曲论著集成》（七），北京：中国戏剧出版社1959年版，第31～32页。

李渔以自己的切身体会阐明了古代戏曲文本创作格律既奇且密的特点，曲牌联套体的古典戏曲格律确实是一副无比沉重的镣铐，要戴着这副镣铐跳舞实非易事。嘲剧中的唱词虽然也须守律，但它与民歌相似，与戏曲中的"曲"相比，比较自由；而且嘲剧唱词之格律主要源于越南的"国音诗"诗律，与其乐曲关系不是太大。

二、戏曲与㗰剧之比较

㗰剧诞生于宫廷，而且长期受到封建统治者的重视和保护，其生存环境与嘲剧相差悬殊，其精神蕴涵与审美取向也不同于嘲剧。㗰剧的作者大多是知识分子，因此，其文学性要高于嘲剧。㗰剧所保留的传统剧目也比嘲剧要多得多。"越南现存的舞台艺术资料中，共保存有500多部㗰剧。"① 这使得㗰剧成为越南传统戏剧中影响最大，最引人注目的门类。㗰剧虽然是古老的，尽管目前也不太景气，但它并未成为"博物馆艺术"，而是不断进行改革，力图实现由古典到现代的转换，以满足当代观众的审美需要。

㗰剧起先主要在越南中部活动，后来则传播到越南各地。尽管目前越南有几十个专业的㗰剧团，业余㗰剧团近千个，② 为了追随时代前进，㗰剧旨在现代化的改革也未曾停步。但自20世纪以来，㗰剧一直在走下坡路，观众，特别是青年观众大批流失，目前处境艰难。

（一）戏曲与㗰剧之创生

㗰剧源于中国戏曲，大约形成于14世纪前期。越南史学家吴士连（1422—1479）等在其《大越史记全书·本纪卷之七〈陈纪〉》中记载，越南陈朝陈裕宗（1314—1369）大治五年，亦即元至正二十二年（1362）李元吉在越南宫廷搬演了《王母献蟠桃》等"古传戏"。李元吉是中国戏曲艺人，他当年曾随元军将领唆都征伐占城、交趾，被俘，因有一技之长，被送进越南皇宫，教势家子弟、婢女"习北唱"，正是他创造了越南㗰剧：

---

① 张加祥、俞培玲著：《越南文化》，北京：文化艺术出版社2001年版，第83页。
② 张加祥、俞培玲著：《越南文化》，北京：文化艺术出版社2001年版，第84页。

春，正月，令王侯公主诸家献诸杂戏，帝阅定其优者赏之。先是破唆都时，获优人李元吉，善歌，诸势家少年婢子从习北唱。元吉作古传戏，有《西王母献蟠桃》等传。其戏有官人、朱子、旦娘、拘奴等号，凡十二人，着锦袍绣衣，击鼓吹箫，弹琴抚掌，闹（奴教切，扰也）以檀槽……更出送入为戏，感人令悲则悲，令欢则欢。我国有传戏始此。①

考《元史·唆都传》和《元史·世祖本纪》，唆都征交趾在至元二十一年，战败阵亡在次年（1285）5 月，李元吉被俘应该也在此时。而据《大越史记全书》记载，李元吉在越南宫廷搬演《西王母献蟠桃》时在陈裕宗大治五年（1362）春，这时距李元吉被俘已有 70 多年，即使李元吉被俘时只有十来岁，这时他已近 90 高龄。这既是关于越南戏剧的最早记录，也是关于嗌剧的最早记录。这则记载虽不无可疑之处，某些细节可能不够准确，但应该说是大体可信的，它出自越南古代史学家之手，而且作者吴士连距李元吉所活动的陈朝后期不远。

嗌剧源于戏曲应是不成问题的，但其源头是元杂剧（也称北杂剧）还是南戏？这与李元吉的"身份"有关。李元吉于元代至元年间被俘，他到底是北杂剧艺人还是南戏艺人？这可是关系到嗌剧的源头到底何在的大问题。有学者认为："根据现在嗌剧的表演形式推断"，嗌剧是"在元杂剧唱、念、科、舞综合表演手段的基础上，又吸收了当时流行于越南的讴曲的一些成分，经改头换面，多方融合，而逐渐形成的"。② 这种说法难以令人信服。"根据现在嗌剧的表演形式"去推断嗌剧源何而生是靠不住的，因为嗌剧已有 700 余年的历史，单就外来影响而言，"现在的表演形式"不但受到了中国京剧以及中国南方诸多地方戏的影响，而且还受到了西方话剧的影响。唱、念、科（介）、舞不仅是元杂剧的特征，同时也是南戏的特征，仅仅依据唱、念、科、舞的表演形式很难断定嗌剧是在元杂剧的基础上形成的。元杂剧的文本体制以一本四折一楔子和头牌制的曲牌联套体为本质特征，演唱体制以一折由一人主唱为本质特征，嗌剧虽有程式化倾向，但不属于曲牌联套体，更不属于头牌制的曲牌联套体；嗌剧文本分"回"，短的只

①　陈荆和编校：《校合本·大越史记全书》（上）《本纪》卷之七《陈纪》，《东洋学文献中心丛刊》（第四二辑），东京：东京大学东洋文化研究所附属东洋学文献中心 1986 年版，第 432 页。笔者引用时改动了个别标点。

②　孟昭毅著：《东方文学交流史》，天津：天津人民出版社 2001 年版，第 226 页。

有三回，长的有百来回，有的一回之中再分若干"幕"，有的则与西方话剧一样分"幕"而不分"回"；嗦剧的登场人物都可以有唱，嗦剧的伴奏乐器、人物装扮与京剧有不少相似之处。这些特征与元杂剧显然相去甚远，而与南戏较为接近。从《大越史记全书》所涉及的伴奏乐器来看，也很难断定李元吉所搬演的"古传戏"是元杂剧还是南戏。早期北杂剧和南戏在伴奏乐器上是大致相同的，都以鼓、笛、拍板为主，后期杂剧演出加上了琵琶等弦乐器，后期南戏演出则加上了筚篥——这也是一种竹管制成的短管乐器。① 李元吉的演出在伴奏乐器上显然已"越南化"。因此，要弄清楚嗦剧的源头到底是元杂剧还是南戏，关键还是要弄清楚李元吉到底是元杂剧艺人还是南戏艺人。

有学者认为李元吉是元杂剧艺人，他带给越南的是元杂剧："有一位元杂剧艺人李源吉被越南军队俘获，他受到陈朝的善待，他因此教会了陈朝贵族子弟演戏，这就是嗦剧。但这种认识缺乏确切文献的支撑，我们只从《大越史记全书》卷七'陈记'见到这样的记载……"② "嗦戏也是一种有中国渊源的表演艺术。它以中国的元杂剧为基础……据越南……《大越史记全书》所云，嗦戏是由元朝艺人李元吉从中国传入越南的。"③ 但也有学者对《大越史记全书》那则记载作了这样的解读："李元吉很可能是南宋出身的下层百姓，从以上记载来看，他传去的不是北方的元曲，而是南宋戏文的一支。这无疑是有关南宋戏曲的一则值得注意的材料。"④ 即使李元吉是南方人也不一定就是南戏艺人，因为这时元杂剧已传播到南方，至元间的名演员珠帘秀就是扬州乐人，当时的南方早有元杂剧的演出，对此，有学者作过认真考索：

这时候（指关汉卿时代——引者注）杂剧的创作和演出中心在大都，但元淮诗又说明杂剧已流传到南方。这还可从著名的旦末俱佳、"众艺兼并"的杂剧演员珠帘秀的最初活动地区来说明，这时候她隶扬州乐籍。胡祗遹在至元二十六年为珠帘秀写的《朱氏诗卷序》中说："恐非所以惜芳年而保遐

---

① 刘念兹著：《南戏新证》，北京：中华书局1986年版，第295~301页。

② 廖奔著：《越南戏剧札记》，《中国戏剧》2001年第7期。

③ 刘玉珺著：《越南表演艺术典籍谫述》，《云南艺术学院学报》2004年第2期。

④ 孙歌、陈燕谷、李逸津著：《国外中国古典戏曲研究》，南京：江苏教育出版社2000年版，第19页。

龄"。可见她正值华年。元代名演员甚多，从《青楼集》记载她被称作"朱娘娘"判断，珠帘秀当是最早的名演员之一。又《辍耕录》记至元年间松江一家勾栏倒塌，死伤观众很多，演员天生秀却无恙。天生秀疑即白朴赠词的天然秀，这时白朴已经从北方移居到建康。从珠帘秀、天生秀至元二十六、七年在南方演出情况，又可说明这时杂剧已在南方流行，这又是杂剧进入繁荣期的一种标志。①

　　《大越史记全书》只是说李元吉是"破唆都时"所俘获的"优人"，并没有点明他是元杂剧艺人还是南戏艺人，不过书中明确指出李元吉在越南宫廷教授的是"北唱"。需要指出的是，"北唱"并不等于"北曲"。越南在中国之南，越南脱离中国独立建国之后，习惯于以"北"指称中国，例如，越南史书习惯于以"北属时期"来指称其独立建国之前的历史。可见"北唱"未必就是指我国学者所说的"北曲"。据《元史·唆都传》记载，唆都是蒙古人，姓扎剌儿氏，是忽必烈征服江南实现"一统"的重要将领。他先随诸王哈必赤平定山东叛乱，后领兵攻襄阳、汉阳、鄂州等地，并随大军渡江，至元十二年任建康安抚使，降平江、嘉兴，率水军与伯颜会师。攻下临安之后唆都主要在南方活动，辅助参政董文炳留守临安，至元十四年，他升任福建道宣慰使，行征南元帅府职务，率领元军征服福州、泉州、漳州、广州等地，江南平定后升任泉州行省左丞。至元十八年，唆都改任占城行省右丞。至元十九年唆都率战船千艘从广州出发征伐占城，占城降，又征伐诸小城，至元二十一年与镇南王脱欢会师征交趾，至元二十二年（《元史·唆都传》并未确指）于乾满江阵亡。李元吉当是唆都府衙乐人，被俘的时间当是唆都阵亡之时，他所编演的《西王母献蟠桃》既有可能是元杂剧，也有可能是南戏。因为宋金杂剧、元南戏和元杂剧均有这一题材的剧目。宋官本杂剧中有《宴瑶池爨》，金院本中有《瑶池会》《蟠桃会》，元南戏中有《王母蟠桃会》，② 元杂剧中有《宴瑶池王母蟠桃会》，③《录鬼簿续编》将此剧系于钟嗣成名下，但《太和正音谱》却列为无名氏之作，《元曲选目》从之。南戏及元杂剧

---

① 邓绍基主编：《元代文学史》，北京：人民文学出版社1991年版，第62页。

② 元南戏《王母蟠桃会》仅存残曲，清人钮少雅撰《汇纂元谱南曲九宫正始》征引并著录，莆仙戏有抄本《蟠桃会》传世，但不能断定这一传本就是元代南戏之遗。

③ 已佚，《录鬼簿续编》著录，《太和正音谱》《元曲选目》列于无名氏之下。

中的《蟠桃会》均已亡佚，其写定的具体时间以及搬演的具体情况均无法考定。由此可见，嗟剧的源头到底是元杂剧还是南戏目前还难以确认，但它源于中国戏曲则是可以肯定的。

尽管《大越史记全书》言之凿凿，但越南当代学者中有些人却不承认嗟剧的创生与中国戏曲传入越南有关，有的人认为嗟剧只是受到了京剧的影响，这些看法也影响到我国学者的认识。有学者指出：

> 嗟剧是越南最古老的剧种，过去被封建统治阶级视为高雅的"阳春白雪"。其内容和形式都带有许多中国京剧的痕迹，可能来源于中国的京剧。
> 据史书记载，在陈朝（1225—1400）时期，越南的嗟剧已经发展到相当高的水平。到18、19世纪，嗟剧艺术发展到了黄金时期。①

现代嗟剧留有京剧的痕迹，嗟剧受到了京剧的影响是不容否认的事实，例如，现代嗟剧的伴奏乐器与京剧是大体相同的，勾画脸谱、类型化的服饰、节奏化、舞蹈化的动作等也都与京剧有相似之处。但这种影响与嗟剧的创生显然无关。嗟剧的创生大约在14世纪前期，此时何来京剧？既然陈朝时期"嗟剧已经发展到相当高的水平"，那它怎么"可能来源于中国的京剧"？京剧的形成在清代道光（1821—1850）至光绪（1875—1908）前期，这时嗟剧艺术早已"发展到了黄金时期"。

（二）戏曲与嗟剧精神特质之比较

嗟剧诞生于宫廷，而且长期得到上流社会的扶植。宫廷建造剧院并设立专门机构管理宫中的嗟剧演出，朝廷大臣编写剧本取悦当道，有些帝王还亲自登场出演嗟剧中的人物。上行下效，权贵争相蓄养戏班，观赏嗟剧演出成为上流社会的一种时尚。

> 王公贵族纷纷以"养戏班"为荣，每逢节日良辰，遍请宾朋，歌舞酒宴之时以演嗟剧助兴，以此自诩，夸耀于人。以致逐渐取代了曾与之分庭抗礼

---

① 张加祥、俞培玲著：《越南文化》，北京：文化艺术出版社2001年版，第82~83页。

的嘲剧在宫廷中的地位。黎太宗时这种趋势更甚，竟明令嘲剧不得在宫廷中演出。形成了宫廷与整个越南上层社会，只有嗦剧一花独秀的局面……自阮福映 1802 年自立为嘉隆皇帝后，阮氏王朝（1802—1945）格外喜爱嗦剧，嘉隆（1802—1820）命匠人在其顺化的宫殿内建造了一座专供演戏用的剧院……在明命帝时（1820—1840），阮朝的中央行政机构中还设有"越祥署"，专门管理嗦剧的排练和演出等事宜，主管官员是五品官。明命帝五十大寿，朝中官员曲意奉迎，亲自编写剧目上演。如阮伯仪就曾编排《群仙献寿》，为他祝寿，在编写过程中皇帝本人还参与了意见。嗣德皇帝时（1848—1883）嗦剧在越南的发展可以说进入了黄金时代。他酷爱嗦剧，凭借权力竟把全国最优秀的伶人 300 名召进宫中演戏作乐。为了改进越南艺人的演技，他甚至令人从中国请来像张忠厚（不详）这样的名艺人进行指导。他不仅自己亲自编写，还选派了许多有才华的文臣负责创作和改编，这些剧目称为"京本"。其内容基本都是为阮姓封建主服务的，情节题材几乎都以中国小说或流行于中国南方的戏曲为依据，否则不能称为正统。①

嗦剧的这种境遇对其思想内容和表现形式都发生了深刻影响。为统治者歌功颂德，为皇室贵胄祝祷祈福成为嗦剧的重要职能。因此，嗦剧之中确有像《西王母献蟠桃》《万宝呈祥》《群仙献寿》《忠孝神仙》《武熊王》这类歌功颂德、祝祷祈福、粉饰太平的剧目，长生不老的神仙、帝王贵胄、忠臣孝子是这些剧作的主角。

受到历代统治者青睐的嗦剧在精神取向上受到了"中国精神"的深刻影响，源于中国俗文学的"中国故事"成为嗦剧的主要题材来源，这使得嗦剧的精神蕴涵呈现出相当的复杂性。

嗦剧的内容不少是取材于中国的。据说古典嗦剧中，有 80% 取材于中国。《三国演义》《水浒传》《西游记》《红楼梦》《说唐》《东周列国志》等中国古典名著中的故事，在越南的戏剧艺术中都得到广泛的反映。仅取材于《三国演义》的嗦剧就有几十出戏。为中国人民所熟悉的关公、张飞、赵子

---

① 孟昭毅著：《东方文学交流史》，天津：天津人民出版社 2001 年版，第 223~225 页。

龙、花木兰、穆桂英、包公、梁山伯、祝英台、秦香莲、孟丽君、陶三春、貂蝉等，也都是越南人民喜爱的舞台艺术形象。①

越南现代嗖剧团所保留的"经典剧目"也可以证明传统嗖剧对中国故事的迷恋。

> 21 日上午去龙凤剧院访问胡志明市嗖剧团，团长武仲南带领一些演员和我们座谈，说到嗖剧经典剧目大约有 10 台，都是中国故事。②

由此可见，把嗖剧视为单纯的贵族艺术，或者以为嗖剧传统剧目都是宣扬封建道德，为统治者歌功颂德的，把嗖剧与嘲剧视为两种对立的戏剧样式，显然是不准确的。即使是上面提到的这些剧目和舞台艺术形象也未必都是属于贵族的，像梁山伯、祝英台、秦香莲、包公、穆桂英、花木兰等就是深受我国农民观众喜爱的舞台艺术形象，塑造这些舞台形象的剧目具有鲜明的民间性，它们与贵族趣味并不"相投"，有的具有明显的反叛性。传统嗖剧剧目中宣扬忠孝节义，为封建统治者歌功颂德、祝祷祈福的剧目确实不少，但并不是全部。

嗖剧创生于宫廷，而且一直受到越南封建帝王的喜爱，但它与日本的能乐不太一样。观赏嗖剧是越南宫廷的重要娱乐活动，但嗖剧并不是越南皇室的"式乐"，喜爱嗖剧的封建统治者也只是把它当作玩物而已，而且，嗖剧并未被封建统治阶级所垄断，越南民间同样有嗖剧的创作和演出。为了区别宫廷嗖剧和民间嗖剧，越南学界把宫廷嗖剧称做"嗖御剧"，把民间嗖剧称做"嗖喱剧"，可见，把嗖剧视为单纯的贵族戏剧是不准确的。

> "嗖剧"分为两类，一是"嗖御剧"，一是"嗖喱剧"。"嗖御剧"是一种庙堂艺术，剧本内容都采用一些中国历史故事和越南的野史，唱词古雅难懂，多为封建王朝歌功颂德。"嗖喱剧"则采用了"嗖御剧"中的某些表现手法和风格，去刻划和讽刺当时丑恶的社会现象。它演出的地方只限于农

---

① 张加祥、俞培玲著：《越南文化》，北京：文化艺术出版社 2001 年版，第 83 页。

② 廖奔：《越南戏剧札记》，《中国戏剧》2001 年第 7 期。

村，跟"嗵御剧"相反，它决不能登"大雅之堂"。①

　　民间嗵嗨剧大多反映下层民众——特别是农村的现实生活，对上流社会持批判态度，而且令人开怀的喜剧居多，表现出与宫廷嗵御剧不太相同的精神取向。这种精神取向与中国的元杂剧以及清代以来兴起的地方戏相似，也与越南的民间戏剧嘲剧在精神取向和审美品格上相一致。例如，嗵嗨剧传统剧目《蚌蛎螺蚬》是19世纪下半叶以来在越南广为流传的一部名剧，作者失载，现存剧本显然经过多次加工整理。此剧以一桩盗窃案为主要的剧情线索，揭露吏治腐败，批判社会现实，以令人喷饭的喜剧情境鞭挞司法者和无耻的僧侣。剧中的知县与司法者既贪财又好色，被一个购买赃物的寡妇玩弄于股掌之上，丑态百出。剧作还通过一个好色的和尚（积师）和一个贪财的道士对宗教信徒的虚伪无耻进行了尖锐的嘲讽。剧作不仅具有强烈的批判精神，而且还洋溢着蔑视权贵的民主意识和苦中作乐的乐观主义精神。《蚌蛎螺蚬》使用的不是难懂的"古雅"语言，而是生动活泼的方言俗语，即使是不识字的"愚夫愚妇"也能一听就懂。民间嗵嗨剧从内容到形式都与宫廷嗵御剧有别，它显然是属于民众的，它所承载的是民间文化，因此，它一直不被统治者所接纳。不过，民间嗵嗨剧与宫廷嗵御剧也未必都是完全对立的。例如，民间嗵嗨剧团也搬演宫廷嗵御剧剧目，取材于《三国演义》的"三国戏"《三顾草庐》《江左求婚》《华容小路》，脱胎于清代小说《金石缘》的《金石奇缘》等虽然是宫廷嗵御剧，但也是民间嗵嗨剧团所习演的剧目。

　　戏曲中既有富于民主精神的剧目，这类剧目是戏曲剧目的主体，也有不少为封建统治思想和封建迷信张目的剧目，其中有些剧目就是专门为皇室和达官贵人而创作的。不过，中国戏曲并没有分裂成专门服务宫廷和专门服务民众的两种戏剧样式。越南戏剧这种"官民异趣"的发展模式与越南封建统治者的文化政策密切相关，也可能与东南亚戏剧的影响有关。泰国戏剧也是官、民两分的，泰国戏剧有宫内剧与宫外剧之别，这两种戏剧从文本到舞台表演都是很不一样的。例如，宫内剧一般由女子扮演，而宫外剧则只能由男子登台；宫内剧用雅语，宫外剧用俗语。

---

　　① ［越］黄州骥整理：《蚌蛎螺蚬·译者附记》，林荫译，北京：中国戏剧出版社1959年版。笔者引录时删除了原文中括号里的注释文字。

（三）戏曲与嗖剧形式特征之比较

1. 韵文与散文结合

嗖剧和中国戏曲一样也是载歌载舞的，其文本亦由诗、科、白所构成，同样属于韵散结合体。不过，嗖御剧中的韵文大多是唱词，而嗖嗤剧中的韵文则大多是念白（数板），这可能与嗖嗤剧一度只能由男子扮演以及缺少乐队等情况有关。例如，嗖嗤剧《蚌蛎螺蚬》第一幕第一场：

> 夜。灯光迷蒙。景：街道。幕开时，螺带着做贼的全套家伙上场。

> 螺　　　（唱"三板"）
> 　　　　不事农来不事商，
> 　　　　嫖赌吃喝惯游荡，
> 　　　　昼伏夜出捞一把，
> 　　　　偷鸡摸狗度时光。

> 　　　　　　（数板）
> 　　　　我名叫阿螺，
> 　　　　结交蚌大哥，
> 　　　　大哥善占卜，
> 　　　　成败无差错。（片刻，白）
> 想起我这一行，虽然容易谋生，但苦头也不小呀！（数板）
> 　　　　到了富人家，
> 　　　　趁他没提防，
> 　　　　有时躲牛栏，
> 　　　　狗洞我也钻。
> 　　　　咳！
> 　　　　这几夜月明星亮，
> 　　　　今夕里天昏地暗。
> 　　这般良夜，正是干大事的好机会。
> 　　　　去找蚌兄问吉凶，

偷笔钱财好度日。(下)①

《蚌蛎螺蚬》中的韵文虽然占有较大篇幅，但它大部分是由剧中人用"数板"——即念快板的方式来呈现的，这里的韵文大多是明白晓畅的"顺口溜"，没有格律的约束。

嗵剧的曲调对唱词的写作有一定的约束力，但不属于曲牌联套体，而是与我国近代戏曲中的板腔体相似，唱词（含数板）只要句式大体整齐、押韵即可。"数板"这一形式早在元杂剧中就已见于净行的宾白，后世板腔体戏曲中的净行、丑行广为使用，嗵剧的这一表现形式当与中国戏曲有关。

2. 分回与分幕（场）

嗵剧的文本结构经历了由分回到分幕（场）的变化。早期嗵剧是分回的，"回"与我国戏曲中的"回""折"相似，② 有时也称"折"，但嗵剧又与元杂剧一本四折的体制不同，每剧的回数并不相等——长的有百回之多，短的只有三五回，常见的约二十回。③ 分回的依据并不是像元杂剧那样以一个套曲为单位，而是以剧情段落来划分的。有些剧目的剧情并不具有连续性和整一性，而是像我国现存的目连戏那样，把多个独立的小戏串在一起，取一个总剧名来加以统摄。例如，嗵御剧传统剧目《万宝呈祥》就是如此，正如其剧名一样，它集"万宝"于一身，包含多个独立的剧目，共有 100 回，据说，"每日从中午演至午夜，要100 天才能演毕"。④ 嗵剧的"回"并不是一个独立的剧情空间单元，换言之，嗵剧的剧情空间和时间也是自由转换的，分回的依据并不是人物活动的剧情空间的转换。目前嗵剧传统剧目的演出多为"折子戏"，而新编的现代戏则分幕分场。

中国古代戏曲文本的结构主要是"折"与"出"，一直没有"幕"的概念。在东方古代戏剧中只有印度梵剧以"幕"为文本结构的基本单位。自古罗马戏剧

---

① ［越］黄州骥整理：《蚌蛎螺蚬》，林荫译，北京：中国戏剧出版社 1959 年版，第 2~3 页。

② 我国古代戏曲大多是分折、出，但也有分"回"的，例如，清代文人蒲松龄就撰有分"回"的俗曲剧本。

③ 刘玉珺著：《越南表演艺术典籍谫述》，《云南艺术学院学报》2004 年第 2 期。

④ 孟昭毅著：《东方文学交流史》，天津：天津人民出版社 2001 年版，第 226 页。

分"幕"（一幕之中再分为若干场）以来，"幕"成为西方戏剧的基本结构单位。印度梵剧中的"幕"与西方戏剧中的"幕"虽然都是结构单位，但其实质并不相同。西方戏剧中的"幕"与"场"通常是以剧情空间的转换为依据来划分的，而印度梵剧中的"幕"却是以剧情时间为依据来划分的。

> 幕是一个传统术语。它按照各种规则，表现种种情和味，促进剧情发展……在一幕结束时，所有角色都下场……一幕表演发生在一天之内的事件，与种子有关，保证必要的事件不受阻碍……一天之内的所有活动不能在一幕中容纳，可以通过幕间的引入插曲提示。①

> 梵语戏剧中的"幕"是个习惯用词，原义是"膝部"，与"幕布"无关……胜财在《十色》中对幕的界定是："幕依据各种目的、方式和味，表现主角的事迹，提供充足的油滴"；"一幕中包含一个目的，有三、四个角色，表现主角一天之内的活动。一幕结束时，他们都下场"。②

越南嘥剧中的"幕"与印度梵剧中的"幕"显然关系不是太大，因为，它不是以主角一天之内的活动为依据来划分的，而是以剧情空间的转换为依据来划分的。

20世纪以来，越南戏剧的"西化"倾向日渐明显，这不仅表现在话剧等"新剧"的引进和"改良剧"的创造上，越南传统戏剧样式也受到西方话剧的影响，嘥剧的结构就是如此。上文言及的嘥嘥剧《蚌蛎螺蚬》的传本采用的就是话剧结构，它总共分为三幕，每幕之中再分若干场（第一幕七场，第二幕三场，第三幕四场），分场的依据是人物活动空间的转换，换场意味着人物活动空间的改变。换言之，此剧的结构与西方话剧大体上是一致的，一场也就是同一空间所发生的一段剧情。例如，第一幕第一场地点是街道，第二场地点是卜卦先生潘蚌的家中，第三场地点是大江乡财主阮蛎的家中，第四场地点是王村更楼中，第五场地点是王村更楼外的路上，第六场地点是阮蛎家外面的屋檐下，第七场地点是河

---

① ［印度］婆罗多著，黄宝生译：《舞论》第二十章"论十色"，《戏剧艺术》2002年第5期。

② 黄宝生著：《印度古典诗学》，北京：北京大学出版社1999年版，第103～104页。

成乡年轻寡妇蚬氏的家中。剧作于每一场之前都标明人物活动的地点，而且还对这一地点的布景有详细说明。例如，第一幕第二场：

> 第二道幕拉开，现出卜卦先生蚌的家。舞台上的布置：近壁处横放着一张桌子，桌子的中间放一香炉，左边放着卦书，右边用红布盖着些占卜的东西。桌子两边放着两张旧凳子。壁上挂着八卦。桌上燃着灯。
>
> 幕开时蚌扶着拐杖从后台摸着出来。
>
> 蚌　　（唱）　　求神问鬼算阴阳，
>
> 　　　　　　　　占卜之事我擅长，
>
> 　　　　　　　　只要钱财能到手，
>
> 　　　　　　　　盛衰兴亡管他娘。（喊）
>
> 阿憭！（高声喊）阿憭！（没听见回答）好小子！又出去鬼混了……

第一幕第三场：

> 蛎之家。四周墙壁坚固，墙头和墙脚雕花刻鸟。厅内中间放一桌子，桌上有茶具和一盏有灯罩的台灯。
>
> 幕开时阿蛎从内室上。
>
> 蛎　　（数板）　　我，
>
> 　　　　　　　　家住大江乡，
>
> 　　　　　　　　名字叫阮蛎。
>
> 　　　　　　　　牛马满阡陌，
>
> 　　　　　　　　田园不胜计。
>
> 全凭我为人机灵，故此在乡邻之间，（数板）
>
> 　　　　　　　　横行霸道人人畏，
>
> 　　　　　　　　敬我如同敬鬼神。
>
> （喝茶之后，喊家丁）来人呀……①

---

① ［越］黄州骥整理：《蚌蛎螺蚬》，林荫译，北京：中国戏剧出版社 1959 年版，第 3～10 页。

这就告诉我们，每一场就是一个独立的剧情空间，假如不更换布景，演员不能随意转换剧情的空间。

剧情时间的省略通过幕间来完成。例如，第三幕第一场，蚬氏一人在家中独坐，她念完一段数板后说："这桩官司打了快一个月了，还没审完。"这就告诉我们，第二幕最后一场距离第三幕第一场已将近一个月时间，这一个月时间通过幕间的几十秒钟给"省略"掉了。这正是西方戏剧——话剧结构所呈现的主要特点，与古典戏曲以人物的上下场为"单位"、以"套曲"为依据的线性结构颇不相同。

《蚌蛎螺蚬》的情节结构与戏曲是相似的——故事依时间顺序展开，剧情线索"如孤桐劲竹，直上无枝"，但其文本结构却属于"话剧加唱"模式，这种结构模式在我国的戏曲现代戏中也是常见的。

3. 不完全代言体

嗌剧和中国古典戏曲一样，塑造人物、展开剧情并不全靠代言体的对话，其文本虽然基本上是代言体的，但叙述体的痕迹仍然清晰可辨。例如，上文所引《蚌蛎螺蚬》之第一幕第一场，只有丁螺一人登场，剧情的展开全靠丁螺的"自述"。这种化身表演与说唱艺术没有太大的区别。

嗌剧的主要人物初次登场一般要"自报家门"，不但要向观众介绍自己的身份，还要把自己的"人品"彻底亮给观众，这正是中国古典戏曲的特点。例如，《蚌蛎螺蚬》第一幕第七场买赃的寡妇蚬氏初次登场的台词：

蚬（坐下，数板）

> 奴家住在河成乡，
>
> 妾名叫做蚬氏娘，
>
> 可怜夫君早亡故，
>
> 空房独守实可伤，
>
> 收买贼赃讨生涯，
>
> 所交尽是盗与娼。
>
> 　实在说，

全仗姿色惹人爱，

才得化祸又消灾。

又如，第二幕第一场知县初次登场的台词：

知县　　　　　（数板）下官任知县，

衙门掌大权。

饱经风霜险，

尝遍苦与甜。

做官仗口舌，

生财靠皮鞭。

是非本无常，

黑白凭金钱。

小民若失敬，

马上关牢监。（片刻，笑）

做官之乐乐无穷，

出入随从相呼拥。①

这种叙述体的"自报家门"在元杂剧和宋元南戏中经常可以见到。尽管《蚌蛎螺蚬》的结构已经"西化"，但其受中国戏曲影响的痕迹还是清晰可辨，戏曲中的自报家门也是如此。例如，元李行道《包待制智勘灰阑记》杂剧中，与马员外的浑家有奸情的赵令史的上场诗：

我做令史只图醉，

又要他人老婆睡。

毕竟心中爱者谁？

则除脸上花花做一对。

---

① ［越］黄州骥整理：《蚌蛎螺蚬》，林荫译，北京：中国戏剧出版社 1959 年版，第23、28~29 页。

贪官郑州太守苏顺的上场诗：

> 虽则居官，
> 律令不晓。
> 但要白银，
> 官事便了。①

这与《蚌蛎螺蚬》中人物的上场诗如出一辙。

4. "开放式"结构

嗤剧与中国古代戏曲一样，也采用一人一事、一线到底的开放式结构，剧作家长于按照故事发生、发展的时间顺序组织戏剧冲突，传统嗤剧的剧情时间与空间可以自由转换，多数剧作有"团圆"结尾。如果单纯着眼于戏剧结构——特别是结局，越南的古代戏剧中也没有严格意义上的悲剧，但却有以滑稽为美的喜剧。

19世纪以来，由于西方文化的熏染，越南嗤剧话剧化的倾向日渐明显，这也与我国当代戏曲的形态相似。自从"样板戏"兴起，戏曲"话剧加唱"的色彩越来越浓，因许多剧目的文本采用了地点固定的话剧结构——分幕分场，一场只能有一个剧情地点，若不换布景，演员不能靠"走圆场"来实现剧情空间的转换，原来大行其道也大受欢迎的虚拟表演（如在空无一物的舞台上划船等）基本上无用武之地，但这给灯光布景的"豪华包装"留下了余地。

---

① （元）李行道著：《包待制智勘灰阑记》，王季思主编：《全元戏曲》（第三卷），北京：人民文学出版社1999年版，第568、578页。

第四章　朝鲜唱剧与戏曲之比较

中国和朝鲜是唇齿相依的友好邻邦，早在原始社会末期就有了密切的联系，中国传统文化对朝鲜半岛有着强大的辐射力。例如，李朝（1392—1910）末年以前，朝鲜半岛的通用文字一直是汉字。①

朝鲜半岛自古就有演剧活动，每逢传统节日演剧活动尤盛。朝鲜半岛的戏剧除了极少数模仿中国戏曲的作品——18世纪中后期有海叟模仿《西厢记》而创作的八幕剧《水山广寒楼记》（以《春香传》为题材），20世纪有汶阳散人模仿明清传奇的《赐婚记》（又名《东厢记》）之外，主要是以假面剧为代表的歌舞杂戏。朝鲜半岛的处容歌舞戏、调戏、山台杂剧、傩戏、木偶戏等大多源于中国，与中国宋元时代以前的"百戏"非常相似，滑稽调笑是其主要的审美取向。从文学角度看，它们大体属于"雏形的戏剧"，虽然有的剧目有故事、有人物，但却没有写定的文本传世，故这里不展开论述。朝鲜半岛的传统戏剧之中，只有唱剧或许可以算是朝鲜民族的"文学戏剧"。

> 戏曲在朝鲜并不发达。如果说《春香传》《兴夫传》等也叫作戏曲的话，当然也无不可，但实际上那是用歌曲形式演唱的小说，并非戏曲……朝鲜的戏剧是假面剧或是唱剧，它并不需要特别的剧本也能演出。如果说一定需要某种剧本的话，那也只是一种歌曲本。这样，朝鲜没有产生戏曲的迫切需要，因此它也就没有健全的发展。②

---

① 朝鲜于15世纪创造了"训民正音"，但此后的很长一个时期仍以汉字为通用文字。

② ［韩］赵润济著：《韩国文学史》，张琏瑰译，北京：社会科学文献出版社1998年版，第324页。

　　赵润济先生是韩国当代著名学者，他对朝鲜半岛传统戏剧"并不发达"的判断是实事求是的，与中国、印度、日本和越南相比，朝鲜半岛古代戏剧——特别是戏剧文学的发展是迟缓而不够健全的，晚熟的唱剧代表了其传统戏剧的最高水平。

　　唱剧的直接母体是朝鲜的民间说唱艺术"板苏利"（Pansoli）。板苏利是一种既像清唱又像独角戏的舞台艺术样式，韩国有学者把它称作"叙事诗的咏唱"。其演出形式是：一个歌手（19世纪中期以前通常由男"广大"担任，此后渐有女"广大"出演，笔者在韩国看到过由两个女歌手"齐唱"的板苏利演出）和一个鼓手，歌手持折扇或手绢站立演唱，以唱为主，间有说白，不时配以简单的舞蹈动作，一人"化身"多个角色说唱故事。鼓手在其身后以坐姿击鼓，并且口中不时发出"依呀""哼哈"之声，以配合歌手的表演。

　　板苏利约产生于朝鲜最后一个封建王朝——李朝后期，亦即17世纪末至18世纪初，19世纪盛极一时，达官贵人乃至李朝皇帝也喜闻乐见。板苏利的"唱本"绝大多数是在长期流传的民间故事的基础上形成的，通常经过不同时代的诸多民间艺人口传并加工，最后由文人记录下来。例如，约刊行于1800年年初的"京本"《春香传》无主名，而且基本上是散文体的"话本"；19世纪中叶刊行于全州的"土版"《烈女春香守节歌》①也无主名，但已是"唱本"形式，它共分52节，以四言韵文为主，却又不同于由多个演员分别装扮不同人物的代言体剧本，故有人把它当作韵散结合体的小说。

　　唱剧与板苏利的主要区别在于：板苏利是由一个演员表演的"独角戏"，而唱剧则是由多个角色分唱的"民族歌剧"。韩国著名戏剧理论家李杜铉教授在其《韩国演剧史》中把韩国的演剧分为六大类，板苏利与唱剧分属于不同的门类，板苏利属于"说唱"。②但也有人认为，唱剧与板苏利是一回事：

　　　　唱剧是译自韩语Pansoli，由倡夫一人，边戏，边歌，其唱词多采自小

---

　　①　关于全州土版《烈女春香守节歌》的出版时间有两种不同说法，一说在19世纪初，一说在1850—1866年。

　　②　［韩］李杜铉著：《韩国演剧史》，紫荆、韩英姬译，［韩］吴秀卿审订，北京：中国戏剧出版社2005年版，第1~2页。

说，譬如春香传、沈清传等。相当于中国京戏。①

有人认为，19 世纪朝鲜著名剧作家申在孝（1812—1884）受中国京剧的启发把韵散结合体的"唱本"改编为由多个角色扮演的代言体剧本，从此，"唱剧"之名才得以确立。

　　申在孝将《春香传》改编为《唱曲春香歌》于 1812 年，并将春香唱剧，分编男唱、童唱……申氏集成当时之唱剧。②

说申在孝于 1812 年将板苏利《春香传》改编成唱剧《春香传》显然是不准确的，申氏诞生于 1812 年，③ 一岁不到的孩子怎能有如此作为？申在孝所整理的《春香歌》《沈清歌》等六部作品是剧本还是唱本，就连《韩国演剧史》的说法似乎也有些游移不定。

　　申在孝……是板苏利的著名票友。经过近三十年的努力，他将流传下来的十二部板苏利唱本，整理成《春香歌》《沈清歌》《朴（瓢）打令》《兔鳖歌》《赤壁歌》和《横负歌》等六部板苏利唱本，使板苏利由浮动文学变成了固定文学……至于我国板苏利的名称，曾有过打令、剧歌、旧剧、唱剧、国剧等等。其中，唱剧始于姜龙焕 1903 年在协律社所表演的《春香歌》的对话唱。1908 年，姜龙焕与金昌焕活跃于圆觉社舞台，使板苏利有了配角与分唱。④

---

① 许世旭著：《〈春香传〉考释》，许世旭译：《春香传》，台北：台湾"商务印书馆"1967 年版，第 10~11 页。

② 许世旭著：《〈春香传〉考释》，许世旭译：《春香传》，台北：台湾"商务印书馆"1967 年版，第 9~11 页。

③ 申在孝 1812 年将《春香传》改为唱剧剧本的说法源于李杜铉《韩国演剧史》所附《韩国演剧史略年表》，但同在这部著作中，李杜铉特别注明申在孝的生卒年是：1812 与 1884，可知该年表所记有误。

④ ［韩］李杜铉著：《韩国演剧史》，紫荆、韩英姬译，［韩］吴秀卿审订，北京：中国戏剧出版社 2005 年版，第 95~97 页。

"对话唱""配角与分唱"——亦即把由一人说唱变成由多人分唱，把叙述体变成"对话体"是区别板苏利与唱剧的重要标志，这一重大转变似乎一直到20世纪初才由姜龙焕最后完成，申在孝所整理的《春香歌》等还只是板苏利唱本而不是由多个角色分唱的剧本。然而，作者又说，申在孝在导演《春香传》时已把由一人说唱的板苏利改成了由多人分唱的唱剧：

> 申在孝导演的《春香歌》，在演出时分成了男唱、童唱和女唱。其意图在于把看起来显得不那么自然的独脚戏形态，改为配备角色分唱，以期完全克服叙事诗结构的毛病，使之发展为民族歌剧——唱剧。①

19世纪末，原来只在厅堂、庭院和广场演出的唱剧登上了都市的镜框式舞台，其舞台呈现方式（如分幕、分场，灯光、布景、演员装扮等）和越南戏剧一样明显受到西方戏剧的影响，这也在文本上得到了反映。例如，朝鲜平壤外国文出版社1958年出版的唱剧《沈清传》剧本分五幕七场，采用的基本上是西方话剧的结构形式。20世纪以来，唱剧仍然受到民众的欢迎，《春香传》《沈清传》《水宫歌》（亦即《兔鳖传》）等不断被搬上舞台，而且，这期间还建立了多个专业的唱剧团。早期唱剧一律由男子扮演，② 后来由男女合演，20世纪50年代以后，原来由男女演员共同扮演的唱剧改为可一律由女性扮演，这与我国的越剧女班相似。

不过，唱剧虽然受到韩国政府的保护，至今仍然还"活"在舞台上，有时还到国外演出，但它基本上已是"博物馆艺术"。"老戏老演，老演老戏"是其"当代生存"的主要方式。因其与当代审美趣味存在距离，观众——尤其是青年观众不多。笔者于2004年下半年到韩国考察戏剧，发现汉城（今首尔）"大学路"一带小剧场很多，主要上演贴近当代、服务青年的话剧，观者踊跃，但唱剧演出则很少，韩国的大学生中有的人竟不知唱剧为何物。

---

① ［韩］李杜铉著：《韩国演剧史》，紫荆、韩英姬译，［韩］吴秀卿审订，北京：中国戏剧出版社2005年版，第97页。

② ［朝］无名氏撰：《沈清传》（所附《关于"沈清传"》一文），平壤：外国文出版社1958年版，第4页。

一、戏曲与唱剧的创生

韩国学者认为，唱剧是在中国戏曲——而且主要是清代戏曲的影响下走向成熟的：

> 唱曲文学并不是在这一时期才发展起来的。高丽时期有所谓俗乐，许久之前曾兴盛一时，从音乐角度看也可称作是历史悠久。但是，我们这里所说的唱曲，并不是指音乐中的俗乐，而是指文学中的唱词。这一时期，这种唱曲的繁荣不仅与平民文学的发展有关，也与中国戏曲的发展有关。
>
> 在中国很久以前就出现了发达的戏曲文学……对韩国来说，在其他文化领域受中国影响极为敏感和巨大，唯独在戏曲方面，受动反应却显得十分迟钝。直到历史进入这一时期，韩国方开始接受其影响，但其结果也不是产生真正的戏曲，而是出现了一种叫作唱剧的戏剧形式……唱曲同在清朝戏曲影响下发展起来的唱剧一起繁荣起来……在中国戏曲影响之下朝鲜发展起来一种唱剧，其代表性作品即紫霞《观剧诗》中谈及的《春香歌》等。①

我国有些学者还从唱剧的古名"打令"或"打咏"出发，考察唱剧与唐宋讲唱文学的渊源关系：

> 唱剧古名"打令"或称"打咏"，是古代朝鲜说唱台本的一种表现技法。传统剧本之一的《春香传》在成型前即与"打咏"有关……其实，"打令"一词原是中国古代的一种音乐游艺术语。早在唐代，文人雅士中流行诸种行酒令，以佐酒宴。其中最为歌舞化的即为"抛打令"，"抛打令"通常也简称为"抛令"或"打令"。至宋代，"打令"一词已不再局限于行酒令，而具有了更为广泛和艺术化的意义，即说某曲可用作"打令曲"，或说"优伶家犹用手打令"等。至此，"打令"一词已含有打拍、合曲的音乐意味

① ［韩］赵润济著：《韩国文学史》，张琏瑰译，北京：社会科学文献出版社 1998 年版，第 378~386 页。

了。由此派生出的宋代的歌令讲唱，主要以鼓板伴奏，或加一两件弦乐器，说唱爱情故事和历史战争故事，这与朝鲜的"打令"性质已很相似了。高丽朝时曾从宋朝廷输入过"抛球乐"等教坊乐歌舞演出，其正是唐代酒令"抛打令"中最常用的曲子，而后和宋代的歌令讲唱一样，具有了以佐酒宴的表演性质。这对后世集大成者的朝鲜唱剧不能说没有影响。[1]

据孟昭毅先生考察，唱剧与京剧的关系也较为密切，有些唱剧剧本就是在京剧剧本的基础上创作而成的，如《赤壁之战》《霸王与虞美人》《万里长城》等。唱剧借鉴了京剧的演出模式、表演技艺、伴奏方法。[2]

二、唱剧与戏曲精神特质之比较

尽管古代朝鲜的统治者（如纯祖）也曾大力提倡"繁荣唱剧"，组建剧社（如圆觉社）以网罗唱剧的创作与演出人才，唱剧所选取的题材——如《春香传》本来以南原的方言土语写成，极富乡土气息，但经过文人的多次润饰，有堆垛故实、渐近浮华之弊。然而，在东方古代戏剧中，唱剧与戏曲所扮演的文化角色最为接近，它们大体上属于民间创造的俗文化样式，尽管唱剧传本经过多人的不断加工改造，其中不乏文人趣味的深刻影响——《春香传》表现得最为突出，但从总体上看，唱剧的精神特质与戏曲最为接近。

印度梵剧、日本能乐和狂言并不排斥伦理道德精神，其中有的剧目——如梵剧中的《小泥车》等、日本狂言中的《武恶》等就是从善与恶的伦理道德方位评价生活和塑造人物。但由于梵剧和日本能乐、狂言主要面向贵族，高台教化的色彩不如戏曲强烈。梵剧中有不少剧目是没有反面人物的，其冲突也未必是善与恶的较量。日本能乐、狂言中有相当一部分剧目也是如此，它们都较少从善与恶的伦理道德方位去表现生活和刻画人物。越南民间嗳嗳剧的伦理道德化色彩比较鲜明，但宫廷嗳御剧和印度梵剧一样，主要不着眼于伦理教化，而是较为强调娱乐性。

---

[1]　孟昭毅著：《东方文学交流史》，天津：天津人民出版社2001年版，第66~67页。
[2]　孟昭毅著：《东方文学交流史》，天津：天津人民出版社2001年版，第67页。

（一）伦理精神

古代东方各国都偏重于以道德来维持社会秩序和处理人与人之间的关系，相对轻视"契约"——法律的作用，中国的儒家是其中最杰出的代表。儒家认为，人世间最基本也是最重要的人伦关系是君臣、父子、夫妇，"不齐"是这些关系的本质特征，是"天道"在人世间的具体体现，"和谐"秩序的建立不是强"不齐"以为"齐"——抹杀等级差别，而是各守本分，克己复礼，亦即以君为臣纲、父为子纲，夫为妻纲的伦常原则和仁、义、礼、智、信等道德规范来维护贵贱有等、长幼有序、尊卑有别的人伦秩序。"己所不欲，勿施于人"的仁爱思想是其核心内容。仁爱即"忠恕之道"——臣事君以忠，君使臣以礼，宽恕容人，孝悌为本——追念祖先，孝顺父母，敬重兄长。在儒家看来，以德化民乃治本之策，法律只能消极地事后禁人为恶，故只能作为辅助手段。由于儒家思想被汉代以降的封建统治者定为"国是"，中国的传统文化——哲学、政治、文学艺术等无不染上道德化的色彩。

儒家文化对日本、朝鲜半岛和越南的影响至今仍然可感可触。汉、印文化圈是特别重视伦理道德的，其文化无不染上伦理道德色彩，但是由于各国戏剧的境遇不太一样，其伦理化的色彩有浓有淡。

1. 戏曲的伦理精神

充满伦理道德精神是中国古代戏曲最鲜明的特征，道德教化功能历来为曲家所重："不关风化体，纵好也徒然。"[①]

> 窃怪传奇一书，昔人以代木铎。因愚夫愚妇识字知书者少，劝使为善，诫使勿恶，其道无由，故设此种文词，借优人说法，与大众齐听，谓善者如此收场，不善者如此结果，使人知所趋避，是药人寿世之方，救苦弭灾之具也。[②]

---

① （元）高明著：《琵琶记》第一出【水调歌头】，王季思主编：《全元戏曲》（第十卷），北京：人民文学出版社 1999 年版，第 133 页。
② （清）李渔著：《闲情偶寄·词曲部》，中国戏曲研究院编：《中国古典戏曲论著集成》（七），北京：中国戏剧出版社 1959 年版，第 11 页。

　　我国古典戏曲常常从伦理道德方位观察生活和评判人物，伦理道德题材的剧目多，人物形象善恶分明是戏曲的突出特征。在戏曲舞台上很少见到西方戏剧中所常见的个性突出、性格复杂，很难以"好人""坏人"来界定的人物，也很少有从人的命运、性格或社会历史进程等方位"解读"社会生活现象的剧目。戏曲中不仅有大量的家庭伦理剧，而且也有社会伦理剧和政治伦理剧。有些剧目则把这三者统一在同一部剧作之中。关乎家庭的孝顺与忤逆、贞节与淫荡，关乎社会的诚信与虚伪、公义与私利，关乎政治的忠直与奸猾、仁慈与暴虐，都在戏曲舞台上得到了较充分的表现。戏曲舞台因此有"道德法庭"之誉。戏曲对伦理道德问题的全面关注是同样重视教化作用的印度梵剧和日本能乐、狂言所无法比拟的。

　　富有民主性的民间道德是戏曲的重要蕴涵，虽然其中也渗透着某些封建意识，但因其代表了社会的进步力量，因而具有超越时空的价值，即使是在今天，这些道德观念有的也是应该予以肯定或继承的。例如，剧作家往往从道德角度谴责由于男子"负心"所导致的婚变，高扬"贫贱之知不可忘，糟糠之妻不下堂"①的民间道德，对"贵易交，富易妻"②的贵族恶德进行猛烈抨击。又如，不少剧作对"门当户对""父母之命，媒妁之言"的封建礼教进行控诉，大胆肯定自择佳偶的"越轨"行为，以致被封建统治者和正统文人目为"诲淫"。有的剧目对舍亲子以保丈夫前妻之子的后母极尽赞美。有的剧目对锄强扶弱、伸张社会正义的清官大力褒奖。有的剧目对不惧权势、见义勇为、存亡继绝、以死全节、知恩必报、粪土钱财、敝屣功名的美德热情讴歌……总之，戏曲长于以道德激情使人动容，伦理精神是其内核之一。

　　但是，主流文化对戏曲的影响也是很大的，这不仅表现在一部分深受儒家思想影响的"卫道士"利用戏曲张扬伦理道德。为封建统治阶级歌功颂德上，更主要的是即使是具有反封建精神的剧作家和他们的剧作也无法完全抗拒封建思想的渗透。例如，塑造女性形象以及主旨在于反叛封建礼教、控诉封建统治的剧作又大多未能彻底摆脱儒家思想和封建意识的束缚和影响。譬如，男主女从、妇道柔

---

① （南朝·宋）范晔撰，（唐）李贤等注：《后汉书·宋弘传》，北京：中华书局2000年版，第605页。后世大多用"贫贱之交不可忘，糟糠之妻不下堂"。

② （南朝·宋）范晔撰，（唐）李贤等注：《后汉书·宋弘传》，北京：中华书局2000年版，第605页。

顺的传统道德，使戏曲舞台上的女性形象大多包蕴着"柔性"精神；门当户对、从一而终的思想，"洞房花烛夜、金榜题名时"的庸俗人生价值观——乃至某些封建迷信思想渗入不少剧作家的灵魂深处，使塑造反叛形象、含有反封建精神的有些戏曲作品往往也带有封建时代的烙印。

要求循礼守制，不逾规矩的儒家文化对古典戏曲的表现形式也发生了深刻影响。艺术表现形式是一定社会和时代的人们对世界的审美掌握手段，不可能凭空创造出来。民族文化传统制约着审美掌握手段的选择，富有民族性和时代特征的艺术形式往往积淀有丰厚的民族文化精神。和格律化的古典诗词一样，戏曲也是讲究"规矩绳墨"的艺术样式。程式化是戏曲走向成熟的标志，对程式的熟悉程度和驾驭能力是衡量戏曲艺术家水平的一个重要尺度。戏曲程式是传统文化——特别是儒家礼制文化的积淀，它也表现出一种"从心所欲不逾矩"的人格理想和道德精神。

2. 唱剧的伦理精神

唱剧与戏曲一样，也往往从伦理道德方位观察生活和评判人物，而且也坚持民间立场，极力张扬道德——特别是民间道德。

唱剧虽然和道教及民间信仰关系密切，不少剧作把剧情建立在仙俗交通、灵魂不灭的神学基础之上，但鬼神仙真在剧中的主要作用却不在于"自神其教"，而在于彰显封建伦理道德。其中，忠孝节义是唱剧所着力宣扬的"主旋律"。《春香传》的全州土版为《烈女春香守节歌》，这一"题目"十分醒目地把春香对爱情的忠贞专一解读为"守节"。她之所以敢于拒绝、顶撞势焰熏天的府使卞学道，正是因为"从一而终"的"烈女"之德是其精神支柱，她因此而得到"贞烈夫人"的朝廷封赏。请看南原府新府使卞学道以二十五道刑杖逼迫春香就范时，受刑的春香的回答：

> 一道我的心，丹心一点红，不怕磨折苦，决然从一终……二道我的心，我心明如镜。娥皇女英千古节，二妃可称女中圣……三道我的心，三从古训世所重。三纲与五常，家家女儿终身诵……①

---

① 冰蔚、张友鸾译：《春香传》（下卷），北京：作家出版社 1956 年版，第 63 页。

春香还被塑造成"世无双"的"孝女"：

　　这春香又和别家小孩，有许多不同之处，年方七八岁，就知书识礼；侍奉双亲，十分尽孝。不但邻里夸赞，竟然阖邑称扬。正是：慈亲生孝女，女孝世无双。①

《沈清传》中更是集中笔墨极力张扬沈清的孝行，就像我国戏曲中那个卖身葬父的董永一样，她典身救父的孝行不但感动了国王和广大民众，而且还感动了玉皇和龙王，真所谓"感天动地"。孝与忠是紧紧相连的，剧作在歌颂"孝"的同时，也大力张扬"忠"，《沈清传》第四幕借龙宫中的"鲤大夫"之口说"孝于父亲即是忠于国家"，剧作的最后众人高唱道："孝子门中出忠臣"，"家家出孝子，人人是忠臣"。②"孝"被置于"忠"之上，"孝"也就是"忠"。这里传达的显然是民间对"忠"的理解与改塑。

《兴夫歌》则极力表现了兴夫的"义"，他被狠心的兄长剥夺了家产，一无所有，但仍然充满爱心，坚守事兄之道而不疑。《水宫歌》中的兔子被乌龟骗进龙宫，差一点儿丢了性命，逃脱之后，却被乌龟忠于龙王的一片赤诚所感动，为乌龟寻找仙药，治好了龙王的病，成就了乌龟的忠诚。

值得注意的是，唱剧对忠孝节义的张扬主要是从民间立场出发的。春香的"贞烈"是对爱情的忠贞和对来自官府的邪恶势力的抗争，这种反抗强权的大无畏精神在任何时候都是有价值的。剧作具有一定的批判精神，不仅揭露了府使卞学道的腐朽昏庸，而且对当时的黑暗现实有大胆的揭露，剧作末尾从微服私访的御史李梦龙口里居然吐出了这样的诗句：

　　　　　　金樽美酒千人血，
　　　　　　玉盘佳肴万姓膏。
　　　　　　烛泪落时民泪落，

----

① 冰蔚、张友鸾译：《春香传》（下卷），北京：作家出版社1956年版，第4页。
② ［朝］无名氏撰：《沈清传》（唱剧），平壤：外国文出版社1958年版，第74页。

歌声高处怨声高！①

这显然是民众眼里的社会图景，传达的是民众的思想感情。

沈清的孝不是对父命的简单顺从，而是对失去生活能力的长辈的侍奉和关爱，涌动着让人动容的人间真情。这种孝行就是在今天也是值得赞许和大力提倡的。《沈清传》还通过沈清父女的悲惨遭遇，揭露了封建社会的黑暗和广大受压迫民众的痛苦生活，对劳动人民寄予深深的同情。剧中对佛教虽未进行正面抨击，但梦云寺和尚的行为足以令人发指。他明知沈清父女一贫如洗，却以"佛爷"的名义索要三百石供米，以致逼得沈清典身沉海，可当她真的为此献出了年轻的生命之后，她父亲的眼睛并没有因此而复明。沈清父亲的眼睛最后之所以真的重见光明，在很大程度上是由于与女儿重逢的惊喜所致——沈学圭以为女儿已死，不料她竟死而复生，而且做了王妃。《水宫歌》中的"忠"不是对统治者的愚忠，而是包含着对患病者的关爱和"忠人之事"的"诚信"成分，故也具有一定的积极意义。《兴夫歌》中的"义"包含着对手足之情和善良品德的肯定以及对贪欲的否定。民间文艺家借助忠孝节义之名，不仅张扬了民间所尊崇的美德，而且还表达了反封建的思想倾向。这正是唱剧受到朝鲜半岛人民欢迎的根本原因，也正是唱剧价值之所在。

唱剧是属于民间的，但它也受到封建朝廷乃至帝王的喜爱，它既有反封建的叛逆精神，也受到当时主流文化的强力渗透，夹杂有封建性的糟粕。例如，《春香传》中男女主人公命运的改变关键在于李梦龙"中举得官"，当了御史。《沈清传》中沈清父女命运的改变也是由于沈清做了王妃（有的版本沈清最终成了"皇后"），挤进了统治集团。

唱剧不仅移植了我国的古典小说《三国演义》（如《赤壁歌》），摄取了道教以及民间信仰中的神灵仙真等形象，大量引用中国古典诗词和典故，而且其中所蕴涵的忠孝节义等思想观念也体现出地地道道的"中国精神"。有些剧作或段落如果不先说明是出自朝鲜，人们有可能会把它当成中国剧作家的创造。试举两例。

_____

① 许世旭译：《春香传》，台北：台湾"商务印书馆"1967年版，第129页。冰蔚、张友鸾译本诗句同此。

蚩尤作雾，黄帝乘指南之车；水怪兴波，夏禹乘陆行之楫。赤松子乘五彩之云，吕洞宾乘梅花之鹿。滔滔以往，李谪仙乘鲸寄情于海上；得得而来，孟浩然乘驴觅句于山隈。乘仙鹤的乃太乙真人……①

这是《春香传》中李梦龙对春香所唱的一段歌！唱剧中这样的段落比比皆是，如算命的"奉事"为身陷囹圄的春香卜卦时说：

恭维太岁，虔启上苍。天何言哉，地何言哉。有求必应，诚则灵，灵则神。罔知所告，罔释厥疑，唯心唯灵，罔知所报。若可若非，有求必应。伏羲、文王、武王、周公、孔子五大圣人；颜子、曾子、子思、孟子圣门十哲；诸葛孔明先生，李淳风，邵康节，程明道，程伊川，周濂溪，朱晦翁，严君平，司马君石，鬼谷子，孙武子，陈希夷诸大先生，明察明示。麻衣道士，九天玄女，六丁六甲来护持……②

如果不明言，我们会以为它出自中国古代文学作品。

从审美形态看，唱剧也浸润着中国的"中和之美"的艺术精神。唱剧和中国古典戏曲一样也是悲欢沓见、离合环生的，让人酸鼻的《沈清传》中也杂有令人解颐的"科诨"，令人解颐的《水宫歌》中也有令人酸鼻的悲叹。唱剧和印度梵剧、中国古典戏曲一样，也迷恋大团圆结局，《春香传》《沈清传》等名剧都是如此。

3. 《沈清传》与戏曲中的劝孝剧

《沈清传》以浓墨重彩彰显沈清的孝行，她的"孝"显然是民间所尊崇的美德。沈清出生7天，母亲就去世了，父亲沈学圭（有的版本作"沈鹤圭"）是个盲人。沈清六七岁时就很懂事了，她给双目失明的父亲引路，悉心照顾父亲的起居；十来岁时，她料理家务，干农活，替别人干些针线活以贴补家用，还主动出门乞讨，奉养父亲。张丞相的夫人想收养沈清为干女儿，沈清担心父亲无人照

---

① 冰蔚、张友鸾译：《春香传》（上卷），北京：作家出版社1956年版，第36页。
② 冰蔚、张友鸾译：《春香传》（下卷），北京：作家出版社1956年版，第75页。

料，谢绝了夫人的美意。为了让失明多年的父亲重见光明，年仅 15 岁的沈清把自己卖给船商作为祭水神的祭祀品，以此换三百石大米献给梦云寺的菩萨。为了不让父亲难过，她谎称是去做丞相夫人的"义女"，夫人为此给梦云寺送去三百石米。沈清的孝行感天动地，龙王奉玉帝之旨将沈清送进皇宫，沈清终于一步登天。为了寻找失散的父亲，沈清在皇宫中举办盲人百日宴，父女重逢之日父亲果然重见光明。

表彰孝道，成功塑造孝女沈清的形象是《沈清传》最突出的成就，此剧在朝鲜半岛至今仍有广泛影响。

孝道是中华民族的传统美德，长期受到社会各阶层的高度重视，我国文化元典《尚书》《诗经》《周礼》《仪礼》《礼记》《左传》《论语》《孟子》等都反复论及孝道。我国古代史书大多列有《孝友传》或《孝义传》，专门记录杰出的孝行。孔子后学著《孝经》，此书在汉代就被奉为"七经"之一，宋代以后又被列入《十三经》之中。宋、明以来，《二十四孝图》《劝孝歌》等通俗读物广为流布，变文、传奇小说、话本、诸宫调等大众文艺样式争相歌颂孝道，表彰孝子，孝行感天动地的神异故事传播尤其广远。古代戏曲中张扬孝行的作品俯拾即是：元杂剧有《降桑椹蔡顺奉母》《宜秋山赵礼让肥》《昊天塔孟良盗骨》《小张屠焚儿救母》《包待制智赚合同文字》《感天地王祥卧冰》等；宋元明南戏有《王祥卧冰》《琵琶记》《董秀才遇仙记》《新编目连救母劝善戏文》《跃鲤记》《黄孝子》等；明传奇有《节孝记》（下卷《陈情》）、《十孝记》《织锦记》《卖身记》《青袍记》《双孝记》《卧冰记》《周孝子》《刘孝女》等；清传奇有《万里圆》《孝感天》①《天感孝》②《新琵琶》《二十四孝》《双节孝》《忠孝福》《忠孝录》《杏花村》《渔村记》《兰桂仙》等；清杂剧有《董孝》③《孝女存孤》《北孝烈》④《枯树园桃医感合境宁康》……近代地方戏中许多剧种有张扬董永卖身葬父之孝行的剧目，如黄梅戏有《天仙配》，越剧有《织锦记》，川剧有《上天梯》，豫剧有《织黄绫》，西安高腔、婺剧有《槐荫树》，滇剧有《槐荫

---

① 京剧中亦有同名剧目，但重点并不在于彰显孝道。

② 《孝感天》与《天感孝》是情节相连贯的两部传奇，各 10 出，写汉代刘恒侍奉其母薄夫人事。

③ 又名《董永葬父》。

④ 又名《铁塔冤》。

记》，庐剧有《七星配》，莆仙戏、高甲戏有《董永》，楚剧有《董永卖身》……"王祥卧冰"等彰显孝道的故事也是秦腔等多个剧种的热门题材。

对于民间而言，孝道主要包含两个层面的内容，一是"生则敬养"，指尊长在世，子女及晚辈应尽礼敬、赡养之责；二是"死则敬享"，①指尊长谢世，子女及晚辈应"葬之以礼，祭之以礼"。② 戏曲中既有写"敬养"之孝的，如《降桑椹蔡顺奉母》《枯树园桃医感合境宁康》《跃鲤记》等，也有写"敬享"之孝的，如《昊天塔孟良盗骨》《包待制赚合同文字》《董孝》《北孝烈》等，还有集二者为一剧而加以表现的，如《节孝记》的下卷《陈情》写李密夫妇竭尽全力孝养祖母，以至于割股供食；祖母病故，李密结庐墓侧，守孝祭奠，啼哭不止。《琵琶记》写赵五娘在丈夫远行不归、家中遭遇天灾的情况下全心敬养公婆，公婆去世后，她割发买葬、罗裙包土筑坟台，孝行感动神灵。

《沈清传》与戏曲中张扬孝道的剧目不仅主题相同，而且都以"孝感"故事为原型，主人公卓然特出的孝行感动天地神灵，因有神灵相助，孝心终于变成现实，孝女终得善报。这充分证明了中国传统文化对朝鲜半岛文化的深刻影响。我国元代郭居敬所编写的《二十四孝图》收集了不少在我国民间广为流播的"孝感"故事，如《孝感动天》《为母埋儿》《卖身葬父》《涌泉跃鲤》《哭竹生笋》《卧冰求鲤》等，这些故事与沈清为使盲父重见光明而典身沉海，孝行感动玉帝、龙王非常相似。不过，朝鲜半岛的这一"孝感"故事也有其鲜明的民族个性——主人公的孝行与大海紧密相连，沈清沉海、龙王现身等场面使故事的神奇色彩更加浓厚，地域性也更加突出。沉海的沈清不但得以生还，而且被人送进皇宫，当上了王妃，这一结局和剧中反复出现的"富贵荣华享无尽"的台词透露出劳动者亦企盼跻身上流社会的愿望。这种思想内涵与张扬孝行的戏曲剧目所表现出来的人生理想也是相似的——张扬孝行的戏曲剧目有的同样有羡慕荣华富贵的思想，例如《降桑椹蔡顺奉母》中的孝子蔡顺因孝行感动天地，被荐于朝廷，获封翰林学士，蔡顺的妻子李润莲被赠为贤德夫人。这也透露出唱剧和戏曲一样虽然生长

---

① （汉）郑玄注，（唐）孔颖达疏：《礼记正义》卷四十七《祭义》"君子生则敬养，死则敬享"，李学勤主编：《十三经注疏》（标点本）六，下册，北京：北京大学出版社1999年版，第1312~1313页。

② （魏）何晏注，（宋）邢昺疏：《论语注疏》卷二，李学勤主编：《十三经注疏》（标点本）十，北京：北京大学出版社1999年版，第16页。

于民间，但也受到主流文化的影响。

孝敬父母和尊长的美德是东方文化——特别是中华传统文化中的宝贵财富，直到今天它仍然具有十分重要的价值。但作为一种封建道德，它也夹杂着不少糟粕，戏曲在张扬孝道时并没有能够将这些糟粕都剔除干净。例如，元无名氏杂剧《小张屠焚儿救母》写张屠之母守寡将张屠养大，张母六十余，病重，张屠夫妇百计救治未能奏效，效仿《二十四孝图》所载汉郭巨埋儿救母故事，许愿将三岁子喜孙作为一枝香焚烧献东岳神，以救母命。这种"孝"不仅仅是"愚"，简直是伤天害理，灭绝人性，① 然而这种残忍的孝行却被元杂剧作家当作美德加以赞颂。"割股疗亲"之类的愚孝也被多次搬上戏曲舞台。《沈清传》中的孝行确实令人动容，它没有《小张屠焚儿救母》一剧所包含的残忍，但沈清笃信和尚的鬼话，轻掷生命，其孝不亦愚乎！仅此一例就可见出唱剧和戏曲一样，民主性精华是其主导面，但它不是不含杂质的水晶，而是蕴涵复杂的多面体。

(二) 宗教智慧

东方戏剧与宗教的关系均较为密切，印度梵剧和泰国孔剧多取材于神话和宗教故事，梵剧的第一幕通常都有"诵献诗"的关目，其"诗"一般都是献给神灵的。日本的能乐舞台经常出现鬼魂，能乐被武家幕府用于祭祀战死的亡灵，故"鬼气"森森。朝鲜半岛的唱剧是一种世俗娱乐样式，但也蕴涵着丰富的宗教智慧。

1. 戏曲与宗教智慧

中国戏曲是一种大众娱乐样式，但也有人借戏台"说法"，神灵仙真粉墨登场，"神仙道化戏"成为戏曲剧目中的一个重要门类。然而，考察东方戏剧与宗教的关系不能只局限于研究宗教剧。就现存剧目来看，东方戏剧中的宗教剧不是太多，选取宗教故事，演于宗教祭坛的剧目未必一定就是宗教剧，因为这些剧目的题旨有的可能恰恰是与宗教教义相背离的。但戏曲与宗教的关系相当密切，这

---

① 据明沈自晋撰《南词新谱》眉批，沈璟作《十孝记》传奇，中有短剧《郭巨卖儿》，因沈璟觉得"埋儿太惨"，故改郭巨埋儿为"鬻儿"。可见，沈璟已经注意到了古代孝子的有些行为并不足取。这也从一个侧面说明，晚明之世人道主义精神对戏曲创作发生了一定积极影响。

既表现在戏曲热衷于选取"神仙道化"之类的宗教故事作为表现对象上，更重要的是，戏曲的艺术思维中蕴涵着丰富的宗教智慧——相当一部分反映现实生活的剧目也把戏剧冲突和情节结构建立在天人感应、阴阳两界、灵魂不灭、灵魂转世、神灵天启、仙俗交通、因果报应的宗教神学的基础之上。例如，关汉卿的《感天动地窦娥冤》描写的是一个善良的弱女子遭受不白之冤的故事，剧作的主旨在于通过窦娥的冤情揭露元代的社会黑暗和吏治腐败，它显然不是宗教剧。但剧作不只像《哈姆莱特》那样有鬼魂偶尔一现，而是把整个情节建立在天人感应、灵魂不灭的基础之上。没有窦娥的鬼魂托梦，窦天章就无法洗雪窦娥的冤情；若把天人感应的成分去掉，窦娥冤情之深、意志之坚强，也都无从体现，而且剧作的大部分情节就失去了基础，这部剧作也就无法成立了。又如郑光祖的代表作《迷青琐倩女离魂》，描写的是书生王文举与倩娘的爱情，其题旨显然与宗教无关，而且可以说是与主张禁欲的宗教有着尖锐冲突的。可是剧作却把剧情建立在灵魂不灭的宗教神学的基础之上。按照原始宗教的说法，人的灵魂是不死的，人死了以后，灵魂变成了鬼或者神仙，继续在另一个世界活动。人活着的时候，灵魂可以离开肉体而单独活动，这便是"生魂"。《迷青琐倩女离魂》的剧情正是建立在"生魂说"的基础之上的，如果把融入此剧的这一宗教智慧排除掉，这部剧作不但魅力丧失，而且根本就无法成立。宗教智慧的融入不仅赋予这些剧作浓厚的东方神秘色彩，更在于强化了剧作的艺术表现力。

与西方戏剧艺术思维所遵循的可然律与必然律——"物理"逻辑迥然不同，杂有宗教智慧的艺术思维遵循的是主观情感逻辑，这种宗教神学智慧给戏曲所带来的影响是相当巨大、相当深刻的——它铸就了戏曲神秘浪漫的总体面貌和迷离惝恍的艺术品质，使戏曲蒙上了一层"东方神秘色彩"。这类剧目在元明清三代的戏曲中均占有较大比例。例如，在关汉卿现存的 18 部剧作（其中有的是否为关作存有争议）中，《关张双赴西蜀梦》《山神庙裴度还带》《钱大尹智勘绯衣梦》《感天动地窦娥冤》《包待制三勘蝴蝶梦》五部剧作都把剧情建立在灵魂不灭、阴阳两界、鬼魂托梦、天人感应、神灵天启、因果报应的基础之上。这些剧作的主旨未必都是宣扬宗教，但民间信仰文化是其艺术构思的源泉，艺术精神之中分明融入了宗教智慧。这种情况在西方戏剧中虽然也有，但并不多见——西方中世纪宗教剧及其变种"奇迹剧"统领剧坛近千年之久，但从文艺复兴运动开始，张扬禁欲主义和大搞蒙昧主义的宗教成为戏剧批判的对象，西方古代戏剧的情节结构大多符合生活的逻辑——遵循可然律和必然律，神灵天启、灵魂不灭的宗教思维被绝大多数剧作所拒斥，有极少数剧作虽有鬼魂、神魔登场，但那往往只是剧中的"细节"，并不是剧情的主干。把剧情建立在宗教神学的基础之上的剧作虽然也有，但不是太多。因此，西方戏剧家中，即使真有人选择了"情之所必有，理之所必无"——渗透着宗教智慧的情节结构模式，恐怕也未必能有像《牡丹亭》在中国所产生的巨大影响。

2. 唱剧与宗教智慧

现存唱剧剧作之中，没有以宣扬宗教教义为主旨的宗教剧，这或许与唱剧诞生较晚有关。唱剧诞生之时，朝鲜半岛的佛、道二教虽未绝迹，但已呈衰败之势，基督教在半岛上广为传播。但佛、道二教作为朝鲜半岛重要的传统文化，早已渗透到半岛文化的诸多领域，民间信仰中至今仍有佛、道二教的诸多文化因子，今日韩国仍有不少佛教、道教信徒。由于唱剧剧本多数是由经过在民间长期流传的唱本改编而成的，鬼神灵异的民间信仰渗入这些故事之中，灵魂不灭、人神交通、天人感应、因果报应等东方宗教智慧也成为唱剧艺术构思的资源。因此，这些剧作都是名副其实的"传奇"，描写的大多是越出正常生活轨道的传奇故事，都或浓或淡地带有"东方神秘色彩"。

在传世的唱剧剧作中，《沈清传》《兴夫歌》《水宫歌》《横负歌》4 部以鬼神灵异事迹为剧情主干，被目为描写"艳情"的《春香传》也富有神秘色彩。《春香传》中，从良妓女月梅嫁给员外成参判，但成参判年过半百膝下无子，苦闷异常。夫妇二人效仿孔子、郑子产等，沐浴斋戒，祈祷上苍。五月五日夜间月梅果得一梦，只见"瑞气凌空，五彩玲珑，有一位仙女御驾青鹤而来……朗声禀道：'我是洛浦之女……犯下误时之罪，上帝震怒，将我贬落凡尘，正感无处可去，忽得头流山神指点，叫我投奔夫人邸宅尚乞夫人爱护关照。'说罢一头钻入月梅怀里……月梅自此动了胎气，十月期满，一日，忽觉异香满室，彩云斑斓，月梅在昏迷中产下一位玉女，取名为春香"。① 春香之出生充满了神异色彩，与我国古代的感生神话如出一辙，在我国的古代戏曲、小说中常有类似情节。彰显

---

① 许世旭译：《春香传》，台北：台湾"商务印书馆"1967 年版，第 3 页。

孝行的《沈清传》中，孝女沈清听双目失明的父亲转述梦云寺化缘僧人的说法——若为菩萨布施三百石米，他便可重见光明。沈清为了那三百石米把自己卖给了欲以活人祭水神的船商作为祭海的牺牲品。典身的沈清沉海，孝行感动玉皇大帝，玉皇命龙王将沈清接到水晶宫，沈清在那里意外地见到了玉真夫人——已故去多年的母亲。龙王遵玉帝旨意，用硕大的莲花将沈清托送至王宫。已成王妃的沈清在王宫设盲人百日宴，接待全国各地的盲人，终于见到了自己的父亲。听到女儿的声音，沈清的父亲果真双目复明。《沈清传》的另一版本还有"感生神话"：沈学圭夫妇年过半百，为膝下无子所苦，四月初八，沈学圭的夫人郭氏偶得一梦——仙女驾青鹤从天而降，直扑郭氏之怀，郭自此有孕，不久生下一女，她便是沈清。《沈清传》的剧情是建立在天人感应、幽显两界、仙俗交通的基础之上的，全剧充满了灵异色彩，而且从"青鹤""仙女""梦感而孕""玉皇上帝""南海龙王"等"符号"来看，其道教文化的色彩相当鲜明，而从"四月初八"这一特定时间来看，沈清之降生也与中国佛教有关。中国汉族地区通常以农历四月初八为"佛诞节"，因相传佛出生时龙喷香雨洗浴佛身，故后世于佛诞日以名香浸水洗浴佛像，故又称"浴佛节"，是日民间的礼佛、祭祖活动也格外盛行。沈清的沉海与由一朵莲花复生的奇特经历还与中国佛教中关于观音菩萨的传说有关。中国佛教把本为古印度王子的观世音菩萨改塑成中国"公主"——相传她是楚庄王的第三个女儿，名妙善，一心向佛，欲出家为尼。楚庄王大怒，命其饮剑自尽，但剑自折为千节。楚庄王又命将其溺死，阎王却使她复活于普陀山近海的一朵莲花之上。而且，使盲人复明也是观音菩萨的神通和善举，我国清代张大复的传奇《海潮音》就有观音抠出自己的双眼让双目失明的母亲服下，母亲双目立即重见光明的描写。《兴夫歌》中那只神奇的燕子叼来一粒葫芦籽，给家产被哥哥独霸但善良仁慈的兴夫种下，到秋天兴夫居然收获了一个宝葫芦，锯开它，里头金银财宝、土地房屋应有尽有，而且还从中走出一位美女杨贵妃来。这只燕子不仅能赏善，而且还能罚恶，它也叼给兴夫的哥哥一粒葫芦籽，但兴夫的哥哥锯开葫芦，里头走出的居然是乞丐、债主和杀气腾腾的张飞。这一剧作的神异色彩更加鲜明。《水宫歌》中的龙王想用兔子的肝脏来治病，但受骗的兔子十分聪明，它骗无知的龙王说，它的肝脏早已取出晒干，须回陆地上去取。龙王派乌龟跟着兔子到陆地上去取兔子的肝脏，得以逃脱的兔子被乌龟的忠诚所打动，用仙药救了龙王的命。这一剧作也格外神奇、浪漫。《横负歌》中守路神是推动剧情发展的主要力量，巫师的镇魂歌是解决矛盾冲突的关键所在。我国民间所信仰的玉皇大帝、龙王以及诸多精灵、仙真、鬼魂的出现，使唱剧蒙上了一层神秘主义色彩。

唱剧中的主要正面人物有的一生下来就带有"半仙"之分——春香是洛神转世，沈清是仙女下凡，她们的母亲都是梦中感灵异而孕。沈清的母亲是天仙——沉海的沈清在龙宫见到她时，她是踏着彩虹桥从"天上"下来的"玉真夫人"。[①]《春香传》《沈清传》《兴夫歌》《水宫歌》《横负歌》的剧情都与阴阳两界、灵魂不灭、因果报应、天人感应的宗教思想有关，但它们的主旨都不在宣扬宗教教义，宗教学说在这里变成了一种艺术智慧，大大增强了剧作的艺术张力——沈清死而复生，其父重见光明的"奇迹"彰显的主要是沈清孝行的巨大力量而不是鬼神迷信。

三、唱剧与戏曲形态之比较

我们经常说"曲无定本"，其实唱剧也是如此。传统唱剧剧目虽然不多，但同一个剧目却有多种传本，不同版本之间有的有较大的差别。例如，目前《沈清传》在朝鲜半岛南部和北部的传本就不完全一样，朝鲜平壤外国文出版社于1958年所出版的《沈清传》就删去了其中的滑稽人物蹁肚库，插科打诨的笑谑词句也都被删除了。唱剧是朝鲜民族的"国剧"，但它又是在受到西方戏剧观念的影响下诞生的，其舞台呈现表现得尤为突出，这也影响到唱剧的文本样式，如分幕分场的结构形式和伴唱手段的运用就是显证。例如，《沈清传》就有不少伴唱，其剧本与现代歌剧文本并无太大区别。

唱剧与戏曲在形态上也是最为相似的，具体表现在以下几个方面：

（一）艺术构成上的高度综合

朝鲜半岛的早期戏剧既有载歌载舞的"假面剧"，也有以科白为主短小的"笑谑之戏"。后者与我国宋金时代的杂剧以及日本的狂言有相似性。可是与中国

---

① ［朝］无名氏撰：《沈清传》（唱剧），平壤：外国文出版社 1958 年版，第 54 页。

成熟形态的"文学戏剧"——宋元南戏、元杂剧一样，唱剧也是载歌载舞、高度综合化的戏剧样式；而且与"具体而微"的日本能乐不同，唱剧和成熟的戏曲一样，也是"体大思精"的大型戏剧。不过唱剧的篇幅没有南戏和明清传奇那么长，剧情线索也比较单纯，采用的是一人一事、一线到底的单线式结构，但其篇幅比能乐剧本要长一些，多数剧作可以在 3 个小时之内演完。唱剧和戏曲一样，也是以"唱"为主的，登场角色都可以唱，不仅有独唱，还有对唱与合唱，有的传本歌剧化的色彩较为鲜明。人物的台词均记于登场人物的姓名之后，无"行当"之别。

有人把板苏利的脚本也视为唱剧剧本，板苏利脚本与我国的说唱文学文本一样，是叙述体的故事底本。

唱剧剧本以韵文为主，韵文大多是人物的唱词。唱剧和我国戏曲一样，也有地方化的问题。笔者在韩国听过不同声腔的唱剧演唱，其风格确实是不同的。以"声腔"划分，唱剧可分为南、北两大系统，不过，唱剧并非"曲牌联套体"，而是与我国的板腔体戏曲相似，唱词的句式大体整齐，间有杂言形式，每段唱词的句数、字数、用韵以及句中词语的声调并无严格的"谱式"可依，每段唱词之间也无"联套"关系。这或许与唱剧所依据的板苏利唱本有关。例如，唱本特点显著的《烈女春香守节歌》虽然四言"诗"所占的篇幅较大，但这些"诗"并不都押韵，更不守平仄，散文体的叙述痕迹很重。请看其上卷开头部分：

> 单表这时全罗道南原府，有一艺妓，名唤月梅。当初原是三南名姬，早年脱籍从良，嫁了一位姓成的两班，和美度日。只有一件不如意处，看看年将四十，膝下犹虚。思想起来，心中郁闷，终日长吁短叹，以致染病在身。这日，月梅忽然想起了一辈古人之事，就将夫君请来，开口言道："想你我二人，夫妻恩爱，必是前世的功德，结此良缘。我自跳脱烟花，以礼持家，女红度日……"①

唱剧文本中的散文除剧中人的对话、独白之外，还有表演、舞台装置、演出效果的提示等。如，唱剧《沈清传》：

---

① 冰蔚、张友鸾译：《春香传》（上卷），北京：作家出版社 1956 年版，第 2 页。

第一幕 供佛米三百石

时　　间： 早春

地　　点： 位于村边之一个碓房

登场人物： 沈清

沈学圭（盲人，沈清的父亲）

踩木碓的妇女们

儿童们

森月（张丞相夫人的侍婢）

舞　　台： 左边可以看到一间碓房的一部，右边有一棵不怎么大的树，这个树底下就成为人们劳动后休息的场所。从中央到那棵树后面，是一座不很高的斜坡；坡后面有一条小河，河上有桥。过了桥有一条路通往另一村庄。

幕　　启： 在踩木碓的农民合唱春歌中开了幕。为贵德妈春大麦的妇女们和贵德妈簸着簸箕，忙碌地干着活。

合　　唱： 哼啊哼的，哼啊哼的！

砰磅咕咚，赶快春啊！

嗳，哼啊哼的，大家来春啊！

一、持斧砍来春山树，

做成了这个木碓。

二、沈清孝诚世无比

勤勉操作真可爱；

……

沈　　清： 算我尽快回来，也得先把饭菜摆在桌上才去。你饿了先吃，不要等我好了。

（沈清过了桥退场）

沈盲人： 她的母亲生了她，

过了七天就逝世，

临终起她名沈清，

这如像昨日之事，

……①

20 世纪 50 年代以来的唱剧演出本受西方戏剧的影响，不但分场，而且还分幕。有的一幕只有一场，一场也就是一个独立的剧情空间，这与西方戏剧的文本体制相当接近。例如，《沈清传》第一幕《供佛米三百石》只有一场，地点是村边的一个碓房。第二幕分两场：第一场《沈清的孝行》，地点是沈清的家。第二场《父女别离》，地点仍然是沈清的家。第三幕也只有《杀身成孝》一场，地点是临堂水。第四幕《送还人间》也只有一场，地点是南海的水晶宫。第五幕有两场：第一场《降仙花》，地点是王宫内秘苑。第二场《父女相逢》，地点是王宫内别殿。除第三幕开头众水手分成两排作摇橹状，表现船在大海上劈波斩浪行进，与中国戏曲的时空自由转换、虚拟表演相似之外，余皆与西方话剧结构无异。这显然是受了西方戏剧的影响。在板苏利传本中，这些民间故事的结构与我国古代的章回小说相似。例如，"完西溪书铺"版《春香传》共分 52 "回"②，每"回"皆有"回目"，如：一、圣代隐妓。二、仙娥幻生。三、房子说景。四、豪华治装。五、乌鹊风流。六、物各有主。七、青鸟传书。……每一"回"并不是人物活动的一个独立空间，而只是一个情节段落。

唱剧与印度梵剧、中国戏曲、日本能乐和狂言一样，都采用一人一事、一线到底的"开放式"结构，剧情的时间跨度较大。例如，《春香传》从春香投胎写起，一直写到她做了御史夫人，随同李梦龙进京。《沈清传》也从沈清的母亲郭氏感梦而孕并生下沈清写起，一直写到当了王妃的沈清终于找到了失散多年的父亲，她惊喜地呼唤使父亲突然双目复明。《春香传》与《沈清传》都采用"单线式"结构，只有一条剧情主线，人物和事件都相当集中，枝蔓皆被剪除，一如"孤桐劲竹，直上无枝"的元人杂剧。我国南戏所创造的"双线交织式"结构不为唱剧所取，这与唱剧剧本多由清唱"板苏利"改编而成当有关系。以唱为主的"板苏利"与"说话"不太一样，更偏重于以形式取胜，要求其文本的情节线索

①　[朝] 无名氏撰：《沈清传》，平壤：外国文出版社 1958 年版，第 16~23 页。

②　书中只是分为五十二节，每节有一个"题目"，但并无"回"字出现，这里借中国章回小说"回目"以喻之。

单纯，否则听众难以接受。

（二）审美形态上的悲喜中节

宋元南戏和明清传奇中以生、旦当场团圆作结的剧目较多，但也有以"好人由顺境转向逆境"结尾的，元杂剧中真正以团圆结尾的剧作并不是太多，不过这些并非以团圆结尾的剧作也大多有一个"光明的尾巴"——善恶有报。戏曲剧目中多有插科打诨的净或丑出现，特别是南戏和明清传奇，净、丑的插科打诨占的篇幅很大。戏曲中以滑稽为美的喜剧较多，但不少喜剧中有悲苦成分，有相当一部分剧作从悲剧性的故事中提炼喜剧冲突，创造了一种"喜以悲反"的特殊的喜剧美。这样一来，尽管戏曲中既有主要"令人酸鼻"的悲剧，也有主要"令人解颐"的喜剧，但绝大多数剧作是悲欢沓见、离合环生、悲喜中节的。悲剧悲而不伤，喜剧乐而不淫，体现出一种以"中和"为美的东方情韵。

唱剧的这一特点更加突出，不过唱剧悲喜中节的特色主要不是通过净、丑的插科打诨来实现的（唱剧并无净、丑之设，但也偶尔有插科打诨），而主要是通过结构手段来实现的。和印度梵剧相似，唱剧比中国戏曲更加迷恋大团圆结局，《春香传》《沈清传》等名剧均以男女主人公的"大团圆"结局，结尾不留任何悬念和遗憾，以皆大欢喜为尚。例如，《沈清传》的结局中不仅父女团圆，而且让沈清见到已去世多年的母亲，她自己登上王妃之位，其父双目重见光明，真的是一切圆满，皆大欢喜。此外，唱剧选择悲欢离合的故事作为题材，使其戏剧情境冷热互剂、苦乐相错，最后又结之以喜。唱剧名作《春香传》和《沈清传》都充分体现了这一特色。

下编

古典戏曲与东方宗教

第一章　东方宗教的特点及其对于戏曲的意义

从东方古代各国文化交流的角度看，除互通有无的物质交换之外，不同国家的文化之中关系最为密切、影响最为深远的通常是宗教。印度有多种宗教，其中影响最大的并不是佛教而是由婆罗门教发展而成的印度教，但印度却主要是以其佛教影响东方各国的。对东方古代各国而言，"印度文化"主要就是佛教文化。就中国古代戏曲而言也是如此，外来文化对古代戏曲的影响当首推来自印度的佛教文化。关怀众生、慈悲为本的佛教文化赋予汉、印文化圈以鲜明的东方特色，深刻地影响了东方人的人格建构和文化创造，中国古代文化的各个领域之中都有佛教留下的深刻印痕，戏曲概莫能外。

道教是乡土宗教，但它同时也是典型的东方宗教。它具有东方宗教的鲜明特点，诸如多神信仰，关注人生、讲究实用的世俗化倾向，兼容并包的开放性，忍辱含垢、守雌不争、重玄尚真的精神取向都昭示出东方宗教的鲜明特色。道教对东方——特别是朝鲜、越南和日本有较大影响。道教更是华夏民族和东方各国重要的精神支柱之一——儒、道、佛中的"道"，虽然有时也包含以老、庄为代表的道家哲学，但更多的情况下是指信仰长生不老之说的道教。

一、东方宗教的若干特点

宗教是由人创造的。由于宗教文化的创造会受到地理环境、社会发展状况、历史文化传统、民族性格等诸多复杂因素的制约和影响。因此，东西方宗教也必然会和其他文化因子一样，存在着明显的地域性和民族性差异。

（一）历史悠久

人类早在蒙昧时代就创造了以自然崇拜为特点的原始宗教，从考古发掘的史前宗教遗迹来看，我国先民早在旧石器时代就已有灵魂观念和相应的宗教活动，距今约二万五千至五万年前的周口店山顶洞人的墓葬就是证明。进入文明时代以来，是东方最先创造并记录了宗教文明，现存最早的有文字可考的古代宗教①是东方的美索不达美亚宗教和埃及宗教，前者大约创造于公元前 30 世纪，一直到公元前 7 世纪才消亡，后者大约创造于公元前 25 世纪，一直到公元 4 世纪才消亡。在现存宗教中，以印度教的历史最为悠久，它源于公元前二千年前后形成的吠陀教，大约在公元前 7 世纪发展为信奉因果业报、生死轮回学说的婆罗门教；大约在公元 4 世纪以后，古婆罗门教开始向印度教演变；公元 8 世纪，商羯罗（？700—？750）又吸纳佛教和耆那教的教义和戒律仪规，对日渐衰微的印度教实施改革，使之获得新生，流传至今。在印度，影响最大的宗教是印度教，佛教在现代印度早已没有什么影响。

> 除了印度东北边缘尚有迹可寻外，佛教在其发源地已经消失。佛教在国内的黯然失色与在国外的辉煌成功截然相反，令人难以解释。甚至在今天，如果有人对受过教育的印度人说，佛教是印度对世界文化的卓越贡献，他们普遍会感到惊讶或愤慨——他们认为佛教是印度的一念之差。②

印度教目前仍然是那里影响最大、信众最多的宗教，印度知识分子尤其欢迎它。

世界上影响最大的"三大宗教"——佛教、基督教和伊斯兰教均产生于东方，其中又以主要流播于东方的佛教的历史最为悠久，"资格"最老。佛教于公元前 6 世纪中叶至公元前 5 世纪诞生于古印度的迦毗罗卫国（故址在今尼泊尔南部），基督教于公元 1 世纪诞生于巴勒斯坦，伊斯兰教于公元 7 世纪诞生于阿拉伯半岛。创自印度、流传于南亚次大陆的耆那教也是历史悠久的古老宗教之一，它与佛教差不多是同时诞生的，4—13 世纪曾在印度广为传播，后因伊斯兰教的传入受到很大冲击，但时至今日它仍然没有消亡。

西方有过两次主要针对宗教蒙昧主义的思想文化运动，一是 14—17 世纪的

---

① "古代宗教"通常是指诞生于古代但现在已经消亡的宗教，不包括虽然创自远古但至今仍然流传的宗教。

② ［印度］D.D 高善必著：《印度古代文化与文明史纲》，王树英、王维、练性乾、刘建、陈宗英译，王树英校，北京：商务印书馆 1998 年版，第 110 页。

文艺复兴运动，二是 18 世纪的启蒙主义运动。这两次影响深远的思想文化运动从根本上改变了宗教在西方社会和西方文化体系中的地位，也彻底改变了宗教与戏剧的关系。中世纪的西方戏剧大体上是宗教的奴婢或附庸，而文艺复兴以降的西方戏剧则是批判宗教蒙昧主义的急先锋、进行文化启蒙的"大学教师"。但东方戏剧与东方宗教一直是紧相伴随的，直到晚清之时，宗教——主要是佛、道二教仍然是戏曲文化的"沃土"，古代戏曲中确有相当一部分剧目是以宗教教义为主题的宗教剧，运用了宗教智慧的剧目就更多，但戏曲从来就不是宗教的奴婢。

(二) 门类众多

世界上的现存宗教绝大多数是东方宗教——它们不但诞生于东方，而且主要流播于东方。"在黄心川教授主编的《世界十大宗教》一书中，除基督教为西方宗教外，① 其他都是东方宗教。"② 东方文化的发源地印度和中国都是宗教门类众多的"宗教大国"。

印度除佛教之外，还有印度教（含吠陀教、婆罗门教）、耆那教、锡克教③等宗教，此外还有多种民间宗教。伊斯兰教、基督教、琐罗亚斯德教（袄教、拜火教）等外来宗教对印度的影响也很大。例如，仅印度孟买地区至今仍有琐罗亚斯德教信众十万余人，伊斯兰教对古代印度的影响更是相当巨大。

中国除了拥有从印度传入的佛教之外，还创造了自己的民族宗教——道教，另有多种民间宗教，诸如明教、白莲教、青莲教、圆教、罗教、红阳教、清水教、八卦教、黄天教等 20 多种宗教。我国民族众多，不少少数民族还有自己的宗教。例如，满族、蒙古族、维吾尔族、哈萨克族、赫哲族等少数民族曾信仰萨满教，纳西族信仰东巴教。基督教（景教、也里可温教）、伊斯兰教（回教、清真教、天方教）、琐罗亚斯德教、摩尼教（明教、明尊教、末尼教、牟尼教）、犹太教（一赐乐业教、挑筋教）等外来宗教也曾在中国广为传播，其中有的信众众多，影响很大，如伊斯兰教、也里可温教在我国有些地区的影响胜过佛、道二

---

① 这里主要着眼于其流播之地，其实，基督教的诞生地仍然是东方。

② 卞崇道著：《略论东方文化》，中国社会科学院哲学研究所东方哲学研究室编：《东方哲学与文化》，北京：社会科学文献出版社 1996 年版，第 214~215 页。

③ 婆罗门教、佛教和耆那教均诞生于公元前，锡克教则是 15 世纪以后由印度教虔诚派与伊斯兰教苏菲派相融合而产生的宗教。

教。明清之世，黄天教和红阳教也曾产生较大影响。

日本除从中国输入佛教、道教之外，还有自己的民族宗教——神道教，日本的原始宗教信仰被神道教全面继承，古代日本人的日常生活也是笼罩在浓厚的鬼神迷信的雾瘴之中的。

> 早期之日本人满足于灵魂信仰、图腾制度、祖先崇拜与性崇拜等宗教需求。举凡天上之星辰、原野之植物与昆虫、草木、鸟兽与人类——处处有灵魂。无数神祇在人之住宅上空徘徊，并在灯火之火焰与光辉中飞舞……佛教传入中国 500 年之后，继传日本，随即急速发展并风靡日本……在日本佛教的天国中，有 128 层地狱用以容纳各种罪犯和敌人，除了佛圣的天地外，另有一魔鬼的世界，面目狰狞的魔鬼一方面诱拐良家妇女，另一方面又捕食男人。佛教教义揭示生前的阴德，可使人再度轮回转世。①

东方宗教对东方社会文化的影响也是长期的。例如，尽管我国古代每隔两三百年就有一次"改朝换代"的大动荡，尽管晚明以降有资本主义经济的萌芽，含有人道主义和民主精神的社会文化思潮涌动，有少数思想家对封建专制主义有所认识。但就全社会而言，一直到列强打开我封闭的国门之前，中国并未出现"主潮"性的启蒙主义的思想文化运动。从思想史的角度看，明清两代，佛、道二教虽然不如唐宋之盛，但它们并未成为文化批判的对象，仍然是支配社会生活和文化创造的重要力量。明清时期的佛、道二教对政治的影响力虽然日渐降低，但对世俗生活和文化建构——特别是俗文化的创造活动仍然有巨大的影响力。因此，它们一直对古代戏曲创作有着不同程度的影响。

（三）异教兼融

世界上许多国家——特别是西方国家异教徒之间的冲突通常是你死我活，不可调和的。东方的情形则不太一样。在中国，儒、道、释虽有过冲突，但最终是趋向调和的。这既与佛、道二教互相接近——特别是道教多从佛教那里汲取"营养"，弄得佛、道二教界限模糊有关，也与佛、道二教分别提供了不太相同而又

---

① ［美］威尔·杜兰著：《东方的遗产》，北京：东方出版社 2003 年版，第 851~880 页。

足以互补的思想准则和生活道路有关。

与西方文化"断裂性"或曰"颠覆重建式"的发展路径不同，东方文化选择的是"继承性"和"绵延式"的发展道路，在这块土地上发生发展的宗教也是如此。东方宗教的"异教兼容"不仅仅表现在同时并存的不同宗教的"横向兼容"上，而且还表现在对远古时代即已产生的原始宗教和民间信仰的"纵向吸纳"上。

道教不但全面地继承了中国古代的原始宗教和鬼神迷信，而且长期"剿袭"佛教。道教的三世轮回、因果报应、度劫更生、济世度人、三界二十八天、阴曹地府（地狱）等学说均"剿袭"自佛教。道教有五戒、八戒、十戒。如《太上老君戒经》规定初入道门者受"老君五戒"：第一戒杀；第二戒盗；第三戒淫；第四戒妄语；第五戒酒。《初真戒》《太上灵宝元阳妙经》《洞玄灵宝六斋十直》等所载大体相同。道教五戒完全抄自佛经，《无量寿经》等多部佛教经典有关于"五戒""五恶"（违犯"五戒"的五种恶行）、"五善"（遵守"五戒"的五种善行）的记载。隋代净影寺僧人慧远所编纂的佛教类书《大乘义章》卷十二、唐代僧人道世所编辑的佛教类书《法苑珠林》卷八十七"五戒部"对佛教"五戒"都有说明。"佛陀……为优婆塞说五戒……一，……不煞生；二，……不偷盗；三，……不邪婬；四，……不妄语；五，……不饮酒。"[1] 道教的礼拜、诵经、思神等仪式也大体模仿佛教。"全真道""真大道教"等教派出家苦修的修道方式和途径也是对佛教的模仿。道教哲学的命题和论证方法也有援于佛教者。例如，"众生皆有道性"的命题显然是受佛教"众生皆有佛性"的命题的"启发"，道教经籍对"重玄"的论证就与佛教天台宗、三论宗对"真如"的论证十分相似。道士——特别是唐以后的道士常把修习佛教要籍《心经》（《般若般罗蜜多心经》）和儒家经典《孝经》作为"必修课"。

佛教吸收了古代印度的民间信仰和它所反对的婆罗门教的诸多内容，传入中国之后又吸收了中国民间信仰中的鬼神迷信，对道教学说也有所吸纳和借鉴。道教以老子为教主，以庄子为真人，从南北朝时期起，不少道教徒通过注释《老子》《庄子》构建道教哲学体系。外来的佛教为了站住脚不仅吸收道教所迷恋的鬼神迷信和方术，也曾通过注释《老子》《庄子》来宣传教义，东晋时期的名僧

---

① （唐）道世编纂：《法苑珠林》（卷八十七），上海：上海古籍出版社1991年版，第609页。

支道林、僧肇等也是如此。唐代以降，不少佛教徒也修习道教，佛教著述也吸收道教的某些教义、术语，宋代的禅宗就融入了不少道教的学说。

佛教以尘世为空幻，以人生为苦海，以涅槃为解脱，这是一种从根本上消解内心冲突的"出世主义"的人生态度和处世哲学。道教虽也认识到人生无常，祸福难料，倡导隐居林泉，但它以"生"为贵，服食丹药，思神行气，栖身山林都是为了养生炼形、成仙不死，这是一种避世而不弃世的"乐观主义"的人生态度和处世哲学。这两种处世哲学和人生态度具有互补性，能为不同的人和一个人在不同的人生阶段的人生选择提供多种可能性。胸怀"修齐治平"之入世梦想的儒生在梦想破灭之后，出入佛、道，都能实现某种程度的解脱和满足。因此，在我国古代，有的人先信佛，后入道，有的人则佛、道双修，空、玄兼取，亦僧亦道，有的甚至儒、佛、道"无所不窥"。这种情况不仅仅是在中国存在，东方古代各国也大抵如此。

印度有多种宗教，但不同宗教之间并没有十分严格的界限，尼赫鲁在谈到印度的主要宗教印度教时就曾指出：

> 当作一种信仰来看，印度教是模糊的，无定形的，多方面的，每一个人能照他自己的看法去理解的。要给它下一个定义，或者用这个词的普通意义来实在明确地说出它是否是一种宗教几乎是不可能的。在它的现在体系中，甚至在过去，它包含多种的信仰和仪式，从最高的到最低的，往往互相抵触，互相矛盾。①

诚如所言，印度教包含着多种信仰和仪式，其中有一些甚至是互相抵触的，印度教的"边界"也是模糊不清的。其实，佛教、耆那教、锡克教也大抵如此。例如，以佛教为代表的沙门思潮本来是以婆罗门教的对立物的面貌出现的，它否认婆罗门教所宣扬的吠陀天启、祭祀万能的教义和婆罗门至上的种姓制度，提出"众生平等"和"缘起说"。所谓"众生平等"，是指四个种姓"悉皆平等"，因为它们同出一源，人的高贵低贱并不是由人的出身来决定，而是由人的行为——

---

① ［印度］尼赫鲁著：《印度的发现》，齐文译，北京：世界知识出版社1963年版，第82页。

"业"来决定的。所谓"缘起说"，是指天地万物是由各种不同的条件以及因果关系的凑合生成的，不承认宇宙之外有任何超自然物的存在，以此反对婆罗门教的"神创造世界万物"的学说，带有明显的无神论倾向。可是，沙门思潮的不同派别却都信持婆罗门教的"业报轮回"说，而"轮回"说又是建立在灵魂不灭的"转生"说的基础之上的。后世的佛教信徒，特别是大乘佛教信徒往往把"佛"——"成道"之后的"佛陀"当作超凡入圣的神灵来崇拜。大乘佛教可谓集鬼神迷信之大成，故被印度哲学家视为"运输各种迷信渣滓的工具"。① 这并不完全是后人对佛教"本意"的误解与篡改，与原始佛教本身的矛盾给有神论留下了"空隙"亦有一定关系。方立天先生指出："原始佛教宣传的十二因缘和业报轮回的学说中，既体现了无神论的思想，又贯穿着有神论的观念。"② 原始佛教虽然是为了反对婆罗门教而创立的新教，但它又是在婆罗门教的基础上建立起来的，和婆罗门教一样，都以印度民间长期流传的信仰为资源，因此，它不可能完全摆脱有神论的影响。例如早期佛教的经典《经集》之中系统地提出了"业报轮回"说，在这一经典中，既有"下世"（来世）的存在，还有"地狱"之设，这些学说与有神论显然是脱不了干系的。

　　佛陀总是拒绝回答关于灵魂是否存在的问题。然而，轮回转世（无论人的哪一部分获得再生）的教义对于当时的社会似乎是自然而然的……佛教的轮回取决于业，亦即人一生的行为。作为勋绩的业，不仅相当于许多已经积聚起来的金钱或已经收获的粮食，而且宛如一粒种子结实或一笔贷款到期那样，会在适当的时候产生结果。每一个有生物均可成就一定的业，使其在死后以适当的肉体再生，例如成为一只昆虫或动物。甚至连诸神也受制于业。因陀罗本身也可能在自己以前的业耗竭之后从自己独居的天堂坠落；一个普通人可能再生于诸神的世界，乃至成为因陀罗，长期享受天国至乐的生活……一个至为迷人的故事讲述佛陀给一对结婚多年生活幸福的男女说教，他们要求无论条件如何，来生能够再结为夫妻。佛陀告知他们，履行正当家

---

① 参见 ［印度］德·恰托巴底亚耶著：《印度哲学》，黄宝生等译，北京：商务印书馆1980年版，第153页。

② 方立天著：《佛教哲学》，北京：中国人民大学出版社1986年版，第76页。

庭生活中较为单纯的义务，是实现这一目的的途径。①

"轮回业报"同时也是印度教、耆那教、锡克教的基本教义，佛教所说的地狱与印度教所说的地狱并无大的差别。正因为如此，在古代印度流传的也是异教混融、边界模糊的"混同之教"。因此，一个人同时信仰几种宗教的情形是常见的现象。这种情形在朝鲜半岛和日本也同样存在。

> 在日本，有非常笃信佛教的人，也有笃信神道的人，而他们对传统上信仰其他宗教的人都很宽容。一个人同时信仰佛教、神道和儒教也是常有的，而且在日本这些古老的宗教跟博士所说的基督教衰退后的三种信仰中的两种——即对科学进步的信仰和国家主义——也以显著的形式共存着。②

越南的宗教文化也有异教兼融、边界模糊的鲜明特色，绝大多数民众信仰的也是一种"混同之教"。

> 越南的佛教始终不那么单纯。它不仅融合于三府道（认为尘世以外还有天府、水府和阴府三个世界）、图腾信仰、拜物教之中，而且还与儒教、道教相互融合。③
>
> 尽管佛、儒、道是三个不同的教，但是当它们传到我国时三教的思想就融合为一，很难划清它们的界限。在民间，儒教的尊卑秩序与佛教的消极忍辱的思想和道教的迷信风水的思想融合在一起。④

---

① ［印度］D.D 高善必著：《印度古代文化与文明史纲》，王树英、王维、练性乾、刘建、陈宗英译，王树英校，北京：商务印书馆 1998 年版，第 119~124 页。

② ［英］汤因比、［日］池田大作著：《展望二十一世纪——汤因比与池田大作对话录》，荀春生、朱继征、陈国梁译，北京：国际文化出版公司 1985 年版，第 373 页。

③ ［越］文新著：《越南历史上的佛教》，梁红奋译，《东南亚研究资料》1982 年第 2 期，第 87 页。

④ ［越］明峥、范宏科著：《越南史略》（初稿），吕谷译，北京：生活·读书·新知三联书店 1958 年版，第 44 页。

泰国古代流传的也是由多种宗教混融而成的"混合宗教"。

大约在公元五至十三世纪时，泰国中部地区曾相继处于孟帝国和高棉帝国的统治之下。在半岛上，孟族文明程度较高，它接受印度的文明，并信奉南派（小乘）佛教，而当时另一个文明化程度较高的高棉族则是一个高度印度教化的民族，并信奉北派（大乘）和南派两种佛教。南派佛教使用巴利文作为思维和交际的工具，而北派和印度教则使用梵文。与闪米特人的宗教不同，他们通过互相间的容忍，而在这里混合在一起，而当地流行的泛灵论信仰，也渗透进去。这种混合物极大地影响着人们的思想和信仰、语言和文学。①

流播于西方的基督教其早期也曾吸纳东方某些神秘教派的思想和仪式，但经过"正统教会"的清理，带有"异教"色彩的"伪经"被剔除，一神教的特点更加突出。基督教教义认为世界万物都是由无所不在、无所不能、无所不知的上帝创造的，上帝不仅是唯一的创造者，而且也是唯一的主宰者。论证上帝的存在，告诫信徒要信上帝，是基督教教义的核心部分。基督教信徒也参加膜拜活动，但他们对天人感应、六道轮回、投胎转世、因果业报、召神役鬼、符咒斋醮之类的鬼神迷信一般是唾弃的。这是因为，产生于东方的基督教并不是直接在其流播地原始宗教的基础上创生的，基督教在西方传播时也不大可能把各地的民间信仰和仪式都吸纳进来，因此它一直保持着一神教的面貌，对各地的鬼神信仰、原始巫术采取排斥态度。

东方宗教除了伊斯兰教之外，多带有多神教的色彩，或者说，东方宗教大多不是纯粹的一神教。② 如印度教是婆罗门教的发展，而婆罗门教则主要是在吠陀教的基础上建立起来的，吠陀教是信仰多神的古代宗教，可以说，印度教集中反映了东方宗教的特点——继承了原始宗教的多神信仰。小乘佛教只是以释迦牟尼为精通佛法的"觉者"和"教祖"，并不认为他就是无所不能的神，而且认为"佛"只有释迦牟尼一个。可是大乘佛教不但把释迦牟尼当作全知全能、救苦救

---

① ［泰］披耶阿努曼拉查东著：《泰国传统文化与民俗》，马宁译，广州：中山大学出版社 1987 年版，第 92～93 页。

② 有学者认为，琐罗亚斯德教也可以算作一神教；但另有一些学者认为，该教属于二元神教，不能归于一神教的范围。

难的最高的人格神，神化其身世行迹，夸大其神通法力，而且发动造神运动，造出了"如恒河沙子"难计其数的"佛"：拘留孙佛、拘那含佛、迦叶佛、毗舍婆佛、毗婆尸佛、尸弃佛、燃灯佛、弥勒佛、阿閦婆佛、药师佛、宝相佛、阿弥陀佛、微妙声佛、威音王佛、毗卢遮那佛……此外还有观世音、文殊、普贤、地藏、药王、维摩诘等诸多"菩萨"以及数量众多的神、鬼、魔。"其佛有八十亿大菩萨摩诃萨，七十二恒河沙大声闻众……得是忍已，眼根清净，以是清净眼根，见七百万二千亿那由他恒河沙等诸佛如来……说是《药王菩萨本事品》时，八万四千菩萨得解一切众生语言陀罗尼。"①传入中国的佛教——主要是大乘佛教，也吸纳了中国民间的鬼神迷信和原始宗教的多神信仰，真可谓集东方鬼神迷信之大成。例如，中国佛教和道教都把关羽当作崇奉的神灵，佛教以之为守护寺庙的"伽蓝神"之一，②道教以之为"三界伏魔大帝神威远震天尊"。又如，佛教中的阎王原来只有兄妹二人，兄治男鬼，妹辖女魂。可是中国佛教徒大概觉得作为终极审判机构的地狱"管理人员"严重不足，于是造出了"十殿阎王"，每"殿"之中又有无数"鬼吏"协助阎王擒拿、勘问、施刑。

日本的神道教亦继承了日本的原始宗教，信仰多神、重视祝祷是其突出特点，其神号称有八百万或一千五百万之众，其中既有难以尽数的自然神，也有大量的家族神，到神社祭拜亡灵是日本民众日常生活的重要内容之一。日本能乐热衷于描写亡魂——特别是阵亡了的武将的亡魂不是没有原因的。

二、东方宗教对于戏曲的意义

宗教文化作为戏曲发生发展的土壤，对戏曲的形态和品格均有着巨大影响。

（一）多神信仰与戏曲意象的摄取

宗教信仰的核心内容是坚信灵魂不灭和鬼神的存在。全面继承万物有灵的原始宗教信仰和善于造神生鬼是东方宗教的突出特点。宗教通常是建立在有神论的

---

① （晋）鸠摩罗什译，韩廷杰译注：《妙法莲华经·药王菩萨本事品》，李森、郭俊峰主编：《佛经精华·妙法莲华经》，长春：时代文艺出版社2001年版，第397~403页。

② 据（宋）释道诚集《释氏要览》（卷上）记载，佛教守护寺庙的神有18个之多，可窥大乘佛教造神运动成果"丰硕"之一斑。

基础上的，但鬼神迷信并不等于宗教。然而东方宗教往往具有泛神论性质和多神崇拜倾向，鬼神迷信色彩相当浓厚。试以道教为例来加以说明。

原始道教——五斗米道尊奉"太清玄元无上三天无极大道"，同时又崇拜天、地、水"三官帝君"，明显具有原始多神教的特点，后世道教力图向一神教靠拢，但多神教的"底色"始终难以完全掩盖。道教除崇拜"元始天尊""道德天尊""灵宝天尊"（还有"无极至尊""大至真尊""阴阳真尊""洪正真尊""五等天官"等多种不同的神系）、"三十二天帝"之外，又奉"玉皇大帝"为"昊天金阙无上至尊"，仍然留有原始多神教的明显痕迹。

敬天明鬼是我国的一个古老传统。《礼记·表记》说："殷人尊神，率民以事神，先鬼而后礼。"[1] 巫觋为事鬼奉神而设。《山海经·海内北经》有关于"鬼国"的记载，人面而一目、人面蛇身之鬼蜮聚集其中。《墨子》有《明鬼》篇，《左传》亦有诸多篇章言鬼神灵异。佛、道二教，特别是道教，可谓集鬼神迷信之大成。早期道教"五斗米道"就被称作"鬼道"。《三国志·张鲁传》："鲁遂据汉中，以鬼道教民，自号'师君'。其来学道者，初皆名'鬼卒'。"[2] 道教还专门虚构了聚集和管理鬼魂的处所罗酆山，其中有六座鬼神宫府，为鬼王审判罪人之所，每一宫中都有无数鬼官鬼卒。据《酉阳杂俎》说，这座山"在北方癸地，周回三万里……洞天六宫，周一万里……是为六天鬼神之宫"。[3] 据《真灵位业图》，道教给这一"治鬼之处"派了一位首领，称作"酆都北阴大帝"，他统领着各种各样的鬼官鬼卒。本在北方的罗酆山后又被民间附会为四川的鬼城酆都山。

道教徒不仅信鬼，同时还信神、信仙、信精、信怪、信妖。道教神系极为庞大而复杂，天有天神，地有地神，就连人身之内也有神万余。天神有玉清境元始天尊、上清境灵宝天尊、太清境道德天尊；天宝君、灵宝君、神宝君；后圣九玄帝君、二十八属、玉皇大帝、九天圣母、王母娘娘、雷公、电母、风伯、雨师、

---

[1] （汉）郑玄注，（唐）孔颖达疏：《礼记正义》（卷五十四），李学勤主编：《十三经注疏》（标点本）六，下册，北京：北京大学出版社 1999 年版，第 1485 页。

[2] （晋）陈寿撰，（宋）裴松之注：《三国志》卷八《魏书》八《张鲁传》，北京：中华书局 2000 年版，第 197 页。

[3] （唐）段成式著，曹中孚校点：《酉阳杂俎》前集卷二《玉格》，上海：上海古籍出版社 2012 年版，第 7 页。

灵妃、金童、玉女、飞龙、奔雀等，而且其中有些天神还有数百乃至数千"部下"，这些"部下"也都是天神。例如，后圣九玄帝君李聃有"一师四辅"，"一师"即"位为太微左真"的彭太师，"四辅"为上相方诸宫青童君、上保太丹宫南极元君、上傅白山宫太素真君、上宰西城宫总真王君。其余"公卿"则统领"大夫官等三百六十一，从属三万六千人，部领三十六万"……"东华玉保高晨师青童大君，大君清斋寒灵丹殿，黄房之内，三年，上诣上清金阙。金阙有四天帝，太平道君处其左右。居太空琼台洞真之殿，平玉之房，金华之内，侍女众真五万人。毒龙电虎，玃天之狩，罗毒作态，备门抱关，巨蚪千寻，卫于墙垾。飞龙奔雀，溟鹏异鸟，叩啄奋爪，陈于广庭……凤鸣玄泰，神妃合唱，麟儛鸾迈……"①"璇玑者，北斗君也，天之侯王也。主制万二千神，持人命籍。人亦有之。在脐中，太一君，人之侯王也。柱天大将军，特进侯也，主身中万二千神。"②又如，道教之"五帝"中包含有"五岳五帝"，"东岳太山君领群神五千九百人……南岳衡山君领仙七万七百人……中岳嵩高君领仙官玉女三万人……西岳华山君领仙官玉女四千一百人……北岳恒山君领仙人玉女七千人"。③

神与仙既有联系又相区别，有的既是神，又是仙，有的是仙却不是神。"大抵天神是执政管事的，如人间帝王和下属官吏；仙则是不管事的散淡人，犹如人间的名士和富贵者；神都有帝王的'封诰'，享受祭祀，仙则大都由'得道'而成，并不一定得到祭祀。仙有天仙、地仙、散仙（尸解仙）之分：'上士举形升虚，谓之天仙；中士游于名山，谓之地仙；下士先死后蜕，谓之尸解仙。'④天仙可能为天神，地仙则只在人间，散仙则天上人间飘忽不定。"⑤

灵怪为物之长寿有灵者，如动物类有狐精、虎精、鼠精、猿精、龟精、鹤精、蛇精等；植物类有柳精、桃妖、梅魅、牡丹花精、海棠花精等。妖魔鬼怪、

---

①　《太平经》甲部，范子烨主编：《道学十三经》（导读本）下，哈尔滨：北方文艺出版社 2001 年版，第 425 页。

②　《老子中经》第十三神仙，范子烨主编：《道学十三经》（导读本）上，哈尔滨：北方文艺出版社 2001 年版，第 380 页。

③　（宋）张君房辑录：《云笈七籖》第七十九卷，胡道静、陈莲笙、陈耀庭选辑《道藏要籍选刊》（第 1 册），上海：上海古籍出版社 1989 年版，第 563~564 页。

④　（晋）葛洪撰：《抱朴子·论仙》，《诸子集成》（八），北京：中华书局 1954 年版，第 6 页。

⑤　李养正著：《道教概述》，《道协会刊》1980 年第一期，第 61 页。

神灵仙真一般都有一个共同特点，这就是上天入地，变幻莫测，呼风唤雨，无所不能。例如，天仙、散仙皆有神通——不食五谷，饮风吸露，与日月齐光，与天地同寿，童颜鹤发，身怀奇能，役魔劾鬼，尸解飞升，画符念咒，兴云致雨，禳灾厌胜，托梦点化，跨鹤翔天，乘龙潜海，居水而不溺，蹈火而不灼，以一为万，分身散形，隐身而莫之见，变化而不之识。

前文已经论及，佛教——特别是其大乘集鬼神迷信之大成，传入中国之后，又充分利用了在我国民间广为流播的鬼神迷信，因此鬼神迷信色彩也相当浓厚，它既有"八部鬼众"，又有"十殿阎王"，还有各种各样阴森恐怖的地狱,[①] 每一地狱之中都有不计其数的妖魔鬼怪。佛教的神系也是无比庞大的。因此，也有人把佛教也称作"鬼道"。例如，北魏太武帝的灭佛诏书就以"鬼道炽盛"来形容佛教在中国的流行。

杂有大量鬼神迷信的佛、道二教，既是为害甚烈的精神鸦片，同时也是文学艺术之花的沃土，它们给古代戏曲创作准备了大量富有魅力的意象，这些以神通广大、飘忽不定、面貌各异为特点的宗教意象大多被戏曲所摄取，美妙的天界、神奇的龙宫、恐怖的地狱、阴森的酆等经常被搬上舞台，彼岸与现世、天上与人间的交通感应，鬼神仙真、妖魔精怪的隐遁易形、出没变化，灵魂不灭、因果报应的宗教信条等是相当一部分剧作建构剧情、塑造人物的基础。摄取了宗教意象的剧作并不都是宗教剧，但东方宗教数量巨大的意象群极大地丰富了戏曲人物画廊，增强了戏曲的艺术表现力和对观众的吸引力。

（二）东方宗教智慧与戏曲的独特面貌

宗教意象植根于现实，彼岸世界与人世相通，否则它就失去了整顿人间秩序的作用。我国古代"神话"很早就步入"历史化"进程——被儒家所肢解，但"鬼话""仙话"如汗牛充栋，极其丰富。在佛、道二教的典籍、史传、笔记、志怪小说以及民间流传的故事中，灵魂不灭、死而复生、轮回转世、借尸还魂、冤魂索命、因果报应、精怪作祟、生魂出游、鬼神托梦、菩萨显灵、谪仙下凡、

---

① 佛教有"等活""黑绳""众合""号叫""大叫""炎热""大热""阿鼻"这"八大地狱"，《地狱经》等又把地狱分作"十八层"，层层阴魂密布、恶鬼嚎啕，十分恐怖。"十殿阎王"原为佛教之说，后道教亦采纳。

玉帝赏善、阎王罚恶、观音送子、孝行感天、人神相恋、白日飞升之类的灵异故事，比世界上任何一个国家都要丰富。尽管先秦儒家对鬼神存而不论，但因为鬼神世界对于整顿人间秩序，维护封建统治颇有助益，而且这类故事富有谈狐夸鬼、上天入地、云诡雾谲的非凡想象力，足以导人"神游于他境"，因此，不只是为"愚夫愚妇"所津津乐道，文人雅士乃至帝王贵胄亦有好之者。我国古代曾把这类神奇灵异的"鬼话""仙话"汇编成集以供"御览"。肥沃的鬼神文化土壤不只是给戏曲准备了奇特的意象，它蕴涵着独特的宗教智慧，给了戏曲作家神奇飘逸、上天入地的非凡想象力，同时也为蕴涵着丰富宗教智慧——人鬼杂出、仙佛错综、出无入有、妙异怪奇的戏曲创作培养了大量的观众。清代文人韩锡胙在《渔村记·自序》中谈到他为何以神仙赐福的故事来表彰孝道时指出："一、驰思溟涬，于世无讥，毁誉非真，易于寡怨；二、点缀神天，光辉杂遝，洞洞属属，易于感人。"① 韩锡胙说出了把剧情建立在宗教神学的基础之上的好处：一是不容易受到指责；二是具有"神性品格"的剧作易于感人。

在封建社会，没有读过"圣贤"书，不知孔圣人、孟夫子，甚至不知所处何世、当朝皇上何许人者，大有人在，但没有人不知道鬼神，不知道玉皇大帝、阎王老爷、阿弥陀佛、观音菩萨、王母娘娘、嫦娥、灶王爷、财神、门神、城隍、土地、二郎神、那吒②、四海龙王、八仙的。明代文人谢肇淛说，明代虽然理学盛行，但就社会下层而言，神仙菩萨对精神世界的控制远远超过周公孔子："今天下神祠香火之盛，莫过于关壮缪……今世所崇奉正神，尚有观音大士、真武上帝、碧霞元君，三者与关壮缪香火相埒，遐陬荒谷，无不尸而祝之者。凡妇人女子，语以周公孔夫子，或未必知，而敬信四神，无敢有心非巷议者，行且与天地俱悠久矣。"③

东方戏剧——特别是印度、泰国、日本、朝鲜和中国的传统戏剧以其永不磨灭的"神性魅力"屹立于世界剧坛，与追求"写实"的西方戏剧的艺术品格迥然不同。例如，西方文艺复兴以降至19世纪中叶以前的戏剧中很少有以鬼魂和梦幻为主要描写对象的作品，东方古代戏剧中则俯拾即是；西方古代戏剧理论家

---

① （清）韩锡胙著：《渔村记·自序》，蔡毅编著：《中国古典戏曲序跋汇编》（三），济南：齐鲁书社1989年版，第1843页。

② 那吒，一作哪吒。元杂剧传本大多作那吒，为避免不统一，故以元杂剧传本为准。

③ （明）谢肇淛著：《五杂组》，上海：上海书店出版社2001年版，第303页。

要求作品的情节发展符合"可然律"与"必然律"，人物的行动必须在他所处的"典型环境"中找到根据，体现出一种科学精神和理性主义趋向。东方古代戏剧则有意选取越出正常生活轨道的"传奇"故事，迷恋"情之所必有，理之所必无"的"奇迹"，有相当多的剧作把剧情建立在灵魂不灭、阴阳两界、天人感应、仙俗交通、鬼魂托梦、投胎转世、因果报应等宗教神学的基础之上，赋予这些剧作以鲜明的"神性品格"。西方戏剧一般有意拒绝善恶有报的"双重结局"，而东方戏剧则力图形象地说明因果报应如影随形，行善者增福添寿，造恶者天地不容，善恶有报的情节结构成为东方戏剧典范性的结构模式。这与东方宗教的特殊历程、独特的个性以及它在东方文化体系中所占有的特殊位置都是有关系的。

东方宗教大多富有同情弱者、普度众生的慈悲情怀，悲悯众生、救助贫弱、乐于施舍是东方宗教普遍认同的道德准则，这一点佛教与道教当然也不例外。《妙法莲华经》曰："佛告舍利佛……大慈大悲，常无懈倦，恒求善事，利益一切。"① 《华严经》曰："菩萨以大悲为首……于一切众生，生十种哀愍心。何等为十？所谓见诸众生孤独无依，生哀愍心；见诸众生贫穷困乏，生哀愍心……"② 有"大慈大悲"之心的一个重要表现就是为救助贫弱而"无所吝惜"，佛教要求人们，不但应把自己所有的财物"布施"给需要救助的人，行"布施"时，连自己的妻子儿女乃至自己的血肉身躯也应在所不惜：

> 大悲大慈，以深重心住初地时，于一切物无所吝惜。求佛大智，修行大舍。凡是所有一切能施，所谓财谷仓库、金银、摩尼、真珠、琉璃、珂贝、璧玉、珊瑚等物，珍宝璎珞、严身之具、象马车乘、奴婢人民、城邑聚落、园林台观、妻妾男女，内外眷属，及余所有珍玩之具，头目手足、血肉骨髓、一切身分，皆无所惜。③

---

① （晋）鸠摩罗什译，韩廷杰译注：《妙法莲华经》卷第二《譬喻品》第三，李森、郭俊峰主编：《佛经精华·妙法莲华经》，长春：时代文艺出版社2001年版，第83页。

② （唐）实叉难陀译，张连良译注：《华严经》卷三十五《十地品》第二十六之二，李森、郭俊峰主编：《佛经精华·华严经 观无量寿佛经》，长春：时代文艺出版社2001年版，第114~115页。

③ （唐）实叉难陀译，张连良译注：《华严经》卷三十四《十地品》第二十六之一，李森、郭俊峰主编：《佛经精华·华严经 观无量寿佛经》，长春：时代文艺出版社2001年版，第78页。

"慈悲"之德不仅应泽被人民，而且还要惠及蝼蚁——佛教要求信徒以"大慈大悲"的情怀对待自然界一切有生命的东西，"戒杀生"的律条以及由此派生的"不茹荤腥"的饮食戒律就是这种"慈悲情怀"的具体体现。① 与此相反，"得不生厌足""守财不布施"的贪婪、悭吝之人则受到佛教的痛斥。佛教认为，这种人活着使"妻儿角目，兄弟阋墙，眷属乖离"，死后"饿鬼中受苦"。② 佛教的这一思想也被道教吸收，《玉皇经》曰："所有库藏，一切财宝，尽将散施穷乏困苦、鳏寡孤独、无所依怙、饥饿癃残，一切众生。"③ 道教要求信徒奉行的"十善"之第六善即为"损己救穷"。"戒杀生"也成为道教"五戒"之首。④ 佛、道教二教的典籍都认为乐善好施、惜孤念寡、扶弱济贫，终登极乐仙路；而贪得无厌、悭吝苦剋、嫌贫爱富、恃强凌弱，则遭天谴冥报。这一精神取向对戏曲的题材选择、人物刻画和情节结构模式均产生了不可估量的影响。例如，元杂剧中就有多部剧作对悭吝苦剋、嫌贫爱富者进行了鞭挞，对乐善好施、惜孤念寡、散财济贫的"善人"进行了褒扬。前者或损寿折福，或遭受天谴，或被打入地狱遭"永罚"；后者或添福增寿，或老年得子，或时来运转、飞黄腾达，或升入天界享受"永福"。善有善报、恶有恶报这一东方宗教的信条已经"内化"为戏曲的一种经典性结构模式和普遍的接受心理结构。

中国古代，既没有像西方中世纪那样长期存在的政教合一的全国性教权，也没有像西方文艺复兴和启蒙主义那样的批判宗教蒙昧主义的思想文化运动，但无神论与宗教一直是紧相伴随的。这使得戏曲和宗教的关系与西方戏剧和宗教的关系大不一样——宗教从未完全控制戏曲，戏曲也没有与宗教完全决裂，戏曲从孕育期开始一直到历史进入近代以前，就既有嘲弄僧侣、张扬人欲的"世俗剧"，也有度人出家，劝人修仙，诫人勿恶的"说法戏"。也就是说，宗教与古代戏曲一直就是既互相冲突，又互相利用的，宗教利用戏曲张扬教义，戏曲从宗教中摄取意象，利用宗教智慧增强艺术表现力。

---

① 印度佛教有"戒荤"律条，只是要求信徒不食用葱、蒜等刺激性食物，并不包含不许食用鱼肉的内容，佛教传入中国后，僧人、居士"吃斋"只能"吃素"——不许食用鱼肉。

② （唐）道世编纂：《法苑珠林》卷八十《六度篇》第八十五《布施部》第一，上海：上海古籍出版社 1991 年版，第 564 页。

③ 《高上玉皇本行集经》卷上《清微天宫神通品第一》，胡道静、陈莲笙、陈耀庭选辑：《道藏要籍选刊》（3），上海：上海古籍出版社 1989 年版，第 78 页。

④ 《太上老君说常清静经注》，胡道静、陈莲笙、陈耀庭选辑《道藏要籍选刊》（3），上海：上海古籍出版社 1989 年版，第 51 页。

　　流传于西方的基督教有很强的排他性，因此西方的宗教剧也主要是张扬基督教教义的剧目，从内容看，其"品种"相对单一。东方古代多种宗教并存，东方戏剧与这些宗教都有不同程度的联系，这使得东方戏剧中的宗教题材具有多样性。例如，戏曲中既有道家的神仙，也有佛教的菩萨，既有佛教的"度脱剧"，也有道家的"升仙戏"，还有很难归于哪一"教"的"隐居乐道"剧和佛、道不分的"佛、道混合剧"，剧中的主人公所"乐"之"道"——远离酒色财气、功名利禄、人我是非，既是佛教的，也是道教的。例如，明无名氏杂剧《若耶溪渔樵闲话》写张愚、王鲁、赵璧、李彦各以渔、樵、耕、牧为生，经常聚在一起议论天下无道，抨击官场黑暗腐败，对自己的远离官场、渔樵隐逸甚是自得，朝廷诏令他们入朝为官，四人坚辞不受，一起逃往天台山。这类剧目所张扬的"隐逸"思想，既是道教的，也是佛教的，还可以说是儒家的（儒家主张天下无道时退居山林）。

　　戏曲作家中极少有专门的宗教剧作家，[1] 撰有宗教剧的作家通常是既写道教剧，也写佛教剧，同时也写与宗教教义完全相背的"世俗剧"的，他们所创作的宗教剧往往并不"纯粹"——虽宣扬宗教教义，但也杂有浓厚的"世俗之想"。例如，郑廷玉、朱有燉、汤显祖就都是例证。他们的宗教剧——特别是佛、道二教的度脱剧思想蕴涵并无太大差异，只是宗教的名称和人物的身份（一为佛，一属道）不同而已。譬如，朱有燉的道教度脱剧《小天香半夜朝元》《吕洞宾花月神仙会》与佛教度脱剧《李妙清花里悟真如》《惠禅师三度小桃红》在思想蕴涵方面都很相似。朱有燉虽然写有多部宗教剧，但他同时还写有《刘盼春守志香囊怨》《甄月娥春风庆朔堂》《李亚仙花酒曲江池》等多部歌颂真挚爱情的"世俗剧"。汤显祖的《南柯记》"从梦境证佛"；[2]《邯郸记》借游魂慕仙，佛、道虽为其"妙旨"，然不平之气溢于言表，世道人情尽收笔底；《还魂记》则以男女欢会之想"着意发挥怀春慕色之情"，[3] 其"梦境"与西方净土、东方蓬莱相去又何止万里！这种情况在西方戏剧史上是不多见的。

　　东方的"混同之教"表现出东方多元价值兼容并包的文化价值观——"和而不同"的价值取向，这种"混同之教"不仅直接影响了戏曲对宗教人物的刻画和

---

　　① 戏曲作家中也有极少数人是僧侣，详后。

　　② （明）吕天成著：《曲品》卷下，中国戏曲研究院编：《中国古典戏曲论著集成》（六），北京：中国戏剧出版社 1959 年版，第 230 页。

　　③ （明）吕天成著：《曲品》卷下，中国戏曲研究院编：《中国古典戏曲论著集成》（六），北京：中国戏剧出版社 1959 年版，第 230 页。

对宗教生活的表现，同时也对戏曲的审美形态有着相当深刻的影响。戏曲中的"宗教剧"远没有西方的宗教剧"纯粹"，不仅有亦僧亦道的人物登场，而且有相当一部分剧目既有宣扬教义的一面，也有关注世俗生活、揭露社会黑暗的一面。佛、道二教所吸纳的民间信仰渗入戏曲艺术，使戏曲的民间性、传奇性都得到了强化。

宗教剧与它所依托的时代——特别是那个时代的宗教状况无疑是有密切关系的，例如，元前期在北方崛起的道教教派全真道对马致远等人的神仙道化剧具有深刻影响，但我们不可以用以剧证史即简单对应的方法来解读宗教剧，也不能把一个朝代的宗教剧单纯视为那个朝代宗教的投影。宗教剧的创作不仅受到当时的宗教的影响，宗教之外的其他诸多因素也会影响到宗教剧的思想和形态，摄入戏曲剧目的宗教题材大多是世代累积型的故事，并非完全是剧作家的个人创作，它既有剧作家所处时代的复杂因素的影响，也有对前人创造成果的继承，折射出以往的宗教观念和宗教生活。例如，明代中后期出现了一批揭露宗教僧侣的剧作，被揭露的对象大多是佛教僧尼，道人很少。如果我们用明世宗崇道抑佛来解释这一现象似乎是很合理的——明世宗迷恋道教，效法宋徽宗自号"灵霄上清统雷元阳妙一飞玄真君""九天弘教普济生灵掌阴阳功过大道思仁紫极仙翁一阳真人元虚圆应开化伏魔忠孝帝君""太上大罗天仙紫极长生圣智昭灵统元证应玉虚总掌五雷大真人玄都境万寿帝君"，同时极力排佛，刮佛像镀金，焚毁佛骨，宠信道士，行斋设醮，营建道观，致使纪纲废弛，蠹财妄费，民不聊生。但如果顾及大约刻于万历二十年的世德堂本《西游记》，我们或许会怀疑这一判断的合理性，因为同样是出现于这一时期的《西游记》其负面形象却大多是道士，僧人则大多是正面形象。《西游记》的这种情况不能说与明代中后期的宗教状况无关——世宗之后的明代帝王对佛教的崇信超过对道教的崇信，至少神宗朝的皇室就是如此，① 但《西游记》的题材以及作者崇

---

① （明）沈德符撰：《万历野获编》卷二十七《释教盛衰》条："至今上，与两宫圣母，首建慈寿万寿诸寺，俱在京师，穹丽冠海内，至度僧为替身出家，大开经厂，颁赐天下名刹殆遍，去焚佛骨时未二十年也……自万历初俺答西迎活佛之时，见败于瓦剌，益信活佛之言，因敬奉西域象教，所至皆设中国香花，及中国所赐锦绮庄严之，以当供养。俺答死，其子黄台吉袭封，黄台吉死，其子扯力克台吉袭封，以至于今。"又《京师敕建寺》条："本朝主上及东宫与诸王降生，俱剃度童幼替身出家，不知何所缘起，意者沿故元遗俗也。京师城南有海会寺者，传闻为先帝穆宗初生受釐之所，今上万历二年重修，已称钜丽，本年又于城之西南隅鼎建承恩寺，其庄伟又有加焉。今上替身僧志善，以左善世住持其中，盖从龙泉寺移锡于此。其在城外者曰慈寿寺，去阜成门八里，则母慈圣皇太后所建……视金陵三大刹不啻倍蓰。盖塔庙之极盛，几同《洛阳伽蓝记》所载矣。予再游万寿时，正值寺衲为主上祝釐，其梵呗者几千人，声如海潮音……"

佛抑道的立场恐怕才是更重要的原因。

宗教剧的创作还与创作群体的身份、处境等因素有关。例如，元代佛、道二教的不少派别热衷于依附皇室，结纳权贵，僧、道入朝为官者不乏其人。佛教中不仅有多位喇嘛入朝为"帝师"，佛教徒亦有入朝为高官或以"大师"身份追随皇帝左右者。例如，临济宗在北方的代表印简（号海云）法师深得成吉思汗、窝阔台、贵由、蒙哥、忽必烈宠信，追随左右，出谋划策，对元初的军政大事发生过重要影响。元前期著名政治家刘秉忠，先入"全真道"，后出家为僧，有法名子聪，27 岁时就由禅宗高僧——其师印简推荐入忽必烈幕府，跟随忽必烈南征北战，出谋划策，深得忽必烈宠信。忽必烈称帝不久，他按照忽必烈的旨意还俗，官至同知枢密院事。元初最著名的宰相耶律楚材曾拜曹洞宗大师行秀为师，习禅三年，得到印可，号湛然居士。元代影响较大的道教支派"全真道"和"正一道"，都热衷于结纳权贵，依附皇室。1221 年春，全真道的掌门人丘处机①接受成吉思汗的征召，率 18 名弟子"不辞西岭三千里"，长途跋涉一年多时间，到达今阿富汗的兴都库什山拜见成吉思汗，得到成吉思汗的赏赐。此后，丘处机与蒙元皇室和达官贵人关系十分密切，而且他还以此为荣，多次在诗文中提及。丘处机的弟子李志常等亦继承乃师之志，与元皇室的关系也非常密切。至元年间以降，元皇室为了征服和统治南方，加紧拉拢利用南方的"正一道"，"正一道"的地位由此迅速提升，很快高于"全真道"。"正一道"的代表人物也和"全真道"的丘处机等人一样，依附皇室，结纳权贵，"正一道"天师张留孙、吴全节等均入朝为官，地位高于一般儒臣。可是，元杂剧中的宗教剧以度脱剧居多，这些度脱剧多极力渲染官场险恶，功名利禄害人，赞美匿迹韬光、不妄接人、弃轩冕之荣如草芥的"泉石烟霞之志"。元杂剧所描绘的宗教生活图景与元代社会真实存在的宗教生活图景存在很大反差。这与元杂剧作家大多是志不获展的底层知识分子有关，由他们所创造的度脱剧在很大程度上描绘的是他们的心理图景。

---

① "邱"一作"丘"。

第二章　戏曲宗教剧概说

正因为中国古代有深厚的宗教文化土壤，而且，汉化佛教和道教不仅属于中国，而且也属于东方，有东方宗教的显著特点，对东方多国有巨大而深刻的影响，植根于这一土壤的戏曲也就与东方宗教有着千丝万缕的联系。戏曲的孕育与宗教的发生发展相伴随，戏曲成熟于中国佛教和道教的鼎盛期之后，包含着惊人想象力的宗教故事和奇特的宗教人物形象为戏曲创作提供了丰富的题材和艺术智慧。现存古代戏曲剧目中有三分之一以上的剧目把剧情建立在灵魂不灭、天人感应、人神（鬼、妖）交通、因果报应的宗教神学的基础之上，宗教叙事成为古代戏曲剧情建构的一种常见的方式，宗教智慧成为古代戏曲创作的重要艺术资源。在杂有鬼神灵异现象的戏曲剧作中，大约有一半可以视为宗教剧。这些剧目描绘了中国古代宗教生活的生动图景，塑造了面貌各异的宗教人物形象，有着丰富而深刻的东方宗教思想蕴涵。戏曲中的宗教剧不仅是戏曲艺术宝库中的重要财富，同时也是中国乃至东方宗教文化宝库中的重要财富，它和宗教壁画、宗教造像、宗教建筑一样，富有重要的欣赏价值和研究价值。

虽然早有学者探讨过戏曲与宗教的关系，也有学者曾指出，戏曲中不仅有"宗教剧"存在，而且有"很伟大的宗教剧"剧目。例如，郑振铎先生在其《插图本中国文学史》中就曾指出，《目连救母》《一文钱》《玉钗记》《观世音修行香山记》等就是"宗教剧"或"伟大的宗教剧"剧目：

> 伟大的宗教剧《目连救母行孝戏文》也出现于此时，却较《修文》《昙花》更为重要，更为弘伟。《修文》《昙花》有些自欺欺人，近于儿戏，《目连救母》却出之以宗教的热忱，充满了恳挚的殉教的高贵的精神。此戏文似当是实际上的宗教之应用剧。至今安徽等地，尚于中元节前后，演唱目连剧

七日或十日。①

《一文钱》的故事，出于佛经。虽亦为了悟的宗教剧，却颇有诙谐的趣味……②

陆江楼，号心一山人，杭州人。著《玉钗记》，叙何文秀修行，历经苦难事，和无名氏的《观世音香山记》同为很伟大的宗教剧。③

尽管很早就有学者指出，我国古代戏曲中有不少宗教剧，但长期以来，似少有学者把戏曲中的宗教剧作为一个独立的门类来加以系统全面的研究。

一、宗教剧是西方戏剧的一种独立样式

明初朱权的《太和正音谱·杂剧十二科》中就已注意到戏曲中有"神仙道化""隐居乐道""神头鬼面"题材的剧目，但近代以前我国学界并没有宗教剧的概念。"神仙道化""隐剧乐道""神头鬼面"等类别的剧目大多属于宗教题材剧，或者说其中大部分剧目融入了宗教智慧，但宗教题材剧并非都是宗教剧，"神仙道化""隐剧乐道""神头鬼面"剧与宗教剧并不是完全相同的概念。20世纪初，我国的现代戏曲学有了世界戏剧史的宏阔视野，宗教剧这一西方戏剧学

---

① 郑振铎著：《插图本中国文学史》（下册），上海：上海人民出版社 2005 年版，第958 页。

② 郑振铎著：《插图本中国文学史》（下册），上海：上海人民出版社 2005 年版，第1048～1049 页。

③ 郑振铎著：《插图本中国文学史》（下册），上海：上海人民出版社 2005 年版，第1007 页。题为《玉钗记》的剧作有多种，现有完整传本者为心一山人所作。心一山人并不是陆江楼，而是陈则清。陆江楼所作《玉钗记》并无完整传本，仅《群音类选》所选的几出传世，剧中的男主人公不是何文秀而是李元璧。从郑先生所言何文秀修行等语看，他所见到的《玉钗记》其实就是陈则清的剧作。此剧 44 出，剧中虽有神人托梦、何文秀被天台山道士骗至山中修行、何文秀的亡父在阴间剪除不法官员陈练等情节，但其主旨在于揭露官场黑暗，描写儒生何文秀与王太师之女琼珍以及妓女刘月金的爱情，剧作最后以何文秀中举得官一夫二妻大团圆作结。笔者以为，此剧虽杂有灵异成分，但并非宗教剧。郑先生所言无名氏《观世音香山记》当是指明罗懋登的传奇《观世音修行香山记》。

的概念随之进入我国戏曲学者的视野。

那么，作为"舶来品"的宗教剧概念包含着怎样的蕴涵？既然我国古代根本就没有宗教剧概念，那么，戏曲中又何来宗教剧呢？使用宗教剧这一概念来研究古代戏曲是否具有合理性？要回答这些问题，首先需要对西方的宗教剧有一个大致的了解。

（一）欧洲宗教剧历史轨迹的粗线条描述

西方戏剧史上的宗教剧是在特殊历史条件下发生发展的一种特殊的戏剧样式，它在一定程度上背离了古希腊、罗马戏剧传统，与后世文艺复兴以降的"世俗戏剧"在形态和思想蕴涵上也有明显区别。

西方戏剧史上的宗教剧，是指欧洲中世纪以《圣经》为题材，宣扬基督教教义的一种戏剧样式，是欧洲中世纪戏剧的主要样式。但由于剧本佚失严重，而且宗教剧的创作演出活动通常缺乏文字记载，加之文艺复兴以降的著述大多对教会文化持批判态度，不少学者以为中世纪教会是敌视戏剧的，中世纪是戏剧的"黑暗时代"。因此，关于欧洲宗教剧历史准确而细致的描述至今仍难以见到。根据一些零零星星的资料，我们可以作如下粗糙的描述：宗教剧形成于7—8世纪，14世纪发展到顶峰，从15世纪开始，因文艺复兴运动的兴起而逐渐走向衰落，16世纪末17世纪初它作为一个门类已基本上退出舞台。

需要指出的是，文艺复兴运动在欧洲各国开展的时间和影响力颇不相同，所以，宗教剧在欧洲各国的发展和传播在时间上也是颇不一致的。例如，一直到16世纪，英国戏剧舞台上主要的戏剧样式仍然是宗教剧，16世纪的波兰虽然已有"世俗剧"的创作和演出，但宗教剧的创作和演出仍然占有很大比重，17世纪的西班牙、匈牙利仍有宗教的创作和演出，生活在18世纪50年代至19世纪20年代的美国戏剧家罗亚尔·泰勒还编写过多部以《圣经》为题材的剧本。所以说，笔者上面的描述只是一个粗线条的勾勒。

宗教剧创生于基督教崇拜的中心——罗马，早期主要流传于西部欧洲各国，9世纪以后，随着基督教的传播，宗教剧逐渐流传到东欧一些国家。意大利、英国、法国、德国、西班牙、波兰的宗教剧取得了较高的成就。

西方戏剧史上的宗教剧是一个独特的门类，起先它主要是教会训诫文盲信众的一种通俗的"布道"工具和形式，后期宗教剧——特别是少数道德剧实际上是不够"纯粹"的，娱乐性、世俗性和现实性逐渐增强，其中有极少数剧作甚至体现了一定的人文主义思想，有些剧作因杂有为教会所不容的"粗鄙"内容，被教会逐出教堂。也就是说，早期、中期与后期的宗教剧在精神蕴涵上其实是有一定差异的。

（二）欧洲宗教剧的形态与特征

从题材看，宗教剧可以分为三种类型：其一，以《圣经》中的圣母以及圣徒们的事迹为描写对象的"奇迹剧"。其二，表现耶稣诞生、受难和复活的"神秘剧"。[①] 其三，将善与恶、生与死、肉欲与理智、黑暗与光明、伪装与虚荣、忏悔与和解等概念拟人化，以世俗生活中的人为主角的"道德剧"。这三种类型的宗教剧的宗教色彩是有差别的，"奇迹剧"和"神秘剧"的宗教色彩相对较浓，"道德剧"的宗教色彩则相对较淡。宗教剧的剧情大多是人们所熟悉的宗教故事，除了"自神其教"之外，以道德说教调整人与社会、人与人的关系也是其重要主题和重要职能。

从文体看，宗教剧通常是诗剧，而且这些"诗"大多是供扮演者吟诵和歌唱的"唱词"。宗教剧剧本的作者一般都是神甫，他们编写剧本的目的不是为了扬才露己，而是为了"布道"，是"代神立言"，因而多数宗教剧剧本是无主名的，而且现存的剧本大多经过了神职人员无数次的改编。

从篇幅看，宗教剧可分为短剧和组剧两类。所谓短剧是指篇幅较短的单个剧目，组剧是指将独立成篇而剧情又有一定联系的若干短剧组接在一起的"连续剧"。短剧一般十几分钟，最多半个钟头即可演完，组剧则可以连续演出几个小时或十几个小时。例如，英国最长的组剧"约克组剧"就包含48个短剧，"从清晨便开始，等到上演最后一个剧目——《最后审判日》——时，夜幕已经降临"。[②]

从审美形态看，宗教剧多为"悲喜混杂"的"正剧"，它由复活节早礼拜的

---

① 关于"神秘剧"和"奇迹剧"的区别有不同说法，有人认为，"神秘剧"是泛指取材于《圣经·旧约》《圣经·新约》和民间传说的剧作，而"奇迹剧"则是指以《圣经·新约》中圣徒生平事迹为题材的剧作。

② 何其莘著：《英国戏剧史》，南京：译林出版社1999年版，第6页。

抒情歌曲发展而成，故一直保持着载歌载舞的形态和庄严肃穆的气质，但后来加进了一些喜剧成分，故有一部分剧目以悲剧性的咏叹开始，以幽默滑稽的对话结束。从审美形态的角度看，宗教剧背离了古希腊、古罗马戏剧悲、喜两分的传统。

从舞台呈现看，宗教剧大多是由男性扮演的假面剧，"演员"多戴面具，故女性角色亦可由年轻男性扮演。表演的主要手段是吟诵和歌唱，形体动作比较简单。起先只在教堂的圣坛上由唱诗班的男童表演，作为礼拜仪式和宗教节日活动的一个组成部分，后来则在教堂门前的空地上或远离教堂的广场里演出，非神职人员（普通信众）也可以参加演出。"演员"在吟诵时另有一些教士登台做动作加以配合，这些教士通常是没有"台词"的。

从整体上看，西方戏剧史上的宗教剧可以说是中世纪教会文化的一个组成部分，其创作和演出活动都是由教会组织和控制的，尽管有些剧目也不够"纯粹"——有较强的娱人作用，有的甚至不避"粗鄙"，为教会所不容，但多数剧目具有超凡脱俗、庄严肃穆的"神性品格"，宗教色彩鲜明。

二、古代戏曲中有宗教剧但不够"纯粹"

中国古代虽然有君权神授的观念，但就全国范围而论，没有出现过像西方中世纪那样由教会一手控制而且长时间存在的"政教合一"的皇权。① 因此，在中国戏曲史上也就不可能有宗教剧"一枝独秀"的"黑暗时代"，也没有在体制上与非宗教戏剧迥然不同的"纯粹的宗教剧"样式。换言之，戏曲中的宗教剧与非宗教剧的区别主要体现在题材和思想蕴涵上，从文本体制和扮演体制上看，戏曲中的宗教剧与非宗教剧并无明显不同。

（一）戏曲宗教剧释义与剧目辨析

所谓宗教剧，是指取材于宗教典籍，刻画宗教人物，宣扬宗教思想的剧作。西方中世纪的宗教剧大体上是符合这一"定义"的。现存戏曲剧目中完全符合这

---

① 中国古代有个别皇帝曾"入教"并自称"教主"，使其某一时段的统治带有政教合一的色彩。例如，北宋末的徽宗就是一例。

一"定义"的作品也是有的。例如，明代僧人湛然的杂剧《鱼儿佛》以渔夫金婴夫妇经观音菩萨点化终于皈依佛门、同登极乐世界的故事为主要剧情，宣扬"慈悲为怀""勿杀生""出家修行"的教义，刻画了观音菩萨、地藏王、速报司功曹、韦驮、钟氏（前生是灵山上比丘尼）等宗教人物形象，可以说它是比较典型的宗教剧。明代杭州报恩寺僧人智达的传奇《归元镜》几乎实录了"三祖本传"——以东晋庐山东林寺僧人慧远、五代永明寺禅师（智觉禅师）延寿、明代莲池大师袾宏的生平事迹为题材，塑造了汉地佛教的高僧群像，其题旨"专在劝人念佛，戒杀茹斋，求生西方"。剧中"曲白皆本藏经语录。演法者，切勿以私心臆见，掺入俗语混乱佛法"，故"不曰传奇，而曰实录，不曰出而曰分者，以此中皆真谛，非与俗戏等故别之"。作者申明不得以戏视之，"若不以戏视者，其功德无量"。"搬演诸善人，当如亲身说法，宜斋戒正念"，演出场所应"香烛列供，如说法等，不得设荤肴，茶食方可，清演无量功德"。① 很显然，它的内容和演出形式与西方的宗教剧非常相似，可以说是纯粹的宗教剧。明代文人郑之珍据"旧本"整理改编的《新编目连救母劝善戏文》写目连（傅罗卜）的母亲刘青提违背誓言，开斋茹荤，遭恶报暴毙，灵魂被打入十八层地狱受苦，目连不辞辛苦到西天谒见释迦牟尼，得到佛祖所赐宝物，下地狱救母。剧作宣扬六道轮回、因果报应、敬神礼佛、持斋念经的教义，宗教色彩相当鲜明。明罗懋登的传奇《观世音修行香山记》不但描写了观音出家修道终成正果的历程，宣扬佛教的出家思想和彰显佛法神通，而且在剧中全文抄录《妙法莲华经》卷七中的《观世音菩萨普门品》，让由旦扮演的妙善借戏台宣扬观音信仰。此外，像《布袋和尚忍字记》《邯郸道省悟黄粱梦》《马丹阳三度任风子》《陈季卿悟道竹叶舟》《文殊菩萨降狮子》《园林午梦》《一文钱》《错转轮》《北邙说法》《人兽关》《钵中莲》《钓鱼船》《转天心》《海潮音》《醉菩提》《迎天榜》《人天乐》《广寒梯》《混元盒》等大量的剧目虽然未必出自僧侣之手，也不一定只在宗教节日上演出，但它们"借氍毹以为说法"，② "布道"意识虽不如元杂剧《布袋和尚

---

① （明）智达著：《归元镜·规约》，蔡毅编著：《中国古典戏曲序跋汇编》（二），济南：齐鲁书社1989年版，第1419~1420页。智达，一作释智达。

② （清）张大复著，周巩平校点：《醉菩提》第一出《家门》，（明）叶宪祖撰，魏奕祉校点、（清）张大复著，周巩平校点：《鸾鎞记 醉菩提》，北京：中华书局1996年版，第1页。

忍字记》等强烈，但其宗教色彩并不比欧洲中世纪的某些宗教剧弱，可以说是比较典型的宗教剧。

古典戏曲中有宗教剧的判断是有充分依据，能经受得住检验的。因此，把中国古代的宗教剧作为一个独立的门类进行研究具有合理性。但由于我国古代宗教与戏剧的关系不同于西方中世纪基督教与戏剧的关系，古代戏曲不只是受一种宗教的影响，也不只是某一历史时期受宗教影响，它始终与多种宗教相伴，但戏曲始终是与宗教比肩而立的两种独立的文化样式，而中世纪的宗教剧则是基督教的奴婢。因此，对戏曲宗教剧的辨析远不像对西方宗教剧的辨析那么容易，取材于宗教故事，有宗教人物或宗教意象出现的戏曲剧目，未必都是宗教剧，其中有些剧作甚至可能是反宗教的；而并非取材于宗教故事，以世俗生活中的普通人物为主人公的剧目，有的却有可能是以张扬宗教思想为主旨的宗教剧。试举例以明之。

1. 并非取材于宗教典籍，以"俗人"为主人公的剧作有的却是宗教剧

武汉臣的杂剧《散家财天赐老生儿》的主要人物既不是和尚、居士，也不是佛教神灵，剧作自始至终没有佛教人物登场，但剧作的主旨却在于彰显佛教的"布施"之德和因果报应思想，其宗教色彩比取材于宗教典籍、主要刻画宗教人物的某些剧作还要鲜明。

黄粹吾的传奇《升仙记》① 虽有迦叶尊者、护法神和法聪等佛教人物出场，但主要人物是《崔莺莺待月西厢记》中的红娘、张生和莺莺，而其"主脑"却是对杂剧《崔莺莺待月西厢记》的全面反动，着力宣扬弃却尘缘、皈依佛门的"法旨"，红娘等成了视两性之爱为"火宅"的"圣徒"。这种剧目的主人公虽不是宗教史上的人物或神谱上的神灵，主要剧情也不是宗教故事，但其宗教品格却是很鲜明的。

李开先的杂剧《园林午梦》② 以渔父的一个白日梦为剧情，崔莺莺和李亚仙因渔夫认为她们行为相近，难分贵贱而到渔夫面前辩论，她们的婢女也参与其

----

① 又名《续西厢升仙记》。
② 一作《园林午梦记》。

中。双方互相指责谩骂甚至大打出手。渔父醒来，知是正午一梦，于是悟出一切皆空，浮名无用，决意从此了断尘缘。剧中的人物故事均与宗教典籍无关，让贵族小姐崔莺莺与身为妓女的李亚仙在争吵中不分胜负，含有否定贵贱等级的积极意义，但其"一切皆空"的题旨显然源于佛教，这一人生观亦为道教所取，可见其宗教品格也是比较鲜明的。

2. 剧情建立在宗教神学的基础之上，未必都是宗教剧

由于古代戏曲的创生、发展始终与多种宗教相伴，剧作家和观众也都不同程度地受到宗教的影响，但又都没有宗教剧的概念，因此，许多剧作家把宗教当作一种艺术资源，热衷于在剧情建构中融入宗教智慧，使得即使是表现人的正常情感与合理欲望的"世俗剧"也有出无入有、张皇幽眇的特色。这就使戏曲中的宗教剧与非宗教剧的界限远不像西方宗教剧那样清晰。试举几例以明之。

关汉卿的杂剧《感天动地窦娥冤》的情节是建立在天人感应、灵魂不灭、阴阳两界的神学基础之上的，其"神性品格"相当鲜明，其中蕴涵着宗教精神是毋庸置疑的。但剧作的主旨却并不在于宣扬鬼神迷信和宗教思想，其斥天骂地的抗争精神与"忍"的学说，戒绝酒色财气、人我是非的出家思想等是相冲突的，窦娥对天地鬼神的怀疑、斥责、追问与死生由命、富贵在天的宗教立场显然也是不一致的，剧作家旨在利用宗教智慧传达自己的生存体验，对黑白颠倒的社会现实进行揭露和控诉。

马致远的杂剧《半夜雷轰荐福碑》既有道教和佛教都崇信的龙神出没，还有荐福寺长老登场，穷书生张镐在古庙题诗侮骂龙神，龙神震怒，雷轰荐福碑，断了他的进取之路。剧作还隐含着人的穷通得失皆由命定的思想，这些都表明此剧蕴涵一定的宗教思想。但此剧的主旨却在于揭露奸佞弄权、贫富不均、是非颠倒、黄钟毁弃、瓦缶雷鸣的黑暗现实，怨愤之情溢于言表，这一题旨与宗教精神明显不一致。

李文蔚的杂剧《张子房圯桥进履》，取材于五代道士杜光庭的《仙传拾遗》，同时也糅合了《史记》《汉书》的相关记载，有道教神仙太白金星、福星、黄石公等登场。从题材来源和登场人物看，其神仙道化剧的特色是相当鲜明的。但剧作的主旨却在于彰显"显耀之术"，对于具有"忠孝之心"的布衣张良"晓夜温

习"阐述治国立家之道的"天书",终至飞黄腾达的人生追求多有褒扬,而这一题旨与劝人远离酒色财气、功名利禄、人我是非的"仙道"是相冲突的。由此可见,神仙道化剧并不都是宗教剧,神仙有时只是剧作家为了表达生存体验或世俗欲望而借来的意象。

借神灵仙真凸显喜得贵子、升官发财的庸俗人生观的剧作还有很多,例如,传奇《五福记》《四美记》《衣珠记》等就是例证。与《张子房圯桥进履》题材大体相同的明传奇《赤松记》以艳羡神仙为主旨,剧中的张良功成身退、云游学仙、终登仙籍的人生选择受到剧作家的赞赏。此剧宗教色彩较为鲜明,可以算作宗教剧。

尚仲贤的杂剧《洞庭湖柳毅传书》、李好古的杂剧《沙门岛张生煮海》均写人神相恋的"奇迹",其中虽有道教神仙登场,而且剧作的主要情节也是建立在"仙俗交通"的神学基础之上的,但剧作的主旨却在于肯定世俗爱情。许自昌的传奇《桔浦记》虽也以柳毅与龙女为描写对象,但正如青木正儿在其《中国近世戏曲史》中所指出的,剧中柳毅与龙女的婚姻出于偶然,毫无爱情可言。剧作以因果报应、惩恶扬善为主旨,人的吉凶祸福全由神灵掌控,宗教色彩较浓。

吴昌龄的杂剧《张天师断风花雪月》以桂花仙子(剧中有时又称为"嫦娥")为主人公,还有荷、菊、梅、桃诸花神,雪天王,长眉仙以及张天师等道教神仙、人物登场。剧作把桂花仙子思凡视为违反"天条"的"犯罪"行为,请出张天师来"剿除妖怪",其中包含的道教思想是显而易见的。剧作第三折对"正一道"天师张道玄以符咒召神劾鬼、祈禳祓除的"神通法力"有形象化的描写。但此剧的主要篇幅写桂花仙子与书生陈世英的恋爱,陈世英为此而害相思。剧作对神仙"思凡"持同情和理解的态度:"据招状桂花仙本当重谴,姑念他居月殿从无匹配。便思凡下尘世亦有可矜,仍容许伴玉兔将功折罪。"[①] 桂花仙子和陈世英的形象是正面的,他们的爱情真挚而纯洁,桂花仙子知恩图报、善解人意,陈世英对爱情相当执着、专一,为了践桂花仙子"来年中秋团圆"之约,他不惜放弃了进取功名的机会。剧作还借书生陈世英之口宣扬人间胜过天上,凡尘中的男欢女爱强如仙界嫦娥的瑶台独守:"碧汉无云夜欲沉,天香桂子色阴阴。

---

① (元)吴昌龄著:《张天师断风花雪月》第四折,王季思主编:《全元戏曲》(第三卷),北京:人民文学出版社1999年版,第402页。

素娥应悔偷灵药，独守瑶台一片心！"① 所以，青木正儿在其《元人杂剧概说》中把此剧当作"风情剧"，认为张天师断风花雪月的实质是"裁判爱情"。明朱有燉也许是不满于吴昌龄的借神仙张扬两性之爱，编撰杂剧《张天师明断辰勾月》，意欲洗清嫦娥"污名"，谴责妖精鬼魅以色惑人、张扬张天师召神役鬼的神通法力。由此，《张天师明断辰勾月》又可以算是宗教剧。清人永恩的传奇《四友记》即是糅合此剧与《花间四友东坡梦》而成，如剧中有天仙、花精杂出，天师作法，擒妖除怪，行云布雨，仙气弥漫；但此剧以男女情爱为主要描写取向，天界神仙丹桂仙子、风神封十三姨无不向往世俗爱情，天帝、天王等神灵也尽力维护由奎宿下凡的书生陈世英与丹桂仙子的爱情，似不宜视为宗教剧。

乔吉的杂剧《玉箫女两世姻缘》和明代无名氏的传奇《玉环记》的情节都是以轮回转世的宗教学说为基础的，但这两部剧作的主旨却都在于歌颂忠贞专一、超越生死的爱情，彰显人的世俗欲望和情感诉求，这一题旨与要求信徒超凡脱俗，甚至要出家过独身生活的宗教思想显然不合。轮回转世学说作为一种宗教智慧被作者用来凸显世俗爱情超越生死的巨大力量，这与以宣扬转世轮回思想为主旨也是不能完全等同的。

汪廷讷的传奇《狮吼记》有女主人公柳氏之魂游地狱并被阎王拷问的情节，剧中有著名僧人佛印登场，他度脱柳氏等出家为尼，剧情与佛教的关系一目了然。但剧作的主旨却在于戒女性之"妒"——不许丈夫纳妾的"恶德"。剧中，阎王爷教训柳氏说："狮子河东且敛威，办真心出世。"怎样才是真心出世呢？阎王爷接着说："口儿里休将夫詈，手儿里休将夫搐，池儿上休将夫跪，绳儿上休将夫系。恁呵家宜室宜，三口儿欢娱唱随。"② 说白了就是要柳氏允许丈夫纳妾，不得再因丈夫纳妾之事与丈夫吵闹，并且要与丈夫的新欢和睦相处。这里的"出世"与佛教的戒色出家思想显然是风马牛不相及的，它着力凸显的是"一夫双美"乃至"数美"的世俗欲望，这种欲望恰恰是佛、道二教——特别是佛教要加以剿灭的。

---

① （元）吴昌龄著：《张天师断风花雪月》第一折，王季思主编：《全元戏曲》（第三卷），北京：人民文学出版社1999年版，第375页。此诗化用李商隐的《嫦娥》诗，李诗云："云母屏风烛影深，长河渐落晓星沉。嫦娥应悔偷灵药，碧海青天夜夜心。"

② （明）汪廷讷著：《狮吼记》第二十二出《摄对》，黄竹三、冯俊杰主编：《六十种曲评注》（第二十册），长春：吉林人民出版社2001年版，第530页。

王玉峰的传奇《焚香记》把剧情建立在灵魂不灭、阴阳交通、死而复生、因果报应的基础之上，但主旨却在于写王魁与桂英对爱情和婚姻的坚守，赞赏"结发之恩不可忘，再娶之条不可犯"①的婚姻观念，虽然剧中也宣扬了"阴司报应甚分明""万般都是命，半点不由人"的思想，鬼魂和神灵充斥其中，真的是"鬼气森森"，但也难以将其划归宗教剧。

借神灵仙真或鬼魂精灵写男女爱情甚至风流艳情的剧目还有很多。例如，明杂剧《相思谱》《人鬼夫妻》、明传奇《坠钗记》《珠环记》《凤头鞋》《玛瑙簪》《彩舟记》《望湖亭》《如意珠》《西园记》《画中人》《洒雪堂》《娇红记》《梦花酣》《明月环》《风流院》《葵花记》《玉杵记》《双红记》《金花记》、清传奇《石麟镜》《双星图》等都是例证。这些剧目有的取材于宗教典籍，如云水道人《玉杵记》就取材于《续列仙传·裴仙郎全传》，但这些剧作无不肯定爱情，有的还借神仙来为一夫二妻、封妻荫子的庸俗趣味张目，剧中的"神仙"只是表现世俗欲望的工具而已。

3. 以宗教人物为主人公的剧目未必都是宗教剧

如前所言，宗教剧一般应以宗教人物为主人公，但在古代戏曲中，以宗教人物为主人公的剧目却未必都是宗教剧。试举几例以明之。

明代文人孙源文的杂剧《饿方朔》以"顽仙"东方朔、"劣仙"郭滑稽在西王母面前争论"人间何者为第一"为剧情线索，"上仙"东方朔是剧作着力刻画的主人公，但剧作的主旨却在于揭露是非不分、黑白颠倒、贤良气短、奸佞飞扬的黑暗现实，对社会现实的热切关怀压倒了对超脱凡尘、飞升仙界的道教思想的宣传。

明代吴德修的传奇《偷桃记》以到西王母蟠桃园偷桃的"神仙"东方朔为主要描写对象，剧中还有张天师、西王母等道教神灵仙真登场，但剧作除了彰显东方朔的"滑稽"之外，主旨在于揭露官场险恶、黑暗和腐败。东方朔因科场贿赂盛行而落第，汉武帝的妹妹与佞臣董偃私通，东方朔向武帝揭露董

---

① （明）王玉峰著：《焚香记》第二十九出《辨非》，黄竹三、冯俊杰主编：《六十种曲评注》（第十五册），长春：吉林人民出版社 2001 年版，第 160 页。下引此剧文字皆据此版本。

偓，武帝根本听不进去。偓被招为驸马，与胡人相勾结，又指使驿丞杀害东方朔。靠行贿起家的黎牛与董偓相勾结，谋娶东方朔之妻张氏，逼得张氏投尼庵栖身……尽管东方朔是被写进《列仙传》的神仙，但此剧的主旨显然不在于张扬神仙思想。

明末清初文人茅维的杂剧《闹门神》以道教俗神门神为主要表现对象，剧中还有厕神紫姑、内门之神钟馗、司命灶君、和合神等登场，从登场人物看，此剧应是典型的道教剧。但从题旨看，剧中几乎没有宗教蕴涵，其主旨在于借旧门神不肯让位给新门神的"寓言"，揭露官场恶习。

清后期文人陈栋的杂剧《紫姑神》以道教俗神厕神紫姑为主要人物，剧中对"蜣螂九转神丹"以及东华帝君赐给紫姑的桑弓桃箭均有"神化"性质的描写，但剧作的重点在于描写紫姑为侍妾时所受的屈辱与苦难，对在民间广为流传的巫术——请紫姑神，亦即"扶箕"（亦称"扶乩"）、祭拜紫姑神码等活动均未作描写。

清代文人孙埏的传奇《弥勒记》以弥勒（布袋和尚）为主要描写对象，如来、韦驮、观音等都登台亮相，但作者在自序中明确表示："余之为此传奇，亦非欲传布佛教也。"[①] 作者摄取宗教生活图景的目的只是为了以佛教尊神耸人观听，因此，此剧与同样以布袋和尚为主人公的杂剧《布袋和尚忍字记》的"布道"取向大不相同。

清代无名氏的传奇《阿修罗》既有阿修罗、观音、帝释、韦驮、红莲等佛教人物、神灵登场，也有张天师、五行星君、四海龙王、月老等道教人物、仙真出现，真所谓仙佛错综，奇幻满眼。单从人物看，此剧显然属于宗教剧。然而，剧作的主要情节是迎娶阿修罗女儿为正妃的天尊又单独携宫女游天界欢乐园，因小喽啰挑拨，引起阿修罗不满，阿修罗兴兵犯天堂。这里显然是借宗教鬼神写世俗生活，谴责现实生活中的权贵用情不专。

上述剧作似不宜视为宗教剧。在古代戏曲中这类既蕴涵着宗教智慧，甚至也不同程度的杂有宗教思想，但又不在于以"布道"为主要目标的剧作是相当多的。由此可见，单纯根据题材和人物来判断一部剧作是不是宗教剧是不科学的，

---

① （清）孙埏著：《锡六环·自序》，蔡毅编著：《中国古典戏曲序跋汇编》（三），济南：齐鲁书社1989年版，第1781页。《锡六环》是《弥勒记》的又一名称。

或者说这种判断是脱离古代戏曲创作实际的；判定一部戏曲剧作是不是宗教剧，关键是要看其是否以宣扬宗教思想为主旨。

4. 本书列为宗教剧的剧目有的也不够"纯粹"

西方中世纪的宗教剧大多是在宗教节日或宗教仪式上演给信教群众看的，而我国古代只有极少数剧目是供宗教节日或宗教仪式上演的。例如，《新编目连救母劝善戏文》主要在中元节（佛教节日盂兰盆节）上演。但像这样的剧目毕竟是极少数，绝大多数剧目是在平时面向全体民众演出，即使是宗教色彩比较鲜明的剧目，也是要表现剧作家的生存体验并力求满足广大观众的娱乐期待的。因此，戏曲中的宗教剧世俗品格和娱乐色彩通常也是比较鲜明的。

马致远等的神仙道化剧《邯郸道省悟黄粱梦》的剧情以道教典籍《列仙传》《历世真仙体道通鉴》中的相关记载为蓝本，以道教著名人物钟离权、吕洞宾为主要描写对象，主旨在于张扬全真道信徒必须出家苦修的教义，"布道"的意识相当强烈。但剧作在宣扬出世思想的同时，也透露出作者对社会现实的不满和无力回天的苦闷。剧中所揭示的元帅卖阵受贿等官场黑暗真可谓让人触目惊心，吕洞宾梦中的 18 年荣枯具有很强的象征意义和哲理意味，同时也具有较强烈的批判精神，这与道教的不予世事、戒绝人我是非的主张似又有间。

汤显祖的传奇《南柯记》和《邯郸记》，一畅演玄旨，一张扬仙道，都可视为宗教剧，但其中又隐含着作者对晚明社会的强烈关注。作者对社会黑暗、官场险恶体会真切，揭露颇深，非单纯着眼于度人出世者可比。

度脱剧中有相当一部分剧目把男女主人公设定为"谪仙"，他们要么一念思凡，被罚往人间结为夫妇；要么"尘缘未尽"，必须到下界了却一段尘缘，等到他们尘缘已了，担心其"迷却正道"的"上仙"便去点化度脱。这类剧作宣扬神仙信仰、肯定出家思想是显而易见的，但这些剧作的蕴涵又绝非此二端所能尽言。其中有的剧作让男女主人公受尽波折和磨难，借此揭露社会黑暗，倾吐作家胸中的不平之气，有一定的批判精神。有的剧作对"谪仙"的美满姻缘抱赞赏态度，描写相当具体、细致，而对出家苦修的"理由"和"前途"的描写反而显得苍白无力。有的剧作集神仙儿女、功名富贵于一身，如花美眷、喜得贵子、中举得官、封妻荫子、增福添寿成了学仙向佛的回报，信奉宗教、积德行善仿佛成了获取世俗利益的最佳途径和手段。例如，杂剧《山神庙裴度还带》《施仁义刘弘嫁婢》《散家财天赐老生儿》《刘晨阮肇误入桃源》《酒僮》以及绝大多数"庆赏剧"剧目、传奇《桔浦记》《全德记》《青袍记》《蕉帕记》《龙膏记》《冯京三元记》《灵犀佩》等都是如此。

郑之珍据旧本改编而成的传奇《新编目连救母劝善戏文》被郑振铎誉为"伟大的宗教剧"，[①] 但如果把某些出目割裂出来看，此剧也可算作含有《尼姑下山》等反对宗教禁欲主义、肯定两性之爱的"折子戏"，可见连"伟大的宗教剧"也不能说是十分"纯粹"的。[②]

总之，宗教剧与"神仙道化"剧、"神头鬼面"剧、"隐居乐道"剧并不是完全相同的概念，前者主要着眼于思想蕴涵，而后者则主要着眼于剧作的题材。换言之，"神仙道化"剧、"神头鬼面"剧、"隐居乐道"剧未必都是宗教剧，而并非取材于宗教典籍，主要描写"俗人"的某些剧作却有可能是宗教剧。戏曲中有宗教剧，但这些宗教剧大多没有西方中世纪的宗教剧那么"纯粹"。

（二）戏曲宗教剧不够"纯粹"的原因

戏曲中的宗教剧之所以大多不像西方中世纪的宗教剧那么"纯粹"，原因是多方面的，举其大者言之有四。

1. 宗教的地位不同

西方的宗教剧是在基督教教会控制了世俗政权，并把哲学、政治、法律、文学、艺术变成自己的"奴婢"的中世纪诞生的。换言之，西方的宗教剧是在宗教居于统治地位的历史条件下诞生的一种特殊的戏剧样式，而中国戏曲的创生和发展是缺乏这一历史条件和环境的。

自汉代以降，中国虽有佛、道等多种宗教的流播，宗教由与皇权激烈对抗演变为为封建统治服务。南北朝以降的佛、道二教可以说基本上是封建统治者的工

---

① 郑振铎著：《插图本中国文学史》（下册），第五十七章《昆腔的起来》。

② 如果"顾及全本"，《新编目连救母劝善戏文》对和尚、尼姑破戒偷情其实是持批判态度的，剧作让《尼姑下山》《和尚下山》中的两位僧人后来都遭了恶报就是明证。详后。

具，此后有些帝王十分迷恋宗教，服食丹药中毒身死者大有人在，有的甚至"舍身"佛寺，有的则自封"教主"。部分宗教僧侣成为皇室的宠儿，有些僧人或道士对政治生活产生了影响。宗教对民众的生活和整个封建社会的精神建构也有着巨大影响。但从总体上看，中国封建时代的宗教对政治和社会的影响力是无法与西方中世纪的基督教相提并论的。

中国古代的宗教信徒提升自己的地位和扩大所信持宗教影响的主要方式就是以"教术"干谒人主，为帝王编造"君权神授"的"证据"，用因果报应的宗教神学强化封建道德的约束力，通过"治心"有效地维护社会秩序，以实现为"帝王师"的梦想。尽管有些皇帝也曾向僧人、道士"问政"，他们中的某些人因此而对政治发生过影响，但这些进入宫廷的宗教信徒一般并不能掌控皇权而是被皇权所掌控，由皇帝所"钦定"的"帝师""真人""先生"只有依附于皇权才能保住自己的位置。因此，即使是由喇嘛充任的元代"帝师"也不可能使世俗皇权转化为教权。这与西方中世纪教权高居于皇权之上的状况是很不相同的。

中国的古代宗教在不同的朝代处境不尽相同。例如，道教在唐代的多数帝王那里被尊为"国教"，道教"教主"老子被尊为李唐王朝的"圣祖"，《老子》《庄子》《列子》《文子》（《文中子》）、《庚桑子》等"道书"有时亦为生徒所诵习，对李唐王朝的贡举产生过影响，儒、佛、道的"序位"有时被唐代皇帝颠倒成道、佛、儒。个别皇帝不但为"道书"作注，甚至亲受法箓，成为"道士皇帝"。北宋徽宗朝太学辟雍设庄、列博士，诸州设道学博士，道士参加科举考试还受到优待。但从总体上看，宗教在中国传统文化体系中始终处在一种辅助性而非统治性的位置，封建统治的主要精神支柱是儒家所创立的封建礼教，即使是崇道的唐王朝在多数情况下也是如此。唐代皇权仍然是世俗政权而不是教权，唐代士人诵习的主要还是朝廷颁行的"官书"——孔颖达奉诏撰定的儒家经典《五经正义》，唐代的科举考试多数情况下主要以它为准。唐代文人中排佛者有之，非道者亦有之，但少有人攻击有"官学"身份的儒学。宗教虽然对哲学、政治、文学、艺术有着不同程度的影响，但即使是影响最大的佛、道二教不但没有能够遮蔽居于主导地位的儒学的光芒，反而被其所改造，佛、道二教更没有能力把哲学、政治、文学、艺术变成自己的"奴婢"。戏曲走向成熟以后的元明清三代更是如此。例如，元代皇室以佛教——主要是藏传佛教为"国教"，以喇嘛为帝师，佛教的地位高于道教，藏传佛教对汉地佛教和民众生活均有一定影响。例如，杭州灵隐寺至今仍保存有几座藏传佛教造像，这些造像雕刻于元代，有的还是至元年间的作品，可见，藏传佛教随着元朝统治者对南方的征服也很快传播到了南方。但从现存元杂剧看，佛教对元杂剧的影响却远小于道教，藏传佛教在元杂剧中几乎没有留下什么痕迹。这就告诉我们，即使是被尊为"国教"的道教或佛教在社会政治生活中所占有的位置都不能与西方中世纪的基督教相比。

总之，中国的古代宗教——主要是佛、道二教确曾利用过戏曲；但戏曲始终保持着自己的独立性，不是宗教的附庸和奴婢，而是一种具有独立性的艺术样式，这使得戏曲中的宗教剧远没有西方的宗教剧"纯粹"。

2. 作者的身份不同

西方的宗教剧大多是由神甫编写的，扮演者也大多是"教士"或信众，而戏曲中的宗教剧的作者只有极个别的人是寄身寺庙的僧侣。如明代僧人湛然、智达，一有杂剧《鱼儿佛》传世，一有传奇《归元镜》留存。明初的杂剧作家朱权也可以算是道教信徒，相传他曾在豫章天宝洞修习"净明忠孝道"，又著有《洞天秘典》《太清玉册》等多部"道书"，明成祖封其为"涵虚真人"，他也自号"臞仙"。明末清初的张大复写有多部宗教剧，其中大部分是佛教剧。这与张大复的人生经历密切相关。据民国《吴县志》卷七十五等文献记载，张大复曾寓居阊门外的寒山寺，自号寒山子，熟悉寺庙生活和佛教典籍，有《醉菩提》等写寺庙僧人生活的剧作可证。他是不是落发僧人则不得而知。多数戏曲作者虽然或多或少接受了宗教的某些影响，有的也可能是"身不出家心出家"的"居士""神仙"，但他们中的绝大多数人不是严格意义上的宗教僧侣。古代戏曲演员大多来自社会底层，靠向世俗民众出卖技艺谋生，寺庙中的僧侣不仅不能登台演戏，就连看戏也通常是被禁止的。戏曲创作主体的"世俗身份"决定了戏曲宗教剧的不够"纯粹"。试举几例。

马致远虽然以创作宗教剧——主要是神仙道化剧而闻名于世，有"马神仙"的雅号，对道教——特别是当时颇有影响的"全真道"相当迷恋，狂热地宣扬以妻子儿女为金枷玉锁，以酒色财气为人生大患的"全真道"教旨，大力倡导出家苦修的宗教教义。他的神仙道化剧大多是宗教剧，但他好像也还不是栖身道观或身着道袍的道士。马致远早年有"佐国心，拿云手"，① 但"上苍不与功名侯"，② 半世蹉跎，"中年过，人间宠辱都参破"③ 之后，他好像并没有栖身道观，而是生活在"万花丛里"，"战文场，曲状元。姓名香，贯满梨园"，④ 与戏曲艺人——特别是女艺人关系密切。

元杂剧作家郑廷玉的多部剧作宣扬因果报应思想，《布袋和尚忍字记》更是以佛教要旨"忍"为主题，宗教气息浓厚；已经佚失的杂剧《风月七真堂》很可能是描写全真道"北七真"事迹的道教传记剧，但我们也很难据此断定郑廷玉就是僧人或道士。

剧作浸润着浓厚宗教精神的汤显祖也是如此。汤显祖出身在充满"仙气"的家庭里，祖父、祖母都崇信道教，父亲也迷恋道教的养生术，汤显祖的少时业师徐良傅也醉心于"仙术"。汤显祖曾自署"清远道人"，40 岁以后与明代"四大高僧"之一的达观和尚交往甚密，受佛、道思想影响之深显而易见。但即使是心灰意冷挂冠还乡之后，汤显祖也没有真正归佛或入道，而是和当时的绝大部分失意文人一样以诗酒自娱。

明万历间的传奇作家周履靖大约也是如此。他喜读"道书"，慕黄白之术，与多位道士交游，曾与外舅李日华扶乩，又将前贤时俊"降灵赠诗"辑为《诸仙降乩语》。更为重要的是，周履靖还撰写和编辑了宣扬道教养生祛病的专著

---

① （元）马致远著：【南吕·四块玉】"叹世"，隋树森编：《全元散曲》（上），北京：中华书局 1964 年版，第 237 页。

② （元）马致远著：【黄钟·女冠子·幺篇】，隋树森编：《全元散曲》（上），北京：中华书局 1964 年版，第 273 页。

③ （元）马致远著：【南吕·四块玉】"叹世"，隋树森编：《全元散曲》（上），北京：中华书局 1964 年版，第 237 页。

④ （元）贾仲明著：【凌波仙】，钟嗣成著：《录鬼簿》（卷上），上海：古典文学出版社1957 年版，第 12 页。贾仲明为元末明初人。

《赤凤髓》。但这位以"梅癫道人"自署的隐士能否称做"道士"是大可怀疑的,[①] "他虽然身在江湖,世俗的虚荣心仍然很强"。[②] 周履靖有过两次婚姻,子女众多,而且身边似乎还有两位"姬人"相伴。至于他是否接受过经传、符箓,也无从考证。他的传奇《锦笺记》与道教无涉,剧中有一细节涉及佛教,不过,这一细节不但没有宣扬教义,而且把尼庵庵主写成与媒婆一样欲促使男女主人公在尼庵中交合的"俗人"。

明嘉靖、万历间的戏曲家屠隆在传奇《昙花记》和《修文记》中狂热宣扬佛、道。他自己在被朝廷削职为民之后也曾陷入宗教狂热,戴发修行,持斋数月,又笃信仙术;但他迷恋功名富贵,被革职后还游食权门,养有家庭戏班,生活放荡,恐怕还不是真正的宗教信徒。

3. 服务对象与创作目的不同

西方的宗教剧主要在教堂的礼拜仪式和宗教节日——圣体节等上演出,主要服务对象是基督教信徒和潜在的信众,其目的是宣传基督教教义,"拯救"人的灵魂;为平民百姓提供娱乐虽然也是宗教剧演出的目的之一,但娱乐只是"寓教"的手段,即使是离开了教堂的演出,也是由教会控制的,"宣教布道"仍然是其主要任务,演出的剧目——即使是宗教色彩相对淡薄的道德剧也同样具有宗教属性。

戏曲虽然也在寺庙的戏台上演出,但更常见的则是在构栏瓦肆、广场厅堂中上演,即使是在寺庙里演出,其主要目的也是娱人取乐——面向前来赶庙会的红男绿女。也就是说,即使是在寺庙中的戏曲演出所面对的观众也不是某一宗教的

---

① "道人"既可以指有"道术"的人,也曾用来指佛教徒,文人常以之为号,未必意在表明其信奉道教。例如,李渔,原名"仙侣",字"谪凡",别号"笠道人",单看其名、字、号,李渔应是道教信徒,其实不然。"道士"是道教神职教徒的专称,与一般的慕道、学道之人的区别在于:道士必须接受经戒或符箓,而且还要着规定的道装,学道、慕道之俗人则不必如此。由此可见,受到道教思想熏染的人未必都是道士。同样,有的剧作家在自己的剧中以"××和尚""××道人"署名,并不意味着他就真的是和尚、道士。例如,清代剧作家范希哲的传奇《偷甲记》署"秋堂和尚",《鱼篮记》署"鱼篮道人",其实范既不是僧人,也不是道士。

② 徐朔方著:《晚明曲家年谱》(第二卷),杭州:浙江古籍出版社 1993 年版,第 291 页。

信徒，而是成分复杂的广大民众。由宗教信徒创作而且专门服务于宗教信徒的戏曲剧目在中国戏曲史上是难以寻觅的。除了极少数宫廷剧作——为皇室祝祷祈福的"庆赏剧"之外，绝大多数戏曲剧目是面向世俗观众的商品，而不是专门向宗教信徒"布道"的工具，这一点可从元无名氏杂剧《汉钟离度脱蓝采和》中得到佐证。道士钟离权为了度戏曲艺人蓝采和出家，来到蓝采和做场的构栏。蒙在鼓里的蓝采和觉得很奇怪："则许官员上户财主看构栏散闷，我世不曾见个先生看构栏。（唱）几曾见歌舞丛中，出了个大罗神仙。"① 由此可见，在人们的心目中，戏曲是面向大众的娱乐，"看构栏"的应是"俗人"，"先生"——道士"看构栏"是绝无仅有的稀奇事。

4. 对待宗教的态度不同

古代西方人对于基督教的态度也是复杂的，既有虔诚信仰的，也有怀疑甚至批判它的，但多数信徒是把它作为一种信仰——精神归属、灵魂安顿之所来对待的，而且这种信仰通常具有强烈的排他性，因而一般来说基督教及其信众的"信仰素质"是比较高的。

我国古代民众中的多数人迷信思想很严重，但大多缺乏虔诚的宗教信仰，他们往往把宗教当作祈福避祸、解决生活中某些实际问题的一种手段，以为宗教也只不过是趋吉避凶之"法术"的一种，故通常以实用主义的态度对待它。中国古代多数知识分子对宗教大多抱怀疑或者"敬神如神在"② ——存而不论的态度。民族宗教——道教及其信众的"信仰素质"更是不太高的。佛教的信仰素质虽然高于道教，但与基督教相比，其信仰素质也是并不太高的。在国人的心目中，"佛"不能说不是信仰——灵魂安顿之所，但更主要的是一种处世智慧——"法"，亦即解决生活中的实际问题的途径和办法。这使得戏曲中的宗教剧大多具有一种世俗精神和游戏品格，缺少庄严肃穆、超凡脱俗的宗教气质。

有鉴于此，区分一部剧作是不是宗教剧，首先当察其是否以张扬宗教思想为主旨，是否选择了宗教题材和刻画了宗教人物则在其次，因为选择了宗教题材，

---

① （元）无名氏著：《汉钟离度脱蓝采和》第一折，王季思主编：《全元戏曲》（第七卷），北京：人民文学出版社1999年版，第119页。

② （三国·魏）何晏注，（宋）邢昺疏：《论语注疏》卷三，李学勤主编：《十三经注疏》（标点本）十，北京：北京大学出版社1999年版，第35页。

或者刻画了宗教人物的剧作虽然可能是宗教剧，但并不都是宗教剧。没有选取宗教故事，主人公并非宗教人物的剧作，有的——当然只是极少数，可能是张扬宗教教义的宗教剧。

当然，"以张扬宗教教义为主旨"是一个颇有"弹性"的"标准"，用于具体剧目的辨析，不同的人会得出不同的结论，就像对戏曲中悲剧、喜剧、悲喜剧剧目的辨析一样，即使是持相同"标准"的人，因其所掌握的宽严度存在差异，结论肯定也是不太一样的。未被笔者列入宗教剧范围的不少剧作，如果把"尺度"放宽一点，有些也是可以划归宗教剧范围的，而被笔者视为宗教剧的某些剧目，在其他学者那里，也许并不都能获得认同。

第三章　宋元南戏中的宗教剧

学界一般认为，宋代南戏是我国最早的成熟形态的戏曲样式，此前的杂剧、院本只是"雏形的戏曲"。本章研究的主要对象是古代戏曲文学，当以成熟形态的戏曲为对象。宋代南戏的传本很少，其中并没有宗教剧，而且，宋代南戏存目大部分与元代南戏混在一起，故只能就宋元南戏存目试作考察。

一、宋代宗教的基本面貌

据《宋史·太祖纪》记载，宋朝的开国皇帝赵匡胤发迹前曾栖身于襄阳一寺庙，擅长相术的老和尚大概是看出他今后会发迹，厚赠盘缠，并说"北往则有遇矣"。赵匡胤如其言，在周太祖军帐下觅得职位，后来果然飞黄腾达。赵匡胤发动"陈桥兵变"，黄袍加身之后，自然对佛教怀有好感，所以他经常去京城有名的相国寺、开宝寺和新建的龙兴寺祝祷，封禅寺、广化寺也留下了他的足迹。不过，赵匡胤对道教似乎也并不轻视，他也去太清观、建隆观祭拜，对佛、道二教既给予支持，但也都有所限制。① 赵匡胤给宋代皇室定下了佛、道并重，为我所用的"基调"。

为了神化赵宋王朝的统治，后来的宋朝皇帝似乎更加注意拉拢、利用道教。宋太宗给为他继任大统制造舆论的道士张士真以封赏，召见华山道士丁少微，与华山道士陈抟唱和并封他为"希夷先生"，且多有赏赐。宋太宗还令人广搜道书，编辑《道藏》。宋真宗开展了大规模的崇道活动，崇奉"圣祖"赵玄朗，封禅泰山，续修《道藏》，在全国各地大力修建道观，使道教的政治地位逐渐高于佛教。宋徽宗的崇道活动更是达到了狂热的程度，他把道教分成五派，以神霄派为天下

---

① 参见（元）脱脱等撰：《宋史》，北京：中华书局 2000 年版，第 2~11 页。

道教之首，宠信为其编造"神霄玉清王下降"神话的道士林灵素；设立"道学"，单独举行道士考试以选拔"道官"；汇集古今道教故事，编撰"道史"；在全国各地修建道观，拨给道观大量良田，给道士发放俸禄，把道士变成鱼肉百姓的剥削者；自封"玉京金阙七宝元台紫微上宫灵宝至真明皇大道君"，简称"教主道君皇帝"，使手里的皇权变成了政教合一的政权。① 因为宋徽宗等人的大力提倡，属于符箓派分支的神霄派在宋代获得很大发展，神霄派"驱雷役电，祷雨祈晴，治祟降魔，禳蝗荡疠，炼度幽魂"的"五雷正法"广为流布，对后世影响深远。南宋初的宋高宗和南宋后期的宋理宗都迷恋和利用道教。宋高宗为了神化自己的统治，编造了登基前赴金为质得磁州神崔府君护佑的神话，因此大力提倡崇奉崔府真君。又编造其为康王时得天蓬、天猷、翊圣、真武"四圣"护佑的神话，用多种形式崇奉这些神灵。宋理宗倾力修建道观，热衷于斋醮，为《太上感应篇》等道书和道观题词，作诗赞真武神像，亲自书写《黄庭经》，崇信女冠，自乱其政。宋理宗对道教的利用侧重于道德教化层面，使道教对民众生活的影响力有所增强。

宋代皇室为了缓解经济危机的压力，实行鬻牒敛财制度——出卖度牒和称号敛财，使佛、道信徒人数迅速膨胀，不良之徒混入寺庙、道观，宗教界窳败之象丛生。

宋皇室的崇道活动对后世的戏曲创作有不小的影响。例如，马致远的杂剧《西华山陈抟高卧》就让宋皇室尊奉的"圣祖"赵玄朗登上舞台，反映了陈抟为尚未发迹的赵宋开国皇帝指点迷津的情形以及宋皇室拉拢陈抟的过程。张紫阳、萨守坚、崔府君等道教人物、神灵登上元杂剧舞台，神霄派等符箓派所信持的"五雷正法"也多次被元杂剧作家写进作品，清初张大复的传奇也几次描写了这一道法。

宋代从开国皇帝赵匡胤起就提倡佛教，因而佛教在宋代也相当流行。宋皇室在五台山、峨眉山、天台山等名山以及大都市广建寺庙、佛塔，在北宋都城设立译经院，组织翻译佛经，刻印《大藏经》；皇帝亲自出马打击非毁佛教者，皇帝

---

① 有学者据此认为，中国古代也曾有过政教合一的全国性政权。其实，这种政教合一的政权与西方教权控制下的皇权仍有很大差别，而且，像宋徽宗这样的"教主皇帝"在中国古代是绝无仅有的，他握有政权的时间也很短。

给佛经作"御注"并撰《崇释论》等专文提倡佛教，大力发展僧尼，使全国僧尼人数迅速膨胀。

宋代佛教以禅宗的影响为最大，天台、华严、律宗等门派逐渐融合，而且影响力降低，净土宗因其往生极乐净土的信仰极富吸引力，修习方法又很"便宜"，故成为各宗之归依。禅宗支派——重视文字禅的临济宗风头最劲，它受到读书人的热烈追捧，在文人中，"谈禅"成为一种时尚，这使得佛教对文化创造之影响日渐加深，禅宗对宋代文学艺术创作及理论建构的影响也最为显著。

二、宋元南戏中的宗教剧剧目

现存宋元南戏剧目中大多杂有鬼神灵异现象。如《张协状元》中有山神、土地、判官、小鬼等登场。《琵琶记》中亦有鬼神登场——赵五娘以罗裙包土筑坟台，埋葬公公婆婆，十指磨破，血染衣衫，孝行感天动地，"上帝"命山神差拨阴兵，助五娘筑坟台。《小孙屠》中孙必贵的冤情和孝行打动"上帝"，"上帝"派遣东岳泰山府君降甘霖，使被害死的孙必贵复活。《白兔记》中刘知远睡觉时蛇钻七窍，吐气如虹。守瓜园时他与瓜精拼杀，瓜精败北，化为一道火光钻入地缝，知远掘地追击，竟然挖出神灵所赐的甲胄、宝刀和兵书。刘知远挨打时有神灵暗中护持，板子落不到他的身上……这些场面、情节足以说明，宗教——特别是吸纳了大量民间信仰的道教对宋元南戏的影响是相当大的。没有剧本流传的《王魁》《赵贞女蔡二郎》等也有鬼神出现。

可是，上面所列举的这些剧目都不是宗教剧，其主旨显然不在于张扬教义，其中的神奇灵异场面只是给这些剧作涂上了一层神秘色彩，其题旨与宗教思想并不完全一致。例如，《琵琶记》通过对蔡伯喈的两难境地和赵五娘的艰难困苦的描写，张扬家庭伦理道德（孝）和政治伦理道德（忠），揭示二者之间的内在矛盾以及因此所造成的悲剧。其中对鬼神灵异的描写只是突出了赵五娘的孝，并没有改变剧作的主题，也就是说，《琵琶记》在其艺术构思之中融进了宗教智慧却并不是为了"布道"。

现有传本的宋元南戏剧目中没有宗教剧，并不意味着宋元南戏中就完全没有宗教剧的创作和演出。

　　由于宋元南戏剧本绝大多数今已不传，我们不得窥其全貌。不过，仅据其存目推测，宋元南戏中也是有宗教剧剧目的。例如，《七真堂》《王子高》《王母蟠桃会》《西池王母瑶台会》《吕洞宾黄粱梦》《吕洞宾三醉岳阳楼》《金童玉女》《贺升平群仙祝寿》《韩湘子三度韩文公》《韩文公风雪阻蓝关记》《看钱奴买冤家债主》《郑将军红白蜘蛛记》《刘锡沉香太子》《鬼法师》《陈光蕊江流和尚》等，很有可能就是宗教剧。

　　从上面所列举的剧目可以看出，宋元南戏中的宗教剧大多取材于道教故事，以神仙、真人为主要描写对象，受道教——尤其是全真道的影响较大，宣扬出家苦修的度脱剧占有较大比重——《七真堂》《吕洞宾黄粱梦》《吕洞宾三醉岳阳楼》《金童玉女》《韩湘子三度韩文公》《韩文公风雪阻蓝关记》等当是道教度脱剧；在南方有较大影响的道教符箓派似乎没有得到剧作家们的重视。宋元南戏受佛教的影响则很小——宋元南戏中佛教剧很少，而且很少的几部剧目大多也是由元杂剧改编而成的。宋元南戏所反映的宗教生活状况与元杂剧所反映的宗教生活状况是大体相似的。

　　值得注意的是，宋元南戏中已经有好几部神仙"庆赏剧"——《王母蟠桃会》《西池王母瑶台会》《贺升平群仙祝寿》等有可能是用于宫廷或达官贵人府邸喜庆宴会的剧目。这说明，这一时期的戏曲不仅活跃在田间地头、构栏瓦肆，也登上了"大雅之堂"。

第四章　元杂剧中的宗教剧

元杂剧中的宗教剧以道教"全真派"为描写对象的剧作居多，有些描写"全真道"（亦称"全真教"）生活图景的剧作还把南方的符箓派道教称作"南方左道术"，① 但在现存元杂剧剧目中仍有正面描写"正一道"（亦称"正一教"）及其他符箓派生活图景的剧作。元杂剧中也有一些佛教剧，这些剧作主要表现禅、净二宗的生活图景，当时受到皇室崇信的藏传佛教萨迦派虽然政治地位很高，但似乎并未在元杂剧中留下太明显的痕迹。在元代，基督教（也里可温教）和伊斯兰教也有很大影响，特别是伊斯兰教，政治地位高于道教，信徒众多，流播广远，对元代的政治、经济生活均有很大影响，但它们也没有在元杂剧中留下什么痕迹。元杂剧的这一基本面貌与金元之世的宗教状况既有相合之处，也有不合之处。

一、金元宗教的基本面貌

有学者认为，与唐宋时代相比，金元以降的佛、道二教均已呈衰落之势。这或许只是从宗教理论建树这一方位所做出的判断。从宗教对社会生活和文化创造的影响力来看，金元时期的宗教——特别是道教仍然是颇具影响力的。

（一）金代佛教与道教

金朝早期的统治者对汉文化有着较大的隔膜，自金世宗朝开始，皇室大力提

---

① （元）马致远《马丹阳三度任风子》元刊本第二折任屠唱【倘秀才】有"我道来你是南方左道术"句，有类似说法的元杂剧不只这一部，这说明，元代北方全真道有蔑视南方符箓派的观念。

倡汉文化，尊孔读经成为多数统治者所制定的"国策"，科举考试主要以经学为是。因此，宋朝的经学和理学在金朝所统治的北方得到较广泛的传播，佛、道二教虽亦有传播，但与经学相比其政治地位均不是很高。金皇室虽然也曾拉拢"太一道""全真道""真大道教"和佛教，但皇室较少举行由僧、道主持的法会和斋醮，高层统治者中信佛或佞道者不多，佛、道二教依附皇权的情形远不像元代那样明显。

金朝由礼部管理释、道，礼部每三年组织一次僧、尼、道、女冠的考试，每次录取 80 人。试僧、尼以《法华》《心地观》《金光明》《报恩》《华严》诸经为是，试道士、女冠则以《道德》《救苦》《玉京山》《消灾》《灵宝度人》等经为是。考试方法为念诵，中选者给官："凡僧尼官见管人及八十、道士女冠及三十人者放度一名，死者令监坛以度牒申部毁之。"①

金朝统治者亦曾效法宋之鬻牒制度，出卖僧、尼、道、女冠度牒和紫、褐衣师称号以及寺、观名额。② 但因原北宋版图上的僧、道信众对金朝统治者常心怀不满，有的利用传教之机发动群众起义，这使得佛教与金朝皇室的关系较为紧张。例如，金世宗朝就曾镇压东平、大名一带起义僧人数百之众。

> 时民间往往造作妖言，相为党与谋不轨，事觉伏诛。上问宰臣曰："南方尚多反侧，何也？"琚对曰："南方无赖之徒，假托释道，以妖幻惑人。愚民无知，遂至犯法。"上曰："如僧智究是也。此辈不足恤，但军士讨捕，利取民财，害及良民，不若杜之以渐也。"智究，大名府僧，同寺僧苑智义与智究言，《莲华经》中载五浊恶世佛出魏地，《心经》有梦想究竟涅槃之语，汝法名智究，正应经文，先师藏瓶和尚知汝有是福分，亦作颂子付汝。智究信其言，遂谋作乱，历大名、东平州郡，假托抄化，诱惑愚民，潜结奸党，议以十一年十二月十七日先取兖州，会徒峄山，以"应天时"三字为号，分取东平诸州府。及期向夜，使逆党胡智爱等，劫旁近军寨，掠取甲仗，军士击败之。会傅戬、刘宣亦于阳毂、东平上变。皆伏诛，连坐者四百五十

---

① 　(元) 脱脱等撰：《金史》(一)，北京：中华书局 2000 年版，第 821 页。

② 　参见 (元) 脱脱等撰：《金史》(一)，北京：中华书局 2000 年版，第 746~747 页。

余人。①

金朝有些文人在失意时亦从宗教中寻找慰藉——赵秉文、李纯甫、冯璧等，有的则干脆皈依宗教——王喆等，但也有不少文人认为"佛老为世害"，对其持怀疑和批判态度：

> 予尝观《道藏》书，见其炼石服气以求长生登仙，又书符咒水役使鬼神为人治病除祟，且自立名字、职位云。主管天条而斋醮祈禳，则云能转祸为福。大抵方士之术，其有无谁能知？又观佛书，见谈天堂、地狱、因果、轮回，以为人与禽兽无异。且有千佛万圣，异世殊劫，而以持诵、布施则能生善地。大抵西方之教，其有无亦谁能知？……而世之愚俗，徒以二氏之诡诞怪异出耳目外，则波靡而从之……良可叹也。②

颇受最高统治者信用的"清官"对"不法"僧徒的惩处、管束也甚为严厉，例如，金朝最著名的清官王翛然就是如此。

> 金朝士大夫以政事最著名者曰王翛然……后知大兴府，素察僧徒多游贵戚家作过，乃下令，午后僧不得出寺，街中不得见一僧。有一长老犯禁，公械之。长老者素为贵戚所重，皇姑某国公主使人诣公请焉，公曰："奉主命，即令出。"立召僧，杖一百，死。自是，京辇肃清，人莫敢犯。世宗深见知，故公得行其志也。③

这一则记载虽然揭示了部分僧人结纳权贵的情形，但同时也从一个侧面折射出，佛教在金朝士大夫的心目中地位是并不怎么"崇高"的，金朝的最高统治者赞赏对僧人的严厉惩处和管束。

---

① （元）脱脱等撰：《金史》（二），北京：中华书局2000年版，第1303页。
② （金）刘祁撰，崔文印点校：《归潜志》（卷十二），北京：中华书局1983年版，第141页。
③ （金）刘祁撰，崔文印点校：《归潜志》（卷八），北京：中华书局1983年版，第82页。

总之，从总体上看，金朝佛、道二教与皇室的关系远不如宋元佛、道与皇室的关系紧密，而且，道教的影响大于佛教。金朝所控制的北方既有重视巫祝之术的"太一道"，又有主张苦节危行、避俗出家、勤力自给、不务化缘的"真大道教"，① 还有强调不娶妻室、不茹荤腥、出家静修、三教圆融的"全真道"。其中，"真大"与"全真"两派影响较大。不过，这种影响主要也是在民间，而且主要是在金朝的中后期。"全真道"起初不但没有获得皇室的承认，而且曾一度被金朝政府查禁，依附皇室、结交权贵的"兴教"策略始于元初的掌门人丘处机。

（二）元代佛教与道教

元代以儒立国，以佛治心，不但对佛、道二教兼容并蓄，对其他宗教也"一视同仁"。从总体上看，元代佛教的地位高于道教，但元皇室所提倡的佛教主要是藏传佛教。元统治者一方面认识到必须以汉人之法来治理汉人，一方面又对汉儒文化心怀疑忌，故一反中国历代皇帝以儒生为"帝师"的做法，以喇嘛为"帝师"，这使得元代宗教——特别是佛教有了较高地位。

> 元兴，崇尚释氏，而帝师之盛，尤不可与古昔同语。维道家方士之流，假祷祠之说，乘时以起，曾不及其什一焉……元起朔方，固一崇尚释教。及得西域，世祖以其地广而险远，民犷而好斗，思有以因其俗而柔其人，乃郡县土蕃之地，设官分职，而领之于帝师。乃立宣政院，其为使位居第二者，必以僧为之，出帝师所辟举，而总其政于内外者，帅臣以下，亦必僧俗并用，而军民通摄。于是帝师之命，与诏敕并行于西土。百年之间，朝廷所以敬礼而尊信之者，无所不用其至。虽帝后妃主，皆因受戒而为之膜拜。②

《元史》所述元皇室崇尚藏传佛教，以喇嘛（剌马）为"帝师"，皇帝及皇室其他成员"受佛戒"的情形也得到了元人笔记的印证。

---

① 据（明）宋濂等撰《元史·释老志》记载，"真大道"始自金季，但其名乃元宪宗接见五传郦希成时所赐。

② （明）宋濂等撰：《元史·释老传》，《元史》（三），北京：中华书局2000年版，第3021~3023页。

累朝皇帝，先受佛戒九次，方正大宝。而近侍陪位者，必九人或七人，译语谓之"煖答世"，此国俗然也。今上之初入戒坛时，见马哈剌佛前有物为供，因问学士沙剌班曰："此何物？"曰："羊心。"上曰："曾闻用人心肝者，有诸？"曰："尝闻之，而未尝目睹，请问剌马。"剌马者，帝师也……①

元王朝以喇嘛为"帝师"的主要目的是利用上层喇嘛控制西藏地区，同时也有借其控制汉人的用意，所以，封为"帝师"的喇嘛不只是帝王的政治顾问和祭司（"辅治国政"，主持宗庙和皇室的祭仪），而且也是统领全国佛教的"法王"。元代的藏传佛教以萨迦派最为活跃，与元皇室的关系也最为密切。元代共有 14 位喇嘛被封为"帝师"，这些"帝师"均为萨迦派僧人。

不过，藏传佛教虽传至内地许多地方，对中原佛教产生了影响，但并未因"国教"之殊遇而"一统天下"。元朝汉地佛教仍以融合了净土学说、净禅兼修的禅宗为主——北方主要是曹洞宗，南方主要是临济宗。天台宗和华严宗呈衰落之势，但也各有自己的一小块地盘，前者在浙江杭州、天台山一带活动，后者以山西的五台山为"根据地"。华严宗支派之一的白云宗在浙江杭州路一带亦有一定影响。这三个宗派也都受到净土宗的渗透和影响，兼修"念佛法门"（以念"阿弥陀佛"名号达到往生净土之目的的修炼方法）。元代的临济宗杨岐派又分为依附皇室的"功利禅"和远离权贵的"山林禅"两个分支。"山林禅"主要活动于民间，其在民间的影响远大于"功利禅"。

元朝奉佛，极尽奢华，耗费巨大。② 元世祖至元年间普宁寺住持道安曾组织刻印《大藏经》，这是目前有印本流传的元刻《大藏经》，③ 元王朝还耗费大量黄金，组织大批人员抄写金字《藏经》。据《元史·世祖本纪》记载，至元二十

---

① （元）陶宗仪撰：《南村辍耕录》，北京：中华书局 1959 年版，第 20 页。剌马，亦即喇嘛。

② 这一点不但给当时的人留下深刻印象，就连明代人都自叹不如。明沈德符著《万历野获编》卷二十七有言："故元奉佛尤甚，其奢僭至无等，本朝大为之节制。"

③ 元代还有官版藏经《弘法藏》，据传，其版式为卷轴式，但未见印本流传，1982 年 12 月发现了元代官刻本《大藏经》残卷（32 卷），但并非卷轴式。除此之外，元代还有藏文《大藏经》之刻印。

七年六月，缮写金字《藏经》告成，共耗费黄金三千二百四十四两。① 元代统治者对于建造佛寺，在汉地推广佛教也是相当积极的，这里只举一例。元朝军队荡平南宋都城杭州之后，从"胡僧"杨琏真伽之请，坏南宋王朝宫殿，于至元间建报国、兴元、般若、仙林、尊胜五寺于其上。② 元王朝修建寺庙和举行各种佛事活动，其耗费之巨，十分惊人。例如，元世祖至元间建万安寺，"佛像及窗壁皆金饰之，凡费金五百四十两有奇、水银二百四十斤"。③ 一年之中皇室的礼佛祝祷活动可以多达五六百次之多，一次活动所集中的僧人可多达数万人之众，有的活动持续的时间可达数年之久。例如，泰定元年二月初三，泰定帝为超度其亡父显宗，"修西番佛事于寿安山寺，曰星吉思吃剌，曰阔儿鲁弗卜，曰水朵儿麻，曰飒间卜里唪家，经僧四十人，三年乃罢"。二月初八，又"作佛事，命僧百八人及倡优百戏，导帝师游京城"。④ 至元二十二年"集诸路僧四万于西京普恩寺，作资戒会七日夜"。⑤ 至元二十七年"命帝师西僧递作佛事坐静于万寿山厚载门、茶罕脑儿、圣寿万安寺、桓州南屏庵、双泉等所，凡七十二会"。⑥ 大德、泰定年间，此类活动的次数翻了好几番。"且以至元三十年言之，醮祠佛事之目，止百有二；大德七年，再立功德使司，积五百有余，今年亦增其目，明年即指为例，已倍四之上已。僧徒又复营干近侍，买作佛事，指以算卦，欺昧奏请，增修布施莽斋，自称特奉、传奉，所司不敢较问，供给恐后……一事所需，金银钞币不可数计，岁用钞数千万锭，数倍于至元间矣。"⑦ "延祐四年，宣徽使会每岁内廷佛事所供，其费以斤数者，用面四十三万九千五百、油七万九千、酥二万一千八百七十、蜜二万七千三百。自至元三十年间，醮祠佛事之目，仅百有二。大德七年，再立功德司，遂增至五百有余。僧徒贪利无已，营结近侍，欺昧奏请，布施莽斋，所需非一，岁费千万，较之大德，不知几倍。"⑧ 这些记载所涉及的还

---

① （明）宋濂等撰：《元史》（一），北京：中华书局 2000 年版，第 228 页。

② 参见（明）田汝成撰：《西湖游览志》（卷七），上海：上海古籍出版社 1980 年版，第 72 页。

③ （明）宋濂等撰：《元史》（一），北京：中华书局 2000 年版，第 210 页。

④ （明）宋濂等撰：《元史》（一），北京：中华书局 2000 年版，第 435 页。

⑤ （明）宋濂等撰：《元史》（一），北京：中华书局 2000 年版，第 190 页。

⑥ （明）宋濂等撰：《元史》（一），北京：中华书局 2000 年版，第 231 页。

⑦ （明）宋濂等撰：《元史》（三），北京：中华书局 2000 年版，第 2727 页。

⑧ （明）宋濂等撰：《元史》（三），北京：中华书局 2000 年版，第 3025 页。

仅仅是内廷佛事，上有好之者，下必效之，有元一代——特别是其中后期，整个社会一直笼罩在求神拜佛的烟雾之中。

元朝皇室对道教也较为重视，在征服北方的过程中，元统治者主要利用在北方有较大影响的"全真道"。元太祖召见丘处机，丘处机审时度势，为寻求发展机会而依附尚未完全控制中原腹地的蒙古统治者，为其安抚汉地人心效力。丘处机结纳权贵，依附强权，使全真道获得了不少特权和难得的发展机遇，诸如任其修建宫观，广收门徒，免其赋役，令其掌天下道教等，①把本属于民间宗教的"全真道"迅速"提升"为汉地"国教"之一。忽必烈登基之后，为了征服南宋，转而拉拢南方的符箓派"正一道"，"正一道"的地位又逐渐高于"全真道"。

> 正一天师者，始自汉张道陵，其后四代日盛，来居信之龙虎山。相传至三十六代宗演，当至元十三年，世祖已平江南，遣使召之。至则命廷臣郊劳，待以客礼。及见，语之曰："昔岁己未，朕次鄂渚，尝令王一清往访卿父，卿父使报朕曰：后二十年天下当混一。神仙之言验于今矣。"因命坐，锡宴，特赐玉芙蓉冠、组金无缝服，命主领江南道教，仍赐银印。十八年、二十五年再入觐。世祖尝命取其祖天师所传玉印、宝剑观之，语侍臣曰："朝代更易已不知其几，而天师剑印传子若孙尚至今日，其果有神明之相矣乎！"嗟叹久之。二十九年卒，子与棣嗣，为三十七代，袭掌江南道教。三十一年入觐，卒于京师。元贞元年，弟与材嗣，为三十八代，袭掌道教。②

忽必烈之后的皇帝仍令"正一"天师"掌管天下道教事务"，有权"自出牒度人为道士"，主持皇室斋醮、祈禳、占卜，不过，其"排场"远不能与"西番僧"的佛事活动相比。北方的"全真道"在元代中后期也传播到了南方。有元一代，只有少数皇帝曾一度抑制过道教，如元宪宗曾下令焚毁除《道德经》之外的一切道教经籍，令在僧道辩论中败北的长春宫道录樊志应等削发

---

① 这一政策时行时废，例如，元太祖曾免除全真道人赋税，至元间起先曾收回僧、道、儒生不征税的政策，后来则只令僧、道中有家室者纳税，后来又免除僧人赋税。

② （明）宋濂等撰：《元史》（三），北京：中华书局2000年版，第3027页。

为僧，令道教归还所侵占的两百多所佛寺。元世祖也曾两次下令焚毁道教"伪经"。不过，道教并未因此而遭受重大打击。尽管元中期以后，"全真道"贵族化的倾向日益明显，丘处机死后，全真道失去了"独尊"的地位，影响已有所削弱，但其势力仍然不小，元文宗时，"全真道"仍然在社会上有较大影响。总之，"全真道""真大道教""太一道"和"正一道"对元代社会、政治、文化均有一定影响，特别是不重符箓、但重出家静修、倡导三教合一的"全真道""真大道教"在金末元初对元代社会文化的影响更大一些。这些特点在元代戏曲中都有所反映。

金元之世，在北方影响较大的道教派别主要有"全真道"和"真大道教"，这两个教派均反对"火居"，要求信徒一律出家，戒色断欲，不茹荤腥，忍辱苦修。为彻底"去邪念"，有的人甚至不惜阉割净身，如丘处机①就是一例。在绝利欲而笃劳苦这一点上，"全真道""真大道教"与佛教非常相似。因此，元杂剧中的度脱剧较多，而且出现多部以赞赏的口吻表现抛弃妻子儿女出家修行的剧作，有的剧作甚至有被度脱者为了出家而杀妻灭子的情节。马致远的《吕洞宾三醉岳阳楼》中被度者郭马儿说，如果让他出家，妻子无法安置，吕洞宾就立即给他一口宝剑，让郭马儿把妻子杀掉。《马丹阳三度任风子》中，"觉悟"了的任屠不仅休弃了妻子，还亲手摔死了自己的孩子。这些剧作反映了"全真道"和"真大道教"对元代社会的巨大影响，也昭示了个别元杂剧作家的"崇道情怀"和宗教狂热导致其丧失了基本的良知。

戒律废弛、教坛窳败也是元代——特别是元中后期的突出现象。泰定元年，中书平章政事张珪奏曰："比年僧道往往蓄妻子，无异常人，如蔡道泰、班讲主之徒，伤人逞欲、坏教干刑者，何可胜数！"② 但是从现存剧作来看，元杂剧很少揭露宋元宗教的窳败之象，主要笔墨用于刻画观音菩萨、布袋和尚、月明和尚、陈抟、吕洞宾、汉钟离、王重阳、马丹阳、张天师、萨守坚、崔府君、二郎神、太白金星等人物和神灵，对出家苦修持赞赏态度。

（三）金元时期的其他宗教

金元之际，除了佛教和道教继续传播之外，还有伊斯兰教（达失蛮教）、基

---

① 丘处机"净身"之说为后人讹传，一说为武当全真道士丘玄清。
② （明）宋濂等撰：《元史》（三），北京：中华书局 2000 年版，第 2728 页。

督教（也里可温教）的传播。例如，元世祖至元元年春正月颁旨："儒、释、道、也里可温、达失蛮等户，旧免租税，今并征之。"① 又如，元泰定帝泰定元年二月颁旨："也里可温各如教具戒。"同年十一月又颁旨"免也里可温、答失蛮差役"。② 元文宗还曾经命也里可温教徒在显懿庄圣皇后神御殿作"佛事"。③

据载元初仅大都地区就有聂思脱里派（基督教的一个较小的教派，唐代开始传入我国，时称"景教"——引者注）教徒 3 万多人，设有契丹、汪古大主教区管理，西北地区还有唐兀等大主教区的设置。罗马天主教则是在 1294 年左右由教皇派遣东来的圣方济各会士孟特·戈维诺所传入。他在大都城中曾建有教堂 2 所，先后受洗礼的约有 6000 人。所有组成为左卫、右卫阿速亲军都指挥使司的阿速人都是天主教的信奉者，人数达 3 万。罗马教廷在 1307 年正式任命孟特·戈维诺为大都大主教与东方总主教。随后在泉州也建立了主教区……仁宗延祐二年（1315），改司为院，省并天下也里可温掌教司 72 所，足见当时基督教在全国分布之广。④

元代伊斯兰教的势力和影响均超过也里可温教。元代称伊斯兰教士为"达失蛮"（一作答失蛮），称伊斯兰教徒为"木速蛮"或"谋速鲁蛮""没速鲁蛮"等。当时，伊斯兰教信徒人数众多，遍布全国，有的还握有重权。

木速蛮在元代属色目人的一种……蒙古统治者为防制汉人、南人，重用色目，许多木速蛮上层人物成为蒙古国和元朝的高官显宦。著名者如花剌子模人牙老瓦赤，从窝阔台汗末年到蒙哥汗时代（除乃马真皇后称制期间外）一直担任统辖中原汉地的札鲁忽赤（汉称燕京行尚书省事）；大商人奥都剌合蛮以扑买中原课税，被窝阔台任命为提领诸路课税所官；世祖

---

① （明）宋濂等撰：《元史》（一），北京：中华书局 2000 年版，第 65 页。"答失蛮"是伊斯兰教教士的音译之一。

② （明）宋濂等撰：《元史》（一），北京：中华书局 2000 年版，第 436、441 页。

③ （明）宋濂等撰：《元史》（一），北京：中华书局 2000 年版，第 480 页。

④ 中国大百科全书总编辑委员会《中国历史》编辑委员会编写组、中国大百科全书出版社编辑部编，韩儒林主编：《元史》，北京：中国大百科全书出版社 1985 年版，第 128 页。

时的赛典赤父子、阿合马，武宗至仁宗时的合散（一译阿散）、泰定帝时的倒剌沙、乌伯都剌等人，都位至丞相、平章，掌握朝廷大权。在其他中央衙门和地方政府中担任要职的为数更多……元末来中国旅行的摩洛哥人伊本·拔图塔报道说，当时中国每城都有木速蛮的居住区，各有一主教（Shaikh-al-lslam）总管有关教民的一切事务……各地木速蛮都在自己的居住区建有礼拜寺，以为祈祷之所。据至正八年（1348）中山府（今河北定县）《重修礼拜寺记》碑文载，当时"回回之人遍天下"，"近而京城，外而诸路，其寺万余"。①

此外，元代的民间宗教也有很大的势力和影响，如南方的白莲教和明教在农民中广有影响，元王朝曾一度被迫承认白莲教的合法地位，后又多次予以打击，使它成为秘密宗教，但最终还是酝酿成元末农民大起义。②

但从现存的元杂剧传本来看，戏曲主要受佛、道二教的影响，基督教、伊斯兰教均没有在戏曲文本中留下明显的痕迹。这与元代基督教和伊斯兰教主要是在蒙古人和色目人中传播有关。当时信奉基督教或伊斯兰教的汉人并不多见，而戏曲作家绝大多数是汉人，而且大多生活在北方，正是这一创作主体决定了元杂剧宗教剧的题材和思想蕴涵。

二、元代宗教剧剧目及主题类型

现存元杂剧中可视为宗教剧的剧目总共有 30 部，其中，佛教类剧目 6 部，道教类剧目 21 部，佛、道混合类剧目 3 部。由上述统计可知，道教类剧目远远多于佛教类剧目。从宗教人物和思想蕴涵的角度看，元杂剧中的道教剧主要聚焦在北方活动的"全真道"和"真大道教"，但也有对南方"正一道"的关注。佛教剧关注的主要是中原腹地的汉化佛教，中国化的观音菩萨和弥勒佛（布袋和

---

① 中国大百科全书总编辑委员会《中国历史》编辑委员会编写组、中国大百科全书出版社编辑部编，韩儒林主编：《元史》，北京：中国大百科全书出版社 1985 年版，第 71～72 页。

② 例如，（明）宋濂等撰《元史·英宗本纪二》记载，至治二年闰五月初七，英宗颁旨禁止白莲教作佛事。

尚）成为主要的描写对象。相当一部分剧目昭示了儒、佛、道"三教合一"的倾向。

从主题的角度看，在元代宗教剧中，劝人远离尘世、皈依宗教、出家苦修的剧目占有最大比重，共有 17 部。稍次是宣扬因果报应，力图借助宗教的力量提升世俗道德约束力的剧目，共有 7 部。这类剧目多赞美散财济贫的布施之德，谴责惟恐聚积无多、一毛不拔的吝啬行为。再次是彰显佛法和道法的"法力神通"剧。这说明元杂剧作家对宗教仍抱有信心，企图通过戏曲来整肃、壮大教团，借助宗教来化导社会，纯洁世道人心。

（一）佛教类剧目及主题类型

佛教类剧目计有郑廷玉《布袋和尚忍字记》、吴昌龄《花间四友东坡梦》、李寿卿《月明和尚度柳翠》、武汉臣《散家财天赐老生儿》、刘君锡《庞居士误放来生债》①、无名氏《观音菩萨鱼篮记》② 6 部。

如前所述，在元代宗教中，佛教——尤其是藏传佛教的政治地位是最高的，但元杂剧中的佛教剧却非常之少，而且它所反映的佛教生活几乎与带有密教色彩的藏传佛教无关。元杂剧中的佛教剧主要是对汉地佛教——而且主要是禅、净二宗的艺术呈现，出家苦修、诸善奉行、诸恶勿作、因果报应是其主旨，现存剧本中虽偶尔出现"活佛"之称谓，但未见喇嘛——地位显赫的"帝师"的身影。在元代宫廷以及达官贵人的府邸中，由"西番僧"所主持的皇室的佛事活动非常频繁，但却没有成为元杂剧作家的描写对象。

元代皇室所扶植的佛教主要是藏传佛教中的萨迦派，"大元帝师"均为此派中人，宫廷祈禳祝祷多为其所主持，藏地佛教乃至藏地政权亦属其统辖，汉地佛教在一定程度上亦受其节制。萨迦派显、密兼修，但密教色彩相当浓厚，

---

① 刘君锡是元末明初人，生卒年不详，他的《庞居士误放来生债》到底是作于元代还是作于明代已难以确考。《全明杂剧》将刘君锡、王子一、谷子敬、杨景贤、贾仲明都视为明代作家，而《全元戏曲》则将这些元末明初的剧作家都视为元代作家（列"元末明初"一栏），本文对于剧作所属年代之划分大体遵从《全元戏曲》。下文将要涉及的元末明初作家的剧作亦然。笔者对于有些剧作的创作年代或著作者有疑问时，则在辨析时加以说明。

② 有明内府本，《录鬼簿》《录鬼簿续编》《太和正音谱》等均无著录，属元属明尚难断定，但《全元戏曲》将其收入第八卷，其"剧目说明"有言："该剧关目顺畅，曲词文雅，似出元人手笔……剧本无明人创作的痕迹。"本书从之。

兴盛期中，它在西藏、蒙古、四川乃至中原腹地都建立了寺庙，元末此派已趋衰微。

因元朝统治者把宗教当作解决现实问题的一种手段，多数统治者很迷信，喇嘛也想通过举行各种祈禳法会敛财。藏传佛教本来就具有浓重的密教色彩，所以以巫术手段祛病除疾、求雨镇海、召神劾鬼成为元代皇室佛事活动的一个突出特征。萨迦派以娶妻生子的方式解决教派的继承问题，它得到元皇室的宠信之后，很快就堕落腐败，对元代社会造成很大危害。"为其徒者，怙势恣睢，日新月盛，气焰熏灼，延于四方，为害不可胜言。"① 请看元顺帝时"大元国师"及其主子的丑恶行径：

> 哈麻尝阴进西天僧以运气术媚帝，帝习为之，号演揲儿法。演揲儿，华言大喜乐也。哈麻之妹婿集贤学士秃鲁帖木儿，故有宠于帝……亦荐西蕃僧伽璘真于帝。其僧善秘密法，谓帝曰："陛下虽尊居万乘，富有四海，不过保有见世而已。人生能几何，当受此秘密大喜乐禅定。"帝又习之，其法亦名双修法。曰演揲儿，曰秘密，皆房中术也。帝乃诏以西天僧为司徒，西蕃僧为大元国师。其徒皆取良家女，或四人、或三人奉之，谓之供养。于是帝日从事于其法，广取女妇，惟淫戏是乐。又选采女为十六天魔舞。八郎者，帝诸弟，与其所谓倚纳者，皆在帝前，相与亵狎，甚至男女裸处，号所处室曰皆即兀该，华言事事无碍也。君臣宣淫，而群僧出入禁中，无所禁止，丑声秽行，著闻于外，虽市井之人，亦恶闻之。②

从现存元杂剧传本看，从元初到元末的杂剧对此均无反映。

藏传佛教在元杂剧中的缺位，既与藏传佛教主要在元皇室活动、汉地民间对其了解不够深入的状况有关，也与内地的藏传佛教活动使用的不是汉语有关。《元史·释老志》记录了元皇室佛教部分法事、咒语、经书"名目"，这些"名目"如不加翻译，恐怕多数汉人根本就不知其为何物。

---

① （明）宋濂等撰：《元史》（三），北京：中华书局2000年版，第3024页。
② （明）宋濂等撰：《元史》（三），北京：中华书局2000年版，第3066页。

若岁时祝釐祷祠之常，号称好事者，其目尤不一。有曰镇雷阿蓝纳四，华言庆赞也。有曰亦思满蓝，华言药师坛也。有曰搠思串卜，华言护城也。有曰朵儿禅，华言大施食也。有曰朵儿只列朵四，华言美妙金刚回遮施食也。有曰察儿哥朵四，华言回遮也。有曰笼哥儿，华言风轮也。有曰嗒朵四，华言作施食也。有曰出朵儿，华言出水济六道也。有曰党剌朵四，华言回遮施食也。有曰典朵儿，华言常川施食也。有曰坐静，有曰鲁朝，华言狮子吼道场也……有曰撒思纳屯，华言《大理天神咒》也。有曰阔儿鲁弗卜屯，华言《大轮金刚咒》也。有曰且八迷屯，华言《无量寿经》也。有曰亦思罗八，华言《最胜王经》也……①

这些仪式、密咒、经典都不用汉语，只有极少数"西番僧"能懂，语言不通的汉地杂剧作家描写藏传佛教的生活图景显然并非易事。

按照主题来划分，上列剧目还可以再细分为度脱剧和因果报应剧两类，度脱剧有《布袋和尚忍字记》《花间四友东坡梦》《月明和尚度柳翠》《观音菩萨鱼篮记》4 部；果报剧有《散家财天赐老生儿》《庞居士误放来生债》两部。这些剧目所反映的大体上是金元时期汉地民间佛教生活的图景，多数剧作所描写的佛事活动和人物是属于禅宗的，但都有禅、净合流的倾向。禅宗僧人大多修持净土宗"称佛名号，往生净土"的"念佛法门"，口不离"南无阿弥陀佛"。多数剧作杂有一些道教成分，昭示了佛、道合流的倾向。试一一加以说明。

1. 度脱

《布袋和尚忍字记》以五代后梁僧人布袋和尚为主人公，着力张扬佛教要旨"忍辱"，是比较"纯粹"的佛教剧，但其中也杂有佛、道混合的些许因素。如楔子中阿难有云："有上方贪狼星，乃是第十三尊罗汉，不听我佛讲经说法，起一念思凡之心。本要罚往酆都受罪，我佛发大慈悲，罚往下方汴梁刘氏门中，投胎托化为人。"② 佛教以地狱为拘押有罪者之所，酆都是道教的治鬼之域，可在

---

① （明）宋濂等撰：《元史》（三），北京：中华书局 2000 年版，第 3024~3025 页。
② （元）郑廷玉著：《布袋和尚忍字记》楔子，王季思主编：《全元戏曲》（第四卷），北京：人民文学出版社 1999 年版，第 59 页。

剧中有过错的罗汉不是打入佛教的地狱，而是罚往道教的酆都。又如，第一折布袋和尚登场时携婴儿、姹女上，婴儿、姹女均为道教丹道术语，有多种含义，其幻化为人，当然也是道教人物。再如，第四折布袋和尚对已彻底"觉悟"的刘均佐说："你非凡人，乃是上界第十三尊罗汉宾头卢尊者。你浑家也非凡人，他是骊山老母一化。你一双儿女，一个是金童，一个是玉女。"[①] 骊山老母原为中国古代神话中的人物，后被吸纳为道教神仙之一，《云笈七籤》等道教著作中有骊山老母"绝谷"成仙之记载。在这部剧作中，佛与道竟然是"相亲相爱"的一家人。

此剧有禅、净兼修的鲜明特色。布袋和尚度脱刘均佐，其出家之所——汴梁岳林寺乃是禅宗南宗之地，请听其寺"首座"定慧和尚"自报家门"："想我佛西来，传二十八祖，初祖达磨禅师，二祖慧可大师，三祖僧灿大师，四祖道信大师，五祖弘忍大师，六祖慧能大师。佛门中传三十六祖，五宗五教正法。是那五宗？是临济宗、云门宗、曹溪宗、法眼宗、沩山宗。"[②] 这里描述了禅宗的历史。从布袋和尚口不离"南无阿弥陀佛"和被其度脱者刘均佐主要以念诵"南无阿弥陀佛"名号的方式来修行看，此剧中禅宗的生活图景又是以净土宗为其"底色"的。念佛名号、往生净土，是净土宗最主要的修持方法之一。

此剧还留有藏传佛教的些许痕迹。例如，第一折布袋和尚有言："贫僧神通广大，法力高强，则我便是活佛也呵。"[③] "活佛"一词是汉语对藏传佛教"转世者"的俗称，藏语作"朱毕古"。"转世活佛"这一信仰的历史或许相当长，也许早在元代以前这一信仰就已传入汉地，《宋史》卷四百二十一《包恢传》已有台州"妖僧"自称"活佛"的记载，但作为一种制度则是明代中后期才有的。它是藏传佛教中的格鲁派选择宗教领袖的一项制度，格鲁派在明朝初期才得以创立。明嘉靖二十一年（1542）西藏哲蚌寺正式实行寻找"转世灵童"的制度，所以"活佛"一词的广泛使用是在明代，《明史》等典籍经常提到"活佛"。元

---

① （元）郑廷玉著：《布袋和尚忍字记》第四折，王季思主编：《全元戏曲》（第四卷），北京：人民文学出版社1999年版，第87页。

② （元）郑廷玉著：《布袋和尚忍字记》第三折，王季思主编：《全元戏曲》（第四卷），北京：人民文学出版社1999年版，第78页。

③ （元）郑廷玉著：《布袋和尚忍字记》第一折，王季思主编：《全元戏曲》（第四卷），北京：人民文学出版社1999年版，第65页。

杂剧中的"活佛"一词显然与寻找"转世灵童"的活佛制度无关，只是僧人标榜自己"得道成佛"之语。

《花间四友东坡梦》之题目正名"云门一派老婆禅，花间四友东坡梦"已点明此剧与禅宗之云门派的密切关系，主角是禅宗的重要传人——北宋高僧佛印和尚，但这个"心猿锁闭、意马收拾"的禅师却口不离"南无阿弥陀佛"；剧作还把故事的地点选在中国净土宗的发源地庐山东林寺，而禅宗"座前参禅""明心见性"的修持方式又成为剧作着力描写的对象——如第二、第四折之所示。这些都昭示出宋元时期宗教生活中禅、净合流的趋向。与《张天师断风花雪月》对男女情爱大体上持肯定态度不同，此剧通过苏轼欲以歌妓白牡丹之色相引诱佛印还俗，结果两人反而被信仰坚定的佛印和尚度脱出家的生动描写，张扬了佛教的"色戒"和出家思想，对人的正常欲望与合理情感进行了否定，其宗教色彩较为鲜明。

无论是从人物看还是从主旨看，《月明和尚度柳翠》都可以算是比较"纯粹"的"佛教剧"，剧中的主人公月明和尚自称是"西天第十六尊罗汉"，但实际上他是民间传说所捏塑的人物。据玄奘所译《大阿罗汉难提蜜多罗所说法住记》记载，佛教有"十六罗汉"之称，但第十六尊罗汉并非"月明尊者"。我国南宋有《乾明院五百罗汉名号碑》（《大明续藏经》收录），其中亦未见"月明尊者"之名号。剧中的"月明尊者"被刻画成禅宗大德，他对禅宗南宗的"家谱"十分熟悉："想初祖达摩西至东土，不立文字，教外别传，直指人心，见性成佛。此个道理，你世上人怎生知道也呵！"接着唱【仙吕·点绛唇】："自从五派禅分，要知根本。西来信，则为这懵懂禅昏，我也曾扯住俺那达摩问。"[1]"我恰才离了曹溪一指前，又来到佛祖三更后，我则索分开临济晓……"[2] 这里所"拈出"的都是禅宗的"符号"，而且凸显了"禅宗五家"中的两个支派——曹洞宗与临济宗。剧中的偈语也多出禅宗南宗的经典。例如，第四折月明和尚"偈云"："一切有为法，如梦幻泡影，如露亦如电，应作如是观。"此语直接引自禅宗南宗十分重视的经典《金刚经》。以"公案"——前辈僧人的言行以及"话头"来启

---

① （元）李寿卿著：《月明和尚度柳翠》第一折，王季思主编：《全元戏曲》（第二卷），北京：人民文学出版社 1990 年版，第 442 页。

② （元）李寿卿著：《月明和尚度柳翠》第二折，王季思主编：《全元戏曲》（第二卷），北京：人民文学出版社 1990 年版，第 448 页。

发"问禅"者的觉悟是禅宗的突出特点，《月明和尚度柳翠》充分体现了这一特点。例如，第四折就以"为甚和尚快吃酪?""和尚从来好吃茶""这人摇了那人摇"的扇子等"话头"和多桩"法门老比丘"等不寻常的"公案"来传达"禅意"。禅宗以六朝齐梁间从北印度来洛阳的菩提达摩为初祖，传至六祖慧能，是为南宗。宋元以来南宗的影响远胜神秀所开创的北宗，形成曹洞、云门、法眼、沩仰、临济"五派"，其中，临济、曹洞二派稍盛。此剧主要描绘这两个门派的生活图景。

此剧之今传本显然经过明代正德年间以后的人所修改。试举一例。第三折月明和尚"偈云"："一把枯骸骨，东君掌上擎。自从有点污，抛掷到今生。"此"偈"显然是据明人诗修改而成。据王世贞《艺苑卮言》载，明正德间一伎女有《咏骰子》诗曰："一片寒微骨，翻成面面心。自从遭点污，抛掷到如今。"① 生活在元前期的李寿卿当然不可能"翻改"明正德间的诗作。

《观音菩萨鱼篮记》，从体例上看，此剧四折一楔子，旦本，一人主唱到底，与元杂剧无异。但第四折仅五支曲子，这在元杂剧中并不多见。② 剧作以观音菩萨为主人公，显然是对宋以降中国佛教"观音崇拜"的艺术呈现——剧中的观音早已完成由男变女的"变性"过程，是一个有着窈窕丰姿、人见人爱的妙龄女子。值得注意的是，剧作的主旨不是凸显民间信仰中的观音送子、送财、救苦救难、大慈大悲，而是让观音幻化为提篮卖鱼的美少女去执行度脱迷失正道、贪恋世俗生活的官员张无尽出家。这一情节设置，当有所本。

有诸多"变相"是观音菩萨的一个突出特点，千手千眼观音就是观音的变相之一，提篮卖鱼的"鱼篮观音"亦曾广为人知。《法苑珠林》载，唐以前我国就已有"鱼篮观音像"。唐著名画家吴道子有名画《鱼篮观音像》。据《西湖志纂》卷三记载，我国宋代曾在西湖建有"鱼篮观音院"。宋代有多首题咏《鱼篮观音像》的诗词，最著名的可能要算寿涯禅师的这首《渔家傲》词：

---

① （明）王世贞著，罗中鼎校注：《艺苑卮言》（卷七），济南：齐鲁书社1992年版，第364页。

② 有个别剧作的最后一折只有四支曲子。

杨用修《词品》记寿涯禅师咏鱼篮观音云："深愿宏慈无缝罅，乘时走入众生界。窈窕丰姿都没赛，提鱼卖，堪笑马郎来纳败。清冷露湿金襕坏，茜裙不把珠璎盖。特地掀来呈捏怪，牵人爱，还尽许多菩萨债。"据此，则宋、元间观音像亦有作妇人者，然是变相。①

《观音菩萨鱼篮记》对提篮卖鱼的观音形象的刻画以及"还菩萨债"——观音"嫁"给张无尽为"妻"的情节设置显然与"鱼篮观音"故事在民间的广泛传播有关。

与其他度脱剧常常用让被度脱者入梦，"见几个恶境头"不同，执行度脱任务的观音为了更好地接近被度脱者，满口应承"嫁给"被度脱者张无尽，而且一度受其奴役——先被罚进磨房推磨，后被罚到后园扫落叶。恋酒迷花的张无尽之所以最后"觉悟"了，不是由于他看清了世俗生活的虚幻、短暂和不能自主，而是看到了"佛"无所不能的"法力神通"。此剧布道的热情不能说不高，但作者以一种游戏心态和谐谑手法来刻画佛教尊神，使剧作富有很强的喜剧性。除观音之外，剧中还有释迦、弥勒尊者（幻化为布袋和尚）、文殊（幻化为寒山和尚）、普贤（幻化为拾得和尚）、诸天之子韦天（驮）、善财童子等佛教人物、神灵登场，这些人物形象也大多具有"疯癫"的喜剧性格。

元代汉地佛教以禅宗之"山林禅"影响为最大，这一主张避世遁形、不与世事、潜迹山林的佛教支派与元代绝大多数戏曲作家的人生际遇、生存体验有相合之处，元代佛教剧以度人出家苦修为主，折射出这一支派在元代汉族知识分子中的影响。

2. 果报

《散家财天赐老生儿》与《庞居士误放来生债》两部杂剧都张扬大乘佛教的"六波罗蜜"（六度）之一的"布施"法门，赞扬不蓄私财、清淡度日的生活方式，同时也对"狠心的放解，瞒心儿举债"——贪贿悭吝的恶行进行了谴责。所

---

① （明）胡应麟撰：《庄岳委谈》（卷上），（明）胡应麟撰：《少室山房笔丛》（卷四十），上海：上海书店出版社 2001 年版，第 412 页。

谓"六波罗蜜",也就是从红尘此岸到达涅槃彼岸的六种方法,即世俗之人超凡入圣的途径。"布施"居"六波罗蜜"之首,可见其在佛教修持过程中的重要性。不过,两部剧作张扬"布施"的目的主要在于宣扬因果报应思想,"布施"只是主人公获得"福报"的一种善行。

《散家财天赐老生儿》写主人公刘从善之所以老来无子成了遭人唾骂的"绝户",是因为他"幼年间的亏心今日老来报",而他一旦觉悟,不但再不做好贿贪财之事,而且散财济贫,因此,"灾星变作福星临"——他老来得子,终得现世福报。剧中的主人公并非僧人和道士,剧作的题材也未必源于宗教典籍,全剧未见神灵登场,但从其近乎狂热地张扬"布施"之德和因果报应思想的题旨来看,它属于比较典型的宗教剧。

因果报应是佛、道二教都信持的核心观念,"布施"虽然是佛教的"六波罗蜜"之一,但后来也被道教所吸纳。如果从题旨看,可以说《散家财天赐老生儿》既是佛教剧,也是道教剧。那么,笔者为何将此剧视为佛教剧?主要理由是:刘从善的散家财是在佛教的开元寺进行的,引导主人公散家财的精神动力显然主要来源于佛教的"六度"。

《庞居士误放来生债》取材于佛教禅宗典籍《景德传灯录·庞居士传》,主要人物也均属佛教:庞居士是在家信佛者;而且,他生前是宾陀罗尊者,妻子生前是执幡罗刹女,儿子生前是善才童子,女儿生前是观音菩萨。但剧中也杂有些许道教成分:剧中的增福神、东海龙王和注禄神均为道教神灵,他们都由玉帝所辖。剧作的最后写庞居士一家由青衣童子接引白日升天、得道成仙,这显然也是道教信仰。不过,"得道成仙"的庞居士登上的却是佛教的"兜率天"。可见在作者心目中,佛、道殊途同归,福地、仙境本无悬隔。

此剧虽然取材于禅宗典籍,但从主人公庞居士终日"南无阿弥陀佛"不离口的情形看,特别重视称名念佛的净土宗与禅宗合流在元代已成普遍事实。按照佛教的说法,因果报应如影随形,不是不报,时候未到,时候一到,善恶都报。剧作通过庞居士的改恶从善宣扬了"现世福报",又通过他烧夜香时听见家中的驴、马、牛开口说话,宣扬"来世恶报"——这些畜生都是因为前世欠庞居士的债未还,今生投胎变成畜生来"填报"的。

（二）道教类剧目及主题类型

道教类剧目计有马致远《吕洞宾三醉岳阳楼》《邯郸道省悟黄粱梦》①《马丹阳三度任风子》《西华山陈抟高卧》、岳伯川《吕洞宾度铁拐李岳》、史樟《老庄周一枕蝴蝶梦》、范康《陈季卿悟道竹叶舟》、王晔《桃花女破法嫁周公》、谷子敬《吕洞宾三度城南柳》、杨景贤《马丹阳度脱刘行首》、贾仲明《铁拐李度金童玉女》《吕洞宾桃柳升仙梦》、王子一《刘晨阮肇误入桃源》、无名氏《吕翁三化邯郸店》《瘸李岳诗酒玩江亭》《汉钟离度脱蓝采和》《二郎神醉射锁魔镜》《萨真人夜断碧桃花》《时真人四圣锁白猿》《徐伯株贫富兴衰记》《施仁义刘弘嫁婢》21 部。②

从道教门派的角度来看，元杂剧中关涉道教的剧作对内丹派和符箓派均有描写，属于内丹派的钟离权、吕洞宾、陈抟、张伯端、王重阳、马丹阳等均登上了元杂剧舞台，属于南方符箓派的张天师③、萨守坚也成为描写对象。但描写内丹派的剧作明显多于描写符箓派的剧作，对内丹派的描写又以其北派——"全真道"为主。"全真道"的"始祖"东华帝君、"祖师"王重阳及其嫡传弟子"北七真"——马钰、谭处端、刘处玄、丘处机、王处一、郝大通、孙不二等均进入了元杂剧的人物画廊，④"全真道"的教义——特别是其出家思想成为元道教剧的"主旋律"。

金元时期，北方还有主张出家苦修的"真大道教"流播，这一道教派别与"全真道"有不少相似之处——都属于不重符箓的内丹派，尤其是在要求信徒一律出家方面，"真大道教"与"全真道"非常一致。所不同的是，"真大道教"不允许出家信徒乞食，而要求信徒勤力耕作、自给衣食，"全真道"则主张其信

---

① 《邯郸道省悟黄粱梦》由马致远、李时中、花李郎、红字李二四人各写一折合作完成。

② 其中，元末明初作家杨景贤、贾仲明、王子一的作品以及无名氏的《吕翁三化邯郸店》《时真人四圣锁白猿》《徐伯株贫富兴衰记》等是否属于元代作品尚存争议。

③ 描写正一天师的元杂剧除现存的《张天师断风花雪月》之外，还有石君宝的《张天师断岁寒三友》，已佚。

④ 马致远有《王祖师三度马丹阳》，杨景贤有《王祖师三化刘行首》，郑廷玉有《风月七真堂》，均已佚。有东华帝君登场的剧作有多部，如《邯郸道省悟黄粱梦》《陈季卿悟道竹叶舟》（《元曲选》本）等。

徒和佛教徒一样沿门托钵。"真大道教"在金朝曾被查禁，但并未因此而销声匿迹，它在民间仍广有影响，元之时，它受到元第四代大汗——宪宗蒙哥、第五代统治者——元世祖忽必烈等人的重视，成为北方乃至西蜀影响很大的教派之一，这种影响大约一直持续到大德年间。元代中后期，"真大道教"已难觅踪迹。

元杂剧热衷于表现道教"全真派"和"真大道派"的生活图景，与元杂剧作家大多长时间生活在北方有关。

元杂剧作家大多出生在北方，元中后期南移的作家毕竟不是多数，而且南移的作家大多也曾经是长期在北方生活的，他们对北方的生活更加熟悉。金元之世的"全真道""真大道教"主要在北方传播，从忽必烈时代起，元统治者虽然注意拉拢南方的"正一道"，"正一"天师得以走进大都，"正一道"的政治地位逐渐超过"全真道"，但属于符箓派的"正一道"主要还是在南方活动，其在北方民间的影响不足以与"全真道"和"真大道教"相比。

元杂剧热衷于表现道教而相对疏远佛教，还与道教的乡土气息有关。道教极大限度地吸收了土生土长的原始巫术和民间信仰，其斋醮仪式、人物、神灵均具有很强的亲和力，更容易为汉地普通民众所接受，而藏传佛教尽管有很高的政治地位，但汉地的普通民众对它的了解仍然是有限的，元代的汉地佛教在底层民众中的影响也未必能超过道教，主要面向下层民众的元杂剧自然会更靠近道教。

从剧作的题旨来看，以上剧作还可以细分为度脱、隐逸、道法、果报 4 个小的类别，试一一加以辨析。

1. 度脱

以上 21 部剧作之中度脱剧竟有 13 部之多，他们是：马致远等《吕洞宾三醉岳阳楼》《邯郸道省悟黄粱梦》《马丹阳三度任风子》、岳伯川《吕洞宾度铁拐李岳》、史樟《老庄周一枕蝴蝶梦》、范康《陈季卿悟道竹叶舟》、谷子敬《吕洞宾三度城南柳》、杨景贤《马丹阳度脱刘行首》、贾仲明《铁拐李度金童玉女》《吕洞宾桃柳升仙梦》[1]、无名氏《吕翁三化邯郸店》《瘸李岳诗酒玩江亭》《汉钟离度脱蓝采和》。

这些剧作都以仙真苦口婆心劝人断绝酒色财气，远离功名利禄，最终使执迷

---

① 因《录鬼簿》《太和正音谱》均无著录，故传本虽署贾仲明作，但有学者不从。

不悟者出家修道为题材，在度人出家的神仙看来，功名利禄和儿女夫妻是金枷玉锁、牢狱火宅，只有敝屣功名、浮云富贵、捐妻舍子、出家修道才是脱离苦海的明智选择。

早期道教并不要求信徒出家过独身生活，南方的符箓派有的虽然也主张潜迹山林，寄身道观，但却允许信徒娶妻生子。例如，符箓派中影响最大的龙虎山"正一道"就是如此。元杂剧中的道教度脱剧大多把捐妻舍子、寄身宫观过独身生活作为"出家"的首要条件，可见，这些度脱剧反映的主要是"全真道"和"真大道教"的教义。"全真道"和"真大道教"为了整肃戒律松弛、仙俗莫辨的道教教团，曾大力提倡信徒出家，禁止信徒娶妻生子。

这些剧作中负责度人出家的神仙主要是民间信仰中的八仙。从不同剧作的八仙并不完全相同来看，元代的八仙传说正处于形成期，尚未定型。从被度脱者既有迷恋功名利禄的儒生、官员，也有迷恋酒色财气的屠夫、商贩、艺人和妓女来看，元代道教对社会各阶层均有深刻影响；同时也可以见出，宋元以来的道教深受佛教人人皆有"佛性"之说的影响，世俗化的倾向已相当明显。在这些度脱剧中，即使是嗜杀的屠夫、贪淫的妓女、卖艺的乐人乃至土木形骸的桃、柳多有"半仙之分"，只要有人去劝诱、点化，这些生活在底层的人乃至土木形骸也都可以迷途知返，得道登仙。

从度脱过程看，元杂剧中的度脱剧创造了"三度模式"。被度者即使是像岳寿（《吕洞宾度铁拐李岳》）、庄周（《老庄周一枕蝴蝶梦》）、金安寿（《铁拐李度金童玉女》）那样的"谪仙"，或者是像任风子（《马丹阳三度任风子》）那样的"半仙"，或者是像刘行首（《马丹阳度脱刘行首》）那样的"鬼仙"，或者是像"有道骨仙风"的柳春、陶氏（《吕洞宾桃柳升仙梦》）和卢志（《吕翁三化邯郸店》），也都执迷不悟，舍不得放弃功名利禄、金银财宝、娇妻幼子、灯红酒绿。被度者与执行度脱任务的神仙往往要经过三次"较量"，方肯弃其所执，幡然醒悟，跟随"师父"出家。

这种剧情模式的首创者是度脱剧的大手笔马致远，其《马丹阳三度任风子》《吕洞宾三醉岳阳楼》采用的就是这种模式。"三度"成为元代度脱剧剧情建构的主要模式，对明清两代的度脱剧仍有一定影响，直到清代仍有一些剧作袭用这种模式。这种模式既说明人的世俗欲望是很难剿灭的，人要超凡脱俗是相当困难的，同时也比较充分地体现了剧作家的"布道"热情——尽管被度者执迷不悟，但执行度脱任务的神仙毫不气馁，坚持自己的宗教信仰和价值选择并最终获得胜利，这就凸显了宗教的"化人"之力。

从度脱方法看，杂剧创造了"入梦悟道"和"仙术降伏"两种模式。"入梦悟道"式是元代道教度脱剧的重要形式，《邯郸道省悟黄粱梦》《老庄周一枕蝴蝶梦》《陈季卿悟道竹叶舟》《马丹阳度脱刘行首》《吕洞宾桃柳升仙梦》等剧作均采用了这一形式。这类度脱剧让执迷不悟的被度脱者在梦中经历大起大落的人生，他们有的被罢官，有的妻离子散、家破人亡，有的失足落水，有的身陷图圈，有的被绑赴刑场受死，有的在阴曹地府下油锅。这一形式折射出官场的黑暗和世道人心的险恶，传达了被压迫者的社会人生体验，有着深刻而丰富的社会政治蕴涵。这一形式的宗教蕴涵是"人生如梦"的消极价值观和以梦为神灵天启的古老信仰。"入梦悟道"在艺术呈现上表现为一种整体象征，"梦"象征着人生的虚幻不实、不能自主、变化莫测和颠倒错乱。"仙术降伏"也是元代道教度脱剧的重要形式，《吕洞宾三醉岳阳楼》《马丹阳三度任风子》《吕洞宾度铁拐李岳》《铁拐李度金童玉女》《瘸李岳诗酒玩江亭》《汉钟离度脱蓝采和》等采用了这一形式。这类剧作中的神仙不是引被度脱者入梦，而是自己施展法术，让被度者领略仙家的神通法力，并最终被其所降伏。例如，《铁拐李度金童玉女》中的铁拐李度谪仙金安寿出家，金执迷不悟，铁拐李使手中的铁拐化作一道金光飞去，又顷刻间显现春夏秋冬四景，铁拐李还从紧闭房门的房顶上突然降下，让金惊诧莫名，终于醒悟。这一形式的宗教蕴涵是人对超自然力的崇拜和以宗教为"法术"的观念。"仙术降伏"在艺术呈现上表现为宗教逻辑基础上的想象。"仙术"成为剧情的主干，但这种荒诞不经的情节只能按照宗教幻想的逻辑去加以解释，在现实生活中是很难找到根据，也是不能按照日常生活的逻辑去加以指责的。

这两种富有神奇色彩的度脱模式都是马致远首创的，"入梦悟道"始于《邯郸道省悟黄粱梦》，"仙术降伏"始于《吕洞宾三醉岳阳楼》《马丹阳三度任风子》。由此可见，马致远在神仙道化剧创作上的地位和贡献。

2. 隐逸

马致远的《西华山陈抟高卧》、王子一的《刘晨阮肇误入桃源》属于隐逸遁世剧，虽然没有仙人度脱执迷不悟者出家的情节，但其题旨与度脱剧有相近之处——美化与尘世对立的"仙境"，歌颂遁世潜形、一心修道的"操守"和"志趣"。两部剧作都对官场的险恶有所揭露，《西华山陈抟高卧》中的陈抟在回答宋太祖"朝中为官，却不强如山中学道也"的问话时说："三千贯二千石，一品官二品职，只落的故纸上两行史记，无过是重裀卧列鼎而食。虽然道臣事君以忠，君使臣以礼，哎，这便是死无葬身之地，敢向那云阳市血染朝衣。"① 这对仕途之凶险真是揭露无遗了。《刘晨阮肇误入桃源》对儒家"齐家治国平天下"的人生价值取向和"学成文武艺，货与帝王家"的人生道路进行了彻底的否定，认为"贤者避世，其次避地，其次避色，其次避言"。官场肮脏险恶，为官者"止不过饭囊饭囊衣架，塞满长安乱似麻。每日价大纛高牙，冠盖头踏，人物不撑达，服色尽奢华。心行更奸滑，举止少谦洽。纷纷扰扰由他，多多少少欺咱。言言语语参杂，是是非非交加。因此上不事王侯，不求闻达，隐姓埋名做庄家，学耕稼"。② 这一题旨也是部分度脱剧的思想蕴涵。

两部剧作也存在一定差异，《刘晨阮肇误入桃源》虽然也宣扬出世思想，但对于误入桃源与如花美眷结合的"艳遇"持欣赏态度："神仙儿女，兼备一身，今古情场，无此美满。"③ 这与"全真道"——特别是金末元初时期的"全真道"对两性之爱的看法颇不一致，它反映了部分文人"酒中得道，花里遇仙"的人生追求。

3. 道法

王晔《桃花女破法嫁周公》、无名氏《二郎神醉射锁魔镜》《萨真人夜断碧桃花》《时真人四圣锁白猿》均以张扬道术、法力为主旨。

《桃花女破法嫁周公》所着力描写的易占、杂占、解禳、符咒、星命、魔镇等均为民间巫术，但这些巫术几乎全被道教吸收，成为"道术"的重要内容。在

---

① （明）马致远著：《西华山陈抟高卧》第三折，王季思主编：《全元戏曲》（第二卷），北京：人民文学出版社1990年版，第15页。

② （元）王子一著：《刘晨阮肇误入桃源》第一折，王季思主编：《全元戏曲》（第五卷），北京：人民文学出版社1999年版，第533~535页。

③ 吴梅著：《瞿安读曲记·误入桃园》，王卫民编：《吴梅戏曲论文集》，北京：中国戏剧出版社1983年版，第418页。

民间，相当多的道士正是以这些骗人的把戏为民众"禳灾祈福"的。如果身为道士却没有这些"本领"，或者道术不精，就无法混下去。周公的遭遇就是形象的写照。剧中既有道教的北斗星君登场，还有道教神灵真武出现。真武神还指出，周公和桃花女乃仙苑中的金童玉女下凡。① 由此可见，剧作家是把这些巫术当成道教的"道法"来描写的。尽管此剧既展示了金元时期的婚俗，也描写了至今仍在流传的宗教民俗，有较高的欣赏价值和研究价值，但占卦、解禳、符咒、星命、魇镇无一不是害人的迷信，剧作对这些迷信深信不疑、津津乐道，这一立场显然是不可取的。

《二郎神醉射锁魔镜》着力彰显二郎神和那吒三太子收伏牛魔王、金睛百眼鬼的"神通法力"，以自神其教。

民间所崇信的"二郎神"有好多个，比较有影响的有：秦蜀郡太守李冰及其次子李二郎、东晋襄阳太守邓遐、隋眉山（唐朝改名嘉州）太守赵昱、灌口二郎（一说是宋代宦官）杨戬等。"清源妙道真君"赵昱是道教所崇信的"二郎神"。据《三教源流搜神大全》所载，赵昱是青城山道士，隐于山中修道多年，隋炀帝时起用为眉山太守，率民众治理水患有功，后嘉州水患，蜀人见其显灵——骑白马越流而过，州人感其恩德，在灌口立庙奉祀，尊为"灌口二郎神"，宋真宗时赵昱又被封为"清源妙道真君"，剧中的"二郎神"正是这位"高道"：

> 吾神姓赵名昱，字从道，幼年曾为嘉州太守。嘉州有冷源二河，河内有一健蛟，兴风作浪，损害人民。嘉州父老，报知吾神，我亲身仗剑入水，斩其健蛟……骑白马白日飞升，灌江人民，就与吾神立庙。奉天符牒玉帝敕，加吾神为灌江口二郎之位清源妙道真君，玉帝敕令，着吾神镇守西川。②

"那吒"又作"哪吒"，为梵语音译，其全称为"那吒俱伐罗"，亦译作"那罗鸠婆"，原为佛教护法神。据《佛所行赞·生品》《开天传信记》《五灯会元》等典籍记载，那吒原本是佛教四大天王之一的毗沙天王（多闻天王）的三太子。

---

① 此剧有两个版本，《元曲选》本无真武神出现，斗法的周公和桃花女也不是神仙，但此剧的脉望馆本第四折有真武神登场。

② （元）无名氏著：《二郎神醉射锁魔镜》第一折，王季思主编：《全元戏曲》（第七卷），北京：人民文学出版社1999年版，第99页。

但大约在六朝时期，毗沙天王就已被国人改塑成中国的"托塔李天王"，其子那吒也就逐渐演变成道教神灵。据《三教源流搜神大全》记载，那吒原是玉皇大帝麾下的大罗仙，奉玉帝之命下凡投胎于托塔天王李靖夫人腹中。那吒一生下来就本事了得，后又亲受佛祖密法，在灵会山上成为本领高强的"通天太师""威灵显赫大将军"，玉帝曾封其为"三十六员第一总领使""天帅元领袖"。

剧中的那吒正是道教神灵。他和二郎神一样都"奉天符玉帝敕"，听命于道教神灵"驱邪院主"，而且长于道士之术踏罡步斗。① 据此，将此剧划归道教类而不是划归佛道混合类当不为误。

《萨真人夜断碧桃花》存《元曲选》本，署"元□□□撰"，虽亦未见《录鬼簿》《太和正音谱》著录，息机子《古今杂剧选》本也未题撰人，但学界多将其视为元人杂剧。萨守坚是两宋间的著名道士，元赵道一编撰的《历世真仙体道通鉴续编》卷四有传，传中记录了萨守坚向王侍宸、林灵素以及信州三十一代天师张时修学习符箓秘要的情形。剧中第三折萨守坚"自报家门"的一段台词大体上援自该传，但赵传中并无萨真人为张道南祛祟一事之记载，此剧的核心情节可能是据传说糅合而成的。

萨守坚在元代似并无显赫的地位，可在明代却显赫一时。《明史》卷五十之"诸神祠"一节记录了萨守坚在明代被当作神灵尊奉的情形："崇恩真君、隆恩真君者，道家以崇恩姓萨名坚，西蜀人（关于萨守坚之籍贯还有山西汾阳、山东菏泽等多说——引者注），宋徽宗时尝从王侍宸、林灵素辈学法有验。隆恩，则玉枢火府天将王灵官也，又尝从萨传符法。永乐中，以道士周思得能传灵官法，乃于禁城之西建天将庙及祖师殿。宣德中，改大德观，封二真君。成化初改显灵宫。每年换袍服，所费不訾。"②《明文海》录有倪岳的《覆正祀典疏》，文中也言及明代前期禁城狂热崇奉萨真人的情形。此剧是把萨真人当作无所不能的"上仙"来刻画的，较充分地展示了我国民间对萨真人的崇信。因此，《萨真人夜断碧桃花》有可能出自明初人之手。

此剧描绘了道教符箓派的生活图景，尤其是第三折，对传习"咒枣之术及神

---

① 《二郎神醉射锁魔镜》第三折那吒唱【斗鹌鹑】曲有"雄纠纠断怪除妖，威凛凛踏罡步斗"句。

② （清）张廷玉等撰：《明史》（二），北京：中华书局2000年版，第873页。

霄青符五雷秘法"的符箓派道士召神役鬼的"神通"作了形象生动的呈现。此剧与视儿女夫妻为金枷玉锁，视家庭为"火宅"，要求人们杀妻灭子的道教度脱剧不同，剧中的萨真人在勘明碧桃确有二十年阳寿未尽，她与张道南有五百年姻缘之后，同意碧桃借尸还魂，与张道南"重圆"，这实际上是对人的正常欲望与合理情感作出的神学解读。与要求信徒一律出家的"全真道"不同，"正一道"信徒是可以娶妻生子的，剧中的萨真人乃"正一"传人，他不仅师从虚靖天师（第三十代天师张继先）学习符箓，而且还"到龙虎山参箓奏名"，① 或许正是因为这一点，所以在碧桃与张道南的问题上他显得比较"开通"。

　　《时真人四圣锁白猿》存明抄本，《录鬼簿》《太和正音谱》均未著录，《也是园书目》在著录时没有指明其属明还是属元，有人将其视为明杂剧，而《全元戏曲》则认为："剧中称杭州为古杭，称全真道为'五祖七真之教'，皆是元初人口吻，元人创作的可能性较大。"②

　　唐有无名氏小说《白猿传》（见《说郛》卷一百十三下），《时真人四圣锁白猿》一剧虽然也和小说一样有妻子被白猿所占有的情节，但时真人降妖、邹谎出丑等主要剧情与小说颇不相同。此剧的正面人物时真人显然是"全真道"道士，他甫一登场就自报家门说"曾参五祖七真之教"，而反衬他的另一道士邹谎则是重符箓的南方"正一道"之"天心派"中人，他宣称"行的是五雷天心正法"，而这正是"天心派"的一种新符箓。邹谎正是用这种符箓驱邪除怪，他所使用的主要方法是咒水书符、步罡踏斗。此人不仅"专倚花酒为念"，而且是一个只会"扯砲"的酒囊饭袋，剧作对他进行了尖刻的嘲讽。从这一人物设置与描写来看，剧作有扬"全真"、抑"正一"的鲜明倾向。值得注意的是，剧作嘲讽的主要是邹谎的"道法不济"和不守戒律，而不是嘲讽"天心正法"——符箓本身。剧作所歌颂的"全真道"道士时真人，不仅占卦有准，而且也精通符箓，正是他以硃符一道降伏了邹谎未能降伏的白猿精。由此看来，此剧所描绘的好像并不是元前期的"全真道"，而应该是元代后期与重符箓的"南宗"合流后的"全真道"的生活图景，金末元初的"全真道"是不重符箓的。

---

　　①　（元）无名氏著：《萨真人夜断碧桃花》第三折，王季思主编：《全元戏曲》（第六卷），北京：人民文学出版社1999年版，第669页。箓，原文作"録"。

　　②　《时真人四圣锁白猿·剧目说明》，王季思主编：《全元戏曲》（第八卷），北京：人民文学出版社1999年版，第652页。

4. 果报

《徐伯株贫富兴衰记》存明抄本，《录鬼簿》《太和正音谱》均未著录，《也是园书目》在著录时也没有指明其属明还是属元，第四折【沽美酒】【太平令】二曲由众人齐唱，与元杂剧常见演唱体例不合，故有人将其归于"元明之际杂剧"。

此剧第一折的主要情节是徐伯株顶风冒雪到叔父家去借钱，即景抒情的色彩很浓，与元杂剧的叙事方法很不一样。剧作批判了爱富嫌贫的世俗之性，肯定了贫不失志、富不忘仁的人生态度，对财主的冷酷、吝啬有所揭露，但其主旨在于宣扬因果报应思想。徐员外狠心盘剥穷人，聚积起大笔不义之财，对冒雪上门借钱的侄儿不但一毛不拔，而且恶语相向。正因为他不肯积德行善，终于激怒正直的天神，一把"天火"把他的家化为灰烬，使他流落街头，乞讨为生。剧作通过徐员外贫富兴衰的巨大变化告诫人们：造恶者必得恶报。因果报应思想为佛、道所共有，之所以将此剧划归道教类，是由于降灾的火神是扮作云游道士的"火帝真君"，火帝真君是道教神灵。

《施仁义刘弘嫁婢》与佛教剧《散家财天赐老生儿》一样，都极力张扬行善者得福报的因果报应思想，所不同的是，《散家财天赐老生儿》中的主人公刘从善的善行只是"散家财"，剧作肯定的是安贫乐道，而《施仁义刘弘嫁婢》中的主人公刘弘则是"富而好礼，诸善奉行"。他是洛阳巨富，但命中注定一者夭寿，"寿不过五旬而亡，止有五年的限次"，二者"乏嗣无儿"。① 幻化为云游道士的太白金星指点刘弘"婚姻死葬，邻保相助"，刘弘认为正是自己的"不义富"造成了自己的厄运，于是下决心关闭囤积财富的解典库，辞退"忒悭忒吝忒心术"的管家——内侄王秀才，贴出告示声言放债不要利息，收留陷入困境的春郎母子，安葬无力买葬的穷人，厚嫁买来的奴婢裴兰孙。刘弘"行好事，积阴功"，"惜孤念寡，救困扶危"，终于改变了命中注定年不过五旬、最多还可以活5年的厄运——45岁之时，神灵赐给他24年阳寿，而且一家封赏。刘弘的善行——特别是其嫁婢之举是道教所极力提倡的：

---

① （元）无名氏著：《施仁义刘弘嫁婢》楔子，王季思主编：《全元戏曲》（第六卷），北京：人民文学出版社 1999 年版，第 799 页。

财者祸之源，贪者罪之本也。遂已解印休官，出宝库之财，赈济贫穷；深闺之妓，使嫁良人；施其宅舍，尽作宫观；身脱罗衣，而穿布素；口餐粝食，顿吃淡饭。①

按照佛、道二教的说法，刘弘所得的福报属于"现世报"，剧作还通过死后为神的裴使君宣扬了"冥报"思想："小圣乃西川五十四州城隍土地，生前乃襄阳裴使君是也。吾神在襄阳为理时，所行事有法，治百姓无虞。不与薄倖之人相跟，不与邪僻之人游径。君子行正，不容小人……小圣死归冥路，皇天不负吾德，正直为神。"② 裴使君有生之日多做善事，为人正直，但却没有得到好报——自己早死，女儿无力买葬，只好插草标卖己为奴。然而，"皇天"没有忘记他——裴使君死后被封为神灵，他在冥界终得福报。

剧中的神灵既有太白金星、城隍土地，还有在元杂剧中经常现身的增福神李逊（克让）。剧作在宣扬因果报应思想的同时，对财主的狠心盘剥也有所揭露，反映了贫富不均的社会现实，体现了同情弱者的慈悲情怀。

（三）佛、道混合类剧目及主题类型

这类剧目计有关汉卿《山神庙裴度还带》、郑廷玉《看钱奴买冤家债主》、无名氏《崔府君断冤家债主》3 部。③

这三部剧作均以宣扬因果报应思想为主题，不但说明因果报应思想为佛、道二教所共有，而且也昭示了金元时期的佛、道二教致力于"救世"的道德化倾向。金元——特别是蒙元统治者十分重视宗教的"治心"作用，除要求宗教发挥祈福禳灾的"神功"之外，还利用宗教劝善惩恶，挽救世道人心，维护社会秩序，这使得金元时期宗教的世俗化色彩更加强烈。

---

① 《太上老君说常清静经注》，胡道静、陈莲笙、陈耀庭选辑：《道藏要籍选刊》（3），上海：上海古籍出版社 1989 年版，第 53 页。

② （元）无名氏著：《施仁义刘弘嫁婢》第三折，王季思主编：《全元戏曲》（第六卷），北京：人民文学出版社 1999 年版，第 823~824 页。

③ 《崔府君断冤家债主》有脉望馆本，题"元郑廷玉"作，《元曲选》本未题撰人，此依《元曲选》本。

金元宗教的这种倾向对于热衷于"高台教化"的戏曲来说是不谋而合。元杂剧把拾金不昧、惜孤念寡、扶弱济贫、正直善良等民间道德与因果报应的宗教思想结合起来，借助宗教神学的力量来强化民间道德的约束力，使得这一部分剧作带有精华与糟粕杂糅的复杂性。

前文已指出，有些列入佛教类的剧作也杂有道教的成分，列入道教类的剧作有的杂有佛教成分，那么，为何把这三部剧作抽出来列为一个独立的门类呢？笔者作出如此区别的依据是："佛、道混杂"的"量"——如果主体部分描写的是佛教生活图景，只是杂有些许道教成分，或者主体部分描写的是道教生活图景，只是杂有些许佛教成分，那就将其归入佛教类或道教类。如果剧中佛与道的生活图景难分主次，那就将其归入"佛、道混合类"。也就是说，在元代宗教剧中，远不只是这三部剧作具有佛、道"混杂"的倾向，只是这三部剧作所表现的佛、道混杂的倾向更加鲜明罢了。

《山神庙裴度还带》存脉望馆抄校本，题署"元关汉卿"，从剧中相面道士赵野鹤为裴度相面时所下断语多出自元末明初相术家袁珙之著作来看，该剧有可能出自元末明初人贾仲明之手——贾仲明有《山神庙裴度还带》一剧，至少是这一传本经过了明代人的修改。

> （野鹤云）秀才，你休怪！我是肉眼通神相，看你面貌上无一部可观处。你看你五露、三尖、六极。五露者，是眼突、耳反、鼻仰、唇掀、喉结。经曰：一露二露，有衫无裤；露若至五，夭寿孤苦；五露俱无，福寿之模。六极者：头小为一极，夫妻不得力；额小为二极，父母少温习；目小为三极，平生少知识；鼻小为四极，农作无休息；口小为五极，身无剩衣食；耳小为六极，寿命暂朝夕。①

这段台词大体援自元末明初著名相术家袁珙（号柳庄居士）的著作《杂论三篇》中的《总论》一文：

---

① （元）关汉卿著：《山神庙裴度还带》第二折，王季思主编：《全元戏曲》（第一卷），北京：人民文学出版社 1990 年版，第 267 页。

"五露"谓眼突、鼻仰、唇掀、耳反、喉结五者是也。诀曰：一露二露，有衫无裤；露不至五，病天穷苦……

"六极"谓头小、额小、目小、鼻小、耳小、口小是也。头小为一极，夫妻不得力；额小为二极，父母少恩恤；目小为三极，生平少知识；鼻小为四极，农作无休息；口小为五极，身无剩衣食；耳小为六极，寿命促朝夕。①

袁珙的这些论断后又被其子袁忠彻编入《神相全编》之中，广为流传，相面术至今仍能迷惑一些人。剧作将这类"法术"揽入其中，说明它在群众中曾广有影响。

《山神庙裴度还带》以张扬佛、道均取的因果报应思想为主旨，对活人性命的"阴骘"更是礼赞有加，剧中既有白马寺长老等佛教人物登场，也有张野鹤等道教人物出现，长老与道士经常聚首，亲密无间，可见此剧佛、道混合之色彩相当鲜明。明沈采的传奇《还带记》袭用了这一题材，但加强了对社会现实的描写，宗教色彩有所减弱。

《看钱奴买冤家债主》有《元刊杂剧三十种》本、息机子《古今杂剧选》本、脉望馆本、《元曲选》本，后三者均为明本，而且差别不大，明本与元本的差别较大，最重要的区别在于：明本有"楔子"，而元本没有"楔子"。此剧"楔子"的主要内容是把周荣祖一家的穷困窘迫说成是其父"不信佛"的报应。周荣祖的祖父"敬重释门，起盖一所佛院，每日看经念佛，祈保平安"。可是，周荣祖的父亲"为修理宅舍，这木石砖瓦无处取办，遂将那所佛院尽毁废了"。因此，周父"得了一病，百般的医药无效"，亡故了。这还不算，其子周荣祖科举落败，埋在墙脚下的祖遗家财（一石槽金银）也被人盗去，衣食无继，只得典卖独子。明本在宾白中还多次把贾仁陷入贫困的原因也说成是因为他"毁僧谤佛""前生抛撒净水"。由此可见，明本张扬佛教的意图比元刊本要明显得多。但即便如此，此剧也不能算是"纯粹"的佛教剧，因为剧作所张扬的因果报应思

---

① （明）袁珙撰：《袁柳庄杂论三篇》，载（明）唐顺之辑《稗编》卷六十六，《景印文渊阁四库全书》第 954 册，子部 260，类书类，台北：台湾"商务印书馆" 1983 年版，第 467~468 页。

想和命定论不仅是属于佛教的，而且也是属于道教的，剧中的灵派侯（由正末扮演，主唱第一折）、增福神均为道教神灵。据宋人高承《事物纪原》卷七"东岳诸祠"条记载，宋真宗"大中祥符元年十月十五日，诏封泰山上通泉庙为灵派侯"。① 剧作也借灵派侯的台词直接说明他是道教神灵：

> （外扮灵派侯领鬼力上，诗云）赫奕丹青庙貌隆，天分五岳镇西东。时人不识阴功大，但看香烟散满空。吾神乃东岳殿前灵派侯是也。②

增福神则是灵派侯手下的神灵：

> （贾仁做拜科，云）上圣可怜见，小人怎敢埋天怨地。我想贾仁生于人世之间，衣不遮身，食不充口，吃了早起的，无那晚夕的，烧地眠，炙地卧，穷杀贾仁也。上圣可怜见，但与我些小衣禄食禄，我贾仁也会斋僧布施，盖寺建塔，修桥补路，惜孤念寡，敬老怜贫，我可也舍的。上圣则是可怜见咱。
>
> （灵派侯云）这桩可是增福神该管，鬼力，与我唤的增福神来者。
>
> （正末扮增福神上，云）小圣增福神是也，掌管人间生死贵贱高下六科长短之事，十八地狱，七十四司……③

据此，笔者认为此剧当划归"佛、道混合类"。

《崔府君断冤家债主》有脉望馆本，题"元郑廷玉"作，《元曲选》本未题撰人。脉望馆本有云游观道士武仙登场，《元曲选》本虽删除了这一角色，但此剧兼融佛、道的色彩仍很鲜明。剧中虽有一五台山僧人，但其主要人物崔府君则是宋元之世民间所尊奉的俗神，脉望馆本称其为"崔府真君"，显然是把他当作

---

① （宋）高承撰，（明）李果订，金圆、许沛藻点校：《事物纪原》（卷七），北京：中华书局1989年版，第378页。

② （元）郑廷玉著：《看钱奴买冤家债主》第一折，王季思主编：《全元戏曲》（第四卷），北京：人民文学出版社1999年版，第132页。

③ （元）郑廷玉著：《看钱奴买冤家债主》第一折，王季思主编：《全元戏曲》（第四卷），北京：人民文学出版社1999年版，第133页。

道教神仙的。崇拜崔府君的活动始于南宋高宗朝。据宋楼钥《攻媿集》卷五十四《中兴显应观记》所载，靖康中，高宗赴金为人质，至磁州，谒供奉崔府君的道观，有神马拥舆，州人知神意，劝高宗还辕，这才使高宗有继承帝位的机会。故从绍兴年间开始，高宗就诏建中兴显应观以奉磁州崔府君。楼钥此记作于南宋宁宗嘉定三年，记中已称崔府君为"护国显应真君"。①《续资治通鉴长编》卷一百十七则有这样的记载：宋仁宗"封崔府君为护国显应公。府君，唐贞观中为滏阳令，再迁蒲州刺史，失其名。在滏阳有爱惠名，立祠后因葬其地。咸平三年，尝命磁州葺其庙，而京师北郊及郡县建庙宇，奉之如岳祠"。②《元史》卷十《世祖本纪》载，世祖至元十五年春正月"封磁州神崔府君为齐圣广佑王"。③剧中的崔府君子玉正是磁州滏阳县令，他能召神劾鬼，与精通法术的道士无异。剧中既有对冥府十八层地狱的描写，也有对鬼城酆都的描写。剧中的十地阎君既是佛教主管地狱的神灵，也是道教主管阴曹地府的神灵。剧中的因果报应既有"现世报"，也有建立在投胎转世思想基础之上的"来世报"。张善友的长子乞僧是小偷赵廷玉转世，他前生偷了张善友一生的积蓄——五个银子，今世投胎其家为子，早起晚眠，勤俭持家，以填还前世所欠下的孽债。张善友的次子福僧则是五台山和尚转世，他前生化缘所得的十个银子被张善友的妻子赖去，今生投胎其家为子，吃喝嫖赌，浪荡败家，以索还张善友妻子欠他的债务。这一荒诞不经的剧情形象化地向人们宣示："善有善报，恶有恶报，如同影响，分毫不差。"④

此外，宫天挺的《严子陵垂钓七里滩》写隐逸之乐，与《西华山陈抟高卧》题旨相近，但《西华山陈抟高卧》的主人公是道士，而《严子陵垂钓七里滩》的主人公只是一个隐士。虽然道教也主张"隐"，但道教的"隐"是出家修仙，不仅要远离功名利禄，还要戒绝酒、色、财、气，人我是非，"全真道"视夫妻

① 参见（宋）楼钥著：《中兴显应观记》，《攻媿集》（10）卷五十四，北京：中华书局1985年版，第744页。

② （宋）李焘撰：《续资治通鉴长编》（9）卷一百十七，北京：中华书局1985年版，第2745页。

③ （明）宋濂等撰：《元史》（一），北京：中华书局2000年版，第133页。

④ （元）无名氏著：《崔府君断冤家债主》楔子，王季思主编：《全元戏曲》（第六卷），北京：人民文学出版社1999年版，第627页。

生活为"金枷玉锁",① 佛教的"隐"——出家更是如此。儒家也有天下"无道则隐"的思想,儒家的"隐"只是暂时远离政治,等待时机再"出山",而且并不要求隐士戒绝男女之欲和天伦之乐。《严子陵垂钓七里滩》中的严子陵虽然和《西华山陈抟高卧》中的陈抟一样隐而不仕,但他与陈抟有很大的不同——并不"修仙",而且剧中也没涉及他戒绝儿女夫妻的事,其"隐"近于儒家的"避世",故不计入宗教剧。《萨真人夜断碧桃花》虽然描写了张道南和徐碧桃的爱情,但人鬼相恋的结果是张道南身染沉疴,很难说剧作的主旨是歌颂爱情,而且剧中有著名道士萨守坚登场,降神劾鬼、借尸还魂的戏占有较大篇幅,其"鬼气"比《张天师断风花雪月》要重得多,故且将其视为宗教剧。

总之,没有划归宗教剧范围的剧目不等于就完全没有宗教思想的影响,列入宗教剧范围的剧目也不能说它纯粹是张扬宗教教义的。

三、元代宗教剧的蕴涵

如果按照剧作的主题或蕴涵来划分,元杂剧中的宗教剧大致可以分为度人之筏、处世之方两大类,度人出世与教人处世两个主要的类别体现出元代宗教剧执着的"救世"情怀,这与东方宗教的精神取向是一致的。

流播于西方的基督教虽然也关注人与人的关系,但它以人与神的关系为主要关注点,信仰上帝、个体的灵魂得救是其要旨。东方宗教虽然也关注神与人的关系,在佛教和道教典籍中不信鬼神遭报应的故事并不少见,但它以人与人、人与社会的关系为主要关注点,慈悲为怀、护济众生是东方宗教之要旨。

元杂剧中含有调整人神关系的内容。例如,在《看钱奴买冤家债主》中,周荣祖的父亲拆毁佛院,取其木石砖瓦修缮自家房屋,结果不但自己得病而亡,其子周荣祖也得了报应——应举落第,先人留下的一石槽金银被人挖走,因衣食无着被迫卖掉独子。未列为宗教剧的《小张屠焚儿救母》中,王员外把别人上了神灵的纸马又拿来卖给他人还愿,侮慢神灵,终得恶报——其子万宝奴被急脚鬼抱走丢在火盆里烧死。未列为宗教剧的《半夜雷轰荐福碑》中,张镐在古庙题诗侮

---

① 这里主要是指元代在北方有很大影响的"全真道",在南方有较大影响的"正一道"(天师道)是允许信徒"火居"——有家室的。

骂神灵，当他准备拓印荐福碑碑文以充进京盘费时，龙神突然发威将荐福碑轰毁，堵死了张镐的晋身之阶。但即使是这几部含有调整人神关系内容的剧作，其主旨也并不在此，《看钱奴买冤家债主》的主旨在于鞭挞为富不仁的暴发户，《小张屠焚儿救母》的主旨在于张扬张屠儿卓绝的孝行，《半夜雷轰荐福碑》的主旨在于通过下层知识分子的遭遇来揭露元代社会的黑暗。总之，即使是含有调整人神关系内容的剧作，其主旨还是在于调整人与人、人与社会的关系，亦即在于救世。

现存元杂剧中没有纯粹以调整人神关系为主旨的剧目，调整人与人、人与社会的关系的剧目则是大量的，上面所列举的宗教剧大多是以度人救世为目的的。

（一）度人之筏

佛教和道教——特别是佛教把自己喻为度人出苦海的"筏"和黑暗中给人以指引的"灯"，以此凸显其救世关怀。也正是由于佛、道二教的这一特点，在戏曲宗教剧中，度脱剧始终是一个大门类。度人出世的"度脱剧"无论是佛教类的还是道教类的，都首先把功名富贵视为凶险之途，而把出家修行视为人生"正道"，这在道教度脱剧中表现得更充分一些。在6部佛教剧中，没有一部涉及劝人远离官场的题旨。《观音菩萨鱼篮记》中的被度脱者张无尽虽然是官场中人，但剧中并未像道教度脱剧那样形象化地揭示官场的险恶，而是着力劝人"去了这酒色财气，舍了那爱欲贪嗔"，而在21部道教故事剧中就有马致远等《邯郸道省悟黄粱梦》、史樟《老庄周一枕蝴蝶梦》、范康《陈季卿误上竹叶舟》、贾仲明《吕洞宾桃柳升仙梦》、无名氏《吕翁三化邯郸店》5部剧作以暴露官场丑恶和凶险，劝人弃绝功名利禄，远离人我是非为主旨。剧中的被度者大多是在见了几个"恶境头"之后才醒悟的，在这些"恶境头"中，被度者先是出将入相，联姻高门，可当志得意满之际，他们忽然间又跌入人生谷底，有的披枷戴锁，成了阶下囚，有的妻离子散，命赴黄泉。在剧作家眼里，官场是险恶的，社会是混乱的，人的命运是无法自主的。这些剧作把皈依宗教作为避祸远灾的一种生存方式，反映了元代知识分子对政坛的厌恶与恐惧，折射出元代社会的黑暗现实。

值得注意的是，以上剧作除无名氏的两部剧作难以确认其创作年代之外，有姓名可考的4部剧作集中在元前期和元末两个时段——马致远、史樟为元前期人，范康与贾仲明为元末人。他们多有为官的经历，马致远曾任江浙省务提举或江浙行省务官，史樟是元初权臣史天泽之子，曾官"万户"，贾仲明曾侍文皇帝于燕邸，① 剧中所言官场凶险当是他们的切身体会，也是元初和元末社会剧烈震荡的心灵回声。

度脱剧——无论是佛教的还是道教的，另一重要主题是以财富为灾祸，以家庭为牢狱，以妻子儿女为金枷玉锁，劝人舍子捐妻，散财免灾，断绝尘缘，出家修道。这一题旨在劝人弃绝功名，远离官场的剧作中也有体现，例如，马致远等《邯郸道省悟黄粱梦》中既反映了功名富贵之害，也揭示了妻子儿女之累，但更多的剧作——如郑廷玉《布袋和尚忍字记》、李寿卿《月明和尚度柳翠》、马致远《吕洞宾三醉岳阳楼》《马丹阳三度任风子》、岳伯川《吕洞宾度铁拐李岳》、史樟《老庄周一枕蝴蝶梦》、谷子敬《吕洞宾三度城南柳》、杨景贤《马丹阳度脱刘行首》、贾仲明《铁拐李度金童玉女》、无名氏《瘸李岳诗酒玩江亭》《汉钟离度脱蓝采和》《时真人四圣锁白猿》等专门表现金钱、女色、家庭对人的戕害，劝人们褪下俗衣，披上道袍或袈裟，摆脱"魔障"，复本还元。这类剧作一般未涉及官场黑暗和世道险恶。这与佛教和道教——特别是道教中的"全真道""真大道教"关系十分密切，较为充分地反映了源于佛教的出世思想和苦行学说。

信仰神仙是道教的特点之一，全真道也不例外。因此，元杂剧中有不少神仙出现，特别是民间所信仰的"八仙"有汉钟离、吕洞宾、铁拐李、韩湘子、蓝采和、曹国舅、张果老七位已在元杂剧《吕洞宾三醉岳阳楼》等剧作中集体"亮相"。② 但是，由于"全真道"的得道成仙并不是指"长生不老"——肉身不死，而主要是指"阳神"不死——独立于人的肉体之外的"真性"长存不灭。因此，元代的全真道虽然也要求信徒精研药物，活人性命，但与外丹派相比，它不太重视丹药符箓，而是格外重视"内丹"的修炼，亦即承认人是会死的，但又

---

① 明永乐皇帝朱棣谥号"启天弘道高明肇运圣武神功纯仁至孝文皇帝"，简称"文皇帝"。朱棣曾被封为"燕王"。

② 此剧有"八仙"集体出现，但少何仙姑，多出"一个是徐神翁身背着葫芦"，与后世所传的"八仙"稍有差别。(元) 谷子敬《吕洞宾三度城南柳》、(元) 无名氏《吕翁三化邯郸店》中也有"八仙"集体登场，其"八仙"亦与马致远《吕洞宾三醉岳阳楼》相同。元杂剧中的蓝采和均为男仙，后世却把他当成女仙，徐神翁也换成了女仙何仙姑，或许是因为后世道姑渐多？

认为人的"真性"可以不死，要做到这一点就必须以清心寡欲为"真功"，先修"性"，后修"命"，而不是靠服食丹药以求肉体的长生不老。元杂剧——特别是元前期的度脱剧与全真道有密切关系，这使得元代的宗教剧具有鲜明的时代特征，与极力张扬长生不老之说、以神仙贺寿的明代宗教剧有所区别。元代度脱剧不太强调符箓丹药、白日飞升，多数剧目强调的是"一戒酒色财气，二戒人我是非，三戒因缘好恶，四戒忧愁思虑，五戒口慈心毒，六戒吞腥啖肉，七戒常怀不足，八戒徇己害人，九戒马劣猿癫，十戒贪死怕生"。①马丹阳对初入道的任屠所宣示的道教戒律的指向首先是"性"，其次才是"命"，是出家苦修，而不是升天享乐。

不同程度地张扬了长生不老之说的度脱剧主要集中在元末明初。谷子敬的《吕洞宾三度城南柳》中吕洞宾劝老柳和小桃放弃家缘家计的"法宝"一是点明其曾是土木形骸，多亏吕神仙点化成人的"身世"，二是宣扬长生不老之说。吕洞宾要二人"学长生千岁柏，千岁不老松"，否则"少不的叶凋也翠幕倾……栖不得鸾和凤"。贾仲明的《铁拐李度金童玉女》《吕洞宾桃柳升仙梦》都含有长生不老思想，例如，《铁拐李度金童玉女》中铁拐李靠长生不老之说去度脱金安寿和童娇兰夫妇："你二人跟我出家，长生不灭。""你这里快乐有尽，跟我出家去无穷受用。"杨景贤的《马丹阳度脱刘行首》也通过度脱者王重阳之口张扬了长生不老之说。不过，与明代度脱剧和庆赏剧相比，即使是元末的宗教剧对长生不老之说的张扬也并不是很有力的——这些剧作只是偶尔提及长生不老，而明杂剧中有不少剧作以张扬此说为主旨，而且通常把服食丹药视为肉身成仙的捷径，对元前期全真道先修"性"，后修"命"的取向有所修正。

（二）处世之方

宣扬佛道二教的处世哲学是元杂剧宗教剧的另一个重要主题。以宣扬宗教处世哲学为主旨的剧目有：关汉卿《山神庙裴度还带》、郑廷玉《布袋和尚忍字记》、刘君锡《庞居士误放来生债》、无名氏《崔府君断冤家债主》《徐伯株贫富兴衰记》等。

---

① （元）马致远著：《马丹阳三度任风子》，王季思主编：《全元戏曲》（第二卷），北京：人民文学出版社1990年版，第47页。

东方宗教一方面叫人消极遁世，另一方面又叫人"忍"——安于贫贱和耻辱。佛教——尤其是其大乘以"忍辱"为处世良方。大乘佛教所修的"菩萨行"主要包含布施、持戒、忍辱、精进、禅定、智慧"六度"（亦称"六波罗蜜"）。"忍辱"在"六度"中占有极其重要的位置，唐代高僧道世所编佛教类书《法苑珠林》卷第八十二列有"忍辱部"，其中有言曰："忍之为德，最是尊上，持戒、苦行所不能及，是以羼提比丘被刑而不恨，忍辱仙人受割截而无瞋。"① 从印度传入中国的第一部佛学经典《四十二章经》说："佛言……何者多力？忍辱最健。忍者无怨，必为人尊。"② 忍辱之关键在于能忍人之所不能忍者，菩提留支所译大乘佛经《宝积经》要求信徒在面临羞辱、摧残、苦难时不怨恨他人，而应自责："一切恶事：骂詈、毁谤、挝打、系缚，种种伤害，受是苦时，但自咎责，不怨恨他，安住信力……于诸下劣，修习忍辱……诸众生中行无碍忍。"③ 佛教的"忍"除了"忍辱"——受苦、受害、受辱而不应有怨恨情绪之外，还包含"安贫"——不因为处于贫贱之境而怨恨他人。唾面自干、忍辱安贫是佛教所倡导的基本的处世态度。道教——特别是"全真道"也要求信徒忍辱含垢，守雌不争，清心寡欲。道教要求戒绝酒色财气，其中"气"就是指遇事忍让，不与人争。元代宗教剧对这一处世哲学作了相当有力的张扬。

《布袋和尚忍字记》以宣扬佛教唾面自干、忍辱含垢的处世之道为主旨，同时也对"贪富贵不舍资财"的世道人心有所批评，对悭吝苦剋、视钱如命的守财奴痛加挞伐。剧作写第十三尊罗汉宾头卢尊者起思凡之心，被罚往汴梁投胎为财主刘均佐。为防止其迷失正道，佛差弥勒尊者幻化为布袋和尚前去点化他。布袋和尚要刘均佐给他一张纸，说是要向其传授大乘佛法，生性悭吝的刘均佐虽有万贯家财但却舍不得破费一张纸，布袋和尚只好在刘均佐的手心上写了一个"忍"字之后离开。刘均佐想把这个讨厌的"忍"字洗掉，结果不但没洗掉，反而弄得

---

①　（唐）道世编纂：《法苑珠林》，上海：上海古籍出版社1991年版，第578页。

②　[印度]迦叶摩腾、[印度]竺法兰译：《四十二章经》，苏渊雷、高振农选辑：《佛藏要籍选刊》，上海：上海古籍出版社1994年版，第1233页。《四十二章经》一作《佛说四十二章经》。

③　[印度]菩提留支译，李森、万英译注：《宝积经》，李森、郭俊峰主编：《佛经精华》之《宝积经　胜鬘经　无量寿经　心经》，长春：时代文艺出版社2001年版，第8~10页。

满手都是"忍"字。这时一个乞丐来向刘讨钱，开口毁骂刘是"看财奴"。刘不能忍，推了乞丐一把，不料乞丐竟倒地身死，而且刘均佐手掌上那个"忍"字也留在了乞丐的胸口处，刘均佐的杀人之罪无法抵赖。惊恐万分的刘均佐正准备逃跑，布袋和尚又来到他面前，刘均佐求布袋和尚救他并答应在自家的后花园中结草庵"出家"。一日，已"出家"的刘均佐得知妻子"与人吃酒作伴"，又不能忍，手提厨刀前去捉奸，只见刀把上全印上了"忍"字。在梦中，刘均佐的妻子、儿子的额头上全印上了"忍"字。经布袋和尚反复点化，刘均佐终于接受了抛妻别子、舍财安贫、忍人所不能忍的"处世良方"。这与《法苑珠林·忍辱部》等多部佛教经典所宣扬的"忍"的精神是一致的，与元代初期汉族知识分子的处境也有一致性。历来居于"四民之首"的汉族知识分子在元代初期突然跌落到社会的底层，不但晋身之阶被堵死，而且有的人被掳为"驱口"，一向以"帝王师"自居的儒生，成了被奴役的"贱类"。对于这旷古未有的奇耻大辱，相当一部分知识分子只能"忍"。由此可见，佛教为痛苦的生灵提供了消极的生存智慧和处世策略。

《庞居士误放来生债》《崔府君断冤家债主》《徐伯株贫富兴衰记》三部剧作则以宣扬安贫守命、舍财免灾的处世之道为主旨。这三部剧作的主人公都不是穷人，但他们都曾经把聚集财富看得很重，有的不但不肯救济穷人，而且还瞒心昧己，损人利己，拼命地聚集财富。这说明元代剧作家是从民间立场出发来讨伐为富不仁者的。尽管剧作的主旨在于张扬"得失荣枯总在天，机关用尽也徒然……甘贫守分随缘过，便是逍遥自在仙"① 的消极的宗教处世哲学，但其中有的作品也有针砭时弊、整肃世风的积极意义。例如，《徐伯株贫富兴衰记》一方面宣扬因果报应，一方面也谴责了徐员外为富不仁的行径，对衣食无着的穷人充满了同情。《崔府君断冤家债主》对于混赖人钱财的不道德行为以及花天酒地、悭吝苦剋的生活方式都有所针砭。《山神庙裴度还带》等剧作则以因果报应为说辞，戒人勿恶，导人向善，宣扬的是佛教"积阴德"的处世哲学，它在客观上起到了净化世风的作用。

---

① （元）无名氏著：《崔府君断冤家债主》楔子，王季思主编：《全元戏曲》（第六卷），北京：人民文学出版社 1999 年版，第 630 页。

四、元代宗教剧的游戏品格

元杂剧中的宗教剧虽然大多以张扬宗教教义为主旨，而且"布道"的热情很高，但多数剧作在"布道"时并非板着面孔说教，而是刻意追求游戏性——特别是笑乐效果，其中有些剧目——《花间四友东坡梦》《月明和尚度柳翠》《吕洞宾度铁拐李岳》《老庄周一枕蝴蝶梦》《观音菩萨鱼篮记》等甚至采用了类似今天的"戏说"手法来刻画人所共知的著名僧侣或神灵，这使得戏曲中的宗教剧不但与欧洲的宗教剧迥然不同，而且与东方周边国家戏剧中的宗教相比，也特色独具。例如，日本能乐中的宗教剧主要在武士幕府的各类仪式——特别是宗教仪式上上演，因此，大多显得庄严肃穆，少有笑乐因子。印度梵剧中的宗教剧——如《弥勒会见记》等也不具备"戏说"性质和笑乐品格。

（一）剧情建构的游戏性

宗教剧的剧情多数具有神奇怪诞、不可逆料的特点。例如，《邯郸道省悟黄粱梦》中，钟离权让吕岩进入梦乡，这已经就够神奇的了，更神奇的是，吕岩在梦中一会儿登上人生的巅峰——拜兵马大元帅，娶了高官的女儿为妻；可一会儿又跌入人生的谷底——妻子与人通奸，自己犯下大罪，妻子趁机逼写休书，然后自己被押赴沙门岛充军，获释后领着一双儿女到一草庵乞食，遇不良凶徒，儿女被摔死……但这些场面并不令人恐惧，而是觉得"好玩"，因为观众洞若观火——这不是真的，只不过是吕岩在做梦而已，但吕岩的梦分明又是现实生活的写照，能引人思考，令人警醒。

《崔府君断冤家债主》中的转世投胎、梦游地府的情节构架富有强烈的神奇色彩，张善友的两个儿子，一个勤俭兴家以赎前世偷盗之罪孽，一个破财败家以索前世之债务的人物设计，富有极强的喜剧性。

《观音菩萨鱼篮记》中的观音菩萨奉释迦佛之命前去度脱贪恋荣华富贵的洛阳府尹张无尽。观音幻化为"十分有颜色"的渔妇到街上卖鱼，不曾娶妻的张无尽一见便情为所迷，问她是否愿意嫁人。"渔妇"说，想要嫁人可没有人愿意娶我呢！求之不得的张无尽说："与我做个夫人如何？""渔妇"立即就跟张无尽回家饮酒。四大菩萨中的文殊、普贤则幻化为唐代天台山僧人寒山、拾得，而且自称是"渔妇"的兄弟，他们来到张无尽家中，张无尽一口一个"舅子"地呼唤他们。张无尽一心想要"锦帐效绸缪"，而身为"夫人"的观音牢记自己的使命，始终"不肯效鸾凤"。张无尽既无法让俊俏的"渔妇"随顺，又舍不得赶她走，于是就罚她到磨房中去磨麦子，十担麦子要限时磨完，否则就要挨打。"渔妇"不但不推磨，反而在磨房里睡着了……剧情的展开建立在宗教神学的逻辑之上，难以逆料，饶有兴味。

《二郎神醉射锁魔镜》写二郎神拜见玉帝后路经那吒的"玉结连环寨"，顺道拜访好友那吒。两人叙旧痛饮后演习武艺，二郎神带酒射破天狱高悬的锁魔宝镜，被拘押其中的九首牛魔罗王和金睛百眼鬼趁机逃走。天神奉驱邪院主法旨，命二郎神与那吒一起率神兵去擒拿两洞妖魔，将功折罪。经过一场恶战，神通广大的二郎神和那吒终于将逃走的两洞妖魔擒获。无论是天神还是妖魔都有奇特的扮相，而且都长于变化，再加上都具有"超人"的本领，打斗起来当然也就格外刺激、精彩。请看剧中的几个片段。

> （二郎云）天神去了也。吾神与那吒同领本部下神兵，擒拿两洞妖魔，走一遭去。大小神兵，听吾神旨：三通鼓罢，拔寨起营。我也不用天兵神将，显神通变出本相。若拿住两洞妖魔，直献到九重天上。（下）
>
> （牛魔王十云）巨口獠牙显化身，呼风唤雨驾祥云。三界神祇闻吾怕，我是那变化多般牛魔神。吾神乃九首牛魔王是也。兄弟是金睛百眼鬼。因俺二神误犯天条，镇在锁魔镜里受罪，不想被二郎神射破锁魔镜，俺二人得出天狱，躲在黑风山黑风洞里。奈那吒无礼，他与二郎，统领天兵，擒拿俺二人。量他到的那里。吾今日便点鬼兵，与那吒、二郎斗胜走一遭去。锣鼓响喊杀连声，点鬼兵提备相征。显神通变出本相，直赶到玉阙天庭。（下）
>
> （百眼鬼上云）我做妖魔一百个眼，个个眼似亮灯盏。昨日害眼讨眼药，费了五十对青鱼胆。吾乃金睛百眼鬼是也。哥哥去了也。点手下鬼兵，与那吒斗胜走一遭去。忙差鬼怪唤山精，狐兔猿鹤都点名。若把那吒活拿住，一人赏一个大烧饼。（下）

> （正末扮那吒同二郎上，云）众神将摆布的严整着。（末唱）

【越调·斗鹌鹑】冷飕飕杀气飘飘，气昂昂精神抖擞。雄赳赳断怪除妖，威凛凛踏罡步斗。沉点点帅印悬腰，明晃晃双锋在手。马似熊，人似彪，左右列合后先锋，簇拥着元戎帅首。

【紫花儿序】凤翅盔簪缨款按，锁子甲战袄高提，狮蛮带纳袴轻兜。直赶遍三千世界，搜寻过四大神州。统领着戈矛，若撞见那两个妖魔吃剑头，半合儿也不够，杀的那厮无处安身，有地难投。

（二郎云）大小天兵，摆布的严整。（末云）摆开阵势者。（唱）

【金蕉叶】四魔女休离了我左右，八角鬼枪刀在手，大刀鬼镇守着山岩洞口，狮陀鬼牢把定天关地轴。

（二郎云）摆开阵势者，尘土起处，必然是两洞妖魔来也。

（牛魔王同百眼鬼上，云）大小鬼兵，摆开阵势。来者何人？（末云）吾乃那吒神是也。（二郎云）吾乃清源妙道真君二郎是也。你来者何人？（牛魔王云）吾神乃九首牛魔王。兄弟是金睛百眼鬼，敢斗胜么？（二郎云）天兵操鼓来，休教走了两洞妖魔。（末唱）

【调笑令】他那里卖口则管里絮无休。他道他世上寰中无对手，他道他阴符战策曾穷究，将兵书念得滑熟。咱两个横枪跃马，且交半筹，敢则一阵里抹了芒头。

【秃厮儿】火轮起金蛇乱走，鞭梢动骤损骅骝。我则见丝丝战尘遮了日头。早寻走路便搜求，无个缘由。

【圣药王】他将那军校收，弓箭丢，人慌马乱怎收救？你为帅首，怎的休？俺领着天兵神将紧追求，去来专拿住恁时休。

（牛魔王云）近不的他，走走走。（下）

（二郎云）走了两洞妖魔，大小天兵，跟我赶将去。（同下）

（牛魔王、百眼鬼慌上，云）背后赶将来了，如何是好？（二郎云）天兵下了天罗地网者，休要走了两洞妖魔。（末唱）

【雪里梅】你看我运机筹，咱两个遇着敌头。杀的他进退无门，死生也那难救，将身躯来倒缩。

【古竹马】显志酬这场征斗，杀妖魔千死千休，我和你敢做敌头。不喇剌紧骤骅骝，我便款兜慢收，搧袍捋袖。征骏驰骤，显神通变化搊搜，到今日怎地干休。你少忧，莫愁，我率领天兵，显耀神威，走石吹沙风乱吼。

【幺篇】显出我六臂三头，密匝匝列着戈矛，齐臻臻统着貔貅。这厮命休、尽头。大小天兵齐下手，唬的他荒荒乱乱，心惊胆战，悲悲切切，鬼哭神愁。

（二郎云）天神与我拿住者。（众神做拿住二妖科）（二郎云）将过两个妖魔，执缚定，见上帝去来。①

打斗双方——特别是二郎神和那吒无与伦比的神通法力是剧作表现的重点，由此可见当时的观众对这种武戏是相当迷恋的。

（二）形象刻画的游戏性

元代宗教剧的人物有不少是具有喜剧性格的，无论是外在的造型还是内在的性格都具有较强的吸引力，剧作着力刻画的宗教圣徒大多具有"疯""癫""泼""乖张"的喜剧性格，而且长相奇特。试以《布袋和尚忍字记》中的主人公布袋和尚为例来加以说明。

《布袋和尚忍字记》中的布袋和尚既有奇特的长相，又具有鲜明的喜剧性格。

布袋和尚是历史上真实存在的人物，他是五代后梁僧人，名契此，号长汀子，浙江奉化人。据佛教典籍记载，他经常以杖挑一布袋入市行乞，出语无定，随处寝卧，边走边唱，形似疯癫。据说他死前端坐于岳林寺的盘石之上，口诵偈语："弥勒真弥勒，分身千百亿，时时示时人，时人自不识。"诵毕而逝。② 故后世传为弥勒转世，我国佛教圣地的大肚弥勒佛像据说是以他的形貌为依据塑造的。《布袋和尚忍字记》中的布袋和尚也是一个出语滑稽的胖和尚，以"癫"为性格特征的他一出场就会把观众逗乐。试引剧中一段文字加以说明。

（外扮布袋和尚领婴儿、姹女上，云）佛佛佛，南无阿弥陀佛。（做笑科，偈云）行也布袋，坐也布袋，放下布袋，到大自在。世俗的人跟贫僧出家去

---

① （元）无名氏著：《二郎神醉射锁魔镜》第二、三折，见王季思主编：《全元戏曲》（第七卷），北京：人民文学出版社1999年版，第106～109页。飙，同摇。袴，同裤。

② （元）释念常撰：《佛祖历代通载》（卷十七），北京图书馆古迹珍本丛刊（77）子部，释家类，北京：书目文献出版社1988年版，第324页。

来，我着你人人成佛，个个作祖。贫僧是这凤翔府岳林寺住持长老，行脚至此。此处有一个刘均佐，是个巨富的财主。争奈此人贪饕贿赂，悭吝苦剋，一文不使，半文不用。贫僧特来点化此人。这是他门首，兀那刘均佐看财奴。（做笑科，刘均佑云）哥哥，门首是甚么人大惊小怪的，我试看咱。（见布袋科，云）好个胖和尚也。（布袋笑科，云）冻不死的叫化头，你那看财奴有么？（刘均佑背云）我冻倒在哥哥门首，他怎生便知道？（布袋云）你那看财奴在家么？（刘均佑云）我对俺哥哥说去。（见正末笑云）哥哥，笑杀我也。（正末云）兄弟，你为何这般笑？（刘均佑云）哥哥，你说我笑？你出门去见了，你也笑。（正末云）我试看去。（见科）（布袋云）刘均佐看财奴。（正末笑科，云）哎呀，好个胖和尚，笑杀我也。（布袋云）你笑谁哩？（正末云）我笑你哩。（布袋念偈云）刘均佐，你笑我无，我笑你有。无常到来，大家空手。（正末云）兄弟，笑杀我也。这和尚吃甚么来，这般胖那？（唱）

【油葫芦】猛可里抬头把他观觑了，将我来险笑倒。（布袋云）婴儿姹女，休离了左右也。（正末唱）引着些小男小女将他厮搬调。（云）他这般胖呵，我猜着他也，（唱）莫不是香积厨做的斋食好？（布袋云）你斋我一斋。（正末唱）更和那善人家斋得禅僧饱？他腰围有篓来粗，肚皮有三尺高。便有那骆驼白象青狮豹，（布袋云）要那骆驼白象青狮豹做甚么？（正末唱）敢可也被你压折腰！①

布袋和尚富有逗乐的喜剧性格——"癫"，出语滑稽，而且又特肥胖，仅凭这两点就足以把观众抓住。通过这一小片段，我们可以感受到，张扬佛教要旨的宗教剧原本也是颇有观赏性的。

又如《汉钟离度脱蓝采和》中的汉钟离不仅"风魔"，②而且"泼"。他来到蓝采和做场的地方，赖在妇女们做排场③的乐床上不肯走，害得戏班子无法演出，只好把构栏锁起来。蓝采和生日那天，他特意来搅其寿宴，"哭三声笑三

---

① （元）郑廷玉著：《布袋和尚忍字记》第一折，王季思主编：《全元戏曲》（第四卷），北京：人民文学出版社1999年版，第63~64页。厨，原文为"櫥"。
② 风魔、风厮中的"风"同"疯"。下面的引文亦同，不再出注。
③ "做排场"，一作"坐排场"，指旧时女演员奏乐或坐等出场，剧场内由女演员专用的这一地方叫做乐床。

声"，在门首唱叫，而且说蓝采和"今日是寿星，明日敢做了灾星也！"① 而蓝采和却执迷不悟，不管汉钟离怎么诱导，他坚决不肯出家。汉钟离只好让他"见几个恶境头"，终于让扮杂剧的演员蓝采和抛妻弃子出家修道。

又如《吕洞宾三醉岳阳楼》《吕洞宾度铁拐李岳》中的吕洞宾也是"癫道"，《观音菩萨鱼篮记》中的和尚寒山、拾得、布袋都是"风厮"，不但扮相奇特，而且具有逗人笑乐的喜剧性格，就连观音菩萨也是相当滑稽的。

再如，《崔府君断冤家债主》以张扬因果报应为主旨，促使剧中人张善友"觉悟"的关键在于崔府君让他梦游阴曹地府。张善友在鬼力的押解下见到了阎君，而且目睹了森罗殿的恶鬼能神、刀山剑岭，又见到了被拘押在酆都鬼城受苦的浑家和在地狱里的两个孩儿。可是，此剧并不给人以恐惧感，也不枯燥，许多场面是生动活泼、引人入胜的，这与其喜剧性的人物形象刻画有关。请看剧作对张善友两个儿子的刻画：

张善友以一曲【混江龙】夸奖自己的大儿子乞僧道：

> 俺大哥一家无外，急巴巴日夜费筹划，营办着千般活计，积攒下万贯赀财。俺大哥尽半世干家私强挣起，也是我在前生种阴德苦修来。俺大哥为人本分，不染尘埃，衣不裁绫罗缎匹，食不拣好歹安排。爹娘行十分孝顺，亲眷行万事和谐……②

从这支曲子看，剧作似乎是把投胎还债的乞僧当作"正面人物"来刻画的，在他身上当不大可能有滑稽味。其实不然。剧作一方面赞扬乞僧的勤俭，另一方面，对于他的悭吝苦剋又进行戏谑调弄。

乞僧用自己的辛勤劳作、省吃俭用终于"填还"了前生偷盗的"债务"，即将一命归阴，剧作这样描写乞僧得病的原因：

---

① （元）无名氏著：《汉钟离度脱蓝采和》第二折，王季思主编：《全元戏曲》（第七卷），北京：人民文学出版社1999年版，第122页。

② （元）无名氏著：《崔府君断冤家债主》第一折，王季思主编：《全元戏曲》（第六卷），北京：人民文学出版社1999年版，第632页。

（杂当报云）爹爹，大哥发昏哩！（正末云）既然大哥发昏，小的跟着，我看大哥去来。（同下）（大旦扶乞僧同卜儿上，乞僧云）娘也，我死也。（卜儿云）大哥，你精细着。（乞僧云）我这病觑天远入地近，眼见的无那活的人也。（卜儿云）孩儿，你这病可怎生就沉重了也？（乞僧云）娘也，我这病你不知道，我当日在解典库门前，适值那卖烧羊肉的走过，我见了这香喷喷的羊肉，待想一块儿吃，我问他多少钞一斤，他道两贯钞一斤，我可怎生舍的那两贯钞买吃？我去那羊肉上将两只手捏了两把，我推嫌羊瘦，不曾买去了，我却袖那两手肥油，到家里盛将饭来，我就那一只手上油舔几口，吃了一碗饭。我一顿吃了五碗饭，吃得饱饱儿了，我便磕睡去，留着一只手上油，待吃晌午饭。不想我睡着了，漏着这只手，却走将一个狗来，把我这只手上油都吮干净了，则那一口气就气成我这病……①

这与《看钱奴》中的吝啬鬼贾仁的性格和作派何其相似！乞僧的性格蕴藏着令人解颐的喜剧美，游戏性相当鲜明。

剧作对前来张善友家"讨债"的败家子福僧（张二舍）的刻画主要使用戏弄和夸张手法，同样也赋予了剧作以鲜明的游戏品格。请看其父张孝友的"詈词"：

若说着这禽兽，知他是甚情怀！每日向花门柳户，舞榭歌台；铅华触眼，酒肉堆颜。但行处着人骂惹人嫌，将家私可便由他使由他败。这的是破家五鬼，不弱如横祸非灾！②

贼也，你搭手在心头自监解，这家私端的是谁挣扎？则你那二十年何曾道觅的半文来？你、你、你则待要抹着的当了拿着的卖，也不管松时节做了急时节债。你、你、你无花呵眼倦开，无酒呵头也不抬。引着些个泼男泼女

①　（元）无名氏著：《崔府君断冤家债主》第二折，王季思主编：《全元戏曲》（第六卷），北京：人民文学出版社 1999 年版，第 638 页。
②　（元）无名氏著：《崔府君断冤家债主》第一折，王季思主编：《全元戏曲》（第六卷），北京：人民文学出版社 1999 年版，第 632 页。

相扶策，你、你、你则待每日上花台。①

福僧对父亲的责骂毫不在意，他答道："父亲，你孩儿趁着如此青年，受用快活，也还迟哩。"张善友无计可施，只好把家私分为三份，让两个儿子独立生活。可是，福僧并未因此而有丝毫改变。请看下面这一片段：

（二净扮柳隆卿、胡子转上，诗云）不养蚕来不种田，全凭说谎度流年。为甚阎王不勾我，世间刷子少我钱。小子叫做柳隆卿，这个兄弟是胡子转，在城有张二舍，是一个真傻厮，俺两个帮着他赚些钱钞使用。这几日家中无盘缠，俺去茶坊里坐下等二舍来，有何不可？（胡净云）你在茶坊里坐的，我寻那傻厮去，这早晚敢待来也。（福僧上云）自家张二舍，自从把家私分开了，好似那汤泼瑞雪，风卷残云，都使的光光荡荡了。如今则有俺哥哥那分家私，也吃我定害不过，俺哥哥如今染病哩。好几日不曾见我两个兄弟，到茶坊里问一声去。（做见二净科，云）兄弟，这几日不见你，想杀我也。（胡净云）小哥，我正寻你哩。茶坊里有柳隆卿在那里等你，我和你去来。（相见科）（福僧云）兄弟好么？（柳净云）小哥，一个新下城的小娘子，生的十分有颜色，俺一径的来寻你，你要了他罢，不要等别人下手先抢去了。（福僧云）你去总承别人罢，我可无钱了。（胡净云）你哥哥那里有的是钱，俺帮着你到那里讨去来。（福僧云）这等我与你去。（同下）……②

福僧领着两个"胡朋怪友"来到家中，恰逢哥哥乞僧刚去世：

（柳净云）小哥，说你哥哥死了，到家中看有甚么东西，你拿与俺两个拿着先走。（福僧云）说的是。你跟将我来，拿着壶瓶台盏便走，我可无眼泪，怎么啼哭？（柳净云）我手帕角头都是生姜汁浸的，你拿去眼睛边一抹，那眼

---

① （元）无名氏著：《崔府君断冤家债主》第一折，王季思主编：《全元戏曲》（第六卷），北京：人民文学出版社1999年版，第633页。

② （元）无名氏著：《崔府君断冤家债主》第二折，王季思主编：《全元戏曲》（第六卷），北京：人民文学出版社1999年版，第636页。

泪就尿也似流将出来。(做递砌末，福僧哭科，云) 我那哥哥也，你一文不使，半文不用，可不干死了你！我那爹也，你不偏向我那哥哥也。我那娘也，你如今只有的我一个也。我那嫂嫂也，我那老婆也。(做怒科，云) 怎生没个睬我的？看起来我是傻厮那！①

可以想见，旨在张扬因果报应思想的《崔府君断冤家债主》一剧其实并不沉闷枯燥，而是有很强的笑乐效果的。两个市井无赖均由长于插科打诨的净扮演，被这两个市井无赖控制着的福僧也确实是"傻厮"，他在其兄长去世时的"表演"令人喷饭。

此外，《马丹阳三度任风子》中的任风子、《花间四友东坡梦》中的佛印和尚和苏轼、《看钱奴买冤家债主》中的贾仁、《月明和尚度柳翠》中的月明和尚和柳翠、《时真人四圣锁白猿》中的道士邹谎和妖精白猿、《二郎神醉射锁魔镜》中的牛魔王和金睛百眼鬼、《桃花女破法嫁周公》中的桃花女和周公等诸多人物具有喜剧性格。他们的登场使宣扬宗教的剧作同时也具有了鲜明的游戏品格。

由此可知，元代的宗教剧虽然有丰富的宗教蕴涵，"布道"热情较高，但它们和非宗教剧一样，也是面向市井的娱乐消费品，引人欢笑是其重要的艺术追求。

元杂剧宗教剧多以"疯""癫""狂""傻"（"痴"）之僧、道造笑的手法也被明清戏曲继承，明清两代的宗教剧同样具有很强的游戏性，其中的僧、道多数具有"醉""癫""狂""疯""痴"的喜剧性格。例如，屠隆的《昙花记》旨在"以传奇语阐佛理"，作者告诫人们，如果"直以戏视之，则亵矣"，要求"登场者与观场者并斋戒为之"，② 可见其宗教品格之鲜明，然而它也绝非始终板着面孔说教。剧中有一僧、一道同时去度脱木清泰，外扮的西天祖师宾头庐是"醉僧"，末扮的蓬莱仙客山玄卿是"风魔道人"。因为有这两个喜剧人物登场，剧作同样具有较鲜明的游戏品格。清人张大复的《醉菩提》以"撕狗肉供菩萨，寻老道抢锅巴，禅床上撒尿撒屎，偷经典当酒当肉。闷来劈碎斋饭桶，夜来吐酒

---

① （元）无名氏著：《崔府君断冤家债主》第二折，王季思主编：《全元戏曲》（第六卷），北京：人民文学出版社1999年版，第639页。

② （明）一衲道人著：《昙花记·序》，蔡毅编著：《中国古典戏曲序跋汇编》（二），济南：齐鲁书社1989年版，第1212页。

污香炉"① 的"醉癫"道济和尚为主人公，极具游戏性。明清两代有多部描写吕洞宾、铁拐李、东方朔的剧作，这些仙人也通常是扮相奇特、性格滑稽的喜剧人物。例如，东方朔"偷桃"就是热门题材，张大复的传奇《双福寿》就把东方朔写成性格滑稽的"贼仙"。

---

① （清）张大复著，周巩平校点：《醉菩提》第二十二出《乱弹》，（明）叶宪祖撰，魏奕祉校点、（清）张大复著，周巩平校点：《鸾鎞记 醉菩提》，北京：中华书局1996年版，第73页。

第五章　明代戏曲中的宗教剧

15—17 世纪的欧洲，文艺复兴运动在各国次第展开，一度沦为基督教之奴婢的戏剧成了宣传人文主义思想和批判宗教蒙昧主义的利器，戏剧与宗教的关系随之发生了根本性的改变。然而，在中国，自 1368 年握有政权，到 1644 年被清军所灭的明王朝，后期虽有反理学的"异端"思潮的激荡，但却并没有出现像欧洲文艺复兴那样的思想文化运动。明代的宗教虽呈衰落之势，但仍然是封建王朝统治人民的重要工具。宗教与戏曲的关系也没有发生大的变化，和元代剧坛一样，宗教剧仍然是明代戏曲的一个重要的组成部分，明代宗教剧的题材、内涵、形态与元代的宗教剧又有所不同，这与明代宗教生活的新变化是有关系的。

一、明代宗教的基本面貌

明代开国皇帝朱元璋曾在家乡安徽凤阳的皇觉寺当过几年和尚，他在起义时就利用儒生为高参，标榜"奉天逐胡，以安中夏"。① 登上皇帝宝座之后，朱元璋致力于扫荡"胡气"，恢复"汉家正统"，以儒学——程朱理学为"国是"。例如，洪武元年三月，朱元璋诏儒臣修《女诫》，九月颁求贤诏曰："天下甫定，朕愿与诸儒讲明治道。"② 洪武四年诏设科取士，连举三年，嗣后三年一举。洪武十七年又规定，乡试、会试"四书"义以朱熹《四书章句集注》为准绳，经义以程颐、朱熹的注解为标准。对于佛、道二教，朱元璋也都加以崇奉，虽没有明确宣示"三教"之"序位"，但实际上他是将佛、道置于理学之后的，且在利

---

① 参见（明）叶盛撰，魏中平点校：《水东日记》卷二十四"正统辨"，北京：中华书局 1980 年版，第 239 页。

② （清）张廷玉等撰：《明史》一，卷二，《本纪第二·太祖二》，北京：中华书局 2000 年版，第 13 页。

用佛、道二教的同时，也对它们加以适当的限制。

> 二十四年清理释、道二教，限僧三年一给度牒。凡各府州县寺观，但存宽大者一所，并居之。凡僧道，府不得过四十人，州三十人，县二十人。民年非四十以上、女年非五十以上者，不得出家。二十八年令天下僧道赴京考试给牒，不通经典者黜之。①

朱元璋的宗教政策对整个明代的宗教政策和宗教生活均有很大影响。尤其是荒淫武宗朱厚照特别崇信佛教、自号“大庆法王”；世宗朱厚熜特别崇信道教、自封“道教帝君”，并极力排斥佛教；庄烈帝朱由检也一度佞道排佛。除此之外，明代其余十多位皇帝大体上承朱元璋之余绪，对佛、道二教采取既尊崇振扬又有所抑制的政策。

明代的佛、道二教在理论建构上基本上处于停滞状态，但它们对民众的生活却有着巨大的影响力。这是因为，明代宗教更加注意满足广大民众祈福禳灾的实际需要，通过因果报应等通俗化的神学教条去强化世俗道德的约束力，加速佛、道二教向民间的渗透、普及。因此，整体而论，明代宗教仍然是明代统治者的重要工具，是明代社会重要的精神支柱之一，也是明代文化建构的重要土壤。

需要指出的是，尽管佛、道二教都得到了明代皇室的崇奉和扶植，但与元代相比，明代佛、道二教的政治地位和政治影响力并不相同。明皇室与道教的关系更为密切，道教——特别是南方的符箓派对明代政治的影响大于佛教。这与元代的状况是颇不相同的。

尽管佛、道二教对明代政治都有影响，但从整体上看，其影响力均小于元代。这是因为：

第一，明王朝要恢复和强化遭受元代统治者重创的“汉家正统”——儒学的“正统”地位，属于儒学范围的程朱理学和王阳明的新理学——“心学”成为明代的“官学”，佛、道二教遭到“正统”的排斥，而儒学在元代则遭受到了空前的冲击。

---

① （清）张廷玉等撰：《明史》二，卷七十四，《志第五十·职官三》，北京：中华书局2000年版，第1212页。

第二，自明初开始，明王朝就以圣旨的形式，对混乱、腐败的教团进行清理和整肃，"持戒为本"成为明代皇室管理宗教团体的基本方针，但戒律废弛、寺观腐烂、仙凡莫辨、僧俗混淆是明代佛、道二教长期面临的共同问题，这使得教团的号召力和信誉度都有所降低。

第三，随着时间的推移，儒、佛、道"三教合一"，"禅、教一致"①的声浪越来越高，佛、道二教的创新能力日渐降低，教团、不同门派特色的灭失日益加剧。

第四，佛、道二教不仅面临民间宗教——如罗教、圆教、圆顿教、东大乘教、西大乘教、清茶门教、黄天教、长生教、弘阳教等的激烈争夺，还要面对外来宗教——如天主教的激烈竞争。

第五，兴起于北方的"全真道"与元皇室的关系一度比较密切，丘处机等全真道代表人物对元王朝的建立发挥过积极作用，由灭元起家的明王朝自然对其心存芥蒂，而明皇室的多数成员又迷信丹药秘方，追求长生不老，倚重符箓斋醮，这使得长于符箓禁咒、祈禳斋醮的南方"正一道"恰逢其时，但这一教派对于明皇室的影响主要在于丹药符箓、斋醮祈禳，对明代政治的影响力虽然也不小，但从总体上看不及元代道教。②

（一）明代佛教

明代多数皇帝崇佛，其中，尤以太祖朱元璋、成祖朱棣、宪宗朱见深、武宗朱厚照、神宗朱翊钧等为最，对此，明代人已有论述：

> 太祖崇奉释教。观宋文宪蒋山佛会记，以及诸跋，可谓至隆极重。至永乐，而帝师哈立麻，西天佛子之号而极矣，历朝因之不替。惟成化间宠方士李孜省、邓常恩等，颇于灵济显灵诸宫加奖饰。又妖僧继晓用事，而佛教亦盛，所加帝师名号，与永乐年等，其尊道教亦名耳。武宗极喜佛教，自列西番僧呗唱无异，至托名大庆法王，铸印赐诰命。世宗留心斋醮，置竺乾氏不

---

① "禅"指禅宗，"教"指禅宗以外的各宗。"禅、教一致"的思想早在五代至宋的某些高僧那里就已得到有力的倡导，在明代几成佛教各宗之"共识"。

② 这一节之撰写参阅了《中国道教史》（增订本）下第四编的相关内容，任继愈著：《中国道教史》，北京：中国社会科学出版社 2001 年版，第 767~816 页。

谈，初年用工部侍郎赵璜言，刮正德所铸佛镀金一千三百两，晚年用真人陶仲文等议，至焚佛骨万二千斤。逮至今上，与两宫圣母，首建慈寿万寿诸寺，俱在京师，穷丽冠海内，至度僧为替身出家，大开经厂，颁赐天下名刹殆遍，去焚佛骨时未二十年也……隆庆间，北虏俺答通贡，朝廷必遣僧于互市时赐以经像，房中奉之加礼，膜拜稽角，酋长及部下数十梵唱者如海潮音，然后恭问皇帝圣躬万福，以及将相大臣。僧为具说因果报应，劝以戒杀修善，酋长辈倾听赞叹，临行哀恋不忍别，厚加赠遗而返。盖自万历初俺答西迎活佛之时，见败于瓦剌，益信活佛之言，因敬奉西域象教，所至皆设中国香花，及中国所赐锦绮庄严之，以当供养。俺答死，其子黄台吉袭封，黄台吉死，其子扯力克台吉袭封，以至于今……盖自庚午辛未迄今，佛法更盛行于沙漠，因之边陲晏然，其默祐圣朝不浅矣。[①]

明代皇室崇佛除了上面提到的自号法王、封赠僧人、营建寺庙、宠信僧人、度人出家或寻找替身出家之外，还有刻印《大藏经》之举。此外，皇帝还亲自给佛经作注释或撰写序言，撰写僧人传记，主办法会，颁旨规免僧侣税、徭，等等。

与元代相似，明代僧人也是非常注意结纳权贵、依附朝廷的。不过，与元代相比，佛教的政治地位和对政治的影响力似有所下降。从朱元璋起，明代皇帝仍然封西藏僧人为"国师""大国师""法王"，但这些职位均不及元代"帝师"之尊，他们对明代政治的影响力也不如元代"帝师"。受到皇室宠信的汉地僧人的政治地位以及对政治的影响力也无法同元代的刘秉忠等人相提并论。例如，明成祖的心腹谋士——庆寿寺僧人道衍（姚广孝）就是例证。明代人多以儒学为"正统"，对于皇室佞佛，特别是宠信"番僧"通常持批评态度，批评者称佛教为"异教"，这也从一个侧面说明了佛教在明代的地位。沈德符《万历野获编》卷二十七《释道》"主上崇异教"条在谈到当朝皇帝崇佛时说：

主上新登极，辄度一人为僧，名曰代替出家。其奉养居处，几同王公。

---

① （明）沈德符撰：《万历野获编》（全三册）下，卷二十七"释道·释教盛衰"，北京：中华书局 1959 年版，第 679~680 页。

闻初选僧时，卜其年命最贵，始许披剃。有云重赂主者，中贵人乃得之。第
先朝必不然，如宪宗登极，辅臣李贤谏曰："高皇帝祖训，明有寺院烧香降
香之禁违者，并领送之人处死。近传番僧入内颂经，至晚乃出，又有非奉圣
旨，传送银物于寺观者，乞明禁以严宫禁。"上优诏答曰："祖训敢不祗
率。"武宗登极，礼卿张昇谏曰："近闻真人陈应循、西番国师那卜坚参等，
各率其徒，假以被除荐扬，数入乾清宫，几筵前肆无避忌，京师无不惊愕。
请执诸人革其名号，追其赏赐印诰，斥逐发遣。"上允其言，一一查革，并
追所赐玉带诸物。令有敢夤缘出入宫禁者并罪之。其严于祖训如此。①

武宗朱厚照佞佛，遭到臣下的激烈反对，工部主事李中在抗疏中称佛教为
"异教""异端"，这些非佛者都是以捍卫"正统"自居的文人士大夫，从他们的
言论和行动中我们可以看出，明代的佛教遭到了"正统"思想的排斥。

　　　李中……及授工部主事，武宗自称大庆法王，建寺西华门内，用番僧住
持，廷臣莫敢言。中拜官三月即抗疏曰："……善治一无可举者，由陛下惑
异端故也。夫禁掖严邃，岂异教所得杂居。……②

明代汉地佛教呈衰落之象，标志有二：

其一，曾经摇旗呐喊、彰显山头的诸多门派虽仍有传人，但影响较大的不
多，多数门派的理论建构处于停滞状态。

和元代相似，明代佛教较为活跃的是禅宗，弘扬禅宗学说的传人较多，为禅
宗所重的经典《楞伽经》《金刚经》等得到明代皇室、僧众的重视。不过，即便
是这一势力较大的门派，境况亦不如从前。禅宗五个支派之中，沩仰、云门、法
眼三派香火已断，只有临济、曹洞二派一脉尚存。其中，又以临济宗的实力较
强、影响更大一些。明初的"第一宗师"梵琦，"明代四大高僧"中的真可、憨
山均为临济宗传人，圆悟等知名僧人也是临济宗传人。在明代的佛教著述中，禅

---

① （明）沈德符撰：《万历野获编》（全三册）下，卷二十七"释道·主上崇异教"，北
京：中华书局 1959 年版，第 683~684 页。
② （清）张廷玉等撰：《明史》（四），北京：中华书局 2000 年版，第 3572 页。

宗的著述是最多的。此外，净土宗有"八祖"袾宏和标榜"融会诸宗，归极净土"的"九祖"智旭，① 他们有重要的著作传世，在明代以及后世均有一定影响，因此，净土宗也还算后继有人。华严宗、法相宗和律宗等支派亦有传人，但门庭冷落，影响很小。

其二，佛教大量吸收儒、道思想，佛教各支派之间也互相接近，佛教不同门派趋同的倾向越来越明显，门派的界限越来越模糊，个性特征的逐渐丧失，标志着其创造力的日益减弱。

例如，憨山虽是禅宗高僧，但却力主儒、佛、道三教合一，而且，打破禅宗与华严、净土、法相诸宗的界限，力主禅、教一致；袾宏也积极倡导儒、佛、道合一，禅、教一致，他本为禅宗传人，但却常常用华严宗的学说来解释禅宗思想和命题，净土信仰也是他"布道"的重要内容之一，故又被尊为"莲宗八祖"。智旭力倡儒、佛、道三教合一，于法相、华严、净土、天台、禅宗、律宗教义无所不取，不主一家，故后世对于他到底属于哪一门派颇有争议。

明代藏传佛教以宗喀巴创立的格鲁派风头最劲。与允许信徒娶妻生子的萨迦派不同，格鲁派要求信徒独身不娶，严守戒律，在教义上倡导显、密兼修，采用"活佛转世"制度解决宗教领袖的继位问题。明皇室为了更有效地统治边疆地区，对藏传佛教的上层僧人继续采用封赠等手段，有些统治者迷信"活佛"察往知来的"神力"，敬奉西域"象教"，派人到边地去寻找"活佛"，元代"帝师"的后代也大多得到明皇室的封赠。到汉地活动的"番僧"也不少，有的获准在内地传教，藏传佛教对内地民众生活的影响有所扩大。

> 宣宗崩，英宗嗣位，礼官先奏汰番僧六百九十人，正统元年复以为请……初，太祖招徕番僧，本藉以化愚俗，弭边患，授国师、大国师者不过四五人。至成祖兼崇其教，自阐化等五王及二法王外，授西天佛子者二，灌顶大国师者九，灌顶国师者十有八，其他禅师、僧官不可悉数。其徒交错于道，外扰邮传，内耗大官，公私骚然，帝不恤也。然至者尤遣还。及宣宗时则久留京师，耗费益甚……成化初，宪宗复好番僧，至者日众。劄巴坚参、

① 智旭亦为明代四大高僧之一，所习融会诸宗，于天台宗用力尤深，故有人将其归入天台宗。

劄实巴、领占竹等，以秘密教得幸，并封法王。其次为西天佛子，他授大国
师、国师、禅师者不可胜纪。四方奸民投为弟子，辄得食大官，每岁耗费钜
万。廷臣屡以为言，悉拒不听。①

明代皇室对西域"活佛"的迷信和崇拜在明代戏曲中亦有反映，例如，郑之
珍《新编目连救母劝善戏文》中的释迦牟尼就被称作"西天活佛"。② "活佛"
为了帮助目连出入幽明，下地狱寻母，赐给他锡杖、芒鞋、乌饭、神灯，目连凭
借这些"宝物"遍游地狱十殿……这些"奇迹"带有一定的密教色彩。

从理论建树的角度看，与魏晋至唐宋的佛教相比，明代佛教确已走向衰落。
但如果着眼于佛教的传播及其对社会文化生活——特别是普通民众的影响来看，
明代佛教仍然是一股重要的力量。

明代佛教信徒和寺院的数量都是巨大的，这说明佛教仍然在明代社会有着重
要的影响。不过，关于明代佛、道二教寺观和信徒的数目并没有准确的记载，只
能根据零星的记载进行推测。弘治元年，兵部尚书马文升在《陈言振肃风纪裨益
治道事》的奏议中说：

> 成化十二年，度僧一十万，成化二十二年，度僧二十万，以前各年所度
> 僧道不下二十余万，共该五十余万。③

弘治元年在册僧道超过 50 万人，如果再加上私自披剃而隐于寺观者，到明
末，僧、道人数当会更多，当代学者对此作过推测：

> 明代佛教的基本情况，如寺院、僧尼，都缺乏精确数字。从诸如："营
> 构寺宇，遍及京邑"、京师"佛寺至千余所"等零星记载中，可以推断：明
> 代全国佛教寺院以万计，当是近乎史实的。至于僧尼，洪武初年虽然有所限

---

① （清）张廷玉等撰：《明史》（六），北京：中华书局 2000 年版，第 5749 页。
② 诚然，这里所说的"活佛"与藏传佛教活佛制度中的"活佛"并非一回事，但从剧
中凸显释迦牟尼是"活佛"亦可见出藏传佛教格鲁派的影响。
③ （明）马文升著：《端肃奏议》卷三，《景印文渊阁四库全书》第 427 册，史部 185，
诏令奏议类，台北：台湾"商务印书馆" 1983 年版，第 734 页。

制，但实效并不大，而从景泰年间实际上施行了鬻牒制度之后，出家人数更是大为增加。到了成化年间，僧尼已达到五十来万人。万历以后，僧尼人数，也是有增无减。①

这些僧人有很大一部分乐于"赴应世俗"，即替人占卜、祈福、禳灾、驱邪，而且由官府明码标价，收取"服务费"。

洪武二十四年，还颁布了《申明佛教榜册》，明文规定了佛事活动的服务价格：

> 赴应世俗，所酬之资，验日验僧，每一日每一僧钱五百文。假若好事三日，一僧合得钱一千五百文。主磬、写疏、召请三执事，凡三日道场，每僧各（五）〔一〕千文。
>
> 道场诸品经咒布施则例：《华严经》一部，钱一万文；《般若经》一部，钱一万文；内部真言，每部钱二千文……已上诸经布施钱，诵者三分得一，二分与众均分……
>
> 陈设诸佛像、香、灯、供给阇黎等项劳役，钱一千文。②

明代皇室往往是从"化导善类，觉悟群迷"亦即宣扬封建伦理道德，维系世道人心的角度出发去利用和管理佛教的，这就进一步强化了佛教的世俗化倾向，拓展了佛教的传播范围，提升了佛教对民众生活的影响力，使因果报应、六道轮回等强化道德约束力的教条更加深入人心，佛教神谱以及超度亡灵祈福禳灾的各类仪式、法术也广为人知。

明代汉地佛教的著名僧人几乎都是南方人，尽管有的人也曾北游至京师、山西、山东等地，但多数人主要的活动范围还是在南方。例如，梵琦，宁波象山人，主要活动于浙江海盐、杭州、嘉兴一带。真可，江苏吴江人，主要活动于江苏、江西、浙江一带，亦曾到过北京、山西和四川。憨山，安徽全椒人，早年在

---

①　郭朋著：《明清佛教》，福州：福建人民出版社1982年版，第37页。
②　《申明佛教榜册》，（明）葛寅亮撰，何孝荣点校：《金陵梵刹志》，天津：天津人民出版社2007年版，第61页。本节之撰写参阅了郭著的相关内容。

305

江苏南京栖霞山栖霞寺受禅法，后到江西，又游历山西五台山、山东崂山并主持崂山海印寺，50岁时因私建庙宇罪被充军到雷州长达20年，赦还后主要在江西、江苏、浙江一带活动。智旭，江苏苏州人，主要活动于安徽、浙江、江苏、江西、福建等地。袾宏，浙江杭州人，主要活动于浙江。圆悟，江苏宜兴人，主要活动于江苏、浙江一带。道衍，江苏苏州人，早年活动于浙江一带，后被荐侍燕王，成祖即位后，在南京辅佐太子。传灯，浙江衢县人，主要活动于浙江天台一带。此外还有：慧经，江西崇仁人；元来，安徽舒城人；元贤，福建建阳人；汉月，江苏无锡人；隐元，福建福清人；湛然，浙江绍兴人……明代著名僧人多出东南与宋元以降文化重心南移的大趋势是一致的。南方是明代文化重心之所在，文化巨子多出东南。佛教重心的南移，有利于佛教对明代文化创造施加影响。明代戏曲的重心南移，戏曲名家绝大多数也是南方人，这使得佛教对明代戏曲的渗透得地利之便。①

（二） 明代道教

明代十多位皇帝之中除武宗朱厚照之外，不同程度地崇信或曰利用过道教，其中，以世宗朱厚熜为最。明代皇帝佞道首先表现在宠信道士上，不少道士被委以重任。例如，成化间，"每一旨传升数十，其时僧道官各数千人"，擅异端惑世之术的李孜省累官至礼部左侍郎。② 道士崔志端、徐可成、邵元节等均居高官。邵元节之侄——龙虎山道士邵启南亦官至一品，其父邵守义赠太常寺丞。邵元节的好友陶仲文官礼部尚书又加少傅、少师，陶妻封一品夫人，子陶世同、婿吴浚均得重用，陶仲文蛊惑嘉靖皇帝长达20年。洪武年间，"正一"天师被朱元璋改称为"真人"，但一直到明末，龙虎山"正一道"的掌门人均受到皇室的宠信和封赏。这些握有权力的道士不仅以诸多邪门歪道"蛊惑圣聪"，干扰朝政，有的还利用皇上近侍的优势，与宦官表里为奸，左右官员的任用和升迁，严重扰乱铨选制度。

---

① 本书关于明清佛教之撰写，参阅了郭朋《明清佛教》（福建人民出版社1982年版）的相关章节。

② （明）沈德符撰：《万历野获编》卷二十七"释道·真人封号之异"，北京：中华书局1959年版，第696页。成祖、英宗、孝宗也曾斥责斋醮烧炼为"妖术"或"异端惑世之术"。

　　至宪宗朝万安居外，万妃居内，士习遂大坏。万以媚药进御，御史倪进贤又以药进万。至都御史李实、给事中张善，俱献房中秘方，得从废籍复官。以谏诤风纪之臣，争谈秽媟，一时风尚可知矣……嘉靖初年，士大夫尚矜名节，自大礼献媚，而陈洸、丰坊之徒出焉，比上修玄事兴，群小托名方技希宠。顾可学、盛端明、朱隆禧，俱以炼药贵显，而隆禧又自进太极衣为上所眷宠，乃房中术也。原任吏部主事史际建醮祝圣寿，进尚宝少卿。尚书赵文华进百花仙酒，独以忤相嵩败，亦有幸不幸也。其大臣献瑞者，巡抚都御史汪铉首献甘露，继之则督抚吴山、李遂、胡宗宪辈，进白鹊、白兔、白鹿、白龟等，尤不可胜纪……今上辛巳壬午间，江陵公卧病邸第，大小臣工莫不公醮私醮，竭诚祈祷。御史朱琏暑月马上首顶香炉，暴赤日中，行部畿内，以祷祝奉斋。①

明代皇室崇信道教的原因主要有二：

一是多数皇帝相信符箓禁咒、踏斗步罡能感天通神，故道士们热衷于建醮祈禳，借此讨好"修玄"的皇帝，以固宠幸。

二是多数皇帝相信丹药秘方、阴阳采补之术能延年益寿、长生不老，故鼓励"仙真"烧炼丹药，进献"仙方"。

这些"仙药""方技"其实大多是帮助帝、后提高性技巧和性能力的房中术或性药，迷恋"房中秘方"的显然不只在禁中建造"豹房"专供自己淫乐的武宗一个人。《明史》中就记录了不少这样的事例：

　　李孜省，南昌人。以布政司吏待选京职，赃事发，匿不归。时宪宗好方术，孜省乃学五雷法，厚结中官梁芳、钱义，以符箓进……日宠幸，赐金冠、法剑及印章二，许密封奏请。益献淫邪方术，与芳等表里为奸，渐干预政事……又假扶鸾术言江西人赤心报国，于是致仕副都御史刘敷、礼部郎中黄景、南京兵部侍郎尹直、工部尚书李裕、礼部侍郎谢一夔，皆因之以进。间采时望，若学士杨守陈、倪岳，少詹事刘健，都御史余子俊、李敏诸名

———————

①　（明）沈德符撰：《万历野获编》（全三册）下，卷二十一"佞幸·士人无赖"，北京：中华书局1959年版，第541~542页。

臣，悉密封推荐。搢绅进退，多出其口，执政大臣万安、刘吉、彭华从而附丽之。通政边镛为佥都御史，李和为南京户部侍郎，皆其力也。所排挤江西巡抚闵珪、洗马罗璟、兵部尚书马文升、顺天府丞杨守随，皆被谴，朝野侧目。①

凭道教符箓、淫邪方术以进身，受宠后即与宦官勾结，干预朝政者在明代并非只是极个别的现象，也并非只是特别佞道的世宗朝独有的现象。由此可见，明代道教对政治的影响力是不可低估的。

明代道教主要有"正一道""全真道"，以及兼采"全真""正一""清微"的"武当派"，其中，较为活跃的是"正一道"，这与明皇室的扶植有很大关系。明皇室所宠幸的道士大多是"正一道"中人。明代从开国之初，朱元璋虽然命第四十二代"天师"张正常改称"嗣教真人"，但赐银印，秩二品，命其"领道教事"，把道教的领导权交给了"正一道"的掌门人，从而确立了"正一道"在明代宗教界的地位。也正是因为"正一天师"受到明皇室的重视，成为道教的领袖，因此，张正常着手撰《汉天师世家》，以彰其门庭。成祖曾封赠多位龙虎山道士，这些人有的被召进宫廷任职，有的则"钦授"武当山宫观提点、住持。宣宗封赠第四十四代天师张宇清，命其掌天下道教事，另有多位龙虎山道士受宣宗宠幸。宪宗封第四十六代天师张元吉为"正一嗣教体玄崇默悟法通真阐道弘化辅德佑圣妙应大真人"，赐金印、玉印各一枚，命其掌天下道教事。第四十七代天师张玄庆也受到宪宗的封赠和任用。孝宗亦曾赐张天师玉印。世宗朱厚熜耽溺道教长生之术，服食丹药，与龙虎山上清宫道士邵元节、第四十八代天师张谚頙等关系极为密切。神宗朱翊鈞、毅宗朱由检等也均与龙虎山"正一道"张天师家族有密切联系，张天师家族甚至得以和皇室联姻。例如，第四十七代天师张玄庆"成化丁酉入觐，锡宴内庭，遣中官梁芳传旨，聘成国公朱仪女为配，明年诏赴南畿完婚"。②

明代的"正一道"实际上包含南方符箓派的诸多支派，"茅山""灵宝"

---

① （清）张廷玉等撰：《明史》（六），北京：中华书局2000年版，第5277~5278页。
② （明）张正常撰，（明）张国祥增补：《汉天师世家》，胡道静、陈莲笙、陈耀庭选辑：《道藏要籍选刊》（6），上海：上海古籍出版社1989年版，第629页。

"清微"以及"净明道"的代表人物通常借助于"正一天师"的举荐进入宫廷。"武当派"在明代获得很大发展，成祖朝和世宗朝更是"武当派"的鼎盛期。

明代"全真道"与皇室的关系远不及"正一道"与皇室的关系密切，受到皇室高度重视的"全真道"道士张三丰一直隐身遁形，不知所终，谈不上贵显。绝大多数"全真道"信徒潜迹山林，像张三丰的弟子丘玄清那样得以入朝为官的"全真派"道士极少。① 尽管"全真道"的政治地位不是很高，但它分布的范围比"正一道"要广，除张三丰曾驻足的武当山之外，华山、青城山、王屋山、崂山、天台山、茅山、栖霞山等名山均有全真道人的集结，南北各地均留下了"全真道"道士的足迹。

明代道教的理论建构处于停滞状态，教团腐烂，仙俗莫辨，但道教对世俗生活的影响反而比以前更大，这是因为明代皇室迷信符箓丹药，致使各种祈福禳灾的迷信活动盛行，这些活动颇受信仰素质不高但迷信思想浓厚的民众欢迎。因此，明代道观林立，斋醮频繁，香火旺盛，道教与民众生活的联系相当紧密，这使得道教对于俗文化能够产生较大影响。

（三）明代其他宗教

朱元璋目睹了元末农民起义利用民间宗教的状况，他推翻元朝政权也利用了民间宗教的力量，深知民间宗教对政权的巨大威胁。因此，他登基之后，怀着对民间宗教的恐惧，宣布取缔所有的民间宗教，但并未能奏效。朱元璋死后不久，山东鱼台县就爆发了由"妖妇"唐赛儿所领导的白莲教起义。② 明代中后期，民间宗教呈繁荣之势，除白莲教、明教等继续传播之外，新兴教派数以百计，影响较大的有：正德四年山东即墨县民罗梦鸿创立的"罗教"，亦称"无为教""悟空教"，在山东半岛和运河流域迅速传播。正德间京畿顺义僧人静空创立的"净空教"，主要在华北地区传播。嘉靖间传入江南的"罗教"演变为"斋教"，影响遍及浙江、福建、江西等省。嘉靖间直隶人李宾创立"黄天教"，几十年时间

---

①　全真派，指道教门派全真道。

②　参见（明）沈德符撰：《万历野获编》（全三册）下，卷二十九"叛贼·妖妇人"，北京：中华书局 1959 年版，第 749 页。

就传遍河北、山西、陕西，影响很大。万历间王佐塘创立"金幢教"，在福建、广东、广西、江苏、浙江一带传播。明末还有"东大乘教""西大乘教""龙天教""圆顿教""长生教""弘阳教"等。这些民间宗教有的与佛教比较接近，有的与道教相似，在民众中有很大的号召力，农民起义常常以其为掩护和依托，因而不断遭到统治者的打压。① 明代戏曲对民间宗教——如白莲教的起义有所反映，但剧作家大多站在统治者的立场上，斥之为"盗匪""邪教"，许恒的传奇《二奇缘》就是一例。

明代后期，西方的基督教（天主教）传入澳门、广州、肇庆、南昌、南京、北京等地。② 明末，汉族中的基督教信徒接近 4 万人，西方传教士利玛窦（西泰）、罗明坚（复初）等广为人知，这与元代"也里可温教"主要在蒙古人和色目人中传播大不相同，而且，利玛窦等人不仅传播基督教教义，同时还传播西方的科学技术和资产阶级的自由、平等观念，引起了部分士大夫的警惕和恐慌，但当时的统治者对天主教的传播却采取了"不为遣斥"的容忍态度。

> 意大里亚，居大西洋中，自古不通中国。万历时，其国人利玛窦至京师……大都欧罗巴诸国，悉奉天主耶酥教……利玛窦始泛海九万里，抵广州之香山澳，其教遂沾染中土……已而帝嘉其远来，假馆授粲，给赐优厚。公卿以下重其人，咸与晋接。玛窦安之，遂居留不去……自玛窦入中国后，其徒来益众。有王丰肃者，居南京，专以天主教惑众，士大夫暨里巷小民，间为所诱。礼部郎中徐如珂恶之。其徒又自夸风土人物远胜中华，如珂乃召两人，授以笔札，令各书所记忆。悉舛谬不相合，乃倡议驱逐……礼科给事中余懋孳亦言："自利玛窦东来，而中国复有天主之教。乃留都王丰肃、阳玛诺等，煽惑群众不下万人，朔望朝拜动以千计。夫通番、左道并有禁。今公

---

① 　关于明代道教及民间宗教的论述参阅了任继愈《中国道教史》（下）第四、第五编的相关内容。参见任继愈著：《中国道教史》（增订本），北京：中国社会科学出版社 2001 年版，第 770~916 页。

② 　早在唐代基督教就已传入中国，当时国人称之为"景教"，元代时称作"也里可温教"，元朝皇室还设立"崇福司"专门管理也里可温教。元朝灭亡后，基督教在中国也遭受重创，一直到明后期又卷土重来。明后期，在利玛窦来华之前已有多名西方传教士到中国南方传教，但影响都不是太大。

然夜聚晓散，一如白莲、无为诸教。且往来壕镜，与澳中诸番通谋，而所司不为遣斥，国家禁令安在。"帝纳其言，至十二月令丰肃及迪我等俱遣赴广东，听还本国。命下久之，迁延不行，所司亦不为督发。①

　　尽管西方的天主教在昆腔传奇大盛之时传播广远，但并未在明代宗教剧中留下明显的印痕，所见未广的笔者未能在现存古代戏曲传本中发现主要宣扬天主教的剧作，也没有看到有剧本刻画天主教的人物。明代还有个别皇帝推崇过伊斯兰教，但影响明代戏曲的仍然是东方的佛、道二教及其混合物民间宗教。

二、明代宗教剧剧目及主题类型

　　明杂剧和明传奇中均有宗教剧剧目。由于笔者掌握的明代戏曲剧本文献有限，据笔者有限的阅读经验，明代戏曲剧目中共有宗教剧 98 部，其中，属于道教类的 71 部，属于佛教类的 17 部，属于仙佛错综类的 10 部。由于明皇室热衷于以篇幅短小的神仙道化剧庆贺寿辰和节日，满足其仪式性的需要，因此，98部宗教剧之中有 70 部属于杂剧，其余 28 部属于明传奇。

　　尽管佛教剧的数量远不如道教剧，但明代影响最大、最为典型的宗教剧却不再是道教的神仙道化剧，而是佛教剧。例如，郑之珍的《新编目连救母劝善戏文》不但是明代宗教剧的代表作，也可以说是中国古代宗教剧的代表作。明代的宗教剧作者中还新增了佛教僧侣，如万历年间，杭州报恩寺僧人智达有传奇《归元镜》、僧人湛然有杂剧《金渔翁证果鱼儿佛》，他们所创作的佛教剧是比较"纯粹"的宗教剧。无名氏的《钵中莲》传奇着力宣扬佛教的因果报应思想和观音的法力，也是宗教色彩鲜明的剧作。六道轮回、因果报应——特别是冥报是明代佛教剧的主要精神蕴涵，有相当一部分剧目以地狱为中心来建构剧情，借助宗教鬼神之力来强化世俗道德的约束力，宗教蕴涵丰富。明代佛教剧的人物形象鲜明而且多样，如救苦救难且有异相的观音菩萨（《金渔翁证果鱼儿佛》《钵中莲》《新编目连救母劝善戏文》《观世音修行香山记》《观音鱼篮记》《人兽关》《修

---

① （清）张廷玉等撰：《明史》（六），北京：中华书局 2000 年版，第 5667~5669 页。

文记》等多部剧作有观音登场，有的还以刻画观音形象为主），① 无所不知无所不能的"西天活佛"释迦牟尼（《释迦佛双林坐化》《新编目连救母劝善戏文》《猛烈那吒三变化》），中国佛教四大菩萨之一的文殊（《文殊菩萨降狮子》），铁面无私的阎王和判官（《挡搜判官乔断鬼》《错转轮》《新编目连救母劝善戏文》《袁氏义犬》《昙花记》）等成为主要的描写对象。在元代杂剧中很少露面的一些佛教人物也进入明代佛教剧中。例如，《释迦佛双林坐化》中除释迦牟尼之外，还有迦舍、阿难、韦驮、华光讲主、佛母、天蓬天猷八部、优婆塞、优婆夷、多闻天王、增长天王、广目天王、大梵天王、阎摩罗王、功德菩萨、大辩才菩萨、摩利支、阿修罗、日宫天子、月宫天子、金刚、地神、树神、龙神等几十位神灵登场，堪称佛教神谱大展览。明代佛教剧中还有彰显门派的"传记剧"，着力刻画中国佛教净土宗历史上的名僧大德，如智达的传奇《归元镜》就是一例。明代佛教剧还把佛经直接援入剧中，以强化对教义的宣传。例如，无名氏的杂剧《释迦佛双林坐化》以演唱《心经》作结，罗懋登的传奇《观世音修行香山记》不仅致力于为观音"立传"，而且还将《妙法莲华经》卷七之《观世音菩萨普门品》全文抄录，由旦所扮演的妙善一人念诵。这些事实足以说明，明代佛教剧的"布道"热情是很高的。

明代戏曲所反映的佛教生活主要属于净土宗和禅宗。前文已言及僧人智达创作为莲宗"三祖"立传的传奇《归元镜》，其中，明代杭州云栖寺僧人袾宏（号莲池）成为重要的描写对象。这里再举一例。无名氏的杂剧《猛烈那吒三变化》第四折有释迦牟尼登场"布道"："贫僧三来化身，自东度西，来传六祖。初祖达磨禅师，二祖慧可大师，三祖僧璨大师，四祖道信大师，五祖弘忍大师，六祖惠能大师。又传五宗五教之正法：五宗者，临济宗、云门宗、曹洞宗、法眼宗、沩仰宗；五教者，南山教、慈恩教、贤首教、天台教、秘密教。千载无穷，万世顶礼……"② 尽管这里也提到了律宗（南山教）、慈恩宗（法相宗、唯识宗）、贤首宗（华严宗）、天台宗（法华宗）、密宗（秘密教），但中国佛教中的净土

---

① 戏曲史家一般将明末清初的李玉列为清代剧作家，但其剧作并非都作于清代，其《人兽关》就作于明代，有崇祯本传世，详后。

② （明）无名氏著：《猛烈那吒三变化》，王季烈编校：《孤本元明杂剧》（四），北京：中国戏剧出版社1958年版，第8页。

宗、三论宗等重要门派被遗漏，而禅宗的五个分支则被置于与"五教"同列的重要地位，禅宗的"谱系"也描述得最为清晰，这里的释迦佛仿佛成了禅宗一派的开山祖师。这只能说明，在当时人们的心目中，禅宗的影响是最大的，其两系、五宗几乎成为明代佛教的全部。

服食丹药、长生不老是明代道教剧主要的精神蕴涵，乐于下凡祝寿的八仙、拥有"蟠桃"的西王母和福禄寿三星君成为道教剧的主要描写对象。此外，"净明忠孝道"的祖师许逊（《许真人拔宅飞升》），药王孙思邈（《孙真人南极登仙会》），长于辟谷、精于炼丹的女道士边洞玄（《边洞玄慕道升仙》），传说中的养生古仙广成子（《广成子祝贺齐天寿》）等也进入明杂剧作家的视野。

元代道教剧侧重表现北方"全真道"的宗教思想和宗教生活，"正一"天师虽然也进入元杂剧，但其形象和"谱系"远不及"全真"清晰。明代道教剧对"全真""正一"均有表现，但南方符箓派的思想和活动受到更多的关注。书符役鬼、化符治病、念咒降妖、仗剑作法、步罡踏斗、呼风唤雨、扶乩请神、炼丹服食、白日飞升等道教生活图景均被搬上舞台。有的剧作如《蕉帕记》甚至还描写春药和春画。这说明道教的男女双修、房中术等在明代广有影响。

明代戏曲还把目光投向民间俗神——主要是道教俗神，例如，灶神、门神、厕神（紫姑）、瘟神、井神、窑神、药王、花神、雷公、电母、土地神、山神、增福神、顺风耳、千里眼、文曲星、二郎神、那吒、钟馗（有的剧作把他当作与门神不同、专门捉鬼除祟的神）等进入剧作家的视野。有的剧目以这些俗神为主要描写对象，如无名氏的杂剧《庆丰年五鬼闹钟馗》以钟馗为主人公，《孙真人南极登仙会》主要写药王孙思邈，《猛烈那吒三变化》着力刻画那吒，《二郎神锁齐天大圣》和《灌口二郎斩健蛟》以二郎神为主要人物，《青袍记》以下凡的文曲星为主要人物，以花神为主要描写对象的剧作有多部。有的剧作让多个俗神同时登场。例如，无名氏杂剧《太乙仙夜断桃符记》第四折把召神役鬼的道坛直接搬上舞台，让太乙仙用符咒将土地神、灶神、井神、门神、钟馗等一一召来问讯，李玉的传奇《人兽关》、郑之珍的传奇《新编目连救母劝善戏文》、无名氏的传奇《钵中莲》等也有多个道教俗神登场。这大大丰富了宗教剧的人物画廊，昭示了明代道教加速向民间普及的趋势。

无论是佛教剧还是道教剧都有僧道同台、仙佛错综、三教合一的特点，有相当一部分道教剧的宗教蕴涵与佛教剧并无大的差异，其中，"果报剧"尤其突出，这说明明代宗教的个性特征进一步弱化。

明代有多部揭露宗教窳败之象的剧目，这类剧目当然不能算作宗教剧，但它从另一侧面反映了宗教与戏剧的关系，揭示了明代宗教的衰败，昭示了明代中后期带有启蒙色彩的新思潮的涌动，也说明当时有部分文人对于宗教化导社会、纯洁世道人心的作用持怀疑态度。

（一）　明杂剧中的宗教剧剧目及主题类型

明代杂剧中共有宗教剧 70 部，其中，道教剧 53 部，佛教剧 11 部，佛、道混合剧 6 部。从主题来看，庆赏剧占道教剧的一半，而且，这些剧作大部分是宫廷的神仙庆寿剧，张扬长生不老的道教信仰。其次是度脱剧，道教度脱剧所占比例较大，这些剧作也大多以宣扬长生不老为表现向度。再次是宣扬佛、道神通法力的"法力剧"和宣扬因果报应的"果报剧"。"道法剧"对符箓派的宗教生活有较多描写，"佛法剧"则把目光投向那吒，佛祖、菩萨与魔的争斗惊心动魄。佛与道的"果报剧"都借鬼神之力提升世俗道德的约束力，冥报成为描写的重点。

1. 道教类剧目及主题类型

明杂剧中的道教类剧目 53 部，其中，皇室和达官贵人用来贺节祝寿的"庆赏剧"26 部，度人出家、点化成仙的"度脱剧"14 部，张扬神灵仙真的神通法力以自神其教的"道法剧"11 部，宣扬轮回转世、因果报应思想的"果报剧"2 部。

（1）庆赏

朱有燉《群仙庆寿蟠桃会》《洛阳风月牡丹仙》《十美人庆赏牡丹园》《天香圃牡丹品》《瑶池会八仙庆寿》《四时花月赛娇容》《福禄寿仙官庆会》《河嵩神灵芝庆寿》《神后山秋狩得驺虞》、无名氏《十八学士登瀛洲》《宝光殿天真祝万寿》《祝圣寿金母献蟠桃》《众神仙庆赏蟠桃会》《降丹墀三圣庆长生》《众神圣庆贺元宵节》《紫微宫庆贺长春节》《众天仙庆贺长生会》《贺升平群仙祝寿》《庆千秋金母贺延年》《广成子祝贺齐天寿》《黄眉翁赐福上延年》《感天地群仙朝圣》《贺万寿五龙朝圣》《庆丰年五鬼闹钟馗》《天官赐福》《三星下界》26 部剧作均为"庆赏剧"。

从存目看，元杂剧和宋元南戏中的《宴瑶池王母蟠桃会》《王母蟠桃会》可能是"庆赏剧"，但这类剧作没有传本。现存明传奇中少有"庆赏剧"，而现存明杂剧中却有几十部"庆赏剧"，这说明生长于民间的戏曲已走向宫廷，同时也说明，戏曲走向宫廷借助了宗教——特别是道教的力量。这类剧作的作者主要是像朱有燉这样的皇亲国戚以及皇家教坊中的供奉艺人，其主要观众是皇室成员和达官贵人。这类剧目通常在皇帝或皇太后的诞辰、重要传统节日以及达官贵人的各类庆典仪式上演出。因此，它们几乎都是篇幅相对短小的杂剧，情节比较简单，但有很强的仪式性和类型化特征，其主要作用是营造喜庆热闹的气氛，满足仪式性需要。

"庆赏剧"并不都是宗教剧，有少数"庆赏剧"并无宗教内容，如《立功勋庆赏端阳》《庆冬至共享太平宴》《祝圣寿万国来朝》《太平乐事》等就是例证。不过，绝大多数"庆赏剧"可以划归宗教剧范围，而且大多是道教剧，佛教剧中很少有"庆赏剧"，这与道教以长生不老为核心信仰有关。这类剧作描写的是皇帝圣德感天，下界风调雨顺，万民乐业——可见为皇家歌功颂德是"庆赏剧"的主要内容，神仙——特别是设蟠桃寿宴的女仙金母（西池王母），掌管人间福禄寿的福禄寿三星君，天官、地官、水官等"三圣"以及下降为人祝寿的"八仙"等是"庆赏剧"的主要人物形象，"八仙"之中又以汉钟离和吕洞宾出现的频率为最高。多数剧目以道教的核心信仰"长生不老"为主题，场面热闹，砌末精致，服饰考究，舞台辉煌。

从内容和用途上再作划分，明杂剧中的"庆赏剧"还可以细分为"祝寿剧""贺节剧"和"贺升平剧"三种形态，其中，"祝寿剧"占绝大多数，这既与接受者的需求有关，也与道教的长生信仰有关。

"祝寿剧"有：《群仙庆寿蟠桃会》《众神仙庆赏蟠桃会》《瑶池会八仙庆寿》《河嵩神灵芝庆寿》《十八学士登瀛洲》《宝光殿天真祝万寿》《祝圣寿金母献蟠桃》《降丹墀三圣庆长生》《紫微宫庆贺长春节》《众天仙庆贺长生会》《贺升平群仙祝寿》《庆千秋金母贺延年》《广成子祝贺齐天寿》《感天地群仙朝圣》《贺万寿五龙朝圣》《黄眉翁赐福上延年》《天官赐福》《三星下界》18 部。

这些剧作有相当一部分为明代宫廷教坊所编演，其中，有的可能是元杂剧或宋元南戏的改编本。例如，宋元南戏中也有《贺升平群仙祝寿》。有些剧作亦可用于其他喜庆仪式，例如，《天官赐福》和《三星下界》就不止于祝寿，后世戏曲演出常以之为开场戏。"祝寿剧"的祝福对象主要是皇帝和皇太后，也有少数剧目为文武大臣、豪门富户"称寿"所作。王季烈《孤本元明杂剧提要》在论及《黄眉翁赐福上延年》时说，此剧乃"伶工为武臣之母称寿所作"。① 据祁彪佳《远山堂剧品》记载，绍兴文人祁麟佳曾创作杂剧《庆长生》以寿母，惜乎剧本已不传。由此可见，明代富贵之家亦有以神仙剧祝寿之俗，同时也可以见出古代戏曲演出与寿诞等个人喜庆的密切关系。

为当时的最高统治者歌功颂德是"庆赏剧"的重要内容，例如，无名氏《祝圣寿金母献蟠桃》中天仙游奕使唱道："贺当今圣德皆仁政，因此上禾黍尽收成。""见如今一统乾坤乐太平，论着官清，合着天意行。感应的四时和，风雨调，边塞宁，保护的宇宙安，揩抹的日月明，则愿的永绵绵福寿增。""神仙共祝乐升平，普四海尽丰登，见如今官清法度施仁政，黎庶尽欢忻，兴保万载锦乾坤。"剧中的金母也说："见今万乘帝主，治过尧舜，因此天心喜悦，四海和平，永享太平之福也。"②

这些剧作虽然比传奇要短得多，但大多也有四折（也许与这些剧目大多创作于明前期有关，明中后期的杂剧大多只有一折或两折），如果只是让众神仙出场念诵谀词，显然无法铺陈为四折，也很难吸引看客。实际上"祝寿剧"大多穿插有滑稽诙谐场面，使通场不致寂寞。例如，《宝光殿天真祝万寿》一剧有四折一楔子，直到第四折才聚集众仙"望下方祝延圣寿"，前三折和楔子主要写虚玄真人因"凡心不退"被东华仙罚往人间"脱化"，东华仙担心他"迷却正道"，派汉钟离、吕洞宾去下方引度"托化在这湘潭县孙公远家中为子"的虚玄真人。汉钟离派心猿、意马去武当山"魔障"已出家修道的虚玄真人，哪知虚玄真人神通广大，心猿、意马根本不是他的对手。心猿、意马召唤眼、耳、鼻、舌、身、意"六贼"与虚玄真人"斗胜"……这就把"度脱剧""道法剧"与"庆赏剧"糅

① 王季烈撰：《孤本元明杂剧提要》，王季烈编校：《孤本元明杂剧》（一），北京：中国戏剧出版社 1958 年版，第 56 页。

② （明）无名氏著：《祝圣寿金母献蟠桃》，王季烈编校：《孤本元明杂剧》（四），北京：中国戏剧出版社 1958 年版，第 2~3 页。笔者引录时删除了夹在唱词中的宾白。

合在一起了，大大提高了"庆赏剧"的观赏性。又如《群仙庆寿蟠桃会》有四折，写金母在瑶池设蟠桃会，请众仙赴会。金母见下方"善道昭然"，命金童玉女捧蟠桃随寿星等天仙一起下降中原祝寿。宪王府知有天仙下降，在门前恭迎，众仙云集宪王府，同贺长生。如果只有这些内容，剧作虽然热闹，但空洞乏味。为了提高观赏性，朱有燉将东方朔化身偷蟠桃的故事穿插其间，使充满歌功颂德之"谀词"的"祝寿剧"有了很浓的滑稽味，提升了观赏性。

"贺升平剧"有《神后山秋狩得驺虞》《洛阳风月牡丹仙》《天香圃牡丹品》《四时花月赛娇容》《十美人庆赏牡丹园》5 部。

这类剧作以歌颂或装点"太平盛世"为主要内容，多杂有祝主人益寿延年、百福来臻的吉祥语，可见其具有较广泛的用途，可以在各类喜庆仪式上演出。这类剧作几乎没有什么戏剧冲突，也没有多少社会生活内容，轻歌曼舞成为主要的表现手段，美丽如花的女性角色是主要的观赏对象，满足权贵的声色之欲和仪式需要是创作和演出的主要目的。例如，《四时花月赛娇容》以十多个旦角分别扮演芍药、牡丹、玉堂春、海棠、莲花、水仙、桂花、菊花、梅花等四季花仙，还有花仙的梅香以及司花女仙等，她们各以歌舞"赛"自己的"娇容"，一折"赛"一季之花。花仙不仅美丽，更重要的是"不老"——"永得容颜嫩"：

【收江南】　喜四时花下列芳樽，看年年赏玩斗奇珍。主人家欢乐寿千春，饮寿酒几巡，长生福禄庆金门。

【鸳鸯尾声】　感嬢嬢赐与天仙分，宴蟠桃永得容颜嫩。笑脸生春，百福来臻。唱道这仙分仙缘，成全是准，普天下升平。受快乐，逢时运，风俗和淳，富贵千秋万年稳。①

歌舞升平，美女如云，达官贵人的声色之欲得到了满足。

"贺节剧"有《庆丰年五鬼闹钟馗》《福禄寿仙官庆会》《众神圣庆贺元宵节》3 部。

我国古代传统节日大多是全民性的，每逢佳节，普天同庆。春节、元宵、清

---

① （明）朱有燉著：《四时花月赛娇容》第四折，王季烈编校：《孤本元明杂剧》（二），北京：中国戏剧出版社 1958 年版，第 10 页。

明、端午、中秋、重阳、冬至是最受重视的传统节日。节日聚众演戏是传承历久的习俗，这在明代"庆赏剧"中也得到了印证。现存"庆赏剧"中既有贺"正旦"（又称"新正"，亦即春节）的《庆丰年五鬼闹钟馗》《福禄寿仙官庆会》，也有贺元宵的《众神圣庆贺元宵节》、贺端午的《立功勋庆赏端阳》、贺冬至的《庆冬至共享太平宴》等剧目。这些剧作大多是明代宫廷乐人所编演，对节日民俗有所反映，但主要内容还是为皇室祈福和歌功颂德。不过，"贺节剧"未必都是宗教剧，上面提到的《立功勋庆赏端阳》《庆冬至共享太平宴》等就是例证。

"庆赏剧"能满足人的仪式需要，尽管其艺术性并不是很强，但其生命力却相当顽强，直到今天，富裕之家每逢寿诞、婚嫁等喜庆邀请剧团前来助兴，剧团常以热闹、喜庆的《踏八仙》《百寿图》等短剧开场，以营造喜庆气氛和满足雇主的仪式性需要。由此可见，现存"庆赏剧"剧本虽然几乎大多是内府本，但它未必只是为皇家和权贵所专。

（2）度脱

朱权《冲漠子独步大罗天》、朱有燉《吕洞宾花月神仙会》《南极星度脱海棠仙》《小天香半夜朝元》《紫阳仙三度常椿寿》《东华仙三度十长生》、王应遴《逍遥游》、徐阳辉《有情痴》、杨之炯《天台奇遇》、叶小纨《鸳鸯梦》①、无名氏《吕纯阳点化度黄龙》《李云卿得道悟升真》《边洞玄慕道升仙》《色痴》② 14部剧作可视为"度脱剧"。

明杂剧中的道教"度脱剧"与元杂剧中的道教"度脱剧"有明显不同。

其一，度脱方式不同。从度脱过程看，元杂剧中的"度脱剧"大多为"三度模式"，被度者通常执迷不悟，执行度脱任务的仙真除反复"劝化"之外，还得让被度者"见几个恶境头"，顽固的被度者这才肯出家。明杂剧中的"度脱剧"大多抛弃了"三度模式"，被度者大多主动追慕仙道，只要稍加"点化"或让他们吞食一粒"仙丹"，度脱任务便轻而易举地完成了。这些剧作中的被度者大多不是迷恋红尘、执迷不悟的凡夫俗子，而是"夙有道缘，素慕真风"的

---

① 叶小纨是明末清初戏曲家，其《鸳鸯梦》见于明崇祯间刻本《午梦堂集》，故将其划归明杂剧。

② 《天台奇遇》与王子一《误入桃源》的题材相同，均写刘晨、阮肇天台遇仙事。此剧与《色痴》一样均无度脱情节，但与度脱剧超凡入仙之主旨有相合之处，故且归入度脱类。当然，亦可另列为隐逸类。

"仙种"，即使是沦落风尘的妓女通常也是"道心甚坚"的，他们不再需要度脱者反复"劝化"甚至借"恶境头"恐吓。例如，《吕洞宾花月神仙会》中的妓女珍奴是蟠桃仙子下凡，虽身在风尘，但一心向道，每日焚香告天，企盼有人来点化成仙，不愿接客。《小天香半夜朝元》中的妓女小天香原系金母之女，因一念思凡被谪降为乐户之女，但她拒绝接客，一心想修仙，终于逃往华山学道。《李云卿得道悟升真》中的被度者李云卿本来就是"道骨仙胎"，在深山苦修多年。度脱者张紫阳奉东华帝君之命去度脱他，仅仅是凭"顺着这正道儿行将去"的一席谈，李云卿便得"长生之法"，窥"大道之门"。此剧仅用一折（第三折）的篇幅，张紫阳便让李云卿"足蹑彩云，白日飞升去了"。《鸳鸯梦》① 中的被度者蕙百芳原为碧霞元君侍女，谪降凡尘为男之后虽"幼习儒业，博览群书"，但却"雅慕神仙，志希出世"，厌恶人间"龌龊富贵"。在结拜兄弟文琴、飞玖病亡后，蕙百芳"悟生死靡常，自尔逍遥云水，访道寻真"，主动去寻访隐于终南山"能知过去未来"的老道长。这道长乃吕纯阳之化身，他"度脱"蕙百芳的方式不再是让他"见几个恶境头"，而是点明他和他的结拜兄弟原本是蓬山道侣，暂谪人寰，现文琴、飞玖"俱已回头是岸"，只等他重会瑶池。

当然，也有少数剧作仍然保留了"三度模式"，但即使是这类剧作也与元杂剧中的度脱剧有所不同。例如，《紫阳仙三度常椿寿》大体剽袭谷子敬《吕洞宾三度城南柳》之剧情而成，在形式上仍保留了"三度模式"，但让被度者"见几个恶境头"的情节却被改写了。剧中的春郎之所以醒悟并不是由于见了几个"恶境头"，而是由于明白了自己的"椿树形骸"，悟出了"前缘"。《东华仙三度十长生》虽然也保留了"三度"的形式，但实际上并没有反复"劝化"被度者的场面，更没有让被度者"见几个恶境头"的情节，其中的动植物虽为"土木形骸"，但也都有"仙缘仙根"，无一不是主动要求神仙"点化"。这些剧作的度脱者只是试探被度者修道向仙之志是否坚定，在适当的时候进行"点化"——指明被度者的"前身""仙缘"或"略谈长生妙道"，接引被度者"升天"。

其二，思想蕴涵有别。元杂剧中的道教"度脱剧"大多以劝人出家苦修为旨

---

① 清初有题署采芝客的传奇《鸳鸯梦》三十五出，写才子佳人梦中相会事，与叶小纨的杂剧《鸳鸯梦》无涉。本书所引录杂剧《鸳鸯梦》的文字，见华玮编辑、点校：《明清妇女戏曲集》，台北：台湾"中央研究院文哲研究所"1904年版，第5~21页。此剧为叶小纨的悼妹之作，但作者将主人公及其结拜兄弟均托之于男身。

归，视功名利禄、儿女夫妻为"金枷玉锁"，强调仙俗有别，以引导人们"超凡脱俗"为目标。剧作对人生悲苦、官场黑暗、吏治腐败有较充分的揭示。剧作家从宗教立场出发，对社会人生作了哲理性反思，剧作的思想蕴涵和社会生活蕴涵均较为丰富。明杂剧中的道教"度脱剧"则大多以度人"升仙"为旨归，让人长生不老、享受永福是多数剧作的主要思想蕴涵，凸显仙俗之别和强调人生价值观的转变不再是剧作家关注的中心问题。因此，不少剧作有让被度者服食仙丹而登仙籍的情节。例如，《冲漠子独步大罗天》《小天香半夜朝元》《李云卿得道悟升真》《边洞玄慕道升仙》等剧中均有执行度脱任务的神仙让被度者服食"仙丹"的描写。有的则大讲"红铅白汞入丹炉"的炼丹之术和"服黄芽九转丹"的妙处，如《东华仙三度十长生》就是如此。这在元杂剧中是很少见到的。拥有"不死之药"的金母、主管增寿的南极寿星等道教神仙经常在明杂剧"度脱剧"中亮相；松、柏、竹、鹤、鹊、鹿、龟、山、水、云等"长生不老之物"成为被"度脱"的对象，这在元杂剧中也是很少见的。在这类剧作中，我们几乎看不到社会的黑暗和人生的悲苦，但长生不老的道教信仰却给我们留下了强烈的印象。

当然，明杂剧中的"度脱剧"并非都是如此，上面所列举的剧目中有些就有较丰富、深刻的思想和社会生活蕴涵，只是这类剧作数量有限罢了。例如，《逍遥游》《色痴》均以庄子为描写对象，剧作不仅宣扬了人生如梦、一切皆空的宗教人生观，同时也富有一定的哲理性。特别是《色痴》一剧触及人的本性、道德的脆弱、情欲对道德的戕害等深刻的问题。《鸳鸯梦》主要借助神仙故事传达对往生亲人的哀思，同时也隐含着对社会现实的抨击和对功名思想的否定。

明杂剧"度脱剧"的这一变化既与明代道教教派之消涨有关，也与作者社会地位的变化有关。

在元代——特别是元前期风头正劲的"全真道"入明以后进一步衰落，而势头原先不如"全真道"的南方"正一道"入明以后由于深得明皇室的宠信，地位日益上升。"正一道"属于符箓派，以丹药符箓为人"治病"或替人禳灾祈福是其"布道"的主要内容和方式。"全真道"——特别是元前期的"全真道"致力于整顿教坛，是不太相信丹药符箓的，劝人远离功名利禄、酒色财气、妻子儿女，出家苦修是其"布道"的主要内容和方式。正是道教教派的此消彼长铸成了元明道教"度脱剧"在思想蕴涵和艺术形式上的差异。

元杂剧中的"度脱剧"多为"不遇"之人所写，借"度脱剧"发泄对现实的不满是其创作的重要出发点，而明杂剧"度脱剧"的作者多为皇亲国戚或内廷供奉，他们主要为达官贵人写戏。服食丹药以求长生不老的风气曾长期笼罩明皇室，主要为皇亲国戚所写的明代"度脱剧"以"长生"为"主旋律"是很自然的事情。这说明，戏曲创作不仅受创作主体思想与艺术的制约，也与被欣赏的目的密切相关，受众的需求对戏曲创作的影响同样是很大的。

需要指出的是，《吕纯阳点化度黄龙》一剧中，执行度脱任务的是道教八仙中的吕洞宾，而被度的对象却是佛教寺庙中的黄龙禅师。这位禅师所信奉的"天地至理"不是"苦空寂灭"的"佛法"，而是"生万物"的"道"，对于前来"偷营劫寨"，"欲度浮屠上玉阶"的吕洞宾毫无敌意，最后竟然按照东华上仙的旨意背弃佛门皈依仙道。此剧现存脉望馆抄校内府本，传本附有宫廷演出的"穿关"，当是明代宫廷乐人为了讨好排佛佞道的皇帝而特意创作的，它也从一个侧面反映出佛、道二教在明代某些时段的此消彼长。

（3）道法

朱有燉《张天师明断辰勾月》、杨慎《宴清都作洞天玄记》①、陈自得《证无为作太平仙记》、梅鼎祚《昆仑奴剑侠成仙》、邓志谟《秦楼箫引凤》、无名氏《太乙仙夜断桃符记》《争玉板八仙过沧海》《许真人拔宅飞升》《孙真人南极登仙会》《灌口二郎斩健蛟》《二郎神锁齐天大圣》11部剧作属于彰显神灵仙真之神通法术的"道法剧"。

这类剧作凸显神灵仙真召神役鬼、跨龙乘凤、符箓治病、禁咒降妖、拔宅飞升、徒步济海、腾云驾雾、降龙伏虎之类的异术奇能。道教符箓派的禁咒符箓和身怀奇术异能的神灵仙真是剧作描写的重点。剑与符是这类剧目的要件，翻腾扑跌的武功和念咒画符的"神功"是其舞台呈现的主要手段。和神仙满台的"庆赏剧"一样，"道法剧"也是颇为"热闹"的，但它又多了一层神秘色彩。从这些剧作亦可见出，道教符箓派在明代有较大影响，也反映出明代戏曲中的武戏已成为一个重要门类。

明代的道教剧中以"八仙"为主要描写对象或者有"八仙"登场的剧目相当多，但"八仙"的具体所指并不相同。《降丹墀三圣庆长生》《祝圣寿金母献

---

① 剧作"开场"作《宴清都洞天玄记》。

蟠桃》《众天仙庆贺长生会》等剧目中的"八仙"都是指"上八洞神仙"——钟离权、吕洞宾、铁拐李、张果老、张四郎、曹国舅、蓝采和、韩湘子。《贺升平群仙祝寿》中的"八仙"既有"上八洞神仙"钟离权、吕洞宾、铁拐李、韩湘子、张果老、张四郎、蓝采和、曹国舅,还有"下八洞神仙"王乔、陈戚子、徐神翁、刘伶、陈抟、毕卓、任风子、刘操(海蟾子)。《吕洞宾花月神仙会》中的"八仙"则是指吕洞宾、钟离权、张果老、铁拐李、韩湘子、蓝采和、曹国舅、徐神翁,在多部剧作中现身的张四郎被换成了徐神翁。

"八仙过海"是流播广远的"仙话",明代的戏曲与小说都有以此为题材的作品,但对于"八仙"之所指也小有差异。例如,无名氏的杂剧《争玉板八仙过沧海》中的"八仙"是指"上八洞神仙"——钟离权、吕洞宾、铁拐李、韩湘子、张果老、曹国舅、蓝采和、徐神翁。明人吴元泰以"八仙过海"为题材的小说《八仙出处东游记传》中的"八仙"却有何仙姑,而无徐神翁,后世的八仙并非《争玉板八仙过沧海》中之所写,而是小说《八仙出处东游记传》之所写。这说明,戏曲与小说共同参与了八仙的"打造"。

(4)果报

朱有燉的《搊搜判官乔断鬼》和李逢时的《酒懂》两部剧作着力宣扬因果报应思想,属于"果报剧"。

《搊搜判官乔断鬼》宣扬因果报应和轮回转世思想,不过其中凸显的是冥报。裱褙匠封聚不孝,经常打骂老母,而且既贪财又好贿,混赖书生徐行的家藏古字画,反诬徐行打人。徐行生病而亡,至阴司告发封聚恶行,搊搜判官派无常鬼等将封聚捉拿到案,施以重刑,减其阳寿转赠其母,并将封聚打入黑黯都受罪。书生徐行饱读诗书,躬行"三教",① 善良正直且阳寿未尽,故搊搜判官令其还阳,真所谓神灵正直,报应昭彰,如影随形。

元杂剧中宗教剧的剧情框架虽然也有跨越天上、人间、地狱三界的,但多数剧作以人间为主要描写对象,《搊搜判官乔断鬼》却以阴司地狱为主要描写对象,剧中的搊搜判官威严正直,对人间善恶了如指掌,惩恶扬善纤毫不爽。以阴司地狱为中心来建构剧情的表现形式成为明代宗教剧在艺术上的一个特点,明杂剧与

---

① 剧中徐行训子一节,徐引宋孝宗之言曰:"以佛治心,以道治身,以儒治世。此诚言也。"

明传奇中都有一批剧作采用了这种情节结构模式，这说明冥报观念在明代更加深入人心。

《酒懂》则宣扬"现世报"。生活节俭的姜某隐匿了他人遗失的一锭银子，被土地神告发。上帝派酒魔到姜家搅扰，以示惩罚。从来不饮酒的姜某因此染上了酒瘾，终日狂饮，不能自控，家产消乏，陷入困顿。不久，上帝派一女前往试探，得知姜已有所悔悟，且此人本性善良，为人正直，故解其厄。不久，姜子中举，而且姜某重新恢复了闻酒生厌之性，一家和美如初。

隐匿、混赖他人财物属于社会道德范畴，不孝和挥霍无度则属于家庭伦理道德范畴。剧作以此为题材，说明明代道教关注的重心不是人与神的关系，而是人与社会、人与人的关系，致力于以"鬼道"救世——借助宗教鬼神的赏善罚恶强化伦理道德对民众生活的约束力，同时也反映出明代道教的世俗化色彩。

2. 佛教类剧目及主题类型

明杂剧中的佛教剧共 10 部。其中，度人出家的"度脱剧"7 部，以张扬佛祖、菩萨之神通法力自神其教的"佛法剧"3 部，宣扬轮回转世、因果报应思想的"果报剧"1 部。

从数量上看，明杂剧中的佛教剧比道教剧要少得多，这与以长生不老为核心信仰的道教更能满足统治者的享乐需求有关。皇亲国戚和宫廷乐人编写道教剧的热情很高，但他们却较少编写佛教剧。如前所言，明代佛教剧的数量虽然不多，但多数剧作的宗教品格却是比较鲜明的。

（1）度脱

朱有燉的《惠禅师三度小桃红》《李妙清花里悟真如》、徐复祚的《一文钱》、徐渭的《玉禅师翠乡一梦》、湛然的《金渔翁证果鱼儿佛》、黄家舒的《城南寺》、无名氏的《龙济山野猿听经》① 7 部剧作属"度脱剧"。

佛教"度脱剧"以度人出家为旨归，但不同的作者借此所传达的人生体验颇不相同。朱有燉的两部剧作，一对妓女的"云情雨意"进行否定，劝人不要落入温柔陷阱，一借寡妇向佛以歌颂妇女守节，两部剧作都有很浓的道德与宗教混一的理学气息。《玉禅师翠香一梦》虽亦以度脱妓女为题材，但剧作的思想与社会

---

① 有人认为此剧是元代作品，有人认为它作于明代永乐以后。

生活蕴涵比朱有燉的两部剧要丰富得多。玉通和尚之所以破了色戒是由于柳府尹嫉恨玉通不赴庭参而设计陷害，这就揭露了官府的黑暗和官吏的心胸狭隘，客观上批判了封建专制统治。玉通投胎为府尹之女，府尹亡故，家道中落，女儿柳翠沦落风尘，这不仅宣扬了因果报应和轮回转世思想，也体现了祸福难料、人生无常的人生体验，富有宗教哲理意味。月明和尚度脱柳翠使用的是禅宗妙法——"哑谜相参，机锋对敌"，他用手势道出柳翠的前世今生，使之幡然悔悟，既符合舞台呈现的动作性要求，也折射出禅宗在明代的影响力。徐复祚的《一文钱》以戒贪破悭为主旨，同时也张扬了佛教的"布施"之善，从宗教视角对人的贪欲进行了较为深入的剖析，触及人的本性和灵魂。剧中的"臭卢员外"是一个典型的"积累欲"压倒"享受欲"的吝啬鬼，富敌王侯的他为了囤积财富，不仅让妻子儿女食不果腹、衣不蔽体，而且自己也"节省"到了严重自虐的程度。全剧将贪欲的难以去除，贪欲对人性的扭曲、对亲情的戕害，表现得淋漓尽致，而且从宗教视角对人生、人性的观照发人深省。这一题材也被清代戏曲所袭用，清无名氏的传奇《两生天》即袭用了这一题材。黄家舒的《城南寺》和无名氏的《龙济山野猿听经》则以劝人远离功名、皈依空门为主旨。僧人湛然的《金渔翁证果鱼儿佛》则借冥报宣扬"戒杀生"的戒律和信佛念经的信条，整肃教坛、振弊起衰的意图明显，从另一侧面昭示了明代佛教戒律废弛的状况，但剧作杂有不少造笑的滑稽场面，第三出尤其明显，净、丑的插科打诨胜过了观音菩萨的说法布道。

（2）佛法

朱有燉的《文殊菩萨降狮子》、无名氏的《释迦佛双林坐化》《猛烈那吒三变化》三部剧作属"佛法剧"。

三部剧作均以佛与魔的争斗为表现重点。

《文殊菩萨降狮子》源于佛经，侧重写文殊菩萨和那吒三太子降伏凶猛的青狮子的过程，以翻腾扑跌的打斗场面为主，神秘而刺激。善于变化、三头六臂的那吒，面目狰狞、口吐烈焰、性情凶猛的青狮子，面貌各异的神兵鬼将，手持宝物、本领高强的文殊师利，慈眉善目、稳健庄严的如来佛等舞台形象颇有观赏性。

《释迦佛双林坐化》写佛祖如来与魔王波旬、外道毗婆达多斗法，佛祖在双林涅槃后，众天神与率十万魔鬼前来搅扰的外道毗婆达多决战。最后，佛生天界，三界神祇各归本位。剧中有迦舍、阿难、韦驮、华光讲主、佛母、天蓬天猷八部、优婆塞、优婆夷、多闻天王、增长天王、广目天王、大梵天王、阎摩罗王、功德菩萨、大辩才菩萨、摩利支、阿修罗、日宫天子、月宫天子、金刚、地神、树神、龙神等几十位神灵登场，堪称佛教神谱大展览。剧作的第四折以【锦上花】【清江引】【芭蕉延寿】【锦鸡啼】【华严海会】等7支曲子演唱《心经》作结，使剧作的宗教色彩更加鲜明。无论是从登场人物看，还是从语言看，都可以说明剧作者对佛教经典是相当熟悉的。由净扮演的毗婆达多讪谤魔障佛祖，滑稽取笑，出语粗俗，这说明，此剧虽然主旨在于"说法"，但毕竟也是供大众观赏的娱乐品，剧目的游戏性也是必不可少的要素。①

《猛烈那吒三变化》凸显那吒的神通变化，魔与佛"斗法"成为剧作的主要内容。最后，魔被佛降伏，归依佛门，昭示了"佛法"的战无不胜。剧中有释迦牟尼、阿难、迦叶、护法天神、四大天王等佛教人物登场，而且，那吒是被当作佛教尊神来刻画的，第一折那吒上场"自报家门"时说："吾神乃善胜童子是也，千百亿化身，实乃那吒三太子。"可见其佛教色彩鲜明。但剧中的四魔女原为道教九天玄女侍者，而且释迦牟尼宣称自己"六根清净通三教，一念存仁达四恩"，② 俨然"三教"教主，可见此剧亦有佛、道混合的一些特点。

（3）果报

叶宪祖的《北邙说法》以寓言形式宣扬因果报应和六道轮回思想。

该剧中甄好善生前诸善奉行，诸恶勿作，死后成为天神。骆为非生前为非作歹，死后堕入地狱成为饿鬼。一日，两人在北邙山不期而遇，经土地爷指点得知面前的枯骨和死尸就是自己的前身。甄对枯骨礼拜，感谢他厌腥荤，把素斋，避繁华，持佛戒，遇闲争肯把真诚耐，乐檀施将贫困挨，致使自己做了天神，享受许多快乐。骆为非则愤然鞭打死尸，恨他为非积恶——骋风情，宠艳妆，爱甘肥，贪美酿，要钱多，狠使欺心帐，专图夺胜场，致使自己做了饿鬼，受许多苦恼。本空禅师来到，说因果轮回：一心自转，六道由人。"天神稍自骄矜，安知

---

① 参见（明）无名氏著：《释迦佛双林坐化》，王季烈编校：《孤本元明杂剧》（四），北京：中国戏剧出版社1958年版，第1~12页。

② （明）无名氏著：《猛烈那吒三变化》，王季烈编校：《孤本元明杂剧》（四），北京：中国戏剧出版社1958年版，第8页。

不为饿鬼？饿鬼若知惭愧，未必不做天神！"二人顿悟，随禅师皈依佛门。①

剧作虽仅有一折，但它以"说法"为题，凸显了宗教色彩。整个剧情旨在阐明善恶有报、六道轮回之"妙谛"，剧作所谴责的"恶"主要是人的贪欲和享乐主义，所赞扬的"善"主要是佛教的持戒苦修，安贫忍辱，宗教色彩相当鲜明。剧作以阴曹地府为中心，剧情空间跨越天上、人间，想象力飞腾。从登场人物看，剧作也有些许佛、道合一的色彩。剧作以生扮的禅师为主人公，还有以丑应工的道教俗神土地神登场。

3. 佛、道混合类剧目及主题类型

陈汝元的《红莲债》、王澹的《樱桃园》、陈与郊的《袁氏义犬》、祁麟佳的《错转轮》、李开先的《园林午梦》、无名氏的《关云长大破蚩尤》6部剧作为佛、道混合剧，这些剧目不同程度地存在着仙佛错综、僧道混杂的成分。

《红莲债》主要写佛印和尚点化苏轼及其爱妾朝云、妓女琴操"出家"的过程，可以算是"度脱剧"。剧作中的佛印和尚"以片语启禅关"，指出苏轼前世为僧时"沉了欲海"，与孤女红莲私通，投胎转世之后"富贵迷心，风骚成性"，一官牢落误禅关，不仅有寺妾朝云玉手相携，还有妓女琴操歌舞为伴，过着"今世还消受，来生总不知"②的生活。佛印又点明朝云就是红莲转世，琴操则是当年负责抚养红莲的一清道人转世。苏轼与朝云当即改装入道，琴操则赶紧落发为尼。剧作既宣扬了轮回转世的信仰，更凸显了佛教的"色戒"思想。"觉悟"了的剧中人一改装入道，一落发为尼，说明在剧作家的心目中，佛、道合一，信持无二。剧作接通三生（前生、今生、来生），出入人鬼，剧情的叙事空间凭借宗教智慧而得以大大拓展。

《樱桃园》《袁氏义犬》《错转轮》宣扬轮回转世、因果报应思想，属"果报剧"。这些剧作都企图借因果报应思想强化世俗道德的约束力，调整人与社会、人与人的关系，而主要不是致力于调整人与神的关系。

---

① 参见（明）叶宪祖著：《北邙说法》，（明）沈泰编：《盛明杂剧》初集，诵芬室刻本。

② 参见（明）陈汝元著：《红莲债》，（明）沈泰编：《盛明杂剧》二集，诵芬室刻本。

《樱桃园》的故事开始发生在寺庙里，剧作中还有本空师父和了缘和尚等登场，剧作所肯定的葬人遗骨的善举也是佛教所提倡的，本应归入佛教"因果剧"，但剧作的最后写魏闻道得知欧阳彬因葬人遗骨而得孤魂托梦并中状元时，"觉悟"了的魏闻道不是皈依佛教，而是"顿起游仙之念"，出家访道去了。葬人遗骨之善同样也是道教所看重的，积阴德得中状元的福报更符合道教的因果报应思想。道教的因果报应思想具有更鲜明的世俗化色彩——行善不仅可以成仙，长生不老，而且还可以获得喜添贵子、高中状元、升官发财的"高额回报"。此剧从宗教视角对惜孤念寡、助弱怜贫的民间道德进行了肯定，还揭露了科场积弊，同时也宣扬了"浮生枉使千般计，穷与达皆由命里"①的宿命论思想。

《袁氏义犬》从宗教方位对背恩忘义的恶行进行了严厉的谴责，尽管剧作所维护的"天地君亲师"的伦理道德具有鲜明的封建色彩，但剧作所鞭挞的狄灵庆是人神共愤的恶人，因而即使是在今天，它还是有很强的情感冲击力。在老师袁灿有权有势之时，狄灵庆极尽阿谀奉迎之能事，甚至自称为子。老师被叛贼所害，狄灵庆不仅不肯保护老师留下的唯一后代——幼子蕊儿，反而立即向叛贼出卖蕊儿以换取一官半职。这种丧尽天良的无耻行径是令人发指的。袁灿家的那条"义犬"扑向恶人狄灵庆以及地狱中狄灵庆受到拔舌抽肠的惩处代表了社会正义。因此，恐怖、残忍的阴曹地府却不令人惧怕，而是令人鼓舞。剧作的第五出写地狱，有"阎罗天子"出现，这些本属于佛教，但后来他们亦为道教所取，特别是"阎罗天子""转轮殿""鬼卒""鬼判"②等也都具有道教色彩，故将此剧归入"佛道混合"类。

《错转轮》所写的地狱、转轮殿、判官等本于佛教，但也具有鲜明的道教色彩。第二出【雁儿落】曲明确提到地狱有"十殿"，按照《搜神记》和《云笈七籖》等道教典籍记载，阎王有十殿，第五殿为阎罗王管辖，第十殿为转轮王管辖，而轮回转世之说则又源于佛教。剧作描写地狱恶鬼欺骗为了去地狱看个究竟而自缢身亡的张子才的鬼魂，向押解他的解卒行贿，解卒贪财纳贿致使无辜的张子才被"错转轮"为李贵家的猪，侧面反映了社会的黑暗和道德的沦丧。剧作对

---

① 参见（明）王澹著：《樱桃园》，（明）沈泰编：《盛明杂剧》二集，诵芬室刻本。

② 道教在阴曹地府十殿冥王案旁各设胥吏二人，称作"判官"，又称"鬼判"。道教的十殿阎王中第十殿即是转轮王。道教地府鬼吏甚多，古代戏曲中常称其为"鬼力""鬼卒"等。佛教中的阎王麾下亦有十八判官，分管十八地狱，另还有不少鬼卒供其驱使。

佛、道二教所共有的阴阳两界、灵魂不灭、生死轮回、因果报应思想作了形象化的宣传。此剧亦以阴曹地府为描写的主要对象，出入人鬼，宣扬冥报。

通过以上分析可知，佛、道混合剧中有相当一部分是"果报剧"，而且，这些剧作主要宣扬的是冥报思想，剧作家力图借助鬼神之力去提升世俗道德对人的约束力，肯定民间道德，世俗化的倾向鲜明。

《园林午梦》以入梦、梦醒的过程象征人生如梦，梦醒悟一切皆空之旨，可视为"了悟剧"。李开先门人崔元吉跋曰："夫无梦为至人，无欲为上人。以其静定绝虑，豁达大观，一切富贵利达，言语文章，皆归于空。世人浅识妄念，挟私而争尔我者，如梦中有争，觉则一空而已。"[1] 可谓得其要旨。剧作所宣扬的"人生如梦"的思想主要是佛教的，也可以说是道教的，道教也经常借梦的短暂和虚幻不实来象征社会人生。该剧既无僧尼登场，亦无道士现身，主要人物是白日做梦的渔夫、崔莺莺和李亚仙，但其宗教色彩却比较鲜明，故将其划归佛、道混合类。

《关云长大破蚩尤》属于彰显佛、道二教法力神通的"法力剧"，写曾日收万贯的解州盐池突然干涸，百姓一片惊恐。丞相吕夷简派人去龙虎山请张天师来京"祭神灵治国安邦"，第三十二代天师张乾耀断言此乃蚩尤作祟，只有玉泉山的土地神——关公可降蚩尤。吕夷简往玉泉山请玉泉寺"二将军"——土地神关羽出马解围。关羽既是佛教的神灵，同时也是道教神谱成员。剧中的关羽宣称自己是"佛家的弟子"——第三折关羽唱【二煞】："坐庙处威压着山林，吃斋处讲论些经文。则把个佛家的弟子，生扭做了杀邪的恶魔君。"[2] 但关羽说，是玉帝封他为玉泉山土地的，而且他去破蚩尤是奉玉帝之命。吕夷简请来的虽然是佛教的神，但剧作凸显的是张天师咒水画符、踏罡步斗、收妖降魔的"道术"。由此可见，此剧佛、道混合的色彩相当鲜明。

（二）明传奇中的宗教剧剧目及主题类型

这里所说的"传奇"不仅包含由南戏发展而成的规范化的长篇戏曲样式——

① （明）崔元吉著：《园林午梦·跋》，（明）李开先著，卜键笺校：《李开先全集》（中），北京：文化艺术出版社2004年版，第1157页。
② （明）无名氏著：《关云长大破蚩尤》，王季烈编校：《孤本元明杂剧》（三），北京：中国戏剧出版社1958年版，第7页。

亦即真正意义上的传奇，也包含那些体制介于传奇与南戏之间的部分作品，而这一部分作品到底是划归南戏还是划归传奇，学界是存有争议的。这与本书的题旨关系不大，故且存而不论。

明传奇中的宗教剧共有 28 部。其中，道教剧 18 部，佛教剧 7 部，佛道混合剧 3 部。从数量上看，明传奇中的宗教剧比明杂剧中的宗教剧少了一半多，这是由传奇中的道教类剧目少有"庆赏剧"所致。① "庆赏剧"通常也是仪式剧，不大可能写成鸿篇巨制，故剧作家多选择篇幅短小的杂剧来为权贵庆寿、贺节。

1. 道教类剧目及主题类型

传奇中的道教剧以宣扬度人出家修仙的"度脱剧"为主——18 部道教剧中有 9 部是"度脱剧"，如果着眼于思想蕴涵，"隐逸剧"《赤松记》其实亦可划归"度脱剧"；其次是宣扬因果报应思想的"果报剧"——18 部剧作中有 6 部是"果报剧"，再次是张扬神仙法力的"道法剧"。试分述之。

（1）度脱

苏汉英的《梦境记》、汤显祖的《邯郸记》、陈一球的《蝴蝶梦》、谢国的《蝴蝶梦》、无名氏的《升仙记》②、兰茂的《通玄记》③、刘还初的《李丹记》、屠隆的《修文记》、杨珽的《龙膏记》④ 9 部剧作属于度脱剧。

这些度脱剧不同程度地把抛弃或远离功名仕途作为修道成仙的前提或必由之路。其中，苏汉英的《梦境记》、汤显祖的《邯郸记》、陈一球的《蝴蝶梦》、谢国的《蝴蝶梦》、刘还初的《李丹记》、杨珽的《龙膏记》、屠隆的《修文记》、无名氏的《升仙记》还对官场的黑暗、官吏的腐败、官员之间的倾轧、人世间的种种龌龊进行了不同程度的揭露；明代锦衣卫的恐怖统治（如《梦境记》）和宦官弄权作恶（如《龙膏记》的"罗织""赐珙""下狱"等出的描写）也被写

---

① 《群英类选》卷十二收录无名氏传奇《蟠桃记》多出，从收录出目之内容看，此剧可能主要用于祝寿。

② 钱南扬先生认为此剧为宋元人所作，但也有学者认为它出自明代人之手。

③ 剧中有生、旦独唱、齐唱、合唱，而且有 20 出之多，当视之为传奇，但也有人将其视为杂剧。关于其作者为谁亦尚存争议。

④ （明）祁彪佳《远山堂曲品》："杨君见吕郁蓝《金合》，谓龙宫近怪，乃易龙女为元载女。艳异远逊吕作，而色泽亦自不减。闻半出之王伯彭手。"

进了"神仙道化剧"之中。这一方面表现了剧作家对社会现实的关切，同时也表现了剧作家对明代官场争斗、特务政治的厌恶与恐惧。这类剧作既是"出世"之作，也可以说是"哭世"之作——对黑暗、腐败、肮脏、可怕的现实不止有消极的逃避，而是有一种热切的关怀和大胆的揭露。

明传奇中的度脱剧对于世俗欲望的否定并不彻底。例如，《龙膏记》以"浩劫业缘"——才子佳人的爱情婚姻为谪仙"天宫司香散吏"和"水府织绡仙姝"之"磨难"，在张扬"早弃浮荣，复归正道""从来浊世休迷恋，好把黄庭念"之教旨的同时，对爱情婚姻和才子功名均有所肯定，表现出既恋俗又羡仙的复杂思想倾向。"欲归本位，先了尘缘。"经历世俗爱情婚姻成为"复归正道"的前提。因此，剧中的女仙袁大娘热心为青年男女爱情婚姻牵线搭桥，她赠给张无颇的"玉龙膏"其实就是成就婚姻的"姻缘膏"。男女谪仙的爱情婚姻成为剧作的主要内容，最后一出"游仙"才由女仙袁大娘出面"点化"，迷恋世俗生活的一对青年男女仅仅听了袁大娘的一曲【北望江南】之后便"如梦方觉，似醉初醒"，① 与元杂剧度脱剧的"三度模式"相比，其度脱难度大大降低。

《修文记》以文人蒙曜一家慕道修仙事为题材。尽管作者屠隆在官场争斗中败下阵来，晚年处境凄凉，但在这部写于其晚年的剧作里虽然也涉及官场争斗和自己被劾的经历——如第十出《仇鬼》，但作者并没有花费太多的笔墨去揭露黑暗的社会现实，对修道成仙的痴迷和对因果报应的崇信成了剧作的核心内容。剧作的人物设置、情境建构都能说明，此剧带有作者"自传"的鲜明特点。

《修文记》也有仙佛错综的特点。剧中除仙人之外，还有观音菩萨现身。因剧中人多有"仙骨"，故"度脱"的主要形式不是反复劝导，而是"点化"——由仙师点明其前生因果，被度者便立即"省悟"。

与明杂剧中的道教度脱剧相似，服食丹药、长生不死也是明传奇道教度脱剧的重要题旨，上述 8 部剧作中有《蝴蝶梦》《蝴蝶梦》《通玄记》《李丹记》《龙膏记》5 部凸显了服食丹药、立登仙籍的神奇作用。其中，最为典型的是《李丹

---

① （明）杨珽著：《龙膏记》，黄竹三、冯俊杰主编：《六十种曲评注》（第二十三册），长春：吉林人民出版社 2001 年版，第 337 页。本节所引《龙膏记》文字皆据此版本。

记》和《龙膏记》。《李丹记》中的裴谌、王恭伯、赵瑶娟三人之所以弃却红尘、入道登仙，皆因吞食了"李丹"一枚，而"李丹"则是蓬莱散仙梁芳遵旌阳祖师许真君之命将三颗"九转灵丹"埋在终南山白鹿洞李树下所结成的果实。正是因为有了"仙丹"，本来十分艰难的"脱俗"过程变得很轻松。《龙膏记》中的仙药"玉龙膏"是天仙袁天纲之女袁大娘所赠，它不仅能治异疾，而且还可以起死回生，故又称"续命龙膏"。这些描写折射出南方符箓派道教对明代社会生活的巨大影响和人们对"仙丹"的迷信。

明传奇道教度脱剧的"度脱模式"也有新的创造。元杂剧创造了"三度模式"，往往一折写"一度"，至第三折被度者才终于觉悟。明传奇道教度脱剧中的度脱模式有两种：一是对元杂剧度脱剧的继承，例如，《梦境记》就与马致远、李时中等合写的杂剧《邯郸道省悟黄粱梦》大体相似，两部剧作都是通过引导被度者入梦，让其在梦中经历人生沉浮、穷通世变而悟人生如梦之旨（不同的是明传奇中的被度者是主动访仙求道的失意者，而元杂剧中的被度者则是俗缘未断上朝取应之人）。二是诸如"连环度"和"九度"的新创造。例如，陈一球《蝴蝶梦》写庄周尘缘未尽，被罚往下界经历酒色财气。尹喜奉命下界度脱庄周，他在武当山"点化"石块为骷髅，又以空、幻之理"点化"庄周，庄周立即醒悟。玉真奉老君之命化身为迷路女子去试探庄周修道之心是否坚定，庄周不为所动，并且趁机"点化"淳于髡、庄暴、惠施等人，淳于髡、庄暴、惠施迅速觉悟，但庄周的妻子惠氏却顽固不化，反劝庄周出仕为官。庄周以诈死化身的方式试探和"点化"妻子，最后，他接引在地狱受罪的妻子一同升天。这是一种"连环度"的模式——被度者"觉悟"之后又去度脱其他人。谢国的《蝴蝶梦》也是如此。西王母命长桑下凡度脱庄子成仙，长桑以骷髅"点化"庄周，庄周便跟长桑出家。长桑赠庄周以仙丹，让他回家度脱妻子，庄周使妻子韩氏、婢女忘鸥均飞升仙界。无名氏的《升仙记》写韩湘子"九度"韩愈，创造了一种新模式——"九度"，既表现了凡人脱俗登仙的艰难历程，同时也彰显了神仙的无边法力。

（2）隐逸

无名氏的《赤松记》可以算是"隐逸剧"。此剧的思想、社会生活蕴涵与度脱剧近似，否定功名利禄，而且以仕途为凶途，张扬隐逸思想——在朝为官的韩信、萧何皆不得善终，而功成身退、辞官云游访仙的张良则一家升仙。但剧中并无度脱情节，主人公张良是主动追随黄石公和赤松子，故单列为"隐逸"类。

此剧的题材虽然与元杂剧《圯桥进履》大体相同，但宗教色彩比《圯桥进履》要浓厚得多。前文已有论述，在此不赘。清丁耀亢于明末清初作《赤松游》传奇，亦写张良与黄石公事，同样宣扬隐逸思想，不过，《赤松游》把黄石公和赤松子合为一人了。

儒家亦有隐逸思想，但儒家的"隐"与道教的修仙、登仙不太相同，不是以"出世"为目标，而是等待时机的一种权宜之计。"独善其身"是儒家"隐退"的主要形式，这种方式只限于在"天下无道"——统治者昏庸不明时使用。道教的"隐逸"是建立在对功名利禄的彻底否定的基础之上的，而且以成仙为最终目标，但《赤松记》等神仙剧并不"纯粹"——剧中的张良为国报仇，刺杀秦王，又投刘邦为军师，立下大功。他坚辞刘邦之封赏，挂冠归里，只是一种功成身退的全身之计，与《浣纱记》中范蠡的选择基本相同，这种观念与道教视功名利禄为枷锁并不完全一致。

（3）果报

沈龄的《冯京三元记》、许自昌的《桔浦记》、王拱恕的《全德记》①《灵犀佩》、张瑀的《还金记》和无名氏的《青袍记》6部剧作属于"果报剧"。

明传奇道教"果报剧"的世俗化色彩鲜明，这主要表现在以下两个方面：

首先，体现在剧作对世俗欲望的充分肯定上。6部剧作有5部张扬"看得见，摸得着"的"现世报"，而不是寄希望于未来和难以兑现的"冥报"，说明当时的道教信奉者功利倾向格外鲜明——信教行善就好比在银行存款，到期便可兑现"利息"，而且没有什么风险，"利息"还相当"丰厚"——例如，命中无子者可以喜添贵子。5部剧作中只有《桔浦记》没有神灵以子嗣报善的描写。《全德记》中的谏议大夫窦禹钧本无子，因行善积德——义不纳妾，散财济贫，收养卖身幼女并视同己出，天帝竟然使其连生五子。这些描写既体现了中国民间对因果报应观念的崇信和对待宗教的实用主义立场，也体现了"多子多福"的世俗观念。在这些剧作中，行善者大多集功名富贵于一身。《冯京三元记》《桔浦记》《全德记》《青袍记》都把功名富贵、高官厚禄作为行善的最大报偿，《青袍

---

① （明）祁彪佳《远山堂曲品》将《全德记》记于王拱恕名下，而姚燮《今乐考证》则记于王伯谷（穉登）名下。

记》中的行善者梁灏 82 岁时与孙子一起赴试，孙子中榜眼、探花，他自己则高中状元。而且，《桔浦记》和《青袍记》还把喜得美眷也当作行善的报偿。《桔浦记》中的柳毅因为广积善德，竟以"一夫双美"结局。总之，积德行善就能获得最大的现实利益和世俗欲望的最大满足，这就是这类因果报应剧主要的思想蕴涵。

其次，体现在对民间道德的张扬上。6 部剧作中只有《桔浦记》宣扬戒杀生的宗教道德，重在调整人神关系，其余 5 部分别宣扬乐善好施、拾金不昧、扶危济困、事母至孝、坐怀不乱的世俗道德，重在调整人与社会、人与人的关系。

许自昌的《灵犀佩》① 也属于道教"果报剧"，但它却写的是冥报。剧作揭露了社会黑暗和吏治腐败，对尚书尤表之子尤效的横行霸道和县令詹拱的趋炎附势均进行了揭露，但剧作将恢复社会正义的希望完全寄托于冥漠之中，剧中人的命运完全掌握在道教神灵手上。由于神灵明察秋毫且无比正直，作恶多端的尤效不仅赴选落第，而且因河伯奉丙②灵公之命覆其舟使之落水而亡，最后又变为畜牲——丑驴，被尤效逼死的两名贞烈女子因阳寿未尽而被丙灵公送还人间，善良的书生萧凤侣既中状元，又得美眷。剧作昭示的是善恶有报，如影随形。

该剧的剧情主要是在尼庵展开的，但剧中的老尼姑却是助纣为虐的反派人物，主持正义的主要是道教神灵东岳齐天大帝和丙灵公。据《搜神记》卷一所载，丙灵公为泰山神第三子。后唐长兴年间封为"威雄将军"，宋大中祥符七年诏封"炳灵公"。

（4）道法

单本的《蕉帕记》和王昆玉的《进瓜记》属于凸显神仙法力的"道法剧"。

《蕉帕记》以书生龙骧和贵族小姐胡弱妹的爱情婚姻为主要剧情线索，但剧作在弱妹之外另设因倾覆吴国被罚为白狐狸精的西施一角。剧作借龙生与狐狸

---

① （明）祁彪佳《远山堂曲品》记于王元功名下，故有人以为许自昌只是此剧的改订者。《古本戏曲丛刊》三集收录本未署撰者。

② "丙"，亦作"炳"。

精、弱妹的爱情演说道教"男女双修"的"炼丹"之理，剧作中由小旦应工的狐狸精甫一登场即道明此旨：

> 妾身生前西施是也，只因倾覆吴国，天曹罚做白牝狐，向居洞府，号作霜天大圣。修真炼形，已经三千余岁，但属阴类，终缺真阳，必得交媾男精，那时九九丹成，方登正果。向来遍觅多人，皆系凡胎俗骨，无可下手。昨见东吴龙骧，美他玉貌冰姿，兼有仙风道骨，尚无妻室，一向飘零，现寓胡招讨宅中，日后数该与他小姐有夫妻之分。我今化作小姐，略施小术，漏他几点元阳，脱此躯壳，然后指点前程，先自撮合姻眷，了完这段因果。①

剧作极力凸显狐精和狐仙的神通法术，她一会儿将蕉叶变罗帕，罗帕变蕉叶，一会儿又将金钗变成一包蔷薇花，并窃取秦桧府中夜明珠助龙生入赘。狐狸精得到吕洞宾等上仙的"点化"成为狐仙长春子之后，又赠龙生"天书"三卷，使本为凡夫俗子的龙生亦具有呼风唤雨、鞭石驱海、召神御怪的神通法力。龙生中状元以及带兵降贼大获全胜等也都是因为有了狐仙的护佑和鼎力相助。总之，剧作"仙气"弥漫，爱情婚姻故事只是彰显神仙法力的依托。②《蕉帕记》对道教"男女双修"之说的张扬与明皇室对此术之提倡有关，明代有多位皇帝——宪宗朱见深、武宗朱厚照、世宗朱厚熜、穆宗朱载垕等迷恋此术，淫乐无度，在社会上造成恶劣影响。

《进瓜记》从《西游记》中截取一段情节加以铺陈，着力描写神怪和术士的神通法力。术士不仅可以威胁水族，还可干预天庭；泾河龙王不甘示弱，兴风作浪，终被魏征处斩；渔夫感术士恩德，进阴曹地府献瓜……天上人间、阴司水府又全在神仙天妃娘娘的掌控之中。神怪上天入地的神通法力不仅反映了人对超自

---

① （明）单本著：《蕉帕记》第四出，黄竹三、冯俊杰主编：《六十种曲评注》（第十七册），长春：吉林人民出版社 2001 年版，第 539 页。

② 《蕉帕记》第三出有对春药、春画的描写，这和《金瓶梅》等艳情小说一样，是明代中后期淫风大炽的反映，可见此剧也受到了这种风气的影响。

然力的崇拜，同时也是剧作家通过宗教对人的局限进行超越的一种方式，故具有很强的吸引力。

2. 佛教类剧目及主题类型

传奇中的佛教剧比道教剧要少得多，总共只有 7 部，其中，劝人看破红尘，皈依佛教的"度脱剧" 2 部，宣扬因果报应的"果报剧" 3 部，张扬菩萨的神通法力的"佛法剧" 1 部。《归元镜》的题旨与"度脱剧"相近，也有劝人皈依佛教的内容，但剧中并无度脱情节，而且以净土宗的"三祖"传记为主要题材，意在为"三祖"立传，彰显门派，姑且单列为"传记剧"。

在明传奇中，佛教剧的数量只有道教剧的三分之一。就舞台演出而论，传奇是明代戏曲的主要样式，这说明在这一时期，道教对民众的影响远远超过佛教。或者说，对于民众而言，信仰长生不老、帮人驱邪治病的道教远比以人生为苦海、以涅槃为解脱的佛教更加"实用"，更加切合信仰素质不高，但迷信思想严重、功利目的明确的民众的需要。

（1）度脱

陈与郊的《樱桃梦》与汤显祖的《南柯记》可以算作"度脱剧"。

两部剧作都借梦境证佛，以人生如梦、一切皆空的宗教哲学来表达作者的生存体验，以主人公幡然悔悟、弃却红尘、出家修道为归属，宗教色彩相当鲜明。但两部剧作都有丰富的社会生活蕴涵和剧作家对现实的热切关怀。在作者的笔下，官场是丑恶的，仕途功名主要靠裙带关系，而不是才干。才干和功劳对于官员而言恰恰是招致祸端的根源。官场中君臣相疑，同僚相残，到处是陷阱，个人的命运不能由自己把握。剧中所设梦境虽属虚幻，但虚中有实，幻里藏真，折射出明代中后期乃至封建社会政治生活的基本面貌。

《樱桃梦》的度脱者显得较为突出，卢生的梦就是度脱者——僧人黄里先生一手"导演"的。《南柯记》中的度脱者是甘露寺禅师，但他似乎只是对被度脱者适时加以点拨和引导，剧中的梦境并不是禅师所"幻设"的，而是剧作家整体象征手法的具体运用。

（2）果报

无名氏的《钵中莲》①、郑之珍的《新编目连救母劝善戏文》和李玉的《人兽关》② 属于"果报剧"。③

《钵中莲》通过一桩情杀命案，宣扬因果报应思想。已婚女子殷凤珠年方20岁，因丈夫王合瑞出门经商日久未归，殷凤珠不耐"饥渴"，与湖口县衙捕头韩成勾搭成奸。韩成去象山关提犯人，因窑神等神灵作法，使其在王合瑞栖身的土窑前巧遇王合瑞，但韩成并不认识王合瑞，以致与王交谈时自泄奸情，为王所杀。王将奸夫尸体和泥烧成一瓦缸携带回家，逼殷氏喝卤水自杀。然而淫妇虽死而一灵不散，继续卖弄风情，而且还企图伤害夫主，终于激怒天神，尸骨被天火焚毁，灵魂被打入刀山地狱受苦。已经皈依佛门的王合瑞至普陀山，被南海观音收为捧钵侍者，钵生莲花，尘心尽洗。

剧作立足于男性中心主义的立场，借鬼神之力和"死不相饶"的剧情，强化家庭伦理道德——特别是两性道德的约束力，对妻子"贪淫破家"进行了愤怒的谴责，昭示了东方宗教强烈的世俗化色彩和鲜明的伦理化倾向，男性中心主义的色彩鲜明，这也说明占统治地位的儒家思想对宗教发生了巨大影响。第十五出"雷殛"在五雷正神击碎淫妇殷氏棺材并焚毁其尸骨时有言："世间好色贪淫，当以此为鉴照！"在剧作家看来，王合瑞杀死奸夫淫妇是完全合理的，这是神的旨意和安排。"贪淫的泼贱"殷氏更是人神共愤、死有余辜。她水性杨花，不仅与韩成私通，同时还与卖水果的小贩调情，身死为僵尸之后，又"还阳"勾引补缸匠人。剧中的观音菩萨、托塔李天王、护法神韦驮等佛教神灵和道教俗神都被刻画成世俗道德的坚强卫士。剧作关注家庭中的夫妇关系和两性道德，从民间视角来观察和呈现家庭伦理生活图景，剧作的语言多为"绍兴乡谈"，曲子有【剪

---

① 明万历抄本共16出，《剧学月刊》有排印本；杜颖陶先生所捐清南府钞本只有"示谶赠钗""托梦除奸""冥会补缸""雷击殭死"四出。文中所引该剧文字皆据《剧学月刊》本。

② 李玉为明末清初人，文学史和戏曲史均将其划归清代，但《人兽关》现存明崇祯刊本，此剧当作于明代。

③ 有人把文本体制介于南戏和传奇之间的《冯京三元记》《新编目连救母劝善戏文》等视为南戏，有人则将明前期的长篇剧作都视为广义的传奇，为论述方便，本书从后者之见。笔者所据"目连救母"之版本为朱万曙先生校点的《新编目连救母劝善戏文》（《安徽古籍丛书·皖人戏曲选刊·郑之珍卷》），合肥：黄山书社2005年版。为论述方便计，文中有时使用简称《目连救母》。凡引此剧文字皆据此版本，不再出注。

剪花】【西秦腔二犯】等小调，民间色彩很浓。

此剧的佛教色彩鲜明，剧情之发展主要靠观音菩萨的行动来推动，主人公王合瑞是虔诚的佛教信徒，但剧作亦有仙佛同台、人鬼杂出之特点。剧中除有观音、伽蓝神、托塔天王李靖、善财、和尚、木吒、罗汉等佛教人物、神灵登场之外，还有诸多道教俗神登场。例如，第五出"托梦"有窑神登场，第八出"拜月"有土地神登场，第九出"神闋"有家堂六神、钟馗、土地神等登场，第十出"园诉"有土地神、家堂六神、钟馗登场，第十一出"点悟"僧道同台。第十二出"听经"中大和尚在讲经说法时有言："西方东土，总属一体，信佛即归西极，信道即历东土，四生同一理，何必异东西？"

《新编目连救母劝善戏文》堪称明代宗教剧的"标本"，也可以说是我国宗教剧的集大成之作。它集中体现了宗教剧特别是"果报剧"的重要特点——"神以轮回，幻以鬼魅"，借"鬼道"以救"人道"，亦即用六道轮回、因果报应的宗教信条去强化宗教信仰和世俗道德的约束力，把今生的祸福、来世的命运都纳入宗教鬼神的掌控之下，"全方位"地宣传了因果报应思想，宗教色彩鲜明，思想与社会生活蕴涵也相当丰富。剧中既有令人艳羡的现世福报，更有令人颤栗的冥府恶报。既维护旨在调整人神关系的宗教道德，也维护旨在调整人与社会、人与人之关系的世俗道德，特别是家庭伦理道德。既凸显佛教思想，刻画了众多佛教人物，也融入道教和儒家思想，有仙佛错综、人鬼杂出、三教合一的特色。佛教的念经礼佛、吃斋修行、忏悔业冤、持戒守律、布施济度、因果业报，儒家的忠孝节义、伦理纲常——包括宋明理学的天理、人欲、心性，道教的长生不老、阴阳人鬼，无所不包，应有尽有。既刻画了佛教的叛徒刘青提的形象，也浓墨重彩地描绘了著名的汉化佛教人物目连的形象。剧作把宗教看作化导社会、纯洁世道人心的重要精神力量，说明有些剧作家对宗教的"救世"职能仍然抱有信心，同时也证明了日渐衰落的宗教对于俗文化的建构仍然有着巨大的影响力。

其一，六道轮回，善恶有报。

佛教的六道轮回、因果报应思想是《新编目连救母劝善戏文》的重要内容。《新编目连救母劝善戏文》所描写的因果报应既有现世报，也有冥报，不过剧作的主要情节是写冥报。在作者的笔下，阴曹地府虽然是恐怖的，但它明察秋毫、公正无私，它对于人世间的一切善恶是非都了如指掌，而且秉公办事，赏善罚恶，纤毫不爽。它不仅能掌控人的今世祸福，而且能根据人的善恶决定其来世命运。

剧作首先宣扬了宗教道德，肯定了把斋念佛、礼敬鬼神的宗教信仰，以此调整人神关系，巩固佛教信仰。

目连之母刘青提之所以七窍流血而死并被打入地狱受罪，主要原因是她生前对佛门大不敬。刘氏违背誓言，杀生茹荤，不敬神灵，甚至暗中以狗肉馒头斋僧、道，企图以此坏僧、道清名，恶行败露后又烧毁斋房，烧死僧人，拆毁桥梁。也就是说，此剧通过刘氏背叛佛门所得的恶报宣扬了应当信守敬神礼佛、持斋把素、慈悲为怀的宗教信仰以及道德和戒律，否则报应如影随形。剧作有强化神权、整肃教坛风气的明显意图。中卷"刘氏回煞"一出借刘氏亡魂之口说道："自归阴府多惊恐，生世成何用！我在阳世，尝闻得万事转头空。今日到此，悟得原在阳世呵，虽未转头时，也都是一场春梦。奉劝世间人，早把阿弥诵。"接着又借押解刘氏的鬼使之口说道："世人作事多昏懵，不肯把弥陀奉。岂知道人鬼理皆同，生死衙门，都是一般相统。惟我鬼神之道，昭如日月，是以周公、孔子，制为祀典。使人万世共尊崇。如无鬼神，周孔圣人，忍把人愚弄？"剧作家企图让世人相信，礼敬鬼神是周公、孔子定下的"正统"，坚信神明的存在，皈依佛教，念佛持斋，是人生最明智的选择，否则就会遭报应。

剧作的中卷和下卷对于刘青提上黄泉路（金钱山、滑油山、望乡台、耐河桥①、鬼门关、孤恓埂等）和遍历十八重地狱的过程有相当细致的描写。例如，中卷"过耐河桥"一出写通往阴司的耐河上有桥三座，"曰金桥、银桥、耐河桥。上等乐善之人金桥上过，中等为善之人银桥上过，下等不善之人从耐河桥过。过不得跌下来，陷在河中，铁犬铜蛇残其骨肉，又发业风，吹成活鬼，解往前途"。忠臣、孝子、节妇从金桥上通过后，接着是刘青提的亲家母——曹赛英

---

① 耐河桥，俗作"奈何桥"。民间信仰中通往冥间的桥梁，实为漯河桥的讹传。漯河桥实有其处，在泰安。《山东考古录》云："岱岳之西南有水出谷中，为西溪，自大峪口至州城之西而南流入于泮，曰'漯河'，其水在高里山之左有桥跨之，曰'漯河桥'，世传人死魂不得过，而曰'奈何'，此如汉高帝云'柏人迫于人'也。"汉以来即传泰山治鬼，其后泰山神升为东岳大帝，仍被视作冥司总管，下层有七十二司，十殿阎君也在他管辖之下，故其地每与幽冥世界的传说搭上关系，漯河被讹传为"奈何"。参见胡孚琛主编：《中华道教大辞典》，北京：中国社会科学出版社 1995 年版，第 1541 页。笔者所据《新编目连救母劝善戏文》之版本"奈何桥"均作"耐河桥"。

的母亲从银桥上通过，最后是"下等之人"刘青提在鬼使、孝子和僧人的押解下从耐河桥上通过，其过耐河桥之遭遇就足以令造恶的世人惧怕：

> ［小、净、末］河水滔滔，河上高擎独木桥。恶者要在桥心过，那许你在桥头坐！［扯夫行介］［夫］举步两头摇、滑如膏。长官，非是我不行，怕祇怕去到桥中，跌下桥来，陷在洪波，铁犬铜蛇，喓得我心肝破。［夫跌下河，蛇犬乱咬介］［净、小］奉劝列位大家看一看！没奈何人今日可奈何？

刘氏被打入地狱之后，目睹或遭受各种令人颤栗的酷刑——被抛向刀山剑树，被押上铁床用火炙……最后变犬才得以还阳。此外，当时劝刘氏开荤的刘贾、金奴也都被捉进阴曹地府受千般苦楚，刘贾还变成驴子替人磨面以填还生前所欠债务。六道轮回、恶有恶报的思想得到了形象化的充分表现。

《新编目连救母劝善戏文》除了谴责像刘青提这样居家修行的"居士"放弃信仰，违誓开荤的大不敬、不道德行为之外，对寺庙中的尼姑、和尚的犯戒纵欲也进行了谴责。上卷"尼姑下山""和尚下山"两出写青春年少的和尚、尼姑怨恨父母把自己送进寺庙，渴望"洞房里鸳鸯配合，花烛下鸾凤谐和"的尘世之乐而偷偷下山，接着在中卷"城隍起解"等出描写"恣荒淫"的他们遭报应的情形——都被打入地狱受罪，和尚"转轮"变为秃驴，尼姑"转轮"变作母猪。

对"叛徒"的鞭挞固然足以说明剧作家维护宗教戒律和道德，伸张宗教信仰的宗教立场和态度，但也折射出明代中期以来，物欲横流，宗教信仰陷入危机，带发修行的"居士"纷纷放弃把素看经的生活方式，寺庙里的尼姑和尚也不耐寂寞，屡屡犯戒，教坛巇败的现状。郑之珍整理"目连救母"正是有感于此，欲有所补救。

借冥报来维护世俗道德，纯洁世道人心也是《新编目连救母劝善戏文》的重要内容。

剧作的下卷正面描写地狱十殿对忤逆不孝、图财害命、与人通奸、谋害亲夫、偷鸡摸狗、搬弄是非、心怀嫉妒、诬人清白、为富不仁之众多恶人的严厉惩处——丢进磨子里磨，抛到"血湖"里淹，投入滚油锅里煮，锯身割舌，来生变猪变牛变驴变犬……借令人毛骨悚然的冥界惩罚反复告诫世人："阳间过失，阴府详知。试将地狱重重问，往古来今放过谁？""湛湛青天不可欺……须知阴府加人罪，祗为阳间作事非。"

在作者的笔下，鬼神是无比公正的。不只是判官、阎王铁面无私，就连司狱牢头等鬼使也都是公正清廉的。下卷"三殿寻母"一出中的司狱小官就如是说：

> 刑狱斯民命所关，职专司狱事尤难。若云官小糊涂做，惹得时人笑小官。自家姓莫名可知，三殿宋帝王手下司狱的狱官是也。原在阳间作刑房，广行方便；后来地府任司狱，职掌刑名。曰铁床，曰血湖，两重地狱；或火烘，或水浸，一样天威。官职虽卑，焉肯贪一毫钱钞；衙门虽小，决不受半点人情！但有收监鬼犯，一惟王命是遵，铁床上火炙其膏油，血湖中水淹①其骸骨。奉劝世人休作恶，须知水火不容情。

下卷"五殿寻母"一出写阎王殿有"业镜"一面，"嫌犯"只要至镜前一照，人间善恶是非秋毫无隐，阎王凭之"光察覆盆"，为在阳间受屈而死的多名孝子、贤妇昭雪。剧作借此宣称阴间"善事无微不录，恶者有过难逃"，公正无比。这面神奇的"业镜"在黄粹吾的传奇《升仙记》中也曾出现过，可见这是世俗信仰。

剧作在描写冥府"罚恶"的同时，还表现了佛祖、玉帝、人皇"赏善"。目连（剧中名"傅罗卜"）是剧作所刻画的一个虔诚的佛教信徒，他对佛教的坚定信仰使他得到了佛祖的肯定、人皇的封赠和天帝的赏赐。

刘氏利用"回煞"的机会托梦给儿子目连，诉说在阴间受罪之惨状和悔意，嘱咐儿子"为老娘做个超生计"。平日持斋念经、乐善好施的目连谨遵母命，肩挑母亲神像和佛经，过黑松林、寒冰池、火焰山、烂沙河，历千难，踏万险，步行来到西天参谒"活佛"，感动佛祖和观音菩萨。佛祖收傅罗卜为徒，赐大目犍连法号，并赐以锡杖、芒鞋、乌饭、神灯，助其出入幽明，得以下地狱寻母。直至"十大重宝殿到无遗，十八重地狱都游毕"，历时16年，终于见到母亲。目连救母固然是大孝（容下文详论），但他与一般的孝子显然是不一样的。他不避艰难困苦，到西天谒见佛祖，是为了救母于倒悬，但同时也表现了他对佛教的坚定

---

① 淹，原文作渰。渰，此处同淹。

信仰和一片赤诚。目连对佛教的无比虔诚和持斋把素、看经念佛、乐善好施的一系列善行得到了善报：造恶的母亲变犬还阳后在盂兰盆会上被超度，并被玉帝封为"劝善夫人"；目连曾被皇帝任命为刺史，后又被玉帝封为"九天十地总管诸部仁孝大菩萨"；目连之父傅相被玉帝封为"劝善大师"；为目连守节的曹赛英被玉帝封为"蕊宫贞烈仙姬"；义仆益利被玉帝封为"仙官掌门大使"。剧作通过目连的善行终得善报的描写既宣扬了因果报应思想，同时也肯定了矢志不渝的宗教信仰和敬神礼佛的宗教戒律。

其二，彰显孝道，弘扬节义。

《新编目连救母劝善戏文》下卷《开场》曰："新编孝子寻娘记，观者谁能不悚然。搜实迹，据陈编，括成曲调入梨园。词华不及《西厢》艳，但比《西厢》孝义全。"这清楚地揭示了剧作者的创作意图和剧作的命意——张扬孝义。

全剧总共有上、中、下三卷共 104 出，而目连之父傅相一心向佛，乐善好施，死后升天，目连之母刘青提背叛佛门被打入地狱受苦的情节主要在上卷，中卷和下卷虽然也有几出写刘青提在地狱受苦之情形，但主要的篇幅是写目连"救母"，也就是说，剧作的主要着力点在于彰显人子之孝道，调整家庭成员的关系，提升世俗道德的约束力。

据郑之珍《新编目连救母劝善戏文·自序》所言，他整理编写旧本"目连救母"的动因在于："余学夫子不见用于世，于是惧之以鬼道。"这说明，郑之珍正是有感于儒家的伦理道德"不见用于世"，才借助宗教鬼神的威慑力量去推广、强化它。上卷"雷公电母"和"社令插旗"两出写雷公电母奉"玉旨"惩恶扬善，命雷公电母打击的对象共有 10 类："一打不孝不弟，二打不良不忠，三打欺心贼骨，四打骗人扁众，五打公门不法，六打牙行不公，七打挑唆使嘴，八打偷盗成风，九打养汉妇女，十打轻薄儿童。"上卷"李公劝善"一出写李厚德公公登刘青提之门，劝刘改恶从善曰："妇人之德，莫大'三从'：在家从父，出嫁从夫，夫死从子。今安人受夫遗命而不从，有子善言而不听……"这里所维护的显然是世俗道德，而且主要是儒家的社会道德和家庭伦理道德。

目连的"救母"行动主要受儒家的"孝道"所支配。尽管母亲违背誓言，铸成大错，但目连秉承"天下无不是之父母"的精神，不言母过，不但没有谴责母亲，而且谨守孝道，尽人子之职，以超越常人的勇气和毅力去地狱拯救她。

"孝"是目连的精神支柱，也是目连形象的主要性格特征。中卷"过黑松林"一出中目连唱道："我母不把神明敬倾，一旦赴幽冥，苦难禁，地狱重重，无计超升。因此上挑母挑经，敬往西天，把活佛来参问。"剧中的观音也说"目连本是行孝子，祇因母丧在幽冥。魂灵陷在地狱里，渺渺茫茫无处寻。孝子一心思报母，抛家弃业去修行。"目连的信佛、念经、斋僧等宗教行为亦被解释为是对孝道的具体实践，因为这些都是父亲的遗志和嘱托，"无改于父之道"正是儒家对孝子的根本要求。目连被母亲派出去经商期间，母亲违背目连之父的遗志，开斋茹荤，烧毁斋房，拆掉了斋僧的会缘桥。"自从面受严椿教，终日拳拳谨服膺"的目连一回到家里立即践行亡父故事，以彰孝道。中卷"寿母劝善"一出中目连说道："夫孝在于善继其志，善述其事。儿今意欲先遣益利往会缘桥头，雇倩工人，采办木石，依旧做造斋舍僧舍宇，结砌会缘桥梁。"释迦牟尼十大弟子之一的摩诃目犍连就这样被改塑造成了伟大的中国孝子傅罗卜，① 他的孝行"感动天地神明，古今稀少"，故得到朝廷的表彰。剧作最突出的成就就是成功地塑造了孝子目连的形象，通过这一形象表达了鲜明的伦理道德取向："人爵不如天爵贵，功名争似孝名高。"

剧作在热情讴歌和表彰目连孝行的同时，还利用惩治反面典型的方式来彰显孝道。例如，下卷"一殿寻母"有不孝之子赵甲（丑扮）和不孝之媳钱氏乙秀（贴扮）登场，地狱一殿中的秦广王（外扮）对他们进行了严厉的惩处。

（外）一名鬼犯赵甲不孝，打骂爹娘。我问你：人生天地间，非父不生，非母不养，父母为儿子受了多少辛苦？养得儿子长大，反欺父母年老，敢行打骂，是何道理？

（丑）爷爷，祇因吃酒醉了，打了母亲几下，骂了父亲几句。

（外）鬼使打着！（打介）

---

① 《增一阿含经》卷三"弟子品第四"载，大目犍连并非以"孝行"名世，而是以能飞行、变化的"神通"著称："神足轻举飞到十方，所谓大目犍连比丘是。"见《佛藏要籍选刊》（四），上海古籍出版社1994年版，第923页。但在唐代僧人宗密所著的《佛说盂兰盆经疏》（上）有如下记载："大目犍连因心之孝，欲度父母，报乳哺之恩故。出家修行，神通第一。观见亡母，堕饿鬼中，自救不能，白佛求法。佛示盆供，救母倒悬。"（唐）道世编纂之《法苑珠林》卷七十七亦有"目连救母"的记载。

【耍孩儿】(外) 论人身生长乾坤内，父母恩天地齐。养孩儿费尽心和力，长成当报爹娘德，敢逞凶顽与抗持，真是滔天罪！鬼使，将这厮 (合) 丢在刀山碎剐，剑树凌迟。

【前腔】(丑) 望大王听诉词，容小人说来历。祇为我爹娘爱、养成骄恣，凭咱蠢性偏偏做，岂料阴司件件知，到此追无及。世上为人子者不孝爹娘，我就是个样子！(合) 今日里丢在刀山上碎剐，剑树上凌迟。(丑下，贴上)

(外) 一名犯妇钱氏乙秀，不孝舅姑，打婆骂公。我问你：公婆索个媳妇，费尽心机，为媳妇者须当孝顺公姑，才是道理。你为何私作饮食，致使公姑受饥；自穿好衣，致使公姑受寒。反逞长舌，抗忤公婆，是何道理？

(贴) 爷爷，非干小媳妇事。我的衣食俱是娘家送来，与公婆无干。是以不与他吃，不与他穿。公反骂我，所以回了公公几句；婆反打我，所以回了婆婆几下。

(外) 鬼使打着！(打介)

【前腔】(外) 婆婆即是娘，公公即是爹。女儿媳妇原无异，饥寒当进衣和食，打骂休生怨与嗟，他止望伊成器。你滔天罪不容逃，鬼使可将他——(合前)

(贴) 爷爷容诉：【前腔】在家中做女儿，悔不曾学礼仪。嫁来便不中公婆意，他因奴忤逆成呕气，奴恨彼习难不为炊。因此上他受了饥和馁。做媳妇的不敬公婆，我就是个样子！(合前) (贴下，夫上)

　　"孝"是《新编目连救母劝善戏文》的"主旋律"，而且，这里的"孝"带有鲜明的民间色彩，谴责的是忤逆乃至打骂父母、私作饮食、自穿好衣却使父母受饥受寒的恶行。这种谴责当能产生巨大的情感冲击力和震慑作用。

　　"节"与"义"也是剧作的重要蕴涵。

　　剧作用力不多但却成功地刻画了义仆益利这一角色。益利尽心服侍主人，在目连被强盗劫掠，面临生命危险之时，他挺身而出欲替主人一死；目连西游之后，益利替主人看家，当知赛英削发为尼，为目连未婚守节时，他又前往尼庵送银、米，以表"犬马忠心"，堪称"义仆"。

　　为了彰显"节"，剧中还设置了曹赛英这一角色。父母将她许配目连，可目连因要西行救母，把"红庚"退给了曹府。段公子慕赛英姿色，遣媒提亲，曹赛英以"忠臣不事二君,烈女不嫁二夫"为由严拒,一定要为未曾谋面的"夫君"守节,她口口声声宣称"要扶人纪,刚刚决决,忘身殉理"。宋明理学陈腐的节烈观是其精神支柱。

剧作还在描写刘青提遭恶报的同时,表现了忠臣、孝子、节妇死后得以超生天界、逍遥快乐的情景,高歌:"为臣的死忠,为子的死孝,为妻的死节,把颓败纲常撑住了。"

尽管剧作有维护儒家伦理道德的鲜明倾向,但当宗教取向与儒家的伦理道德取向发生冲突之时,剧作又毫不犹豫地选择了宗教取向。例如,中卷"罗卜辞官""议婚辞婚"等出写皇帝赐给目连官职、高官曹公欲以女妻目连,目连为了西行救母,毅然辞官辞婚。此举显然有不忠不孝之嫌——正如剧中所写:"孝始于事亲,终于事君。故曰:孝者所以事君也。""夫妇人伦之本;有夫妇然后有父子……不孝有三,无后为大。不娶妻房,绝先嗣最为谬妄。"可是,目连不顾"坏乱了人纪天常"的指责,挑经担母,毅然西行谒见"活佛"。

其三,民间疾苦,人情冷暖。

《新编目连救母劝善戏文》在彰显孝行和节义的同时,对民间疾苦、社会不公、人情冷暖亦有所揭示。例如,上卷"拐子相邀"一出中有唱词道:"那骗人的致富,安分的守穷,聪明的夭死,奸诈的寿终。区区本分成何用!"上卷"刘氏开荤"一出中乞丐的唱词则揭示了世情冷暖:"十不亲来果不是亲,我今说与世人听。世间若要人情好,惟有钱财却是亲。"(合前)(丑)"怎见得钱财是亲?"(净)"天有钱来天可亲,烧钱做福也回心。地有钱来地可亲,将钱置买任君行。""父母有钱也可亲,暖衣饱食自欢欣。兄弟有钱也可亲,易求田地不相争。""老婆因钱敬夫主,儿子因钱敬父亲。女儿有钱欢喜去,媳妇有钱不生嗔。""叔伯母有钱都和气,朋友有钱尽知心。可见钱如骨肉亲,可见钱是性命根。""若是有钱便有势,不应亲者强来亲。不信但看筵中酒,杯杯相劝有钱人!"中卷"斋僧济贫"一出有孝子卖身葬母的描写:"自家一贫如洗,遇此荒年,母亲又丧……愧无能措办棺椁衣衾,仰天束手浑无策,祇得卖了吾身殡老亲。"他高声叫卖,但无人肯买,本想转回家门,但转念一想:"虽回家去,除了此身,再无一物可卖了。"他唱道:"天,家中彻底贫。(叠)纸钱没半文,粮米没半升。若还不去,苦告哀求卖此身,葬之事不成,祭之礼不行,报不得慈母恩，尽不得人子情，吾乃是天地之间一个大罪人。（跌介）争奈连朝饥又病，跌倒莫能兴。娘，我今身死何足惜，祇是暴露了娘的尸骸也，我死在黄泉目不瞑。"下卷"三殿寻母"一出有一偷鸡女贼登场，当狱官要将她丢进"血湖"里去之时，她说道："老爷，容犯妇首事因。世间盗贼多得紧。"狱官问：有些什么盗贼？女贼说："那大户骗小民，赃官骗百姓。这都是强盗杀人心，比着我偷鸡的又狠……爷爷，那豺狼当道，安问狐狸！望恩官急诛惩。"狱官听了之后竟说："你所首者皆实。"这种人生体验真实而深刻，颇能调动在死亡线上苦苦挣扎的劳动群众的感情。

剧作的下卷"三殿寻母"一出让被押往地狱三殿的刘青提在狱官面前唱"为娘三大苦"，不惜篇幅，诉说做母亲的万苦千辛，情真意切，真的是"祇恐猿闻也断肠"。但这种动情的诉说与刘青提的犯妇身份显然是不太吻合的，它之所以被郑之珍的整理本完整地保留下来，是由于"为娘三大苦"的哭诉能充分调动观众——特别是底层妇女观众的生存体验。

其四，佛、道同台，人鬼杂出。

《新编目连救母劝善戏文》是佛教剧，但也有佛道同台、仙佛错综的特点，昭示了佛、道神谱互摄互渗的倾向。

剧作中多有佛、道同台的出目。例如，上卷"三官奏事"一出有玉皇大帝、真武、张天师、天官、玉女等道教神仙登场。《城隍挂号》中有城隍、九天圣母、魁星、玉女等道教神仙登场。中卷"斋僧济贫"一出，道士、和尚、尼姑与傅罗卜等同台。上卷"观音生日"一出中佛门中的善才（财）、观音和道门中的王母同台。这些分属不同宗教的人物几乎没有意见相左之时，持斋把素、信佛看经、礼敬鬼神、乐善好施、孝敬父母是他们共同的追求。

剧中佛、道二教的神灵不但有相似或相同的信仰和价值取向，而且互为统摄。

中卷"遣将擒猿"一出既有观音菩萨，也有张天师，但"正一道"的张天师却完全听从佛教的观音菩萨调遣。他遵照观音菩萨的旨意，为护送目连去西天拜见"活佛"剿妖除怪，扫除障碍。他召神役鬼、步罡踏斗，擒获白猿精之后，交给观音娘娘发落，然后又遵照"娘娘"之命护送天将回归天庭。这里的张天师俨然是佛门弟子。中卷"过寒冰池"一出不仅有信佛的目连，而且还有白猿精所幻化的云水道人登场，然而，这位云水道人竟然是到西天参拜"活佛"归来，他好像也是佛门弟子。

剧中的阎罗是受制于玉皇的，玉皇把天官奏闻的事项"批下阎罗查考"。上卷"阎罗接旨"一出中，身居酆都的阎罗说，自己是"上承玉皇勅旨，下掌地狱刑名"，也就是说，剧中的地狱是属于道教的，阎罗是玉皇的下属。中卷亦有"阎罗接旨"一出，它再次证明剧中的阎罗是道教神灵，他统领着道教俗神——灶君、土地、城隍，受玉皇节制。不过，道教的玉皇对于佛教似乎也有统摄之力。上卷"三官奏事"一出中天官"向玉皇"报告："南耶王舍城中，傅相真忧乐道。况斋僧布施，又广修功果，望天庭高擢上青霄，锡彼逍遥乐，享长生永不老。"佛门善恶也由玉皇赏罚。然而，欲下地狱救母的目连却并不是从玉皇那里拿到进入地狱的"钥匙"的。他不远万里来到"西天"，见到了"活佛"释迦牟尼，"活佛"得知目连要下地狱救母，赐给他锡杖、芒鞋、乌饭、神灯，目连这才扣开十八层地狱的重重大门。

剧中的佛教神灵有时还幻化为道人现身。例如，上卷"观音劝善"一出中的观音为了救被金刚山强人所掳的目连，扮作道人现身。中卷"才女试节"一出中佛教菩萨善财（才）受观音指派来人间试探目连，幻化为"狂道"登场。

《新编目连救母劝善戏文》着力提倡看经念佛、持斋把素，也就是说，它张扬的是佛教信仰，然而，剧中的佛教信徒最终的归属却不是进入极乐净土，而是登蓬莱成仙。上卷"修斋荐父"一出中有僧人唱道："傅相的，（叠）平生乐道，伏愿慈光普照，接引上蓬莱，逍遥快乐，方显得佛法无边，天恩浩浩。""傅相升天"一出中，在家带发修行的"居士"傅相却在道教俗神城隍的扶持下跨上仙鹤飞升仙境。也就是说，佛教信徒所修成的"正果"不是"往生净土""涅槃成佛"，而是长生不老、升天成仙。在这里佛与道真的是浑然无别了。

李玉的《人兽关》以宣扬六道轮回、因果报应思想为出发点来建构剧情，强烈谴责背恩忘义之恶行，张扬扶危济困、乐善好施、滴水之恩当涌泉相报的民间道德。剧中人物的贫富贵贱、寿夭祸福、生死轮回均在观音、阎王等神灵的掌控之中，宗教色彩鲜明。第一出"慈引"即借观音之口揭示题旨说："只为世人贫贱二观，炎凉异势，负德背恩，忘却本来面目，兽心人面，不顾生死轮回。今有一段姻缘，在姑苏地方，借此一场果报，唤醒世人痴梦。"① 矛头直指负德背恩的衣冠禽兽，借生死轮回、因果报应以救世的意图十分明确。剧作一开始就让观音登场，她让藏神将施家所藏白金万两"暂付桂薪掌管，以试其心肠"，说明人间贫富贵贱的变化完全是神灵的安排。桂薪夫妇见利忘义，作恶多端。观音又指派睡魔引罪孽深重的桂薪入梦，使之"变作犬形，以为负心果报"。第二十出"冥警"写睡魔按观音法旨引桂薪梦入冥境显一果报，阎王查善恶簿，桂薪背恩忘义之恶行详载其上，桂薪抵赖，阎王又请出施济鬼魂对证，阎王罚桂薪夫妇转世为犬。冥府对善恶是非的洞察、赏罚远远胜过了人世间的监察审判机构，这固然说明作者寄希望于冥府的宗教立场，但同时也反映了社会现实的黑暗和作者对人世间监察审判机构的失望。冥府越是明察秋毫，越是能反衬出现实社会是非颠倒、善恶不辨；冥府越是无比公正，越是能反衬出现实社会很不公正。

剧中虽以佛教人物为主，但也有土地神、功曹、藏神、睡魔等道教俗神登场，而且这些道教俗神多受观音菩萨节制。第十一出"猝变"还有对算命术的描写。这里的人物设置和细节描写透露出明末宗教向民间普及的趋势和宗教世俗化进程的加速，也说明佛、道二教的融合更加明显，佛、道二教大量吸纳了民间的信仰文化元素——特别是鬼神迷信。

（3）佛法

罗懋登《观世音修行香山记》当是根据《香山宝卷》一类的佛教讲唱故事改编而成。《观音慈林集》卷上有言："近世传观音是妙庄王第三公主，出家修行成道，宁不大谬，自招愆咎乎？虽云菩萨随类现身，而第三公主考之无据，决非所现。故《正讹集》云：《观音香山卷》中，称观音是妙庄王女，出家成道，而号观音，此讹也。观音过去古佛，三十二应，随类度生，或现女身耳，不是才以女身修成道也。彼妙庄王，既不标何代国王，又不说何方国土。虽劝导女人，不无小补，而世僧乃有信为修行妙典者，是以发之。"② 剧中的观音和妙庄王的身世、经历正有此"大谬"。

剧作描写观音成道经历，亦可划归传记类，但如前所言，这一传记有"大

---

①　（清）李玉著：《人兽关》，《古本戏曲丛刊》编委会编：《古本戏曲丛刊》（第三集·第四函），上海：商务印书馆1957年影印版。本书所引此剧台词均据此版。

②　（清）释弘赞编：《观音慈林集》卷上，《卍新纂续藏经》（第88册），台北：白马精舍印经会出版，第77页。

谬"，观音到底是何国人？朦胧莫辨，其女儿身份和不肯从父命出嫁云云，也纯属捏造。

剧作的前半部主要凸显佛祖的无边佛法。妙庄王之女妙善一心向佛，不肯从父命出嫁，而是执意削发为尼，使得身为国王的父亲大为光火。他想以"桃菊一齐开放"等完全办不到的事情难倒忤逆的女儿，而女儿实际上是并无奇能异术的，但因佛祖知道她的前身是"西天正法明王"，且又矢志为尼，故大显神通为其解围，使奇迹频频出现——桃菊果然一齐开放，寺庙的钟不打自鸣，鼓不打自响，香不烧自着，灯不点自亮。这实际上张扬的是佛祖的"无边法力"，因为这都是佛祖颁旨让手下神灵去实施的。剧作的后半部则凸显成长中的观音菩萨的神通法力——国王令人焚烧寺庙，妙善咬破手指，狂风暴雨大作，使火熄灭，妙善终得不死。妙庄王为此大怒，要羽林军将其绑赴京城斩首，但妙善刀枪不入。妙善出入幽明，救苦救难，甚至不惜施舍自己的手、眼拯救曾经对她百般摧残的父亲，因此而有了千眼千手的异相和神通。

剧作借妙善不就婚姻、出家修行而终成正果的经历，宣扬了佛教的出家思想。为了彰显妙善一心向佛的坚定信念，剧中还设置了佛祖幻化为凡人前去试探在旷野采芹的妙善，要和她做夫妻而遭妙善严拒的情节。同时，剧作对佛教寺庙中的礼佛、看经、修斋等修行活动也有形象化的反映。剧作的第二十五出全文抄录《妙法莲华经》卷七之"观世音菩萨普门品"，由旦所扮演的妙善一人念诵，旨在"普度世间之人"，可见此剧布道之诚。

明代戏曲中有多部剧作以观音为描写对象，前文所列举的明代宗教剧中就还有《鱼儿佛》《钵中莲》《新编目连救母劝善戏文》《观音鱼篮记》《人兽关》《修文记》等刻画了观音的形象。这些观音形象均为女性，而且有两个共同特点：一是大慈大悲，救苦救难；二是善于变化，常有异象，本领高强。这些描写反映了明代的观音信仰和观音崇拜的特点及主要内容。

（4）传记

释智达的《归元镜》篇幅巨大，蕴涵驳杂，而且基本上是以净土宗三位大德的传记为蓝本写成的，号称"三祖实录"，[1] 故单列为"传记剧"。

---

[1]　（明）智达著：《归元镜·规约》："此录专修庐山、永明、云栖三祖，在俗以至出家成道，传灯实行，其本传塔铭外，不敢虚诳世俗……切勿随例认戏，但各演实录。"蔡毅编著：《中国古典戏曲序跋汇编》（二），济南：齐鲁书社 1989 年版，第 1419 页。

剧作通过净土宗（莲宗）三位祖师——初祖慧远、七祖延寿（永明）、① 八祖袾宏的生平事迹宣扬弃俗出家，皈依佛教的思想，往生西方极乐世界的净土信仰是其主旨。"其国众生无有众苦，但受诸乐，故名极乐。"② 剧作对净土宗的"方便法门"有形象化的宣示："不论贵贱贤愚，但念阿弥陀佛，若得一心不乱，管教七日成功。正是：面见彼佛阿弥陀，即得往生安乐国！"③ 这一题旨在剧中被反复强调。剧中亦有六道轮回、投胎转世、因果报应、戒杀放生的说教和度人出家的情节。剧中一心向佛，诸善奉行，诸恶勿作者"圆寂"之后都被接引到西方极乐世界享受"永福"，而造恶者则被打入地狱受罪，凸显了净土宗的信仰。清乾隆间人流通所撰《问答因缘》也认为，净土信仰是《归元镜》的精髓："问：'《归元镜》，有发心信受者，蒙几许利益？'答：'发心归向，根器不同，约其因地，略有五种：一者，初地见闻，感动慈念，随即戒杀者，得《归元镜》之毛；二者，见闻发心，欢喜生信，随即持斋，放诸生命者，得《归元镜》之皮；三者，净心随喜，生难遭想，深信因果，朝夕念佛者，得《归元镜》之肉；四者，深心净信，脱离世缘，厌娑婆苦，一心念佛，求生西方者，得《归元镜》之骨；五者，见无所见，闻无所闻，契自性弥陀，了唯心净土，一脚踢开三祖灯光，一槌击碎归元镜影，竿木随身，逢场作戏，拖泥带水，方便提携，游戏中现宝王刹，微尘内转大法轮。若此者，得《归元镜》之髓。"④ 剧作"假音声作佛事"，由"莲宗诸祖，现身说法"，⑤ "弘通净土"，宗教品格相当鲜明。剧作把宗教戒律置于"王法"之上。第二卷"湖舟放生"至"眼前果报"七出写王税司动用大量官钱购买鱼虾放生，属监守自盗，按律当斩。可是因为观音等深嘉其

①　一说延寿——五代、宋之际的永明禅师乃莲宗六祖。其实，延寿是禅宗支派法眼宗传人，不过，他主张禅、教合一，注意净土宗的实践，故亦被视为净土宗中人。

②　（明）智达著，佚名增广：《增广归元镜》第二出"方便归元"，《古本戏曲丛刊》编委会编：《古本戏曲丛刊》（第五集），上海：上海书店 1985 年影印版，第 3 页。

③　（明）智达著，佚名增广：《增广归元镜》第三出"受嘱传灯"，《古本戏曲丛刊》编委会编：《古本戏曲丛刊》（第五集），上海：上海书店 1985 年影印版，第 6 页。

④　（清）流通撰：《问答因缘》，蔡毅编著：《中国古典戏曲序跋汇编》（二），济南：齐鲁书社 1989 年版，第 1430 页。

⑤　（清）流通撰：《净土传灯归元镜·跋》，蔡毅编著：《中国古典戏曲序跋汇编》（二），济南：齐鲁书社 1989 年版，第 1425 页。

行并加以保护，王税司不但没有受惩处，反而受到皇帝的嘉许，出首王税司的刘豹则被处死。三祖不仅以自己的行动宣扬持斋念佛、戒杀放生的宗教戒律和信仰，而且长篇大论地向众人"布道"。例如，第一卷"禅关问道"、第二卷"万法归一"、第三卷"开权显实"、第四卷"东昌发悟"等出目就是显证。

此剧是莲宗大德的传记，但剧中除有莲宗三祖和释迦牟尼、舍利佛、观音、善才、韦驮、大势至等佛教人物登场之外，还有玉帝、老君、王母、星君、仙子、花神、八仙、许真君、东方朔等道教神仙偶一登场追捧佛门。剧作还借人物之口宣扬三教合一的主张："儒门释派道家流，相契忘机物外游。共蒂不须呈伎俩，同根何必互戈矛。"可见，在明代僧人智达眼里，儒、释、道本无二致，仙与佛殊途同归。

3. 佛道混合类剧目及主题类型

明传奇宗教剧中仙佛错综、人鬼杂出的剧目也不在少数，但有些剧作以仙为主，佛只是偶一登场；以佛为主者，仙只是偶尔露面。这类剧作都未划归佛道混合类，而是划归佛教剧或道教剧。如前文已言及的陈与郊的《樱桃梦》、屠隆的《修文记》、智达的《归元镜》、郑之珍的《新编目连救母劝善戏文》等都是如此。下文将要论述的《昙花记》《升仙记》《观音鱼篮记》3部剧作仙佛错综、僧道无别的色彩更加鲜明一些，故划归"佛道混合剧"。

如果按照题材和主旨来划分，这3部"混合剧"还可细分为"度脱剧""法力剧"两个类别。

（1）度脱

屠隆的《昙花记》和黄粹吾的《升仙记》可以算是"度脱剧"。

只要看一看某些出目名称就可以清楚地看出《昙花记》具有鲜明的宗教色彩和仙佛错综的特点。例如：第三出"祖师说法"、第四出"仙伯降凡"、第七出"仙佛同途"、第十七出"群仙会真"、第二十三出"真君显圣"、第三十二出"阎君勘罪"、第三十三出"遍游地狱"、第三十四出"冥司断案"、第三十五出"普度众生"、第三十七出"郊行卜佛"、第四十出"礼佛求禳"、第四十一出"真君驱邪"、第四十三出"尼僧说法"、第四十四出"群仙会勘"、第四十八出

"东游仙都"、第五十出"西游净土"、第五十二出"菩萨降凡"。① 几乎是仙、佛各占一半篇幅，有不少出目仙、佛同台，有的人物亦仙亦佛，仙与佛都会祈福禳灾，都能引度俗人超凡脱俗。剧中执行度脱任务的一是佛教的西天祖师宾头庐，二是道教的蓬莱仙客山玄卿，他们一个受如来派遣，一个受"太上"派遣，同时到下方度脱木清泰，劝说木清泰出家的"道理"毫无分别——一装扮成醉僧，一装扮成疯魔道人，两人一唱一和。木清泰既是佛教的"西天散圣"，又是道教的"东华仙"，他听了两位度脱者的说词，便以官爵富贵、妻子儿女为火坑，"辞了爵位，别了妻孥，逍遥云水，访道寻真"。看起来他似乎是要去"修仙"，其实不然，他声称"眼下欲逃生死，惟有学道修禅"，也就是说，他坚持佛、道兼修，故追随二师，上天堂，入地狱，既游东方蓬莱，又游西方净土，修行 10 年终成"大道"。他所修的"大道"显然是佛与道的混合物。这种人物设置充分体现了佛道一家、浑然无别的思想。

此剧虽然是度脱剧，但度脱的过程极其简单。木清泰本是个"有宿根的善知识，猛回头的大丈夫"，听了醉僧、疯道的三言两语之后，就立即决定抛弃官爵、家庭出家。剧作的主要篇幅是写木清泰出家后的修道过程。剧作对社会政治黑暗虽也有所揭露，但主要笔墨在于宣扬抛弃功名利禄、妻子儿女的出家思想。

黄粹吾的《升仙记》写西方迦叶尊者幻化为"胡僧"到普救寺度脱张生、莺莺、红娘。"胡僧"对被度者宣扬信佛的好处之后，递给张生一枚黑枣，已与张生成婚配的莺莺嫌脏夺而弃之，婢女红娘拾起食之。"胡僧"这才明言，枣为"超度之物"。红娘吞食黑枣后果然顿生皈依佛门之念，不日移居西庵。剧中"胡僧"的做派很像道士，视黑枣为神异之物乃是道教的信仰。《太平广记》卷二《周穆王》条曰："素莲、黑枣、碧藕、白橘，皆神仙之物，得不延期长生乎？"②莺莺、张生等均皈依佛门之后，迦叶尊者道明众人的"前世因缘"，并宣称，他们都经过了涅槃，可以升天成仙。与《新编目连救母劝善戏文》所描写的一样，信佛的最高回报是"成佛"，而"成佛"不是往生西方极乐世界，而是飞升天界，终登仙籍。剧中的僧人度人皈依佛门的主要方法是让被度者服食"神仙

---

① （明）屠龙著：《昙花记》，黄竹三、冯俊杰主编：《六十种曲评注》（第二十二册），长春：吉林人民出版社 2001 年版，第 10~478 页。下引此剧文字皆据此版本。

② （宋）李昉等编：《太平广记》（卷二），北京：中华书局 1961 年版，第 7 页。

之物"，僧与道、仙与佛已浑然无别。

　　作者通过"反《西厢》"的方式，以一纸"荒唐言"传达人生如梦、一切皆空的生存体验，告诫人们不要为情所苦，在世俗诱惑面前要知所进退，这种题旨既是佛教的，也是道教的。

　　（2）法力

　　无名氏的传奇《观音鱼篮记》与写"鱼篮观音"度脱张无尽的元杂剧《观音菩萨鱼篮记》相似，都宣扬了观音菩萨的无边法力。剧中酷爱风流的鲤鱼精混入凡尘作祟，城隍奏明玉帝，玉帝派四大天将捉拿，天将力不能胜，再命上八洞神仙出战，鲤鱼精见虾精、鳖精败走而逃遁，终被南海观音收入鱼篮之中。鲤鱼精是玉皇殿前瑶池内的"金线鲤鱼"，也就说，它是道教神谱中的妖精，但却被佛教菩萨所降服。剧作以观音命名，但观音一直到第二十八出才登场，剧作的主要篇幅在于描写鲤鱼精的善于变化。它潜入金府园池，吸金宠之女金牡丹之唾，即变为金牡丹模样与书生张真幽会。真假两牡丹，金府上下竟不能识，包拯的照妖镜也无济于事。鲤鱼精摘去白牡丹的花心，即可致金牡丹卧病……这些情节具有很强的神奇色彩，也具有较强的娱乐性。剧作有凸显武当山玄帝信仰的成分。第二出至第七出写金宠、张琼两家到武当山求子，玄武神显灵，让为官清正、来意诚心的张琼家生一贵子，让贪赃坏法、屈陷忠良的金宠生一女。剧情的基本构架是一男二女的婚姻纠纷，但作者的兴趣在于凸显妖精的善于变化，同时也杂有浓重的封建意识。剧作毫不避讳地宣扬男尊女卑，把女性追求自己的幸福、主动向男子示爱的行为斥为妖精鬼魅之淫行，却维护指腹为婚的"合法地位"。

　　剧中既有观音菩萨登场，还有山神、土地、城隍、文曲星包文拯、上八洞神仙等道教神灵出现，佛、道混合的特点较为鲜明。此剧反映了武当道教在明代的影响。

三、明代宗教剧的特点

　　明代宗教剧可以说是对元代宗教剧的继承与发展，故有共同点，但也有不同点。例如，从宗教剧的数量来看，道教剧占多数，佛教剧比道教剧要少得多。从剧作的内容来看，"布道"的热情较高，这与宋元戏曲的情况大体相似。但明代宗教剧又有新变，形成了自己的一些特点。对此，前文已有所涉及，这里再作些补充。

元代现存剧作中并无用于庆寿贺节的"庆赏剧"，明代的"庆赏剧"则是一个很大的门类。这一新的创造不仅丰富了明代的宗教剧创作，推动了戏曲的传播——逢重大传统节日或喜庆，民间亦延请戏班志贺，使戏曲传播到每个乡村，而且对清代的宗教剧创作也发生了影响，清代"庆赏剧"也是宗教剧中的一个重要类别。

元代宗教剧的主要类别是度脱剧，30部宗教剧之中有17部是度脱剧，度脱剧所占比例超过一半。元杂剧度脱剧中的被度者通常是执迷不悟的，因此，由马致远所创让被度者"见几个恶境头"的"三度"剧（如《吕洞宾三醉岳阳楼》《马丹阳三度任风子》）成为度脱剧通行的剧情模式。被度者大多是被梦中大起大落的人生际遇吓倒或被度脱者起死回生的仙术所降伏，才弃其所执，跟随师父出家的。我们故且把这类度脱剧叫做"劝化式"或"恐吓式"。

明代度脱剧在宗教剧中所占的比例有所降低，在98部宗教剧中，度脱剧只有35部，而且，这些度脱剧有相当一部分是根据元代度脱剧改编的。明代度脱剧虽也袭用元代的"三度"模式，如《惠禅师三度小桃红》就是一例，但同时又新创了一种"点化式"度脱剧——被度者并非执迷不悟之人，而是素慕玄风、夙有道缘的"可教"之人，他们主动寻求度脱者的指点和帮助，度脱过程不再是耳提面命，一味说教甚至恐吓，而是双方互动，点到为止；执行度脱任务的神灵仙真的主要作用在于给被度者提供帮助。例如，朱权《冲漠子独步大罗天》中的被度者冲漠子本来就是一个"素慕真风，精思妙道，刻志玄功"的道人，他不是被动接受度脱者的教育，而是主动寻求仙真的指引和帮助，吕洞宾帮助冲漠子锁心猿、拴意马、斩三尸①、除酒色财气。《小天香半夜朝元》中的小天香玉厄本是金母小女，只因一念思凡，被罚往下方为妓，但她誓死拒绝接客，趁鸨母不在家逃往华山修行。剧中的度脱者陈抟所起的主要作用，是在小天香被不良道人烂猪头赶出庙门露宿山野时指引她到华山顶上的凌霄观栖身修行。20年后，小天

---

① 据《云笈七籤》等道教典籍记载，人的体内有三种作祟之神，此即三尸或曰三尸神。上尸名青姑，居脑部，专门危害眼睛。中尸名白姑，居明堂（中丹田），专门危害五脏。下尸名血姑，居腹胃（下丹田），专门危害胃。亦作三虫、三彭。斩三尸，也就是除掉危害健康的三种邪神。

香内丹外丹①皆已炼成，陈抟再次出现，帮助她飞升天界。《李妙清花里悟真如》中的山秀是风尘妓女，但她与元杂剧中那些执迷不悟的妓女很不相同，不仅不肯"觅行院人家衣饭"，而且不愿意嫁人从良，一心要皈依佛门。剧中的富家子哈舍也是如此，他本打算去花街柳巷做子弟，可与古峰和尚一见面就立即表示："本来院里要使钱做子弟，不想正遇这古峰师傅，今日就与师傅做个弟子，不做子弟了。"② 剧中的度脱者古峰和尚所起的主要作用是，收他们为徒，同时以偈语开拨，机锋警策，当头棒喝，提高他们的修炼水准。这种"点化式"的度脱剧是明代度脱剧的主要形式。《逍遥游》《有情痴》《鸳鸯梦》《吕纯阳点化度黄龙》《边洞玄慕道升仙》《色痴》《金渔翁证果鱼儿佛》《城南寺》《李丹记》《修文记》《龙膏记》《昙花记》《升仙记》等多部"度脱剧"选择了这种形式。

　　与元杂剧度脱剧比较重视度脱者的"劝化""恐吓"不同，明代度脱剧则更加重视宗教教义的形象化，把"布道"过程戏剧化，使宗教剧的游戏品格进一步凸显。例如，《冲漠子独步大罗天》第一折正面表现吕洞宾为冲漠子锁心猿、拴意马、斩三尸、除酒色财气的过程。心猿、意马、三尸、酒色财气均由演员化身装扮先后上场"做癫劣科"，以表现冲漠子为其所苦之情状。吕洞宾挥剑"作法"，将其一一降服。抽象而枯燥的说教化为可感可触、生动活泼的戏剧场面。《惠禅师三度小桃红》第四折写执迷不悟的小桃红率众乐（由花旦5人组成）去寺中歌舞，欲以此引动已经出家的丈夫还俗，惠禅师则安排十六天魔仙女歌舞，大胜小桃红的十七换头舞，使小桃红记起了闻天魔音乐迷却正道的前缘，终于回心悟道，不入轮回。禅师喋喋不休的"劝化"过程化为一场兴味盎然的歌舞竞赛，观赏性明显增强。又如兰茂的《通玄记》，讲述的是长生性命之道、炼丹药物之理，可是因为剧作将婴儿、姹女、三尸、六贼③、五行、八卦等"玄理"都一一拟人化，使痴痴子向风月子"布道"的过程变得生动活泼、饶有趣味。《逍遥游》《色痴》《梦境记》《通玄记》等剧作也运用了类似手法。其他类别的宗教

---

①　内丹、外丹均为道教修炼方式，前者指精气神之修炼，后者指以鼎炉炼造供服食的丹药。道教有内丹派和外丹派之别。

②　（明）朱有燉著：《新编李妙清花里悟真如》，廖立、廖奔校注：《朱有燉杂剧集校注》（上），合肥：黄山书社2017年版，第283~284页。

③　指对修道不利的色、声、香、味、触、法六种因素。此六种因素能诱人去善从欲，故名六贼。色为眼之贼，声为耳之贼，香为鼻之贼，味为舌之贼，触为身之贼，法为念之贼。

剧也相当注意使枯燥乏味的"布道"活动戏剧化。例如，《园林午梦》《一文钱》《北邙说法》等剧含有深刻的宗教哲理，但由于剧作注意把宣教过程戏剧化，其游戏品格也很鲜明。

地狱以恐怖为主要特征，明代戏曲中有些剧作就极力凸显地狱的恐怖，以强化劝惩。例如，《新编目连救母劝善戏文》等剧就是例证；但也有些剧目即使是正面描写地狱也颇多机趣。例如，《昙花记》有"冥途迓圣""卓锡地府""阎君勘罪""遍游地狱""冥司断案""普度群生""众生业报"等出写地狱赏善罚恶，但许多场景令人捧腹，例如，"普度群生"一出：

（丑女上）昔为人所爱，今为人所憎。人憎与人爱，颜色总无凭。好苦，好苦。伏望圣师救度。（外）汝是何人？（女）奴家越国西施。（外）西施天下绝美女子，怎么是这样丑的？（女）师父，这皮囊原是假的，阎罗怪我妖媚，惑乱吴王，以致亡国，故罚作丑女羞我，实无颜见人。（外）你的业障，全在美貌，今日衰丑人不爱你，你安能惑人？业障去了，可喜可喜。（女）多谢圣师指教。（下）

【前腔】（末）刀山剑树与灰河，罗刹阿旁来往多。悲心不忍再经过，凡夫好把无明破。回首天堂只刹那。

（老病人扶杖上）一息不来时，英雄立枯槁，哀哉强弩末，不能穿鲁缟。好苦好苦。伏望圣师救度。（外）汝是何人？（老）弟子西楚霸王项羽是也。（外）怪哉怪哉，项羽拔山举鼎，如何这等羸弱？（老）生前拔山举鼎气力，只争喉咙里一线儿，一线不来，蓬草也举不得了。阎王恶我雄壮，杀人太多，故罚做一个最尪羸老儿，在地府里做个榜样。如今一步儿也离拄杖不得，好苦。（外）只怕你离得拄杖时，又作偌大的罪业。（老）师父说得妙，知道了，弟子拜谢。（下）

其娱乐品格显而易见。

（一）关注人生　烛照人性

明代宗教剧只有少数剧作像元代马致远的宗教剧那样，在张扬宗教教义的同时，揭露政治的黑暗和官场仕途的凶险，如屠隆的《昙花记》、苏汉英的《梦境记》、汤显祖的《邯郸记》《南柯记》、陈与郊的《樱桃梦》、兰茂的《通玄记》、刘还初的《李丹记》、杨珽的《龙膏记》、陈一球的《蝴蝶梦》、谢国的《蝴蝶梦》、无名氏的《赤松记》《升仙记》、朱有燉的《小天香半夜朝元》《惠禅师三度小桃红》、无名氏的《许真人拔宅飞升》等均对政治生活——特别是官场倾轧、政治黑暗、仕途凶险有所揭露或批判。但有相当一部分剧作并不涉及政治生活。例如，朱有燉的《南极星度脱海棠仙》，写西金母请南极老人星下界度脱海棠仙，她请老人星扮作老员外与娇艳的海棠仙做配偶，海棠仙觉得年龄太悬殊，就想用出难题的方式难住对方，她要老员外拿出人间罕见的多种宝物，又说要请天上的西金母来做媒方能应允。西金母把宝物一一向海棠仙展示，又显现本相，海棠仙方才醒悟。这里看不出有多少社会生活蕴涵。朱有燉的《福禄寿仙官庆会》先写钟馗、神荼、郁垒于除夕夜驱傩，接着写福、禄、寿三仙官下界赐福，一派吉祥如意的气氛，家家富足，天下太平，实为粉饰太平之作。又如，湛然的《金渔翁证果鱼儿佛》，写观世音下界点化渔夫金婴夫妇，金婴的妻子钟氏生前是灵山上一个比丘尼，本来就一直信佛，经观世音一点拨，就随其而去，可金婴虽有"上根"，但却不觉悟，"只在老婆被窝里做个在家修行"，观世音作法，将金押进地狱，"业火烧身，风刀解体"，让他看见打渔人的罪孽，又让东海龙王敖广、虾兵鳖将向金婴索命，金婴这才皈依空门。剧作对善恶不辨、黑白颠倒的社会现实也有所揭露。例如，第三出借速报司功曹之口说："若是富贵贫穷，准准的根着善恶，算盘子一个无差，可不是天地永不混沌，江山永不变更了？何故世上人有等悭吝者，偏教他财积如山；肯做好事的，偏教他手中空乏。有一等刻薄害人，偏居高位；那辈才智之士，尽着他欺凌。又有一等存心忠厚，肯扶持人的，偏教他抬头不起，又被那受他扶持的反恩负义，甚至身家不保……"[①] 但剧作的主旨在于宣扬佛教戒杀生的戒律，社会生活蕴涵并不是很丰富。再如，陈汝元的《印上人提醒红莲前债》，写五戒暗私少女红莲被其师弟明悟察觉，五戒羞愧坐化，转世为苏轼。明悟圆寂后转世为佛印和尚。佛印见苏轼心恋红尘，道出苏轼前生暗私红莲之前缘，苏轼皈依佛门。这里主要张扬"色戒"和轮回转世的

① （明）湛然著：《金渔翁证果鱼儿佛》，（明）沈泰编：《盛明杂剧》（二集），诵芬室刻本，第14~15页。

教义，对当时的政治生活少有关注。

明代宗教剧有的虽然没有触及官场腐败和政治黑暗，但有部分剧目借宗教人物和故事传达自己的现实感受和生存体验，对丑恶或不合理的社会现实有所揭露和批判。例如，"布道"热情很高、宗教色彩相当鲜明的《新编目连救母劝善戏文》对贫富不均、道德沦丧、民生疾苦也有所揭露和反映。有的剧作还从哲理高度俯视社会人生，关注社会伦理道德，触及人的本性和灵魂，颇为深刻，这是元代宗教剧中虽然也有所涉及但并不多见的。例如，无名氏的杂剧《色痴》、谢国的传奇《蝴蝶梦》虽然没有触及社会政治生活，但它们向内用力——叩问人的灵魂，触及人的本性、道德与人欲的关系以及禁欲主义的虚伪性等诸多深刻的社会人生问题，具有超越时空的意义，其生活容量和思想蕴涵也是相当丰富而深刻的。汤显祖的传奇《邯郸记》《南柯记》、叶宪祖的杂剧《北邙说法》、徐复祚的杂剧《一文钱》、王应遴的杂剧《逍遥游》等也有一定的象征意味，具有较强的哲理性，社会生活蕴涵和思想蕴涵都相当丰富。《挡搜判官乔断鬼》《酒懂》《人兽关》《樱桃园》《袁氏义犬》《错转轮》《钵中莲》《新编目连救母劝善戏文》等对道德沦丧，特别是父（母）子、夫妻、婆媳、师生间的道德困境进行了较为充分的揭示，对金钱、地位、情欲腐蚀和扭曲人性的现象作了比较深刻的揭露和批判，力图借助宗教鬼神的力量强化世俗道德的约束力，纯洁世道人心。明代宗教剧的这一特点说明戏曲宗教剧发生了由关注社会政治到关注家庭伦理、关注人生、烛照人性的变化，这一变化与明代社会状况以及戏曲作家的处境均与元代不太相同有关。这类剧作是明代剧作家从宗教方位对曾一度弥漫朝野的纵欲主义思潮的反思与回应。

（二）炼丹服食　长生不老

明代宗教剧的"布道"意识也是相当强的，不少剧作以宣扬宗教教义为题旨。例如，《新编目连救母劝善戏文》《钵中莲》《冯京三元记》《桔浦记》《全德记》《灵犀佩》《青袍记》《挡搜判官乔断鬼》《酒懂》《北邙说法》《樱桃园》《袁氏义犬》《错转轮》等多部剧作宣扬持斋看经、六道轮回、因果报应。《鱼儿佛》宣扬戒杀生的戒律。《归元镜》为佛教大德树碑立传，彰显门派，宣传"称佛名号、往生净土"的"方便法门"。《观世音修行香山记》为观音菩萨立传，而且直接抄录佛经，以为人物台词，宣扬"南无观世音菩萨，称其名故，即得解脱"，把舞台直接当成"布道"的讲台。突出宣传丹药的神奇作用和长生不老信仰的剧作则更多。这与元杂剧中的宗教剧把"布道"的着力点主要放在出家苦修、忍辱安贫有所不同。例如，《冲漠子独步大罗天》中吕洞宾给冲漠子一粒金丹，宣扬此丹有"长生不老，延年益寿"之效，服下便能"超凡入圣，换骨轻肌"。冲漠子服下金丹果真觉得"身轻体健，精神百倍，好生异于常日"。① 接着，冲漠子向吕洞宾讨教如何才能炼就金丹，吕洞宾将采取、保养、火候、抱一、出胎等"金丹秘诀"一一向他传授。《吕洞宾花月神仙会》中的被度者张珍奴虽为风尘乐妓，但"常好修真奉道，每夜焚香拜天，只求得遇神仙"，一心想长生不老。吕洞宾等八仙用来度脱珍奴的"法宝"是"修行炼丹的道理"，"子要你采得灵苗在，便与他温存火来，调合了红铅白汞，铺砌了宝鼎丹台。少不得招木母唤金公为伴客，我教你阴阳顺理八卦安排。先采了一粒儿黄芽，次赚得明珠离海"。② 炼丹服食，长生不老是剧作的主题。《小天香半夜朝元》中的被度者小天香虽为贱妓，但她"学唱紫芝歌，不履红尘道"，坚决拒绝接客，趁鸨母不在逃往华山修行，在华山凌霄观主赵野云的指导下用 20 年时间炼成内、外丹。夜半时分，她服下一粒仙丹，竟能"驾祥云从长安城中经过"，随前来度脱她的陈抟一起"飞赴瑶池"。《逍遥游》中，道童在路上拾得一具骷髅，庄子往其口中投一枚仙丹，骷髅立即还阳为活人。《李云卿得悟升真》中，张紫阳到庐山去点化道士李云卿，他向李宣讲修炼"大道"，强调要想成仙，就必须服食大丹，丹之上品是"金液大还丹"："李云卿，则为你功行将满，贫道奉上仙法旨，度你成仙。我教你服食大药，永远长生不老也。"说完让李服下一粒金丹，李顿觉"身轻体健，比往日不同"，果然随张紫阳一起"飞升紫府"。通过东华帝君、混元真人、张果老、刘海蟾、张紫阳、广成子等神仙"阐扬无上玄元虚无大道"——亦即"服食金液大丹之道"便是此剧的主要内容。③ 《边洞玄慕道升

---

① （明）朱权著：《冲漠子独步大罗天》，王季烈编校：《孤本元明杂剧》（二），北京：中国戏剧出版社 1958 年版，第 5 页。

② （明）朱有燉著：《吕洞宾花月神仙会》，王季烈编校：《孤本元明杂剧》（二），北京：中国戏剧出版社 1958 年版，第 7~8 页。

③ 参见（明）无名氏著：《李云卿得悟升真》，王季烈编校：《孤本元明杂剧》（四），北京：中国戏剧出版社 1958 年版，第 1~18 页。

仙》中，钟离权、吕洞宾去度脱道姑边洞玄，也主要是向她传授炼金丹、吞凤髓、饮玉液的长生之术。《许真人拔宅飞升》中，谪仙许逊受命去鄱阳湖剿灭蛟精，他画一道符投入湖中，湖水立即就翻滚起来，蛟精无法藏身，只好上岸。蛟精变为一头黄牛，许逊用纸剪一头黑牛与其相斗，黄牛不敌逃遁。许炼成金丸，与二仙共施"法力"，一家40余口连同宅院亭台竟能一齐"飞升九天"。《性天风月通玄记》中，张果老的弟子痴痴子去度脱在官场受打击排挤的风月子，痴痴子向被度者宣讲长生性命之道、炼丹服食之理。风月子在西山炼丹，降伏口、耳、眼、鼻、心猿、意马六贼。谢国的传奇《蝴蝶梦》中，王母命长桑去下界度脱庄周，长桑赠庄周仙丹，让庄周回家去修炼。《李丹记》中被度者吞"九转灵丹"变成的丹李一枚，得道成仙。

由明代宫廷教坊或皇室贵胄——如朱有燉等所编的"庆赏剧"成为明代宗教剧的一个重要门类。这些剧作一般都是道教剧，主人公通常是神仙，因为道教神仙是长生信仰的产物和集中体现，让他们在皇帝、太后等皇室贵胄的诞辰或传统节日的庆典上出现，颇切合希望长生不老的达官贵人的需要。这些剧作多以赏玩名花为题材，以增福延寿为主旨，内容贫乏，基本上不触及社会政治，也很少关注人生和伦理道德，充斥其中的主要是福禄齐天、长生不老之类的吉祥语和山河永固、国泰民安之类的谀词。其中锦衣玉食、歌舞升平的享乐主义的蕴涵与元杂剧要求人们远离酒色财气、人我是非是很不相同的。试举两例以明之。

朱有燉的《河岳神灵芝庆寿》以正末扮神将，以正旦扮仙女，二人登场时说："皆因中国雨顺风调，民安物阜，臣忠子孝，兄友弟恭，夫义妻贤，中外和乐，以致祯祥屡现，百福咸臻。如今只有灵芝瑞草，未曾呈瑞，以征寿康。此草乃蓬莱方丈神仙境界中仙物，差俺神将仙女，前至彼处，求赐灵芝，生于中国宫廷之内，以为长生永寿之征。今便索往蓬莱仙境走一遭去。"二人"乘鸾凤"来到蓬莱仙境，八仙指引谒东华君，乞赐灵芝。神将、仙女向东华君禀报洪武、永乐、宣德年间诸多祥瑞，东华君听后说："既都曾有许多祥瑞来，如今合与仙家延寿的灵芝草。你二神将仙女先回，报知嵩山大河之神，我便驱乘和气，蓊郁中土，宫殿园囿内生长瑞芝，雨顺风调，时和岁稔。我当会邀南极真仙下界，增延福寿去也。"接着便是金芝、青芝、肉芝、石芝、紫芝五弟兄受命化生中国宫廷之内，以呈祥瑞。充斥于剧中的大多是这类唱词："从今得见仙芝后，从今安享千年寿。每日家百味珍馐，玉斝金瓯，唱道天赐祯祥，人皆赞祝。每日家筵宴欢娱，永听这笙歌奏，宝殿珠楼，共饮长生庆喜酒。"①

无名氏的《众天仙庆贺长生会》写皇上万寿之辰，东华仙请董双成、许飞琼（正旦扮）、香山九老（白居易等"九老仙人"）、福禄寿三星、八洞神仙、金母、青松、翠竹、寒梅等众天仙"将蟠桃仙酒，火枣交梨，长生宝箓"下凡祝寿。充斥于剧中的大多是这类唱词："这的是岁寒三友献皇朝，更和那九老频斟祝香醪。八仙队里献蟠桃，三老延年寿弥高。量也波度，当今做舜尧，则愿的万载行仁孝。""更和这蟠桃千载献君王，瑶池玉液饮琼浆。长生宝箓捧瑶觞，一齐的拜向，贺吾皇圣寿与天长！"②

总之，炼丹服食、长生不老成为明代宗教剧的重要题旨，这与明代统治者的宗教政策不无关系。元代皇室比较重视在北方有较大势力的"全真道"，元代"全真道"并不追求肉身成仙，不重符箓丹药；而"正一道"则不同，重斋醮，信符箓，尚法术。明皇室与在南方影响较大的"正一道"的关系要密切一些，对"全真道"不是很支持。明世宗时期，由于皇帝提倡，皇室贵胄好鬼神，事斋醮，信符箓，服食丹药，以求长生，黄白之术风靡一时。明代宗教剧中对丹药的崇信和对长生不老之说的张扬当与此有关。

明代的"庆赏剧"与日本能乐中的《高砂》《鹤龟》等用于祝福仪式的曲目非常相似，越南宫廷中也有类似剧作，元杂剧和宋元南戏中早就有这类剧作，日本武士幕府和越南宫廷中的祝祷剧很可能是从中国引进的，如元军随军艺人李元吉被越南军队俘获后在越南宫中编演的剧目《西王母献蟠桃》可资佐证。

（三）仙佛错综　三教圆融

元杂剧中就有道教神仙到佛教寺庙去度脱儒生入道，寺中长老竟然毫不"见外"的描写，体现了"佛道合一"的思想，如范康的《陈季卿误上竹叶舟》就是如此。明代戏曲在张扬"三教合一"上则更进一步：有的剧作描写道教神仙去佛教寺庙"偷营劫寨"，度脱寺中一心向佛的禅师皈依仙道。有的剧作描写道人

① （明）朱有燉著：《灵芝庆寿》，王季烈编校：《孤本元明杂剧》（二），北京：中国戏剧出版社1958年版，第1~9页。"珍馐"，原文为"珍羞"。

② （明）无名氏著：《长生会》，王季烈编校：《孤本元明杂剧》（四），北京：中国戏剧出版社1958年版，第1、12页。

与僧人携手，一起去度脱同一个人"升仙"。相当多的剧目中有这样的情节：僧尼、道士都乐于维护忠、孝、节、义、人伦纲常；不少剧作借助宗教鬼神之力去强化世俗道德——特别是家庭伦理道德的约束力，恐怖的阴曹地府变成了"明镜高悬"的道德审判法庭；许多剧作有僧道同台、仙佛错综的场景。试举几例以明之。

《鸳鸯梦》有西王母、吕纯阳等神仙登场，其主人公蕙百芳等也是"瀛海仙卿，蓬山道侣"，"不恋繁华，不思富贵"，"情愿的学长生披鹤氅……只要功成九转游蓬阆"，剧作凸显了神仙信仰，可划归道教剧。但剧中的吕纯阳身为"道长"，却满口"禅语"。第四出吕纯阳有登场白曰："有若无，实若虚，悟却念中无念；空即色，色即空，明知身外非身……生而死，死而生，明现顷刻轮回。文琴、飞玖俱已回头是岸，只有茝香尚未得归阆苑。只恐他沉身苦海，失足迷途，祇执现在之身，忘却本来之路……"主人公蕙百芳一心慕仙，但他所理解的"仙道"似乎也是"仙佛同修"的："镇日里修身学道，经翻贝叶。"① 贝叶乃印度贝多罗树的叶子，长可六七尺，印度人常用来写经文，故称佛经为贝叶经。一心慕仙的蕙百芳"经翻贝叶"，显然是佛道兼修。

杂剧《吕纯阳点化度黄龙》写吕洞宾受命到下界度脱有仙缘之人，他来到黄龙山，得知此处有黄龙寺，寺中黄龙禅师正向信众讲大乘法理。吕见黄龙禅师有"半仙之分"，便要度他同登仙界。佛教的黄龙禅师对道教神仙吕洞宾所宣讲的"性命双修"之理竟然很感兴趣，主动约他次日再来黄龙寺"布道"。第二天吕洞宾当场演示神游扬州琼花观的法术——与黄龙禅师等人一起"入定"，带领他们神游琼花观，使黄龙禅师等折服。经吕洞宾点化，黄龙禅师认识到"知佛心应妙神通，三教原来一气根"，② 与吕洞宾一起飞升天府，朝拜仙师。剧作有佛、道争胜，扬道抑佛的成分，如让弃佛归道的黄龙禅师说出这样的话来："今日方知玄妙玄，当时空悟脱空禅。如今弃释归仙道，甲子从今不记年。"但剧作的最后由吕洞宾和东华仙再次"点题"，强调三教合一："三教理惟归一善"，"论道、

---

① （明）叶小纨著：《鸳鸯梦》，华玮点校：《明清妇女戏曲集》，台北：台湾"中央研究院文哲研究所"2003年版，第21~24页。

② （明）无名氏著：《度黄龙》第三折，王季烈编校：《孤本元明杂剧》（四），北京：中国戏剧出版社1958年版，第11页。

释两教无偏"。①

杂剧《争玉板八仙过沧海》主要写八仙乘酒兴济渡沧海的神通，吕洞宾、蓝采和、老君以及四海龙王等是主要人物，显然属于道教剧。但剧作的第四折有释迦佛和阿难登场，为八仙与四海龙王的争斗调停，双方都"恭依佛旨"行事，而且，龙王和八仙都异口同声地称释迦佛为"我佛"，真的是仙、佛亲如一家。当释迦佛问八仙是否知道"上帝有好生之德"时，吕洞宾唱道："佛祖有全生大典，太上有感应之篇。这好生是上帝心，慈悲乃如来愿，端的是众生灵无党无偏。"②

屠隆的传奇《昙花记》更充分体现了三教合一、佛道不二的思想。剧写释迦如来大弟子、西天祖师宾头卢和蓬莱仙客山玄卿均受命到下界度脱被谪凡尘的唐定兴王木清泰，前者幻化为醉僧，后者幻化为风魔道人，同至木府，向木清泰宣讲功名富贵、妻子儿女皆为虚幻的教义，木顿时醒悟。在木清泰看来，道教的"长生不老方"和佛教"打灭尘劳，深念无常"的"如来藏"并无二致。剧中既有"尼僧说法"，又有"群仙会勘"，还有"仙佛同途"……佛道二教圆融无碍："道术分三教，源流本一家。仙人拾瑶草，佛子坐莲花。""仙道清虚，佛门广大"，"真空妙有，无生不说长生；忠孝净明，仙道原非外道"。剧作还对"两家聚讼，积渐成仇"的佛、道争胜进行了批评，认为这"并非当时老祖之意"，而是后世"无知的野道人不闻佛法，诋祖位为精灵，不广的禅和子未究仙宗，骂真人是外道。两家聚讼，积渐成仇"。③三教同源同途，早就应该走到一起来了。剧中对"三教合一"思想的赞赏俯拾即是。

明代戏曲中正面描写地狱的剧作有多部，这些地狱既是佛教的，也是道教的。地狱中的阎罗王通常是玉帝的部下，受玉帝的节制。玉帝不仅可以赏赐道士，也可以接引和尚"升仙"。释迦牟尼和观音菩萨等佛教人物也拥有控制地狱

<hr>

① （明）无名氏著：《度黄龙》第四折，王季烈编校：《孤本元明杂剧》（四），北京：中国戏剧出版社1958年版，第13页。据明瞿汝稷所集《水月斋指月录》记载，吕洞宾与黄龙斗法，不能胜，遂拜服黄龙。此剧或许是道教中人有意"翻案"之作。

② （明）无名氏著：《八仙过海》第四折，王季烈编校：《孤本元明杂剧》（四），北京：中国戏剧出版社1958年版，第17~19页。

③ （明）屠隆著：《昙花记》第七出，黄竹三、冯俊杰主编：《六十种曲评注》（第二十二册），长春：吉林人民出版社2001年版，第67页。引录时删去了"仙人拾瑶草"句前的角色名称"末"。

机构的能力和神通。佛教的叛徒和道教的罪人都被打入同一座地狱受罚。地域中的结构主要源于道教，例如，"奈何桥"（《新编目连救母劝善戏文》作"耐河桥"）等就是道教根据民间俗信创造出来的。明代戏曲中还有一些剧作正面描写了佛祖释迦牟尼，而远在"西天"的佛祖对于儒家的伦理道德似乎也是十分熟悉和赞赏的。《新编目连救母劝善戏文》中的释迦牟尼就对儒家的"孝道"极为赞赏："人生俯仰间，善当孝为先。"他不但讲"悟空入定"，也讲"明心见性"，俨然理学家的口吻。明代戏曲中描写观世音的剧作很多。可是，在明人的剧作中，观音菩萨的封号居然也是由玉帝所赐的，她俨然成了道教神仙。《新编目连救母劝善戏文》上卷"观音生日"一出中观音就曾亲口说道："脚踏层莲万化身，慈悲广度众生人。九流三教名虽异，稽首皈依共此忱。自家观音是也。身居南海，迹显香山。世人有喜怒哀乐之音，我能知喜怒哀乐之意。是以玉皇勅旨，封为南无大慈大悲救苦救难灵感观世音菩萨。"① 她和王母等道教神仙来往密切，观音生日时，王母捧蟠桃率众仙前来祝贺。不少剧作把"升天成仙"当作皈依佛教、持斋念经、斋僧布施的"福报"。

儒、释、道三家在互相斗争的过程中又相互影响。从隋唐时代起，三教同源、三教合一的思想就被越来越多的人所接受，三教合一成为中国封建社会后期文化发展的一个重要趋势。北宋道人张伯端在其《悟真篇》就曾提出"三教一理"之说，元代全真道从儒、道、释三家各取一经——《孝经》《道德经》《般若心经》作为该教信众的必修经典。王重阳所创"五会"一律冠以"三教"之名，如"三教七宝会""三教金莲会""三教玉华会"等。元明佛教也以阐明"三教一理"为务，与汤显祖关系较为密切的禅宗著名高僧真可持"三教同源"说，明代后期泉州开元寺住持远贤就极力宣扬儒、释、道"教殊理一"。明代武当道士张三丰也力倡三教合一，他把释迦牟尼、孔子和老子的学说都称作"道"，认为"道"是他们"立教"的共同基础。明代学人也力倡"三教合一"之说，万历间的吕坤说："儒戒声色货利，释戒色声香味，道戒酒色财气，总归之无欲，此三氏所同也。"② "三教合一"的主张虽然对不同宗教的取长补短有益，但也造

① （明）郑之珍撰，朱万曙校点，俞为民审订：《新编目连救母劝善戏文》，合肥：黄山书社 2005 年版，第 42 页。

② （明）吕坤著，杨振良校订，郭明进主编：《呻吟语》卷一《谈道》，台北：台湾志一出版社 1995 年版，第 76 页。

成佛、道各自特点的灭失，实际上，它是佛、道二教走向衰微的表征之一。中国封建社会后期宗教的这一特点在明代宗教剧中得到了生动形象的体现。

四、明代戏曲对宗教窳败之象的揭露

元杂剧中有少数作品对宗教僧侣——主要是道士的荒淫无耻或道法不精进行过揭露、讽刺。例如，孙仲章的《河南府张鼎勘头巾》①中太清庵道士王知观与刘平远的妻子私通，他与刘妻合谋将刘平远杀害，为逃避罪责，又栽赃到王小二头上。李文蔚《张子房圮桥进履》中有一个道号"扯虚"、表字"托空"的"乔仙"，他不但道法不精，本事稀松——在一只拦路大虫面前丢尽了脸，最终被老虎打倒拖走，而且"贪花恋酒"，"未曾看经要吃肉……吃了狗肉念真言……破斋犯戒坏醮筵"，②挖墙打洞，盗马偷牛，无所不为，以至于被"拿在厅前见官府"。无名氏《时真人四圣锁白猿》中沈璧为妖怪白猿所苦，请道士塞道元来家中作法除妖，谁知这位姓邹名谎、道号"弄虚先生"的道士是个只知骗人钱财的酒囊饭袋。他装神弄鬼，画符念咒，招来了白猿，可邹谎一见白猿立即吓得六神无主。白猿掀翻香案，撕碎符箓，把邹谎打翻在地，邹谎连忙求饶：尽快送几道硃砂符到白猿洞去，把自己的"法刀"送给白猿，邹谎这才保住了性命，真是脸面丢尽。不过，现存元杂剧传本中并没有专门揭露宗教僧侣庸滥窳败的作品，上述三部作品一以突出清官能吏张鼎为主旨，一以彰显张良虚心隐忍，终至飞黄腾达的人生智慧为主旨，一以歌颂道教高人时真人的"法力神通"为主旨，对宗教僧侣庸滥窳败的揭露只是附带的内容。元代杂剧传本中尚无以揭露僧侣窳败为主要内容的剧作。

明代戏曲中揭露僧侣窳败庸滥的作品比元代要多得多，而且有多部剧作以揭露宗教窳败庸滥之象为主要内容，即使是僧人所撰写的比较纯粹的宗教剧中，也杂有揭露僧尼窳败的段落。例如，释智达的《归元镜》第十四出"奉旨汰僧"就有对那些"不知念佛与看经"的"光头百姓"的揭露。不过与元代不同的是，

---

① 一作陆登善撰，又作无名氏撰。

② （元）李文蔚著：《张子房圮桥进履》第一折，王季思主编：《全元戏曲》（第三卷），北京：人民文学出版社1999年版，第70页。

明代戏曲中的腐烂僧侣多为佛教中人，揭露道士庸滥瘝败的剧作很少，就笔者有限的阅读经验来看，朱有燉的杂剧《小天香半夜朝元》中有对道士的揭露。剧中一绰号烂猪头的道士，"步罡踏斗全不会，书符咒水胡支对"。他不但嗜荤酒，而且还是一条"色狼"，调戏小天香，小天香不从，他命众道童将她打出庙门，还抢夺小天香的衣服盘缠。但在明代戏曲中，多数剧作是"骂和尚不骂道士"的，而且除了好色的淫僧之外，还有杀人越货、谋财害命的恶僧；不仅和尚糜烂，尼姑也犯戒。这些剧作中的宗教僧侣非但不能担当起化导社会、纯洁世道人心的作用，而且为非作歹，毒化社会；寺庙也不是什么圣洁、清净之地，而是藏污纳垢之所，僧尼不是六根清净的圣徒，而是纵欲胡为的"光头百姓"。这类剧目的大量涌现，固然从一个侧面映照出明代——特别是晚明社会人性觉醒、人欲横流的面貌，也说明相当一部分文人对宗教失去了信心。

佛教视人生为苦海，以为"苦"的根源在于人自身的世俗欲望，在诸多欲望中，"财""色"二欲又是最根本的——对人的束缚和戕害最烈，而且不易去除，只有彻底抛弃或者转变了这种世俗欲望，才有可能接近佛教的最高目标——"涅槃"或"解脱"。因此，佛教中的绝大多数宗派要求其信徒出家过独身生活，在男女之欲面前做到"心如死灰，坐怀不乱"，不蓄私财，靠托钵行乞化缘度日。道教中的"正一道"虽也要求信徒出家，栖身道观修行，严禁淫乱，但允许信徒娶妻生子。"全真道"——特别是元前期的"全真道"则和佛教一样，视家庭为"火宅"，视妻子儿女为"金枷玉锁"，要求信徒必须出家过独身生活，把戒绝酒色财气作为超凡入圣的关键所在，"出家修道"的最高境界也就是"脱俗"——摒弃世俗欲望。总之，寺庙和道观是出家人念佛、修道的"清净"之地，身在其中的人不管你是何宗何派自然应该是看破红尘、持戒守律的虔诚信徒。然而明代戏曲给我们展示的却是别样的图景。

（一）活佛不如屠户　哑禅自欺欺人

明代戏曲中有些剧目刻画了不通一经、本事稀松的僧人形象，揭露了佛教僧侣集团的庸滥之状，尤其是"不立文字"的禅宗末流的自欺欺人，其中，李开先的杂剧《打哑禅》中所刻画的相国寺长老真如和尚可以说是一个不学无术的典型。真如身为汴梁相国寺长老，他的大徒弟撒空"杀生害命，慈悲之念全无；好色贪杯，清净之规不守"，"专一赌博浪游，毁师骂祖"，"卧柳眠花，偷佛卖磬当袈裟"，①真可谓"五毒俱全"，可见真如平日对徒弟管束不严。真如长老"自称再世活佛"，其实也是个"做贼的和尚"，对佛教真谛茫然无知，但他却想以"祖师流传的佛法"去"救度"世人，设哑禅以装门面，糊弄信众，结果输给了根本不知道禅为何物的屠户贾不仁。徒弟撒空见师傅被一个"市井射利之徒，街坊杀猪之辈"给骗了但却还自以为高明，一气之下，干脆投奔到这位屠户门下为徒。真如长老连同他那"看话头"的"佛法"实在是可笑之极、可悲之极。真如出家居寺三十余年，竟然对佛法一无所知，连一个屠夫都不如。他所管辖的相国寺是我国古代名刹，宋代皇家的许多活动曾在那里举行。相国寺僧人的素质居然如此低劣，可见佛门庸滥之一斑。徒弟撒空的"改换门庭"具有极强的讽刺意味和象征性。剧作含有鲜明的讽世色彩和出乎言外的哲理意蕴——"世事颠倒每如此，眼前琐碎不堪观"，但剧作对僧人庸滥，特别是对禅宗末流"不会参禅不诵经"，热衷于以失之牵合的"哑禅"自欺欺人的揭露和批判是显而易见的。

（二）僧尼贪财好色　寺庙藏污纳垢

在我国封建社会，有的人寄身空门确实是因为"看破红尘"，向往佛门的"清净"，然而并不尽然。有的人是为了逃避赋税，有的人则是因为犯了罪躲进寺庙避风，有的人是看中了在寺庙"念经"或上门为施主"做法事"可以赚钱……这样一来，本是"净土"的寺庙也就"鱼龙混杂"，成了藏污纳垢之所，佛门风气随之大坏，和尚、尼姑色念甚炽，利欲熏心，满身铜臭。有的禅床寻欢，有的柳巷狎妓，有的替人拉皮条、逼良为娼，有的经商蓄财，有的鼠窃狗偷，有的骗取布施……这种情况很早就有，只是到封建社会后期情况就越来越严重罢了。明代戏曲对寺庙藏污纳垢、僧尼好色贪财多有揭露，而且很是尖锐，试举几例以明之。

孟称舜的杂剧《死里逃生》中西山寺住持了缘和尚原本"在京走骗"，后因事发逃到寺中为僧，他"见了个妇人如饥鹰得兔"，"色胆到有天来大"，女香客若有几分姿色，定难逃出其魔掌，其徒弟继缘也是一个寡廉鲜耻的好色之徒。他

---

① （明）李开先著：《打哑禅院本》，（明）李开先著，卜键笺校：《李开先全集》（中），北京：文化艺术出版社 2004 年版，第 1150、1155 页。

们在寺后建有"曲室"，"有甚孤行妇人，到此烧香，着个小和尚哄他，他若相从罢了，若不从呵，抢在曲室之内，因计凌逼，也不怕他不依"。西山寺被他们变成了不折不扣的淫窟。当其恶行被在寺中养病的刑部郎中杨宗玄窥破时，了缘立即将杨拘禁，令其自尽以灭口，真的是"把莲花贝叶律法宗风，到做了杀人刀暗里锋，宝殿珠宫，也都做了迷魂坑洞"。①

徐渭的杂剧《歌代啸》② 写三清观中有两个和尚：师兄张和尚满身铜臭，种菜谋利，经商蓄财；师弟李和尚色念甚炽，破戒追欢，与有夫之妇有奸。而这绝非个别情形，不信请听张和尚说："谁说僧家不用钱，却将何物买偏衫？我佛生在西方国，也要黄金布祇园……紧自人说，我等出家人，父亲多在寺里，母亲多在庵里……"张和尚想把李和尚的钱骗到手，李和尚则在酒中下蒙汗药将张和尚麻翻，趁机把园中的冬瓜偷到情妇家中去卖。按照佛教戒律，和尚不得蓄私财，不能吃酒茹荤，更不能贪色好淫；可是，三清观中和尚却全然不顾，李和尚甚至公开说："若依愚见看来，佛爷爷，你若不稍宽些子戒，那里再有佛子佛孙？"③腐烂的三清观可以说是明代佛教界的一个缩影。

黄方胤的杂剧《淫僧》中和尚染指，偷窃佛殿法器，当得纹银一两，潜入柳巷狎妓，一夜风流之后，干脆焚毁度牒木鱼，追随妓女而去。

冯惟敏的杂剧《僧尼共犯》中和尚尼姑"色胆天来大"，他们把"拜佛席权当了象牙床"，"上禅床结一段好缘法"，竟敢在佛殿之上，释迦、弥勒像前寻云雨之欢，真的是"磨研碓捣都不怕，见放着轮回千转，也则索舍死捱他"。在他们看来，"想人生梦一场，且不上西天罢，锁不住心猿意马，便做到见性成佛待怎么，念甚的妙法莲华"。他们之所以到庙里念经，只是为了赚取"盘缠"。④

傅一臣的杂剧《截舌公招》中的尼姑蕴空、定慧贪图钱财，诱骗良家妇女来尼庵并将其麻倒，供恶少奸淫，其所作所为比逼良为娼的鸨母还要无耻狠毒，真的是令人发指。

---

① （明）孟称舜著：《死里逃生》，（明）沈泰编：《盛明杂剧》初集，诵芬室刻本。

② 《歌代啸》是不是徐渭的作品学界尚存有争议，本书暂将其归于徐渭名下。

③ （明）徐渭著：《歌代啸》，《徐渭集》（第四册），北京：中华书局1983年版，第1233～1234页。

④ （明）冯惟敏著：《僧尼共犯》第一折，王季烈编校：《孤本元明杂剧》（第二册），北京：中国戏剧出版社1958年版，第1、3页。

许自昌的传奇《灵犀佩》中的文昌庵有一老尼，她为尚书之子尤效渔色猎艳提供帮助——以做斋为名，约梅夫人前往拈香，谎称梅突然中风，将其女儿琼玉骗入尤家后花园，尤迫使琼玉去杭州成亲，琼玉不从，在赴杭州途中投水而死。

沈璟传奇《博笑记》中的短剧《起复官遭难身全》中，僧人在酒肉中下麻药，将到寺中投宿的一胖官员麻得仅存一口气，且口不能言。僧人们每日给这胖官员吃大荤，把他养得更加肥胖，剃掉他的头发，披上袈裟，让他端坐在禅床之上，然后四处散布"上天活佛下降"，哄得远近信众皆来朝拜，借此骗取信众布施，手段之残忍，令人发指。

(三) 恶僧杀人越货 勾结盗匪谋反

明代戏曲还刻画了一批恶僧形象，这些人不仅杀人越货，而且勾结"妖兵"谋反。例如，许恒的传奇《二奇缘》中宝华寺恶僧悟石、觉空与强盗张小乙相勾结，杀人越货，谋财害命，心狠手辣。值得注意的是，剧作还把恶僧写成谋反妖兵白莲会的头领，悟石自称"紫光皇帝"，为害一方，而剧中的正面人物杨维聪则扮作全真道道人，仗剑作法，降妖伏怪，为民除害，深得民心。路迪的传奇《鸳鸯绦》与许恒的传奇《二奇缘》取材相同，剧中的宝华寺僧人广智、广谋也是地道的恶僧，他们不但杀人劫财，因分赃纠纷逼死同伙，拘押前来捉拿他们的公差，而且还充当敌人的向导，引狼入室，真的是无恶不作。

白莲会也就是白莲教，这是长期遭受明代统治者打压的民间宗教。白莲教曾经是推翻元王朝的重要力量，可朱元璋一旦握有政权便立即宣布取缔它，白莲教从此成为一种秘密宗教。自从永乐年间开始，白莲教就不断发动起义，到明代中叶，白莲教的势力越来越大，起义的频率越来越高，规模越来越大，对明王朝的统治构成很大威胁，是明王朝的心腹大患。《二奇缘》等剧作对恶僧的刻画虽然具有一定积极意义，但它站在统治者的立场上，把白莲教视为邪教，对白莲教起义进行诋毁，其效忠皇权的立场显而易见。

上面所列举的剧作绝大部分是明代中后期的作品，而且大多以佛教徒的窳败庸滥为表现对象，涉及道士的很少。这些剧作虽然揭露了僧侣的窳败庸滥，但多数剧作还不是反对宗教本身，只有少数剧作——如《僧尼共犯》已触及宗教禁欲主义的不仁道，对僧尼犯奸虽有所鞭挞，但也有理解与同情，剧中小僧明进的一段唱即可证明："都一般成人长大，俺也是爷生娘养好根芽，又不是不通人性，止不过自幼出家。一会价把不住春心垂玉箸，一会价盼不成配偶咬银牙。正讽经数声叹息，刚顶礼几度嗟呀。"① 这一时期著名的传奇作品《玉簪记》对女道士陈妙常的爱情进行了热情的赞颂。这些都说明中晚明时期人道主义精神觉醒，宗教禁欲主义的约束力大为松弛。

值得注意的是，明代戏曲中所描写的宗教窳败之象也是明代宗教衰败之象的真实写照。明代僧侣"鱼龙混杂"，佛寺藏垢纳污，道观恋酒贪花。请看《死里逃生》中西山寺住持的"底色"和作派：

> 某乃西山寺中住持了缘的便是。一向在京走骗，后因事发，逃在这里，改名落发。如今做和尚倒好快活呵！休说吃的十方，穿的十方，用的十方。则这些妇人家，见了别样人，慌忙藏躲不迭；见俺出家人把眼儿瞧他，他也不避。话儿调他，他也不怪。还有一等知趣妇人，专一好打和尚。你道他为怎么？他道和尚口稳，一也；以忏经布施为名，容易上门，二也；少壮出家，精力有余，见了个妇人，如饥鹰得兔，竭力奉承，三也。以此俺做和尚，倒偷了多少婆娘哩！只一件：暗地私偷，终欠像意。如今寺后造了几间曲室，有甚孤行妇人，到此烧香，先着个小和尚，哄他。他若相从罢了，若不呵！抢在曲室之内，用计凌逼，也不怕他不依我。这正是佛菩萨显不出的神通，野狐精参不透的机变。更兼俺素性奸猾，学了几句口头禅话，在人前说的天花乱坠，闹动了京城官宦。有等官宦，假意修行，卖弄虚名。有等官宦，与那妇人一般见识，都替俺做了护法沙门。②

逃犯为了逃避打击，落发为僧，而京城的官宦为了卖弄虚名，假意修行，不但"不究其端"，反而乐于充当这类无恶不作的僧人的保护伞，佛门怎能不成藏污纳垢之所！这一点明代僧人圆澄（湛然）早有论述：

---

① （明）冯惟敏著：《僧尼共犯》第一折，王季烈编校：《孤本元明杂剧》（二），北京：中国戏剧出版社 1958 年版，第 1 页。"箸"，原文为"筯"。
② （明）孟称舜著：《死里逃生》，《传世藏书》集库总集（16）之《盛明杂剧》，海口：海南国际新闻出版中心 1995 年版，第 76 页。

司府既失拣辨，其滥为之谬，遍于天下，莫之能救矣，何也？古之考试为僧，尚不能免其一二漏网，今之概无凭据，则漫不可究。或为打劫事露而为僧者，或牢狱逃脱而为僧者，或悖逆父母而为僧者，或妻子斗气而为僧者，或负债无还而为僧者，或衣食所窘而为僧者，或要为僧而天戴发者，或夫为僧而妻戴发者，谓之"双修"。或夫妻皆削发而共住庵庙，称为"住持"者。或男女路遇而同居者。以至奸盗诈伪，技艺百工，皆有僧在焉！如此之辈，既不经于学问，则礼义廉耻，皆不之顾，唯于人前，装假善知识，说大妄语。或言我已成佛；或言我知过去未来；反指学问之师，谓是口头三昧，杜撰谓是真实修行；哄诱男女，致生他事，官府不究其端。①

僧人"出家"漫无限制，度牒制度荡然无存，寺庙之中聚集着这样一批来源复杂的"信徒"，佛门如何能够"清净"！明代戏曲所反映的僧人狎妓，拘押甚至奸淫香客，僧尼苟合，骗人布施，杀人劫财，无恶不作等情，并不是向壁虚构。

戒律废弛、教坛窳败同样也是清代的突出问题，清代有《一匹布》《十全福》《双金牌》《红罗镜》《鸳鸯梦》《软锟铻》《梦中因》等剧目揭露宗教的窳败之象，但这些剧目中只有《一匹布》《十全福》《双金牌》以揭露宗教信徒之恶行为主，其他剧作中揭露僧侣无耻行径的情节并不占主导地位。

---

① （明）圆澄著：《慨古录》卷一，《卍新纂续藏经》（第65册），台北：白马精舍印经会出版第369页（下栏）之370页（上栏）。"要为僧"，当为"妻为僧"；"天戴发"，当为"夫戴发"；"已成佛"，当为"已成佛"。

第六章　清代戏曲中的宗教剧

一、清代宗教的基本面貌

清朝的最高统治者虽然出身满族，但与元代统治者有所不同。元代统治者虽然在掌控全国后也尊从儒学，其国号"大元"就是源于《易经》，但多数统治者对儒学乃至儒生总有一些隔膜，故以喇嘛为帝师并把宗教视为"治心"的主要工具。清代皇室一开始就公开宣布"崇儒术"，鼓励尊孔读经，开科取士，实行"右文之治"。尽管顺治帝就曾宣称要"儒、释、道三教并垂"，① 但有清一代佛、道二教的政治地位根本无法同儒学相提并论。

清初统治者顺治帝福临甫一登基即诏告天下曰："文武制科仍于辰戌丑未年举行，会试子午卯酉年举行。"顺治九年在幸太学释奠时福临又颁旨曰："圣人之道，如日中天，上之赖以致治，下之资以事君。"② 顺治十二年谕曰："今天下渐定，朕将兴文教，崇儒术，以开太平……诸臣政事之暇，亦宜留心学问，佐朕右文之治。"③ 顺治十四年恢复孔子"至圣先师"的称号，在弘德殿举行祭孔大典，修孔子庙。

顺治帝的文化取向对清代的文化政策有深远影响，后世皇帝无不遵而行之。

---

① 《江西通志》卷首载顺治十三年"上谕"，《景印文渊阁四库全书》第 513 册，史部271，地理类，台北：台湾"商务印书馆"1986 年版，第 26 页。

② 赵尔巽主编：《清史稿》卷五，《世祖本纪一、二》，《二十五史》11，上海：上海古籍出版社、上海书店 1986 年版，第 8827、8832 页。笔者所据《清史稿》无句读，标点符号为引者所加，下引此书均同。

③ 赵尔巽主编：《清史稿》卷五，《世祖本纪二》，《二十五史》11，上海：上海古籍出版社、上海书店 1986 年版，第 8834 页。

例如，康熙帝玄烨对孔子顶礼膜拜。康熙二十三年，玄烨至曲阜，"诣先师庙。入大成门，行九叩礼；至诗礼堂，讲《易经》；上大成殿，瞻先圣象，观礼器；至圣迹殿，览图书；至杏坛，观植桧；入承圣门，汲孔井水尝之，顾问鲁壁遗迹，博士孔毓圻占对甚详，赐官助教。诣孔林墓前酹酒；书'万世师表'额"。康熙二十六年，玄烨"制周公、孔子、孟子庙碑文，御书勒石"。康熙二十八年四月，玄烨"制孔子赞序及颜曾思孟四赞，颁于学宫"。① 康熙五十一年二月，"诏宋儒朱子配享孔庙"。② 雍正帝胤禛继承尊孔读经的基本国策，登基不久就曾颁旨曰："至圣先师孔子道冠百王，功高万世。朕景仰企慕，寤寐弗谖。"③ 乾隆帝弘历更是多次到曲阜拜谒孔庙，倡导尊孔读经。此后的皇帝也效仿先祖，尊孔读经。总之，"经学"是清朝的"官学"，包含程朱理学在内的儒学实际上是清朝统治的主要精神支柱，不仅用于治国，也用于治心。

清代佛、道二教的地位远在儒学之下，但清王朝并没有抛弃佛、道二教，而是沿袭明制继续加以利用，同时也对他们进行适度控制。例如，康熙四十二年"喇嘛请广洮州卫庙。上曰：'取民地以广庙宇，有碍民生，其永行禁止。'"④ 康熙四十八年左都御史赵申乔奏请禁止创建寺庙，玄烨批示曰："近见直隶各省创建寺庙者甚多，建造寺庙则占踞百姓田庐，既成之后，愚民又为僧道日用凑集银钱购买贫人田地给与，以致民田渐少，且游民充为僧道，窝藏逃人罪犯，行事不法者甚多，实扰乱地方，大无益于民生者也，着各省督抚及地方官除原有寺庙外，其创建增修，永行禁止。"⑤ 清代皇室对道教似乎更冷淡一些，控制也更严一些。例如，顺治三年七月，"江西巡抚李翔凤进'正一'真人符四十幅，谕

---

① 赵尔巽主编：《清史稿》卷七，《圣祖本纪二》，《二十五史》11，上海：上海古籍出版社、上海书店 1986 年版，第 8842、8844 页。

② 赵尔巽主编：《清史稿》卷八，《圣祖本纪三》，《二十五史》11，上海：上海古籍出版社、上海书店 1986 年版，第 8849 页。

③ 《世宗宪皇帝圣训》卷二，《景印文渊阁四库全书》第 412 册，史部 170，诏令奏议类，诏令之属，台北：台湾"商务印书馆"1983 年版，第 24~25 页。

④ 赵尔巽主编：《清史稿》卷八，《圣祖本纪三》，《二十五史》11，上海：上海古籍出版社、上海书店 1986 年版，第 8848 页。

⑤ 《圣祖仁皇帝圣训》卷八，《景印文渊阁四库全书》第 411 册，史部 169，诏令奏议类，诏令之属，台北：台湾"商务印书馆"1983 年版，第 235~236 页。

曰：'致福之道，在敬天勤民，安所事此？'"① 由此可见，曾颇受明皇室重视的"正一道"入清以后其地位明显下降。乾隆年间曾一度禁止僧道建坛诵经，降低"正一天师"的品级，停止"正一天师"的朝觐活动，这一政策持续的时间虽然并不长，但对佛、道二教——特别是道教的打击很大。

为了借助居于统治地位的儒家思想以挽颓势，明代的佛、道二教都力倡"三教同源""三教合一"之说，清代佛、道二教更是如此。有清一代，多数宗教信徒在阐述自己的主张时出入"三教"，援儒入佛或援儒入道，以僧道戒律释儒家纲常，仙佛同修，三教齐参。在许多文人心目中，明心见性，参禅悟真，慎独存诚，都是为了同一个目标——扶世教，助王化。因此，封建伦理道德披上了神学的外衣，佛、道二教世俗化的色彩更加鲜明，儒、佛、道的差异性进一步缩小。

从思想史的角度看，清代宗教是无所作为的。与元明两代相比，清代宗教对政治的影响力明显下降，但这不等于说它对民众的生活和文化建构失去了影响力。把以鬼神迷信为核心的民间信仰尽收囊中的佛、道二教在清代仍然对文化建构和民众生活有较大影响。清代寺庙、道观的数量以及栖身其中的"信徒"人数远胜前朝。据统计，明代成化年间僧尼约有 50 万人，万历以后略有增加，清末僧尼人数则约有 80 万之众。② "康熙六年统计，全国有道士 21286 人，近僧尼总数的五分之一，道、僧比率较宋元时代增长一倍多。"③ 这说明，佛、道二教仍然是清代社会的一个巨大存在。

明代中后期以来日益凸显的僧侣窳败庸滥的现象到了清代更加严重。乾隆年间废除了自唐代中期以来一直奉行的旨在限制出家的度牒制度，僧侣人数激增，栖身寺庙道观或宣称"在家出家"的无良之人更多，有些寺庙、道观成为藏污纳垢之所，那些僧不僧、道不道、俗不俗的上层"宗教信徒"生活相当糜烂，僧、道不但娶妻，有的还纳妾、狎妓，僧、道犯奸作科成为清代一个突出的社会问题。

清代的民间宗教种类繁多，尽管它遭到清代统治者的多次残酷镇压，大多处

---

① 赵尔巽主编：《清史稿》卷四，《世祖本纪一》，《二十五史》11，上海：上海古籍出版社、上海书店 1986 年版，第 8829 页。

② 参见郭朋著：《明清佛教》，福州：福建人民出版社 1982 年版，第 37、319~320 页。

③ 任继愈主编：《中国道教史》（增订本）下卷，北京：中国社会科学出版社 2001 年版，第 838 页。

于地下状态，但它对世俗生活和政治的影响却是巨大的，清代的农民起义大多利用民间宗教。天主教在清代的传播也是一个重要的文化现象，它对清代的政治和文化也产生了一定影响，著名的太平天国运动就与天主教在中国的广泛传播有密切关系。

（一）清代佛教

清代皇帝中亦有"好佛"者，如顺治、雍正二帝，前者一度有出家之想，后者以禅宗"宗师"自居，编纂有弘扬"禅道"的《语录》。享有"文治之隆"美誉的乾隆帝组织刻印、翻译《大藏经》（把汉文《大藏经》译为满文和蒙文）。① 但清代皇帝中没有像明武宗那样自号"法王"，特别佞佛的人。清代皇室对拜忏法会也并无太大兴趣，因此，从总体上看，清代僧人的政治地位不如明代，即使是受到皇室封赏的极少数僧人也未能对朝政发生实质性影响。例如，禅宗僧人通琇曾被顺治帝延入内廷"说法"，并被封为"大觉普济能仁国师"，但"广结豪贵"的他并未在朝中为官，顺治在位时通琇未能干预朝政，康熙朝，通琇更谈不上发挥政治影响力，他的政治地位无法同明代僧人姚广孝、智光、继晓等相提并论。道忞、道霈、截流、省安、际醒、敬安、印光等"大师"就更是如此。

清代的佛教著述数量少，而且大多缺乏新意，这些著作多属于禅宗，其次是净土宗，再次是华严宗和律宗，请看《清史稿·艺文志三》所著录的释家类著作：

> 《拣魔辨异录》八卷，世宗御撰。《语录》十九卷，世宗御撰。《南宋元明僧宝传》十五卷，释自融撰。《五叶弘传》二十三卷，释智安撰。《重定教乘法数》十二卷，释起海、通理、广治同撰。《宗统编年》三十二卷，释纪荫撰。《摩尼烛坤集要》七十二卷，尼得一撰。《宗门颂古摘珠》二十八卷，释净符撰。《洞宗会选》二十六卷，释智考撰。《现果随录》一卷，释戒显撰。《正宏集》一卷，释本果撰。《万法归心录》三卷，释超溟撰。《万善光资》四卷，《欲海探源》三卷，周思仁撰。《续指月录》二十卷，《尊宿

---

① 参见郭朋著：《明清佛教》，福州：福建人民出版社1982年版，第298~318页。

集》一卷，聂光撰。《治心编》一卷，李菜撰。《如幻集》四卷，释心源撰。《归元镜》二卷，释智达撰。《掊黑豆集》八卷，平圣台撰。《种莲集》一卷，陈本仁撰。《净土圣贤录》九卷，《续录》四卷，《善女人传》二卷，彭际清撰。《佛尔雅》八卷，周春撰。《释雅》一卷，《梵言》一卷，李调元撰。《楞严经蒙钞》十卷，《心经略疏小钞》二卷，《金刚经疏记悬判》一卷，《疏记会钞》一卷，《金刚经论释悬判》一卷，《偈记会钞》一卷，钱谦益撰。《金刚经注》一卷，《多心经注》一卷，石成金撰。《圆觉经析义疏》四卷，释通理撰。《金刚般若波罗蜜经解注》一卷（附《金刚经诸衷心经浅说》），王定柱撰。《阅藏随笔》二卷，《续笔》一卷，释元度撰。《心经集注》一卷，徐泽醇撰。《金刚经注》二卷，俞樾撰。《浮石禅师语录》十卷，释行浚等编。《林野奇禅师语录》八卷，释行谧等编。《龙池万如禅师后录》一卷，释行果、超英同编。《憨予暹禅师语录》六卷，释法云、广学同编。《径山费隐禅师语录》一卷，释行和编。《具德禅师语录》二卷，释济义编。《普济玉林禅师语录》十二卷（附《年谱》二卷），释音讳编。《岫峰宪禅师语录》五卷，释智质编。《芥子弥禅师语录》二卷，释明成等编。《信中符禅师偈言》二卷，释净符撰。《南山天愚宝禅师语录》四卷，释智普编。《雄圣惟极禅师语录》三卷，释超越编。《东悟本禅师语录》四卷，释通界编。《丈云语录》一卷，释激涧编。《彻悟禅师遗稿》二卷，释了亮编。《梦东禅师遗集》二卷，释际醒撰。《昌启顺禅师语录》二卷，释明成等编。《普照禅师文录》一卷（附《净业记》一卷），释显振等编。①

以上释家类著述共 62 种，计 469 卷。② 这比明代的佛教著述要少得多，《明史》卷九十八《艺文志三》著录佛教著述 115 种，计 645 卷。如果与经学著述相

---

① 赵尔巽主编：《清史稿》卷一四八，《艺文志三》"释家类"，《二十五史》11，上海：上海古籍出版社、上海书店 1986 年版，第 9367 页。释智达之《归元镜》，或许是指明代万历间杭州报恩寺僧智达的传奇《广归元镜》？

② 赵尔巽主编的《清史稿·艺文志》"释家类"之所载有不少错讹。例如，《净土圣贤录》的作者应为彭际清之子彭希涑，《净土圣贤录续编》的作者应为胡珽，是志皆将其归于彭际清名下。《清史稿·艺文志》"释家类"之所载还有不少遗漏。例如，禅宗著述《五灯全书》《宗门宝积录》等、律宗著述《传戒正范》等、天台宗著述《楞严经观心定解》等相当一部分重要著作均漏收。不过，即使把漏收的佛教著述全算上，仍难掩其"凋零"之状。

比，清代佛教的"凋零"之状更是显而易见。道光年间，阮元编《皇清经解》，收录清代经学著作 180 种，计 1412 卷。光绪年间，王先谦又编《皇清经解》续编，收"阮编"未收之经学著述 209 种，计 1432 卷。清末民初，魏源编文集《经世文编》，先后出版了近 20 部，收上述两部"经解"所不收的清代经学文章。仅"经解"类著述的卷数就已超过佛教著述 60 多倍，如果再把《经世文编》所收文章计算在内，清代佛教的理论著述之凋零就更是一目了然了。

与明代相似，清代的汉地佛教仍以禅宗和净土宗影响较大，这从上文所征引《清史稿·艺文志》著录的佛教著述中即可见出，如《拣魔辨异录》《语录》《宗统编年》《南宋元明僧宝传》《五叶弘传》《揞黑豆集》《洞宗会选》《金刚经注》《金刚般若波罗蜜经解注》《金刚经疏记悬判》《续指月录》《尊宿集》《普济玉林禅师语录》《龙池万如禅师后录》《万法归心录》《雄圣惟极禅师语录》《南山天愚宝禅师语录》等属于禅宗著述，《净土圣贤录》《净土圣贤录续编》（《续录》）、《梦东禅师遗集》《归元镜》等属于净土宗著述，《重定教乘法数》《圆觉经析义疏》等属华严宗著述。

从上述理论著作就可以见出，禅宗在清代风头最劲，不过禅宗曹洞、云门、法眼、沩仰、临济"五派"之中只有临济、曹洞二派较为活跃：

> 临济一系，有密云、圆悟、天隐、圆修两支。前者，又有汉月法藏、破山海明、费隐通容、木陈道忞四个支派——清代临济，以这四派为"繁盛"（法藏一派，虽曾遭受到雍正的打击，但并未被压倒）。后者，则有箬庵通问、玉林通琇和松际通授三个支派，而由于通琇曾被顺治封为"国师"，所以他这一派，也曾盛极一时。
>
> 曹洞一系，主要又有无明慧经和湛然圆澄两支。前者，又以无异元来、晦台元镜两个支派为较盛；而永觉元贤门下的如霖道沛，也颇为活跃。后者，也又分出四、五个支派，分传曹洞宗禅于各方。①

在临济与曹洞两派之中，又以临济宗风头稍劲。

由于清贵族在入主中原以前就与藏族高僧关系密切，清代藏传佛教在汉族居

---

① 郭朋著：《明清佛教》，福州：福建人民出版社 1982 年版，第 334 页之注释②。

住地也有一定发展和影响，乾隆年间曾一度确立"黄教"——亦即藏传佛教之格鲁派为"国教"，但其地位和对文化建构的影响仍然无法同元代的藏传佛教相比。不过，藏传佛教在清代戏曲中仍然留下了一些痕迹。例如，丁耀亢的传奇《化人游》中就有"西番老僧"登场，还有一批剧目留下了"活佛"的身影，但这些"活佛"未必都是藏传佛教的信徒，更不是指藏传佛教活佛制度中的僧侣。

（二）清代道教

清统治者在入关之前对道教甚为陌生，入关之后，为了笼络汉人和加强思想统治，他们也把道教作为统治工具之一，效前朝故事，封赠"真人""道君"，编辑刊行道教著作，"御选"道人语录，修建道观。但清代皇帝中没有像明世宗朱厚熜、庄烈帝朱由检那样特别佞道的人。与明代多数皇帝迷信丹药、热衷斋醮相反，除雍正帝胤禛之外，清代多数皇帝对服食丹药和符箓斋醮兴趣不大，朝廷严禁以"异端方术"惑世诬民。清代也没有像明代的李孜省、崔志端、徐可成、邵元节、陶仲文等那样以丹药方术邀宠，握有重权，对政治发生重要影响的道士。清代道士张应京、张洪任、张继宗、张遇隆、张仁昂、张锡麟、张存义、张起隆、张钰、张培源、施道渊、娄近垣、王文卿、王家营、王常月、潘元珪、惠远谟、谢万诚、贾士芳、高惟泰、陈全莹、高仁峒等，虽曾受到清皇室的宠信、封赠或赏赐，但这些人的政治地位远不足以与明代那些受皇室宠信的道士相比，他们对清代朝政并没有太大的影响。例如，"全真道"道士王常月曾被顺治帝封为"国师"；"正一道"道士娄近垣因以法箓符水治好了雍正帝的病，曾被雍正帝封为"龙虎山钦安殿住持""妙应真人"，位至四品，乾隆元年又授"通议大夫"，位至三品，执掌道录司印，住持北京东岳庙。可是，就是这两位以道术显贵的道士也没有影响朝政的力量。

清代道教仍以"正一"和"全真"两派为主流，但与明代"正一"贵盛、"全真"低迷不同，清代"正一道"的地位滑落，而"全真道"——特别是其"龙门派"则较为活跃，这主要表现在，清代的道教著述绝大部分出自"全真道"龙门派中人之手。清代的道教著述数量并不少，《清史稿·艺文志三》"道家类"有如下记载：

《御注道德经》二卷，顺治十三年世祖御撰。《阴符经注》一卷，李光地撰。《阴符经注》一卷，徐大椿撰。《阴符经本义》一卷，董德宁撰。《读阴符经》一卷，汪绂撰。《阴符经注》一卷，宋葆淳撰。《阴符经发隐》一卷，杨文会撰。《老子衍》一卷，王夫之撰。《老子说略》二卷，张尔岐撰。《老子道德经考异》二卷，毕沅撰。《老子参注》四卷，倪元坦撰。《老子解》一卷，《老子别录》一卷，《非老》一卷，吴鼐撰。《老子章义》二卷，姚鼐撰。《老子约说》四卷，纪大奎撰。《道德经编注》二卷，胡与高撰。《读道德经私记》二卷，汪缙撰。《道德经悬解》二卷，黄元御撰。《道德经注》二卷，徐大椿撰。《道德经臆注》二卷，王定柱撰。《道德宝章翼》二卷，金道果撰。《道德经发隐》一卷，杨文会撰。《列子释文》二卷，《考异》一卷，任大椿撰。《列子辨》二卷，不著撰人氏名。《冲虚经发隐》一卷，杨文会撰。《庄子解》三十三卷，《庄子通》一卷，王夫之撰。《庄诂》不分卷，钱澄之撰。《庄子解》三卷，吴世尚撰。《庄子因》六卷，《读庄子法》一卷，林云铭撰。《庄子独见》三十三卷，胡文英撰。《庄子本义》二卷，梅冲撰。《庄子解》一卷，吴俊撰。《说庄》三卷，韩泰青撰。《庄子集解》八卷，王先谦撰。《庄子约解》四卷，刘鸣典撰。《南华通》七卷，孙家淦撰。《南华释名》一卷，金人瑞撰。《南华本义》二卷，林仲懿撰。《南华经传释》一卷，周金然撰。《南华简钞》四卷，徐廷槐撰。《南华摸象记》八卷，张世荦撰。《南华真经影史》九卷，周拱辰撰。《南华通》七卷，屈复撰。《南华经正义》不分卷，陈寿昌撰。《南华经发隐》一卷，杨文会撰。《列仙传校正》二卷，附《列仙赞》一卷，闺秀王照圆撰。《参同契章句》一卷，《鼎符》一卷，李光地撰。《读参同契》三卷，汪绂撰。《参同契注》二卷，陈兆成撰。《参同契集注》六卷，刘英龙撰。《古文周易参同契注》八卷，袁仁林撰。《周易参同契集韵》六卷，纪大奎撰。《参同契金堤大义》三卷，许桂林撰。《参同契集注》二卷，仇沧柱撰。《悟真篇集注》五卷，仇知几撰。《列仙通纪》六十卷，薛大训撰。《仙史》八卷，王建章撰。《金仙证论》一卷，柳华阳撰。《万寿仙书》四卷，曹无极撰。《果山修道居志》二卷，叶珍撰。《金盖心灯》八卷，鲍廷博撰。《真诠》二卷，不著撰人氏名。《得一参》五七卷，姜中贞撰。《瓣香录》一卷，邵璞撰。《质神录》一卷，彭兆升撰。《太上老君说常清静经注》一卷，徐廷槐撰。《黄庭经发微》二卷，董德宣撰。《太上感应篇注》二卷，惠栋撰。《感应篇赞义》一卷，俞樾撰。《宋杜道坚文子缵义》十二卷，乾隆时敕辑。《抱朴子内篇佚文》一卷，《外篇佚文》一卷，顾广圻、严可均同辑。《商伊尹书》一卷，《周辛甲书》一卷，《魏公子牟子》一卷，《田骈子》一卷，《楚老莱子》一卷，《黔娄子》一卷，《郑长者书》一卷，《魏任嘏任子道论》一卷，《关朗洞极真经》一卷，《吴唐滂唐子》一卷，《晋苏彦苏子》一卷，《陆云陆子》一卷，《杜夷杜子幽求新书》一卷，《孙绰孙子》一卷，《符朗符子》一卷，《齐张融少子》一卷，《顾欢夷夏论》一卷，以上马国翰辑。①

以上著述共 90 多种，300 余卷，而《明史·艺文志三》"道家类"所著录的道教著作只有 56 种，267 卷。清代的道教著述多出自"全真道"——尤其是"龙门派"道士之手，"正一道"中只有娄近垣等极少数人有著述流传后世：

> 清初以后，龙门派遍传全国各地，其势力远超全真门下其余诸派，几乎成为全真道的代表，其盛况与佛教禅宗五家中的临济宗相类，故世有"临济、龙门半天下"之说……据《诸真宗派总簿》，龙门以外的其它全真支派，及陈抟一系老华山派，龙门支派金山派、霍山派、金辉派、龙门华山派、李派庵先天派、紫阳派等，直至清末皆传续不绝，然皆不及龙门正宗之盛。②

娄近垣还撰有《龙虎山志》18 卷，文字颇通利，是清代正一道士中唯

---

① 赵尔巽主编：《清史稿》卷一四七至一四八，《艺文志三》"道家类"，《二十五史》11，上海：上海古籍出版社、上海书店 1986 年版，第 9367 页。这一著录不仅有重要遗漏，而且错讹甚多。例如，《金盖心灯》是龙门派著名道人闵一得（一字小艮，道号懒云子）的著作，这里讹为鲍廷博著，闵氏有《大梵先天梵音斗咒》12 卷，未著录。娄近垣的《重修龙虎山志》16 卷乾隆初即已刻印，亦未著录。王常月是明末清初龙门派的代表人物，他有《钵鉴》《初真戒律》《龙门心法》等著作，这里均付诸阙如。

② 任继愈主编：《中国道教史》（增订本）下卷，北京：中国社会科学出版社 2001 年版，第 850~852 页。

一能以著述流传后世者，但他对本派符箓道法则无所阐扬，可见符箓咒术衰落景况。①

从政治地位和理论建构两个角度来看，清代道教是日渐衰败、地位下降的，但这并不意味着道教对清代的社会生活完全失去了影响力。实际上，清代道教的传播范围比明代要广得多，"信徒"也比明代多，符箓斋醮活动在民间相当频繁，道教与民众的世俗生活结合得很紧密。因此，清代道教对清代文化——尤其是民间文化创造活动的影响仍然是很大的。

（三）清代其他宗教

清代民间宗教相当活跃，其名称有白莲、青莲、八卦、圆教、青阳、白阳、弘阳（混元）、真空、清水、罗教、黄天、无为（老官斋）、闻香（东大乘）等多种。清王朝担心有人利用宗教反叛朝廷，多次以剿灭"邪教"的名义对其进行残酷镇压。顺治三年六月"禁白莲、大成、混元、无为等教"。② 乾隆十一年，"四川大乘教首刘奇以造作逆书，磔于市……云南张保太传邪教，蔓延数省，谕限被诱之人自首，其仍立教堂者捕治之"。③因此，清代的民间宗教多是秘密组织，经常被不满清朝统治的民众用来组织武装起义。这些宗教多为佛、道二教的变种，而且大量吸收民间的鬼神迷信思想，因而在民众中有很大影响。清代的民间宗教一方面夺取了佛、道二教的"地盘"，对佛、道二教造成了猛烈冲击；另一方面，它又极大地普及了佛、道二教所接纳的鬼神迷信思想和披着神学外衣的道德观念，加速了宗教的世俗化进程，扩大了宗教对世俗生活和民间文化创造活动的影响。清代戏曲中多有对民间宗教的描写，例如，刘永安的传奇《鸳鸯扇》就正面描写了清代官府对高田氏"邪教"的镇压。

---

① 任继愈主编：《中国道教史》（增订本）下卷，北京：中国社会科学出版社 2001 年版，第 838 页。本节之撰写参考了任著第四编的相关内容。

② 赵尔巽主编：《清史稿》卷四，《世祖本纪一》，《二十五史》11，上海：上海古籍出版社、上海书店 1986 年版，第 8829 页。

③ 赵尔巽主编：《清史稿》卷十一，《高宗本纪二》，《二十五史》11，上海：上海古籍出版社、上海书店 1986 年版，第 8862 页。张保太，云南大理人，乾隆年间著名民间宗教领袖，曾在云南、贵州、四川、山西、湖北、江苏等省传教，其教各地称谓不一，大体是佛教余绪与民间信仰的杂拌。

天主教在清代的传播比明代更为深入、广泛。与对民间宗教的严厉态度有所不同，清代统治者对天主教的传播大多也采取了容忍的态度。康熙初年，全国天主教徒超过 10 万之众，康熙本人也曾利用西方传教士南怀仁、白乮等传播科技知识。康熙末年因西方传教士依教皇旨意不再祭拜孔子而激怒当朝，康熙曾下令严禁西方传教士在华活动，但乾隆十一年，"周学健奏捕天主教二千余人，上以失绥远之意宥之"。①

清代有多种宗教，但从现有戏曲传本来看，影响戏曲的仍然是佛、道二教及其变种民间宗教，伊斯兰教、基督教对戏曲并未发生明显的影响。

二、清代宗教剧剧目及主题类型

由于清代既有杂剧、传奇，还有剧种众多、数量巨大的花部剧目，无论是前者还是后者，都还没有得到全面的清理，笔者所见相当有限。据笔者相当有限的阅读经验，清代共有宗教剧 118 部。其中，杂剧中的宗教剧 85 部，传奇中的宗教剧 33 部；属于道教类的 88 部，属于佛教类的 17 部，属于佛道混合类的 13 部。如果按主题来划分，庆赏剧最多，共有 49 部，几乎都是杂剧；其次是宣扬仙、佛神通的"法力剧"，共有 23 部；再次是"果报剧"，共有 18 部，其中，传奇占多数。在元明两代均占有较大份额的"度脱剧"在清代宗教剧中仅有 12 部，只占清代宗教剧的一成，这与清代废除度牒制度，出家不再受限制的宗教政策有关。

清代宗教剧的数量超过了明代，这并不表明清代宗教的重新崛起，而是表明清代宗教虽然衰落了，但由于民间宗教的广为流播，佛、道二教的世俗化进程加快，普及面更广，与民众生活的联系也更紧密，神灵仙真、佛祖菩萨、鬼怪妖精、因果报应、六道轮回、地狱净土、蓬莱仙境、炼丹服食、符箓斋醮、占卜起课……深入人心，不但对民众的日常生活发生了深刻影响，而且对文化建构——尤其是俗文化的创造发生了深刻影响，世俗化的宗教文化成为清代戏曲的肥沃土壤。

---

① 赵尔巽主编：《清史稿》卷十一，《高宗本纪二》，《二十五史》11，上海：上海古籍出版社、上海书店 1986 年版，第 8862 页。

（一）清杂剧中的宗教剧剧目及主题类型

清杂剧中共有宗教剧 86 部，其中，道教剧 70 部，佛教剧 12 部，佛道混合剧 4 部。与元明两代相仿，清杂剧中的宗教剧仍以道教剧占绝对优势。从主题来看，清杂剧中的宗教剧以庆赏剧为主，共有 49 部之多。而且，既有道教剧，也有佛教剧，还有佛道混合剧；既有专门为皇室服务的，也有为某个贵族"量身打造"的，更多的则是具有广泛适应性的剧目——可以在各种喜庆场合为多种不同身份的人演出的剧目。具有实用性和蕴涵着富贵荣华、多子多孙、升官发财之庸俗价值观的庆赏剧大量涌现，这既说明清代宗教的世俗化色彩已相当浓厚，也说明清代戏曲非常注意满足观众的世俗欲望和仪式化需要。

1. 道教类剧目及主题类型

清杂剧中的道教剧共有 70 部，按主题划分，用于祝寿、贺节的庆赏剧 44 部，宣扬神仙法力的道法剧 12 部，"假布道以写心"的写心剧 6 部，宣扬因果报应思想的果报剧 5 部，写神仙度人出家的度脱剧 2 部，宣扬命定论的剧作 1 部。

在上述剧作中，宣扬长生不老的信仰，满足人的仪式化需要和营造喜庆气氛的庆赏剧占有很大比重，出现了"假布道以写心"的新门类，而重在宣扬出家修道、因果报应等宗教教义的剧作有所减少，相当一部分剧目旨在凸显功名富贵、多子多孙的庸俗人生观。

（1）庆赏

庆赏剧是清杂剧之道教剧的大类，共有 44 部，其中，《中秋庆节》一为祝寿剧，一为贺寿剧；《富贵长春》一为祝寿剧，一为贺升平剧：

吴城的《群仙祝寿》①、蒋士铨的《康衢乐》《长生箓》《升平瑞》、王文治的《三农得澍》《葛岭丹炉》《祥征冰蚕》、孔广林的《松年长生引》②、韩锡胙的《南山法曲》、胡重的《嘉禾献瑞》、傅山的《八仙庆寿》、王懋昭的《悦庆》、蒲松龄的《钟妹庆寿》、张照的《天香庆节》、无名氏的《中秋庆节》《千

---

① 王国维在《曲录》中认为此剧与《百灵效瑞》乃吴城、厉鹗同撰。
② 据孔广林《松年长生引·序》所记，此剧共四折，一、三两折为他人所作，今已不存。现仅存二、四两折，为孔广林所作。

秋海宴》《诸仙祝嘏》《山灵朝扈》《四海升平》《庆祝无疆》《百花庆寿》《天开寿域》《萱寿》《衍庆》《南星拱照》《仙女采芝》《蟠桃会》《寿庆群仙》《长生祝寿》《群仙祝福》《王母称庆》《枣庆长生》《寿筵称庆》①《萃花仙》《蟠桃初熟》《富贵长春》②《和合添祥》《玉皇升殿》《万年欢庆》《五星》《玉堂富贵》《天锡和合》。

按照主题和用途，以上 44 部剧作还可细分为祝寿、贺升平、贺节、贺登科四类。

祝寿剧 30 部，分为三大类，一类是为皇室的祝寿剧：吴城的《群仙祝寿》、蒋士铨的《康衢乐》《长生箓》《升平瑞》、王文治的《葛岭丹炉》、无名氏的《庆祝无疆》《中秋庆节》③《长生祝寿》；二类是为特定权贵的祝寿剧：孔广林的《松年长生引》、胡重的《嘉禾献瑞》、韩锡胙的《南山法曲》；三类是无特定祝福对象的祝寿剧：傅山的《八仙庆寿》④、王懋昭的《悦庆》、蒲松龄的《钟妹庆寿》、⑤ 无名氏的《百花庆寿》《天开寿域》《萱寿》《衍庆》《南星拱照》《仙女采芝》《蟠桃会》《寿庆群仙》《群仙祝福》《王母称庆》《枣庆长生》《寿筵称庆》《萃花仙》《蟠桃初熟》《富贵长春》《和合添祥》。

明代杂剧中的祝寿剧多为宫廷艺人所作，其祝福对象主要是皇帝、皇太后和皇后，而且大多为 4 折。清杂剧中的祝寿剧只有吴城的《群仙祝寿》、蒋士铨的《康衢乐》《长生箓》《升平瑞》、王文治的《葛岭丹炉》《庆祝无疆》、无名氏的《长生祝寿》《中秋庆节》8 部是专门为皇帝或皇太后寿诞所作，而且这些剧目有的是为皇帝或皇太后出巡迎驾而编演的，也就是说，并非都是内廷所编演。另外，孔广林的《松年长生引》、胡重的《嘉禾献瑞》、韩锡胙的《南山法曲》3

---

①　原无剧名，此名为傅惜华《清代杂剧全目》所拟。

②　清无名氏杂剧中有两部《富贵长春》，另一部仅 1 折，并非祝寿剧，但也是庆赏剧。此剧为 4 折，写催花使者命众花神到曹州为牡丹花神姚黄祝寿，属祝寿剧。

③　此剧既是贺节剧，也是祝寿剧，剧写中秋佳节恰逢皇帝寿诞。

④　与明代的《八仙庆寿》不同，剧中的"八仙"不是指钟离权、吕洞宾等，而是指庄子、东方朔、寒贫、李正阳、幼伯子、女丸、麻姑、旧客八人，剧情也不是到福主家中送寿礼致贺，而是八个人聚在一起讨当以何为寿，批判功名利禄的庸俗人生观，抒发剧作家自己心中不满，"写心"特色鲜明。另有无名氏《八仙庆寿》，收入《故宫珍本丛刊·昆弋各种承应戏》第二册，为开场戏，仅一折，剧中的"八仙"指"八洞金仙"，但并未明言。

⑤　此剧写钟馗的妹妹以大小两个鬼为寿礼，为兄长寿，钟馗以鬼肉下酒，趋吉避凶之家似不大可能用于寿辰演出，故此剧能否列入庆赏剧值得斟酌。

部是为特定的贵族寿辰而作，其余剧作的祝福对象是具有普适性的"某人""福主"或假托的某神仙——例如"南乐魏夫人""地仙""长寿星君"等，多数剧作只有1折或1出。清代祝寿剧的作者既有在内廷行走的著名文人——如蒋士铨、王文治等，也有名不见经传的普通人——如王懋昭等，更多的是无名氏。这些不知名的作者大多不是内廷艺人，这从清代祝寿剧传本有相当一部分不是内府本可以见出，从无名氏祝寿剧绝大部分不是为皇帝圣诞或皇太后寿辰所写，而是为"某人""福主"之寿辰所写亦可见出。这说明，清代祝寿剧的使用范围更宽广，献演的频率也更高。

仪式性的短剧作为戏曲演出的开场戏既切实可行，又热闹喜庆，能充分满足事主的仪式性和营造喜庆气氛的多重需要，祝福对象的普适性使祝寿剧的适应性也大为增强——既可以用于皇室和达官贵人，也可以用于普通百姓的堂会演剧。清代文人王懋昭在其《演戏庆寿说》一文中就曾指出："尝慨世人豪华相竞，无论生寿冥寿，演戏庆祝，优人必扮八仙与王母，为之拜焉跪焉，以明肃恭而邀赏。"① 可见，寿辰请戏班子演神仙庆寿剧是清代广为流播的习俗，正是这种习俗促成了祝寿剧的繁荣，也正是这种喜庆演剧的习俗密切了戏曲与民众的关系，使看戏成为普通民众生活的一部分，进而促进了戏曲的繁荣。

明代祝寿剧的登场人物主要是西王母、八仙和南极星君等，清代祝寿剧的登场人物则要多得多。除《升平瑞》一剧中的登场人物是江西的文武百官、道姑、观主等之外，上述祝寿剧的登场人物主要是数目众多的各路神仙。除西王母、八仙和南极星君之外，帝尧、帝后、击壤老人、娥皇、女英、嫦娥、宋无忌（月宫之神）、织女、女娲、电母、龙王、百花仙子、和合二仙、麻姑元君、瑞鹤仙、黄婆、六丁、六甲、忍辱大仙、风姨、月妹、白猿、司木星官、碧霞元君、三山五岳神、九老（九老仙都君）、钟馗、送子张仙、王子登、洪崖子、赤松子、广成子、云中子、抱朴子、刘海（刘海蟾，亦即刘操，"全真"五祖之一）、偓佺（相传尧帝时人，善采药）、壶公（相传东汉时卖药人）、魏伯阳、箕子、钱铿（彭祖，古代养生家，据传寿至七百余岁）、老子、弄玉、东方朔、刘晨、安期生（秦汉时人，寿星，人称"千岁翁"）、河上公（汉初人）、阮籍、许飞琼、董双

---

① （清）王懋昭著：《演戏庆寿说》，蔡毅编著：《中国古典戏曲序跋汇编》（三），济南：齐鲁书社1989年版，第2060~2061页。

成、李白、崔元微（一作崔玄微，唐代人，相传因生前惜花被玉帝封为"惜花仙"）、张紫阳、陈抟等也出现在清代祝寿剧的舞台上。这些"神仙"被搬上戏曲舞台，走进百姓家替人祝寿，说明道教神谱已广为人知。

明代祝寿剧主要面向皇室，而皇室所希冀者首为长生不老，因此，明代祝寿剧的主要蕴涵是道教的长生信仰。清代祝寿剧有"下移"倾向——以神仙剧祝寿不再为皇室和达官贵人所专，家境稍裕之普通百姓也延请戏班为长者寿。因此，清代祝寿剧的祝福对象既有皇帝、太后和达官贵人，也有普通百姓，其蕴涵也比明代祝寿剧要丰富得多。除祝"福主"寿增百倍、长生不老之外，还有祝福主"多子多孙""早登科甲""晚景峥嵘""荣华富贵""财源广进"的。

清代祝寿剧为了适应民间演剧的需要，有的剧目增添了送寿礼的情节。前往祝寿的各路神仙给"福主"送去寿桃、灵芝、丹药（"驻颜丹""忘忧丹""宜男丹"等）、玉液（寿酒）、长生果、雪梨、雪藕、大枣、香杏、寿面、寿杖、琼瑶、长春花、万年青等物品。还有一些剧作让登场祝寿的神仙们"联诗"向"福主"表示祝贺。

贺升平剧8部：王文治的《三农得澍》《祥征冰蚕》、无名氏的《千秋海宴》《诸仙祝嘏》《四海升平》《山灵朝扈》《万年欢庆》《富贵长春》。

其中，《三农得澍》《祥征冰蚕》两部为迎接乾隆皇帝第五次南巡而作，《千秋海宴》《诸仙祝嘏》《四海升平》《山灵朝扈》4部专为乾隆皇帝巡幸五台山而作。有的剧目也有祝"圣寿无疆"的内容，但主要内容是群仙恭迎圣驾，颂"江山一统""四海升平""风调雨顺，五谷丰登"。因为有的剧作是为地方政府的迎驾演出而创作的，所以剧中的神仙也带有"地方特色"。例如，为迎接乾隆南巡的《祥征冰蚕》一剧有蚕神马头娘登场，为迎接乾隆巡幸五台山的承应戏中有玉龙山神、太行山神等"地方神灵"登场。《万年欢庆》《富贵长春》两部剧作能用于多种喜庆场合，剧中的神仙主要有福德星君、天禄星君、无极星君、文昌梓童帝君、送子张仙、西王母和八仙。剧中的蕴涵也具有民间性和普适性，既有"五福寿为先"的祝福，又有"有子万事足"的说词，福、禄、寿、财、喜，"早登科甲""进爵三公"……真可谓"好话说尽"。清代庆赏剧创作较为活跃显然与皇帝——特别是像乾隆皇帝那样的"戏迷"也有一定关系。

贺节剧5部：无名氏的《五星》《玉堂富贵》《天锡和合》《中秋庆节》（亦

为祝寿剧）、张照的《天香庆节》①。

前三部均为贺元宵节（上元节）而作，主要内容是天仙闻说下界时逢上元佳节，天福、天喜、天财、天禄四星官，南极仙翁，和合二仙，造化小儿等下凡赐福，祝人间福禄寿喜，吉庆有余。《中秋庆节》本为皇帝圣诞而作，祝寿是主要内容，但因圣诞时值中秋佳节，故也有贺节的内容，其登场神仙亦与月亮有关——有嫦娥、月宫之神宋无忌、月宫玉兔、太阴帝君等出场。元宵节和春节一样，历来为民间所重，加之时在农闲，故有利于演剧活动之开展。清代贺节剧多以贺元宵节为主，除以上所列举的数剧之外，黄治等也撰有"灯剧"8折。所谓"灯剧"也就是在元宵节上演的贺节剧。② 这反映了清代的节日民俗和游艺民俗的融合。《天香庆节》是《九九大庆》中的一种，写天宫神仙下界庆中秋节，也有祝福皇帝登基和祝福皇太后的词句。

贺登科剧 1 部：无名氏的《玉皇升殿》。此剧写天神祝贺福主之子登科甲并喜得美眷，子孙后代之所以能早登科甲、子孙绵绵、富贵荣华，全赖父祖世代行善，赏善者乃天庭玉帝。剧中还有主兵的太白金星登场，他奉玉帝之命，下凡传授枪法、兵书。这既说明清代科举有着巨大的吸引力，也说明庆赏剧的使用范围越来越广。

（2）道法

汪柱的《破牢愁》、舒位的《酉阳修月》《博望访星》、周乐清的《波弋香》、严廷中的《判艳》、刘百章的《翻天印》、无名氏的《延五关》《陈塘关》《神镜》《跨凤乘龙》《青石山》《宝藏》12 部剧作属于彰显神仙精怪神通法力的道法剧。

道法剧旨在凸显神仙精怪的神通法力。例如，《破牢愁》中的神仙灵台真人赐给愚钝之人吴中四种宝物对付财宝、美色、恶鬼和水火四种境界。《神镜》中的财神福主有一面"水龙镜"，此镜可以指引迷途。《跨凤乘龙》中的弄玉、萧

---

① 此剧体例近似南杂剧，但有 16 出，如果从篇幅计，似应划归传奇。据故宫博物院文献馆所撰《月令承应戏·引言》，此剧通常在中秋演出，但不属于"月令承应"。故宫博物院编《故宫珍本丛刊·昆弋各种承应戏》收入《昆弋承应戏》中，但为不分出的"总本"，篇幅要短得多。收入《故宫珍本丛刊·昆弋各种承应戏》第一册的为"全本"，与"孤本"又不相同。这些版本是否都是张照手笔，未能考证。

② 元宵节围绕"灯"开展活动，如观花灯、舞龙灯、打灯谜等，故又称"灯节"。

史吹奏笙箫，竟能使百鸟齐鸣、万花竞放。《宝藏》中的赐福天官不仅能赐给人财富，还能赐给人良缘美眷。取材于《封神演义》的《延五关》《翻天印》《陈塘关》极力彰显太上老君、元始天尊、通天教主、广成子、姜子牙、那吒、南极师、太乙真人、龙王、李靖等神仙的法力神通，五色葫芦、仙丹、仙草、金霞冠、宝扇、震天弓、黄金塔等都是起死回生、降妖伏怪的宝物。《青石山》写人妖相恋，但却不是借此肯定人的正常情感与合理欲望，而是凸显九尾白狐精迷惑人和祸害人的妖术以及吕洞宾、托塔李天王的无边法力。

道法剧的蕴涵同样具有丰富性和复杂性。例如，《破牢愁》《神镜》《宝藏》等剧表现神仙的法力足以改变一个人一生的命运，同时也彰显了功名利禄、富贵荣华的庸俗人生观。《判艳》在表现阴曹地府主宰人的生死轮回的同时，也揭示了封建社会女性的不幸与悲苦，表现出对被摧残被损害的女性的同情。

（3）写心

嵇永仁的《愤司马梦里骂阎罗》、徐石麒的《大转轮》、堵庭棻的《卫花符》、徐爔的《问卜》、静安居士的《论钱》、徐爔的《悼花》6 部剧作属于"写心剧"。

清代杂剧中"写心剧"——借他人酒杯，浇自己垒块，着重传达剧作家主观感受的剧作很多，杂有宗教思想或灵异现象的只是其中的一部分。这里所列举的"写心剧"又只是"假布道以写心"之剧作的一部分——宗教色彩比较鲜明的部分。例如，郑瑜的《黄鹤楼》《鹦鹉洲》以及徐爔"写心杂剧"中的多数剧目杂有宗教成分，而且都具有"写心"特色，但其宗教色彩不是很鲜明，故未被列为宗教剧。这里所列举的 6 部"写心剧"相比较而言，宗教色彩较为鲜明，试分述之。

"写心剧"多借宗教意象抒发作家心中的愤懑，表现了剧作家对社会现实的高度关注。例如，嵇永仁的《愤司马梦里骂阎罗》、徐石麒的《大转轮》都借冥府阎罗以骂世。《愤司马梦里骂阎罗》借司马醉酒被拘至阴间愤而骂阎王以揭露社会黑暗，剧中所反映的现实是"饱学秀才倒做了穷途落魄……苦乐不均，雪上加霜。受无穷之蹭蹬，盆中覆日，遭异样之摧残……只道阳间人爱钱钞，原来阴司地府也是恁般混浊。可知世上穷通寿夭、生死贫富都没有一定的天理……富家有力能超劫，贫者无缘出狱门……无辜豪俊陷风波。空垂玉律，枉设金科，莫须有也不顾其他。今来古往公平少，万死千生混账多。太阿倒置，下界遭魔。"剧中骂世之激愤压倒了"布道"之热情，但同时也宣扬了生死轮回、因果报应思想。司马貌来到地府，阎王对乌老还阳一案作出解释："那乌老回阳一案，他寿命本不当终，纸钱授受，事属渺茫……须知阴阳一理，报应分明，那元凶巨恶，能漏网于阳间，不能漏网于地狱，善人君子，便吃亏于世上，终不吃亏于天堂。"司马貌改变了对阴曹地府的看法："黄泉路金银无用，黑地狱势焰消磨……地狱之设以待阳间漏网之恶人，此种立法极善。"同时，他又觉得"天堂之设以待世上吃亏之善人，尚非确典。想一念之善，兆和风而集祥云。一事之善，格鬼神而回造化。眼前有响有应，人心也知慕知趋。如听其遭险蒙难，不保躯命，恁般吃亏，仅以虚无身后之天堂了其善果，不独难服善人之心，兼且愚人眼目，只道为善无益，反懈其相观好修之念。此一条还求天子转奏玉皇，更改一更改，令善人现世受报，化凶为吉，转难成祥"。① 阎王也觉得秀才所言在理，表示一定要向玉皇转达，使因果报应之法更加完善。《大转轮》与《愤司马梦里骂阎罗》取材相同，但剧情的丰富性有所增强。剧作以轮回转世之说为立足点，借怀才不遇的士子梦中为阴曹地府断明多宗疑狱，表现驱王侯，鞭将相，"拨正阴阳，刷净风霜"的豪情壮志，"以申才高久郁之气"。剧作还揭露了社会黑暗："大贾当朝，小人窃位，辟门而开日中之市，一人只爱金多，持衡而受暮夜之贻，三公不嫌铜臭"，"天下士子俱以贿赂取官"，致使才子失志落魄，文章一道贱如泥土，贤愚不分，黑白颠倒。剧作斥天骂地，发泄沉抑士子"一肚子牢骚"。② 剧作通过主人公司马貌的一个白日梦，把天上、人间、地狱三界摄入笔端，拓展了剧情建构的空间，营造了迷离惝恍的戏剧情境。

徐爔的《问卜》和静安居士的《论钱》则借道教俗神——财神以寄意。《问卜》借剧中主人公徐爔因家庭变故前往财神庙问卦之所见所闻，感叹世风日下，人心不良，因而看破红尘，悟透人生。剧作在传达人生感悟、批判现实的同时，

---

① （清）嵇永仁著：《愤司马梦里骂阎罗》，郑振铎主编：《清人杂剧》（初集），香港：龙门书店1969年影印版，第63~66页。"倒"，原文作"到"。原文无句读，标点符号为引者所加。下引此著同此。

② （清）徐石麒著：《大转轮》，郑振铎主编：《清人杂剧》（二集），香港：龙门书店1969年影印版，第29~40页。

也宣扬了鬼神观念和出世思想。《论钱》写西晋南阳人鲁褒作《钱神论》一文进财神庙宣读，指责钱神不但腐蚀人心、害人性命，而且毒化社会风气。认为钱神应该区分贤愚，实行平均分配，使社会上不再有忠厚老实的越来越穷困、奸狡愚钝的越来越富有的怪现象。钱神奏明玉帝，从此人间贫富无差，贤良吐气。这里实际上是借谴责鬼神来一吐失意文人胸中的不平之气，表现了一种乌托邦式的社会理想。

徐爔的《悼花》通过主人公徐爔梦中与花神的交谈，传达人生如梦、一切皆空的生存体验，同时也宣扬了佛、道二教均信持的转世投胎、六道轮回的教条。

明清两代的杂剧多出自文人之手，因此，"写心剧"中有不少借鬼神——特别是神仙抒发文人闲情、逸志的剧目。例如，堵庭棻的《卫花符》写众花仙于月夜来书生崔元徽的花园聚会，众花仙托崔生树立朱幡以为护花避恶风之符，园中百花果然不再为恶风所摧残，众花仙以长生报之——赠崔生花朵数斗，令其服之，却老延年。剧作虽然张扬了神仙信仰，但所抒发的却是文人墨客惜月怜花的闲情逸致。

（4）果报

桂馥的《投圂中》、黄周星的《惜花报》、四费轩主人的《董孝》、无名氏的《桃医》《五子争奎》5部剧作属于因果报应剧。

"冥报"是明代果报剧的重要主题，这也为清代果报剧所继承。在上述5部果报剧中，就有桂馥的《投圂中》和无名氏的《五子争奎》宣扬冥报。前者重在惩戒恶德，后者旨在颂扬"阴功"。但《投圂中》所谴责的"恶"却不是元明戏曲中所常见的不信鬼神、不孝父母、抛弃糟糠、陷害忠良、贪婪吝啬，而是忌才妒能——为了凸显自己的"名望"，忌才妒能者不惜将对手的作品投入圂中，企图以此灭了对方的才华。这在元明果报剧中是少有的。剧作正面描写阎罗对忌才者黄居难的严厉惩处：谴责他"不怨自家才短，却忌人家才多"之后，割其舌，剜其眼和心肝，下油锅，再将其阴魂"打在阿鼻地狱，永世不得脱生阳世"。可见作者对文人嫉贤妒能之恶行深恶而痛绝之。此剧虽然取材于前人的笔记小说，但有感而发，情真意切。作者在《投圂中散套小引》中说："有才人每为无才者忌。其忌之也，或诬之，或谮之，或排挤之，或欲陷而杀之。未有毒于李长吉之中表者，竟赚其诗于圊中投之。锦囊心血，一滴无存。此辈忌才人，若免神谴，成何世界？投之鬼窟，烈于圊中。"① 可见，当时的文人对于"神谴"之说也是坚信不疑的，希望借助鬼神之力提升"文德"的约束力。无名氏的《五子争奎》写九天卫房圣母娘娘麾下的送子高元帅寻查本处一户人家，世积阴功，当得福报，故奉玉旨将仙子送其家为子。此剧虽然旨在宣扬因果报应思想，但喜庆气息浓厚，可用于弄璋之庆，故亦可划归庆赏剧。据《洞玄灵宝自然九天生神章经》介绍，"九天圣母"乃"至阴之主，喜于成生，卫其房屋"，故剧中以"九天卫房"称之。值得注意的是，剧中的送子神不是女儿身的"送子娘娘"，也不是男儿身的"张仙"张远霄（无名氏《万年欢庆》中有送子张仙登场)，② 而是天上的"高元帅"。

黄周星的《惜花报》旨在张扬超凡脱俗的神仙信仰，同时抒发养花护花的闲情逸致，其社会生活蕴涵瘠薄。剧中的书生王晔本来就不像元明杂剧中有些人那样沉迷于功名利禄和儿女之爱而不能自拔，他的最大爱好是养花护木。因此，剧中的"花总裁"崔玄微用不着劝其弃俗归仙，只是待王晔"尘缘"已满时"接引"其"飞升"。王晔因志在田园，爱惜花木而被上天封为"护花使者"，这凸显了文人情趣，也彰显了道教的俗神信仰。

清代道教进一步世俗化，它力图为世俗道德提供稳固的基础并赋予其一定的"神性品格"，具体说来就是借鬼神之力强化世俗道德的约束力，给世俗道德披上一件神学的外衣。彰显孝道是元明宗教剧的传统题材，这同样为清代果报剧所重，上述 5 部剧作当中就有两部写孝行感天、终得福报。四费轩主人的《董孝》写董永卖身为佣葬父，孝行感动上苍，玉帝命天界仙女下凡与董喜结连理并代董织缣以赎身。无名氏的《桃医》写儿媳割股和药救治婆母，十月寒天哭拜桃树，叩头出血，桃树寒冬结果，婆母食桃之半即愈。倭寇屠城，儿媳愿代婆母死，孝行感动倭寇退兵。这两部剧作都以天人感应为立足点，卖身葬父、割股疗亲是民间所盛赞的孝行。近代以来的地方戏中有以董永行孝为题材的剧目，其中，黄梅戏《天仙配》影响最大。

---

① （清）桂馥著：《投圊中》，郑振铎主编：《清人杂剧》（初集），香港：龙门书店 1969 年影印版，第 216 页。

② 我国民间的送子娘娘原为张姓男性，北宋时已被奉祀，后附会为五代青城山道士张远霄，清代时又讹为女儿身，改称"送子娘娘"。

与元明果报剧一样，清杂剧中的果报剧也把鬼神塑造成伸张正义、全知全能的道德审判员和绝对权威，它所维护的道德仍然是"人际之道"——而且通常不是信徒与信徒之间或者信徒与世俗之人之间的行为准则，而是世俗社会中人与人之间的行为准则。上述5部果报剧所涉及的人际关系完全是世俗社会人与人的关系，不包含宗教信徒。也就是说，果报剧把世俗道德当作宗教道德来维护，或者说，果报剧借宗教的力量来维护世俗道德，标志着世俗道德对宗教的依附，同时也说明了道教对世俗道德的认同。果报剧中的世俗道德实现了信仰化和神圣化。

（5）度脱

叶承宗的《狗咬吕洞宾》、永恩的《度蓝关》两部剧作属于度脱剧。

清杂剧中的度脱剧数量很少，而且"度脱"——劝说俗人皈依道教的成分大为减弱，这当与清朝统治者废除度牒制度有一定关系。我国自唐代起实行度牒制度，朝廷每年确定准予出家者的名额，合法出家者发给凭证，在大多数情况下持牒者可免徭役赋税。清乾隆间，这一制度废除，这固然使僧、道出家不再受限制，但也使得僧侣与俗众的区别进一步模糊、混淆，出家与在家并无太大差别。因此，出家从此变得非常容易，不再需要人来反复劝导。这反映在度脱剧的创作上，一是度脱剧数量减少，二是多数剧作度脱的过程变得较为简单，三是度脱的目标主要不是随师父出家苦修，而是飞升成仙，上天享福。

例如，韩湘子度脱韩愈是元明戏曲的热门题材，宋元南戏有无名氏《三度韩文公》《风雪阻蓝关记》，元杂剧有纪君祥《韩湘子三度韩退之》，明传奇有无名氏《韩湘子九度文公升仙记》，前三者已佚，但从"三度"之名推测，度脱——执行度脱任务的韩湘子反复劝说韩愈放弃功名利禄出家修道而韩愈迟迟不觉悟是剧作的主要内容。明传奇《升仙记》将"三度"改为"九度"，凸显度脱的难度，强化了剧作的"度脱色彩"。清杂剧中有车江英《蓝关雪》、杨潮观《韩文公雪拥蓝关》、永恩《度蓝关》，三部剧作选择了这一题材，只有《度蓝关》以度脱为主要内容，可以算作度脱剧。剧作写韩湘子度脱叔父韩愈事，以劝人看破红尘，抛弃富贵，皈依道教为主旨，保留了元杂剧的"三度模式"，但又有所不同。韩愈虽然是冲和子转世，但俗缘未尽，沉迷于富贵利禄之中，迟迟不肯觉悟，韩湘子先后两次度他，但他都无动于衷，直到最后还是太上老君召唤韩愈并令其"返本"；经历了宦海沉浮的韩愈终于皈依道教，与妻子同登仙籍，赴王母蟠桃之会。剧中的度脱任务是由两个神仙共同完成的。《蓝关雪》与《韩文公雪拥蓝关》两部剧作的"度脱"内容则很少。

叶承宗的《狗咬吕洞宾》以狗仗人势的寓言故事写世态炎凉、人情冷暖，抒发胸中的不平之气，对官场中人得意时仗势欺人，狗眼看人低，失意时摇尾乞怜，巴结讨好的恶行、丑态有深刻揭露，宣扬"贫士不可轻"，同时也以宗教的宽容精神否定"报怨念"，社会生活蕴涵比较丰富，宗教色彩亦较鲜明。剧中的"仙獒"多次咬吕洞宾，吕斥责道："使煞你狼心狗肺，大古来人善人欺。""狗也仗人势，似虎助狐威。笑桀犬将尧乱吠，便似你狗党施为!"这实际上是对仗势欺人者的斥责，也是对狗眼看人低的不良社会风气的批判。由正末扮演的石守道在中状元、官御史之职并衣锦还乡时唱道："甫能勾待漏随朝，恰是受他荣华耐他焦劳。看不上宦海风涛，伴着些鬼蜮相知，豺狼同僚。绾金章，拖紫绶，争争炒炒；吃堂食，饮御酒，攘攘劳劳。只落得行李萧萧，知己寥寥。似这逐日价鸳鹭同行，怎如话终夕梅月双高。"① 剧作对官场的险恶、黑暗有所揭露，表达了作者对政治的厌倦和出世绝俗之想。

特别值得指出的是，剧作主张宽容，反对"报怨"，对于仗势欺人的恶狗和趋炎附势的恶吏蔡奇，最终都采取了宽容的态度。因此，剧作并没有采用常见的善恶有报的结局，而是以吕洞宾改造和宽恕造恶者，造恶者受到感动，决定为吕洞宾等建祠以彰其功落幕。这在此前的剧作中是不多见的。这一情节固然有突出吕洞宾神通的作用，但也反映了道教"一切有形皆含道性"的思想和宗教的宽容精神。

与元杂剧之度脱剧以通过让被度脱者"见几个恶境头"的方式让人远离酒色财气不同，《狗咬吕洞宾》中执行度脱任务的吕洞宾主要是靠让被度者吞食"仙枣"而使其"忽然大悟"，这反映了清代社会对服食丹药的迷信。

(6) 命定

南山逸史的《翠钿缘》，主旨在于宣扬命定论，故单列为"命定剧"。

《翠钿缘》以民间俗神月下老人为主人公，凸显其察来知往的神力，本可归于道法类，但剧作的重心在于宣扬命定论——姻缘皆由神灵前定，非人力所能改

---

① （清）叶承宗著：《狗咬吕洞宾》，郑振铎主编：《清人杂剧》（二集），香港：龙门书店 1969 年影印版，第 79~83 页。"知己"，原文为"知巳"。

变，宗教色彩较为鲜明。此剧与李玉的传奇《太平钱》中韦固与韩休义女慧娥婚姻事情节大体相同。这一题材的反复被选取，既与其中所蕴涵的奇幻美有关，也与剧作家和当时的民众确有相信"姻缘前定"者有关。

2. 佛教类剧目及主题类型

清杂剧中的佛教剧共 12 部，绝大部分为一折（出）的短剧。按主题划分，庆赏剧 5 部，度脱剧 3 部，宣扬出世思想却又没有度脱情节的"出世剧" 3 部，彰显佛教信徒神通法力的佛法剧 1 部。12 部剧作中有 2 部以禅宗初祖达摩为主人公，有 4 部剧作写参禅和谈禅，登场人物除佛、菩萨、罗汉等之外就是禅师，昭示了禅宗在清代的影响力。

（1）庆赏

厉鹗的《百灵效瑞》、蒋士铨的《忉利天》、无名氏的《大佛升殿》《赞乐》《佛轮》5 部剧作属庆赏剧。

这 5 部庆赏剧全是祝寿剧，《百灵效瑞》《大佛升殿》两部专为迎驾而作，有祝"圣寿"的内容，《忉利天》专为皇太后 60 大寿而作。《赞乐》中的"寿星"是"某人"，说明它适用于多种不同的对象。《佛轮》写世尊如来为佛母设无遮大会，祝她"无量寿"，应当也是祝寿剧，但此剧以扬州天宁寺创建万佛楼为背景，最后有众大德赴万佛楼转轮的情节，也有可能是专为天宁寺万佛楼落成盛典而作。佛教庆赏剧的登场人物有：释迦牟尼、佛母摩耶夫人、无量寿佛、观音、善财、韦驮、十六罗汉、四金刚、四揭谛、跋陀罗（觉贤）、文殊、普贤、龙女等。

佛教以人生为"苦海"，以涅槃为解脱，这与道教的核心信仰长生不老、羽化登仙是颇不相同的。因此，明代虽有不少神仙祝寿剧，但却少有以佛捧寿的庆赏剧。清杂剧中新增佛教祝寿剧，让本应倡导远离功名利禄、坚持独身主义的释迦牟尼、观音菩萨、无量寿佛、十六罗汉等送寿礼、颂吉祥，祝"福主"长生不老、子孙繁衍、科甲绵延、荣华富贵，既表现了当时寿诞演剧之风盛行的情势，也昭示了佛道合流、日近世俗的教坛面貌，佛、菩萨、罗汉等佛教尊神和道教中的各路神仙一样，都相信并鼓吹长生不老之说，而且都乐于帮助人们解决现实生活中的具体问题。这反映了我国古代民众对"胡神"的大胆改塑。

（2）度脱

蓉鸥漫叟①的《鹫峰寺唐素君皈禅》、石韫玉的《琴操参禅》、赵进美的《立地成佛》②3部剧作属度脱剧。

这3部剧作均表现罪孽深重者觉悟的过程。《鹫峰寺唐素君皈禅》《琴操参禅》写妓女被禅师"点化"而皈依空门，《立地成佛》则写高僧"点化"一嗜杀成性的屠户放下屠刀、立地成佛，体现了《大涅槃经》"一切众生悉有佛性""一阐提亦可成佛"的思想。3部剧作的度脱方式都是"参禅"。例如，《琴操参禅》写杭州太守苏轼度妓女琴操出家事，度脱方式是苏轼到南屏寺代替道潜长老登坛"说法"，琴操"参问"。所说的"禅"指的是重"机趣"的禅宗，而且主要指的是云门和临济二宗。道潜对准备参禅的琴操说："准备着云门的喝和那临济的打。"然而，苏轼所说之"法"，只不过是揭露现实、道明真相。他指出，妓女生涯前景暗淡："有一日容色衰，年齿加，冷落了门前车马，那时节，秋风两鬓华，少不得似浮萍漂泊天涯。"琴操听罢立即表示"愿仗慈航，脱离苦海……弃俗出家"。③《鹫峰寺唐素君皈禅》中妓女唐素也不是执迷不悟之人，她饱经风霜，遍尝苦涩，但苦于不知出路在何处，她到鹫峰寺参禅，得寺中长老"点化"，立即落发为尼。这与元代度脱剧中迷恋世俗生活的妓女形象颇不相同。

（3）出世

杨潮观的《大葱岭只履西归》、徐爔的《月夜谈禅》《酬鬼》3部剧作均为一折（出）之短剧，而且都宣扬出世思想，但又都无度脱情节，故单列为"出世剧"。

徐爔的两部剧作均以自己为主人公，带有反思人生的哲理性，表达了一洗凡心、绝俗参禅的志趣。杨潮观的《大葱岭只履西归》则取材于佛教典籍，写禅宗初祖达摩到东土传道多年，遗一履而西归，在葱岭停歇时得遇北魏使西域返国的将军宋云，云惊问：人都道你圆寂去了，怎还在此？你不曾死吗？达摩回答：我本无生，怎得死？云又问祖师：怎的有履不穿？倒赤着脚走来。你两脚如何只有一履？"达摩一一作答，然后两人"各自奔前程"。作者在此剧前有小序曰："思

---

① 蓉鸥漫叟是张曾虔的别号。

② 庄一拂《古典戏曲存目汇考》（中）误收入传奇类。

③ （清）石韫玉著：《琴操参禅》，郑振铎主编：《清人杂剧》（初集），香港：龙门书店1969年影印版，第305～307页。

返本也。是儒是释，求诸语言文字之间，抑亦末矣。"胡士莹先生认为，此剧"充满着佛家出世返本的哲理"，又说，"这种逃避现实的思想，杨笠湖在作品中常有流露"。①《吟风阁杂剧》共有 32 个短剧，每剧均为一折，有的取材于佛、道二教传说，神女、龙王、龙女、云神、风神、雷神、江神、财神、门神、土地神、朱衣神、二郎神、文昌帝君、韩湘子、何仙姑、铁拐李、东方朔、西王母、道姑、李靖、李白、张良、文中子、达摩、天龙八部、沙弥等诸多神灵、人物登场，其中，约有一半的剧作或多或少含有宗教思想或杂有灵异成分，但以此剧的宗教色彩最为鲜明。

（4）佛法

无名氏的《北渡江》力在彰显佛法，故列为佛法剧。

剧作凸显禅宗初祖达摩的奇术异能，他以苇叶为舟送想家的徒弟萧生过江，渡江时达摩又幻化出种种奇景让萧生惊诧莫名，当弟子欲拜别师父时，达摩却不见了踪影。

3. 佛、道混合类剧目及主题类型

从题旨看，清杂剧中的佛教剧和道教剧并无太大差别。例如，佛教祝寿剧和道教祝寿剧只是登场人物一来自空门，一出于仙界，所表现的思想都是祝"福主"子孙昌盛、早登科甲、寿比南山、福如东海、荣华富贵。佛法剧与道法剧所描写的奇术异能也没有太大差别，其差别主要在于登场人物一为僧，一为道。从这一视角出发，清杂剧中有仙佛错综的佛道混合剧 4 部。以主题之不同划分，可分为庆赏、度脱、法力三个小类别。

（1）庆赏

王文治的《海宇歌》，为乾隆皇帝第五次南巡而作，剧写"圣天子"第五次南巡将至浙西，须弥山王率四海龙王、二十八宿、五星、二十诸天迎驾，祝皇帝万寿无疆。剧中的主要人物须弥山王、二十诸天为佛教神祇，而四海龙王、五星、二十八宿等则是道教神祇。这些神祇虽然分属佛、道，但却和谐亲密，同时登场共祝"圣寿"。

---

① （清）杨潮观著：《大葱岭只履西归》，（清）杨潮观著，胡士莹校注：《吟风阁杂剧》，北京：中华书局 1963 年版，第 206~210 页。

胡重的《海屋添筹》为姚氏母魏太夫人 80 寿辰而作，剧写佛教护法神韦驮奉无量寿佛法旨巡游南海，四海龙王迎接，见下界文士为魏太夫人祝 80 寿诞，各效添筹之祝。剧中还有福禄寿三星君登场，而他们是道教神仙，真可谓仙佛同寿。

道教仙真与佛教神灵同时登场为达官贵人祝寿，说明当时的佛与道已融为一体，人们也特别欣赏这种"仙佛同寿"的形式。

（2）度脱

廖景文的《遗真记》写楞伽山紫竹林调养鹦哥的侍者玄玄，因凡心未泯而谪降凡尘为冯小青，18 年后慈云大师带领红孩儿、龙女下界点化，冯尸解仙游。剧中既有佛教人物，也有道教俗神。小青本来一心向佛，但最后却成了道教的尸解仙。① 剧中的"度脱"实际上是"点化"——慈云大师道明小青的"前生"，早已看破红尘、心如止水的小青立即大彻大悟。

（3）法力

尤侗的《黑白卫》借佛、道写武侠，誓言以隐娘手中宝剑"斩尽奸雄首"，当有所寄托。剑术高强的终南山老尼是得道的"剑仙"，颇有奇术异能。女主人公隐娘因有"仙骨"，10 岁之时被老尼用"妖术"摄入山中习剑，老尼不仅使其身怀绝技，而且培养了她斩奸除暴的侠义精神。隐娘剑术非凡，而且有攀缘树木、飞檐走壁、刺鹰伏虎、追风逐电、变化潜形的奇术异能。她把囊中的纸钱剪成黑白两只驴（卫），夫妇二人骑着它日行千里去行刺。剧中的老尼和隐娘均为亦仙亦佛之人。身为尼姑的隐娘与化身为磨镜少年的神仙配为夫妇。老尼本来是"得道千岁"的老猿的徒弟，也就是说，她本来是仙姑，但与师父分手后却皈依佛门，成了"挂素珠，敲木鱼，整日价烧香点烛，合着掌念句南无"的尼姑。然而，身为尼姑的她同时也是道姑。例如，老尼在给隐娘传授剑术之前，先让她吞服"丹药"一粒，接着又大讲"炼成离坎"的剑术，这完全是道人做派。剑能除恶，镜能避邪，剧作以剑与镜为象征，也体现了道教精神——剑与镜是道教的重要符号，在明清道教剧中它经常出现。剧作的第四折写玉皇大帝下诏，命终南老尼率隐娘等弟子同赴天庭共论剑术，可见佛、道都受玉皇节制，玉皇成了统摄

---

① 葛洪等认为，仙有三等：天仙、地仙、尸解仙。所谓"尸解仙"是指人死时灵魂离开肉体而成的仙人。

一切神灵的最高神。

（二）清传奇中的宗教剧剧目及主题类型

清传奇中杂有佛、道思想或鬼神灵异现象的剧目的比例远高于明代，宗教色彩比较鲜明的剧目的数量也远远超过明传奇——明传奇中的宗教剧只有 27 部，而清传奇中的宗教剧共有 33 部。其中，道教剧 19 部，佛教剧 5 部，佛道混合剧 9 部。从剧作的主题类型来看，清传奇宗教剧中宣扬因果报应思想的果报剧有 13 部，其次是宣扬佛、道的神通法力的剧目 9 部，再次是度脱剧，仅有 6 部。这与明传奇的情况也颇不相同。在明传奇的宗教剧中，度脱剧数量最多，共有 13 部，其次是果报剧，共有 8 部，再次是宣扬佛、道神通法力的剧目，共有 4 部。

清传奇宗教剧主题类型的变化与清代宗教生活的关系密切。清代的道教和佛教进一步世俗化，一个最显著的标志是，佛、道二教都热衷于通过张扬因果报应思想强化世俗道德的约束力，也就是说，清代宗教更关注世俗生活，这正是清传奇果报剧大行其道的重要原因。清传奇中的佛、道混合剧剧目也比明传奇要多得多——明传奇中只有 3 部剧作，而清传奇中有 10 部之多，这昭示了"三教合一"的程度进一步加深。

清传奇中的果报剧不仅在宗教剧中占有较大比重，而且，宗教色彩较为鲜明，宗教蕴涵较为丰富，这与清杂剧的情形很不一样，清杂剧中的宗教剧以庆赏剧为主，果报剧所占的比例不高。

1. 道教类剧目及主题类型

道教剧共有 19 部。其中，果报剧最多，共有 8 部；其次是宣扬仙真神通法力的道法剧，共有 5 部；再次是宣扬长生信仰，以仙真替人捧寿的庆赏剧 3 部；度脱剧有 2 部；"隐逸剧"仅 1 部。

（1）果报

黄祖颛的《迎天榜》、张大复的《紫琼瑶》①、唐英的《转天心》、韩锡胙的《渔村记》、椿轩居士的《金榜山》《双龙珠》《天感孝》、无名氏的《通仙枕》8

---

① 《今乐考证》以为此剧乃薛旦所作，收入《古本戏曲丛刊》第三集的清抄本署"忠良臣氏识录"，第二十六出残缺。本书所引剧中台词均据此版本。

部剧作着力宣扬因果报应思想，属果报剧。

这些果报剧均以天人感应的宗教神学为建构剧情的基础，"天"对人间的善恶是非了如指掌，而且赏善罚恶纤毫不爽。借因果报应的宗教信条强化道德的约束力是这些剧作的共同目标，其中的"道德"，既有礼敬神佛、慈悲戒杀的宗教道德，也有忠君爱国、孝敬父母、怜孤惜寡、见色不迷、仗义疏财的世俗道德。

《双龙珠》重在宣扬慈悲戒杀的"好生"之德，《迎天榜》有对礼敬神佛的赞许，其余的剧作则基本上没有宣扬宗教道德的内容。宣扬世俗道德是清代果报剧的重要内涵，其中，彰显"孝道"更是清代果报剧的"主旋律"，8部果报剧中有《渔村记》《天感孝》《转天心》《迎天榜》4部着力宣扬"孝道"，力图借鬼神之力扶掖人伦——特别是家庭伦理道德。4部剧作中又以《转天心》和《迎天榜》对天人感应、因果报应思想的宣扬最为有力，宗教蕴涵也最为丰富。

《渔村记》所表彰的"善"主要是父母死后"葬之以礼""祭之以礼"的孝道。古人认为，小孩出生后三年方"免于父母之怀"，故父母一旦去世，子女就应结庐墓旁，守孝三年，以报父母的养育之恩，以尽人子之职。剧中的元代孝子慕蒙结庐守墓长达12年，以致"感动天心"，瑶池金母派弟子梅影下界为配，并教以炼丹之术，终使一家登仙。剧作把得仙女为配、一家升仙作为行孝的报偿，"固与《阴符》《道德》诸经灿然并列紫府也罢"。①

《天感孝》以因果报应、天人感应的宗教信条解释世俗政权的轮替和社会政治变迁，以帝后之尊为孝道之报，美化了封建统治者，对宫廷斗争作出了错误的解读。剧中所赞扬的"孝"，一是代王刘恒在母亲薄太后病重时衣不解带、亲奉汤药；二是窦猗房在父亲被恶人逼死后，卖身为宫女，以赎回父亲遗体安葬。他们的孝行感天，得太白金星等天神之助，刘恒为帝，窦猗房为后，造恶者吕后等则遭冤魂索命之恶报。

《转天心》和《新编目连救母劝善戏文》一样，把六道轮回与因果报应结合起来，既维护宗教信仰，又维护世俗道德。因贫困而构词侮慢玉帝的秀才吴明被冥司处罚，死后投入己妾胎中为儿子吴定。吴定出生即为乞丐，但他相信"穷苦颠连，必竟是前生业报，也不敢去抱怨那造物偏私，只是秉正了念头，作一个正

---

① （清）秦锡淳著：《渔村记·序》，蔡毅编著：《中国古典戏曲序跋汇编》（三），济南：齐鲁书社1989年版，第1850页。

经洒落的乞儿"。①他安于贫贱，讨来残羹剩饭孝敬双目失明的老母。剧作在彰显乞儿吴定的"忍"和不俗孝行的同时，又赞美他拾金不昧、救人急难、怜孤惜寡、投军报国的善行义举，把他塑造成一个志行高洁的道德完人和忠君报国的义士。吴定的善行义举终于转动"天心"——使前生侮慢天尊本该打入地狱受罪的吴定今生不但有了美满的婚姻，而且还得神灵阴助，立下赫赫军功，因而受到皇帝的封赏，官高爵显。

剧作在写行善得善报的同时，又写造恶者得恶报。京官何时贤为了补升美缺，逆母欺君，不忠不孝，不仅被解回原籍为民永不叙用，而且激怒天帝，被暴雷震死，天火焚其宅。第一出【西江月】词就阐明了剧作的命意："贵贱穷通有命，前因后果由天。怨天拗命定招愆，劫数轮回可叹。""暴逆贪痴遗臭，忠诚孝义芳传。请看功过再生缘，神目昭昭似电。"

剧作富有鲜明的民间色彩。贱为乞丐的吴定是冰心侠骨令人敬佩的道德完人，而高官何时贤、财主刁吉等则都是心狠手辣、卑鄙龌龊的坏人。剧中的神仙也主要是城隍、土地、社神、日值功曹、雷神、剑仙、阴曹地府判官、催生老母、钟馗、睡魔、飞虎、飞熊、豆花使者等道教俗神。不过，剧中有的神仙却"满口尼僧字面"，例如玉帝甫一登场即说，"三十三天天外天，百千万劫证因缘"，俨然佛祖释迦牟尼的口吻。三十三天亦即忉利天，是佛教护法神帝释之所居。

《迎天榜》也宣扬了孝道。第八出"定榜"中写文昌帝君完全按考生平日的行为善恶决定名次，虔诚供奉文昌帝君但不孝顺父母的士子王用汝受到惩罚。文昌帝君对王用汝说："念寒窗攻读勤，喜先灵积累长。功名险落深山，上怜你为人忠厚，无片纸轻，入公门，与你一榜之荣，原非过分。想你平日瞻拜神佛虽甚虔诚，但是口中祈祷只愿病妻白头无恙，你母亲在堂，竟无一言祈祝，因此得罪，改填乙榜，罚降三科。"王用汝知错就改，孝母至诚，终于飞黄腾达，其母也寿增一纪。这就把世俗道德置于宗教道德之上了。

不过，与前面提到的几部剧作主要宣扬孝道有所不同，《迎天榜》虽然也宣扬了孝道，但内容驳杂，它对六道轮回、因果报应进行了全方位的宣传，对宗教

---

① （清）唐英著：《转天心》，金沛霖主编：《明清抄本孤本戏曲丛刊》（第8册），北京：线装书局1995年影印版，第121页。下引此剧文字皆据此版本。

信仰、世俗道德的诸多层面进行了维护。作者"布道"的意图相当明确："予尝以五言古诗、七言绝句注《感应篇》，名之曰《铎》，盖以有韵之言、咏歌嗟叹入人深也……是编之作，无异于《感应》《铎》之咏歌嗟叹，而其现身说法，当场果报，自警警人，更为胜之。"① 第三十三出"度魂"借被超度但不能脱离轮回的两个鬼魂之口说道："奉劝世人看俺两人榜样，再休要火坑边恋着粉娇娃，再休要鸩杯中握住金钱把。"剧作最后一出的下场诗也点明主题："祸福更移似转圜，不须搔首问青天。镜中人看人中镜，大戏场悬《感应篇》。"

在作者笔下，平日瞻拜神佛，自幼持诵《感应篇》，却夜奔之女，捐金代赋，完人夫妻，孤媚守节，生前所著之书有裨后学，减免百姓钱粮，一生吃亏，几代诚实，父祖积善等善行都得善报；贪财奢取，好色思淫，寻仇报复，嫉贤妒能，刀笔唆讼，父祖造恶等恶行均遭恶报。剧中有金榜题名之报，有加官晋爵之报，有喜得贵子之报，有失散家人喜团圆之报，有瞽目复明之报；有一命暴亡之报，有科考失利之报，有儿子被拐之报，有灵魂堕阿鼻地狱之报。总之，人间善恶神灵详察，穷通祸福均系上天，就连人的长相都可以由神灵根据其行为善恶而随时加以改换。第二十七出"改相"写泰山府君把造恶之人的"贵相"移给行善但"相貌不合贵格"之人。剧中的尔戒好色，贾鉴贪财，袁黄不近女色，俞都多行善事。于是，详察人间善恶的泰山府君施展神通后，尔戒的美髯长到了袁黄的额下，尔戒的额下则长出了狗髯，贾鉴的美目换给了俞都。

剧中对清代民间宗教生活的诸多层面——诸如"文昌会""祀灶""算命""做道场""扶乩"等均有形象化的描写。例如，第一出"祠集"写读书人到道观文昌祠举行"文昌会"；第三出"祀灶"写祭祀灶神，动因是俞都"文运蹉跎"，"前科乡试，亲梦见灶神对我说，郎君虽主有才不应得禄位，此行徒劳耳……今年又临大比，意欲预先祈告灶神一番"。与腊月二十四举行的"送灶王爷上天"不同，剧中的祭灶是由事主支付"劳金"邀请文昌祠的道士来家中主持的，主要祭仪是道士读疏文，内容是祈求灶神及一切威灵保佑事主文运亨通、功名显达。剧中有受祭的灶神显灵、亲自登场赏善罚恶的场面。第五出"遇仙"有孔仙翁为书生袁黄算命的描写。孔指出袁生"文名忽向词坛噪，一军惊凛粟偏

---

① （清）愈园主人著：《迎天榜·自序》，《古本戏曲丛刊》编委会编：《古本戏曲丛刊》（第五集·第七函），上海：上海古籍出版社 1985 年影印版。所引此剧台词均据此版本。

饶……寿该五十三岁……只可惜数中无子"。但由于袁黄在东塔禅堂做求子道场，许行善事三千，不久果真有了子嗣。第三十三出"度魂"写云谷长老应知县袁黄之邀到坛做道场三昼夜超度亡友。第二十五出"降鸾"写众文士到文昌祠扶乩，① 叩问前程——不消书符念咒，只要叩齿三通帝君便降临。这些民间宗教生活的生动图景反映了清代道教在民间的广泛传播和对世俗生活的巨大影响。

剧中的主要神灵是主管功名的文昌帝君和记人功过善恶的灶神，其他还有天帝玉皇、子孙娘娘、送子张仙、紫姑、泰山府君、各府城隍、梦神、监场神、负责纠察的日游神、三尸神（彭居、彭质、彭高）、游仙等，他们大多是道教俗神。

在清代戏曲中，文昌帝君频频亮相，而且有部分剧作以之为主要神灵。例如，椿轩居士的《金榜山》也是如此，剧中的文昌帝君被张全仁施金修庙，散财济贫的善行所感动，不仅赐以贵子，而且还派经神、笔神"点化"，使其子博学多才，状元及第，加官晋爵。以文昌帝君为主要神灵，以荣登科甲为善行之报，足以说明道教的世俗化，同时也说明科举制对清代文人有强大的吸引力。

清代果报剧中还有以宝物为报的新创造，《通仙枕》《双龙珠》《紫琼瑶》中的行善者都得到天神所赐的宝物，因而创造了奇迹。

《通仙枕》中那只神奇的"通仙枕"是玉帝命快活仙赐给仗义疏财、怜孤惜寡的刘元普的，他枕之得梦，依梦行善，果真延寿并喜得贵子。清代戏曲中有多部剧作写到通仙枕这一宝物，如无名氏《八蛮进宝》中也有通仙枕，此乃琉球国所献，用此枕安寝，可梦巫山神女、蓬莱仙境。《双龙珠》中的宝物御火珠、避水珠，是龙王赐给积"戒杀放生"之德的钱绍德之妻郑氏的，钱绍德和儿子因有这两样宝物，遇难呈祥，剿倭寇奏凯，得皇帝封赏。《紫琼瑶》② 写本无子嗣的建康刺史燕脆"德政清廉，忠心报国，赈济饥荒，施棺设囚，见色不迷，完人节义，阴功不小"，故感动得玉帝颁旨，送仙子以续书香，而且还派许真君赐其子琼瑶"天宫至宝"紫琼瑶一双，又授"五雷正法"，使其破玉峰道人妖术，为国建立功勋，最后一家封赏。把因果报应与降妖伏怪的道法结合起来是此剧的重要特点。第二十一出写燕琼瑶见父亲奉命剿贼长期未奏捷音，在月下拜读仙人所赐

---

① 扶乩，亦称扶鸾，故剧中有时混用。

② 《今乐考证》以为此剧乃薛旦所作，收入《古本戏曲丛刊》第三集的清抄本署"忠良臣氏识录"，第二十六出残缺。本书所引剧中台词均据此版本。

"天书"，书中所讲述的"秘法"其实就是符箓派的五雷正法、奇门遁甲、飞步斩邪之术。第二十三出写燕琼瑶"手持紫琼瑶作法……一击天门开，二击地府裂，三击神将至。我奉太上老君急急如律令，勅！忙诵五雷太清，半空中忽震雷轰……"最终战胜了兴妖作乱的贼兵。这些描写透露出道教符箓派在民间的影响。

"宝物"实际上是超自然力的艺术体现，它凝聚着惊人的宗教智慧和飞腾的想象力，因而这类具有奇幻色彩的剧作一般都会有较强的吸引力。

（2）道法

张大复的《双福寿》（下卷）①、《钓鱼船》，李玉的《太平钱》，吴震生的《地行仙》，无名氏的《混元盒》5部剧作属道法剧。

从所宣扬的道法看，《钓鱼船》《混元盒》《太平钱》主要宣扬符箓派的决疑问卜、察往知来、祈祷禳解、召神役鬼、起死回生之术，这在元明两代的道法剧中是常见题材；《双福寿》（下卷）描写神仙东方朔对"旁门外道"——以"不死之药"和炼丹术邀宠的术士的揭露和抨击。《地行仙》主要宣扬并神化房中术，剧中习房中术者耄耋之年得子，不育者连生四胎十六子，与尸交接，死者可复生再嫁。这在元明两代是少见的题材，说明房中术在清代仍有一定影响。

《钓鱼船》着重写隋唐时著名术士李淳风卜卦、相面、圆梦、观星象、禳解、召神役鬼、起死回生的神通法术。李淳风是道教史上的重要人物，其著作《金锁流珠引》《太上赤文洞神三箓注》等收入《道藏》。相传他和袁天罡还共同撰有预言历代兴亡的图谶著作《推背图》。这一著作自宋以后一直在民间广为流传，在流传过程中，多有增益。六十图分属六十卦象，图下有谶语，故曰"图谶"。光绪十三年刻本有六十七图，每图还附有一首诗。②《钓鱼船》第十出描写了李淳风奉旨撰写此书的情形："前日圣上问我，天下后代可能卜否，我已领旨，撰成一书，名曰《推背图》。"第十三出又通过写唐太宗夜读《推背图》，对这一著作做了介绍。唐太宗朝名臣魏征早年也曾出家修道，是道教史上的重要人物。剧作的第十二、十七等出对他亦有描写，把他写成奉玉帝之命辅佐政治的"人曹"，

---

① 此剧下卷与上卷的剧情有联系，但也有很强的独立性，故把其下卷作为一个独立的剧目来加以分析。

② 参见胡孚琛主编：《中华道教大辞典》第三类《道教经籍》"推背图"条，北京：中国社会科学出版社1995年版，第397页。

善观星象，是一个半仙式的神奇人物。

剧作对李淳风的神通法术持肯定与赞赏态度。在作者笔下，李淳风的法术是多种多样而且无比灵验的。靠"神算"之术，他指示渔夫吕全在某处下网，果真就能多打鱼，能准确预知何时兴云，何时下雨，何时雨住，雨有多少滴；靠相面之术，他能知吕全"今日午时三刻有杀身之祸"；靠禳解之术，他教人"将长命灯一盏点于尸旁，将金磬一个空中时时叩响"，果真使死去多日的唐太宗复活……剧作把李淳风刻画成广受百姓及皇亲国戚欢迎的人——第六出写李淳风来到长安，每日来请他去卜卦的人络绎不绝，既有平民百姓，也有王公贵族，还有当今皇上。他们有的是因为家中失窃，有的是因为家有病人医药无效……李淳风成了救苦救难、无所不能的救星。

符箓派大量吸收了民间巫术，剧中所展示的李淳风的"道法"其实大多也是巫术，这说明符箓派决疑、祛邪、治病，解决民众经常遇到但又难以解决的"实际问题"的"法术"对明清社会有很大影响。国人大多把宗教当作一种解决实际问题的"法术"来看待，《混元盒》正是这种宗教观念的又一艺术呈现。

《混元盒》写龙虎山洪教真人张捷因有其远祖张道陵所赐传家至宝登云履、锁仙绳、如意针、混元盒等，败凶恶水神金花圣、乌云仙子、白云仙子、红蟒精、蜈蚣精、白狐精、翠峰道人、璧峰道人等群妖。剧作对龙虎山"天师道"步罡踏斗、画符念咒、召神役鬼的神通法术进行了全面的展示与褒扬。例如，第一本第八出"谒师辩明"写张捷一眼识破赵国胜所带来的白纸乃妖人所送，目的在于破其"九宫八卦五雷神印"。张捷步罡踏斗，画符念咒，拘来屈死冤魂，查明妖精恶行，用"五雷天心正法"收伏妖魔。第二本第十三出"遭冤泣诉"和第十四出"金针刺蟒"写张捷用灵符治病救苦，用如意针、混元盒降妖伏怪。第三本第二十四出"施威被擒"又写"天师"以灵符治病并以符咒召天神降妖。第三本第二十出"灵判驱邪"写硃砂神判——张挂用硃砂描成的画图以避妖邪，十分灵验。

剧作有鲜明的佛道同台、三教合一之特色。例如，第二本第十六出"大悲救难"写观音大士救了中毒气的"天师"张捷。第三本第十七出"渔色逢妖"有老尼姑登场。更为可笑的是，第四本第三十二出"三教伏魔"写张道陵去拜见"综理禅门"的文殊菩萨，张自称是菩萨的"弟子"，叩求"天尊"收伏被金花盅惑欲祸害张捷的青狮子，菩萨有求必应，同姜太公、孔夫子一起去收伏青狮子。姜太公和孔夫子均称菩萨为"教主"。文殊菩萨则洞悉三教，俨然三教教主口吻："天开地辟太极分，两仪四象定亏盈。五行六合分七政，九宫八卦天地人。"① 此剧虽是宫廷大戏，但广有影响。

无名氏的《如意针》写蟒精幻化为美女迷惑渔夫之子傅年，龙虎山天师赠灵符、如意针救傅年并助其降妖。情节、人物与《混元盒》第二本基本相同，当是从《混元盒》中析出。故宫博物院编《故宫珍本丛刊·昆弋本戏》第一册收录有《阐道除邪》一剧，其剧情与《混元盒》大体相同，但很少用曲牌，有的出目标明人物在"急急风"中上场，有的角色唱"西皮""倒板二簧""摇板""慢板西皮"，唱词大多为十字句和七字句，当是《混元盒》的皮黄腔改编本。

《双福寿》（下卷）写仙人东方朔与向汉武帝进"长生不老之药"的"外道"奕巴斗法。"奕巴"可能是"栾大"之托名或讹传。剧中的奕巴自称"齐国人也，少年无赖，假为修炼内外金丹，游荡江湖。今遇圣上求玄颁诏，访求高士，我遂诣阙上书，献以祀灶之术，圣上大悦，加为五利将军，出入宫禁"。② 据《汉书》卷二十五《郊祀志》第五（上）记载，胶东宫人栾大以神仙方术取悦汉武帝，妄言"黄金可成而河决可塞，不死之药可得，仙人可致也"。武帝大悦，封栾大为"五利将军"，后栾大因所言无验被诛。值得注意的是，剧作把奕巴改塑成"洪都道士"，把他所宣扬的炼养之术视为"旁门外道"，而且借东方朔之口宣称："从今后修德政自能证仙缘。"明代有的皇帝十分迷恋服食炼养之术，有些道人以此惑主邀宠，造成严重恶果，此剧当是有感而发。

剧作的娱乐色彩鲜明，为了凸显娱乐品格，剧作强化了东方朔的滑稽性格，把他刻画成"贼仙"。例如，正面表现东方朔当着汉武帝的面偷吃奕巴献给汉武帝的"长生仙丹"，灌醉众"野仙"、支开董双成，在王母娘娘的蟠桃园里偷食蟠桃被大鹏金翅鸟捉住。

（3）庆赏

袁于令的《长生乐》、张匀的《长生乐》和赵宜梅的《长生树》均以长生不

---

① （清）无名氏《混元盒》第四本第三十二出"三教伏魔"，故宫博物院编：《故宫珍本丛刊·昆弋本戏》（第一册），海口：海南出版社 2001 年影印版，第 201 页。本书所引该剧台词均据此版本。

② （清）张大复著：《双福寿》下卷第三出，《古本戏曲丛刊》编委会编：《古本戏曲丛刊》第三集第十函，上海：商务印书馆 1957 年影印版。本书所引此剧台词均据此版。

老为主旨，尽管三部剧作存在一些差异，但都可以算是庆赏剧。

两部《长生乐》与元末明初王子一的杂剧《误入桃源》题材相同，思想蕴涵却颇有差别。《误入桃源》虽然也宣扬了道教的长生信仰，但主旨却在隐逸——天下无道，士子不愿与统治者同流合污，刘、阮隐居于天台山下，入山采药而遇仙。两部《长生乐》则少了对社会现实的揭露和批判，而是以赞赏的态度描写"富贵神仙"的生活，昭示了清代道教进一步世俗化的倾向。剧中的刘晨、阮肇不再是逃避政治的隐士，而是热衷于功名并受到皇帝恩宠的状元郎，他们的后代也都中状元、做高官。因与仙女有"姻缘之分"，由神仙幻入天台的刘、阮与嘉庆子（董双成）、瑞鹤仙成婚，这一奇遇不仅使他们自己及家人能够长生不老，而且还得到长生仙丹献给皇上以邀宠。袁于令的《长生乐》以晋帝40岁诞辰为背景，有众仙下界为晋帝祝寿，刘晨向晋帝献仙丹以祝长寿的情节。张匀的《长生乐》也有刘晨、阮肇向皇帝献仙丹以祝长生的情节。这两部剧作未必是为庆典而作，但吉祥喜庆气氛很浓，亦可用于庆赏，特别是袁于令的《长生乐》这一特点更为鲜明。赵宜梅的《长生树》宣扬了因果报应思想，但仍然可以算是庆赏剧。剧作以戏中戏的形式赞颂乐善好施的济阳公，天帝令众神赐福，济阳增福添寿，中举得官，连生五子，最后济阳升仙，众仙献桃。此剧神仙满台，热闹喜庆，当为某位"福主"的喜庆而作。

（4）度脱

岳端的《扬州梦》和张新梅的《百花梦》属度脱剧。

虽然两部剧作皆以"梦"名，但只有《百花梦》袭用了元杂剧、明传奇所习见的把被度者引入梦中，借入梦、出梦的过程而"悟道"的度脱方式。《扬州梦》中有幻境但却并无梦境之设。《百花梦》中的度脱方式虽然是对《黄粱梦》《邯郸记》等度脱剧的因袭，然而其社会生活蕴涵却不太一样。《百花梦》中的被度者在梦中经历了大富大贵，但他之所以"醒悟"是由于梦见自己晚年因贪酒而丧命。元明度脱剧中的被度者通常是梦见自己从人生的巅峰跌落下来，或为阶下囚，或身首异处，遭受重创的原因是官场倾轧、政治黑暗，这与《百花梦》中的因贪酒而丧命显然是有丰富与瘠薄、深刻与肤浅之别的。贪酒只是个人的不良嗜好或一时放纵，而因官场倾轧、政治黑暗落败则有着丰富、深刻的社会政治生活蕴涵，具有更普遍的意义与价值。《扬州梦》通过富商杜子春由巨富而赤贫，由赤贫而再至巨富的人生经历，将人情反复、世态炎凉形诸笔端，从宗教方位对看重钱财、不讲情义的不良世风作了批判，具有较为丰富的社会生活蕴涵。

清代传奇中的度脱剧不仅数量少，而且社会政治生活蕴涵相对瘠薄，在艺术表现形式上，因袭多于创新。这与清传奇中的果报剧数量多、社会政治生活蕴涵丰富、艺术形式上多有创新的状况形成了鲜明对照。

（5）隐逸

丁耀亢的《赤松游》宣扬隐逸思想，但没有度脱情节，故单列为隐逸剧。

《赤松游》与元杂剧《圯桥进履》、明传奇《赤松记》题材大体相同，不同点在于以黄石公为赤松子之化身。据作者《作〈赤松游〉本末》可知，此剧为纪念其友人王子房"请兵灭闯，而及于难"而作，内容驳杂。作者自己认为，此剧"可以勉忠孝、抒愤懑，作福基长道，力名教乐地"，① 但其主旨是借张良功成身退，赴终南山访仙问道的人生选择，肯定远离世俗的隐逸思想和神仙信仰。

2. 佛教类剧目及主题类型

佛教剧共 5 部。其中，度脱剧 2 部，佛法剧、果报剧、传记剧各 1 部。

（1）度脱

毕魏的《竹叶舟》和无名氏的《两生天》属度脱剧。

《竹叶舟》以石崇一生的豪奢事迹为梦境，写官场——特别是宫廷争斗，揭露了政治黑暗，同时也表达了荣华富贵如梦幻的宗教人生观，宣扬了远离功名利禄、人我是非的出家思想。与汤显祖的《邯郸梦》命意相近，度脱者道林禅师也是靠引被度者入梦的方法使之觉悟。以竹叶"幻舟"之构思早见于元杂剧《竹叶舟》。石崇为西晋人，靠劫掠客商致巨富，生活极度奢侈，最后被赵王伦所杀，无向佛出家之经历。他去世后十多年支道林才出生，根本就不可能受支道林度脱。剧作故意把东晋的佛教学者支道林说成是度脱石崇的西晋高僧，而且指为"南宗巨擘"，可见此剧的"寓言"特色。剧作把出家视为踏上净土，而且剧中颇

---

① （清）华表人著：《作〈赤松游〉本末》，蔡毅编著：《中国古典戏曲序跋汇编》（三），济南：齐鲁书社 1989 年版，第 1528 页。

多净土宗的说词，反映了净土宗在清初的影响："释迦如来曰：百千法门，路接宝莲净土；无量妙意，心通极乐天宫。兹尔支遁，了悟无生，示人幻梦……"①剧中的释迦牟尼似乎成了净土宗的开山祖师，其"法门"似乎也就是莲宗之"门"。

《两生天》是糅合元杂剧《来生债》和明杂剧《一文钱》而成，重在宣扬"布施"之善，揭露悭吝之性，悟"一切皆空"的佛教人生观，哲理性较强。剧作虽有度脱情节，但度脱过程相当简单，只是最后由帝释接引卢至、庞蕴"归位"，并无反复劝诫的情节。

（2）佛法

张大复的《海潮音》② 与《香山记》的题材相同，情节也有颇多相似之处，都写观音出家修道以及终成正果的经历，为观音立传，本当划归传记剧；但《海潮音》除了表现妙善一心向佛，矢志出家的人生选择之外，还用较大篇幅表现观音（妙善）的神通和"如来佛法"，故列为佛法剧。

《海潮音》侧重宣扬观音的无边法力和慈悲情怀，特别是其感天孝行。剧中有不少出目描写佛与魔斗法之神通和观音"慈悲为念，救济为心"的情怀与功德。第十七至第十九出、第二十三至第二十七出等就是例证。妙庄王的御厨煮婴儿千滚不熟，开甑时，婴儿从锅中跳出，打烂了锅灶；掳掠来的美少女变成了七八十岁的老和尚；僧人临刑时口念"南无大慈大悲救苦救难广大灵感观世音菩萨"，霎时天昏地黑，刽子手的刀杖断为几截。这些都是因为有"如来佛法"在起作用。

剧作有扬佛抑道的倾向，对迷信丹药方术、妄言长生不死的"佞道"蠢行进行了揭露和抨击。张大复在《双福寿》中通过刻画"外道"奕巴的形象也对迷信不死之药、宠信奸猾道人的昏愦帝王进行过抨击，这可能与作者曾寄身佛寺、

---

① （清）毕魏著：《竹叶舟》下卷第二十八出《证果》，《古本戏曲丛刊》编委会编：《古本戏曲丛刊》（第二集·第十二函），上海：商务印书馆 1955 年影印版。

② （明）罗懋登有《香山记》传奇传世，存万历刊本。蔡毅编著《中国古典戏曲序跋汇编》（四）收录《香山记·自序》，序中有"所演《观世音菩萨修道因缘》，与《海潮音》稍有异同"语，如"自序"可信，《海潮音》当作于明，而且早于《香山记》。但据有的学者考证，张大复"约生于明万历末年，入清至康熙年间尚存"。如所言有据，则《海潮音》不可能作于明代。记张大复生平事迹的资料很少，其生卒年待考。

受佛教熏染的经历有关，也与晚明以降人们特别是文人对明皇室佞道相当反感的情绪有关。剧中的妙庄王是历史上"佞道"帝王的写照，他听从妖言，灭绝天伦，伤生害命，祸国殃民，也害了自己。蛊惑妙庄王的修罗刹则是那些以丹药符箓邀宠的"外道"的化身。修罗刹"家住深山几百年，修成身外一灵丹"，以妖言蛊惑观音之父妙庄王取 360 名 5 岁以下 3 岁以上童男脑髓以丹药调服之，又选 13 岁以上 16 岁以下 360 名少女，日幸其一；诱骗妙庄王吃所谓能延年益寿的"瑶池黑枣"，结果，妙庄王不但未能实现长生不死的梦想，反而全身生毒疮，生命垂危。修罗刹还要杀尽罗汉、菩萨，"夺取灵山做个洞府"。他还鼓动妙庄王"灭佛"："凡是僧人，不论老少即是奸细，擒来斩首，佛寺改为道院，尼僧配嫁丈夫。"[①] 妙庄王果真举行"铲头大会"，擒拿全国僧人受一刀之苦，完全是历史上听信妖道蛊惑、以皇权灭佛者的化身。但修罗刹这个"不喜天上寻快乐，喜从山岗结姻缘。渴来人血为茶水，饥来人肉当三餐"的魔王最终被佛法降伏，"情愿皈依三宝"，成了佛教弟子，并以法力神通替菩萨行善。这就大大彰显了佛教的无边法力，长了佛门志气，灭了道教威风。

剧作把得道成佛说成是"方登极乐"。剧中的善思罗汉除了经常念"南无大慈大悲救苦救难广大灵感观世音菩萨"之外，也念"南无阿弥陀佛"，观音也经常念这一名号（如第二十二出），而且剧作把念诵阿弥陀佛作为成佛得道的捷径，可见此剧的净土宗"底色"。

剧作的主要人物是佛教中人，但也有土地等道教人物偶一登场。剧作不仅把观音塑造成一个神通广大的佛教圣徒，而且还着力凸显她的孝行——尽管父亲对她是如此残忍，将其视为妖孽赐死，但她认为父亲只是受修罗刹蒙蔽，故不念其恶，而且挖自己的眼睛、断自己的四肢以救父母。观音抠出双眼让妙庄王的王后服下，双目失明的王后立即重见光明。观音见父亲满身长毒疮医药无效，自断双手，令人送给妙庄王熬水洗身，毒疮立愈。这与割股疗亲的"孝行"一样，令人动容。

（3）果报

张照的《劝善金科》是郑之珍的《新编目连救母劝善戏文》的改编本，尽

---

① （清）张大复著：《海潮音》第十四出，《古本戏曲丛刊》编委会编：《古本戏曲丛刊》（第三集·第十函），上海：商务印书馆 1957 年影印版。本书所引此剧台词均据此版。

管改编者掺入不少新的内容，使篇幅大为扩充，但因果报应仍然是其重要题旨，故列为果报剧。

《劝善金科》第一本第一出"乐春台开宗明义"即点明此剧创作缘由及主题："这本传奇，原编的不过傅门一家良善，念佛持斋，冥府轮回，刀山剑树，善者未足起发人之善心，恶者不足惩创人之恶志。当今万岁，悯赤子之痴迷，借傀儡为刑赏，曲证源流，悬慧灯于腕底，兼罗今古，驾宝筏于毫端。删旧补新，从俚入雅，善报恶报，神栽培倾覆之权，去骄去淫，凛恶盈损满之戒……使天下的愚夫愚妇，看了这本传奇，人人晓得忠君王，孝父母，敬尊长，去贪淫……"① 虽然与《新编目连救母劝善戏文》一样是借因果报应以"治心"，提升道德的约束力，但与《新编目连救母劝善戏文》凸显"孝义"和民间性不同，《劝善金科》是宫廷戏剧，主要演给皇室成员看，因此，在保留"人生百行孝为先"的基础上，又加入"一寸丹心向紫宸"的内容，忠君思想和贵族气质成为此剧的重要蕴涵与特色。剧中的神灵在谈及民众时，经常是用贵族口吻：尘世人民好生愚昧也！愚夫愚妇，迷而不悟，作恶造罪者多，乐善信心者少……为了凸显"忠"，剧作在以目连救母为主线的剧情架构中加入了乱臣贼子背恩叛国受人诛、遭冥罚以及忠臣捐躯、义士勤王的情节。

此剧儒佛道合一的色彩比《新编目连救母劝善戏文》更为鲜明。例如，第一本第四出"会良友别室谈心"写僧人明本与道士贞源一起去傅相家探望，身披袈裟的明本和尚"阿弥陀佛"不离口，身着道袍的道士贞源则"无量寿佛"不住声，信佛的傅相对他们礼敬有加，拜二人为师。

《劝善金科》篇幅很长，登场人物众多，需要连演多日方能毕其事，故有多种缩编本和改编本问世，无名氏的《傅罗卜》就是其中之一。

（4）传记

张大复的《醉菩提》写道济和尚从剃度到坐化的经历，为宋代僧人道济立传，属于传记剧。

剧作用较多篇幅表现道济嗜酒如命、食肉破戒、喝佛骂祖的"疯癫"行为，塑造了一个以俗为圣的僧人形象，昭示了佛教的世俗化。作者反复强调此剧是

---

① （清）张照著：《劝善金科》一，《古本戏曲丛刊》编委会编：《古本戏曲丛刊》（第九集之五），上海：中华书局 1964 年影印版。本书所引此剧台词均据此版本。

"借歌声说法将人劝"，剧作肯定了皈依佛教的信仰，对因果报应、乐善好施、慈悲为本的思想作了宣扬，同时还彰显了"西天活佛"的佛法神通。不过，剧作以欣赏的笔触描绘道济喝佛骂祖、卧柳眠花、饮酒食肉的叛逆行为，在客观上对佛教本身也是一种冲击。

剧中的道济是个既"颠"且"痴"又"疯魔"的和尚。他出家只是由于一时冲动，故剃度后"不想参禅打坐"，"只思量饮酒食肉"。① 在他眼里，"兀突帐祖师禅，葫芦提如来藏"，"佛法"的神圣感在他心目中荡然无存。因此，他敢在禅床上拉屎撒尿，经常喝得烂醉，而且还羡慕卧柳眠花的生活。

尽管如此，剧作并没有把道济写成佛门逆子。第八、第九出写道济初剃度时无法忍受寺庙里打坐参禅、持斋把素的清苦生活，萌生了"从今不做这死生活"的念头，但当在朝为官的表兄托人送去醇酒、鹿脯和兰英、月英两位名妓的"致意"，想引诱"活泼泼却做了死人生活"的道济还俗时，道济已被远豁堂长老唤醒，表示要"从今洗心忏悔了……弃痴狂，立主张，建功德……把那南北高峰佛事广"。在西湖边与兰英、月英二妓巧遇，醉酒的道济不但没有被色所迷，反而点醒风尘，使其皈依空门。剧作还把道济写成"活佛现身"——"前是弥勒尊者，今日道济和尚"，其佛法神通让人惊叹。他不仅能伏虎降魔，幻化促织，度虫升天，而且能下地狱救人还阳，作法使天雷避孝，托梦让太后布施……作者表示，写道济不守清规，并不是要号召大家离经叛道，而是要"借色身而度世，仗痴颠而说法"。在作者看来，"饮酒食肉不碍道，打拳勋斗总皆禅"。这是作者对佛教的世俗化解读，也反映了我国封建社会后期僧俗之别逐渐模糊，佛教的世俗化特征越来越明显的趋势。

《醉菩提》所呈现的宗教生活图景大体属于禅宗。这既可从道济糠秕经典、不立文字、喝佛骂祖的行为中见出，亦可从远豁堂长老在向道济"布道"时"劈头便喝，当面加拳"的方式中见出。清代禅宗以云门、临济两个支派较为兴旺，云门布道重"喝"，临济说法尚"打"，《醉菩提》所反映的正是这两个禅宗支派的宗教生活。

---

① （清）张大复著，周巩平校点：《醉菩提》，（明）叶宪祖撰，魏奕祉校点、（清）张大复著，周巩平校点：《鸾鎞记 醉菩提》，北京：中华书局1996年版，第32页。本书所引该剧文字皆据此版本。

3. 佛道混合类剧目及主题类型

黄周星的《人天乐》、夏纶的《广寒梯》、丁耀亢的《化人游》、包恼三的《云石会》、无名氏的《为善最乐》《盘陀山》《安天会》《双牡丹》《摇钱树》9部剧作属于佛道混合剧。清代宗教剧大多有仙佛错综、三教合一的特点，这里所列举的剧目只是"佛道混合"的色彩更加鲜明一些罢了。

从主题看，这些剧作还可以细分为果报、法力、度脱三个小的类别。

（1）果报

黄周星的《人天乐》、夏纶的《广寒梯》、无名氏的《为善最乐》《盘陀山》4部剧作以宣扬因果报应思想为题旨，是为果报剧。

4部剧作都假鬼神以明报应，借仙佛以觉世人，力图成为"觉世之晨钟，救世之良药"。但相比较而言，其中内容较为丰富、宗教色彩也较为鲜明的是《人天乐》和《广寒梯》。

《人天乐》写文人轩辕载中举得官不久便遭遇世变，一家人流寓异乡，生活拮据，处境窘迫，但他自行戒杀戒盗戒淫戒贪，虽然不是寺庙中的落发僧人，却与出家人无异，视金钱为"天地古今来第一恶物"，"能使人不孝不弟，不忠信，无礼无义，无廉耻"。他不好非礼之色，不取不义之财，身处贫贱而多行善事，故终得福报——两个儿子一为状元，一为探花，自己被起复为翰林学士。不过，他已无意于此，最后被吕洞宾接引升仙，合家白日飞升。

剧中的主人公轩辕载可以说是作者的自画像，浓缩了黄周星的人生经历和生存体验，只要翻阅《黄周星传》便可以知晓这一点。

> 黄周星，字九烟，金陵人。少育于楚湘周氏，亦为楚人。崇祯十三年进士，又三年授计部主事。明年夏，以国变弃家流寓吴越间。在吴寓阳城湖滨，后更名人，更字略似，号半非，又号笑苍道人。生平或笑或哭，感触无端。遇沉冥放废之士，执手悲歌，声激水涯。尝自言身多患难。幼时遇鸩毒不死；丙子公车出洞庭遇盗不死；丁丑遘寒疾不汗发狂不死；庚辰京邸触凶刃不死；丙戌避乱闽海复遇盗不死。浮沉三十余年。年七十，仰天叹曰：吾今不可以死乎！与妻孥决别，慷慨饮醇酒尽数斗，竟日夕不醒，人以为真死

411

矣，仍不死。后泛舟浙东，被发长啸，自沉水死。①

黄周星在《人天乐·自序》中说，他写此剧时"怀抱恶劣，万事伤心，而又多俗累穷愁，喧卑冗杂。每一搦管，则米盐琐聒于斯，儿女叫号于斯。彼观者所谓可歌可舞者，皆作者所谓可愤可涕也"。

剧中显然融入了黄周星痛苦的人生经历和穷愁窘迫的生存体验。主人公轩辕载中举得官不久即遭世变，一家人因此陷入困顿，流寓他乡，清苦寂寞。轩辕载自述洞庭遇盗，复姓归宗遭污蔑（少年黄周星曾育于楚湘周氏，以周为姓，后归宗，复姓黄，遭时人指斥），世人视其如粪土之贱，等等，都是作者的亲身经历和切身体验。轩辕载最终起复为官，二子高中的描写则是作者的白日梦，说明作者尽管贫贱悲苦，但始终寄希望于"天眼重开"，重温衣紫腰金的旧梦。

剧作对黑暗的社会现实有所揭露和批判。例如，上卷第二出"定位"指出，世界分四大部洲，只有人居住的阎浮提洲亦即南瞻部洲"最劣"："总只为名因利诱，致使心曲如钩，意毒如蛮……口尧行蹠心禽兽，空使尽万种计谋，算到头有几个期颐叟，大古来百年瞬息枉做那鬼蜮蜉蝣……他那里贵的呵，位王侯，富的呵，拥琼镠。那贫贱的，便鹑衣藿食那能够，总有朱门金穴向谁求。因此上人怀着虎狼意，家蓄着虺蛇谋……享珍筵想御馐，着绯貂望衮旒，则待要粉黛成林树，金珠积土丘，肯轻丢，思前算后，要与万代儿孙作马牛。越官高越不休，越金多越不够。便佔断天宫白玉楼，他雄心还过北斗……那世界不堪观，世事难穷究，枉费却龙争虎斗。觑那些蝼蚁焦螟闹不休，这排场甚日方收？"上卷第三折"述怀"通过主人公轩辕载与其夫人的一段对话，揭露"世态炎凉，人情恶薄"："自古道，乱臣贼子，人人得而诛之。如今正人君子，人人得而欺之。"不过，面对不平，轩辕载所采取的态度是"安分度日"，"菩提忍辱波罗蜜"，认为"名教中自有乐地，何必以越礼犯分为得意"，因此，他视李卓吾离经叛道的言论为异端邪说，以谨守礼教、清贫自守自矜。剧作家对社会人生的观察和呈现是丰富而深刻的，但其人生态度显然是消极的，宗教人生哲学对他的毒害显而易见。

剧作以升仙为轩辕载行善之最高报偿，而且有吕洞宾等神仙登场，吕引渡轩

---

① 曹允源、李根源署：《吴县志》卷七十六《黄周星传》，苏州：苏州文新公司1933年铅印本。

辕载升仙主要靠"九转还丹"。轩辕载奉道有年，求仙甚切，扶鸾运乩。他自称抵御金钱诱惑的法宝是《感应篇》："岂不闻《感应篇》上说道，取非义之财者，譬如漏脯救饥，鸩酒止渴，非不暂饱，死亦及之。"① 可见其道教色彩相当鲜明。但剧作关于四大部洲的描写则根于佛教，剧作用大量篇幅所描绘的"福地"北俱卢洲属于佛教的"创造"，作者把它与道教的仙境"中海昆仑"进行比较，让轩辕载先去北俱卢洲领略那里的无限美妙，然后再到仙家的"中海昆仑"，以示"先苦后甘"。轩辕载平日修持的是佛教的"十善"，上卷第十七出"净口"中轩辕载说他"素持'十善'之戒……'十善'者，一不杀生，二不偷盗，三不淫邪，四不贪欲，五不瞋恚，六不邪见，七不两舌，八不恶口，九不绮语，十不妄言"。这正是诸多佛教经典所载的"十善"。例如，《法界次第初门》中所载的"十善"就和轩辕载所称赏的"十善"完全相同。道教也讲究修持"十善"，但据《云笈七籤》卷三十八所载，道教的"十善"与此稍异。不过，在轩辕载眼里，这"十善"不仅也是道家的，而且还是儒家的。剧中登场的人物既有佛教的阿修罗、毗沙门天王、摩利支天大士、僧人，也有道教的文昌帝君、吕洞宾、赵玄坛，还有佛道二教都尊奉的阎罗、那吒等。

剧作正面描写了诸多宗教民俗活动，如五月十五"关帝圣诞"，民众宰牲祭赛以及求籤问卜的情形，昭示了清代尊奉关帝的习俗。

夏纶的《广寒梯》是对明代袁了凡《功过格》的艺术化呈现。剧作写前世造恶而今生依照相面先生所赐《广寒梯》（亦即袁了凡所著《功过格》）行善的书生王兰芳摆脱福薄之命运，中举得官，婚姻美满，一家团圆；前世积阴功但今生造恶业的书生解敏中则自毁前程，名落孙山，身染疯疾。这就凸显了《功过格》在导人向善方面的巨大作用。《功过格》是文化下移的产物，宋金时期的一些文人为了强化道德对普通民众的约束力，倡导逐日记录自己的功德与过错，以止恶向善。道教很早就有《功过格》，现存道教《功过格》出于金朝道士又玄子之手，全名《太微仙君功过格》，元代净明忠孝道奉之为经典。明清两代，道教《功过格》在民间广为流播，对教坛与世俗生活均有较大影响。剧中所谴责的

---

① （清）黄周星著：《夏为堂人天乐传奇》，《古本戏曲丛刊》编委会编：《古本戏曲丛刊》（第三集·第十二函），上海：商务印书馆 1957 年影印版。本书所引此剧文字均据此版本。

"恶"主要是唆人争讼、拆人夫妻，所肯定的"善"主要是代人还债、全人夫妇。可见剧作所维护的主要是世俗道德，所凸显的是世俗功利，剧作力图说明，行善就能使世俗欲望获得最大的满足。

与《迎天榜》《金榜山》相似，剧中以主管科考功名的文昌帝君为赏善罚恶的主要神灵，其次还有蓬山羽客、奎星等道教神灵，也有观音大士、韦驮等佛教神灵。观音大士察知解敏中的罪恶之后，令韦驮转告文昌帝君削去解生功名而以王生代之，文昌帝君果然按照观音大士的意旨执行。真的是佛与道互通声息，亲密合作。

（2）法力

无名氏的《安天会》《双牡丹》《摇钱树》3 部剧作以如来、观音、西王母、西王母的侍女张四姐等的神通法力为主要表现内容，属于"法力剧"。

《安天会》与明杂剧《二郎神锁齐天大圣》的题材相同，《双牡丹》与明传奇《观音鱼篮记》的题材相同。这两部剧作之所以不断被改编，主要是因其娱乐性很强。剧中的"法力"不仅具有超越自然的神奇力量，能使人克服自身局限的愿望得到最大的满足，而且充满想象力和宗教智慧，具有很强的吸引力。

这些剧作中的"法力"或以佛法为主，如《双牡丹》着力表现观音菩萨的神通法力——包公断不明、张天师没奈何的鲤鱼精终被观音收入篮中；有的以道教人物为主，如《摇钱树》以西王母的侍女张四姐为主要人物，凸显她和西王母的"道法"。但这三部剧作都有仙佛同台、三教合一的特点。

（3）度脱

丁耀亢的《化人游》和包恸三的《云石会》属于度脱剧。

《化人游》写东海琴仙成连、三国术士左慈等度脱"大有仙缘"的何生。当求仙的何生迷路时，西洋番老僧惠广禅师以一偈指点迷津。度脱的过程也就是何生与名花、酒客、诗仙游海的过程，真所谓"花里遇仙，酒中得道"，这与元代度脱剧让生活在酒色财气中的人跟随仙真出家苦修颇不相同。

剧作想象奇特，剧情的游戏性很强。例如，龙王派鲸鱼精将何生、船夫以及他们所乘的船吸入腹中，鱼腹之国竟是楚国大夫屈原的住处，屈原为何生吟诵《离骚》，一仙人抬来巨桔，何生剖开，内有二仙对弈，何乘桔桴荡出鱼腹……正如剧作第一出《买舟逢幻》所揭示，剧作让被度者"遍阅古今之美，穷极声色之乐，然后息其狂性，复返仙真"。① 丁耀亢友人宋琬《化人游总评》指出：
"《化人游》非词曲也，吾友某渡世之寓言，而托之乎词者也……知者以为漆园
也，《离骚》也，禅宗《道藏》语录也，太史公自叙也，斯可与化人游矣。"②

　　剧中既有龙王以及历代仙化的人物东方朔、曹植、赵飞燕、张丽华、西施、
李白、杜甫等，还有西番老僧惠广禅师，真所谓"聚数千年英俊名姝于一席"，
亦真亦幻。

　　《云石会》写书生杜言与影云小姐题壁事，但与"中举得官大团圆"的才子
佳人戏有所不同。剧作的主旨不在于以艳情取快，而是以"古佛临凡界，分身指
示人"的剧情构架，教人断却欲念、功名心，浮云富贵，敝屣功名，究心生死，
亦即宣扬超凡脱俗的出家思想。度脱者是有奇术异能的维卫佛，被度者则有多
人：投水自尽的女子影云、影云的父亲郭茂才、影云的妹妹瑛月以及原是天上星
辰谪降的书生杜言等。度脱的方式是明其因果、悟其前身。维卫佛幻化为哑女，
还将手中的筹帚幻化为投水而死的影云的尸体，又将一包铜幻化为佛像，以种种
"变相"启人觉悟。为了让被度者悟其所从来，幻化为哑女的维卫佛使用神奇的
"法水"浇淋以度人，例如第十二出《悟石》写"哑女"度影云：

　　丑：影云你省得么？

　　旦：呀，小名儿在何处闹咱！

　　丑：叫鬼卒可将法水洒他。

　　（鬼以水洒他）

　　丑：你如今可省得了么？

　　旦：呀，我原来是天上织女支机石也。③

　　① （清）丁耀亢著：《化人游》，《古本戏曲丛刊》编委会编：《古本戏曲丛刊》（第五
集·第二函），上海：上海古籍出版社1985年影印版。所引本剧台词均据此版本。"渡世"当
为"度世"。
　　② （清）宋琬著：《化人游总评》，蔡毅编著：《中国古典戏曲序跋汇编》（三），济南：
齐鲁书社1989年版，第1519～1520页。
　　③ （清）包惕三著：《云石会》，《古本戏曲丛刊》编委会编：《古本戏曲丛刊》（第五
集·第二函），上海：上海古籍出版社1985年影印版。所引本剧台词均据此版本。

剧中以佛教的维卫佛为主角，还有释迦佛、弥勒佛、尼僧法智等登场，同时也有道教"上仙"王乔①、海岳大仙米元章等登场。剧作围绕着一方云石展开，最后云石化为一片白云，海岳大仙米元章点化并引领由仙人谪降的乔因阜——王乔乘云飞升，但米元章却对恢复了本来面目的王乔说，"随我回佛爷法旨去也"，可见仙与佛并无分别。

剧作的社会生活蕴涵远不如元杂剧和明传奇中某些度脱剧那么丰富，但亦有借净丑打诨揭露时弊之处。如第十六出"讲书"、第二十二出"录科"等即是，正如剧中的"大宗师"所言，净丑"虽然一味胡言，到也切些民情利弊"。

三、清代宗教剧的特点

清代宗教剧与元明两代的宗教剧相比，确有一些新的变化，但继承性大于变异性。诸如：宗教剧主要受佛、道二教的影响，伊斯兰教、天主教等基本上没有在戏曲中留下痕迹；道教剧的数量远胜于佛教剧；宗教剧对世俗道德——特别是家庭伦理道德的关注超过了对宗教道德的关注，多数剧目有一种"救世情怀"；宗教剧以"娱人"为要务，多数剧目具有鲜明的游戏品格；多数剧作有仙佛同台、三教合一的特点，等等。这些特点同样存在于清代宗教剧之中。当然，清代宗教剧也有一些新的变化。例如，度脱剧的数量减少，度脱的过程变得简单；庆赏剧和果报剧的数量有所增加，所占比重增大；宗教剧的"布道"热情有所减退，借"布道"以写心的剧目增多；宗教剧的世俗品格进一步凸显，等等。这些在前文的剧目辨析中已有所涉及，这里再做些补充与归纳。

（一）剧目增多

笔者从所接触到的清代戏曲传本中发掘出 118 部宗教剧，而元代戏曲中只有 30 部宗教剧，明代戏曲剧目中只有 98 部宗教剧。需要指出的是，清代宗教剧的数量还远不止这些。清代的佛、道二教衰落了，对政治的影响力也不足以与元明两代相比，但清代戏曲中有仙佛登场或杂有鬼神灵异现象的剧目却比元明两代要多得多。只是由于多数杂有宗教思想或鬼神灵现象的剧作宗教色彩不是太鲜明，

---

① 王乔，字子乔。

故未划归宗教剧的范围。如果把这些剧作中的一部分列入宗教剧，清代宗教剧的数量还要多得多。

清传奇中杂有仙佛思想或鬼神灵异现象但没有被划归宗教剧范围的剧目有：张大复的《吉祥兆》，吴伟业的《秣陵春》，刘方的《天马媒》，张三异的《五伦镜》，李渔的《蜃中楼》《奈何天》《比目鱼》《巧团圆》，朱素臣的《十五贯》（《双熊梦》）《未央天》《万年觞》《聚宝盆》《龙凤钱》，朱素臣、朱佐朝、丘园、叶时章合写的《四大庆》，朱佐朝的《渔家乐》《五代荣》《石麟镜》《九莲灯》《乾坤啸》《璎珞会》《四奇观》《吉庆图》，尤侗的《钧天乐》，介石逸叟的《宣和谱》，浣霞子的《雨蝶痕》，叶稚斐的《琥珀匙》，范希哲的《万全记》《双锤记》《补天记》《十醋记》，花村居士等合撰的《也春秋》，刘键邦的《合剑记》，孙郁的《双鱼佩》《天宝曲史》，嵇永仁的《双报应》，张匀的《十眉图》，越雪山人的《双南记》，万树的《空青石》，裴琏的《女昆仑》，邹山的《双星图》，洪昇的《长生殿》，孔尚任的《桃花扇》，吕履恒的《洛神庙》，查慎行的《阴阳判》，曹寅的《续琵琶》，周稚廉的《双忠庙》，许廷录的《两钟情》，宋廷魁的《介山记》，郭宗林的《双忠节》，朱云从的《儿孙福》，胡云鍫的《后一捧雪》，夏纶的《杏花村》①《瑞筠图》，张坚的《梦中缘》《梅花簪》《怀沙记》《玉狮坠》，朱瑞图的《封禅书》，唐英的《双钉案》，吴震生的《换身荣》，董榕的《芝龛记》，黄图珌的《雷峰塔》以及方成培的改编本，石琰的《两度梅》，程瀛鹤的《蟾宫操》，孙埏的《弥勒记》（《锡六环》），吕公溥的《弥勒笑》，黄振的《石榴记》，张九钺的《六如亭》，蒋士铨的《空谷香》《桂林霜》《香祖楼》《临川梦》《冬青树》，蔡廷弼的《晋春秋》，夏秉衡的《双翠圆》，西泠词客的《点金丹》，顾森的《回春梦》，永恩的《四友记》《三世记》《双兔记》，陆继放的《仙游阁》，徐爔的《镜光缘》，汪柱的《梦里缘》，钱维乔的《鹦鹉媒》《乞食图》，沈起凤的《报恩缘》《才人福》《文星榜》《伏虎韬》，韩锡胙的《砭真记》，孔广林的《斗鸡忏》，积石山樵的《奎星见》，王筠的《繁华梦》，周昂的《西江瑞》《玉环缘》，遗民外史的《虎口余生》，宫敬轩的《海岳圆》，黄璞的《天上有》，朱瑞图的《封禅书》，龙泉山人的《梦中

---

① 此剧虽然也宣扬了因果报应思想，但表彰孝行是其主旨，而且使行善者得福报的主要是世俗政权，神仙所起的作用不是太大，故未划归宗教剧。

因》，潘炤的《乌阑誓》，张衢的《芙蓉楼》《玉节记》，休休居士的《凤栖亭》，李斗的《岁星记》《奇酸记》，椿轩居士的《凤凰琴》《四贤配》，仲振奎的《怜春阁》《红楼梦》，石韫玉的《红楼梦》①，刘熙堂的《游仙梦》，吴兰徵的《绛蘅秋》，陈栋的《花月痕》，司马章的《双星图》，王懋昭的《三星圆》，瞿颉的《鹤归来》，沈少云的《一合相》，陆继辂的《洞庭缘》，左潢的《桂花塔》《兰桂仙》，范鹤年的《桃花影》，程枚的《一斛珠》，程焕的《龙沙剑》，陈宝的《东海记》，王曦的《东海记》，张梦祺的《玉指环》，李文瀚的《银汉槎》《紫荆花》《凤飞楼》，罗小隐的《祷河冰》②，黄燮清的《绛绡记》《帝女花》《居官鉴》《鸳鸯镜》《玉台秋》，李本宣的《玉剑缘》，罗梅江的《敬寿碑》《三缘报》，袁榘的《天随愿》，章庆恩的《镜圆记》③，姚子懿的《后寻亲记》，沈少云的《一合相》，无名氏的《平龄会》《重重喜》《合欢殿》《珍珠旗》《千秋鉴》④《封神榜》《碧帘洞》《琼林宴》《寿为先》《折桂传》《武香球》《三凤缘》《银瓶牡丹》《月华缘》《锦绣旗》《一诺媒》《十美图》《金兰谊》《刘海圆》《育英才》《呆中福》《梅映雪》《梅玉配》《双美缘》《小金钱》《兴唐传》《绣春舫》《紫微照》《英雄谱》《天医扇》《琉璃塔》《前世因》《姻缘扇》《莲花会》《沉香池》《珊瑚帔》《玉镜记》《中州愍烈记》《享千秋》《阴阳钟》《福星照》《阿修罗》《金龙印》《前世因》《葫芦幻》《双牡丹》……

　　清杂剧中杂有仙佛思想或鬼神灵异现象但没有被划归宗教剧的剧目有：尤侗的《桃花源》、王夫之的《龙舟会》、黄兆森的《蓝桥驿》、崔应阶的《情中幻》、许鸿磐的《女云台》《三钗梦》、陈栋的《苎萝梦》《紫姑神》、刘永安的《冰心册》、汤贻汾的《逍遥巾》、周乐清的《琵琶语》《纫兰佩》、梁廷枏的《圆香梦》、金连凯的《业海扁舟》、严保庸的《盂兰梦》、何佩珠的《梨花梦》、郑瑜的《黄鹤楼》《鹦鹉洲》、大翿山人的《避债台》，以及杨潮观《吟风阁杂剧》中的《大江西小姑送风》《李卫公替龙行雨》《黄石婆授计逃关》《穷阮籍

①　石韫玉的《红楼梦》凡10出，有人把它当作传奇，也有人把它当作杂剧。陈钟麟、万荣恩、吴镐等也撰有"红楼戏"剧本。
②　有学者认为是杂剧。
③　庄一拂《古典戏曲存目汇考》（下）以为是清代无名氏的作品。
④　清代有两部《千秋鉴》，均为无名氏作，一写商朝末年周姬发兴师讨伐无道昏君商纣王，一写元朝末年李玉麟等助朱元璋灭元，两部剧作均杂有鬼神灵异现象。

醉骂财神》《灌口二郎初显圣》《动文昌状元配礬》《韩文公雪拥蓝关》《偷桃捉住东方朔》《换扇巧逢春梦婆》《感天后神女露筋》《诸葛亮夜祭泸江》、无名氏的《跨凤乘龙》《灯游》《花瑞》《虎梦》《双合印》《背子厓》……

这些剧作虽然或多或少地描写了鬼神灵异现象，或程度不同地夹杂着一些宣扬宗教思想的成分，但观其主旨，似不在于张扬宗教教义，宗教色彩不是太鲜明。故未被列为宗教剧，试按其主要蕴涵区分为几类，稍加分析。

其一，摄灵异写男女情爱。

清代戏曲中借鬼神灵异现象写男女情爱的剧目占有很高比例。例如，《蓝桥驿》不但有多位仙人登场，而且还肯定洞中修炼、白日飞升，但剧作的主旨在于写裴航与云英美满的爱情和婚姻。裴航先追求云翘，但云翘已有夫君，后追求云翘之妹云英，得到月下老人等神仙的帮助。在金榜题名、洞房花烛、富敌王侯的世俗欲望得到充分满足之后，裴航再携云英去玉峰洞"修炼"，追求白日飞升、位列仙班，这样一来，道教的神仙信仰也就成了世俗欲望的最高等级。《凤凰琴》中有观音大士登场，但本应救苦救难、普度众生的菩萨却为司马相如和卓文君牵线搭桥，极力促成才子配佳人的婚姻。《雷峰塔》中有对佛法降妖和皈依仙佛的宣传，有如来佛、法海、道士等登场，尤其是黄图珌本，宣扬"佛法"的色彩更鲜明一些，但剧作——特别是方成培本以白娘子与许宣的爱情为主线，法海的"佛法"是对这一爱情的阻挠和破坏，剧作的思想倾向与宗教教义存在一定冲突。《双星图》以民间的牛郎织女传说为蓝本，主要人物是牛九郎、织女、玉帝、精卫姑姑、蚩尤、蚩尤夫人、王良、造父、武曲星君等天仙、精怪，但主要笔墨用于写天界神仙的爱情。《三钗梦》中的贾宝玉、林黛玉、薛宝钗、晴雯均为"谪仙"，他们最后也都被警幻仙姑接引上天；神仙信仰是剧作的精神蕴涵之一，但剧作之主旨却在于写宝玉与三位女性的感情纠葛。《苎萝梦》是作者杜撰的"仙话"，以灵魂不灭、投胎转世思想为建构剧情之基础，其宗教色彩有目共睹，但剧作之主旨却在于写男女情缘。《情中幻》中有黎山老母、二郎神、狐仙等神仙登场，狐仙幻娘的法术、二郎神的神通、黎山老母的道行都得到了表现，剧作对神仙信仰的彰显是不言而喻的，但剧作的主要内容却在于写人妖（精）相恋，对幻娘之节烈、韦生之义侠均有所褒扬，世俗品格鲜明。《圆香梦》宣扬了神仙信仰和出世思想，但其主要篇幅在于描写才子佳人超越生死的爱情。《封禅书》中有西王母、玉帝、董双成、萼绿华、东方朔等众多神仙，又有司马相如服食仙丹飞升登仙并度汉武帝飞升，王母让卓文君服"净水"而飞升的情节。神仙信仰显然是剧作的蕴涵之一，但此剧对司马相如与卓文君、白马女王的情爱、婚姻也有细致的描写。剧作最后以一夫双美、飞升成仙落幕，这与道教的超凡脱俗思想并不一致。《龙凤钱》对道教符箓咒术有形象化的描写，术士叶法善在剧中占有重要位置，此剧凸显了"道法"因素是显而易见的，然而，剧作的主旨却在于彰显才子崔白与佳人周琴心、吕书心"一夫双美"的爱情与婚姻。《三凤缘》更是借谪仙写中举得官、一夫三美的"凤缘"，描绘少年才俊被众多红颜所追逐的庸俗趣味。《石麟镜》的剧情全靠一面"神镜"来建构，剧中有能察往知来的"无味真人"登场，但剧作的主旨在于表现官场争斗和才子佳人的爱情，布道并非其主要着眼点。《花月痕》中的男女主人公最后双双斩断情根，归真还元，剧中有佛教的护法神韦驮登场，可见此剧宣扬了宗教思想，但剧作的主要篇幅却在于描写萧步月与霍映花的爱情纠葛，执杵韦驮点拨沉迷，只是剧作的结尾。这与《桃花扇》的情形相似。《两钟情》与《娇红记》的题材相同，但宗教色彩更鲜明一些——申纯、娇娘是谪仙，二人殉情后都飞升天庭；与申纯谐鱼水之欢的是前州官儿媳的鬼魂。不过，此剧之主旨仍然在于歌颂男女间的"至情"。《三世记》借神仙、狐精写青年男女的"三世姻缘"，最后，男女主人公奉旨成婚。这些剧作虽然不同程度地宣扬了宗教思想，但以艳情取快是剧作的重要内容。

其二，假仙佛彰显富贵。

清代戏曲中借仙佛以宣扬功名富贵、福禄寿喜等庸俗人生观，旨在维持风化、扶掖人伦的剧目也不在少数。例如，《三星圆》中仙佛错综，怪怪奇奇，如来法雨，仙家丹药，因果报应，无所不有，故誉之者以为此剧"当《觉世真经》《感应篇》读焉可也"。① 但剧作之主旨却在于张扬功名富贵、子孙满堂、福禄寿齐的庸俗人生观和肯定忠君爱国、敬老怜贫、矜孤恤寡、守身如玉的世俗道德。用作者自己的话来说，此剧虽然有"熊虎也、龟蛇也、白猿也，仙也、佛也、神也、鬼也"，但主旨则在于"褒孝友也……儆淫恶也……明余庆也……重自新

---

① （清）陈绮树著：《三星圆·序》，蔡毅编著：《中国古典戏曲序跋汇编》（三），济南：齐鲁书社1989年版，第2062页。

也……申闺德也"。①《兰桂仙》中佛祖与天帝同台，主要人物是兰、桂二仙，但剧作之主旨并不在于慕仙或向佛，而是在于表彰杀身殉母的愚孝。《聚宝盆》以渔夫沈万三发善心救了蚌精，蚌精以龙宫的聚宝盆报之，但一夜暴富的沈万三遭人嫉恨，屡受打击，然而，最后因有蚌精相助，终于升官发财，一门封赏。剧作有浓重的神奇色彩，而且宣扬了因果报应思想，但剧作肯定荣华富贵的庸俗人生观，而且借主人公的遭遇揭露了封建皇帝的专横跋扈和心胸狭窄，"布道"意识并不是太强烈。《四大庆》中有种种奇迹，福德星君、吕洞宾、送子张仙等多位神仙登场，还有和尚、痴呆道人等述说因果，但此剧之主旨在于借上天神仙扶掖人伦，肯定"多富""多贵""多寿""多男"的世俗之想，张扬庸俗的人生价值观，与佛、道的超凡脱俗之旨有间。

其三，弄鬼神以发愤懑。

清代戏曲中借宗教现象抒发剧作家之愤懑的剧目也不在少数。例如，《回春梦》模拟《邯郸梦》的痕迹十分明显，剧中有罗法师登场，他还给前来卜问前程的书生顾参一粒金丹引其入梦。剧作的最后写从梦中醒来的顾参"大彻大悟"，皈依空门，其中杂有一些宗教成分是显而易见的。但剧中的顾参其实是一个热衷于功名利禄的人，他的梦与黄粱梦有根本区别——黄粱梦中的卢生经历了官场沉浮，在遭受巨大打击时醒来，他的"觉悟"是可信的，而《回春梦》中的顾参在荣华富贵的愿望得到极大满足时醒来，他的"觉悟"是不大可信的。换言之，《回春梦》主要借梦境"补偿"了渴望功名富贵的愿望以及这种愿望未能实现的牢骚与感伤，而《邯郸梦》则主要借梦境表现了远离功名利禄的宗教人生观。《穷阮籍醉骂财神》中虽然有钱神、功曹、魔头等鬼神登场，剧情主要是阮籍的一个白日梦，大部分情节在阴曹地府展开，但剧作的主要内容却在于"为天下人民抱不平"，借财神以骂世：主宰世界的财神黑白不分、重富欺贫，"普人间一语兼该，七盗八娼，并九儒十丐，都总来热赶生涯，只为你财神呵，弄虚头聚散无常态"。②《紫姑神》以道教俗神紫姑（厕神）为主人公，剧中还有东华帝君等

---

① （清）王懋昭著：《三星圆·自序》，蔡毅编著：《中国古典戏曲序跋汇编》（三），济南：齐鲁书社1989年版，第2057页。

② （清）杨潮观著：《穷阮籍醉骂财神》，（清）杨潮观著，胡士莹校注：《吟风阁杂剧》，北京：中华书局1963年版，第41~42页。

道教神仙登场，剧作凸显了东华帝君赐给紫姑的"蜣螂九转神丹"的神奇作用——"随凭什么臭秽东西，一点皆成异香"，剧作染有宗教色彩是不言而喻的，但剧作的主要篇幅用于表现侍妾之悲苦和揭露"妒妇"之狠毒，涉及封建社会的婚姻制度和家庭伦理道德，现实性很强。主人公紫姑是一夫多妾制度的受害者，但身死成神的她对这一制度却仍然是拥护的。第四折有一妒妇追打侍妾的场面，紫姑神在擒获了妒妇的魂灵之后质问她说："妒妇呵妒妇，别人家女子因衣食不敷卖身为妾，你不能儿女相看，还要做出恁般狠毒，难道丈夫天生是独一个占的？"① 这种对一夫多妾制度的公然维护使得紫姑的"神性"大打折扣。《葫芦幻》是明传奇《鸣凤记》与宋元戏曲中吕洞宾故事的杂糅，后半部有吕洞宾度脱济登科的描写，但剧作的主要篇幅在于描写忠臣杨继盛清君侧的凛然正气，抒发作者对权奸误国的愤慨。《八仙庆寿》通过庄子、东方朔、麻姑等"八仙"聚在一起议论以何为寿，发泄对现实的不满。尽管剧作最后对饮酒作乐、不预世事的人生态度作了肯定，但借"神仙"批判现实的意图显而易见。《黄鹤楼》有对神仙法力的张扬，但剧作的主体部分是通过柳树精向吕洞宾提问、吕洞宾作答的形式，表达作者对世事颠倒的不满之情；尽管剧作也张扬了神仙信仰，但神仙意象被剧作家当作发泄不满的工具。《鹦鹉洲》也是借吕洞宾等神仙和曹操等亡灵以骂世。《痴和尚街头笑布袋》借布袋和尚嘲笑神灵圣贤、否定古今权威，以浇胸中垒块。徐燨的《写心杂剧》含 18 个各自独立的短剧，其中，《述梦》《醒镜》《入山》《游梅遇仙》《痴祝》等或多或少地杂有一些宗教成分，但这些剧作之主旨在于"写心"——传达剧作家的人生体验，抒发自己的感慨，"布道"并不是剧作家的主要着眼点。

其四，借智慧建构剧情。

清代戏曲中还有一部分剧目主要是把宗教当作一种艺术智慧用于凸显剧中人的才干或营造一种神奇的氛围，"布道"的目的性并不是很明确。例如，《双报应》通过行善者与造恶者迥然不同的结局宣扬了善有善报、恶有恶报的因果报应思想，而且剧中有死后被封为城隍的揭公神登场，此神在推动剧情发展上发挥了较大作用。但揭公神的设置主要不是为了宣传道教思想，而在于凸显建宁太守孙

---

① （清）陈栋著：《紫姑神》，郑振铎主编：《清人杂剧》（二集），香港：龙门书店 1969 年影印版，第 274 页。

昌裔的断案如神。《四奇观》写包拯断酒、色、财、气四案，颇仗鬼神之力，城隍、土地神、灶神、阎罗、妖精等纷纷登场，但剧作之意图不在宣扬宗教教义，而在借鬼神之力以凸显包拯断案之神奇。《双钉案》有南华真人庄周作法、金龟撒金治病、鬼魂托梦以明冤情等神奇灵异情节，但鬼神灵异成分的加入也在于凸显包拯断案之神奇。《业海扁舟》有伽蓝神、善才（财）、土地神以及慈愍法师等佛、道人物登场，但剧作以宣示梨园"冤业"为主旨，劝梨园中人从速改业，宗教色彩并不是太鲜明。《九莲灯》有神将周仓、道德真人、火部判官等多位神灵登场，能救人于火灾的九莲灯是大关目。但剧作之主旨在于揭露宫闱争斗，赞颂义仆救主，九莲灯的设置给宫闱争斗涂上了一层神秘色彩。《金龙印》中既有燃灯古佛、观音、韦驮、红莲等佛教人物，又有张天师、月老、元始天尊、仙子等道教人物，人鬼杂出，仙佛错综，但剧作的主旨却在于写郑和下西洋的种种奇遇，而并不在于宣传宗教思想。

上述剧目的宗教含量不尽相同，其中有些剧目的宗教蕴涵较为丰富一些，在其他学者看来或许有的也是可以划归宗教剧范围的。这样一来，清代宗教剧的数量就相当惊人了。

在118部宗教剧中，含有道教庆赏剧43部，而这一统计显然也是很不完全的。例如，张照等人奉诏编写的内廷庆赏剧仅列举了《天香庆节》一部。张照在乾隆初任刑部尚书，兼管乐部，同时奉诏编写宫廷戏曲，除编有宫廷大戏《升平宝筏》《劝善金科》之外，他还编有皇室庆赏剧集《九九大庆》《月令承应》《法宫雅奏》等。《九九大庆》含为皇帝、皇太后、皇后等祝寿的单本剧40多部；《月令承应》含在岁时节令、寿诞演出的单本剧近20部；《法宫雅奏》含在内廷其他喜庆中演出的贺升平、颂吉祥的单本剧30多部。从《洞仙共祝》《吉星叶庆》《四灵效徵》《山灵应瑞》《正则成仙》《仙翁放鹤》等名目来看，这些剧作当有相当一部分属神仙题材，[①] 张扬神仙信仰当是其重要题旨。康熙年间皇室也热衷于以"神仙剧"承应，今有《康熙万寿杂剧》十多种传世，其中，《金母献环》等属于道教庆赏剧。但由于笔者未能一一寓目，故略去不讲。仅从张照一人所制庆赏剧就如此之多即可见出，清代宫廷喜庆演剧之风相当盛行，清代宗

---

① 参见庄一拂编著：《古典戏曲存目汇考》（全三册）（中），上海：上海古籍出版社1982年版，第733~734页。

教剧中的庆赏剧远多于明代。首都图书馆编辑、线装书局出版的《明清抄本孤本戏曲丛刊》第 14 册收录有宫廷庆赏剧《虞庭集福》（20 出，众神仙到皇家庆贺中秋节）①、《繁禧懋锡》（8 出，众神仙到皇家庆贺上元节）、《绥丰协庆》（8 出，众神仙为皇帝祝寿并献祥瑞）、《绵长协庆》（8 出，众神仙为皇帝、皇后祝寿）、《太和保合》（12 出，普贤、文殊等菩萨以及东华木公、金母、许飞琼、吴彩鸾、安期生等神仙为皇帝祝寿）；故宫博物院编《故宫珍本丛刊·昆弋各种承应戏》1~3 册、《故宫珍本丛刊·昆弋本戏》1~3 册②也收录了大量庆赏剧，其中，宗教剧占有很高比例，限于时间，笔者也只是阅读了一部分。又如，击壤民作有《万寿图》杂剧，裘琏作有《万寿无疆升平乐府》杂剧……这些剧作也有可能是神仙庆寿剧。此外，佚失的神仙庆赏剧也相当多，例如，张大复就有多部神仙庆赏杂剧今已不传。如果把这些剧作都列入宗教剧中，清代宗教剧在清代戏曲剧目中所占的比例还要提高不少。

（二）　创新乏力

清代宗教剧的数量虽然增加了，但创新乏力，相当多的剧目给人以似曾相识之感。这可从题材选择、思想蕴涵、剧情建构、人物塑造等诸多层面得到证明。

清代宗教剧中有不少剧目是对元明剧目的改编，而这种改编大多不是脱胎换骨的改造，而是因袭多于创新。例如，张照等人编写的宫廷大戏《劝善金科》是对郑之珍《新编目连救母劝善戏文》的改编，不仅袭用了目连下地狱救母于倒悬的剧情构架和人物设置，而且还公然剽袭元杂剧《看钱奴》的大部分内容。除了增加对忠君报国思想的宣传之外，《劝善金科》并没有能够在《新编目连救母劝善戏文》的基础上有所建树；相反，剧作的贵族气质对《新编目连救母劝善戏文》的民间性是一种很大的损害。无名氏的《两生天》是元杂剧《庞居士误放来生债》和明杂剧《一文钱》的杂糅，思想蕴涵与剧情建构均未能跳出前人窠臼。毕魏的《竹叶舟》与汤显祖的传奇《邯郸梦》命意相近，度脱者道林禅师也是靠引被度者入梦的方法使之觉悟。以竹叶"幻舟"之构思则早见于元杂剧

---

① 收入故宫博物院编《故宫珍本丛刊·昆弋各种承应戏》第三册的版本只有 8 出。
② 有海南出版社 2001 年影印版。

《陈季卿误上竹叶舟》；无名氏的《安天会》① 与明杂剧《二郎神锁齐天大圣》
的题材、情节、人物、命意均无大的差异；无名氏的《双牡丹》与明传奇《观
音鱼篮记》题材相同，情节和人物也无太大差别；张大复的《海潮音》也可以
说是明传奇《香山记》的改编本；丁耀亢的《赤松游》与元杂剧《圯桥进履》、
明传奇《赤松记》题材相同，也可以说是改编本。

即使没有袭用前人题材，不属于改编的清代宗教剧剧目，真正能够独辟蹊
径，具有独创性的不是太多，相当多的剧目不同程度地存在着因袭前人、创新乏
力的问题。其中，又以庆赏剧和度脱剧的蹈袭问题最为突出。

元杂剧中的"度脱剧"创造了"三度模式"，被度者通常执迷不悟，执行度
脱任务的仙真除反复"劝化"之外，还得让被度者入梦"见几个恶境头"，通常
要经过三个回合的"较量"，被度者才肯跟随度脱者出家。明杂剧中的"度脱
剧"大多抛弃了"三度模式"，被度者大多主动追慕仙道，只要稍加"点化"或
让他们吞食一粒仙丹，度脱任务便轻而易举地完成了。清代度脱剧大多是对元明
度脱剧的仿制。例如，毕魏的《竹叶舟》命意大体蹈袭汤显祖的《邯郸梦》，剧
情建构蹈袭元杂剧作家范康的《陈季卿误上竹叶舟》；永恩的《度蓝关》因袭了
元代度脱剧的"三度模式"，其思想蕴涵则与明代度脱剧相近。被度者觉悟之后
不是跟随师父出家苦修，而是与妻子同登仙籍，赴王母蟠桃之会，这是明代度脱
剧的常见结局。张新梅的《百花梦》让梅生饮而醉入梦中"悟道"，经历大富大
贵后忽从梦中惊醒，大彻大悟，追随吕纯阳"升仙"。度脱者引被度者入梦"悟
道"，是元杂剧所创造的度脱方式，而被度者从梦中醒来不是跟随度脱者出家而
是"升仙"则是明代度脱剧的创造。叶承宗《狗咬吕洞宾》中的度脱者吕洞宾
让被度者石守道吞食一粒"仙枣"，石守道便"忽然大悟"。明代有多部度脱剧
采用了让被度者服食"仙丹"的度脱方式。例如，《冲漠子独步大罗天》《小天
香半夜朝元》《李云卿得道悟升真》《边洞玄慕道升仙》等剧中均有让被度者服
食"仙丹"，被度者便立即醒悟的描写。让被度者吞食"仙枣"的方式亦见于明
代度脱剧。例如，黄粹吾的《升仙记》写西方迦叶尊者幻化为"胡僧"到普救
寺度脱张生、莺莺和红娘。"胡僧"递给张生一枚黑枣，已与张生成婚配的莺莺

---

① 无名氏的《安天会》传奇剧本已不传，但有《安天会提纲》传世，另外，《升平宝
筏》中亦存其剧情。

嫌脏夺而弃之于地，红娘拾起食之，顿生皈依佛门之念，不日移居西庵修行。蓉鸥漫叟的《鹫峰寺唐素君皈禅》、石韫玉的《琴操参禅》、赵进美的《立地成佛》、廖景文的《遗真记》、岳端的《扬州梦》等多部剧作则剿袭了明代度脱剧的"点化"模式，给人以似曾相识之感。

明代的庆赏剧以祝寿剧为主，其次是贺节剧和贺升平剧，清代庆赏剧的构成也大体如此。明代庆赏剧有一个常见的"套路"：天界得知下界某贵人华诞或恰逢佳节，上仙派众仙子下凡祝贺。众仙来到福主府上，歌功颂德，祝延年益寿、风调雨顺、子孙绵延、富贵荣华。有些剧作为了吸引看客，穿插滑稽场面，以为笑乐。清代庆赏剧大多未能跳出这一"套路"，模拟的痕迹惹人注目。

（三）布道热情下降

清代的宗教剧在数量上超过元明两代，而且其中确有宗教色彩比较鲜明的剧目。例如，黄周星的《人天乐》宣扬以《感应篇》为人生指南，"教导"生活在痛苦中的人们安于贫贱，过僧侣一样的"清静"生活；夏纶的《广寒梯》宣扬以《功过格》为行动准则，凸显因果报应思想；黄祖颛的《迎天榜》、唐英的《转天心》也着力宣扬六道轮回、因果报应思想，是比较典型的果报剧；张大复的《钓鱼船》着重写隋唐著名术士李淳风卜卦、相面、圆梦、观星象、禳解、召神役鬼、起死回生的神通法术；无名氏的《混元盒》对"正一"天师步罡踏斗、书符念咒、召神役鬼的神通法术作了全面的展示与褒扬。然而，从总体上看，清代宗教剧的"布道"热情似不如元明宗教剧高涨。

元代度脱剧多以布道者——执行度脱任务的仙、佛为主人公，用较大的篇幅让其充分宣传拒绝酒色财气、远离功名利禄的必要性和出家修道念佛的好处。这些布道者——布袋和尚（《布袋和尚忍字记》）、吕洞宾（《吕洞宾三醉岳阳楼》《吕洞宾度铁拐李岳》《陈季卿悟道竹叶舟》《吕洞宾三度城南柳》）、汉钟离（《邯郸道省悟黄粱梦》《汉钟离度脱蓝采和》）、马丹阳（《马丹阳三度任风子》《马丹阳度脱刘行首》）、铁拐李（《铁拐李度金童玉女》）、月明和尚（《月明和尚度柳翠》）、太白金星（《老庄周一枕梦蝴蝶》）的形象较为鲜明。有的剧作家如马致远还有意识地把"全真教"的"道统"写进自己的"系列剧"之中，以彰显其门派。清代度脱剧中的布道者成分复杂，既有八仙中的吕洞宾（《狗咬

吕洞宾》《百花梦》)、韩湘子 (《度蓝关》),也有道教教主老君 (《扬州
梦》),还有苏轼 (《琴操参禅》)、高僧 (《立地成佛》)、慈云大师 (《遗真
记》)、道林禅师 (《竹叶舟》)、惠广禅师 (《化人游》)、帝释 (《两生
天》)、维卫佛 (《云石会》) 等。这些人物大多不是狂热的布道者,对教义的
宣传远不像元杂剧中的布道者那么起劲、执着,而且,他们并不都是剧中的主人
公。清代度脱剧有相当一部分剧目是以被度者为主人公的。例如,毕魏的《竹叶
舟》写道林禅师度石崇出家,道林禅师只是让人在寺外起一道高墙,等石崇来禅
寺游玩时以一片竹叶幻化为小舟,引石崇进入幻境,禅师本人并没有直接对石崇
"布道",而且他只在剧作的一头一尾出现,石崇决定出家主要是他对于梦中情
景——亦即人生经历的领悟。剧作以被度者石崇为主要描写对象,削弱了布道者
的作用。《狗咬吕洞宾》《度蓝关》《扬州梦》《鹫峰寺唐素君皈禅》《酬鬼》《月
夜谈禅》等剧中的主人公都是被度脱者,执行度脱任务的长老、老尼、仙人退居
次要地位,这就降低了宗教僧侣"布道"的作用,有利于作者"写心"——传
达创作主体对社会人生的主观体验。

通过比较相同或类似题材不同的描写向度也可以看出清代宗教剧"布道"热
情的下降。

张大复的《海潮音》与明罗懋登的《观世音修行香山记》都以观音 (妙善)
的成道经历为剧情主干。但《观世音修行香山记》把妙善写成不愿嫁人、自请入
寺为尼的虔诚信徒。她与父亲的冲突因坚持栖身寺庙而起,其父妙庄王给她所设
置的障碍都是企图动摇她出家的决心,而妙善则宁死不屈,凸显了她佛教信仰的
无比坚定。剧作的后半部让已成道的观音为大众全文宣讲《妙法莲华经·观世音
菩萨普门品》,把舞台直接当作"说法"的经坛,体现了高涨的"布道"热情。
《海潮音》中的妙善因反对父王迷信长生之术,服食丹药,残害人民,激怒父王
而被打入寺庙为尼。剧作的主要情节是观音与企图夺取王位的"道者"修罗刹斗
法,充满悬念和奇幻色彩,剧中没有观音说法的场面。此剧的娱乐性明显胜过
《观世音修行香山记》,但"布道"热情则大大降低。

元杂剧《布袋和尚忍字记》和清传奇《醉菩提》的主人公都是以"疯癫"
为主要性格特征的佛教圣徒,但《布袋和尚忍字记》的"布道"热情明显高于
《醉菩提》。《忍字记》以我国五代后梁高僧契此 (布袋和尚) 为主要描写对象,

剧作虽然也表现了他的"疯癫"，但其"疯癫"只是出语幽默滑稽，行走坐卧的生活方式与众不同，并不包含对宗教的叛逆成分。剧作中有这样一个细节：刘君佐端酒给布袋和尚喝，布袋和尚接过来将酒全部浇奠了，这不但说明布袋和尚是严守戒酒清规的，而且还说明他对神佛是相当虔诚的。对于"忍"的佛教要旨，布袋和尚更是奉为圭臬，并以宣传这一教义为己任，即使遇到顽固不化的人，也要传授这一大乘佛法，要求他"百事都忍着"，即使看见自己的妻子跟别的男人"饮酒做伴"，也"只念阿弥陀佛"。据佛教典籍记载，布袋和尚因经常以杖挑一布袋乞讨而得名，平日形如疯癫，出语无定，随处寝卧，不重经义。郑廷玉之所以把这个不重经义的和尚请出来宣扬佛教忍辱含垢、不与人争锋的教义，充分体现了他自己的崇道情怀。

《醉菩提》以高僧道济（济公）为主人公，作者一开始就强调写作此剧的目的在于"聊借氍毹以为说法，眼前大众，试听因缘，便知果报"，[①] 但剧中不但"说法"的成分比《布袋和尚忍字记》要少得多，而且极力渲染"济癫"不守清规、饮酒食肉、卧柳眠花、喝佛骂祖、与俗人无异的反叛行为，为市民写"心"，表达市民对宗教的认识和情感诉求的兴趣压倒了宣传佛教教义的热情。

济公是南宋僧人，原名李心远。宋代释居简《北磵集》卷十《湖隐方圆叟舍利铭》记其"狂而疎，介而洁"，"不循常度"，出语"未尽合准绳"，但"往往超诣，有晋宋名缁逸韵"。[②] 然而，《醉菩提》却根据民间传说，突出他的不守清规：

> 饮酒食肉不碍道，
>
> 打拳觔斗总皆禅。
>
> 也曾娼家被里宿，
>
> 也曾市上酒家眠。

① （清）张大复著，周巩平校点：《醉菩提》第一出"家门"，（明）叶宪祖撰，魏奕祉校点、（清）张大复著，周巩平校点：《鸾鎞记 醉菩提》，北京：中华书局1996年版，第1页。

② （宋）释居简著：《北磵集》卷十，《景印文渊阁四库全书》第1183册，集部122，台北：台湾"商务印书馆"1983年版，第159~160页。

皮子队里，逆行顺化，

散圣门前，掘地撩天。①

　　剧中的道济虽然也有"布道"语，譬如圆寂百日后重新现身的济公告诫人们说："戒律是如来造，修行人当奉言。"切勿学他贪荤恋酒云云，但通观全剧，主人公离经叛道的思想和行为得到了较充分的表现，在道济眼里，祖师禅、如来藏只不过是"糊涂账"与"葫芦提"，他的"疯癫"在一定程度上是对宗教的反叛，是宗教失去神圣感和约束力的艺术写照。剧作以一"醉"字点题，透露出作者赞赏宗教僧侣世俗化的倾向。

　　《醉菩提》属于传记剧，描写道济从剃度到坐化的一生经历，作者张大复是不是落发僧人不得而知，但他曾寄身寒山寺则是大体可信的。我们把《醉菩提》与明代僧人智达的传记剧《归元镜》作一比较亦可见出清代宗教剧"布道"热情的下降。

　　《归元镜》以净土宗三位"祖师"一生的经历为描写对象，不但有为佛教大德树碑立传的明确意识，而且彰显门派的意识也很明确。《醉菩提》虽然是为道济立传，但缺乏弘扬佛教的明确意图，更没有彰显门派的意识。《归元镜》中的三位净土宗大师都有念佛静修和向僧众布道说法的活动，对于净土宗念佛、戒杀、持斋的"方便法门"更是做了多次宣示，"布道"热情很高。然而，《醉菩提》却重在以道济的"癫狂"取快，"布道"意识相对薄弱。

　　正因为如此，尽管清代的宗教剧数量是最多的，但人们在提起我国的"宗教剧"或"伟大的宗教剧"时，往往只记得《布袋和尚忍字记》《吕洞宾三醉岳阳楼》《邯郸道省悟黄粱梦》《马丹阳三度任风子》《西华山陈抟高卧》《崔府君断冤家债主》《观音菩萨鱼篮记》《新编目连救母劝善戏文》《观世音修行香山记》《钵中莲》《归元镜》《一文钱》等元明宗教剧，而少有人提到《醉菩提》《转天心》《海潮音》《钓鱼船》《迎天榜》《广寒梯》《劝善金科》《混元盒》等清代宗教剧。

_____

　　① （清）张大复著，周巩平校点：《醉菩提》第一出"家门"，（明）叶宪祖撰，魏奕祉校点、（清）张大复著，周巩平校点：《鸾鎞记 醉菩提》，北京：中华书局1996年版，第1页。

（四）世俗品格凸显

自唐代后期以来，由于政治、经济结构的变化，我国古代文化"下移"的趋势日渐明显，俗文化迅速成为华夏文化重要的一翼，佛、道二教世俗化的进程也日渐加快。以高度世俗化的佛、道二教为土壤的我国宗教剧自然要染上世俗化的色彩。可以说，世俗化是元明清三代宗教剧的共同特征。但如果我们将清代宗教剧与元明两代宗教剧作一纵向比较，就不难发现，清代宗教剧的世俗化色彩是最为鲜明的。

清代宗教剧中的宗教人物带有浓重的"俗文化"色彩。这主要表现在：第一，佛、道二教的"天神""圣徒"较少露面，而民间俗神则纷纷登场。在元明两代经常亮相的吕洞宾、汉钟离、铁拐李、蓝采和等"上八洞神仙"，张天师，释迦牟尼佛，文殊、普贤等菩萨，在清代宗教剧中露面的频率远不如在元明两代宗教剧中露面的频率高，而土地神、城隍、灶神、钟馗、厕神（紫姑）、财神、福禄寿神、门神、窑神、雷公、电母、风伯、雨师、月老、二郎神、那吒、蚕神、花神、文昌帝君、增福神、关公等俗神则经常亮相。第二，对佛、道二教的"天神""圣徒"进行改塑，冲淡其神圣性，强化其世俗性。最著之例是《醉菩提》根据民间传说对佛教圣徒道济的改塑。其次是《钓鱼船》对李淳风的改塑。李淳风是道教史上的重要人物，可是剧中的李淳风却是一个长于卜卦、相面、圆梦、禳解、召神役鬼、起死回生之术的"应召先生"，他广受欢迎并不是因为他的理论著述，而是因为他能用"法术"解决民众经常遇到但又难以解决的"实际问题"。再次是《佛轮》对佛教众圣的改塑。剧中世尊如来为佛母设无遮大会，祝她"无量寿"。登场拜寿的人物有：释迦牟尼、无量寿佛、观音、善财、韦驮、十六罗汉、四金刚、四揭谛、跋陀罗（觉贤）、文殊、普贤、龙女等。佛教以人生为苦海，以涅槃为解脱，这与道教的核心信仰长生不老是存在冲突的。因此，明代虽有不少神仙祝寿剧，但却少有以佛捧寿的庆赏剧。清杂剧中却新增佛教祝寿剧，让本应倡导远离功名利禄、坚持独身主义的释迦牟尼、观音菩萨、无量寿佛、十六罗汉等送寿礼、颂吉祥，祝"福主"长生不老、子孙繁衍、科甲绵延、荣华富贵，这真的是"入乡随俗"了！清代宗教剧中的主人公栖身寺庙、道观中的僧侣少，而市井中人多，有的甚至是乞丐。例如，《转天心》中的吴定就是一个例证。

　　清代宗教剧主题的变化也昭示了其世俗品格的强化。在元明两代的宗教剧中旨在引导人们超凡脱俗的度脱剧占有较高比例，其次是宣扬因果报应的果报剧。可是清代宗教剧以替人捧寿贺喜的庆赏剧最多，其次是治病祛邪、占卜起课、召神役鬼、降妖伏怪，张扬仙佛的神通法力的法力（道法、佛法）剧。这些剧作服务于世俗社会，能解决世俗生活中的许多问题。庆赏剧的"实用性"和世俗性自不待言，法力剧大多也是如此——除了供人娱乐之外，有的还有服务于世俗生活的实用价值。例如，吴震生的传奇《地行仙》以彰显房中术、提高生育能力为目标，世俗品格鲜明。清代的道法剧所反映的宗教生活图景也具有世俗化的显著特点。剧作所赞赏的"法术"通常是社会上广为流播的算命、占卜、圆梦、驱鬼、祭灶、迎门神、做道场、扶鸾、扶乩、画符、念咒、禳解等迷信活动，对寺庙、道观中的诵经、礼佛、拜忏等活动则关注不够。

　　庆赏剧和道法剧增多，说明清代人更多的是把宗教当作一种解决实际问题的工具和手段来看待，同时也反映出清代宗教已经蜕变为一种服务于世俗需要的"法术"。

　　清代的果报剧多以世俗欲望的充分满足为行善之报偿，这也凸显了清代宗教剧的世俗品格。对此，前文已有涉及，不赘。

后　记

本书为国家社科基金项目"古典戏曲与东方文化研究"的最终成果，2007年由武汉大学出版社出版。2010年，台湾"国家出版社"出版了此书的汉语繁体字版。2017年，国家社科基金办将此书列入2017年度国家外译项目，日文版的翻译工作现已完成，书稿已交给日方出版社。2019年此书再次被国家社科基金办列入国家外译项目推荐目录，英文版已获准国家社科基金立项，翻译工作正在进行中。

此次再版，作者再次进行了修订、打磨，征引的文献有的调换了所据版本。黄蓓教授和徐汀硕士协助我核查了部分引文，特此鸣谢。

郑传寅

2020 年 6 月 5 日